福建臺港澳暨海外華文文學研究叢書

美國漢學家的臺灣文學研究

李詮林　著

本書涉及國家社科基金項目《臺灣內渡作家的文脈傳承系譜研究》（立項編號：21BZW035）的諸多內容，特此致謝。

推薦序

汪毅夫

全國臺灣研究會會長

　　「美國漢學家的臺灣文學研究」，這是一個很有新意，很有趣味，也很有開拓性意義的話題，詮林以這個話題為題目的新作就要出版了，我很為他高興，也為「臺灣研究」領域又將有一本新的學術專著出版而高興。

　　從漢學家的研究成果來看臺灣文學是一個很好的視角，這既有助於吸取美國漢學家好的研究方法和研究經驗來提升自己的研究水準，對於身處美國而從事中國研究（包括臺灣文學研究）的漢學家們來說應該也是一個鼓舞和支持，有助於作為中華文化之一脈的臺灣文學在海外的傳播。我在從事閩臺區域社會歷史及文化研究的過程中，也經常會發現一些西方漢學家保留下來的有關中國的珍貴歷史資料，這些漢學家保存的資料和他們有關這些資料的研究成果，都是很值得研究的課題，甚至他們保存和研究這些資料的經歷和過程也都包含著一段段有意思的趣聞和掌故，是很有價值、很值得「講」的「故事」。

　　雖然新穎有趣，「美國漢學家的臺灣文學研究」這個題目研究起來還是很有難度的。比如，因為許多美國漢學家分別有英文名（外語名字）和中文名，而兩種名字在其著作中並沒有同時出現，所以需要仔細辨別，而這本身便是一個有難度卻很有意義的工作——由此為今後的研究者奠定研究基礎。我欣慰地看到，詮林做到了這一點，他很

好地克服了語言隔閡、資料查找、同人異名等諸多難題，開闢了臺灣文學研究，以及臺灣研究的另一個路徑，即臺灣文學研究之研究、臺灣研究之研究、臺灣文學研究學術史以及臺灣研究學術史的研究方法與研究路徑。

詮林此書是國家社科基金項目《美國漢學家的臺灣文學研究》（專案批准號為12BZW104）成果的進一步擴展研究所得，基本結構框架及其各部分的主要內容包括：美國「臺灣文學研究」的起源及發展、美國「臺灣文學研究」之方法論研究、臺灣文學在美國的傳播機制研究，在此基礎上提煉出全書的核心觀點和中心論點。全書採用了層層深入式的論證結構，最終得出結論。在研究方法方面，作者主要採用了比較文藝學的研究方法，兼採闡釋學理論、翻譯學理論、文化人類學、傳播學等多種社會科學研究方法，從大處著眼，小處著手，以例實證，結合社會歷史語境，對「美國漢學家的臺灣文學研究」這一課題進行了初步的探索和盡可能深入、全面的研究。與傳統的觀察角度不同的是，此著關注的是「從美國看臺灣」這一視角，注重從微觀上對美國漢學家的臺灣文學研究著述進行細緻周密而深入的論述，和中國海峽兩岸有關此方面的論述著作相輔相成，在理論上相互補充、相互論證、相互支撐，力求為推動漢學研究、中國學研究、比較文學研究和臺灣文學研究等相關領域的學術進步做出一定貢獻，促進中西文化的交流與互鑒。要而言之，《美國漢學家的臺灣文學研究》一書給讀者朋友們帶來的大致有四個方面的內容：海外漢學史料的整理與歷史線索的發現；美國的「臺灣文學研究」的啟示；區域性研究與全球化視野；借助海外漢學資源，推動國學的學術進步，共創臺灣海峽兩岸的文學性諧和的美好願景。

美國的「臺灣文學研究」可以給中國大陸和臺灣的「臺灣文學研究」學者一些學術方面的啟發，通過觀察美國漢學家的臺灣文學研究，我們可以在中美文化交流碰撞的視野中呈現臺灣文學與美國文化

界互動情況的一些重要特徵，瞭解美國漢學家的研究方法，以及美國的「臺灣文學翻譯和研究」回饋臺灣後所造成之影響，以為我們臺灣文學研究乃至臺灣問題研究方面之借鑒。《美國漢學家的臺灣文學研究》一書作者便循此理路介紹了海外漢學界的臺灣文學研究的發展脈絡，回顧了「臺灣文學研究」學科在美國產生、發展的軌跡，勾勒出在整個世界漢學研究板塊中的臺灣文學研究的發展這一宏觀視野和背景下的美國「臺灣文學研究」發展概貌，扼要概括了美國的「臺灣文學研究」的獨特藝術特徵，介紹了美國漢學家研究臺灣文學的經典著作文本，並梳理出了自上世紀六十年代以來「臺灣文學研究」學科在美國發展的歷史脈絡，評析了當今美國「臺灣文學研究」的現實圖景，可以說是書寫了一部美國漢學家臺灣文學研究學術史。

此外，書中也有許多令人欣喜的新發現和珍貴的學術線索。回顧美國漢學發展歷程，曾有一些漢學家，特別是華裔漢學家的學術成就長期被埋沒，現在可以經由詮林的《美國漢學家的臺灣文學研究》一書得以揭示和彰顯，善莫大焉。

好書共用，今特向讀者朋友們推薦此書，並順祝詮林取得更大的學術成就。

二○二三年一月二十二日，癸卯歲首於北京

引言

　　二十世紀九〇年代以來，眾多美國文藝理論家及其理論著作已為中國文學理論界所熟知和研究，勒內・韋勒克（René Wellek）、霍米・巴巴（Homi K. Bhabha）、詹明信（Fredric Jameson）、希利斯・米勒（J. Hillis Miller）、愛德華・薩義德（Edward Waefie Said）等學者的名字也已為中國讀者所耳熟能詳。但是，相形之下，對於美國漢學家的「臺灣文學研究」的研究，包括其中的「文學批評」和「文學研究」的「批評」與「研究」，以及從事臺灣文學研究的美國漢學家自身及其臺灣文學研究著作和學術活動的分析與研究，目前在中國國內還較少有人關注與參與，在國際學術界也剛剛起步，藉此判斷，「『美國漢學家的臺灣文學研究』之研究」這一課題居於漢學研究、臺灣文學研究、美國文學研究、中西文論比較、西方文藝理論研究以及學術批評史研究的學科前沿，有著廣闊的學術拓展空間。

一　美國漢學家的「臺灣文學研究」的前沿性及其研究價值

　　美國漢學家的「臺灣文學研究」，雖然有可能存在著語言與地理距離方面的阻隔，但這種「阻隔」恰恰又能夠使得美國的研究者可以免受或較少受到海峽兩岸傳統思維的影響，借助自身所處的重要學術話語空間，以「旁觀者」的心態從事更具個人特色和更純粹化的學術研究，運用迥異於海峽兩岸學者的研究方法和理論體系，得出不同於海峽兩岸學者的獨特結論。其中一些漢學家堅實的西方理論基礎和先

進的研究方法也非常值得中國學者參考。另外，美國學界對於性別議題、「文學場域」議題、「原住民」議題、「華語語系」議題及與之相關的作品的關注，給我們中國學界的文學社會學和文學人類學以新的視角參考，也給我國的臺灣文學研究學者提供了有必要予以回應的話題和問題線索；美國學界對於臺灣影視作品的濃厚興趣，也給我們中國學界的文化研究領域以有益的啟發。

　　他山之石，可以攻玉。「『美國漢學家的臺灣文學研究』之研究」這一課題關注的是「從美國看臺灣」這一視角，課題研究注重從微觀上對美國漢學家的臺灣文學批評著作和臺灣文學研究著作進行細緻周密而深入的論述，所搜集的資料力爭宏觀與微觀兼顧，希望能夠彌補傳統觀察角度的不足，和中國國內臺灣海峽兩岸有關此方面的論述著作相輔相成，與其在理論上構成相互補充、相互論證、相互支撐的局面，爭取為推動比較文學研究和臺灣文學研究領域的學術進步做出一些貢獻。此外，從世界漢學整體發展的狀況來看，「當代漢學的最新進展尤其體現在美國，它實際上已經成為當代歐美研究中國現當代文學的中心。它一方面要和中國國內的傳統文化研究和現當代文學研究進行交流和對話，希望得到他們的認可，另一方面它又不得不試圖躋身西方的學術主流，在整個人文社會科學領域占有一席之地並發揮影響。因此他們不得不克服自身的一些局限，關注當前的學術前沿理論課題，並試圖以自己所掌握的東方和中國文化知識和第一手資料參與國際性的理論討論。」[1]可以說，美國的漢學研究居於當今世界漢學的前沿，而且有著與中國國內學界良好互動的主動願望，由此也可看出考察美國漢學的必要性。就美國漢學中的臺灣文學研究而言，美國的臺灣文學研究者，非常注意對於臺灣作家、作品和文學現象的理論闡釋和文化研究，同時絲毫不諱言其中的民族、國家想像和意識形態因

1　王寧：〈中國現當代文學研究在西方〉，《中國文化研究》2001年春之卷，頁131。

素，與其他領域的美國漢學研究一樣，取得了比較顯著的研究成果。美國哈佛大學教授王德威曾說，「真正專注投入的批評家不是學會如何寫出冗長拖沓的進諫書式或批判性文章的那類人；他們必須持續關注一種精微的平衡——在表達其自己的專業和表現有時代爭議的『真實』觀點之間的一種平衡」[2]。而與優秀美國漢學家的「精微的平衡」相比，當前我們國內的臺灣文學研究卻有著走向形式主義研究與「坐而論道」的旅途的危險傾向。本課題通過介紹與研究美國漢學家的臺灣文學研究成果，目標在於希望中國理論界可以借鑒吸納其合理性的內核，用力不止在臺灣文學研究領域，也拓展到了世界漢學和藝術史研究的學科範疇。

在當今全球化的語境裡，觀察、解讀美國漢學家們對於中國的一個特殊區域文學——臺灣文學的學術話語，考察臺灣文學界與美國漢學界兩者頻繁互動的具體內容，總結其中的優秀理論成果和先進經驗，揭示「從美國看臺灣文學」的變式思維方式，中國大陸學者可以由此學習借鑒美國學者研究臺灣文學時所運用的新批評理論、後殖民理論、「文化場域理論」、「文化研究理論」、「華語語系文學」、「四個同心圓理論」等理論方法，並由此探索思考西方現代性與中華民族文藝形式問題、西方現代性與東方殖民現代性的異同、文化研究與新批評解讀的衝撞所帶來的啟示等。但就目前的情況來看，與「臺灣文學研究」整體的繁華繽紛相比較，對「美國漢學家的臺灣文學研究」的研究，無論是在美國或是在中國大陸、臺灣，都是相對滯後的，絕大多數的美國漢學家的臺灣文學研究著作還沒有中文譯本，許多美國漢學家尚未進入中國國內學界的學術視野。因此，「『美國漢學家的臺灣文學研究』之研究」這一課題有著獨特的理論意義、重要的應用價值和深廣的學術開拓空間。

2　（美）王德威著，張清芳譯：〈英語世界的現代文學研究之報告〉，《海南師範大學學報（社會科學版）》2007年第3期，頁2。

　　有關「『美國漢學家的臺灣文學研究』之研究」這一課題的研究範圍，為了討論的方便，論者不把討論對象的地理範圍限定在美國一地，也不把研究活動及其出版品所使用的文字工具限定為英文。如此一來，除了談到臺灣文學的英譯作品部分外，舉凡在臺灣出版的英文書或雜誌來到美國流通者，或者美國本地的英文出版品及美國各大學發表的學位論文、在美國長期（一年以上）工作或學習的學者用中文寫作的論文寄到其他國家，如歐洲國家以及中國大陸、臺灣出版、發表者，都在本課題討論的範圍之內。同樣的原則，旅美臺灣作家和學人及其組成的文學研究團體、用中文或其他語言發表的著作，也在此課題討論的範圍之內。

　　「『美國漢學家的臺灣文學研究』之研究」這一課題的基本研究方法即「研究之研究」，亦即詹姆遜（也常被譯為詹明信，Fredric Jameson）所曾建構的元批評（Meta Commentary）理論，因此，有關美國漢學家的臺灣文學研究，恰是此種針對美國漢學家的文學批評的批評，以及針對美國漢學家的文學研究的研究。本書中的視野將把美國漢學家的臺灣文學研究放置於整個美國學術體系和臺灣文學研究的世界版圖中加以觀照，由此觀察美國漢學家的臺灣文學研究在美國的學術系譜中、在世界臺灣文學研究中的位置。由此出發也可以從一個側面對美國的學術史發展和臺灣文學研究史做一補充與輔助研究。深入觀察美國漢學家的學術軌跡，可以看出美國東亞研究在不同歷史時期的研究重點與熱點，美國漢學家的臺灣文學研究正與美國學界對於東亞和中國問題的研究興趣有著密切的關聯。另外，由美國漢學家的臺灣文學研究，也可以看出整個國際漢學的淵源與版圖，及其跨國主義（Transnationalism）作用之下的漢學發展方向，如上世紀六〇年代的華裔美國漢學家夏志清與捷克斯洛伐克漢學家普實克（Jaroslav Průšek）的論爭，從中即可看出美國漢學家的臺灣文學研究的跨國性與先鋒的全球性，也可看出如法國哲學家雅克‧洪西埃（Jacques

Rancière）所說，政治背後的美學，以及美學背後的政治[3]。

二　本書的主要內容、基本思路、研究方法、重點難點、基本觀點和創新之處

　　「『美國漢學家的臺灣文學研究』之研究」這一課題擇取美國漢學界具有代表性的「臺灣文學研究」學者、思潮、流派及文本展開縱向研究，努力構建一個文學批評史的脈絡，同時兼顧橫向的比較。所謂縱向研究，即結合中國大陸、臺灣和美國不同歷史時期特殊的政治、社會和人文環境，對「美國漢學家的臺灣文學研究」發展脈絡進行梳理，努力探尋批評方法、社會接受等方面的深層動因。所謂橫向研究，即選擇同一時期或同一形式的美國的「臺灣文學研究」學者和文本及其傳播機制進行比較。

　　據此，圍繞美國漢學家的臺灣文學研究的研究方法（方法論研究）和美國漢學家對於臺灣文學在美國的傳播的作用（傳播機制）這兩個焦點，本書的研究內容，或者說開展研究時所根據的素材，大體可以分為四個主要的專題方向：

　　（一）美國漢學家的臺灣文學作品翻譯單行本與文學作品翻譯選集。如 Howard Goldblatt（葛浩文）與英譯臺灣小說、Lucien Miller（米樂山）英譯的陳映真小說集、Edward Gunn（耿德華）翻譯的王文興《背海的人》、杜玲（Susan Dolling）翻譯的王文興《家變》、高克毅（George Kao）等選譯的白先勇小說集《遊園驚夢》（*Wandering in the Garden, Waking from a Dream*）等。

3　參見*The Politics of Aesthetics: The Distribution of the Sensible*. By Jacques Rancière. Translated by Gabriel Rockhill. London; New York: Continuum. 2011.

　　（二）美國漢學家有關臺灣文學的學術專著。如王德威的臺灣文學評論和臺灣文化研究、張誦聖的「現代派小說」研究、奚密的「現代詩」研究、林張明暉（Julia C. Lin）的《中國現代詩論評集》（*Essays on Contemporary Chinese Poetry*）等。

　　（三）研討會、研究計畫和相關報刊。如海外第一次臺灣小說學術研討會（美國德克薩斯大學奧斯汀校區，1979年）、美國第二次當代臺灣小說研討會（美國科羅拉多大學，1991年）、愛荷華國際寫作計畫與葛浩文編輯的《現代中國文學》雜誌臺灣文學專號、杜國清創辦的「臺灣文學英譯叢刊」（美國加州大學聖塔芭芭拉分校，1997年）等。

　　（四）學位論文。早在一九六〇年，美國的中國文學研究學者 Timothy A. Ross（羅體模）就把臺灣作家姜貴及其作品選作他博士論文論述的對象，這可以說是美國最早的以臺灣作家為論題的博士學位論文；一九七一年，在美國又有加州大學洛杉磯分校的 Young, Conrad Chün Shih（楊君實）以 *The Morphology of Chinese Folk Stories Drived from Shadow Plays of Taiwan*（《從臺灣皮影戲看中國民間故事的形態》）[4]為題，寫作了博士學位論文，以社會人類學的方法開展了「大文學」意義下的臺灣文學研究。而美國第一篇直接以臺灣文學為論文標題的博士論文是劉紹銘指導，白珍（Yang, Jane Parish）著 *The Evolution of the Taiwanese New Literature Movement from 1920 to 1937*（《臺灣新文學運動之發展：一九二〇～一九三七》，威斯康辛大學，1981年），這也是美國第一篇論述臺灣文學史的博士論文。其他另有張誦聖、簡政珍、范銘如等，均以臺灣文學為論題在美國大學撰寫了博士論文。在美國以「臺灣文學」為研究對象而取得博士學位的歷

4　*The Morphology of Chinese Folk Stories Drived from Shadow Plays of Taiwan*. By Young, Conrad. Thesis (Ph. D.). UCLA. 1971.

史，要比臺灣島內早三十幾年。一九九〇年代以來，此類博士論文的
研究內容也越來越多元化。

　　本書主要採用比較文藝學和元批評的研究方法，兼採譯介學、後
殖民理論、現代主義理論、後現代理論、消費社會學、比較文學、藝
術審美學、文化人類學、文化產業學、傳播學等多種社會科學方法，
從宏觀和微觀相結合、文本闡析和藝術思潮解析相結合等多角度多方
位，對「美國漢學家的臺灣文學研究」進行深入研究。本書的基本觀
點，可以概括為三點：（一）美國漢學家的「臺灣文學研究」方法新
穎，視角獨特，值得我們借鑒；（二）臺灣文學研究具有國際性的影
響，是區域性研究與全球化視野的矛盾統一體，必須給予充分的認識
和足夠的重視；（三）美國漢學家的臺灣文學研究取得的成就，很大
一部分得益於傳播機制的有效運行，而臺灣文學及其研究在美國所產
生的獨特魅力，則要歸功於「屏隔」美學在其間的作用。

　　本書所進行的課題研究的前沿性和創新性在於，就目前的「臺灣
文學研究」現狀來看，海峽兩岸及美國的學術界對於美國的「臺灣文
學研究」雖然都開展了一定程度的研究，但都局限於在各自相對封閉
的體系內進行，而本書著者首次把「美國漢學家的臺灣文學研究」置
於臺灣文學發展的宏觀歷史背景和跨學科、跨國別、跨文化的視野下
作縱橫結合的理論研究，而這樣的研究在目前全球化和海峽兩岸各方
面的互動關係都在迅速增強的時代背景下，顯得尤其必要和重要。此
外，本書首次把「美國漢學家的臺灣文學研究」構建成一個文學批評
史的脈絡，擇取美國漢學界具有代表性的「臺灣文學研究」學者，及
其理論展開縱向研究和文本解讀，同時兼顧橫向的個案比較，力求以
上述美國漢學家的臺灣文學研究的研究方法（方法論研究）和美國漢
學家對於臺灣文學在美國的傳播的作用（傳播機制）這兩個焦點的研
究為核心，呈現美國學術界的相關理論成就及其內在機理，以為我國
文藝理論界之借鑒。本書的研究重點是有關美國漢學家研究臺灣文學

情況的歷史脈絡的梳理及其研究情況的綜論，兼顧重要漢學家臺灣文學研究的研究方法和研究風格的個案分析。這部分內容因涉及不同語別國度的不同文化詮釋，因而存在理論解讀困難的問題，同時因為對於美國的「臺灣文學研究」的研究是一種即時性的研究，各種不斷增加的數據與資料的搜尋與確證也是本書研究的難點之一，需赴美國及其他相關國家和地區透過訪書或訪談搜集相關的資料。對數量可觀的漢學家著作的解讀和對各類著作不同版本的辨析、對各種數據與資料的搜尋，以及對於漢學家中英文姓名的對照與確證及其學術背景的揭示，都是本書研究的主要難點。

設計「『美國漢學家的臺灣文學研究』之研究」這一課題，主要目標就是把課題成果的讀者，設定為包括美國在內的全球的臺灣文學研究者或者臺灣文學愛好者、美國文學理論研究者或者愛好者，以及比較文學和世界文學研究者或者愛好者，甚至對於臺灣問題研究感興趣者，特別是目前在中國（包括臺灣地區）數量日漸擴增的中美比較文學、臺灣文學專業，乃至臺灣問題專業或研究方向的研究生，使他們在手頭無法掌握第一手英文研究資料的情況下，能夠瞭解美國有關臺灣文學研究的歷史與現狀。作為本課題的成果，本書可以作為中美兩國文學交流的媒介，溝通英文與中文研究環境之間的信息隔閡，更重要的是，回顧和總結美國漢學家的「臺灣文學研究」方面的成果，讓中國大陸和臺灣的比較文學和臺灣文學研究者，不只可以在研究方法上借鏡參考，而且可以借助其既有的研究基礎與美國漢學家的研究能源，推動臺灣文學研究、比較文學研究、美國文學理論研究乃至西方文學理論研究的持續進步。

三　本書的基本論述結構框架和各部分的基本內容

本專著論述架構的最初構想是分為上下兩編，上編為盎格魯-撒

克遜裔（Anglo-Saxon）美國漢學家，包括 Timothy A. Ross（中文名羅體模）、Howard Goldblatt（中文名葛浩文）、Cyril Birch（中文譯名白之，又譯作柏琪）、Jeannette Faurot（中文名傅靜宜，又被譯作傅謹宜，指導了一些研究臺灣文學的研究生）、John Balcom（中文名陶忘機）、Jane Parish Yang（中文名白珍，中美混血兒）、Fredric R. Jameson（中文名詹明信，又被譯為詹姆遜）、Edward Gunn（耿德華）、Jeffrey C. Kinkley（金介甫）、Perry Link（林培瑞）、Karen S. Kingsbury（中文名金凱筠，夏志清的學生）、Christopher Lupke（中文名陸敬思）、Michael Berry（中文名白睿文）、Carlos Rojas（中文名羅鵬）等；下編為華裔美國漢學家，包括夏志清、夏濟安、李歐梵、喬志高、葉維廉、許芥昱、白先勇、歐陽子、張誦聖、王德威、王瑾、黃娟、杜國清、廖炳惠、林毓生、奚密、林麗君、史書美、陳小眉、鄧津華、魯曉鵬、張英進、石靜遠、蔡建鑫等。但是，在研究的過程中，一些交混、互鑒的文化現象和研究方法被發現，這使得著者無法簡單地依照華裔與非華裔的血統論為學術研究分野，如張誦聖、奚密、范銘如等合作編譯的《哥倫比亞臺灣文學史料彙編》（*The Columbia Sourcebook of Literary Taiwan*）[5] 便將中國傳統的文獻查證、考證考據等學術方法引入了美國。因此，本著作最終採用了盎格魯-撒克遜裔美國漢學家和華裔美國漢學家一併論述的方式。由此，本書的基本結構框架及其各部分的主要內容如下：

（一）緒論

美國「臺灣文學研究」的起源及發展。緒論部分概要介紹了海外漢學界的臺灣文學研究的發展脈絡，回顧了「臺灣文學研究」學科在

---

5 *The Columbia Sourcebook of Literary Taiwan*. Edited by Sung-sheng Yvonne Chang, Michelle Yeh, Ming-ju Fan. New York: Columbia University Press, 2014.

美國產生、發展的軌跡，勾勒出在整個世界漢學研究板塊中的臺灣文學研究的發展這一宏觀視野和背景下的美國「臺灣文學研究」發展概貌，扼要概括了美國的「臺灣文學研究」的獨特藝術特徵，初步介紹美國漢學家研究臺灣文學的經典著作文本，同時將著力梳理出上世紀九〇年代以來「臺灣文學研究」學科在美國蓬勃發展的歷史脈絡，評析當下美國「臺灣文學研究」的現實圖景。本緒論部分所發現的基本脈絡是，曾由美國來臺訪問、學習、研究，以及由中國大陸和臺灣赴美國留學，後任教於美國各大學亞洲研究系或比較文學系的葛浩文、陶忘機、殷張蘭熙、林張明暉、葉維廉、夏志清、劉紹銘、張錯、王德威、張誦聖、奚密、杜國清等漢學家，在美國漢學界獨闢蹊徑，翻譯出版了大量臺灣文學作品，使臺灣文學在美國獲致有效傳播、被讀者廣泛接受和認可，在此基礎上，一些美國本土的歐美裔（盎格魯-撒克遜裔）漢學家，如白之、傅靜宜等，也加入此一研究工作並予以熱心推動，美國漢學家的臺灣文學研究由此得以展開和蓬勃發展，並最終在美國成為一門顯學。

（二）美國「臺灣文學研究」之方法論研究

具體而言，對於美國「臺灣文學研究」的方法論研究將從如下兩個角度展開論述：一、他山之石：有關美國「臺灣文學研究」中的理論方法的思考。著重考察美國漢學家研究臺灣文學時所運用的理論方法，如西方理論思潮（如後殖民理論、新批評理論等）的影響；西方現代性與中華民族文藝形式問題；西方現代性與東方殖民現代性的異同；文化批評與新批評解讀的衝撞所帶來的啟示等。此部分可分成如下幾個重點論述方面：（一）美國的「臺灣文學研究」與中國大陸和臺灣島內的「臺灣文學研究」的關係及異同。（二）美國的「臺灣文學研究」中的翻譯技巧。（三）美國的「臺灣文學研究」與美國的「中國現當代文學研究」的關聯。（四）美國的「臺灣文學研究」反

饋臺灣後造成的影響。二、個案分析：美國「臺灣文學研究」代表學者及其論著、譯著、編著研究。細讀美國漢學家研究臺灣文學的經典著作文本，選取「臺灣文學研究」學科在美國產生、發展的過程中湧現出的重要學者及其文本進行個案分析與解讀。主要的代表學者及其文本包括但不限於夏志清、葛浩文、金介甫、張誦聖、王德威等。通過將美國漢學家與中國大陸學者和臺灣學者研究臺灣文學的成果進行比較，可以看出：美國漢學家對於臺灣當代文學的關注，比中國大陸和臺灣都要早；大陸學者對於臺灣文學史有著濃厚興趣，臺灣學者則對於日據時期臺灣文學和臺灣文言舊體文學的文獻考證方面的研究較多，美國漢學家則主要側重翻譯和研究二十世紀五〇年代以後的臺灣當代文學作品，尤其是其中的現代主義文學；美國漢學家們對於臺灣文學的關注，經歷了一個從選擇文類組成文學選集到自覺、有意識地培養個人研究風格的歷程，如白之（Birch）的新批評研究方法、劉紹銘與多元全面的臺灣小說選集、葛浩文與英譯單行本臺灣小說，及其「市場化原則」和「等效翻譯」、高克毅（George Kao）與白先勇的翻譯團隊、陶忘機（John Balcom）的隨機隨性翻譯、張誦聖的「現代派小說」翻譯與研究、王德威的兩岸小說整體研究與臺灣當代作家評論、奚密的「現代詩」翻譯與研究等，均值得海峽兩岸的臺灣文學研究者借鑒、研究和學習。

（三）臺灣文學在美國的傳播機制研究

美國漢學家對於臺灣文學的翻譯，帶動了美國學界的臺灣文學教學和研究。而教學活動所培養的美國學生，以及研究活動所聚集的美國學者群體及其擁躉，形成了臺灣文學的潛在傳播媒介。從這個意義上講，圍繞以臺灣文學翻譯為基礎的「臺灣文學研究」所展開的學術及文化活動，是臺灣文學在美國得以有效傳播的路徑之一。在對臺灣文學從點到面的翻譯的基礎上，美國的「臺灣文學研究」得以持續發

展，開始出現了以「臺灣文學研究」為主題的學術研討會、學術專
著，以「臺灣文學」為研究對象的博士論文也開始出現，並且數量不
斷增加。本部分主要從教育學、譯介學、消費社會學、新聞傳播學、
文化產業學等角度論述，臺灣文學選集和臺灣文學研究課程如何能夠
在美國擁有立足之地、吸引較多數量學者的內在動因和外部動力。此
部分有如下幾個方面：一、文學體制與學術體制下的臺灣文學在美傳
播場域，考察審美藝術與政治美學要求的結合，臺灣留學生、移民與
美國的「臺灣文學研究」，期刊雜誌與出版發表，研究機構與研究計
畫，大學教育課程、專業與美國的「臺灣文學研究」等內容；二、文
化傳播與文化轉譯的途徑：翻譯、研究與推介，主要從譯介學的角度
考察美國漢學家的臺灣文學翻譯的廣度、深度及其風格等；三、文學
生產模式的多元化實踐，考察會議及其綜述與書評、影評、劇評等藝
術評論，展演、營銷對於臺灣文學在美國的傳播的促進等；四、文學
因緣，主要考察親緣、血緣與學緣等因素與美國漢學家臺灣文學研究
的關聯。

（四）結論

　　此部分主要提煉全書的核心觀點和中心論點，並對書中提及的周
邊論題和言而未盡的話題作進一步拓展和深入思考。美國的「臺灣文
學研究」給中國大陸和臺灣的「臺灣文學研究」學者帶來了諸多啟
示，通過觀察美國漢學家的臺灣文學研究，我們可以在中美文化交流
碰撞的視野中呈現臺灣文學與美國文化界互動情況的一些重要特徵，
瞭解美國漢學家的研究方法，以及美國的「臺灣文學翻譯和研究」反
饋臺灣後造成的影響，以作為我們臺灣文學研究乃至臺灣問題研究方
面的一個借鏡。可以借此考察民族文化軟實力的培養、民族文化價值
觀的輸出對兩岸文藝政策走向及其相關創作的重要影響，考察中美文
學交流和合作以及兩岸文學交流和合作對於促進臺灣海峽兩岸關係和

平發展的重要意義，同時展望今後臺灣文學研究的發展前景，提出海峽兩岸應對此種前景的對策。本部分總結論述的內容主要包括五個部分：一、價值；二、方法；三、關係—影響；四、文類—風格；五、文學以外（文化、政治、經濟、媒介等）。

四　本書的學術理路、應用價值和社會影響展望

本書擬採用層層深入式的論證結構，最終得出結論（Conclusion）。如上所述，本書主要採用了元批評和比較文藝學的研究方法，兼採闡釋學理論、翻譯學理論、現代主義理論、消費社會學、藝術審美學、文化人類學、傳播學、文化產業學等多種社會科學研究方法，從大處著眼，小處著手，以例實證，立足批評文本的細讀，結合社會場域的考量，對「『美國漢學家的臺灣文學研究』之研究」這一課題進行了初步的探索和盡可能深入、全面的研究。本課題注重從微觀上對美國漢學家的臺灣文學批評著作進行細緻周密而深入的論述，恰好彌補了傳統觀察角度的方法論研究方面的不足，與其他相關論著互相補證，力求為推動漢學研究、中國學研究、比較文學研究和臺灣文學研究等相關領域的學術進步做出一定貢獻。本書，也是本課題的主要研究成果，可用作漢語言文學專業、英語語言文學專業、臺港澳暨海外華文文學專業，以及比較文學專業的大學本專科生和博碩士研究生的輔助教材，同時也可以提供給我國各級涉臺及外交部門、機構作為參考讀物。要而言之，作為「『美國漢學家的臺灣文學研究』之研究」這一課題的最終研究成果，本書所期望能夠給讀者朋友們帶來的大致可分為四個方面的內容：海外漢學史料的整理與歷史線索的發現；美國的「臺灣文學研究」的啟示；區域性研究與全球化視野，其中包括臺灣文學研究的國際影響；以及借助海外漢學資源，推動國學的學術進步，共創臺灣海峽兩岸的文學性諧和的美好願景。

目次

第一章
美國漢學家「臺灣文學研究」的起源及發展

　　「漢學」是借用自中國經學研究的術語，本指漢儒之學，即漢代經學研究的一個分支，之後用來指外國人士研究中國傳統歷史文化的學問，其主流學術所研究的對象主要是中國古代語言文字、經學、中國古代社會歷史、中國古代文物及器物（如青銅器、古琴）、中國古代文學、中國古代宗教信仰及經卷（如敦煌經卷、敦煌變文）等，非常近似於中華傳統學術中所謂「小學」，早期從事漢學研究的西方人士主要是來華的傳教士和外交使者。

　　漢學從其產生之日起，就有著濃重的「觀看他者」的意味，隨著西方工業革命的開展、資本主義的興盛，對於中國的「觀看」不僅越來越靠向西方各國的擴張戰略，對於中國的研究也愈來愈趨向全面化和當代化，傳統的西方漢學已不太適應西方各國的現實國際戰略需求，因此，至十九世紀中期，西方漢學，同時也帶動了其他國家的漢學，亦即海外漢學（包括西方漢學），產生了一個學術主流的轉向，即由傳統的注重古代中國歷史文化的研究，轉而面向當下中國的社會文化的研究。同時，一種更為「功利」，或曰更注重現實效益的海外中國研究逐漸興起，這就是當今被許多學者稱為「中國學」的學問。「中國學」的研究對象範圍更廣，既包括傳統西方漢學所研究的「小學」，也包括對於當下中國所有現實社會領域的研究，如政治、經濟、文學、美術、音樂、建築、飲食、地理、科學技術，甚至包括軍事。也正因如此，正如有的學者所說，「漢學（Sinology）這一術語曾

一度有著貶義，實際上指的是西方的中國學研究（Chinese studies），屬西方正統學術界以外的非主流系統的『非西方研究』（Non-western studies）。作為一門長期以來處於『邊緣』的學科，它代表的是中國文化圈和操持漢學的族群以外的人們對漢語以及用這種語言撰寫的作品及其所表現的文化現象進行的研究及其成果，它的出發點決不是中國本身，研究主體也不是中國人，而是把中國當做一個『他者』來考察研究的外國人」[1]。發展至今，「中國學」已演變成為一種涵蓋所有學科領域的「中國研究之學」，可以說，凡是主幹研究內容涉及中國的學問，都類屬「中國學」之列。而由此也可看出，當今的「漢學」一詞與「中國學」一詞仍是存在有差別的，「漢學」仍強調自身的人文屬性，側重研究中國的文化（包括文學）、藝術、民俗、語言、歷史、哲學等人文領域，而「中國學」更強調自身的實踐性和功用性，注重研究中國社會、政治、經濟、軍事、資源、外交、科學技術等國際戰略要素。當前，海外的人文「漢學」與戰略「中國學」又有著融合互滲的趨勢，形成了一種有著「實學」意味的新漢學，美國漢學家對於臺灣文學的研究便屬此類意義上的漢學。

近年來，美國實現自身霸權的重心已逐漸由軍事高壓向文化滲透轉換，臺海地區作為其國際戰略的重要一環，是其推廣美國文化、開展相關文化研究的重要對象之一，許多研究臺灣問題的美國漢學家和中國學家因此也成為美國智庫機構的成員。而美國從事臺灣問題研究的學者有很多是文學專業出身的文化研究學者，很多旅美臺灣知識分子也是文學專業出身，因此，臺灣文學及其周邊文化（如影視等）便成為美國研究臺灣問題的重要切入點。有鑑於此，考察美國漢學家的臺灣文學研究的情況，對於中國來說，既有文學方面的審美價值與美學意義，又有著重要的國家戰略意義。

1　王寧：〈中國現當代文學研究在西方〉，《中國文化研究》2001年春之卷，頁125。

第一節　有關美國漢學家「臺灣文學研究」之研究的學術史回顧

　　有關美國漢學家研究臺灣文學的情況，中國大陸的介紹與研究並不多。近年來國內一些報刊的幾篇文章介紹了其中的部分突出成就，但大多是將其放在美國的「中國現當代文學研究」的一個小部分中進行介紹，篇幅較短小、內容較單薄。近幾年剛出版的幾部臺灣文學研究專著，其中雖有一些關於臺灣文壇與美國關係的論述，但往往側重於介紹旅美臺灣作家在美國的創作情況，對美國漢學家研究臺灣文學的方法論鮮有論述與揭示。

　　在海外，對於美國漢學家的臺灣文學研究的深入系統研究雖然也不多見，但是這種「研究之研究」的起始時間卻先於中國大陸和臺灣。早在一九六〇年代，夏志清的《近代中國小說史》（*A History of Modern Chinese Fiction 1917-1957*）出版後，原捷克斯洛伐克的漢學家普實克即針對書中夏志清的意識形態問題和治學方法問題，包括書中附錄的夏志清的兄長夏濟安評論臺灣文學的文章[2]，以及夏志清本人對於臺灣作家姜貴的論述[3]提出了質疑和批評，夏志清撰文予以回應和辯駁，由此構成了國際比較文學史上著名的「普實克與夏志清論爭」事件。雖然文中涉及臺灣文學的內容僅寥寥數語，但普實克的此

2　（美）夏志清：《近代中國小說史》（*A History of Modern Chinese Fiction 1917-1957*），附錄夏濟安〈臺灣文學論〉一文，紐海文市和倫敦市：耶魯大學出版社（Yale UP），1961年，頁509-529（*A History of Modern Chinese Fiction 1917-1957. By C. T. Hsia, with an appendix on Taiwan by Tsi-an Hsia. New Haven and London: Yale University Press, 1961. pp. 509-529*）。

3　（美）夏志清：《近代中國小說史》（*A History of Modern Chinese Fiction 1917-1957*），附錄夏濟安〈臺灣文學論〉一文，紐海文和倫敦：耶魯大學出版社（Yale UP），1961年，頁523（*A History of Modern Chinese Fiction 1917-1957. By C. T. HSIA, with an appendix on Taiwan by Tsi-an Hsia. New Haven and London: Yale University Press, 1961. p. 523*）。

篇論文，可算是目前世界上最早涉及美國漢學家「臺灣文學研究」之研究的論述。此後，一九七九年，海外第一次臺灣文學研討會在美國德克薩斯大學奧斯汀校區舉行，此次研討會的論文集、美國德州大學奧斯汀校區亞洲研究系主任傅靜宜（Faurot, Jeannette L.）教授主編的美國德州大學奧斯汀校區當代臺灣小說研討會論文集（Conference Proceeding Symposium on Taiwan Fiction, University of Texas at Austin）於一九八〇年出版後，法國漢學家 Lévy, André（雷威安）曾於一九八二年在著名的國際頂尖級漢學研究學術期刊《通報》（T'oung Pao）上，發表了有關此次當代臺灣小說研討會論文的評述文章[4]，這可以說是目前世界上最早專門的有關美國漢學家「臺灣文學研究」之研究的論述文章。

　　一九九七年，當時尚在美國德克薩斯大學奧斯汀校區東亞系博士班攻讀博士學位、後任臺灣成功大學副教授，現任臺北教育大學教授的應鳳凰女士曾撰文發表於臺灣《漢學研究通訊》雜誌，首次比較系統地介紹了美國的「臺灣文學研究」的發展脈絡，對於此後美國漢學家「臺灣文學研究」之研究的學術史梳理具有重要的參考價值。但由於該文寫作於二十多年前，發表時間較早，對一九九七年之後的問題沒有論及，而且該論文側重於史料的整理與事件的陳述，限於期刊篇幅，論述中較少深入探究美國漢學家的研究方法及其理論體系。

　　美國哈佛大學王德威教授曾在其著作中論及美國的「臺灣文學研究」的概況，如他發表於一九九五年的〈翻譯臺灣〉[5]一文，就介紹了截至二十世紀九〇年代為止在美國發行的八種英譯臺灣小說選集，可說是美國「臺灣文學研究」之研究的重要參考資料，但惜僅限於對

4　Lévy, André. *Chinese Fiction from Taiwan: Critical Perspectives*. In *T'oung Pao*, ISSN 0082-5433, 01/1982, Volume 68, Issue 4/5, pp. 355-359.

5　見（美）王德威：《小說中國——晚清到當代的中文小說》（臺北市：麥田出版社，1993年），頁393。

英譯臺灣文學選集的個案分析，並未對美國學界的臺灣文學研究進行
整體深入地專門論述和理論探討。王德威教授現在美國哈佛大學任
職，他的相關著述恰好成為本書的研究對象，屬本書的論述範疇。王
德威還曾經在其論文〈英語世界的現代文學研究之報告〉[6]中，論述
了與美國漢學家相關的英語世界的臺灣現代文學研究，王德威希望可
以「採取元歷史的觀點研究從晚清到二十世紀最後十年的中國現代文
學批評和歷史。……二十世紀中國文學研究的一個悖論可能不是批評
欲望和歷史觀點的匱乏，而是其太過氾濫。……通過更新一八四〇年
到世紀末的中國文學之人物、著作、運動和論爭的方式，將使我們能
夠衡量我們自身作為中國現代歷史一部分所占據的地位；評價一些學
術嘗試，其範圍從古典文章到先鋒試驗、從國外思想到本土思考，這
些都滲透於批評話語中；並且考察影響中國（後）現代相互作用的歷
史因素，使其不囿於大陸、臺灣、香港和海外等地理疆域。」[7]他還把
同在此種「元歷史」的觀點下開展研究的鄧騰克（Kirk Denton）的
《中國現代文學思想：文學寫作，一八九三～一九四五》和陳平原的
《中國現代學術之建立》做了比較，認為，鄧騰克（Kirk Denton）一
九九五年的文集《中國現代文學思想：文學寫作，一八九三～一九四
五》（*Modern Chinese Literary Thought: Writing on literature, 1893-
1945*）「為後來者沿著這條脈絡行進的任何嘗試均奠定了基礎。但該
書僅僅是一部原創作品的選集，而北京大學陳平原的中文著作《中國
現代學術之建立》，堪稱為一個更佳的學術代表作。」[8]很顯然，王德
威是把美國漢學家的臺灣文學研究放置在「英語世界的中國文學研

6　（美）王德威著，張清芳譯：〈英語世界的現代文學研究之報告〉，《海南師範大學
　　學報（社會科學版）》2007年第3期，頁1-5。

7　（美）王德威著，張清芳譯：〈英語世界的現代文學研究之報告〉，《海南師範大學
　　學報（社會科學版）》2007年第3期，頁3。

8　（美）王德威著，張清芳譯：〈英語世界的現代文學研究之報告〉，《海南師範大學
　　學報（社會科學版）》2007年第3期，頁3。

究」這個大的架構裡面進行闡述的，他有著建構全球化視野的中國學術批評的意圖，而非僅僅局限於臺灣學術研究這一個小的區域化板塊而已。二○○一年，清華大學教授王甯在中國語言文化大學主辦的《中國文化研究》雜誌上發表了〈中國現當代文學研究在西方〉[9]一文，其中也包含了對西方漢學家對於臺灣文學的研究情況的評述。

著名美籍華人學者李歐梵於二○○五年十月，曾經在美國哥倫比亞大學主辦的「『夏氏兄弟與中國文學』學術研討會」（The Hsia Brothers and Chinese Literature: An International Symposium）上發表論文〈光明與黑暗之門──我對夏氏兄弟的敬意和感激〉[10]，「深情回顧了夏氏兄弟對他的影響，對夏氏兄弟的學術個性與學術貢獻做了精當的評述」[11]，其中也包含了對於夏氏兄弟的臺灣文學研究的高度評價。李歐梵是來自臺灣的美籍華人學者、作家，從他由臺灣來到美國留學，繼而留在美國，在哈佛大學等大學任教並從事文學研究工作這個意義上來說，他在美國的文學創作與文學研究，以及他在美國期間對於夏濟安、夏志清兄弟等臺灣旅美文學人士的研究，此種文學活動本身即屬「美國漢學家的臺灣文學研究」之列。

二○○六年，中國遼寧的《當代作家評論》雜誌在其二○○六年第三期和第四期分兩次刊登了美國聖約翰大學（Saint John's University，又譯為聖若望大學）歷史系教授金介甫（Jeffrey C. Kinkley）著，中國上海外國語大學查明建教授譯的〈中國文學（1949-1999）的英譯本出版情況述評〉[12]。該文共約三萬餘字，譯自齊邦媛、王德威主編

9　王寧：〈中國現當代文學研究在西方〉，《中國文化研究》2001年春之卷，頁129-130。

10　此文後被譯成中文發表於《當代作家評論》，參見（美）李歐梵著，李進、杭粉華譯：〈光明與黑暗之門──我對夏氏兄弟的敬意和感激〉，《當代作家評論》2007年第2期，頁10-19。

11　李進：《海外漢學研究‧主持人的話》，《當代作家評論》2007年第2期，頁10。

12　（美）金介甫著，查明建譯：〈中國文學（1949-1999）的英譯本出版情況述評〉，

的《二十世紀下半期中國文學評述》一書中的附錄 "A Bibliographic Survey of Publications on Chinese Literature in Translation from 1949-1999"[13]，這篇長文將臺灣文學英譯本出版與研究的情況納入整個中國現當代文學在海外譯介出版的體系中進行評介，「系統考察評述五十年間中國現當代文學英譯本出版與研究的情況，資料翔實，是不可多得的基礎性文獻」[14]。

美國德克薩斯大學奧斯汀校區（University of Texas at Austin）亞洲研究系的美籍華人漢學家張誦聖教授發表於二〇〇八年的論文《「東亞現代主義文學」研究的新範式——以臺灣文學為例》[15]，在評析了 Margaret Hillenbrand（何依霖）等歐美漢學家與臺灣文學研究有關的著作、美國加州大學慶祝白先勇七十壽辰研討會等美國漢學家有關臺灣文學的文學活動的基礎上提出了以「東亞視野和兩岸視角」，借助布迪厄「文化場域」理論和柏格「文學體制」理論建構「東亞現代主義文學研究」[16]的新研究範式的方法論構想。而中國大陸的廈門大學鄭國慶副教授於二〇〇八年發表的論文〈現代主義、文學場域與張誦聖的臺灣文學研究〉[17]，則從「文學與文化場域研究」、「臺灣現代主義小說研究」、「本土問題結構」和「文學體制研究」四個方面闡

《當代作家評論》2006年第3期，頁67-76；（美）金介甫著，查明建譯：〈中國文學（1949-1999）的英譯本出版情況述評（續）〉，《當代作家評論》2006年第4期，頁137-152。

13　參見（美）金介甫著，查明建譯：〈中國文學（1949-1999）的英譯本出版情況述評〉，《當代作家評論》2006年第3期，頁67。

14　李進：《海外漢學研究・主持人的話》，《當代作家評論》2006年第3期，頁67。

15　（美）張誦聖：〈「東亞現代主義文學」研究的新範式——以臺灣文學為例〉，《廈門大學學報（哲學社會科學版）》2008年第6期，頁71-78。

16　（美）張誦聖：〈「東亞現代主義文學」研究的新範式——以臺灣文學為例〉，《廈門大學學報（哲學社會科學版）》2008年第6期，頁71。

17　鄭國慶：〈現代主義、文學場域與張誦聖的臺灣文學研究〉，《廈門大學學報（哲學社會科學版）》2008年第6期，頁79-84。

述了張誦聖女士在臺灣文學研究方面的理論貢獻及其研究方法。

在臺灣，近幾年的《臺灣文學年鑑》基本每年都會邀約海外臺灣文學研究學者（如杜國清教授等）撰寫一篇題為「臺灣文學在美國」或者類似題目的相關介紹文章，介紹臺灣文學在美國的翻譯和傳播、美國漢學家研究臺灣文學的狀況等。二○一二年七月，臺灣大學出版中心出版了由臺灣「中央研究院」中國文哲研究所研究員李奭學主編的《異地繁花：海外臺灣文論選譯》上冊，「選譯了十二篇海外學者對臺灣文學研究的論文，包括：哈玫麗、荊子馨、阮斐娜、張誦聖、林麗君、王德威、陸敬思、陳綾琪、桑梓蘭、蔡秀妝、奚密等十一位學者的文章，主題涵蓋殖民、國族、認同、性別、同志、飲食與生態，論述文類跨越小說、電影與散文詩，呈現多元而豐富的風貌」[18]。臺灣大學出版中心在為該書所作的推介文字中說：「繁花盛開的臺灣文學，在海外的異地也得到廣大迴響，呈現多元而豐富的面貌，吐露出混血的美學特色。」[19]「有愈來愈多海外的學者專家投入研究。」[20]臺灣文學「在異地也得到廣大的迴響，得以生根茁壯，結實累累。本書因而定名為『異地繁花』」[21]。

二○一二年十月，臺灣大學出版中心又出版了由李奭學主編的《異地繁花：海外臺灣文論選譯（下）》，與《異地繁花：海外臺灣文論選譯》上冊主要選譯海外漢學家的各種文類研究論文相比，這本下冊主要選譯了海外漢學家有關詩歌研究和小說研究的十二篇論文。選取的十位學者（陸敬思、饒博榮、陶忘機、凌靜怡、柯德席、阮斐娜、

18 李奭學：〈導論〉，李奭學主編：《異地繁花：海外臺灣文論選譯（上）》（臺北市：臺灣大學出版中心，2012年），頁8。

19 臺灣大學 epaper.ntu.edu.tw/...id=35&id=16096-2013-3-10

20 李奭學主編《異地繁花：海外臺灣文論選譯（上）》（臺北市：臺灣大學出版中心，2012年），封底。

21 李奭學：〈導論〉，李奭學主編：《異地繁花：海外臺灣文論選譯（上）》（臺北市：臺灣大學出版中心，2012年），頁8。

何依霖、張誦聖、陳綾琪、王德威）及其論文包括「陸敬思、饒博榮、陶忘機、淩靜怡、柯德席等海外學者，專論鄭愁予、瘂弦、洛夫、夏宇、劉克襄等五位臺灣詩人的文章，主題橫貫家國離散、女性意識與自然生態。……阮斐娜論西川滿、陸敬思論王文興、陳綾琪論朱天文，以及何依霖指出東亞國家的共通性、張誦聖描繪一九七〇年代和解嚴之後臺灣文學場域的變遷等論文，最後則以王德威綜論清末、民國初年以及二十世紀末關於砍頭的小說敘事作為本書的『壓軸之作』，展現海外學界對於臺灣文學領域，豐碩且富饒的研究成果。」[22]

臺灣大學出版中心出版《異地繁花：海外臺灣文論選譯》上下兩冊的意圖在於，「藉由海外學者的研究作為一面『他者之鏡』，即映照臺灣文學的豐厚與華美；經由本書的出版，也期待將海外對於臺灣文學最新的研究觀點，介紹給國內的讀者，讓這些文學研究的成果回到母土，以期激盪、深化更多層次與視角的文學創作與思考。」[23]李奭學一九九九年畢業於美國芝加哥大學並獲比較文學博士學位，現已回到臺灣任職，「異地繁花」之後的「本地結果」，美國漢學反哺臺灣文學，這種文學現象別有意趣，也反映了臺灣文學研究的日趨全球化。

二〇一二年臺灣大學出版中心還出版了時任臺灣中正大學臺灣文學研究所所長的邱子修副教授主編的《跨文化的想像主體性》[24]，該書收入了杜維明（哈佛大學教授、北京大學高等人文研究院院長）的論文〈當代臺灣的文化認同和承認政治〉（杜維明著，邱子修譯，其中邱子修為畢業於美國喬治亞大學比較文學專業的博士）、張誦聖（美國德克薩斯大學奧斯汀分校亞洲研究系教授）的論文〈臺灣當今三代女性作家評介〉（張誦聖著，邱子修譯）、余珍珠（香港科技大學

---

22 臺灣大學 - epaper.ntu.edu.tw/...id=35&id=16096 - 2013-3-10
23 臺灣大學 - epaper.ntu.edu.tw/...id=35&id=16096 - 2013-3-10
24 邱子修主編：《跨文化的想像主體性》，臺北市：臺灣大學出版中心，2012年。

人文學部教授）的論文〈建構本土意識：二十世紀的臺灣文學〉（余珍珠著，羅德仁、江寶釵譯，其中羅德仁為加拿大曼尼托巴大學亞洲研究中心教授，江寶釵為臺灣中正大學教授）、余珍珠（香港科技大學人文學部教授）的論文〈書寫殖民自我：楊逵的抗拒文本與國家認同〉（余珍珠著，黃裕惠譯）、古苿（美國賓州大學中國研究博士）的論文〈令人難安的敘事與意識形態：楊逵的短篇小說與後殖民臺灣正統疆界〉（古苿著，李根芳譯，其中李根芳為臺灣師範大學翻譯研究所副教授）、伍湘畹（美國哈佛大學中國文學博士）〈中文世界的女性主義：論李昂的〈殺夫〉〉（伍湘畹著，儲湘君譯，其中儲湘君為臺灣彰化師範大學英語學系教授兼系主任）、哈玫麗（紐西蘭馬瑟大學教授）的論文〈女人性別化：臺灣晚近女性作家的小說〉（哈玫麗著，黃淑瑛譯，其中黃淑瑛為美國喬治亞大學比較文學博士）、哈玫麗（紐西蘭馬瑟大學教授）的論文〈從通俗到政治：李昂小說中的話題性面面觀〉（哈玫麗著，黃淑瑛譯，其中黃淑瑛為美國喬治亞大學比較文學博士）、何依霖（英國牛津大學東方研究學院教授）的論文〈國家寓言再探：當代臺灣的公眾與私密書寫〉（何依霖著，張學美譯，其中張學美為臺灣彰化師範大學英語系所教授）、魏樂（美國波士頓大學人類學教授）和黃倩玉（臺灣新竹清華大學人類學研究所教授）的論文〈賢德與母職：慈濟功德會的女性與社會福利〉（魏樂、黃倩玉著，蔡美玉譯，其中蔡美玉為臺灣中正大學助理教授）、卡芙兒（美國北卡羅萊納州立大學退休教授）的論文〈跨文化的解讀是可能的嗎？〉（卡芙兒著，邱子修譯）。邱子修也是留學美國獲得比較文學博士學位後回到臺灣任教的臺灣學人。

此外，上海交通大學張曼副教授曾著文評述美國的老舍研究，其中涉及到了美國漢學家高克毅（喬志高）、王德威曾經將老舍與臺灣作家進行比較的話題，其中高克毅的論文集名為《老舍與陳若曦：兩位作家和文化革命》，王德威的論文名為〈激進的筆──老舍與他的

臺灣傳人〉[25]。

第二節　海外漢學家研究臺灣文學的起源、發展

　　海外漢學界最早從事臺灣文學研究的是日本漢學家，這主要是因為日本曾經早自一八九五年開始直至一九四五年占據臺灣五十年之久，在臺灣日據時期，即有日本漢學家島田謹二著有《臺灣文學的過現未》[26]，戰後則有日本漢學家尾崎秀樹、塚本照和等人繼續對臺灣文學展開研究。一九七九年，日本漢學家竹內實曾翻譯了陳若曦的小說《尹縣長》，該日譯本由日本朝日新聞社出版，書名為「北京のひとり」（《北京的獨行者》）[27]。一九九〇年代以後，較多數量的日本學者開始注意臺灣文學，如竹內實、黃英哲、河原功、橫地剛等。日本漢學家主要是借助自身的語言優勢研究日據時期的臺灣文學。「臺灣文學的研究者一向不敢輕忽臺灣本地人的『日文文學』，獨獨遺漏了日本人的『臺灣文學』……近年來大阪大學的垂水千惠與東京大學的藤井省三探首移向這部分的作品，……更有科羅拉多大學的阮斐娜教授潛心研究這有待拓墾的處女地。」[28]阮斐娜現在雖為美國科羅拉多大學教授，但她曾在日本留學並曾得到日本的學術資助，因此也曾是日本漢學界的一員。截至目前（2018），日本學者尚無針對臺灣現代文言文學的研究論著，對當代臺灣文學的研究也是鳳毛麟角，而且也尚未形成全面完整、自成理論體系的臺灣文學史專著。

---

25 張曼：〈老舍作品在美國的譯介與研究〉，《上海師範大學學報（哲學社會科學版）》2010年第2期，頁101。

26 （日本）島田謹二：〈臺灣文學の過現未〉，《文藝臺灣》第2卷第2期，1941年。

27 （美）應鳳凰（德州大學東亞系博士班）：〈臺灣文學研究在美國〉，《漢學研究通訊》第16卷第4期（總第64期），1997年11月，頁397。

28 李奭學：〈導論〉，李奭學主編：《異地繁花：海外臺灣文論選譯（上）》（臺北市：臺灣大學出版中心，2012年），頁10-11。

　　如果對中日兩國的「臺灣文學研究」加以比較，可以看出，中國大陸研究臺灣文學的最大特點也是最大貢獻，便是出版了大量的、多種版本的臺灣文學史專著，重寫臺灣文學史蔚然成風。臺灣本土研究臺灣文學側重在單個作家作品史料的搜集、整理，以及個案的深入研究與細緻爬梳。因與臺灣的曾經的殖民與被殖民的特殊關係，日本國內的學者似乎對於日據時期的臺灣文學更感興趣。他們的研究體現了日本學術研究的普遍特點，即細嚼慢嚥，目光著眼於許多細節。但他們的文學批評受到意識形態影響（主要是後殖民時代沒落的殖民者心態）較多，對於國族之類的字眼比較感興趣。

　　傳統西方漢學的關注重心在於中國的古代社會與文化，「基本上以中國的社會、文化、歷史和政治為研究對象，即使涉及中國文學，但也僅止於十九世紀末以前的中國古典文學，極少涉及中國現當代文學。有些在中國現當代文學翻譯和研究界成果豐碩的漢學家由於缺乏古典文學的扎實功底或其他社會科學的知識而很難在高校找到一個職位，這種功利主義的情形尤其體現在美國的漢學界。」[29]從上世紀下半葉開始，「在整個人文社會科學學科領域日益萎縮的不利條件下，古典文學研究由於遠離當代社會現實而首當其衝；而當代文學由於直接反映了中國改革開放以來的社會文化變革的全貌而同時受到西方漢學家以及主流比較文學和文化研究者的重視，從而使得一些長期專攻古典的漢學家不得不把目光轉向現當代文學和文化研究，這無疑也給中國現當代文學研究在西方高校的發展帶來了機遇。」[30]這種研究重點的轉移及其所帶來的學科發展的機遇，同樣體現於西方漢學界從一九五〇年代開始並持續至今的對於臺灣文學的關注與研究。

　　美國學者的臺灣文學研究，可以說是開了第二次世界大戰之後世

29　王寧：〈中國現當代文學研究在西方〉，《中國文化研究》2001年春之卷，頁126。
30　王寧：〈中國現當代文學研究在西方〉，《中國文化研究》2001年春之卷，頁126。

界上臺灣文學研究的風氣之先。而夏濟安、夏志清兄弟到美國後在一
九五〇年代開始的對於臺灣文學的研究，尤其是一九六一年夏志清收
錄於其著作《近代中國小說史》（此後的多種中譯本均被譯為《中國
現代小說史》）附錄中的有關臺灣作家姜貴及其小說《旋風》的評論
以及夏濟安有關臺灣文學的論述，可謂美國漢學家臺灣文學研究的發
軔。一九七六年在美國出版，由劉紹銘主編的美國第一本臺灣當代小
說選集《六十年代臺灣小說選》（*Chinese Story From Taiwan: 1960-
1970*）（《六十年代臺灣小說選》，哥倫比亞大學出版社，1976年）「就
海外整個的臺灣文學研究領域來看，它比日本研究文社出版，松永正
義譯，最早的《臺灣現代小說選》（1985年出版）還早誕生了八年。」[31]
戰後最早的臺灣文學研究學術研討會也是在美國舉辦的，此次在美國
德克薩斯大學奧斯汀校區舉辦的研討會的論文集收入了目前看來屬美
國文學理論界或者漢學界、比較文學界的頂尖級學者——夏志清、白
之、傅靜宜、米勒（米樂山）、劉紹銘、王瑾等的論文。此後，由於
臺灣學者向美國的移民，美國臺灣文學研究界的學術力量持續增強，
目前在美國比較活躍地從事臺灣文學研究的學者有：葛浩文、王德
威、張誦聖、陶忘機、孫康宜、杜國清、奚密、阮斐娜、陸敬思、白
睿文、鄧津華等。美國的臺灣文學研究早期的最主要形式是「臺灣文
學選集」（anthology）。這種選集，往往最初被用作美國涉獵於臺灣文
學研究的漢學家向美國學生講授中國現代文學，或者臺灣現代文學課
程時使用的教材，這些選集譯筆流暢、表意深刻精到，往往能夠在美
國引起較大的反響，對於臺灣文學在美國的傳播，起到了重要的促進
作用。由此類選集出發，美國的臺灣文學學者們開始運用西方理論，
使用英語撰著有關臺灣文學的研究專著，美國漢學家的臺灣文學研究

31　（美）應鳳凰（德州大學東亞系博士班）：〈臺灣文學研究在美國〉，《漢學研究通
　　訊》第16卷第4期（總第64期），1997年11月，頁396。

延續至今，經過五十餘年的發展，已成蔚然大觀，因下文將就此詳加論述，故此不贅述。

　　一九六二年，甫獲法國高等研究院博士學位、後任荷蘭萊頓大學漢學教授、荷蘭皇家科學院院士的 Kristofer Schipper（施舟人，又被譯為施博爾，1934-2021）從歐洲來到臺灣，在從事道教研究和道場科儀學習之餘，關注並收集了一批臺灣歌仔冊，由此展開了臺灣歌仔冊目錄整理與研究，並於一九六五年在《臺灣風物》雜誌發表了〈五百舊本「歌仔冊」目錄〉[32]一文，施舟人教授後在二〇〇一年左右將自己收藏的臺灣歌仔冊與中國大陸著名臺灣文學研究學者汪毅夫教授所捐贈的大批閩臺歌仔冊集於一身，在福州大學設立了西文人文圖書館「西觀藏書樓」，由此，「西觀藏書樓」成為世界上收藏閩南語歌仔冊最多的藏家。施舟人也於二〇〇一年經時任福建省副省長汪毅夫教授引薦，獲福州大學邀聘，擔任了福州大學特聘教授並定居於福建省福州市至今。在一九六〇年代開始研究臺灣閩南語歌本的還有著名漢學家、荷蘭籍劍橋大學及牛津大學教授龍彼得（Pier van der Loon, 1920-2002），他也是在一九六二年左右開始從事《荔枝記》、《荔鏡記》和其他南音、梨園戲、錦歌、歌仔冊刻本的研究，並曾與吳守禮先生等臺灣著名學者互動、交流、合作。此後，與中國大陸現當代作家作品自一九八〇年代以來在荷蘭得到漢學家和讀者們的青睞和重視並被大量譯介相比較而言，「臺灣作家的作品翻譯成荷蘭文的就少多了。這大概與近二十年來中國改革開放所帶來的文藝繁榮局面不無關係。」[33]

　　俄羅斯漢學界對於臺灣文學的研究的傑出成果主要體現為俄羅斯科學院院士、著名漢學家李福清（B. Riftin, 1932-2012）在二〇一一年

32　（法）施博爾（施舟人）：〈五百舊本「歌仔冊」目錄〉，《臺灣風物》第15卷第4期（臺北市：臺灣風物社，1965年10月），頁41-60。

33　王寧：〈中國現當代文學研究在西方〉，《中國文化研究》2001年春之卷，頁129。

在北京出版的《神話與鬼話——臺灣原住民神話故事比較研究》[34]，書中主要對臺灣的民間傳說故事和相關民俗做了深入研究。

　　在瑞典，繼高本漢（Klas Bernhard Johannes Karlgren, 1889-1978）之後，馬悅然（N. G. D. Malmqvist, 1924-2019）「花了畢生的精力孜孜不倦地翻譯和研究中國文化和文學，為把中國古典文學介紹給瑞典人民、為使中國現當代文學為世人矚目都作出了很大的貢獻。可以說，當代瑞典漢學的新發展以及中國文學在瑞典的翻譯和傳播，馬悅然功不可沒。……他不僅本人學識淵博，對中國各個時代的語言文學均相當熟悉，並花了大量精力把包括中國古典文學名著和現當代文學作品在內的中國文學精華介紹給了北歐文學界和讀書界，他還和包括老舍在內的相當一批中國現當代作家、批評家和學者保持著密切的接觸和聯繫，從而及時地向皇家學院諾貝爾文學獎評獎委員會作出報告，為委員們的最後決定提供重要的參考意見。當年馬悅然在接替高本漢出任中國文學教授後，大刀闊斧地對原有的課程設置進行了改革，並吸收了當代人文社會科學領域內的新理論和新成果，使得斯德哥爾摩大學的漢學系成為北歐的漢學中心，在整個歐洲的漢學界也獨樹一幟。可以說，高本漢和馬悅然代表了現代瑞典漢學的兩座豐碑或兩個時代」[35]。馬悅然的太太陳文芬是來自臺灣的華人記者和作家，這使得他與臺灣文學之間有了一種自然的聯繫。馬悅然曾翻譯了臺灣詩人商禽的詩集 *The Frozen Torch: Selected Prose Poems*（《冷藏的火把：商禽散文詩選》）[36]，並與美國漢學家有著密切的合作和頻繁的互

34　（俄）李福清（B. Riftin）：《神話與鬼話——臺灣原住民神話故事比較研究》，北京市：社會科學文獻出版社，2011年。

35　王寧：〈中國現當代文學研究在西方〉，《中國文化研究》2001年春之卷，頁129。

36　*The Frozen Torch: Selected Prose Poems*. Written by Shang Ch'in. Translated by N. G. D. Malmqvist. London：Wellsweep Press, March 1993 (Text: English, Chinese).（商禽著，〔瑞典〕馬悅然英譯：《冷藏的火把：商禽散文詩選》〔中英對照版〕，倫敦市：威爾斯維普出版社：1993年3月）

動交流，他近幾年與美國漢學家等合作編譯了 *Frontier Taiwan: An Anthology of Modern Chinese Poetry*（《臺灣現代漢詩選》）[37]、《二十世紀臺灣詩選》[38]等臺灣文學作品。「與中國文化在英、法、德、荷等國的傳播和影響相比，北歐諸國對中國的興趣和與之的接觸，一般說來要晚至十七世紀中葉，中國文化在北歐的影響也沒有那麼大，除了在瑞典有著較長的漢學研究傳統外，在另三個北歐國家就遜色多了，當然這也說明，不同的國家也有著不同的接受條件和不同的文化交流環境。當然，在所有的北歐國家，瑞典的漢學研究歷史最為悠久，出版的中國文學作品和學術研究成果也最多，並且在整個歐洲都具有很大的影響。瑞典漢學家馬悅然曾兩度出任歐洲漢學協會主席，這就足以說明瑞典漢學在歐洲的地位和影響。另一方面，這種影響大概與瑞典皇家學院擔負著頒發諾貝爾文學獎也不無關係」[39]。羅德弼曾就研究方法將馬悅然與高本漢兩者做了一個比較：「如果我們將瑞典的中國研究領域內的兩位巨人——高本漢和馬悅然作一比較的話，我們便可見出從一門專注於解決知識之迷的漢學向一門致力於『文化闡釋』之中介的漢學的轉型。事實上，我們也可在馬悅然自己的學術生涯中見出這種轉型之跡象：一九七〇年以前，馬悅然主要堅持高本漢的古典漢學傳統；而在一九七〇年之後，他便開始探索出一個新的漢學研究方向，我們可稱之為具有文化闡釋之特徵的學問」[40]。可以說，對於

---

37 *Frontier Taiwan: An Anthology of Modern Chinese Poetry*. By Zhou Mengdie（周夢蝶）、Chang Ts'o（張錯），Wu Sheng（吳晟），etc. Edited by Michelle Yeh and N. G. D. Malmqvist. Translated by Michelle Yeh（奚密），John Balcom（陶忘機），etc. New York: Columbia University Press, 2001.（〔美〕奚密、〔瑞典〕馬悅然編，奚密、陶忘機等譯：《臺灣現代漢詩選》，紐約市：哥倫比亞大學出版社，2001年）

38 （瑞典）馬悅然、（美）奚密、向陽主編：《二十世紀臺灣詩選》，臺北市：麥田出版社，2001年。

39 王寧：〈中國現當代文學研究在西方〉，《中國文化研究》2001年春之卷，頁129。

40 參見（瑞典）羅德弼《瑞典的中國研究：歷史的探討》（*Toward A History of Swedish China Studies*），《茂竹展葉》（*Outstretched Leaves on His Bamboo Staff: Studies in*

臺灣文學的研究，也是馬悅然之於瑞典傳統漢學的一個開拓和創新。

　　歐洲國家所舉辦的有關臺灣的國際學術研討會上也會有臺灣文學研究論文在會議上發表。如歐洲的臺灣研究學會所舉辦的年會上便經常有從事臺灣文學研究的漢學家發表有關臺灣文學研究的論文。美國德克薩斯大學奧斯汀校區的美籍華人學者張誦聖教授曾經於二〇〇八年參加了「布拉格歐洲臺灣研究學會年會」，並在會上提出了「東亞視野和兩岸視角」。受第二次世界大戰後歐美主流學術界「文化研究」理論的浸染，許多美國漢學家比較注重對於臺灣文學周邊的文化語境的研究，按照張誦聖教授的說法，臺灣當代文學比較突出的特點是「副刊」現象，因此，她倡議「借由諸如『文學場域』、『文學體制』等的文藝社會學概念，提出一些和大多數既有文學史略為不同的研究方向」[41]。

　　在德國，德國波鴻魯爾大學是臺灣文學研究的重鎮。在西方漢學中的臺灣高山族文學研究方面，德國波鴻魯爾大學走在了前列。一九九二年，*Wu Jinfa und die Sozio-kulturelle Problematik der Ureinwohner Formosas*（《臺灣意識：吳錦發和臺灣原住民社會文化的問題》）一書由德國布洛克梅耶出版社出版，是為 Chinathemen Band（中國主題）第七十六卷，作者 Mohr, Martina。此書以吳錦發的作品《有月光的河》、《燕鳴的街道》、《春秋茶室》、《暗夜的舞》，及其主編的《悲情的山林》和《願嫁山地郎》出發，分析吳錦發作品的敘事模式及其反映的臺灣高山族（臺灣「原住民」）的工作情況、貧困問題及相關的社會問題。一九九六年，Theisen-Rosenkränzer，Pascale 的 *Der allerletzte*

　　Honour of Goran Malmqvist），瑞典東方研究會出版，1994年，頁25。轉引自王寧：
　　〈中國現當代文學研究在西方〉，《中國文化研究》2001年春之卷，頁129-130。
41 有關張誦聖教授在布拉格歐洲臺灣研究學會年會上提出的研究構想，參見（美）張
　　誦聖：〈「東亞現代主義文學」研究的新範式——以臺灣文學為例〉，《廈門大學學報
　　（哲學社會科學版）》2008年第6期，頁71。

Jäger? Untersuchung von Kurzgeschichten des Bunun-Schriftstellers Tian Yage（《最後的獵人麼？布農族作家田雅各的短篇小說》）一書，由德國多特蒙德的 Projektverlag（德國項目出版社）出版，該書為 edition Cathay（中國項目）叢書第十六冊。Pascale 在該書中論述了臺灣布農族作家田雅各的八個短篇小說，對其中表現的當下布農族在以漢族為主導的社會中所面臨的內部衝突和外部問題進行了考察，並試圖探究田雅各在臺灣「原住民運動」中的角色問題。魯爾大學從事臺灣文學研究的學者還有馬漢茂（Helmut Martin）教授及其弟子雷丹女士等。二〇一〇年十一月，德國波鴻魯爾大學舉辦了「主流外的臺灣文學：在語言、族群與媒體之間」（Taiwan Literature off The Mainstream: Between Languages, Ethnicities and Media）國際學術研討會，在會上，臺灣學者劉亮雅、石岱侖（Darryl Sterk）[42]分別提交了論文 *Cultural Translation in Tian Yage's Short Stories* 和 *Indian Giver? Gift Economy in Aboriginal Literature from Taiwan*，並參與了討論。總體看來，研究臺灣文學的魯爾大學漢學家，大多側重於臺灣文學文本中所反映的社會問題，不太注重文學史脈絡的把握和闡述。除魯爾大學學者群以外，德國學者 Sylvia Dell 和 Sabine Burkard 也曾著力於臺灣文學研究，他們用德文寫作了「論述李昂的研究專著」[43]。

在法國，除了上述法國高等研究院博士施舟人以外，還有法國學者 Christophe Maziere 也在從事臺灣文學研究，並以臺灣文學為論題

---

42 Darryl Sterk，中文名石岱侖，加拿大籍學者，曾（2018）任臺灣大學翻譯學程助理教授，現任香港嶺南大學翻譯系助理教授。

43 （美）金介甫（Jeffrey C. Kinkley），查明建譯：〈中國文學（1949-1999）的英譯本出版情況述評（續）〉，《當代作家評論》2006年第4期，頁145。該文譯自齊邦媛、王德威編的《二十世紀下半期中國文學評述》（*Chinese Literature in the Second Half of A Modern Century: A Critical Survey.* Bloominton and Indianapolis: Indiana University Press, 2000.）中的附錄 "A Bibliographic Survey of Publications on Chinese Literature in Translation from 1949-1999"。

撰寫了碩士和博士論文。Christophe Maziere，法國漢學家，二〇〇三年畢業於法國普羅旺斯大學（Chinese Studies at the University of Provence in France），獲得中國文化研究碩士學位，其碩士論文對臺灣原住民族漢語文學進行了梳理，二〇一〇年開始，他繼續以臺灣原住民文學為主題，攻讀博士學位。

　　在英國，Margaret Hillenbrand（何依霖）主要關注的是一九六〇年代以後的臺灣小說，其收入臺灣學者李奭學主編的《異地繁花：海外臺灣文論選譯（下）》[44]中的論文《重審美國霸權：大江健三郎‧野阪昭如‧黃春明‧王禎和》[45]，從國際政治板塊的視角討論了一九六〇年代的臺灣小說。她認為，「在呈現東亞的美國霸權問題上，黃春明和大江健三郎有異曲同工之妙。何依霖堅信以往東西並比的批評模式應該退讓。在文學研究方面，東亞國家本身的通性才值得我們深思，因為在此一區域內的國家歷史，其遭遇相去不遠。小說家──不論黃春明或大江健三郎──所寫，其實又都是國家寓言。」[46]何依霖（Margaret Hillenbrand）主要從事中日文學比較研究，二〇〇三年在英國牛津大學獲得哲學博士學位，曾在英國劍橋大學、牛津大學和倫敦大學任教。張誦聖教授曾經評述何依霖的著作，「倫敦大學瑪格麗特‧希倫布蘭（Margaret Hillenbrand）教授二〇〇七年出版的《文學、現代性、與對抗政治：二十世紀六〇年代到九〇年代的日本和臺灣小說》（Literature, Modernity, and Practice of Resistance: Japanese and Taiwanese Fiction, 1960-1990）一書，處理臺灣和日本二十世紀六

---

44 李奭學主編：《異地繁花：海外臺灣文論選譯（下）》，臺北市：臺灣大學出版中心，2012年。

45 何依霖著，張裕敏、杜欣欣、鄭惠雯譯：《重審美國霸權：大江健三郎‧野阪昭如‧黃春明‧王禎和》，李奭學主編：《異地繁花：海外臺灣文論選譯（下）》（臺北市：臺灣大學出版中心，2012年），頁229-320。

46 李奭學：〈導論〉，李奭學主編：《異地繁花：海外臺灣文論選譯（下）》（臺北市：臺灣大學出版中心，2012年），頁13。

〇年代到九〇年代的小說，也可以用來闡明從場域角度出發的文學研究範式。一九六〇年到一九九〇年這段時期的日本和臺灣文學，在整體規模、民族背景、審美意識、國際能見度各方面都相差甚巨，而作者卻將這兩個表面上不對等的文學傳統拿來作平行的研究。比較的基礎，近的來說，是這兩個社會同受冷戰時期國際間地緣政治的制約，而呈現出的文學生產場域在結構層面上的類似性；遠的來說，兩者同屬儒家傳統文化圈，共同擁有東、西文明激烈碰撞下社會體制重構的現代經驗，因此在對文學功能、作家定位的共識上有雷同之處。而這段時期，日本一黨獨大的自民黨和臺灣戒嚴體制下的國民黨，同在美國的奧援下展開一種特殊的東亞現代化模式，其由官方主導的務實而功利、經濟掛帥的現代化論述，對文學場域的支配規律有著隱形而確鑿的約束力，這也使得兩地作家在處理現代主義議題、吸納現代主義美學的策略上，有相當程度的可比性。」[47]

倫敦大學是包括臺灣文學研究在內的臺灣研究的重鎮。二〇〇八年，倫敦大學亞非學院臺灣研究中心（SOAS Centre of Taiwan Studies）二〇〇八年的研討會上，曾有臺灣學者邱貴芬提交過題為 *Aboriginal Literature and the Rise of the New Taiwanese Historical Imaginary in Contemporary Taiwan*（原住民文學與當代臺灣新歷史想像的崛起）的論文。倫敦大學主辦的具有很高學術分量的《中國季刊》（*The China Quarterly*）是國外第一份專門研究當代中國的綜合學術刊物，雖然對文學關注較少，但自其創刊以來，該刊曾發表過的專論臺灣少數民族文學的論文卻有二篇，而且作者都是臺灣學者。其中一篇是發表於二〇〇九年十二月的邱貴芬的論文 *The Production of Indigeneity: Contemporary Indigenous Literature in Taiwan and Trans-*

47 （美）張誦聖：〈「東亞現代主義文學」研究的新範式——以臺灣文學為例〉，《廈門大學學報（哲學社會科學版）》2008年第6期，頁74。

cultural Inheritance，研究對象為達悟族作家夏曼・藍波安；另一篇是發表於二○一二年九月的劉亮雅的論文 *Autoethnographic Expression and Cultural Translation in Tian Yage's Short Stories*，研究對象為布農族作家田雅各。

在捷克和斯洛伐克，除了前述普實克對於夏志清的研究的關注與評論以外，布拉格漢學學派代表學者、斯洛伐克漢學家高利克（Jozef Marián Gálik, 1933- ）在將主要精力放在中國現代文學研究和比較文學研究上以外，也曾對諸如張曉風的小說創作等臺灣作家作品和臺灣文學現象展開過研究。

在加拿大，一九九五年，多倫多大學發表了一篇以臺灣作家王文興為研究對象的博士論文，題為《王文興的詩之語言》。二○○○年，加拿大阿爾伯塔大學 Tang, Yuchi 發表了哲學專業比較文學方向的博士學位論文（University of Alberta, 2000）*"Self" in Poetic Narratives: A Study of Contemporary Chinese Long Poems in Taiwan as Exemplified by Works of Luo Fu, Luo Men, Chen Kehua, and Feng Qing*[48]，該論文論述了當代臺灣詩歌中一個重要但被許多學者忽視的方面，即詩歌敘事中「自我」的塑造。「身分」、「主體性」和「疏離」是該論文關注的焦點，論文透過對臺灣詩人自我敘述的研究來探究自我是如何構成的，這就產生了一種與一九八○年代末到一九九○年代初臺灣島內社會政治環境相互作用的「自我」的視角。在一九八○年代末到一九九○年代初這段時間內，兩個最具挑戰性的問題獲得了人們越來越多的注意：一為臺灣與中國大陸的關係狀態，一為日益顯現的女性對父權社會公約的對抗。因此，該論文強調了在一個以「複調」、「多聲」和

---

[48] *"Self" in Poetic Narratives: A Study of Contemporary Chinese Long Poems in Taiwan as Exemplified by Works of Luo Fu, Luo Men, Chen Kehua, and Feng Qing*. By Tang, Yuchi. Department of Comparative Literature, Religion, and Film/Media Studies. Thesis (Ph. D.), University of Alberta. 2000. Advisor: Blodgett, Edward D.

「複數」為標誌屬性的時代，探索身分認同要素的必要性。在這一點上，Anthony Paul Kerby 對「敘事與自我」辯證法的闡釋被視為研究的框架。針對於此，美國哲學家安東尼・克比（Anthony Paul Kerby）對「敘事與自我」辯證關係的闡釋被採用為此博士論文的理論研究框架。可以看出，對於「自我是一個社會、語言的結構，一種意義的聯結，而非不變的實體」的觀點的探究和考察貫穿全文。與這一考察相關的是對隱含詩人的立場、說話者的視角、敘事聲音和自我的位置轉變等四個元素的關注。為了更好地討論論文的關注焦點，以上四個元素被詳加分析。論文對此時期內發表的四位臺灣詩人的詩歌進行了細緻分析，其中包括洛夫（1928-2018）的《非政治性的圖騰》、羅門（1928-2017）的《時空的回聲》、陳克華（1961-）的《列女傳》[49]、臺灣女詩人馮清的《女演員》。一些二十世紀盎格魯-撒克遜裔美國詩人的詩歌被援引為例，來說明與其相關的上述作為分析對象的臺灣詩歌中的「自我」的各種結構，該論文旨在透過對這些詩歌的深入分析來啟動對於詩歌敘事的充實而具實質性的學術診療，進而希望該論文的這種研究方法可以對與臺灣社會政治氣候相關的當代中國詩學中的「自我」建構方式產生影響。二〇〇九年，時任臺灣大學助理教授石岱崙（Darryl Sterk）在加拿大多倫多大學東亞研究中心以 *The Return of the Vanishing Formosan: Filmic and Fictional Representations of the Aboriginal Maiden in Postwar Taiwan as Constructive an Critical National Allegories* 為論題取得博士學位，該論文深入論述了漢族作家筆下的臺灣高山族（「臺灣原住民」）。二〇一二年，加拿大英屬哥倫比亞大學博士候選人 Craig A Smith（史峻）在著名的海外漢學學術期刊 *Modern Chinese Literature and Culture*（《中國現代文學與文化》，美國）上發表

---

49 據筆者採訪陳克華先生，《列女傳》為陳克華先生創作的一首長詩，創作於一九八〇年代，收錄於詩集《星球記事》，2018年5月6日採訪。

了有關臺灣高山族創傷敘事的論文 *Aboriginal Autonomy and Its Place in Taiwan's National Trauma Narrative*[50]（《原住民自治及其在臺灣民族創傷敘事中的位置》）。Craig A Smith（史峻）主要從事二十世紀中國社會思想史的研究，二〇一四年獲得加拿大英屬哥倫比亞大學博士學位後到澳大利亞國立大學中華全球研究中心從事博士後研究。

　　在澳洲，旅澳華人學者譚達先研究臺灣、香港與澳門民間文學的著作《論港澳臺民間文學》[51]尤其引人矚目，其中有關臺灣民間文學的部分，運用人類學的方法對臺灣地區的民間文學和民俗文化進行了細緻地挖掘整理，考證扎實，是一部極有價值的臺灣民間文學研究經典文獻。此外，一九九三年，美國德克薩斯大學奧斯汀校區亞洲研究系張誦聖教授的學術專著 *Modernism and the Nativist Resistance: Contemporary Chinese Fiction from Taiwan*（《現代主義和本土抵抗：臺灣當代中文小說》），在美國杜克大學出版社出版後，Moran, Thomas 曾在 *The Australian Journal of Chinese Affairs*[52]雜誌上撰文加以評述。澳大利亞墨爾本大學教授 Fran Martin（馬嘉蘭）曾於二〇〇三年在夏威夷大學出版了譯介當代臺灣同性戀小說的作品選集 *Angelwings: Contemporary Queer Fiction from Taiwan*（《天使之翼：當代臺灣酷兒小說選》）[53]。Fran Martin 曾任拉籌伯大學（La Trobe University, Australia）戲劇研究講師，現任澳大利亞墨爾本大學教授，她曾出版

---

[50] *Aboriginal Autonomy and Its Place in Taiwan's National Trauma Narrative*. Written by Craig A Smith. In *Modern Chinese Literature and Culture*. vol. 24, no. 2 .Fall 2012. pp. 209-239.

[51] （澳大利亞）譚達先：《論港澳臺民間文學》，哈爾濱市：黑龍江人民出版社，2003年。

[52] Moran, Thomas. *Modernism and the Nativist Resistance: Contemporary Chinese Fiction from Taiwan*. In *The Australian Journal of Chinese Affairs*, ISSN 0156-7365, 01/1995, Issue 33, pp. 196-199.

[53] *Angelwings: Contemporary Queer Fiction from Taiwan*. Edited and Translated by Martin, Fran. Honolulu: University of Hawai'i Press, 2003.

了多部有關當代臺灣媒體和公共文化的研究著作，如專著《性別定位：
臺灣小說、電影和公共文化中的酷兒表現》[54]，合作編輯了 *Mobile
Cultures: New Media in Queer Asia*[55]，翻譯、編輯出版了 *Angelwings:
Contemporary Queer Fiction from Taiwan*[56]等，她目前的研究方向是探
研包括臺港和中國內地在內的泛中華文化中的女同性戀表徵。另有
一些學者在澳大利亞以臺灣文學的主題撰寫學位論文並獲得學位[57]，
如二〇一三年四月，現臺南大學文化與自然資源學系兼任助理教授
吳淑華在博特科學出版社（LAP LAMBERT Academic Publishing）出
版了她在昆士蘭大學語言與比較文化研究學院獲得博士學位的論文
Taiwanese Aboriginal Literature since the mid-1980s，在這篇博士論文
中，她以後殖民理論話語作為工具，對原住民運動興起以來的臺灣原
住民文學進行了介紹和研究。

現任紐西蘭（New Zealand）梅西大學（Massey University）教授
的哈玫麗（Rosemary M. Haddon）是「少數純粹西方背景的研究者」[58]，
她在其論文〈臺灣新文學和《臺灣民報》的發展過程〉[59]一文中將臺
灣日據早期設置為論述背景，「以一九二三年在東京創立的《臺灣民
報》為中介，討論了後來攸關臺灣新文學運動的形成的兩條發展線脈：

---

54 *Situating Sexualities: Queer Representation in Taiwanese Fiction, Film and Public
   Culture*. By Martin, Fran. Hong Kong: Hong Kong University Press, 2003.

55 *Mobile Cultures: New Media in Queer Asia*. Edited by Chris Berry, Fran Martin, and
   Audrey Yue. Durham and London: Duke University Press, 2003.

56 *Angelwings: Contemporary Queer Fiction from Taiwan*. Edited and Translated by Martin,
   Fran. Honolulu: University of Hawai'i Press, 2003.

57 可參見Pino, Angel（安必諾）：〈臺灣文學在德、美、法三國：歷史及現狀一瞥〉，戎
   容譯：《中外文學》第34卷第10期（2006年3月）。

58 李奭學：〈導論〉，李奭學主編：《異地繁花：海外臺灣文論選譯（上）》（臺北市：
   臺灣大學出版中心，2012年），頁9。

59 （紐西蘭）哈玫麗著，梁文華譯：《臺灣新文學和〈臺灣民報〉的發展過程》，李奭
   學主編：《異地繁花：海外臺灣文論選譯（上）》（臺北市：臺灣大學出版中心，
   2012年），頁25-53。

一是張我軍引發的臺灣白話文論戰，另一條也相關，乃臺灣白話文論
戰後《臺灣民報》上發表的西方文學作品的中譯所造成的衝擊。」[60]
哈玫麗認為，當時的臺灣作家與大陸作家一樣，「深深受到魯迅等人
中譯的西方小說和詩作——尤其是在《臺灣民報》上重刊者——的影
響。」[61]正是在這個關聯性的基礎上，哈玫麗深入闡述了臺灣日據時
期文學的反殖民主題和作家們的身分認同問題，以及《臺灣民報》對
於日據時期臺灣民眾的啟蒙作用。哈玫麗（Rosemary M. Haddon）早
在一九九六年就關注到了臺灣鄉土文學，曾在德國翻譯並出版過英譯
臺灣鄉土小說選集《牛車：臺灣本土主義小說（1934-1977）》[62]。哈
玫麗（Rosemary M. Haddon）的博士學位是一九九二年在加拿大英屬
哥倫比亞大學獲得，其博士論文題目為《中國大陸和臺灣的本土主義
小說：一個專題考察》[63]。

　　在亞洲，除了上文所論東北亞的日本學者，韓國的許世旭
（HeoSeuk, 1934-2010）教授曾在一九六四至一九六八年在臺任教期
間在白先勇主編的《現代文學》雜誌上，發表了自己以中文寫作的詩
歌，回到韓國後曾於一九七八年將白先勇的小說《臺北人》翻譯為朝
鮮語在韓國出版，此後還曾發表過《臺灣詩對新加坡華文詩的影響》

---

60 李奭學：〈導論〉，李奭學主編：《異地繁花：海外臺灣文論選譯（上）》（臺北市：
　　臺灣大學出版中心，2012年），頁9。

61 李奭學：〈導論〉，李奭學主編：《異地繁花：海外臺灣文論選譯（上）》（臺北市：
　　臺灣大學出版中心，2012年），頁9。

62 *Oxcart: Nativist Stories from Taiwan, 1934-1977.* Translated, edited, and introduced by
　　Rosemary M. Haddon. Dortmund: Projekt Verlag, 1996. （〔德〕哈玫麗編譯介紹：《牛
　　車：臺灣本土主義小說（1934-1977）》，德國北萊茵——威斯特伐利亞州多特蒙德市：
　　項目出版社，1996年）

63 *Nativist Fiction in China and Taiwan: A Thematic Survey.* Written by Rosemary M.
　　Haddon. Ph. D. disstertation of the University of British Columbia, 1992. （〔加拿大〕哈
　　玫麗：《中國大陸和臺灣的本土主義小說：一個專題考察》，加拿大英屬哥倫比亞大
　　學博士論文，1992年）

等論文。目前韓國從事臺灣文學研究的代表學者是韓國外國語大學副校長朴宰雨（Park, Jae Woo, 1954-）教授。在東南亞，除了新加坡學者王潤華、楊松年，馬來西亞拉曼大學教授許文榮、旅臺馬來西亞學者陳大為、黃錦樹等從事臺灣文學研究以外，其他國家或地區，如汶萊（Brunei），也有一些零星的臺灣文學研究活動，如汶萊（Brunei）的 The Borneo Bulletin（《婆羅洲公報》）曾經刊登過 CT Hj Mahmod 發表的有關臺灣文學贈書的消息 "Brunei: TECOBD contributes books to UBD"[64]，文中涉及的與臺灣有關的著作包括 "The fifteen books, written in the Mandarin language consist of these following topics: 'Old Taiwan' (by pictures), 'Taiwan History' (by pictures), 'Taiwan Folk Stories', 'Songs and Dances of Taiwan's Indigenous Tribes', 'Story of Taiwan's Folk Songs', 'Taiwan novels in Chinese and English', 'Taiwan Four Season Encyclopaedia' (for children), 'Taiwan Train', 'Taiwan foods', 'National Parks of Taiwan', 'Wild Flowers of Taiwan', 'The Flowers of Taiwan's Cities', 'Dictionary of Taiwanese Dialect', 'Comics of Taiwan History', and 'Island in the Stream'."[65]

　　比較知名的曾從事過臺灣文學研究的海外漢學家可列舉出如下名字（部分）：尾崎秀樹、普實克、夏濟安、夏志清、施舟人、龍彼得、白之、許芥昱、馬漢茂、殷張蘭熙、林張明暉、羅錦堂、高克毅、塚本照和、羅郁正、榮之穎、林毓生、鄭洪、張鳳、王瑾、張誦聖、張旭東、張英進、林毓生、杜維明、王德威、成中英、張鳳、張誦聖、王瑾、李歐梵、杜國清、史書美、呂彤鄰、林麗君、奚密、劉紹銘、葛浩文、葉維廉、歐陽子、白先勇、孫康宜、楊牧（王靖

64　CT Hj Mahmod. Brunei: TECOBD Contributes Books to UBD. *The Borneo Bulletin*, May 16, 2003.

65　CT Hj Mahmod. Brunei: TECOBD Contributes Books to UBD. *The Borneo Bulletin*, May 16, 2003.

獻）、高利克、金介甫、郭松棻、李渝、費德廉、陶忘機、杜國清、
奚密、陳小眉、王德威、李歐梵、劉若愚、張錯、水晶、張系國、北
美臺灣文學研究會（《先人之血，土地之花》編著者）學者群、詹姆
遜（臺灣電影研究）、陸敬思、米樂山、傅靜宜、羅鵬、白珍、朴宰
雨、石岱崙、石靜遠、蔡建鑫、哈玫麗、荊子馨、阮斐娜、凌靜怡、
白睿文、魯曉鵬、陳綾琪、桑梓蘭、蔡秀妝等。特別值得一提的是，
一九八〇年代以後，「一大批來自中國大陸的留學生獲得博士學位後
加盟歐美漢學界，……他們有著訓練有素的中英文基礎和廣博的中國
文化知識，同時又對當代西方最新的文學批評理論和文化研究方法十
分敏感和熟悉，並善於創造性地將其運用於中國文學研究，因而能夠
取得漢學家一般難以取得的成就」[66]，這其中也不乏從事臺灣文學研
究的優秀學者。

第三節　美國漢學家「臺灣文學研究」的起源及發展

　　考察當前美國漢學家翻譯和研究臺灣文學的狀況，可謂既深且
廣。而追溯美國漢學家「臺灣文學研究」的起源，在美國各大學東亞
系或比較文學系所任教的漢學家，如夏志清、Cyril Birch（白之）、
Faurot, Jeannette L.（傅靜宜）、Lucien Miller（米樂山）、劉紹銘、葉
維廉、聶華苓、許芥昱、王瑾、李歐梵、王德威、張誦聖、張錯、奚
密、杜國清等教授、作家，以及由美國來到臺灣留學、居住或講學的
殷張蘭熙、葛浩文等學者，在美國的「臺灣文學研究」領域，具有重
要的開拓之功。這些美國漢學家或為編教材而出版文學選集，或為了
給學生提供參考資料而英譯文學作品，把臺灣作家及作品翻譯、介紹

---

66 王寧：〈中國現當代文學研究在西方〉，《中國文化研究》2001年春之卷，頁131。

到美國，使得「臺灣文學」自上世紀六〇年代起步，繼之至上世紀七〇年代初以後開始逐漸成為一個比較成熟的學科。美國漢學家金介甫曾經撰文說，「臺灣最優秀的小說家在美國出版單卷本文集，比大陸作家要早。」[67]

美國的「臺灣文學研究」，最初體現為以臺灣作家作品為研究對象的學位論文以及報刊上的文學譯作，還有散見於一些論著中的零星論述。除了上文所述一九五〇年代夏濟安、夏志清兄弟到美國後的臺灣文學研究，一九六〇年，羅體模（Timothy A. Ross）也將臺灣作家姜貴作為他的研究對象，並選為他的博士論文論題，此後，夏志清在其一九六一年出版的《中國現代小說史》附錄中也曾論述了臺灣作家姜貴及其小說《旋風》，並收錄了他的兄長夏濟安有關臺灣文學的評論[68]。有著一半盎格魯-撒克遜裔美國人血統的殷張蘭熙（英文名 Nancy Ing, 1920-2017）[69]是最早從事臺灣文學英譯工作的美籍學者，也是臺灣最早有系統進行臺灣文學英譯的人，她曾與齊邦媛（1924-）合作翻譯了林海音的《城南舊事》等著作，並早在一九六一年即主編了《新聲》（*New Voices*）一書，組織翻譯臺灣詩歌和小說，由美國新聞處的資助，在 Heritage Press 出版社出版[70]。殷張蘭熙一九七二年至一

---

67 （美）金介甫（Jeffrey C. Kinkley），查明建譯：〈中國文學（1949-1999）的英譯本出版情況述評（續）〉，《當代作家評論》2006年第4期，頁143。該文譯自齊邦媛、王德威編的《二十世紀下半期中國文學評述》（*Chinese Literature in the Second Half of a Modern Century: A Critical Survey*. Bloominton and Indianapolis: Indiana University Press, 2000.）中的附錄 "A Bibliographic Survey of Publications on Chinese Literature in Translation from 1949-1999"。

68 *A History of Modern Chinese Fiction 1917-1957*. By C. T. Hsia, with an appendix on Taiwan by Tsi-An Hsia. New Haven and London: Yale University Press, 1961.

69 殷張蘭熙（英文名Nancy Ing, 1920-2017），其父為張承槱，祖籍湖北，同盟會成員，國民黨元老之一，曾任臺灣「審計長」，其母為美國白人。張蘭熙丈夫名殷之浩，故她婚後從夫姓，名殷張蘭熙。

70 *New Voices*. Edited by Nancy Ing. Taipei: Heritage Press, 1961.（殷張蘭熙編：《新聲》，臺北市：文物出版社，1961年）

九九二年間還擔任了《中華民國筆會季刊》（*The Chinese PEN*）首任
主編，不遺餘力地向國際社會介紹傳播翻譯家們的臺灣當代文學英譯
作品。美國的翻譯家非常重視臺灣在東亞區域研究中的地位，在戰後
長期保持與臺灣作家和學者的良性互動，注重在選擇翻譯對象時對於
文學價值及其代表性的衡量，特別是其中一些翻譯家，如葛浩文、陶
忘機等，也有著對原著的獨到理解和以英語為母語的先天優勢，因而
取得了全面而深入的譯介成果。

　　在這之後，美國逐漸出現了有關臺灣文學作品的文學選集，美國
的「臺灣文學研究」在美國進一步發展並獲得成規模的呈現。其表現
是附屬於「中國現代文學研究」學科之下、與中國其他地區文學合集
的臺灣文學英譯選集，如葉維廉編選並翻譯，在一九七〇年由愛荷華
大學出版社出版的《中國現代詩歌二十家（1955-1965）》（*Modern
Chinese Poetry: Twenty Poets from The Republic of China, 1955-1965*）[71]，
書中收入了商禽、鄭愁予、洛夫、葉珊、瘂弦、白萩、葉維廉、黃
用、季紅、周夢蝶、余光中、張默、敻虹、羅門、覃子豪、紀弦、方
思、辛郁、管管等十九位臺灣詩人的詩作（另一位詩人為香港詩人崑
南）。另如夏志清、劉紹銘在一九七一年為哥倫比亞大學出版社編選
的《二十世紀中國小說選》（*Twentieth-Century Chinese Stories*）[72]中，
收入了郁達夫、沈從文、張天翼、吳組緗、張愛玲、聶華苓、水晶、
白先勇等八位中國現當代小說家的小說作品，其中包括三位臺灣作
家。一九七二年以後，「臺灣文學研究」在美國學界漸漸成為一門相

---

71 *Modern Chinese Poetry: Twenty Poets from The Republic of China, 1955-1965*. Selected
and translated by Wai-lim Yip. Iowa City: University of Iowa Press, 1970. （〔美〕葉維廉
選譯：《中國現代詩歌二十家（1955-1965）》，愛荷華城：愛荷華大學出版社，1970
年）

72 *Twentieth-Century Chinese Stories*. Edited by C. T. Hsia, with the assistance of Joseph S.
M. Lau. New York: Columbia University Press, 1971. （〔美〕夏志清、劉紹銘編：《二
十世紀中國小說選》，紐約市：哥倫比亞大學出版社，1971年）

對獨立的學科。一九七二年，華裔美國學者榮之穎（Angela C. Y. Jung, Palandri, 1926- ）編譯的《臺灣現代詩選》（*Modern Verse from Taiwan*）[73]，由加州大學出版社出版，該書選入了包括紀弦、覃子豪、周夢蝶、洛夫、瘂弦、余光中、鄭愁予、白萩、蓉子等在內的二十家臺灣詩人的作品。這本詩歌選集所收入的詩歌全部是臺灣詩人的作品，是海峽兩岸本土以外的第一部臺灣文學作品選集，標誌著美國的「臺灣文學研究」開始作為一個專門的學科起步。一九七六年，美籍華人學者劉紹銘（Lau, Joseph S. M., 1934- ）與美國學者羅體模（Ross, Timothy A.）主編的美國第一本臺灣當代小說選集《六十年代臺灣小說選》（*Chinese Story From Taiwan: 1960-1970*）[74]，在哥倫比亞大學出版社出版，該書收入了白先勇、王文興、王禎和、黃春明、陳若曦、陳映真、張系國等臺灣當代小說家的作品。這些作家日後都成長為在臺灣文壇舉足輕重的著名作家，而其中選入的作品，如《嫁妝一牛車》、《看海的日子》、《我愛黑眼珠》等，目前也已成為臺灣小說經典。這本全數為臺灣小說的選集，標誌著美國的「臺灣文學研究」作為一個專門學科的進一步成熟。接著，一九七八年，臺灣作家陳若曦反映文革題材的小說集《尹縣長》的英譯本《尹縣長的死刑和其他發生在文化大革命的故事》（*The Execution of Mayor Yin and Other Stories from the Great Proletarian Cultural Revolution*）[75]，由殷張蘭熙（Nancy

---

73 *Modern Verse from Taiwan*. Edited and translated by Angela C. Y. Jung, Palandri, with Robert J. Bertholf. Berkeley, Los Angeles, California and London: University of California Press, 1972.（〔美〕榮之穎編譯，《臺灣現代詩選》，伯克利市、洛杉磯市和倫敦市：加州大學出版社，1972年）

74 *Chinese Story From Taiwan: 1960-1970*. Joseph S M Lau, editor. Timothy A. Ross, assistant editor. Foreword by C. T. Hsia. New York: Columbia University Press, 1976.（〔美〕劉紹銘主編、羅體模副主編，夏志清前言：《六十年代臺灣小說選》，紐約市：哥倫比亞大學出版社，1976年）

75 *The Execution of Mayor Yin and Other Stories from the Great Proletarian Cultural Revolution*. By Chen, Johsi. Translated from the Chinese by Nancy Ing and Howard

Ing）和葛浩文（Howard Goldblatt）英譯後由印第安納大學出版社出版，此書是最早的「傷痕小說」，一時《紐約時報》、《時代》雜誌等書評如潮，吸引了普通美國讀者的眼光，提高了美國漢學家對臺灣文學研究的興趣，也刺激了美國普通讀者對臺灣文學的興趣。此後，一九九五年，劉紹銘、葛浩文等主編的《哥倫比亞中國現代文學作品集》[76]在哥倫比亞大學出版社出版，這本選集收入了八十七位中國大陸、臺灣和香港作家的文學作品，被金介甫稱為是「英譯中國文學文集中規模最大的」[77]。

　　此外，美國漢學家對於臺灣民俗的考察，其中也有一些涉及臺灣文學的研究內容，如艾伯華（Wolfram Eberhard, 1909-1989）於一九七四年以《亞洲民俗·社會生活專刊》第二十二輯形式發表的《臺灣唱本提要》（"Taiwanese Ballads A Catalogue" by Wolfram Eberhard, University of California, Berkeley）[78]，就整理研究了臺灣歌仔冊這類說唱藝術的腳本。

　　進入一九八〇年代以後，一九八〇年，葛浩文在其著作《漫談中國新文學》中發表了他有關臺灣作家姜貴的論文〈羅體模「旋風」吹壞了「姜貴」〉[79]和有關臺灣作家黃春明的文章《黃春明的鄉土小

Goldblatt. Bloomington and London: Indiana University Press, 1978.（陳若曦著，〔美〕殷張蘭熙、葛浩文英譯：陳若曦小說集《尹縣長的死刑和其他發生在文化大革命的故事》），布盧明頓市、倫敦市：印第安納大學出版社，1978年）

76 *The Columbia Anthology of Modern Chinese Literature*. Edited by Joseph S.M. Lau and Howard Goldblatt. New York: Columbia University Press, 1995.

77 （美）金介甫著，查明建譯：〈中國文學（1949-1999）的英譯本出版情況述評（續）〉，《當代作家評論》2006年第4期，頁141。

78 （美）艾伯華：《臺灣唱本提要》（"Taiwanese Ballads A Catalogue" by Wolfram Eberhard, University of California, Berkeley），婁子匡編《亞洲民俗·社會生活專刊》第22輯，臺北市：東方文化書局，1974年夏。

79 （美）葛浩文：〈羅體模「旋風」吹壞了「姜貴」〉，葛浩文《漫談中國新文學》（香港：香港文學研究社，1980年），頁125-132。

說》⁸⁰。林張明暉的《中國現代詩論評集》（*Essays on Contemporary Chinese Poetry*）⁸¹則於一九八五年由俄亥俄大學出版社（Ohio University Press）出版。該書分為九章，分別賞析了紀弦、葉維廉、周夢蝶、余光中、鄭愁予、羅門、蓉子、瘂弦、吳晟等九位臺灣詩人的現代詩作品。此後，一九八六年，米樂山（盧西恩·米勒，Lucien Miller）英譯的陳映真小說集《在家流放——陳映真短篇小說選》（*Exiles at Home: Short Stories by Chen Ying-chen*）⁸²由密歇根大學（University of Michigan, Michigan Center for Chinese Studies）出版；葛浩文與楊愛倫（Ellen Yueng）合譯的臺灣女作家李昂的《殺夫》（*The Butcher's Wife*）⁸³也於一九八六年由加州柏克萊北點出版社（North Point Press）出版。一九八九年葛浩文還翻譯出版了白先勇的《孽子》（*Crystal Boys*）⁸⁴，由舊金山 Gay Sunshine Press 出版。一九八七年，張錯（Dominic Cheung）編譯的《千曲之島：臺灣現代詩選》（*The Isle Full of Noises: Modern Chinese Poetry from Taiwan*）⁸⁵由哥倫比亞大學出版社印行，

---

80 （美）葛浩文：《黃春明的鄉土小說》，葛浩文《漫談中國新文學》（香港：香港文學研究社，1980年），頁133-151。

81 *Essays on Contemporary Chinese Poetry*. Edited by Julia C. Lin. Athens, Ohio and London: Ohio University Press, 1985. （〔美〕林張明暉編：《中國現代詩論評集》），俄亥俄州雅典市、英國倫敦：俄亥俄大學出版社，1985年）

82 *Exiles at Home: Short Stories by Chen Ying-chen*. Lucien Miller edited and translated. Ann Arbor: Michigan Center for Chinese Studies, University of Michigan, 1986. （〔美〕米樂山編譯：《在家流放——陳映真短篇小說選》，安阿伯市：密歇根大學密歇根中國研究中心，1986年）

83 *The Butcher's Wife*. Written by Li Ang. Translated from Chinese into English by Howard Goldblatt and Ellen Yeung. Berkeley, San Francisco: North Point Press, 1986. （李昂著，〔美〕葛浩文與楊愛倫合譯：《殺夫》，加州舊金山柏克萊市：北點出版社，1986年）。

84 *Crystal Boys*. Written by Pai Hsien-Yung. Translated by Howard Goldblatt. San Francisco: Gay Sunshine Press, 1989. （〔美〕白先勇著，〔美〕葛浩文英譯：《孽子》，舊金山：男同陽光出版社，1989年）

85 *The Isle Full of Noises: Modern Chinese Poetry from Taiwan*. Trans. & ed. by Dominic Cheung. New York: Columbia University Press, 1987. （〔美〕張錯編譯：《千曲之島：臺灣現代詩選》，紐約市：哥倫比亞大學出版社，1987年）

其中收有菲馬等三十二位臺灣當代詩人的詩作，與前此出版的兩本美國漢學家的臺灣現代詩英譯本選集相比，內容更加豐富，史的脈絡更加清晰。

　　當然，在一九九〇年代之前，尤其是一九七二年以前，因為當時的國際冷戰結構，美國與中國大陸的交流渠道不夠順暢，需學習中文的美國大學生大多留學臺灣，而許多美國漢學家的學術著作和文學翻譯著作也多少因意識形態的差異和信息的隔閡而受到影響，如在紐約哥倫比亞大學任教的夏志清教授（由臺灣移居美國）所寫的優秀史著《現代中國小說史》，其中也難免有「綠背文化」（即美元文化）的痕跡。自一九八〇年代末以來，隨著國際政治經濟格局的改變，這種情況有所改觀。尤其是自一九八七年臺灣解嚴以來，「隨著戒嚴的逐漸放鬆，臺灣的文學和電影在北美和歐洲學術界贏得聲譽」[86]，美國漢學家的臺灣文學翻譯無論在譯者與原著者身分、譯本選題與內容、譯本文體與風格等方面也都呈現了多元化和深度化發展的趨勢。如安卡芙（Ann Carver）與張誦聖編譯的《雨後春筍：當代臺灣女作家小說集》[87]，該書主要從性別議題角度確定翻譯文本選擇的角度和歸類結集的標準。另如一九九二年由耶魯大學出版社出版，奚密編譯的《中國現代漢詩選》[88]，收錄了一九一〇至一九九〇年代的六十五位中國

---

[86]　（美）金介甫著，查明建譯：〈中國文學（1949-1999）的英譯本出版情況述評〉，《當代作家評論》2006年第3期，頁67。

[87]　*Bamboo Shoots After the Rain: Contemporary Stories by Women Writers of Taiwan.* Edited by Ann C. Carver, and Chang Sung-sheng. New York: Feminist Press at The City University of New York. 1993.（〔美〕安卡芙、〔美〕張誦聖合編：《雨後春筍：當代臺灣女作家小說集》，紐約市：紐約城市大學女性主義出版社，1993年）。經採訪張誦聖教授得知，Ann Carver是盎格魯-撒克遜裔美國人，為美國北卡萊羅那大學（夏洛特校區）英文系教授，曾在臺灣任教。查明建教授將Ann Carver譯為安·卡佛，見金介甫著，查明建譯：〈中國文學（1949-1999）的英文本出版情況述評（續）〉一文，《當代作家評論》2006年第4期，頁146。

[88]　*Anthology of Modern Chinese Poetry.* Edited & Translated by Michelle Yeh. New Haven

現代詩人的共三百多首詩作，其中也包括一九五〇至一九七〇年代的
臺灣現代詩。

　　此後，美國的「臺灣文學研究」的水平不斷提高，數量不斷增
加，形式也越來越豐富多樣，開始出現了以「臺灣文學研究」為主題
的學術研討會、學術專著，以「臺灣文學」為研究對象的博士論文也
開始出現，並且數量不斷增加。漢學家們關注的面向也日益多元化，
如 Robert E. Hegel 收入 *Expressions of Self in Chinese Literature* 的論文
《臺灣小說中認同之追尋》（*The Search for Identity in Fiction from
Taiwan*）[89]就論述了「臺灣鄉土小說的認同問題」[90]，「從王禎和、黃
春明的小說，如《嫁妝一牛車》、《看海的日子》，尋溯各自的認同取
向，並將其放在五四文學傳統的脈絡中觀察。」[91]美國漢學家的臺灣文
學研究的理論方法的演進與美國漢學家們對整個中國現代文學的研究
息息相通，在一九九〇年，「中國和比較文學研究會在杜克大學首次召
開研討會，會上強調『政治，意識形態和中國文學：理論介入和文化
批評』，由此，中國文學研究借一個公開論壇宣布進入一個『理論時
代』。隨後的幾年裡出現了大量以『理論介入』和『文化批評』為目
標的系列著述。」[92]這一系列著述中就包括有關臺灣文學研究的著作。
其中張誦聖的《現代主義和本土的抵抗：臺灣當代中國小說》
（*Modernism and the Nativist Resistance: Contemporary Chinese Fiction*

---

and London: Yale University Press, 1992. （〔美〕奚密：《中國現代漢詩選》，紐海文
市、倫敦市：耶魯大學出版社，1992年）

89　*Expressions of Self in Chinese Literature*，哥倫比亞大學出版社出版，1995年。

90　（美）應鳳凰（德州大學東亞系博士班）：〈臺灣文學研究在美國〉，《漢學研究通
訊》第16卷第4期（總第64期），1997年11月，頁398。

91　（美）應鳳凰（德州大學東亞系博士班）：〈臺灣文學研究在美國〉，《漢學研究通
訊》第16卷第4期（總第64期），1997年11月，頁398。

92　（美）王德威著，張清芳譯：〈英語世界的現代文學研究之報告〉，《海南師範大學
學報（社會科學版）》，2007年第3期，頁2。

from Taiwan, 1993）[93]「通常被學術界認為是用英文撰寫的第一部專論臺灣現代小說與現代主義之關係的論著」[94]。二十世紀末至二十一世紀初，史書美等學者提出和倡議的 "Sinophone Literature" 中也包括臺灣文學。循著這種多元化理論介入的推進，發展到今天，「臺灣文學研究」在美國已成為一門顯學。

　　一九八〇年代以來，國際形勢發生了巨大的變化，時至二十一世紀的今天，辨別美國漢學家的國族身分已是一個很複雜的事情，甚至關係到法律上的身分認證——一個美國的中國文學研究者，他是否有美國國籍？他是否有綠卡，可以長期居留美國？在美國做短期居留的訪問學者和留學生，他們出版的中國文學研究著作，也算是美國漢學研究著作嗎……等等問題，不一而足。如果從更具包容性的開放式學術視野出發，一些跨國學者，他們以「世界公民」的狀態在美國所撰寫的有關臺灣的傳記類著作，也可以視為美國漢學家的臺灣文學研究的一部分，如，「BAJPAI, Shiva Gopal 旁遮普 Department of History California Share University 18111 Nordhoff Northridge CA 91330, U.S.A. 一九三三年生於印度雷‧巴雷利。一九五五年貝拿勒斯印度大學學士，一九五七年碩士。一九六七年倫敦大學印度史博士。現任諾斯里奇加利福尼亞州立大學歷史教授，一九七三年起亞洲研究計畫協調主任。著有 *Chingiz Khan, the Mongol World Conqueror*（《成吉思汗，蒙古的世界征服者》）；*Chiang Kai Shek*（《蔣介石》）；*Kinnaur in the Himalayas: Mythology to Modernity*（《喜馬拉雅山的金瑙爾：從神話走

93　（美）張誦聖（Sung-sheng Yvonne Chang）：《現代主義和本土主義的抵抗：臺灣當代中國小說》（*Modernism and the Nativist Resistance: Contemporary Chinese Fiction from Taiwan*），紐約德勒姆市、英國倫敦市：杜克大學出版社（Durham & London: Duke University Press），1993年。

94　王寧：〈中國現當代文學研究在西方〉，《中國文化研究》2001年春之卷，頁132。

向現代性》)。」[95]另有曾經著有蔣介石研究著作的鮑大可「BARNETT, Arthur Doak 巴尼特，漢名鮑大可 School Advance Interna-Monal Studies John Hopkins University 1740 Massachusetts Ave NW Washington DC 20036, U.S.A. 或 Brookings Institution 1775 Massachusebts Ave NW Washington 1 DC 20036, U.S.A. 一九二一年生於中國上海。一九四二年耶魯大學學士，一九四七年碩士。一九六七年富蘭克林和馬歇爾學院法學博士。一九八二年起約翰·霍普金斯高級國際研究院中國研究教授。一九六六年起美中關係全國委員會分會主任、主席。早年在報界工作，曾在中國西北考察。一九五〇年以來歷任經濟合作總署顧問、駐香港總領事館領事、國務院外交研究所國外地區研究部主任、國務院中國問題諮詢小組成員、當代中國聯合會主席、哥倫比亞大學政治學教授」[96]等，二人均在亞洲出生，但均擔任了美國的大學教職，應屬美國漢學家之列。

一九九〇年代以前的美國漢學家，「臺灣文學研究多半是他們的『副業』，好些學者是為了參加研討會，才偶一為之。」[97]「九〇年代開始有了臺灣文學研究的『專業』教授，需花費數年精力，才寫出一本有關的研究專書，這些都不妨看成是此一領域的光明面」[98]。當今的美國漢學家筆下的臺灣文學研究，內容日趨前沿與多樣，如美國俄勒岡大學教授桑梓蘭（Tze-lan Deborah Sang）的論文〈女同性戀的自

95　中國社會科學院文獻信息中心、外事局編：《世界中國學家名錄》（北京市：社會科學文獻出版社，1994年），頁271-272。

96　中國社會科學院文獻信息中心、外事局編：《世界中國學家名錄》（北京市：社會科學文獻出版社，1994年），頁272-273。

97　（美）應鳳凰（德州大學東亞系博士班）：〈臺灣文學研究在美國〉，《漢學研究通訊》第16卷第4期（總第64期），1997年11月，頁403。

98　（美）應鳳凰（德州大學東亞系博士班）：〈臺灣文學研究在美國〉，《漢學研究通訊》第16卷第4期（總第64期），1997年11月，頁403。

傳性書寫〉[99]「由一九七〇年代玄小佛的《圓之外》及郭良蕙《兩種以外的》談起，繼而堂皇進入一九九〇年代之初：淩煙所著《失聲畫眉》、邱妙津自殺前完成的作品如一九九四年的《鱷魚手記》和來年的《蒙馬特遺書》，以及此後陳雪的《惡女書》及《夢遊一九九四》或洪淩、曹麗娟、杜修蘭等新銳所作，桑梓蘭多曾力加檢視，讓社會學轉成文學。上述女性作家中，多位本身就是女同志，所寫的『女女之欲』自傳色彩強，桑梓蘭乃援就此一色彩，解析了各家所著。桑氏下筆細緻，眼光獨到，令人讚歎」[100]，可謂臺灣女同性戀者的「知音」[101]。桑梓蘭論文所關注的酷兒運動是社會學領域的熱點話題，也是二十世紀末以來的國際化的社會現象，桑梓蘭從文學的角度研究臺灣的女同性戀現象，為文學社會學增添了新鮮案例，她所選取的論題放諸海峽兩岸的臺灣文學研究領域中亦屬前沿議題。美國紐約州立大學賓罕頓（Binghamton）分校副教授柯德席（Nick Kaldis）「對梭羅以降的美國自然書寫傳統研究獨到，認為詩人作家早已形成某種焦慮，一心想要護持一個乾淨而健康的地球」[102]。在臺灣文學研究方面，他致力於對劉克襄詩文的翻譯和研究，翻譯了大量的劉克襄文學作品，其論文〈大自然的守護者：劉克襄自然寫作（中）的「焦慮反射」〉[103]

99　（美）桑梓蘭著，李延輝、林俊宏譯：〈女同性戀的自傳性書寫〉，李奭學主編：《異地繁花：海外臺灣文論選譯（上）》（臺北市：臺灣大學出版中心，2012年），頁333-366。

100　李奭學：〈導論〉，李奭學主編：《異地繁花：海外臺灣文論選譯（上）》（臺北市：臺灣大學出版中心，2012年），頁20-21。

101　李奭學：〈導論〉，李奭學主編：《異地繁花：海外臺灣文論選譯（上）》（臺北市：臺灣大學出版中心，2012年），頁21。

102　李奭學：〈導論〉，李奭學主編：《異地繁花：海外臺灣文論選譯（下）》（臺北市：臺灣大學出版中心，2012年），頁11。

103　（美）柯德席（Nick Kaldis）著，卓加真、陳宏淑譯：〈大自然的守護者：劉克襄自然寫作（中）的「焦慮反射」〉，李奭學：〈導論〉，李奭學主編：《異地繁花：海外臺灣文論選譯（下）》（臺北市：臺灣大學出版中心，2012年），頁131-158。

的研究對象便是劉克襄及其自然書寫，因為「劉克襄的自然詩不是無病呻吟或理論空談，而是護衛臺灣自然生態的先聲」[104]。自然書寫與生態書寫是近幾年在世界各地逐漸得到關注的文學主題，對於自然書寫和生態書寫的研究也逐漸升溫，劉克襄、吳明益是臺灣作家自然書寫的代表作家，聲譽日隆。柯德席（Nick Kaldis）選擇劉克襄詩文作為他研究臺灣自然書寫的切入點，顯示了他敏銳的學術洞察力。

自一九九○年代以來，美國漢學家的臺灣文學翻譯數量逐漸增多。臺灣文學館二○一二年出版的《臺灣文學外譯書目提要（1990-2011）》共收入了四十五種（部）臺灣文學英語譯作，其中為美國漢學家翻譯的臺灣文學作品有二十八部之多：

The Ferryman and The Monkey（《船夫和猴子》）, by Tsai Wen-Fu（蔡文甫）. Translated by Claire Lee（王克難）, James Publishing Company, 1994.

Backed Against The Sea（《背海的人》）, by Wang Wen-Hsing（王文興）. Translated by Edward Gunn（耿德華）. Cornell University East Asia Program, 1993.

Forbidden Games & Video Poems（《禁忌的遊戲與錄影詩（楊牧與羅青詩選）》）, by Yang Mu and Lo Ch'ing. Translated by Joseph R. Allen（漢學家約瑟夫‧艾倫，曾有論著《另一種聲音：中國樂府詩》）, University of Washington Press, 1993.

Family Catastrophe: A Modernist Novel（《家變》）, by Wang Wen-hsing（王文興）. Translated by Susan Wan Dolling（杜玲）, University of Hawai'i Press, 1995.

---

104 李奭學：〈導論〉，李奭學主編：《異地繁花：海外臺灣文論選譯（下）》（臺北市：臺灣大學出版中心，2012年），頁11。

A Passage to The City: Selected Poems of Jiao Tong（《城市過渡：焦桐詩選》）, by Jiao Tong. Translated by Shuwei Ho, Raphael John Schulte（蕭笛雷）, Taipei: Bookman Books, LTD., 1996.

My Village（吳晟詩）, by Wu Sheng. Translated by John Balcom（陶忘機）. Taoran Press, 1996.

Rose, Rose, I Love You（《玫瑰玫瑰我愛你》）, by Wang Chen-Ho（王禎和）. Translated by Howard Goldblatt, Columbia University Press. 1998.

No Trace of the Gardener: Poems of Yang Mu（《園丁無蹤：楊牧詩選》）. Translated by Lawrence R Smith, Michelle Yeh, Yale University Press. 1998.

Setting Out: The Education of Li-Li（《初旅》）, by Tung Nien（東年）. Translated by Mike O'connor, Pleasure Boat Studio, 1998.

Three-Legged Horse（《三腳馬》）, by Cheng Ch'ing-Wen（鄭清文）. Translated by Carlos G. Tee…etc., Columbia University Press. 1999.

Notes of a Desolate Man（《荒人手記》）, by Chu T'ien-Wen（朱天文）. Translated by Howard Goldblatt（葛浩文）, Sylvia Li-Chun Lin（林麗君）, Columbia University Press. 1999.

A Thousand Moons on A Thousnd Rivers（《千江有水千江月》）, by Hsiao Li-Hung（蕭麗紅）. Translated by Michelle Wu, Columbia University Press. 2000.

Erotic Recipes（《完全壯陽食譜》）, by Jiao Tong（焦桐）. Translated by Shao-Yi Sun, Sun & Moon Press, 2000.

Drifting（《漂泊者》）, Chang Ts'o（張錯）. Translated by Dominic Cheung（張錯）, Sun & Moon Press, 2000.

Wild Kids（《野孩子》）, by Chang Ta-chun（張大春）. Translated by Michael Berry（白睿文）, Columbia University Press. 2000.

Wintry Night（《寒夜》）, by Li Qiao（李喬）. Translated by Taotao Liu（劉陶陶）, and John Balcom（陶忘機）, Columbia University Press. 2001.

The Mysterious Hualian（《神秘的花蓮》）, by Chen I-Chih（陳義芝）. Translated by Hongchu Fu（傅鴻礎，Washington and Lee University, 美國）, Dominic Cheung, Sun & Moon Press, 2001.

Across the Darkness of the River（《在黑暗的河流上》）, by Hsi Muren（席慕蓉）. Translated by Chang Shu-li（張淑麗[105]）, Sun & Moon Press, 2001.

The Taste of Apples（《蘋果的滋味》）, by Huang Chun-ming（黃春明）. Translated by Howard Goldblatt（葛浩文）, Columbia University Press, 2001.

Frontier Taiwan: An Anthology of Modern Chinese Poetry（《現當代臺灣詩選》）, by Zhou Mengdie（周夢蝶）, Chang Ts'o（張錯）, and Wu Sheng（吳晟）. Translated by Michelle Yeh（奚密）, and John Balcom（陶忘機）, Columbia University Press. 2001.

Book of Reincarnation（《轉世之書》）, by Hsu Hui-chih（許悔之）. Translated by Sheng-Tai Chang（張盛泰，University of Minnesota

---

[105] 張淑麗（Chang Shu-li），女，臺灣成功大學外文系教授，翻譯家，曾獲美國南加州大學比較文學博士學位。

Duluth, Duluth, Minnesota, United States）, Sun & Moon Press, 2002.

Folk Stories from Taiwan（《臺灣民間故事》）, by Wang Shi Lang（王詩琅）, and Huang Wuzhong（黃武忠）. Translated by Howard Goldblatt（葛浩文）et al., Taiwan Research Center at the University of St. Barbara, 2005.

Sailing to Formosa: A Poetic Companion to Taiwan（《航向福爾摩沙——詩想臺灣》）, by Michelle Yeh（奚密）, N. G. D. Malmqvist（馬躍然）, and Hsu Hui-chih（許悔之）. Translated by John Balcom（陶忘機）, University of Washington Press, 2005.

Children's Stories from Taiwan（《臺灣兒童小說集》）, by Gao Tian-sheng（高天生）, Huang Wei-lin（黃瑋琳）, Tonfang Po（東方白）, Tzeng Ching-wen（鄭清文）, and Wu Chin-fa（吳錦發）. Translated by Robert Backus（拔苦子）, John Crespi（江克平）, Howard Goldblatt（葛浩文）, Sylvia Li-Chun Lin（林麗君）, William Lyell（威廉‧萊爾）, Terence C. Russel（羅德仁）, and Sue Wiles（蘇‧威爾斯）, Taiwan Literature series at the University of California, 1999.

Taiwan Under Japanese Colonial Rule, 1895-1945: History, Culture, Memory（《日據時期臺灣歷史、文化、記憶》）, by Liao Ping-Hui（廖炳惠）, David Der-Wei Wang（王德威）. Translated by Faye Yuan Kleeman（阮斐娜）et al., Columbia University Press. 2006.

Writing Taiwan（《書寫臺灣》）, by David Der-Wei Wang（王德威）, Yang Chi-chang（楊熾昌）, and Li Yong-ping（李永平）. Translated by Carlos Rojas（羅鵬）et al., Duke University Press, 2007.

The Taipei Chinese PEN—A Quarterly Journal of Contemporary Chinese Literature From Taiwan（《台灣文譯》）, by Sharman. Rapongan et al.

（夏曼・藍波安等人）. Translated by John J. S. Balcom（陶忘機）et al., Taipei Chinese Center, International PEN（中華民國筆會）。

Taiwan Literature: English Translation Series, No.1 （《臺灣文學英譯叢刊》）. Translated by Robert Backus（拔苦子）et al., Forum for the Study of World Literatures in Chinese, University of California, Santa Barbara, 1997.

其他重要翻譯作品還有：（1）*Mulberry and Peach: Two Women of China*（《桑青與桃紅》), by Hualing Nie（聶華苓）. Translated by Jane Parish Yang（白珍）, and Linda Lappin, Feminist Press at CUNY, 1998；（2）*Orphan of Asia*（《亞細亞的孤兒》), by Wu Zhuoliu（吳濁流）. Translated by Ioannis Mentzas, New York: Columbia University Press, 2005;（3）*Foreign Adventurers and the Aborigines of Southern Taiwan, 1867-1874: Western Sources Related to Japan's 1874 Expedition to Taiwan.*（《外國冒險家與南臺灣的土著，一八六七～一八七四：一八七四年日本出征臺灣前後的西方文獻》), Robert Eskildsen 編，二〇〇五（作者任教於美國）[106]等。

　　臺灣漢學家們的臺灣文學翻譯除了譯本數量多之外，所選擇的翻譯對象也顯示了他們涉獵領域之廣闊、原著創作時間跨度之大，以及瞭解臺灣文學之深入。如杜國清創辦的「臺灣文學英譯叢刊」自一九九七年創刊號開始，就開始關注當時在海峽兩岸本土學界還鮮有人關注的臺灣「原住民」作家漢語文學作品，翻譯刊登了利格拉樂・阿𡠄的散文《誰來穿我織的美麗衣裳》，此後，至二〇一三年出版的三十二

---

106 *Foreign Adventurers and The Aborigines of Southern Taiwan, 1867-1874: Western Sources Related to Japan's 1874 Expedition to Taiwan.* Edited by Eskildsen, Robert. Taipei:Institute of Taiwan History, Academia Sinica（臺北「中研院」臺史所）, 2005.

期，就有兩期臺灣「原住民」文學專號，分別涉及作家文學和口傳庶民文學，刊登了臺灣「原住民」作家田雅各、夏曼‧藍波安、波爾尼特、瓦歷斯‧諾幹、莫那能、巴蘇亞‧博伊哲努、曾建次、亞榮隆‧撒可努、霍斯陸曼‧伐伐、夏本奇伯愛雅、奧威尼‧卡露斯、田哲益、游霸士‧撓給赫等人的作品譯文，涉及小說、散文、詩歌等多種文體。而除臺灣「原住民」文學專號以外的其他文學主題裡，臺灣「原住民」作家作品也占據不可小覷的一席之地，曾經刊登了夏曼‧藍波安、夏本奇伯愛雅、孫大川、廖鴻基、田雅各、根阿盛、亞榮隆‧撒可努、霍斯陸曼‧伐伐、瓦歷斯‧諾幹、沙力浪、董恕明、奧威尼‧卡露斯、白茲‧牟固那那等作家的散文、小說、詩歌作品譯文。此外，該刊還收入了部分非原住民作家描述原住民的作品譯作。[107]

　　從上述美國漢學家翻譯臺灣文學的概況可知，美國漢學家對臺灣文學的翻譯，不只在廣度上涵蓋了各族群、各種文體的文學作品，而且在深度上也突破了上世紀六〇至七〇年代臺灣文學翻譯起初階段的關注主流作家、關注經典作品、政治議題作品與異域情調作品的拘囿，開始從民間文學、庶民寫作、少數民族文學中尋找資源，對於社會問題的思考和對於受眾閱讀的導向均有獨到的眼光和前瞻的意識。

　　美國漢學家的臺灣文學研究近幾年又流返臺灣進而對臺灣島內的臺灣文學研究產生了影響，如二〇一二年七月和十月臺灣大學出版中心出版的《異地繁花：海外臺灣文論選譯》上下兩冊的主編李奭學是「美國芝加哥大學比較文學博士，現任中央研究院中國文哲研究所研究員、國立臺灣師範大學翻譯研究所合聘教授。研究領域為中外比較文學、宗教與文學的跨學科研究、現代文學、中國翻譯史，曾獲東吳大學建校一〇五年傑出校友獎、中央研究院深耕計畫獎助與年輕學者

107　美國漢學家翻譯臺灣原住民文學的情況可參見范宇鵬、李詮林：〈走向世界之路——二十年來當代臺灣原住民族文學進入西方世界的考察〉，《長春師範大學學報》2014年第7期，頁67-70。

研究著作獎、二○一○年與二○一一年香港宋淇翻譯研究紀念論文獎，以及二○一一年國科會傑出研究獎。」[108]「著有學術專書《中西文學因緣》、《中國晚明與歐洲文學：明末耶穌會古典型證道故事考詮》，以及《三看白先勇》等，文學評論集《臺灣觀點：書話東西文學地圖》、《臺灣觀點：書話中國與世界小說》、《經史子集：翻譯、文學與文化評論》、《書話臺灣：一九九一～二○○三文學印象》、《細說英語字源》等；譯有《重讀石頭記：《紅樓夢》裡的情欲與虛構》與《閱讀理論：拉康、德希達與克麗絲蒂娃導讀》等書；另著有中英文學術論文、書評數十餘篇。」[109]李奭學主編的《異地繁花：海外臺灣文論選譯（上）》[110]收入的論文如下：〈臺灣新文學和《臺灣民報》的發展過程〉（哈玫麗著，臺灣師範大學翻譯研究所博士生、馬偕醫護管理專科學校應用外語科講師梁文華譯）、〈難以置信的霧社叛亂：殖民性、原住民性與殖民差異的認識論〉（荊子馨著，瑞典斯德哥爾摩大學學生蔡永琪譯）、〈性別與現代性：日本臺灣文學中的殖民身體〉（阮斐娜著，輔仁大學比較文學研究所博士生陳美靜譯）、〈文化與國族認同之外：臺灣日治時期皇民文學重估〉（張誦聖著，臺灣大學外國語文研究所博士生鄭惠雯譯）、〈一個故事，兩個文本：再現臺灣白色恐怖〉（林麗君著，輔仁大學跨文化研究所翻譯學碩士班助理教授陳宏淑譯）、〈傷痕記憶，國家文學〉（王德威著，臺灣師範大學翻譯研究所博士候選人、臺灣政治大學英國語文學系兼任講師余淑慧譯）、〈白先勇《遊園驚夢》的國族形成與性別定位〉（陸敬思著，梁文華譯）、〈重塑文化正統性：臺灣〉（陳綾琪著，臺灣實踐大學應用外語學系助理教授卓加真、瑞典斯德哥爾摩大學蔡永琪譯）、〈女同性

---

108 臺灣大學 - epaper.ntu.edu.tw/...id=35&id=16096-2013-3-10。
109 臺灣大學 - epaper.ntu.edu.tw/...id=35&id=16096-2013-3-10。
110 李奭學主編：《異地繁花：海外臺灣文論選譯（上）》，臺北市：臺灣大學出版中心，2012年7月。

戀的自傳性書寫〉（桑梓蘭著，臺灣中山大學外國語文學系約聘助理
教授李延輝，臺灣師範大學翻譯研究所博士生、輔仁大學跨文化研
究，所以及臺灣師範大學英語學系兼任講師林俊宏譯）、〈臺灣新認同
的食譜？論李安、蔡明亮和朱天文作品中的食物、空間與性〉（蔡秀
妝著，臺灣中山大學外國語文學系約聘助理教授李延輝譯）、〈從超寫
實主義到自然詩學：臺灣散文詩研究〉（奚密著，臺灣實踐大學應用
外語學系助理教授卓加真譯），該書還在〈女同性戀的自傳性書寫〉
（桑梓蘭著，臺灣中山大學外國語文學系約聘助理教授李延輝，臺灣
師範大學翻譯研究所博士生、輔仁大學跨文化研究所以及臺灣師範大
學英語學系兼任講師林俊宏譯）之後另加附錄，收入了論文〈中介化
公共領域中的女同志運動〉（桑梓蘭著，臺灣師範大學翻譯研究所博
士生、輔仁大學跨文化研究所，以及臺灣師範大學英語學系兼任講師
林俊宏譯）。

　　《異地繁花：海外臺灣文論選譯（下）》[111]收入的論文則有：〈尋
找當代中國抒情詩的聲音：鄭愁予詩論〉（美國華盛頓州立大學副教
授陸敬思著，臺灣師範大學翻譯研究所博士生、馬偕醫護管理專科學
校應用外語科講師梁文華譯）、〈蕎麥田之景：論瘂弦詩歌裡的戰爭〉
（美國楊百翰大學助理教授饒博榮著，臺灣師範大學翻譯研究所博士
候選人、臺灣政治大學英國語文學系兼任講師余淑慧和瑞典斯德哥爾
摩大學學生蔡永琪譯）、〈通往離鄉背井之心：洛夫的詩歌漂泊〉（美
國蒙特利學院副教授陶忘機著，瑞典斯德哥爾摩大學學生蔡永琪
譯）、〈翟永明與夏宇詩中的對立與改寫〉（美國華盛頓大學東亞系博
士凌靜怡著，臺灣大學外國語文研究所博士生鄭惠雯譯）、〈大自然的
守護者：劉克襄自然寫作（中）的「焦慮反射」〉（美國紐約州立大學
副教授柯德席著，臺灣實踐大學應用外語學系助理教授卓加真和輔仁

<hr/>

111 李奭學主編：《異地繁花：海外臺灣文論選譯（上）》，臺北市：臺灣大學出版中心，
　　2012年10月。

大學跨文化研究所翻譯學碩士班助理教授陳宏淑譯）、〈性別・民族志・殖民文化生產：西川滿的臺灣論述〉（美國科羅拉多大學亞洲語言與文明學系副教授阮斐娜著，輔仁大學跨文化研究所翻譯學碩士班助理教授陳宏淑譯）、〈王文興及中國的「失去」〉（美國華盛頓州立大學副教授陸敬思著，臺灣桃園創新技術學院應用英語系助理教授李延輝譯）、〈重審美國霸權：大江健三郎・野阪昭如・黃春明・王禎和〉（英國牛津大學東方研究所講師何依霖著，臺灣師範大學翻譯研究所博士兼任講師張裕敏、臺灣師範大學翻譯研究所博士候選人杜欣欣、臺灣大學外國語文研究所博士生鄭惠雯譯）、〈高層文化理想與主流小說的轉變〉（美國德克薩斯大學奧斯汀校區亞洲研究系教授張誦聖著，臺灣師範大學翻譯研究所博士生、輔仁大學跨文化研究所與臺灣師範大學英語學系兼任講師林俊宏譯）、〈解嚴後臺灣文學場域的新發展〉（美國德克薩斯大學奧斯汀校區亞洲研究系教授張誦聖著，輔仁大學比較文學研究所博士兼任中原大學通識中心助理教授林麗裡、輔仁大學比較文學研究所博士生陳美靜譯）、〈全球化自我：交混的美學〉（陳綾琪著，臺灣大學外國語文研究所博士生鄭惠雯、輔仁大學跨文化研究所翻譯學碩士班助理教授陳宏淑譯）、〈「頭」的故事：歷史・身體・創傷敘事〉（美國哈佛大學講座教授王德威著，余淑慧、臺灣師範大學翻譯研究所碩士生胡雲惠譯）等十位海外學者的共十二篇論文。

　　美國漢學家的臺灣文學研究近幾年呈現了愈加跨國、全球化發展的趨勢，如德克薩斯大學奧斯汀校區張誦聖教授一九九九年曾到北京大學參加以文化研究為主題的研討會，在會上發表了論文，通過「對『臺灣當代經典選拔』媒體事件的局部文本分析，試圖對臺灣解嚴後文化場域結構的一些基本變化做個初步的透視。」[112]華盛頓州立大學

---

112 張誦聖：〈游勝冠〈權力的在場與不在場：張誦聖論戰後移民作家〉一文之回應〉，二〇〇一年十月著於美國奧斯汀，二〇〇一年十二月八日發表於呂興昌主辦之「臺

外國語言文學系陸敬思（Christopher Lupke）教授則曾於二〇〇七年十月十二日應河南大學文學院之邀赴河南大學，為該校研究生做題為〈鄉土文學與環保意識的探討〉的講座。與此類似，近幾年來，美國漢學家頻繁往來於中美兩地和海峽兩岸之間參加學術活動，發表有關臺灣文學的論著已成為非常正常的學術交流活動，甚至已成為從事臺灣文學研究的美國漢學家們的學術「新常態」。另外，臺灣「國科會」也透過「千里馬計畫」、臺灣「文建會」透過「中書外譯」計畫等資助島內的各大學和研究機構的在讀學生和學者到美國高校進修或短期研究，這些學生或學者回到臺灣後，也把在美國學得的理論和研究方法等帶回臺灣，從而使得美國漢學家們的研究成果在臺灣發生影響。

灣文學工作室」網站。http://ws.twl.ncku.edu.tw/ hak-chia/t/tiunn-siong-seng/ibin-chokka-hoeeng.htm

第二章
美國漢學家臺灣文學研究的學術與文脈傳承

　　觀察從事臺灣文學研究的美國漢學家的師承及其與臺灣文學的學緣與親緣，可以看出其中非常重視學術與文脈傳承的慣習與傳統，在某些方面，其「師門」、「輩分」與「學統」觀念甚至比中國本土還要濃厚，由此也可以看出中國傳統儒學教育在美國漢學界的深廣影響。當然，在歐美學界，本來也存在著師承學統的觀念，其傳統甚至可以追溯至蘇格拉底、柏拉圖與亞里士多德，因此，美國漢學家臺灣文學研究的學術與文脈傳承也可以說是一種中西學術傳統融匯的表現。

第一節　文學因緣：親緣、血緣與學緣

　　有一些盎格魯-撒克遜裔美國漢學家，他們的妻子或者丈夫是來自臺灣的中國人，如葛浩文的妻子林麗君即為來自臺灣的中國翻譯家；陶忘機的妻子黃瑛姿也是來自臺灣的翻譯家；白珍是臺灣作家楊茂秀的太太，白珍曾把楊茂秀的英文作品《高個子和矮個子》翻譯成中文在臺灣和北京兩地分別出版了繁體字版和簡體字版。來自配偶的影響，使得他們產生了對於臺灣文學的興趣，當然也使得他們擁有了獲得第一手臺灣文學資料的便利條件，也自然得到了日常生活和翻譯工作的助手，這當然是他人所具有的天然的優勢。至於有沒有代筆或代譯的現象，則需考證才能得知。謝冰瑩的女兒女婿為其翻譯了《女兵日記》，而其女婿則為盎格魯裔美國人。牛津大學教授霍華德是熊式

一的學生，以翻譯了《紅樓夢》而著名，其女婿閔福德（Minford）則是因為跟隨其岳父翻譯《紅樓夢》（獨自翻譯了《紅樓夢》第五卷）而進入了漢學界，進而又對臺灣文學產生了興趣，後來又翻譯了臺灣文學作品，從而涉獵了臺灣文學研究。而直接與美國有血緣關聯的最典型的學者非翻譯家殷張蘭熙莫屬了，她的母親就是一位金髮碧眼的美國白人。

在美國取得博士學位的華裔美國漢學家，非常重視他們的師承學緣，他們的導師有一些是已在美國立足扎根的旅美臺灣學者，也有一些則是知名的盎格魯-撒克遜裔美國漢學家。如王德威畢業於威斯康辛麥迪遜校區，他的導師是著名旅美臺灣學者 Joseph Lau（劉紹銘），張誦聖一九八一年畢業於德州大學奧斯汀分校，其導師是 Jeannette Faurot（中文名傅靜宜，又譯作傅謹宜），時任該校東亞系主任；陳愛麗（Chen Ai-li，其博士論文題為 THE SEARCH FOR CULTURAL IDENTITY TAIWAN HSIANG TU LITERATURE IN THE SEVENTIES）一九九一年畢業於俄亥俄州立大學，其導師委員會中有著名漢學家 Kirk Denton（鄧騰克）。一九九〇年代以來，有許多年輕的盎格魯-撒克遜裔美國學者，開始師從於華裔美國漢學家，如王德威的高足白睿文，夏志清的高足金凱筠，韓南（Patrick Hanan）和宇文所安（Stephen Owen）的弟子鄧津華（1997年5月獲哈佛大學博士學位，現為麻省理工學院教授），其中的盎格魯-撒克遜裔學者的影響因素不容忽視。

華裔美國漢學家受中國傳統文化影響而形成的師徒傳承、相互提攜的「學統」與「學派」民間慣習，對於臺灣文學研究在美國漢學界的興盛有著很大助力，如夏曉虹女士曾在其紀念夏志清教授的文章中指出，「曾有老友概括，夏先生一生多虧了『三王』。其中哥倫比亞大學東亞系教授王際真，實為發現夏先生的伯樂。當年由於主事者狄百瑞（Wm. Theodore de Bary）反對，王教授寧肯自己降半薪，也要分出一半錢聘請夏先生來哥大任教。雖然夏先生當初並未接受這個非正

式職位，王際真的工資也未能復原，但最終，夏先生還是被哥大禮聘，這也成為一個令人神往的傳奇。夏師母王洞則可謂夏先生的守護神，如果沒有她的精心照料，很難想像夏先生能從那場重病中神奇康復，並得享九十二歲高壽。而受到夏先生賞識、成為其衣缽傳人的王德威，更是夏先生晚年快樂的源泉，他不斷組織各種活動，使愛熱鬧的夏先生一直不曾被學界冷落。有此『三王』，夏先生的生命才活得如此精彩。」[1]

葛浩文是柳亞子之子柳無忌的嫡傳弟子，也是張錯的學生。葛浩文一九七三年獲印第安納大學博士學位，其指導教授便是柳無忌先生。李歐梵曾受教於印第安納大學羅郁正（Irving Lo）、曾到哈佛大學講學的普實克，以及夏濟安和夏志清兄弟。李歐梵一直自視為夏濟安、夏志清兄弟的弟子，他曾滿懷感激之情地評價夏志清：「我對夏志清教授的感激可以歸結為兩個詞（我將克爾凱郭爾的用詞和精神做了小小的改動）：『愛戴和震顫』——因為他對我學術生涯的關切指導和支持而生的愛戴；因為他的學術成就和博學而生的震撼與敬佩。……和他所有的學生和朋友一樣，我見到先生時總是心懷敬畏，但又總是被他大度的精神和迸發的智慧所吸引。我現在寫一些讚揚先生的話其實是徒勞的，很有可能讓向來自信的他用幾句玩笑話就消解得一乾二淨。但是，我仍然要寫，只為表達對他的深深感激，正如對他哥哥一樣。」[2]他在一篇文章中說，「我榮幸地被夏志清先生收為非正式的弟子之一，有一個簡單的原因，就像劉紹銘和其他人一樣，我也是先生哥哥生前在國立臺灣大學的學生之一，我們的學術領域最終都從西方轉到了中國文學研究。同樣，和大部分夏濟安先生的學生一樣，我在美國的學術生涯開始於夏濟安先生英年早逝之後，夏志清先

1　夏曉虹：〈「本家」夏志清先生〉，《書城》2015年第7期，頁24。

2　（美）李歐梵著，季進、杭粉華譯：〈光明與黑暗之門——我對夏氏兄弟的敬意和感激〉，《當代作家評論》2007年第2期，頁13-14。

生把我們都收入門下，不管我們是否師從於他。夏濟安先生所有學生
當中，我是在現代中國左翼文學研究方面（包括魯迅研究）最為緊跟
的一個，夏志清先生對我有特殊的感情。我能獲得普林斯頓大學的教
職，先生居功甚偉，他的推薦信把我與愛德蒙・威爾遜和喬治・斯坦
納相提並論。反諷的是，後來我也因此而離開了那個威嚴的學術機
構。不過，事後看來那次『不幸』卻拯救了我的學術生命，我得以幸
運地回到另一個研究領域——文學。我開始在印第安納大學正式研究
和講授中國文學。我之所以對這所大學滿懷敬意和感情，主要是因為
夏濟安先生曾在那裡呆過一陣，所以，再一次地，我得以追隨他的足
跡。我研究領域的變化——從歷史到文學，恰逢一個最為幸運的時
刻，當時印大的前輩羅郁正（Irving Lo）（另一位令人尊敬的師長）
正準備出一套『中國文學譯叢』系列，把我也列入編者名單，不久，
劉紹銘和歐陽楨也加入進來。從那以後，我作為文學學者的生涯全面
展開。不用說，夏志清先生始終樂意給我這個文學領域的『異類』以
巨大的支持。」[3]

　　著名比較文學專家趙毅衡教授曾經受教於白之，他後來曾經在他
所編輯的《白之比較文學論文集》[4]中專門選譯了白之教授的兩篇有
關臺灣文學的研究論文，一為〈臺灣小說中的苦難形象〉[5]，另一篇
為〈《破曉時分》中文本間聯繫的功能〉[6]。

　　白珍在劉紹銘教授指導下獲得博士學位後，一直活躍在美國臺灣
文學研究界，如她曾參加了王文興國際研討會，並且曾翻譯了一些臺

3　（美）李歐梵著，季進、杭粉華譯：〈光明與黑暗之門——我對夏氏兄弟的敬意和
　　感激〉，《當代作家評論》2007年第2期，頁14。
4　（美）西利爾・白之：《白之比較文學論文集》，長沙市：湖南文藝出版社，1987年。
5　（美）微周譯：〈臺灣小說中的苦難形象〉，西利爾・白之著，微周譯：《白之比較
　　文學論文集》（長沙市：湖南文藝出版社，1987年），頁173。
6　（美）微周譯：〈《破曉時分》中文本間聯繫的功能〉，西利爾・白之著，微周譯：
　　《白之比較文學論文集》（長沙市：湖南文藝出版社，1987年），頁189。

灣文學作品，如《高個子與矮個子》（*Tall One and Short One: Children's Stories*）[7]等。

　　白睿文為王德威教授在紐約哥倫比亞大學任教時的博士生。聖路易華盛頓大學教授陳綾琪（Lingchei Letty Chen）曾在哥倫比亞大學師從王德威教授，著有《書寫華文：重塑中華文化的身分認同》（Palgrave Macmillan, 2006）[8]、〈重塑文化正統性：臺灣〉[9]等。鄧津華（Teng, Emma Jinhua）是宇文所安、韓南的弟子，現在麻省理工學院（MIT）任教，著有在其博士論文 *Travel Writing and colonial Collecting: Chinese Travel Accounts of Taiwan from the Seventeenth through Nineteenth Centuries*[10]（《旅遊書寫和殖民地踏查：十七世紀至十九世紀的臺灣遊記》）基礎上修訂而成的 *Taiwan's Imagined Geography: Chinese Colonial Travel Writing and Pictures*（《臺灣的想像地理：中國殖民旅遊書寫與圖像（1683-1895）》）[11]。

　　還有一些學者在美國獲得博士學位後回到中國大陸或臺灣，除上文所述趙毅衡、范銘如、應鳳凰以外，另如彭小妍（1952-），其研究

7　（美）楊茂秀英文原著，（美）白珍中譯：《高個子與矮個子》（*Tall One and Short One: Children's Stories*），臺北市：遠流出版社，2005年。

8　*Writing Chinese: Reshaping Chinese Cultural Identity.* Written by Lingchei Letty Chen. New York: Palgrave Macmillan, 2006.（〔美〕陳綾琪：《書寫華文：重塑中華文化的身分認同》，紐約市：帕爾格雷夫麥克米倫出版社，2006年）

9　（美）陳綾琪著，卓加真、蔡永琪譯：〈重塑文化正統性：臺灣〉，李爽學主編：《異地繁花：海外臺灣文論選譯（上）》（臺北市：臺灣大學出版中心，2012年），頁289-332。

10　*Travel Writing and colonial Collecting: Chinese Travel Accounts of Taiwan from the Seventeenth through Nineteenth Centuries.* Written by Emma Jinhua Teng. Thesis for Ph. D. degree of Harvard University, 1997. Advisers: Stephen Owen, Patrick Hanan, and Peter Perdue.

11　*Taiwan's imagined geography: Chinese Colonial Travel Writing and Pictures, 1683-1895.* By Emma Jinhua Teng. Harvard University, Asia Center, 2004. 中譯本見（美）鄧津華著，楊雅婷譯：《臺灣的想像地理：中國殖民旅遊書寫與圖像（1683-1895）》，臺北市：臺灣大學出版中心，2018年。

專長為「現當代文學、跨文化研究」[12]，「籍貫廣東紫金，一九五二年
十二月二十八日生於臺灣雲林。政治大學西洋語文學系畢業，臺灣大
學外文系碩士，美國哈佛大學比較文學系博士。曾任臺灣大學外文系
講師、助理教授、副教授，並曾於一九八四年獲時報文學獎。現任中
央研究院中國文哲所研究員」[13]。彭小妍「研究主題與專長為臺灣現
代文學、中國現代文學及跨文化研究（中、日、法、英）。研究重心
為戰爭時期鄉土寫實與新感覺派的新文學論述，對……楊逵、張我
軍、劉吶鷗等人研究著力頗深。此外，戰後的現代小說與女性文本亦
為其研究對象，擅以後殖民史觀析辨族群與性別政治中的『歷史再
現』相關議題，並於歷史交遞、族群移動及性別交界等文化論述展現
對歷史、詮釋、文學三者關係的關切。著有《歷史很多漏洞：從張我
軍到李昂》、《海上說情欲：從張資平到劉吶鷗》、《跨越海島的疆界：
臺灣作家的漂泊與鄉土》等，編有《漂泊與鄉土：張我軍逝世四十周
年紀念集》、《認同、情欲與語言》、《楊逵全集》等。」[14]這些學者學殖
深厚，師承有自，把美國漢學家們優秀的研究方法引入了國內，在各
自的研究領域均已成為卓然大家。

第二節　學位論文的選題與撰寫

　　如上文所述，在美國以臺灣文學為研究對象而獲得博士學位的歷
史要比臺灣早三十年。「臺灣本土大概遲至一九九三年，才開始有臺
灣師範大學許俊雅博士以《日據時代臺灣小說研究》第一個以臺灣當

---

12 見臺灣文學人力論著目錄數據庫（臺灣文學館），2013年7月15日摘引，http://www3.
　　nmtl.gov.tw/researcher/researcher_detail.php?rid=079

13 見臺灣文學人力論著目錄數據庫（臺灣文學館），2013年7月15日摘引，http://www3.
　　nmtl.gov.tw/researcher/researcher_detail.php?rid=079

14 見臺灣文學人力論著目錄數據庫（臺灣文學館），2013年7月15日摘引，http://www3.
　　nmtl.gov.tw/researcher/researcher_detail.php?rid=079

代文學取得學位。」[15]而羅體模早在六〇年代就選擇了臺灣作家姜貴作為他的博士論文題目。劉紹銘先生指導的白珍（Yang, Jane Parish）女士的威斯康辛大學博士論文 *The Evolution of the Taiwanese New Literature Movement from 1920 to 1937* [16]（《臺灣新文學運動之發展：一九二〇～一九三七》）也於一九八一年即已發表。

　　美國德克薩斯大學奧斯汀校區從一九八〇年代開始至今（2023年）一直是培養臺灣文學研究方向博士的學術重鎮。如德克薩斯大學奧斯汀校區張誦聖的博士論文《《家變》研究：一篇臺灣當代小說》（*A Study of "Chia Pien": A Contemporary Chinese Novel From Taiwan*，德克薩斯大學奧斯汀校區，1981）；Lindfors, Sally Ann 的博士論文《歐陽子短篇小說之分析》（*An Analysis of the Short Stories of Ouyang Tze*，德克薩斯大學奧斯汀校區，1982）；林茂松以臺灣鄉土文學為研究對象的博士論文《臺灣現代小說中的社會寫實主義》（*Social Realism in Modern Chinese Fiction in Taiwan*，德克薩斯大學奧斯汀校區，1986）等。其中簡政珍的博士論文《臺灣現代文學中的流放主題》（*The Exile Motif in Modern Chinese Literature in Taiwan*，德克薩斯大學奧斯汀校區，1983）以流放主題（Exile Motif）的臺灣小說為研究對象，構建了一個獨特的流放美學，該博士論文後來已經作者修改、補充、完善後以專著的形式在臺灣出版。林茂松、簡政珍現均已回到臺灣任教。一九九〇年代以後，留校任教的張誦聖教授指導了一大批以臺灣文學為博士論文選題的博士生，如應鳳凰、麥查理。德州大學奧斯汀校區亞洲研究系的麥查理的博士論文「討論『臺灣文學』一詞的建構過程：他詳細介紹從葉石濤到李喬、宋澤萊、陳映真、陳芳明以降的

15　（美）應鳳凰：〈臺灣文學研究在美國〉，http://www.ruf.rice.edu/~tnchina/comment ary/ying0399b5.HTM，1999-04-06 15:01刊登上網。

16　*The Evolution of the Taiwanese New Literature Movement from 1920 to 1937*. By Yang, Jane Parish. Ph. D. thesis of Wisconsin University. 1981.（〔美〕白珍：《臺灣新文學運動之發展：一九二〇～一九三七》，威斯康辛大學博士論文，1981年）

批評家對『臺灣意識』的論爭,並將這些人提出的批評觀點,運用到
臺灣小說的演進過程。他寫這篇論文時,光細細消化這十餘年間大批
的論戰文章,弄清楚批評家的不同政治態度、統獨之爭、省籍之別,
真是難為了這位既不住在臺灣,母語且是英文的美國人。」[17]據應鳳凰
教授描述,在博士就讀期間麥查理不做兼職,專心致志於他的博士論
文寫作,認真嚴謹的寫作態度令人感佩:「從這個小例子,來看美國
學界對臺灣文學的研究情況,真是再具體也沒有了。」[18]一九九〇年代
以後,在美國,以臺灣文學為研究對象的博士論文數量日益增多,
「相對於八十年代初,一批博士論文四分之三都集中作現代主義作
家,九十年代的論文主題就比較多元化」[19],所研究的文體類型也由
小說、詩歌擴展到了戲劇、電影等多種文類。

　　鍾明德的《臺灣小劇場運動史——尋找另類美學與政治》為鍾明
德在紐約大學攻讀表演研究所博士時的博士論文,以英文於一九九〇
至一九九二年間寫成[20],後於二〇〇〇年以中文在臺灣出版。

　　陳麗芬(Chen, Li-fen)一九九〇年寫於華盛頓大學的博士學位論
文 *Ficitionality and Reality in Narrative Discourse: A reading of Four
Contemporary Taiwanese Writers*(《敘事話語中的寫實與虛構:解讀四
位當代臺灣作家》),「以陳映真、七等生、王禎和、王文興的作品為
例,分別探討四家小說敘事結構的虛構與真實。……作者先回顧中國
與西方不同的敘述美學傳統,並以這批作家所受的中國傳統影響,可

17　(美)應鳳凰:〈臺灣文學研究在美國〉,http://www.ruf.rice.edu/~tnchina/comment
　　ary/ying0399b5.HTM,1999年4月6日15:01刊登上網。

18　(美)應鳳凰:〈臺灣文學研究在美國〉,http://www.ruf.rice.edu/~tnchina/comment
　　ary/ying0399b5.HTM,1999年4月6日　15:01刊登上網。

19　(美)應鳳凰(德州大學東亞系博士班):〈臺灣文學研究在美國〉,《漢學研究通
　　訊》第16卷第4期(總第64期)1997年11月,頁402。

20　鍾明德:《臺灣小劇場運動史——尋找另類美學與政治》(臺北市:揚智文化事業公
　　司,2000年),頁ix。

能要大於西方的影響作為結論。」[21]陳麗芬（Chen, Li-fen）現任教於香港科技大學人文學部。

俄亥俄州立大學（Ohio State University）陳愛麗（Chen, Ai-li）的博士論文 *The Search for Cultural Identity: Taiwan "Hsiang-Tu" Literature in the Seventies*（《臺灣七十年代鄉土文學——文化認同的追尋》，俄亥俄州立大學，1991）「企圖把鄉土文學放在較大的文化背景來觀察，視其為第三世界文學、文化，受到西方（現代化）衝擊後的產物，文化的傳統與革新間長久之拉鋸戰。論文分上下兩部分，上部鄉土文學的背景及其思想脈絡，下部落實於陳映真、黃春明、王禎和等小說的實際批評。」[22]

一九九三年是一個有關臺灣文學的博士論文的豐收年，這一年裡，出現了加州大學伯克利分校的 Fix, Douglas Lane（費德廉）的博士論文（1993）論述日據時期臺灣文學；康奈爾大學的 Lupke, Christopher（陸敬思）的博士論文（1993）論述一九四〇至一九五〇年代的臺灣文學；華盛頓大學楊牧教授指導的關於臺灣小劇場運動的博士論文「專注於近年臺灣的戲劇」[23]；另有論述臺灣劇作家黃美序「三個劇本中所受的禪宗影響」[24]的博士論文（1993）和華盛頓大學的 Balcom John Jay Stewart 的博士論文《洛夫與臺灣現代詩》（1993）[25]。

21　（美）應鳳凰（德州大學東亞系博士班）：〈臺灣文學研究在美國〉，《漢學研究通訊》第16卷第4期（總第64期），1997年11月，頁402。

22　（美）應鳳凰（德州大學東亞系博士班）：〈臺灣文學研究在美國〉，《漢學研究通訊》第16卷第4期（總第64期），1997年11月，頁402。

23　（美）應鳳凰：〈臺灣文學研究在美國〉，http://www.ruf.rice.edu/~tnchina/comment ary/ying0399b5.HTM，1999年4月6日　15:01刊登上網。

24　（美）應鳳凰：〈臺灣文學研究在美國〉，http://www.ruf.rice.edu/~tnchina/comment ary/ying0399b5.HTM，1999年4月6日　15:01刊登上網。

25　參見（美）應鳳凰〈美國近年臺灣文學相關博士論文簡介〉，《臺灣文學研究通訊——水筆仔》第3期，1997年9月，轉引自（美）應鳳凰：〈臺灣文學研究在美國〉，http://www.ruf.rice.edu/~tnchina/commentary/ying0399b5.HTM，1999-04-06　15:01刊登上網。

　　一九九四年威斯康辛大學（Wisconsin University）Fan, Ming-Ju
（范銘如）女士的博士論文 *The Changing Concepts of Love: Fiction by
Taiwan Women Writers*[26]（《愛情概念的變遷：臺灣女作家小說》）論述
了一九七〇至一九九〇年代臺灣女作家小說中的愛情主題。

　　一九九五年，羅徹斯特大學（University of Rochester）Chian,
Shu-chen（譯音簡淑珍）的《臺灣女性主義文學》「更進一步探討臺
灣後現代時期的女性小說。在論及張愛玲的影響之後，分別檢視袁瓊
瓊、廖輝英、李昂、朱天文的小說，探索女性書寫背後的文化政治意
圖。」[27]「除了運用西方理論來探索臺灣女性書寫背後的文化政治意
圖，更舉實例，先討論張愛玲及其對臺灣文壇的影響，再分析後輩如
袁瓊瓊、廖輝英、李昂、朱天文等女作家的作品」[28]。其論述的時間
跨度更大，而且把臺灣文學與張愛玲小說聯繫起來討論，殊有新意。

　　一九九六年普林斯頓大學 Yip, June Chun（葉蓁）的博士論文
《殖民主義及其反抗話語──論現代臺灣文學與電影中「國家」概念
的使用》（*Colonialism and Its Counter-Discourses: On the Uses of
"Nations" in Modern Taiwanese Literature and Film*），「不只涉及臺灣文
學，更加上臺灣電影。作者從兩個文化運動：七〇年代的鄉土文學運
動，與八〇年代的臺灣『新電影』浪潮，分析黃春明、侯孝賢等，如
何在作品中運用『國家』一詞的觀念，如方言的採用，對過去歷史的
處理，來建構臺灣獨特的文化認同。作者是從『後殖民主義』，國家
主義（nationalism），及第三世界文化論述，如 Mikhail Bakhtin Walter

---

26 Fan, Ming-Ju. *The Changing Concepts of Love: Fiction by Taiwan Women Writers*, Ph.D
　　thesis of Wisconsin University. 1994.（范銘如：《愛情概念的變遷：臺灣女作家小
　　說》，威斯康辛大學博士論文，1994年）

27 （美）應鳳凰（德州大學東亞系博士班）：〈臺灣文學研究在美國〉，《漢學研究通
　　訊》第16卷第4期（總第64期），1997年11月，頁402。

28 （美）應鳳凰：〈臺灣文學研究在美國〉，http://www.ruf.rice.edu/~tnchina/comment
　　ary/ying0399b5.HTM，1999年4月6日15:01刊登上網。

Benjamin 等提出的批評論述，來探討上述的問題。」[29]葉蓁現已出版了多部有關臺灣電影的著作。

　　進入新世紀以後，有許多來自大陸的中國留學生也加入了寫作以臺灣文學為論文選題的博士論文的行列，在此之前，也早有一些碩士論文以臺灣文學（或以中國現當代文學為論文選題，內容包括臺灣文學）為論文選題（如 Susan McFadden 於一九七七年以「白先勇文學作品中的西方影響」為碩士論文選題獲得印第安納大學碩士學位[30]、Steven Reid 於一九九一年以「白先勇《臺北人》中的意象群和歷史」為碩士論文選題獲得加州大學洛杉磯分校碩士學位[31]），因此一批以臺灣文學為學術志業的「準學者群」、「準美國漢學家群」已然形成。應鳳凰教授以旅美華人學者的身分指出，「美國的臺灣文化研究，從國內觀點看，也許有人認為隔了一層語言，又隔了一大斷距離，成果是否要打折；然而這個缺點也可以是另一種優點——隔了段距離，甚至外國人，可免去意識形態的糾纏……另一個優點是具備堅實的西方理論基礎。當然，這兩年西方新理論一陣接一陣的流行，多少研究生只是生吞活剝，不管在『臺灣文學』身上合不合身就隨便套用。總的說，至少西方這些論文的結構及寫作方法是值得臺灣參考的。」[32]

29　（美）應鳳凰（德州大學東亞系博士班）：〈臺灣文學研究在美國〉，《漢學研究通訊》第16卷第4期（總第64期），1997年11月，頁402。

30　*Western Influence in the Works of Pai Hsien-yung.* M. A. thesis by Susan McFadden. University of Indiana. 1977. 轉引自《白先勇年表》，白先勇著：《紐約客》（桂林市：廣西師範大學出版社，2010年），頁251。

31　*Image Cycle and History in Pai Hsien-yung's Taipei Jen.* M. A. thesis by Steven Reid. University of California, Los Angeles. 1991. 參見《白先勇年表》，白先勇著：《紐約客》（桂林市：廣西師範大學出版社，2010年），頁256。

32　（美）應鳳凰：〈臺灣文學研究在美國〉，http://www.ruf.rice.edu/~tnchina/commentary/ying0399b5.HTM，1999年4月6日15:01刊登上網。

第三節　議題的集聚

在美國漢學家的臺灣文學研究發展的不同時期，會有相對比較集中的不同議題，這些議題顯示了某一歷史時期的文藝思潮或社會思潮對於美國漢學家學術思考的影響，也反映了不同歷史時期的學術熱點或社會熱點，也是某一種文學作品在美國獲得暢銷或者受到讀者喜愛的體現。不可否認的是，眾多漢學家圍繞一個話題召開討論，不失是一種提升研究對象和專業知名度，提高學術熱度，刺激研究者的學術興趣，進而推動學術進步的一種有效方法。

一　與臺灣文學相關的老一輩作家議題──林語堂研究

林語堂先生曾在美國麻省理工學院留學，並在美國生活多年，他不止寫有膾炙人口的中文散文作品，他的《吾國吾民》、《生活的藝術》等英文著作在美國也受到美國讀者的歡迎，成為美國文化市場上的暢銷書。林語堂晚年回到臺灣定居，因此，他的作品和文學活動，以及他人對他的研究，也與臺灣文學相關。美國漢學家有關林語堂的研究可以分成如下幾個方面：

（一）閱讀消費與大眾傳播。如林語堂的朋友、諾貝爾獎獲得者、美國作家賽珍珠對林語堂及其著作的推介，《紐約時報》書評、《時代週刊》等媒體有關林語堂著作的書評，以及美國總統布希對林語堂的高度評價等，但是此種閱讀消費往往僅僅是把林語堂著作作為瞭解中國的讀物，是一般的知識性的瞭解，還沒有達到對於林語堂作為一個作家的研究的層面。

（二）女兒眼中的父親。林語堂的女兒林太乙撰著的《林語堂傳》於一九八九年在臺灣出版，林太乙時任美國《讀者文摘》中文總

編輯，其丈夫為後來的香港中文大學出版社社長黎明。林語堂的另一個女兒林相如近幾年曾將許多重要的林語堂遺物捐贈給林語堂文物機構和研究機構，也從一個側面說明她也一直在關注著林語堂研究。

（三）近年來的林語堂思想研究。普林斯頓大學周質平教授近幾年在致力於胡適研究的同時，也開始關注林語堂思想的研究，如他對林語堂和胡適兩人的婚姻愛情觀的差異就曾經做了卓有趣味的比較。

（四）美國最新出版的博士、碩士論文中的林語堂研究也體現了美國學術界對於林語堂研究的關注。

二　有關詩歌、小說、散文、戲劇等不同文類的研究

對於臺灣詩歌的研究和關注，在美國雖然要遜色於臺灣小說、電影，但是仍有表現不俗的翻譯選集和評論著作。張錯（Dominic Cheung）著《千曲之島：臺灣現代詩選》（ *The Isle Full of Noises: Modern Chinese Poetry from Taiwan* ，哥倫比亞大學出版社，1987年出版），比葉維廉一九七〇年編譯的《中國現代詩歌二十家（1955-1965）》（ *Modern Chinese Poetry―Twenty Poets from The Republic of China, 1955-1965* ）、榮之穎（Angela Jung Palandri）一九七二年編譯的《臺灣現代詩選》（ *Modern Verse from Taiwan* ）能「更全面更完整的呈現臺灣現代詩的面貌」[33]。林張明暉的《臺灣現代詩評論集》[34]具有「介紹、賞析的性質，目的在呈現個別詩人的風貌。」[35]奚密的

---

33 （美）應鳳凰（德州大學東亞系博士班）：〈臺灣文學研究在美國〉，《漢學研究通訊》第16卷第4期（總第64期），1997年11月，頁400。

34 *Essays on Contemporary Chinese Poetry*. Edited by Julia C. Lin. Athens, Ohio and London: Ohio University Press, 1985. (〔美〕林張明暉編：《中國現代詩論評集》)，俄亥俄州雅典市、英國倫敦：俄亥俄大學出版社，1985年)

35 （美）應鳳凰（德州大學東亞系博士班）：〈臺灣文學研究在美國〉，《漢學研究通訊》第16卷第4期（總第64期），1997年11月，頁400。

Modern Chiense Poetry: Theory and Practice Since 1917 是「第一部有系統的探討現代詩本質的理論著作」[36]，「在美國，奚密研究臺灣詩最勤，所著廣受稱道」[37]。

「中華民國筆會」學者群除了編輯出版《中華民國筆會季刊》（*The Chinese PEN*）和在《中華民國筆會季刊》上發表譯作以外，還致力於臺灣文學的介紹和研究，出版了一些單行本的著作和譯作，如小說選《寒梅》（*Winter Plum*, 1982年）和殷張蘭熙翻譯的《夏照》（*Summer Glory*）。

現任猶他州楊百翰大學（Brigham Young University）中文教授的饒博榮（Steven L. Riep）著有論文〈蕎麥田之景：論瘂弦詩歌裡的戰爭〉[38]，「所論不僅是瘂弦提筆寫詩時未曾得見的巴黎或芝加哥，而且觸及瘂弦詩論者少有人提的戰爭意象。」[39]「饒博榮出身洛杉磯加州大學，……在臺灣現代文學的研究方面下過不少功夫」[40]。

凌靜怡（Andrea Lingenfelter）現在舊金山大學（University of San Francisco）任教，主要研究方向是現代漢詩及翻譯理論，「本身既是翻譯家，也是華盛頓大學東亞語言與文學博士，更是一位傑出的女詩人」[41]，她曾經翻譯過臺灣詩人夏宇的詩作《背著你跳舞》（*Dancing*

---

36 （美）應鳳凰（德州大學東亞系博士班）：〈臺灣文學研究在美國〉，《漢學研究通訊》第16卷第4期（總第64期），1997年11月，頁400-401。

37 李奭學：〈導論〉，李奭學主編：《異地繁花：海外臺灣文論選譯（上）》，臺北市：臺灣大學出版中心，2012年。

38 （美）饒博榮（Steven L. Riep）著，余淑慧、蔡永琪譯：〈蕎麥田之景：論瘂弦詩歌裡的戰爭〉，李奭學主編：《異地繁花：海外臺灣文論選譯（下）》（臺北市：臺灣大學出版中心，2012年），頁45-74。

39 李奭學：〈導論〉，李奭學主編：《異地繁花：海外臺灣文論選譯（下）》（臺北市：臺灣大學出版中心，2012年），頁9。

40 李奭學：〈導論〉，李奭學主編：《異地繁花：海外臺灣文論選譯（下）》（臺北市：臺灣大學出版中心，2012年），頁8。

41 李奭學：〈導論〉，李奭學主編：《異地繁花：海外臺灣文論選譯（下）》（臺北市：臺灣大學出版中心，2012年），頁11。

with My Back to You）、《莫札特降 E 大調》（Mozart in E-Flat Major）
等，並曾經採訪葛浩文並深入研究過葛浩文的翻譯技巧。她的論文
〈翟永明與夏宇詩中的對立與改寫〉[42]「慧眼獨具，把夏宇和中國四
川的女詩人翟永明並置而論……翟永明與夏宇各自便以她們獨特的聲
音再現文化傳統。她們批判過去的婚姻制度，抗議男性霸權對女性情
欲的壓抑，也書寫自己性別下的宇宙觀。」[43]凌靜怡（Andrea
Lingenfelter）興趣廣泛，「她曾翻譯多種不同文類的漢語作品為英
語，包括小說、詩、論文等，已出版的包括：李碧華《霸王別姬》
（Farewell, My Concubine）（Morrow, 1993），棉棉《糖》（Candy）
（Little, Brown, 2003）。而最近出版的是她為內地著名女性主義詩人
翟永明翻譯的詩選《更衣室》（The Changing Room）（Zephyr Press &
Chinese University of Hong Kong Press, 2011）。這本翻譯詩集在二〇一
二年度北加州圖書獎中獲頒翻譯作品獎。凌靜怡為翟永明翻譯的文章
〈黑夜意識〉（Black Night Consciousness）被收錄在 Chinese Writers
on Writing（Trinity, 2010），而她也翻譯過聞一多和楊牧的文章。她一
直為內地、臺灣及香港的當代詩人翻譯詩歌並發表於詩選及文學期
刊，包括 Asian Cha, Kyoto Journal, The Literary Review, Hayden's
Ferry Review, Zoland Poetry。她曾翻譯楊東平有關上海和北京的研究
《城市季風》（Urban Currents），而該文的部分內容被外交期刊
Foreign Policy 收錄在網絡版專輯 Why Translation Matters。她也曾為
陳凱歌的電影《風月》翻譯字幕。她目前正為楊牧作品選集翻譯詩
歌，而其他籌備中及進行中的翻譯項目包括王安憶的小說《啟蒙時

---

42 （美）凌靜怡（Andrea Lingenfelter）：〈翟永明與夏宇詩中的對立與改寫〉，李奭學
主編：《異地繁花：海外臺灣文論選譯（下）》（臺北市：臺灣大學出版中心，2012
年），頁107-129。

43 李奭學主編：《異地繁花：海外臺灣文論選譯（下）》（臺北市：臺灣大學出版中
心，2012年），頁10-11。

代》和韓麗珠的短篇小說集《風箏家族》。」[44]

　　英漢對照版詩文選集 *Trees on the Mountain*（《山上的樹》）「主要收入的是一九八〇年代大陸和臺灣探索詩人的詩歌。此書附有很好的解說，是對中國現代主義詩歌和散文非常令人深思的導讀。」[45]該書編者宋淇、閔福德（John Minford）雖主要在香港工作，但其讀者中不乏美國讀者，且宋淇與旅美作家張愛玲的深厚友誼，以及 Rendition 雜誌與喬志高等美國漢學家的密切關聯，也都決定了宋淇、閔福德與美國漢學界的密不可分的關係。

　　此外，在美國漢學界還出現了一些以臺灣詩歌為研究對象的博士論文，如華盛頓大學博士論文《洛夫與臺灣現代詩》等。

　　關於臺灣小說的翻譯與研究，是美國漢學家研究臺灣文學的主流，此處不再單獨贅述。美國漢學家單獨以臺灣散文為研究對象的論著不多，二〇〇〇年英國漢學家卜立德（David Pollard）曾在哥倫比亞大學出版過一本題為 *The Chinese Essay*[46]（《古今散文英譯集》）的中國散文英譯選集。這種區分不同文類而著力不同的研究狀態主要是因漢學家個人的研究興趣各異而形成。

　　美國漢學家對於電影文學與戲劇文學的研究是上世紀九十年代以來新興起的漢學研究熱點。「一九八〇年代以來，電影和文學關係日趨密切，臺灣的世界級名導也一一出現，成名作家如白先勇、朱天文等人更常跨刀為電影撰寫劇本，使之變成研究臺灣文學不可或缺的一

44　參見「聲韻詩刊」網站「聲韻詩刊」〈第八期　如水在瓶：漢語現代詩英譯者凌靜怡專訪〉，訪問：陳李才、吳詠彤，翻譯：郭思琪。http://swpoetry.weebly.com/31532 2084326399---22914277002231229942653062840535486296942019535433335213569 53277320940387482460923560355370.html

45　（美）金介甫著，查明建譯：〈中國文學（1949-1999）的英譯本出版情況述評〉，《當代作家評論》2006年第3期，頁72。

46　*The Chinese Essay. Translated, edited and with an introduction by David Pollard.* New York: Columbia University Press, 2000.（〔英〕卜立德編譯：《古今散文英譯集》，紐約市：哥倫比亞大學出版社，2000年）。

環，至少是某種形式的互涉文本。」[47]林麗君曾經撰文探討過用以「二二八事件」為背景的故事為共同題材的侯孝賢電影《好男好女》和藍博洲小說《幌馬車之歌》之間的互文與差異。在美國歐伯林學院（Oberlin College）任教的蔡秀妝亦「對電影與文學的跨學科研究卓有心得」[48]，其論文〈臺灣新認同的食譜？——論李安、蔡明亮和朱天文作品中的食物、空間與性〉[49]「比較了三位當代創作者的作品：李安、蔡明亮與朱天文。這些名導或作家，紛紛以『第二波』與『新世代』運動，以世界公民的姿態特別關心臺灣的未來。李安的《飲食男女》、蔡明亮的《愛情萬歲》，以及朱天文的〈世紀末的華麗〉是其中特別突出的例子，顯示出他們如何將食物、空間及性化為重要隱喻，探索並解讀了一九九〇年代臺灣的文化、政治與性別問題」[50]。

加州大學戴維斯分校的魯曉鵬教授最早提出了《華語電影》的概念並針對華語電影開展了系列研究，其著作《跨國的中國電影：身分，民族性，性別》（*Transnational Chinese Cinemas; Identity, Nationhood, Gender,* 1997）[51]即運用文化研究的方法探討了華語電影中的身分認同和性別等問題，「全球化固然模糊了國家的民族身分和文化身分，但進行全面的探討應是文化研究的一個很有意義的課題。在這方

---

47 李奭學：〈導論〉，李奭學主編：《異地繁花：海外臺灣文論選譯（上）》（臺北市：臺灣大學出版中心，2012年），頁21。

48 李奭學：〈導論〉，李奭學主編：《異地繁花：海外臺灣文論選譯（上）》（臺北市：臺灣大學出版中心，2012年），頁21。

49 蔡秀妝著：〈臺灣新認同的食譜？——論李安、蔡明亮和朱天文作品中的食物、空間與性〉，李奭學主編：《異地繁花：海外臺灣文論選譯（上）》（臺北市：臺灣大學出版中心，2012年），頁417-448。

50 李奭學：〈導論〉，李奭學主編：《異地繁花：海外臺灣文論選譯（上）》（臺北市：臺灣大學出版中心，2012年），頁21-22。

51 *Transnational Chinese Cinemas: Identity, Nationhood, Gender.* Edited by Sheldon Hsiao-peng Lu. Honolulu: University of Hawai'i Press, 1997.（〔美〕魯曉鵬編：《跨國的中國電影：身分，民族性，性別》，檀香山市：夏威夷大學出版社，1997年。）

面，魯曉鵬主編的專題研究文集《跨國的中國電影：身分，民族性，性別》（*Transnational Chinese Cinemas; Identity, Nationhood, Gender*, 1997）填補了空白。[52]該文集的「第二部分為『港臺電影中的文化身分和民族身分政治』，分別論述了這兩個地區的後殖民性和流亡文化主題，並涉及了全球化與本土化的對抗」[53]。

關於臺灣戲劇的研究，除了一九九三年華盛頓大學楊牧教授指導的關於臺灣小劇場運動的博士論文和另一篇研究臺灣戲劇家黃美序的華盛頓大學博士論文以臺灣戲劇為研究對象之外，加州大學戴維斯分校東亞系主任陳小眉教授所主編的中國戲劇選集也收入了臺灣劇作家的劇作。

三　王文興研究

在張誦聖等教授的推動和引領下，自一九九〇年代以來，王文興小說的譯介和研究在美國漢學界已成為一個學術熱點，如王文興的兩本長篇小說在一九九〇年代即以單行本的形式在美國被翻譯成英文出版，其一為 Edward Gunn（耿德華）譯，王文興著《背海的人》，康奈爾大學出版社，一九九三年；另一本是杜玲（Susan Dolling）譯，王文興著《家變》，夏威夷大學出版社出版，一九九五年。「這兩本書光要讀通原文的中文就很辛苦，更何況逐字逐句再翻成英文，非有很深的語言文學造詣絕難以勝任。」[54]陸敬思的論文《王文興及中國的「失去」》[55]以王文興的小說《家變》為研究對象，「把《家變》視為

52　王寧：〈中國現當代文學研究在西方〉，《中國文化研究》2001年春之卷，頁134。

53　王寧：〈中國現當代文學研究在西方〉，《中國文化研究》2001年春之卷，頁134。

54　（美）應鳳凰（德州大學東亞系博士班）：〈臺灣文學研究在美國〉，《漢學研究通訊》第16卷第4期（總第64期），1997年11月，頁401。

55　（美）陸敬思著，李延輝譯：〈王文興及中國的「失去」〉，李奭學主編：《異地繁花：海外臺灣文論選譯（下）》（臺北市：臺灣大學出版中心，2012年），頁185-228。

詹明信所重視的『國家寓言』（national allegory）。這個『國家』……
也包含外交及意識形態上均『失去了中國』的美國。」[56]

　　繼二〇〇九年在加拿大卡爾加里大學（University of Calgary）舉
辦「中文敘事語言的藝術：王文興國際研討會」（Art of Chinese
Narrative Language: International Workshop on Wang Wen-hsing's Life
and Works February 19-21, 2009），邀請張誦聖、陳義芝、艾斐德、裴
海甯、石岱侖、白珍和王文興等來自美國、加拿大、法國、臺灣的學
者參加研討並在卡爾加里大學 Reeve Theatre 組織演出王文興劇作
《M&W》之後，加拿大卡爾加里大學副教授黃恕寧（Shu-ning
Sciban）在二〇一一年和 Fred Edwards（艾斐德）編譯了王文興小說
與論文選集《無休止的戰爭》，並在康奈爾大學出版[57]。黃恕寧（Shu-
ning Sciban）畢業於臺灣師範大學國文系，碩士就讀於加拿大埃布爾
達大學比較文學系，於加拿大多倫多大學東亞學系獲得博士學位，現
任加拿大卡爾加里大學語言文化系教授。主要研究方向為臺灣及海外
華文小說、語言教學等，對於王文興的研究則集中於王文興小說語言
的研究。這本 Endless War: Fiction & Essays 收入了包括二十四篇王文
興小說作品和五篇論文，書前還收入了作者的前言，夏威夷大學出版
社在其官網為發行此書所刊登的簡介語中評價說："Wang is one of the
most celebrated modernist writers in Taiwan and the recipient of Taiwan's
most prestigious National Culture and Arts Award (Literature Category).
This anthology brings to English readers excellent works written in the
earlier period of Wang's writing career; most of the works are published

---

56 李奭學：〈導論〉，李奭學主編：《異地繁花：海外臺灣文論選譯（下）》（臺北市：
　　臺灣大學出版中心，2012年），頁12-13。

57 Endless War: Fiction & Essays. By Wang Wen-Hsing. edited by Shu-ning Sciban and Fred
　　Edwards. Ithaca, New York: Cornell University - Cornell East Asia Series, 2011.（王文興
　　著，〔加拿大〕黃恕寧、〔加拿大〕艾斐德編：《無休止的戰爭：Fiction & Essays》，
　　紐約伊薩卡市：康奈爾大學康奈爾東亞研究系列叢書，2011年）

for the first time in English. This book is an important introduction not only toward understanding Wang's writings in particular, but also to understanding Taiwan modernist literature in general."[58]

金介甫對於王文興也有著獨特的看法，他認為，「臺灣現代主義的實驗事實上並不是對美國、日本（或者貝克特小說）的簡單移植，這一點可以從王文興《背海的人》（*Backed Against the Sea*）的英譯本看出來，……王文興像喬伊斯生造英語詞彙一樣，也生造了漢語詞彙。《家變》（*Family Catastrophe*）是王文興借鑒喬伊斯的手法，像五四文學那樣，對兒女孝道給予了精彩的思想抨擊。」[59]

四　對性別議題的關注

關於性別議題的研究，首先以對女性文學和女性主義的關注居多，其次是對於同性戀議題的研究。

一九七〇年代以後的臺灣文學「小說界才女特多」[60]，德克薩斯大學奧斯汀校區的張誦聖教授評價這些女性作家創作為「閨秀文學」，此一「閨秀文學」命名雖源自傳統中國文學的說法，但「今天的『閨秀』，當然不是……傳統的『女子無才便是德』那一類人物。相反的，她們才德兼備，歷代罕見。她們在小說創作上的才華洋溢，

---

58 *Endless War: Fiction and Essays* by Wang Wen-Hsing. Editor: Sciban, Shu-ning; Edwards, Fred. http://www.uhpress.hawaii.edu/p-8815-9781933497587.aspx

59 （美）金介甫著，查明建譯：〈中國文學（1949-1999）的英譯本出版情況述評（續）〉，《當代作家評論》2006年第4期，頁145。本文譯自齊邦媛、王德威編的《二十世紀下半期中國文學評述》（*Chinese Literature in the Second Half of a Modern Century: A Critical Survey*, Bloominton and Indianapolis: Indiana University Press, 2000.）中的附錄 "A Bibliographic Survey of Publications on Chinese Literature in Translation from 1949-1999"。譯文有刪節。

60 李奭學：〈導論〉，李奭學主編：《異地繁花：海外臺灣文論選譯（下）》（臺北市：臺灣大學出版中心，2012年），頁13。

歷代則根本未見。」[61]

　　在對於臺灣女性文學的譯介方面，葛浩文的李昂小說《殺夫》英譯本是具有代表性的作品，自從《殺夫》葛浩文譯本出版以來，針對《殺夫》的研究就不絕如縷。除了圍繞《殺夫》展開的女性主義討論以外，還有一九九四年威斯康辛大學（University of Wisconsin-Madison）Fan, Ming-Ju（范銘如）的博士論文 *The Changing Concepts of Love: Fiction by Taiwan Women Writers*（《愛情概念的變遷：臺灣女作家小說》），以及一九九五年羅徹斯特大學（University of Rochester）Chian, Shu-chen（譯音簡淑珍）的博士論文《臺灣女性主義文學》。在一九九〇年代的美國研究臺灣文學的學位論文中，「文化認同與女性主義成了最熱門的議題。」[62]

　　香港中文大學孔慧怡（Eva Hung）教授與美國漢學界夏志清、劉紹銘等學者有著良好的互動，她編譯的《香港臺灣當代女作家選集》「是一部傑出的文集，在不長的篇幅內，收入了風格多樣的臺灣和香港女作家的作品——所有作品都尖銳地刻畫了不會令人羨慕的女性生活方式。從當保姆到做秘書，她們的生活方式差不多都屬亞文化方式」[63]。該書由香港《譯叢》出版。

　　此外，M. E. Sharpe 出版社在一九八九年出版的有關中國女性文學

61　李奭學：〈導論〉，李奭學主編：《異地繁花：海外臺灣文論選譯（下）》（臺北市：臺灣大學出版中心，2012年），頁13-14。

62　（美）應鳳凰（德州大學東亞系博士班）：〈臺灣文學研究在美國〉，《漢學研究通訊》第16卷第4期（總第64期），1997年11月，頁402。

63　（美）金介甫（Jeffrey C. Kinkley），查明建譯：〈中國文學（1949-1999）的英譯本出版情況述評（續）〉，《當代作家評論》2006年第4期，頁146。該文譯自齊邦媛、王德威編的《二十世紀下半期中國文學評述》（*Chinese Literature in the Second Half of a Modern Century: A Critical Survey,* Bloominton and Indianapolis: Indiana University Press, 2000.）中的附錄 "A Bibliographic Survey of Publications on Chinese Literature in Translation from 1949-1999"。

的會議論文集[64]收錄了湯尼・白露《論丁玲《母親》》、米樂山《論湯婷婷《女勇士》》、劉紹銘《論湯婷婷》、杜邁可《論陳若曦小說》、奚密《論李昂《暗夜》》、Alison Bailey《論張潔《方舟》》、Daniel Bryant《論張抗抗《北極光》》、王德威《論中國現代男性小說中的女性主義者意識》等學者的論文，選取了論述丁玲、張抗抗等現當代優秀中國女作家的論文。其中杜邁可（Michael S. Duke）的論文 Personae: Individul and Society in Three Novels by Chen Ruoxi（《面具人格：陳若曦三篇小說中的個人和社會》）討論了臺灣作家陳若曦的小說中的人物性格。該論文集的關注面除了中國大陸、臺灣、香港以外，還注意到了湯婷婷等美國華裔作家，並將中國大陸、臺灣、香港及海外華人作家進行了比較。

張誦聖與安・卡芙（Ann Carver）編譯的《雨後春筍：當代臺灣女作家小說集》[65]（Bamboo Shoots After the Rain: Contemporary Stories by Women Writers of Taiwan, 1993）以文學史的脈絡選取編譯了林海音、琦君、潘人木、陳若曦、歐陽子、施叔青、袁瓊瓊、蕭颯、蔣曉雲等優秀臺灣當代女作家的小說。除了收入翻譯後的臺灣小說文本，論文集中還收入了張誦聖以英語撰寫的小說作品為主要研究對象的臺灣小說史論，書中的作者序可以看成是一篇〈兼具評論與分析的小說史論〉[66]，「除了分別介紹這三個世代女性作家的文學特色與社會角

---

64 *Modern Chinese Women Writers: Critical Appraisals*. Edited by Michael S. Duke. Armonk, New York: M. E. Sharpe Inc. 1989. （〔美〕杜邁可主編：《現代中國女作家評論集》（研討會論文集），紐約阿蒙克市：夏普出版公司，1989年）

65 *Bamboo Shoots After the Rain: Contemporary Stories by Women Writers of Taiwan*. Edited by Ann C. Carver, and Chang Sung-sheng. New York: Feminist Press at The City University of New York, 1991. （〔美〕安卡芙、〔美〕張誦聖合編：《雨後春筍：當代臺灣女作家小說集》，紐約市：紐約城市大學女性主義出版社，1993年）

66 （美）應鳳凰（德州大學東亞系博士班）：〈臺灣文學研究在美國〉，《漢學研究通訊》第16卷第4期（總第64期），1997年11月，頁400。

色，並聯結近年崛起的西方女性主義理論與臺灣本身女性主義思潮的
發展。」[67]這本中西合璧（張誦聖與美國白人女翻譯家安・卡芙合
作）合作翻譯而成的選集「譯文精湛，……是一部影響較大的女作家
作品選。這些小說與張誦聖著的《現代主義和本土主義的抵抗》相得
益彰。」[68]

　　張誦聖的女性文學論述與一般所謂的「女性主義」論述有著較大
區別，她和安・卡芙編譯的上述女性小說家選集「所收入的大多數大
陸作家作品，在藝術手法以及社會觀和政治觀方面都很保守」[69]。在
其《文學場域的變遷》一書中，張誦聖曾「從文類成規、美學風格與
主導文化的關係的角度來探討臺灣女作家的文學書寫……特別區分了
『官方意識』與『主導文化』的區別，主導文化受到官方意識很大的
影響，但並不能等同於官方意識，它還受到文化場域自身內部規則、
編輯、作家個人能動性等因素的影響，比如臺灣二十世紀五〇年代反
共宣傳性質的文學與在產生反共文學的文化氛圍中出現的文化產品就
不能一概而論，後者雖然與前者受到來自同一來源政治力量的制約，
但仍然有它自己的特性。張誦聖概括歸納臺灣五〇年代軟性威權政體

67　（美）應鳳凰（德州大學東亞系博士班）：〈臺灣文學研究在美國〉，《漢學研究通
　　訊》第16卷第4期（總第64期），1997年11月，頁400。

68　（美）金介甫（Jeffrey C. Kinkley），查明建譯：〈中國文學（1949-1999）的英譯本
　　出版情況述評（續）〉，《當代作家評論》2006年第4期，頁146。該文譯自齊邦媛、
　　王德威編的《二十世紀下半期中國文學評述》（*Chinese Literature in the Second Half
　　of a Modern Century: A Critical Survey*, Bloominton and Indianapolis: Indiana University
　　Press, 2000.）中的附錄 "A Bibliographic Survey of Publications on Chinese Literature
　　in Translation from 1949-1999"。

69　（美）金介甫（Jeffrey C. Kinkley），查明建譯：〈中國文學（1949-1999）的英譯本
　　出版情況述評（續）〉，《當代作家評論》2006年第4期，頁146。該文譯自齊邦媛、
　　王德威編的《二十世紀下半期中國文學評述》（*Chinese Literature in the Second Half
　　of a Modern Century: A Critical Survey,* Bloominton and Indianapolis: Indiana University
　　Press, 2000.）中的附錄 "A Bibliographic Survey of Publications on Chinese Literature
　　in Translation from 1949-1999"。

下的主導文化的文學特性為：第一，經過轉化的中國傳統審美價值；
第二，保守自限的世故妥協心態；第三，與新興都市媒體一起成長的
中產品味。這樣一種軟性、主觀、抒情、偏右翼性質的文學類型在五
〇年代的當道也適時提供了戰後第一代臺灣女作家的生長空間。此中
『文類形式的性別化』是這一文學問題的關鍵，對於女性特質的刻板
印象正好符合這樣一種羸弱偏女性化的文類需求。女作家的某類書寫
（與女性特質等同的抒情文類）由此獲得了額外的正統性，在文學生
產場域分配到相當的資源與占有特定的位置，形成一特定的女性文學
空間（此有國民黨政府遷臺後戰後第一代臺灣女作家的蓬勃興盛為
證）。這樣，後起的女作家對於此位置正面或反面的態度和反應便成
為文學場域變遷的一個重要動力。諸如六七〇年代的現代主義女作家
歐陽子、陳若曦、李昂等人為了與此一『女性風格』的書寫位置相抗
衡，有意發展出冷靜、客觀、寫實的小說技巧，而八〇年代『閨秀文
學』在媒體市場的興旺，也正與戰後嬰兒潮女作家高度承傳與內化的
這一『女性』文學特質相關，這一批嬰兒潮女作家的代表人物如朱天
文、朱天心在九〇年代更經歷了反省與轉化這一女性特質的過程，朱
天文從極端感性發展出的頹廢美學，朱天心夾敘夾議的『偽百科全書
體』，都已逐漸擺脫她們所承襲的五〇年代女性中產文類的局限，而
將她們的創作帶到一個新的境界。無論是擁抱、反省、抗拒、轉化，
臺灣五〇年代主導文化所奠定的女性文學的框限都是後起的女作家所
必須面對的一個公約數。文學場域與國民黨政府遷臺後軟性威權的權
力場域之間的關係，女作家的『習性、氣質』與這一場域的關係，以
及相關的文學場『位置』的擷取與流動，張誦聖的場域研究無疑是從
一個更為結構性、關係性的觀點來把握文學史的有益嘗試。」[70]

---

70 鄭國慶：〈現代主義、文學場域與張誦聖的臺灣文學研究〉，《廈門大學學報（哲學
　社會科學版）》2008年第6期，頁82。

　　一九九三年，Tani E Barlow（湯尼・白露）也曾編輯出版了一本有關中國女性主義的論文集，其中收錄了張誦聖有關臺灣文學的論文 *Yuan Qiongqiong and the Rage for Eileen Zhang among Taiwan's Feminine Writers*[71]（《袁瓊瓊和臺灣女性作家中的張愛玲熱》）、伍湘畹有關李昂的論文 *Feminism in the Chinese Context: Li Ang's The Butcher's Wife*[72]（《中國語境下的女性主義：李昂小說《殺夫》》），伍湘畹時為哈佛大學東亞語言文明系研究生。

　　有關同性戀主題文學的研究，主要是集中於對白先勇《孽子》的研究。金介甫曾評論「《孽子》（*Crystal Boys*）是部感人的小說，講述的是年輕的同性戀者與父親的衝突，有豐富的社會、政治含義，甚至有傳統的文學意蘊」[73]。澳大利亞墨爾本大學副教授 Martin, Fran（馬嘉蘭）近幾年對於臺灣的酷兒寫作有深入的研究，她在 *Angelwings: Contemporary Queer Fiction from Taiwan*（《天使之翼：臺灣當代酷兒小說選》）（Honolulu: University of Hawai'i Press, 2003）[74]一書中探討了

71　Sung-sheng Yvonne Chang, *Yuan Qiongqiong and the Rage for Eileen Zhang among Taiwan's Feminine Writers*. Included in *Gender Politics In Modern China: Writing and Feminism*. Edited by Tani E Barlow. Durham and London: Duke University Press, 1993. pp. 215-237.

72　Sheung-Yuen Daisy Ng, *Feminism in the Chinese Context: Li Ang's The Butcher's Wife*. Included in *Gender Politics In Modern China: Writing and Feminism*. Edited by Tani E Barlow. Durham and London: Duke University Press, 1993. pp.266-289.

73　（美）金介甫（Jeffrey C. Kinkley），查明建譯：〈中國文學（1949-1999）的英譯本出版情況述評（續）〉，《當代作家評論》2006年第4期，頁145。該文譯自齊邦媛、王德威編的《二十世紀下半期中國文學評述》（*Chinese Literature in the Second Half of a Modern Century: A Critical Survey*, Bloominton and Indianapolis: Indiana University Press, 2000.）中的附錄 "A Bibliographic Survey of Publications on Chinese Literature in Translation from 1949-1999"。

74　*Angelwings: Contemporary Queer Fiction from Taiwan*. Edited and Translated Martin, Fran. Honolulu: University of Hawai'i Press, 2003.（〔澳大利亞〕馬嘉蘭：《天使之翼：臺灣當代酷兒小說選》。檀香山市：夏威夷大學出版社，2003年）

臺灣作家紀大偉等作家的「酷兒」小說。Martin, Fran（馬嘉蘭）另外
還著有 *Mobile Cultures: New Media in Queer Asia* [75]、*Situating
Sexualities: Queer Representation in Taiwanese Fiction, Film and Public
Culture* [76]等有關「酷兒寫作」的論著。Martin, Fran（馬嘉蘭）雖身在
澳大利亞，但其著作多發表於美國或香港、臺灣，與美國漢學家互通
聲氣，她的此類著作著作也屬「美國漢學家的臺灣文學研究」的研究
範疇。

五　臺灣鄉土文學的研究

　　有關臺灣鄉土文學，有 Ohio State University 陳愛麗的博士論文
*The Search for Cultural Identity: Taiwan "Hsiang-Tu" Literature in the
Seventies*（《臺灣七十年代鄉土文學──文化認同的追尋》）[77]（俄亥
俄州立大學博士論文，1991年）、林茂松（Lin Mao-sung）博士論文
Social Realism in Modern Chinese Fiction in Taiwan [78]（《臺灣現代小說
中的社會現實主義》，德克薩斯大學奧斯汀分校博士論文，1986年）

---

75 *Mobile Cultures: New Media in Queer Asia*. Edited by Chris Berry, Fran Martin, and
Audrey Yue. Durham and London: Duke University Press, 2003.

76 *Situating Sexualities: Queer Representation in Taiwanese Fiction, Film and Public
Culture*. By Martin, Fran. Hong Kong: Hong Kong University Press, 2003.

77 *The Search for Cultural Identity: Taiwan "Hsiang-Tu" Literature in the Seventies*. By
Chen, Ai-li. Ohio State University，Ph. D. 1991. Advisor: Dr. Tien-yi Li.（陳愛麗：《臺
灣七十年代鄉土文學──文化認同的追尋》，俄亥俄州立大學博士論文，1991年。
導師：李田意。鄧騰克為其答辯委員會成員）。

78 *Social Realism in Modern Chinese Fiction in Taiwan*. By Mao-sung Lin, B.A., M.A.
Dissertation presented to the faculty of the graduate school of The University of Texas at
Austin in Partial fulfillment of the requirements for the degree of Doctor of Philospphy.
The University of Texas at Austin. December 1986. Advisor: Dr. Jeannette Faurot.（〔美〕
林茂松：《臺灣現代小說中的社會現實主義》，德克薩斯大學奧斯汀校區博士論文，
1986年）。

展開過專門的研究，深入討論了黃春明、白先勇、張系國、陳映真等臺灣作家小說中的社會寫實因素。金介甫針對臺灣的「本土主義」和鄉土文學，曾經有過如下論述：「那是自然的事情，因為臺灣人的思想已在三邊消費主義、資本主義世界及其全副的活力、頹廢、通俗文化和庸俗中被固定了。從大陸來的臺灣人，他們在臺灣出生的孩子（可以說是土生土長的臺灣人）認為「臺灣人」與「大陸人」的社會衝突已沒有意義。他們創作出自己的消費主義、後現代（批評家陳長房所稱的「生活方式」）的小說。臺灣有熱切的本土主義作家，大陸有熱切的新現實主義作家，但如今都已不為人關注了。在臺灣，鄉土文學的反對派，即臺灣的美籍華裔後現代作家，如同中國大陸的尋根派、新潮和頹廢作家一樣，引起人們的更大興趣。」[79]「在臺灣，世界主義替代了本土主義，這確乎為文學之公正」[80]。金介甫言簡意賅地成功勾勒了臺灣鄉土文學及其研究的發展脈絡。

六　有關殖民與反殖民，以及國家認同和身分認同的議題

---

[79] （美）金介甫（Jeffrey C. Kinkley），查明建譯：〈中國文學（1949-1999）的英譯本出版情況述評（續）〉，《當代作家評論》2006年第4期，頁145。該文譯自齊邦媛、王德威編的《二十世紀下半期中國文學評述》(*Chinese Literature in the Second Half of a Modern Century: A Critical Survey,* Bloominton and Indianapolis: Indiana University Press, 2000.) 中的附錄 "A Bibliographic Survey of Publications on Chinese Literature in Translation from 1949-1999"。

[80] （美）金介甫（Jeffrey C.Kinkley），查明建譯：〈中國文學（1949-1999）的英譯本出版情況述評（續）〉，《當代作家評論》2006年第4期，頁145。該文譯自齊邦媛、王德威編的《二十世紀下半期中國文學評述》(*Chinese Literature in the Second Half of a Modern Century: A Critical Survey,* Bloominton and Indianapolis: Indiana University Press, 2000.) 中的附錄 "A Bibliographic Survey of Publications on Chinese Literature in Translation from 1949-1999"。

　　一九九〇年代中期以來，隨著臺灣文學研究的深入，美國漢學家觀察臺灣文學的時間範圍越來越大，日據時期臺灣文學也開始逐步成為美國漢學界一個新的熱點。與此相伴，有關殖民與反殖民以及身分認同的討論也逐漸集聚為新的議題。余珍珠（Angelina Yee）發表於一九九五年《中國文學》（*CLEAR*）雜誌的論文《書寫殖民自我：楊逵的抗爭文本和國家認同》（*Writing the Colonial Self: Yang Kui's Texts of Resistance Texts and National Identity*）[81]「不像臺灣一般本土派評論者總把楊逵簡化成『抗日作家』，而忽略殖民地文人有其複雜的一面。本文檢視楊逵如何在『國家認同』問題最嚴重的歷史時期，建構他個人的自我追求，把一位作家的『文本』和其政治活動，互相對照觀察，是這方面研究的佼佼者。」[82]美國科羅拉多大學亞洲語言與文明學系副教授阮斐娜（Faye Yuan Kleeman）在其論文《性別・民族志・殖民文化生產：西川滿的臺灣論述》[83]中認為，「西川滿挖掘民俗臺灣，引進法國文學的貢獻可觀，而『《文藝臺灣》的後期階段正值太平洋戰爭戰況激烈』，這本刊物迫於時勢，實在是不得不跟著宣傳『皇民文學』，其情可憫。楊逵反日，此時同樣高唱『八紘為宇』，何況西川滿是日本人，他的『東方凝視』本來就『投向他的日本祖國』。」[84]其論述有其非邏輯性，而結論也有其荒謬性，令人深憂，也應該引起持「民族氣節論」正義之士的警惕，然而有臺灣學者認為

81　*Writing the Colonial Self: Yang Kui's Texts of Resistance and National Identity*. By Angelina C C Yee. *Chinese Literature: Essays, Articles, Reviews* 1995 (17). pp.111-132.

82　（美）應鳳凰（德州大學東亞系博士班）：〈臺灣文學研究在美國〉，《漢學研究通訊》第16卷第4期（總第64期），1997年11月，頁403。

83　（美）阮斐娜著，陳宏淑譯：《性別・民族志・殖民文化生產：西川滿的臺灣論述》，李奭學主編：《異地繁花：海外臺灣文論選譯（下）》（臺北市：臺灣大學出版中心，2012年），頁159-184。

84　李奭學：〈導論〉，李奭學主編：《異地繁花：海外臺灣文論選譯（下）》（臺北市：臺灣大學出版中心，2012年），頁12。

「研究日治時期臺灣文學的學者日益增加，阮斐娜出身臺灣，中英日文俱佳，其結論特別值得研究者重視」[85]，因此，阮斐娜的臺灣文學研究給臺灣本土的臺灣文學研究所帶來的影響不可低估，值得進一步檢討。但是上述兩篇文章中均提出楊逵在日據時期臺灣的表現進行討論，卻已顯示出了楊逵研究的深入和楊逵文學爭議性的升級。

　　哥倫比亞大學王德威教授的高足、現任聖路易華盛頓大學教授陳綾琪（Lingchei Letty Chen）的論文《全球化自我：交混的美學》[86]，借用霍米巴巴（Homi Bhabha）的後殖民理論來研究朱天文的小說《荒人手記》，霍米・巴巴理論成為她「分析《荒人手記》的交混性形成的理論背景」[87]，「交混的過程動態而不全，蓋『殖民勢力的文化』與『本土文化』互動時每存在著某種張力，『第三空間』（third space）遂生，而被殖民者可於此一空間內『商討』其文化認同，產生交混。由是觀之，這種交混理論內含『殖民情境的種種創造力』，而通過交混，『殖民主體或許能夠將殖民者的凝視原原本本地反轉於其自身，藉此顛覆殖民者的支配』，其『適用範圍已從殖民主義延伸到全球文化現象』了。《荒人手記》乃由女性作家以男同志的口吻寫作，所論亦男同志的情欲問題。這已是混合之一，加以書中語言異化，詞藻又夾雜傳統說部、英文音譯的外國詞彙與名物，而且還引用種種篇章，光是文類形式就光怪陸離，難以歸類，引人深思。朱天文喜歡跨越性別與文類的傳統關係，也喜歡在性別政治、後現代詩學與物質主義、作者意識形態與保守主義等議題上發揮。加上她對戒嚴時期的懷念，在在

---

85 李奭學：〈導論〉，李奭學主編：《異地繁花：海外臺灣文論選譯（下）》，臺北市：臺灣大學出版中心，2012年，頁12。

86 （美）陳綾琪著，鄭惠雯、陳宏淑譯：《全球化自我：交混的美學》，李奭學主編：《異地繁花：海外臺灣文論選譯（下）》（臺北市：臺灣大學出版中心，2012年），頁391-439。

87 李奭學：〈導論〉，李奭學主編：《異地繁花：海外臺灣文論選譯（下）》（臺北市：臺灣大學出版中心，2012年），頁15-16。

反映出典型臺灣外省第二代作家特有的社會歷史情結，而這種情結本身也是個交混的過程。陳綾琪於此琢磨者再，為一九九〇年代臺灣作家交混的美學建祠立碑」[88]。陳綾琪（Lingchei Letty Chen）的著作《書寫華文：重塑中華文化的身分認同》（Palgrave Macmillan, 2006）[89]中有專章論述朱天心的創作[90]，她認為，「為了解除認同危機，朱天心採用的方法之一即是後現代的敘事技巧：拼湊（pastiche）」[91]，朱天心通過小說《古都》「拼湊所激發的倒不是歷史的懷舊情愫，而是文本的糅雜特性，為臺灣獨特的後殖民經驗創造出一個協商空間」[92]，並藉此「瞭解自己文化認同危機的核心問題，並探討其未來的發展」[93]。聖路易華盛頓大學教授 Robert E Hegel（何谷理）發表的〈臺灣小說中身分認同問題之探討〉（The Search for Identity in Fiction from Taiwan，收入哥倫比亞大學一九九五年出版的 Expressions of Self in Chinese Literature 一書）也探討了臺灣小說人物的身分認同議題。

在有關殖民抵抗議題的討論中，有關「霧社起義」事件的研究值得重視。王德威的論文〈「頭」的故事：歷史・身體・創傷敘事〉[94]探

---

88 李奭學：〈導論〉，李奭學主編：《異地繁花：海外臺灣文論選譯（下）》（臺北市：臺灣大學出版中心，2012年），頁16。

89 *Writing Chinese: Reshaping Chinese Cultural Identity.* Written by Lingchei Letty Chen. New York: Palgrave Macmillan, 2006.（〔美〕陳綾琪：《書寫華文：重塑中華文化的身分認同》，紐約市：帕爾格雷夫麥克米倫出版社，2006年）

90 相關文字的中譯文本見李奭學主編：《異地繁花：海外臺灣文論選譯（上）》，題為〈重塑文化正統性：臺灣〉。（美）陳綾琪著，卓加真、蔡永琪譯：〈重塑文化正統性：臺灣〉，李奭學主編：《異地繁花：海外臺灣文論選譯（上）》（臺北市：臺灣大學出版中心，2012年），頁289-332。

91 李奭學：〈導論〉，李奭學主編：《異地繁花：海外臺灣文論選譯（上）》（臺北市：臺灣大學出版中心，2012年），頁19。

92 李奭學：〈導論〉，李奭學主編：《異地繁花：海外臺灣文論選譯（上）》（臺北市：臺灣大學出版中心，2012年），頁19。

93 李奭學：〈導論〉，李奭學主編：《異地繁花：海外臺灣文論選譯（上）》（臺北市：臺灣大學出版中心，2012年），頁19。

94 （美）王德威著，余淑慧、胡雲惠譯，〈「頭」的故事：歷史・身體・創傷敘事〉，

討了魯迅、沈從文小說與舞鶴小說《餘生》中的「砍頭敘事」,「皇軍
到處『砍人之頭』,只有在臺灣作家舞鶴筆下才變成了『被人砍頭』
的對象」[95],「《餘生》寫一九三○年臺灣中部發生的霧社事件:日人
侵臺近乎三十年後,賽德克族部落有朝一日突然『起義』,砍下上百
個日本殖民者的項上人頭。日本人與繼日人來臺的國民黨,對霧社事
件都有個『官方說法』,但是舞鶴重構的歷史卻雙雙質疑,……有意
從田野調查下手,為霧社事件重覓定義,……舞鶴刻意書寫、重構歷
史,《餘生》最後——再用王德威的話講——連『野蠻與文明的分界
也變得幾乎難以辨識』」[96]。由此,王德威認為,「如果把憂患餘生、
魯迅和沈從文三人的砍頭故事同陳並列,我們可以看出,在中國現代
文學的彼端,一系列有關身體政治的書寫已然興起,並且不斷試探寫
實主義美學與倫理學之間的界限。在往後的時代裡,這一『砍頭情
結』(decapitation syndrome)也成為中國現代文學裡不斷浮現的幽
靈,一再蠱惑著作家與讀者。……晚近有關砍頭的小說敘事中,以臺
灣作家舞鶴(陳國城,1951-)的《餘生》(2000)最具爭議性,也最
值得重視。……《餘生》處理的議題——(後)殖民抵抗政治和書寫
暴力的倫理學——可以看作是對憂患餘生、魯迅和沈從文的砍頭敘事
一個遲來的回應。舞鶴也許站在主流之外,但是他提出的問題卻和現
代中國小說的身體╱政治學息息相關。」[97]

李奭學主編:《異地繁花:海外臺灣文論選譯(下)》(臺北市:臺灣大學出版中
心,2012年),頁441-487。

95 李奭學:〈導論〉,李奭學主編:《異地繁花:海外臺灣文論選譯(下)》(臺北市:
臺灣大學出版中心,2012年),頁17。

96 李奭學:〈導論〉,李奭學主編:《異地繁花:海外臺灣文論選譯(下)》(臺北市:
臺灣大學出版中心,2012年),頁17-18。

97 (美)王德威著,余淑慧、胡雲惠譯:〈「頭」的故事:歷史‧身體‧創傷敘事〉,
李奭學主編:《異地繁花:海外臺灣文論選譯(下)》(臺北市:臺灣大學出版中心,
2012年),頁446-447。

七　關於流散的主題

　　許多美籍華裔漢學家有著被迫流亡或者自我放逐的經歷，因此，他們對流散（流亡）主題的文學作品也有著一定的關注。有一些博士論文涉及此一議題，如德克薩斯大學奧斯汀校區簡政珍寫於一九八〇年代的博士論文，研究的是臺灣作家余光中、白先勇、葉維廉、陳若曦、張系國等人的作品中的「放逐」母題（Exile Motif）。簡政珍的此篇博士論文後以《放逐詩學：臺灣放逐文學初探》（*Poetics of Exile: Preliminary Reading of Contemporary Exile Literature in Taiwan*）在臺灣出版，該書的主要內容包括：頁三十三：第一章　余光中：放逐的現象世界；頁六十九：第二章　葉維廉：自我而足的放逐意象；頁一〇九：第三章　白先勇的敘述者與放逐者；頁一四七：第四章　張系國：放逐者的存在探問；頁一八一：第五章　陳若曦：回歸與放逐的辯證[98]。

　　而正如金介甫所說，「由中國流亡者帶來在美國學術界中激發出的競爭能量，產生了豐碩的關於臺灣文學方面的作品。」[99] Gregory B. Lee（利大英）曾編輯出版了由「論述中國流亡作品（特別是詩歌）的論文，以及李歐梵頗受好評的論述中國民族和地區身分的論文」[100]組成的論文集。金介甫則認為，「一九四九年前出生的聶華苓

98　簡政珍（Jiang Jeng-jen）：《放逐詩學：臺灣放逐文學初探（*Poetics of exile: preliminary reading of contemporary exile literature in Taiwan*）》，臺北市：聯合文學出版社，2003年。

99　（美）金介甫著，查明建譯：〈中國文學（1949-1999）的英譯本出版情況述評（續）〉，《當代作家評論》2006年第4期，頁143。

100　（美）金介甫著，查明建譯：〈中國文學（1949-1999）的英譯本出版情況述評

和於梨華，依然以美籍華人的身分在臺灣——她們的文學興趣得以養成的地方——出版優秀的中文小說，並已在開拓『譚恩美式的』主題——自我流放的中國人的焦慮」[101]，《海外的本土主義》[102]便由此出發「對聶、於、陳若曦及其他在臺灣頗富盛名的自我流亡作家作了很好的分析。」[103]

　　（續）〉，《當代作家評論》2006年第4期，頁141。

[101]　（美）金介甫著，查明建譯：〈中國文學（1949-1999）的英譯本出版情況述評（續）〉，《當代作家評論》2006年第4期，頁141。

[102]　*Nativism Overseas: Contemporary Chinese Women Writers*. Edited by Hsin-Sheng C. Kao. Albany, N.Y.: State University of New York Press (SUNY Press). 1993.（高信生編：《中國海外作品的本土性：當代女作家作品及其評論》，紐約阿爾巴尼市：紐約城市大學出版社，1993年）。

[103]　（美）金介甫著，查明建譯：〈中國文學（1949-1999）的英譯本出版情況述評（續）〉，《當代作家評論》2006年第4期，頁141。

第三章
美國漢學家臺灣文學研究的方法和成就

第一節　他山之石：有關美國漢學家「臺灣文學研究」理論方法的思考

　　對於海峽兩岸的臺灣文學研究而言，美國「臺灣文學研究」中的理論方法，可說是一種「可以攻玉」的「他山之石」。美國漢學家對於臺灣文學的研究，經過長期的學術積累，大多形成了各自的研究風格，如家常話裡寓正言屬色的夏志清，批評文字倜儻秀美的王德威，視野開闊而又嚴謹大氣的張誦聖，緊密結合海峽兩岸現實社會以及流行文化科技進而拓展至媒體產業的王瑾等。仔細考察美國漢學家研究臺灣文學時所運用的理論方法，可以體會到西方理論思潮（如後殖民理論、新批評理論等）對中國文學理論和文學批評學界的影響、西方現代性與中華民族文藝形式問題、西方現代性與東方殖民現代性的異同、世界範圍內文化批評與新批評解讀的衝撞、西方學者嘗試運用東方傳統的文學批評方法等所帶來的文學理論的新的發展等文化現象，由此也可看出美國的「臺灣文學研究」反饋臺灣後造成的影響，最終如王德威教授所說，「真正嚴肅認真地規劃出一種普遍存在的、學科的和地緣詩學的圖繪」[1]。將美國漢學家的臺灣文學研究放置於整個的西方文學理論版圖中，與此前已在西方漢學界更為興盛的中國現當

1　（美）王德威著，張清芳譯：〈英語世界的現代文學研究之報告〉，《海南師範大學學報（社會科學版）》2007年第3期，頁3。

代文學研究橫向比較，我們會發現，如下三個問題非常值得我們深入思考：美國的「臺灣文學研究」與中國大陸和臺灣島內的「臺灣文學研究」的關係及異同，其中包括美國的「臺灣文學研究」反饋臺灣後造成的影響；美國的「臺灣文學研究」中的翻譯技巧；美國的「臺灣文學研究」與美國的「中國現當代文學研究」的關聯。

一　美國漢學家的「臺灣文學研究」與中國大陸和臺灣島內的「臺灣文學研究」的關係及異同

海外漢學與國學之間的區別在於，國學「出發點是中國本土，研究主體也是中國人自己，也就是說，如果前者是從外部來考察中國及其文化，那麼後者則是從內部來研究自己文化的。也許這兩者的相得益彰才能達到中國文化在世界普及傳播之目的，但目前的現狀遠非如此。另一方面，如果從全球化與本土化的互動關係來看，前者是使中國文化國際化（全球化）的一個必要途徑，後者則是堅持中國文化本土化的一種必然。……由於各國的漢學家都十分注意用英文發表自己的作品，因此對於西方主流學術界而言，他們的著述更為西方學人所知，其在一般西方讀者中的影響也更大。對於這種客觀存在的現象我們切不可視而不見。」[2]當然，目前中國國內一般將對於中國傳統文化的研究視為「國學」，故而針對中國現實問題展開的研究卻往往不被涵括在一般意義上的「國學」範疇之內。這一點甚至也影響到了美國漢學界，長期以來，中國古典文學和古代文化研究在美國漢學界居於主流，也就是說，臺灣海峽兩岸傳統意義上的「國學」研究在美國漢學界備受重視，而中國現當代文學研究則位居邊緣，「相對於俄羅斯文學和日本文學，為什麼中國文學在學術界外的讀者中不那麼受關

2　王寧：〈中國現當代文學研究在西方〉，《中國文化研究》2001年春之卷，頁126。

注」[3]，曾經是長期困擾美國漢學家的謎題。這一局面自夏志清的《近代中國小說史》出版之後，尤其是普實克和夏志清論爭之後，有所改觀，中國現代文學已然成為世界上公認的新興學科，尤其是中國大陸作家莫言獲得諾貝爾文學獎之後，中國現當代文學愈加得到海外讀者的喜愛，而且伴隨著中國經濟的發展，針對中國現實問題的研究也愈來愈得到各國政府和社會的重視，傳統意義上的海外漢學和中國傳統意義上的「國學」的內涵顯然均需要適時增容。因此我們此處所講之「海外漢學」是廣義上的漢學，或者說是包括對於中國現當代文學和文化在內的漢學；「國學」也就不再是傳統意義上狹義的只在學術界「象牙塔」內研究中國文學與中國文化的學問，而是廣義上的、包括中國學者對於中國現實社會問題的研究在內的學問。

　　雖然上述海外漢學與國學有著相似的研究邊界擴充的趨向，但兩者仍然存在著巨大的差異。此種差異主要表現在語言載體的不同與研究角度、研究方法的不同。「漢學家們雖然以漢語文本為研究對象和素材，但用來表述的語言主要是英語和其他西方語言，所講授的中國文學課程一般被稱為『翻譯中的中國文學』（Chinese Literature in Translation），很像我們中國高校中文系開設的用漢語講授的世界文學課。此外，他們的研究成果由於其出發點和方法論的不同而迴然有別於中國學者的成果，但有些確有新的成果已經給我們的研究以新的啟示」[4]，這種啟示往往可以給中國學者帶來許多新鮮的創意思考與思維模式變革的啟迪，尤其是當海外漢學與國學針對同一個社會文化現象展開方法各異的研究，最後得出觀點不一，甚至完全相左的結論的

3　語見鄧騰克（Kirk Denton）在接受時代週報記者採訪時的談話。參見趙妍、賴宇航：〈一九四九年後的中國文學在海外：無法擺脫的翻譯難題與政治意味〉，《時代週報》2012年10月18日。鄧騰克（Kirk Denton）為美國俄亥俄州立大學教授、《中國現代文學與文化》雜誌主編。

4　王寧：〈中國現當代文學研究在西方〉，《中國文化研究》2001年春之卷，頁125-126。

時候，這種啟示又可以成為對於雙方的互鑒而非單向的影響，學者們
由此可以回到問題之外並看到，問題不止可以正面地「證明」，從反
面進行的「證偽」有時更具說服力，正如王德威所說，「一個社會的
典律可能會是另一個社會的禁忌，明顯敵對的論述實際上卻可能詭異
地共享了相似的前提」[5]。西方社會和東方社會固存在著思維模式的
差別，一定歷史階段的不同政治意見也會導致雙方的學術評判尺度各
自不同，而這種對同一問題的分別論述可以提示讀者回到問題的原
點，站在「元批評」的角度去思考造成這種分別論述現象的雙方所共
享的「前提」到底為何，並深思此種「前提」的合理性，「這一點尤
其可在夏志清的《中國現代小說史》對中國國內學術界所起到的反饋
作用中見出：在以往的中國現代文學史教科書中，錢鍾書、沈從文和
張愛玲這三位作家基本上被放逐到了邊緣，而在夏的書中，這三位作
家則居於作者論述的中心，這顯然是作者的意識形態觀念和形式主義
分析所使然。錢理群、溫儒敏等著《中國現代文學三十年》（北京大
學出版社1998年修訂版）終於糾正了這一偏差，終予這三位作家以應
有的歷史地位。)」[6]。無獨有偶，繼夏志清開創的「文學史與文學批
評相結合」[7]的研究方法之後，一九七三年，由臺灣來美國留學繼而
留在美國從事教學、研究的李歐梵出版了他的專著《現代中國作家之
浪漫一代》（*The Romantic Generation of Chinese Literature*），用他的繼

5　（美）王德威著，張清芳譯：〈英語世界的現代文學研究之報告〉，《海南師範大學
　　學報（社會科學版）》，2007年第3期，頁3。
6　王寧：〈中國現當代文學研究在西方〉，《中國文化研究》2001年春之卷，頁135。
7　參見（美）金介甫（Jeffrey C. Kinkley），查明建譯：〈中國文學（1949-1999）的英
　　譯本出版情況述評（續）〉，《當代作家評論》2006年第4期，頁147。原文表述為
　　「夏氏文學史與批評相結合方法」。該文譯自齊邦媛、王德威編的《二十世紀下半
　　期中國文學評述》（*Chinese Literature in the Second Half of a Modern Century: A
　　Critical Survey.* Bloominton and Indianapolis: Indiana University Press, 2000.）中的附
　　錄 "A Bibliographic Survey of Publications on Chinese Literature in Translation from
　　1949-1999"。

任者王德威的話來說,「正如書名所示,此書探討了文學論述觀念以及一代中國作家兼革命家們所特有的生活方式。此書表現了李氏對文學、文化和傳記歷史相摻雜的興趣。此外,該書還提供了一種後人無法模仿獲取的學術模式。」[8]由此可見,研究視角和研究方法的不同可以導致研究結論的相異,但是也可以彼此產生影響,甚至可以融混合流,而這恰可以促進問題的深入討論,進而推動學術的進步。美國漢學家的「臺灣文學研究」與中國大陸和臺灣島內的「臺灣文學研究」之間的關係類同此理。

　　由十七年時期（1949-1966）形成的,同時也與國際「冷戰思維」相吻合的文學論述東西方意識形態劃分甚至一直延續至今,而新一代的漢學家開始思考如何突破這種「東西二元」的文學論述意識形態分類。這種突破有其創新,但因其更注重的是問題意識,強調的是問題的提出而非問題的解決,因此,對讀者的辨別能力與文化素養的要求也有了更高的要求。如美國杜克大學教授荊子馨（Leo T. S. Ching）的論文〈難以置信的霧社叛亂:殖民性、原住民性與殖民差異的認識論〉[9],「讓歷史在某個意義上回歸歷史」[10]。該論文闡述了一個殖民現代性的問題:「對多數清末民初的臺灣知識分子或一般百姓而言,日本殖民本身是個令人既愛又恨的事實。日本是先進國家,雖然是殖民,而且還是軍事統治,對臺灣仍然有啟發作用」[11]。這一觀點由論文的編選者臺灣學者李奭學教授轉述,轉述行為本身就具有

8　（美）王德威著,張清芳譯:〈英語世界的現代文學研究之報告〉,《海南師範大學學報（社會科學版）》,2007年第3期,頁1。

9　（美）荊子馨著,蔡永琪譯:〈難以置信的霧社叛亂:殖民性、原住民性與殖民差異的認識論〉,李奭學主編:《異地繁花:海外臺灣文論選譯（上）》（臺北市:臺灣大學出版中心,2012年）,頁55-86。

10　李奭學:〈導論〉,李奭學主編:《異地繁花:海外臺灣文論選譯（上）》（臺北市:臺灣大學出版中心,2012年）,頁10。

11　李奭學:〈導論〉,李奭學主編:《異地繁花:海外臺灣文論選譯（上）》（臺北市:臺灣大學出版中心,2012年）,頁10。

一種認可的意味，而此種觀點顯然有異於中國大陸學者的抗日與殖民
抵抗「二元對立」的普遍觀點，需要注意的是，這種觀點有其不合理
性與麻痹性，值得以警惕心認真討論與辨析。這也提醒讀者，想要讓
文學研究完全脫離政治立場是不可能的，正如美國普林斯頓大學東亞
研究系教授林培瑞（Perry Link）的主張，「不論是政治還是文學都是
人類的生活。在中國，這種政治性比其他大多數國家更甚。一個作家
假裝不具有政治性，這只是一種『政治性』的假裝。」[12]林培瑞
（1944-）出生在紐約，成長於紐約的一個小鎮，中學時學法語，大
學時開始學習中文，其父為紐約州立大學歷史系教授。林培瑞一九六
六年畢業於哈佛大學，獲得文學學士學位，一九七六年以題為
Traditional Style Popular Fiction in Shanghai, 1910-1930（《上海傳統風
格的通俗小說（1910-1930）》）的博士論文獲得哲學博士學位，他以
研究中國現代通俗文學和大眾文化著稱，一九七三年曾到訪臺灣。他
對中國近代通俗文學的研究，帶動了一九八〇年代之後中國國內的通
俗文學研究。由此也可看出，美國漢學家的「臺灣文學研究」（乃至
中國現當代文學研究）與中國大陸和臺灣島內的「臺灣文學研究」
（乃至中國現當代文學研究）之間，也有著學者的互動、研究文本傳
播的雙向流動及研究方法和觀點的相互影響，前述荊子馨（杜克大
學）的論文〈難以置信的霧社叛亂：殖民性、原住民性與殖民差異的
認識論〉[13]對於日據時期臺灣文學的殖民現代性問題的探討得到臺灣
學者的認可，即體現了美國漢學家的「臺灣文學研究」傳播至臺灣之
後對於臺灣本土學者的影響。

　　兩岸文學的發展，自一九八〇年代末以來在許多領域往往有著相

---

12 語見林培瑞在接受時代週報記者就莫言獲得諾貝爾文學獎的消息所進行的採訪時的
　 談話。

13 （美）荊子馨著，蔡永琪譯：〈難以置信的霧社叛亂：殖民性、原住民性與殖民差
　 異的認識論〉，李奭學主編：《異地繁花：海外臺灣文論選譯（上）》（臺北市：臺灣
　 大學出版中心，2012年），頁55-86。

似的發展趨勢，比如詩歌和戲劇的發展，在一九九〇年代，「儘管抒情詩是一九七〇年代末油印印刷品和非官方出版物中最受青睞的體裁，但在中國大陸，如同其他現代和商業社會一樣（包括在臺灣），詩歌以及戲劇的作用及其讀者數量極大地減少了。一九九三年出現的停滯，使我們得以遠觀中國新時期文學，而一九九九年就更是如此了。」[14]不只文學的發展，一九八〇年代以來，中國大陸到美國留學的留學生人數日漸增多，逐漸趕上並最終超越了由臺灣赴美留學的人數總和。許多此類中國大陸赴美留學生學成之後成為在美國的「新移民」，其中以中國文學研究為志業的學者與先期到來的臺灣學者互通聲氣，互相提攜，便有來自大陸的「新移民」漢學家開始關注臺灣文學，海峽兩岸赴美留學的留學生由此成為兩岸臺灣文學研究交流的優質媒介。一九九〇年代的「新移民潮」及其對於宏大歷史敘事的相似興趣以及文學作品受眾變化的趨同，使得當前的海外漢學與國學形成了一個鬆散型的學術共同體，以研究臺灣文學為志業的美國漢學家、中國大陸和臺灣的學者也形成了雖研究方法有別、研究立場各異但卻因研究方向相同而交流密切、互動熱絡、惺惺相惜、「抱團取暖」的學術圈。

　　通過將美國漢學家與中國大陸學者和臺灣學者研究臺灣文學的成果進行比較，我們可以看出，美國漢學家對臺灣當代文學的關注比中國大陸和臺灣的學者們都要早；中國大陸學者對二戰前和二戰中的臺灣古典文學、白話文學、民間文學研究較多，臺灣學者較多關注日據時期臺灣的文言文學和日語作家作品；兩相比較，中國大陸讀者對於臺灣文學（尤其是古龍、瓊瑤等通俗文學作品）的興趣明顯高於美國讀者。

14　（美）金介甫著，查明建譯：〈中國文學（1949-1999）的英譯本出版情況述評〉，《當代作家評論》2006年第3期，頁69。

二 美國漢學家「臺灣文學研究」中的翻譯技巧

　　美國漢學家的中文文學翻譯水平是舉世公認的，而喬志高、劉紹銘、葛浩文、陶忘機等便是這些公認的優秀美國翻譯家群體中的更為傑出的幾位。著名中國大陸作家、諾貝爾文學獎獲得者莫言在其獲得諾貝爾文學獎以前，在西方國家就有著很高的知名度，這一方面因為其小說被改編拍成了電影《紅高粱》，電影《紅高粱》獲得了西方觀眾的青睞，也帶動提升了其小說在西方的影響力；另一方面則得益於其作品大多被翻譯成了英文，甚至可以說，莫言的作品是目前中國作家中被譯成英文的比例最高的中國作家。莫言獲得諾貝爾文學獎時，根據諾貝爾文學獎評委會發布的官方信息，其作品被譯成英文出版的已達到了十一部之多，而這些作品都是美國漢學家和翻譯家葛浩文（Howard Goldblatt）的譯作。

　　葛浩文的翻譯技巧廣為學者稱道，美國漢學家金介甫曾予以高度評價[15]。李昂的小說 *The Butcher's Wife*（《殺夫》，1986），由葛浩文與楊愛倫（Ellen Yueng）合譯，一九八六年由美國 North Point Press 出版[16]，白先勇小說 *Crystal Boys*（《孽子》）由葛浩文翻譯後一九八九年由美國 Gay Sunshine Press 出版[17]，「單看這兩本書名的翻譯，就見出譯者的工夫：前者從『夫』變成『婦』（小說本來就以女性為主角），

---

15 （美）金介甫（Jeffrey C. Kinkley），查明建譯：〈中國文學（1949-1999）的英譯本出版情況述評（續）〉，《當代作家評論》2006年第4期，頁144。

16 *The Butcher's Wife*. Written by Li Ang. Translated from Chinese into English by Howard Goldblatt and Ellen Yeung. Berkeley, San Francisco: North Point Press, 1986.（李昂著，〔美〕葛浩文與楊愛倫合譯：《殺夫》，加州舊金山伯克利市：北點出版社，1986年）

17 *Crystal Boys*. Written by Pai Hsien-Yung. Translated by Howard Goldblatt. San Francisco: Gay Sunshine Press, 1989.（〔美〕白先勇著，〔美〕葛浩文英譯：《孽子》，舊金山：男同陽光出版社，1989年）

後者能把難譯的『孽子』兩個字，不多不少同樣譯成兩個英文字，而翻譯之後的新詞，就英語世界來說，反更鮮明的扣緊主題。boy 一字既貼近原文的『子』，又造成字面上的玲瓏剔透，尤其傳神。兩本書都屬第三世界的性別議題，想是因此而得到英語出版業的青睞」[18]。葛浩文在獲知莫言獲得諾貝爾文學獎後在《衛報》發表〈我的英雄：莫言〉一文，回憶了最初翻譯莫言作品的細節：「當我寫信要求翻譯莫言的《天堂蒜薹之歌》時，他還是個無名之輩，而我不過是一個有好聽的中文名字的美國學者。這本書後來推遲到了電影《紅高粱家族》火了之後才出版。那時候，我們都為譯文的事兒高興……我們第一次見面是在翻譯了三本他的作品之後，當時在北京。後來我們又在不同的國家、不同的場合見過幾次。有一次在科羅拉多州宣傳《酒國》，莫言和我們在一起的幾天裡，幾乎把所有書架上的中文小說全部閱讀了一遍。那時候他跟我說了一句：自學者就是這樣的。」[19]與文學作品原作者構建良好的互動關係，是葛浩文能夠獲得準確信息、將原作語言翻譯得準確到位的一個重要原因，他除了與莫言等大陸作家成為好友，也與臺灣作家有著密切的交往和良好的互動，尤其值得一提的是，其夫人林麗君便是一位來自臺灣的華裔翻譯家。

　　翻譯家陶忘機（John Balcom）的太太也是一位來自臺灣的華裔翻譯家。陶忘機除了以翻譯臺灣詩歌著稱以外，還曾經翻譯過臺灣作家李喬的《寒夜》、張系國的《「城」三部曲》等小說作品，他所編譯的《臺灣「原住民」作品集》中介紹他及其太太黃瑛姿（Yingtsih Balcom）說："John Balcom is an associate professor and head of the Chinese program in the Graduate School of Translation and Interpretation

---

18　（美）應鳳凰（德州大學東亞系博士班）：〈臺灣文學研究在美國〉，《漢學研究通訊》第16卷第4期（總第64期），1997年11月，頁400。

19　參見趙妍、賴宇航：〈外媒熱情關注莫言獲獎：這是一場全國性的心理執迷〉，《時代週報》，2012年10月19日。

at the Monterey Institute of International Studies. He is the translator of twelve books, including Li Qiao's *Wintry Night* and Chang Hsi-kuo's *City Trilogy*. Yingtsih Balcom is an assistant professor at the Defense Language Institute, Monterey. Her translations of Western and Chinese literature have appeared in many journals, including *Renditions*, the *Chinese P.E.N.*, and *Chung Wai Literary Monthly*." [20]像陶忘機這樣的夫妻搭檔翻譯家在海外漢學家裡面是一個有意思的普遍現象。在翻譯史上，採用合譯的方式進行難度較大的翻譯工作已屢見不鮮，在美國，曾在威斯康辛大學任教的美籍華人學者茅國權（Mao, Nathan K）與美國漢學家珍妮‧凱利（Jeanne Kelly）合作在一九七九年將錢鍾書《圍城》譯成英文在印第安納大學出版社出版便為一個成功案例，毋庸置疑，類似葛浩文夫婦、陶忘機夫婦這種中外結合的天然優勢資源勢必更可以提升臺灣文學英譯的語言表達與文化闡釋水平。

美國漢學家們在開展文學翻譯工作時所付出的艱辛和努力，也是有目共睹的，葛浩文（Howard Goldblatt）曾這樣形容自己的翻譯工作流程：「譯者既要熟練地翻譯原語及其文化，又能以各種方式在目標語裡予以再現。因為譯者要同時完成三項任務：閱讀、批評（或闡釋）及創造性的寫作」[21]。其認真和敬業的態度令人敬佩，而其翻譯方法和技巧也值得他人借鑒。

當然，因為不同文化之間的差異，翻譯時所面對的及翻譯之後所造成的「隔」也在所難免，如鄧騰克（Kirk Denton）談莫言時所說，

20 *Taiwan's Indigenous Writers: An Anthology of Stories, Essays, and Poems.* Edited by John Balcom and Yingtish Balcom. Translated with an introduction by John Balcom. Columbia University Press, https://cup.columbia.edu/book/indigenous-writers-of-taiwan/9780231136501

21 （美）葛浩文（Howard Goldblatt）著，史國強譯：《作者與譯者：一種互惠但並不輕鬆、有時又脆弱的關係》，見（美）葛浩文（Howard Goldblatt）著《葛浩文隨筆》（北京市：現代出版社，2014年），頁38。

「在西方有些人批評莫言並沒有坦率地說出他對中國政府的批評，但這也反映出了西方大眾傳媒狹隘的政治偏見。對我來說，莫言是一個偉大的作家，因為他的作品將社會批判和敘事方式以及語言風格上的文學嘗試融合在一起。莫言的語言非常美，當然這種美在翻譯的過程中有所折損。」[22]同時，中國學者在將美國漢學家的中國研究著作翻譯成中文的時候同樣也會存在著一些「理解和技術方面的」[23]問題。

三　美國的「臺灣文學研究」與美國的「中國現當代文學研究」的關聯

著名美國漢學家金介甫（Jeffrey C. Kinkley）曾說，「可以這樣說，在中國大陸文學之前，臺灣文學是西方批評的關注點。」[24]而夏濟安、夏志清兄弟在其出版於一九六一年的名作《近代中國小說史》中的有關臺灣文學的研究，可以說是這種關注點的投射。而這本《近代中國小說史》卻恰恰也是世界漢學中的中國現代文學學科的奠基之作。美籍華人學者王德威教授曾說，「二十世紀五〇年代，夏志清（C. T. Hisa）和普實克（Průšek）分別在美國和歐洲開始對晚清到當代的中國文學和文化動力論進行廣泛的研究考察，由此中國現代文學研究

---

22 語見鄧騰克在接受時代週報記者採訪時的談話。參見趙妍、賴宇航：〈外媒熱情關注莫言獲獎：這是一場全國性的心理執迷〉，《時代週報》，2012年10月19日。

23 張泉：《譯後記》，耿德華（Edward M. Gunn）著，張泉譯，《被冷落的繆斯：中國淪陷區文學史（1937-1945）》（北京市：新星出版社，2006年），頁328。

24 （美）金介甫（Jeffrey C. Kinkley），查明建譯：〈中國文學（1949-1999）的英譯本出版情況述評（續）〉，《當代作家評論》2006年第4期，頁143。該文譯自齊邦媛、王德威編的《二十世紀下半期中國文學評述》（*Chinese Literature in the Second Half of a Modern Century: A Critical Survey,* Bloominton and Indianapolis: Indiana University Press, 2000.）中的附錄 "A Bibliographic Survey of Publications on Chinese Literature in Translation from 1949-1999"。

才作為一門學科出現。」[25]可以看出，在世界漢學（包括美國漢學）的視野裡，臺灣文學研究是作為中國現當代文學研究，特別是中國當代文學研究的「先聲」而出現的，兩者從發端之日起便密切相連，渾然一體。

在美國的學術體制裡面，並沒有單獨的「中國現當代文學研究」及「臺灣文學研究」學科，甚至也沒有單獨的「中國文學」學科。「中國現當代文學研究」和「臺灣文學研究」都是比較文學學科以及「東亞研究」或「亞洲研究」的一部分，因此，兩者沒有界限分明的學科區分，往往是從事中國大陸現當代文學研究的漢學家也同時從事臺灣文學的研究，如金介甫、王德威；也有先從臺灣文學研究起步進而擴展至整個中國現當代文學研究的漢學家，如張誦聖。更多的漢學家則是將臺灣文學融合入整個的中國文學版圖，乃至整個華語語系文學的版塊之中加以考察與研究。如美國學者路易士・羅賓遜（Lewis S. Robinson）在其論文〈二十世紀中國小說家眼中的基督教〉中指出，「要檢視與基督教相關的中國小說，首先得從這兩位（按：文中指郁達夫和郭沫若）五四運動出來的作家著手，而以近幾十年裡臺灣小說中所塑造的基督教形象作為終結。」[26]該論文中除了討論了郁達夫、郭沫若等中國大陸作家以外，還討論了許地山、陳映真、朱西寧等與臺灣有關的作家的基督教敘事。

雖然臺灣文學有著獨特的社會歷史背景，但無論是美國漢學家對臺灣文學的研究，還是其對中國大陸現當代文學的研究，兩者都十分關注作為文學背景的社會政治環境，特別是他們還很善於將兩岸的社

25　（美）王德威著，張清芳譯：〈英語世界的現代文學研究之報告〉，《海南師範大學學報（社會科學版）》，2007年第3期，頁1。

26　（美）路易士・羅賓遜（Lewis S. Robinson）著，黃瀞萱譯：〈二十世紀中國小說家眼中的基督教〉，《文學與宗教——第一屆國際文學與宗教會議論文集》，輔仁大學外語學院編（臺北市：時報文化出版公司，1987年），頁345。該文起始頁碼為頁343-390。

會背景放置在一起予以考察。從陳映真到柏楊，從《美麗島事件》到大陸開放探親，臺灣解嚴到文學作品的商業化，從作家的本外省籍區分到兩岸文學作品的雙向出版流通，金介甫的評述[27]簡明扼要但信息量豐富，顯示了美國漢學家整體把握兩岸文學的自如，也很好地告訴讀者兩岸文學無法分割的共同社會歷史背景，以及「臺灣文學研究」與「中國現當代文學研究」的血肉關聯。

就兩者的研究方法而言，王德威認為，中國現代文學研究在「在九○年代發生了翻天覆地的變化……在研究和批評實踐中，理論占據了越來越突出的地位。這種趨勢反映了學者和研究者在有意識地提升其研究工具，以便能夠更好地掌握研究主題，但從另一方面來說，這一趨勢同樣表現了東亞對普遍的『理論轉向』的一種反應——該理論轉向在八○年代之間和之後盛行於美洲學院機構的所有人類學系所。」[28]這一變化也恰好體現在美國漢學家們的臺灣文學研究的方法論變化上。當然，美國漢學家們的臺灣文學研究並沒有把理論研究「定於一尊」，而是多種形態並重，尤其是對於臺灣文學作品的翻譯出版的熱情，從上世紀九○年代一直持續至今。

四　美國漢學家研究臺灣文學的形態

美國漢學家研究臺灣文學的方法多元，形式多樣，除了一般意義上所說的學術期刊論文、學術專著以外，對於臺灣文學作品的翻譯、

27　（美）金介甫（Jeffrey C. Kinkley），查明建譯：〈中國文學（1949-1999）的英譯本出版情況述評（續）〉，《當代作家評論》2006年第4期，頁144-145。該文譯自齊邦媛、王德威編的《二十世紀下半期中國文學評述》（*Chinese Literature in the Second Half of a Modern Century: A Critical Survey,* Bloominton and Indianapolis: Indiana University Press, 2000.）中的附錄 "A Bibliographic Survey of Publications on Chinese Literature in Translation from 1949-1999"。

28　（美）王德威著，張清芳譯：〈英語世界的現代文學研究之報告〉，《海南師範大學學報（社會科學版）》，2007年第3期，頁2。

編選臺灣文學作品譯本、編輯有關臺灣文學的報刊、舉辦有關臺灣文學的研討會、開展有關臺灣文學的研究課題（或曰「研究項目」、「研究計畫」）、撰寫有關臺灣文學的學位論文以申請碩士或博士學位、指導學生撰寫有關臺灣文學的學位論文、開設有關臺灣文學的大學或研究所課程、設置臺灣文學專業等都是美國漢學家研究臺灣文學的形態。以下可分類舉例說明之：

（一）文學作品翻譯與文學作品選集

1　劉紹銘與臺灣文學選集

（1）*Chinese Story from Taiwan: 1960-1970*（《六十年代臺灣小說選：一九六〇～一九七〇》）

（2）（*The Unbroken Chain: An Anthology of Taiwan Fiction Since 1926*）《不斷的鏈條：一九二六年以來的臺灣小說選集》

2　葛浩文與英譯臺灣小說

3　其他

（1）Lucien Miller（米樂山）英譯的陳映真小說集 *Exiles at Home: Short Stories By Chen Ying-chen*, University of Michigan, Michigan Center for Chinese Studies（《在家放逐：陳映真短篇小說選》，密歇根大學，密歇根大學中國研究中心），一九八六年出版。其中包括《我的弟弟康雄》、《鄉村的教師》、《死者》、《將軍族》、《淒慘的無言的嘴》、《最後的夏日》、《唐倩的喜劇》、《六月裡的玫瑰花》、《上班族的一日》等九篇短篇小說，該書前面有致謝語和引言（介紹性的文字）。

（2）一九八六年，聶華苓的《桑青與桃紅》（英譯本加了說明性的副題：兩個中國女人）（*Mulberry and Peach: Two Women of China*）。

（3）*The Isle Full of Noises: Modern Chinese Poetry from Taiwan*（《千曲之島：臺灣現代詩選》），Dominic Cheung（張錯）編譯，哥倫比亞大學出版社在一九八七年印行。

（4）*Modern Chinese Women Writers: Critical Appraisals*（《現代中國女作家評論集》），Michael S. Duke（杜邁可）主編，M. E. Sharpe 出版社，一九八九年出版。Michael S. Duke Louise Edwards 曾在一九九一年七月的《The China Journal》第二十六卷（Volume 26, Jul., 1991）Reviews 欄目（pp. 207-208）發表了書評。在該書中杜邁可主要闡述了女性作家寫作與男性作家寫作的六點不同。

（5）Edward Gunn（耿德華）翻譯的王文興《背海的人》，一九九三年由康奈爾大學出版。

（6）杜玲（Susan Dolling）翻譯的王文興《家變》，一九九五年由夏威夷大學出版社出版。

（7）白先勇的 *Taipei Characters*，印第安納大學出版社一九八二年出版，編者喬治高（George Kao）。

（8）前述美國漢學家哈玫麗（Rosemary Haddon）是盎格魯-撒克遜裔學者，「目前任教於紐西蘭瑪瑟大學（Massey University）語言研究系。從博士論文開始，她處理的就是臺灣的鄉土文學，此後研究上幾乎也都以臺灣或中國的同類作品為主，一九九六年還刊行了所編所譯的《牛車：臺灣本土主義小說（1934-1977）》（*Oxcart: Nativist Stories from Taiwan, 1934-1977*）。」[29]

此外，還有兩部在歐美漢學界「著名的《山上的樹》（*Trees on the Mountain*）和《現代中國小說世界》（*Worlds of Modern Chinese Fiction*）編選了海峽兩岸的文學作品。」[30]

---

29 李奭學：〈導論〉，李奭學主編：《異地繁花：海外臺灣文論選譯（上）》，臺北市：臺灣大學出版中心，2012年。

30 （美）金介甫（Jeffrey C. Kinkley），查明建譯：〈中國文學（1949-1999）的英譯本出版情況述評（續）〉，《當代作家評論》2006年第4期，頁146。該文譯自齊邦媛、王德威編的《二十世紀下半期中國文學評述》（*Chinese Literature in the Second Half of a Modern Century: A Critical Survey*, Bloominton and Indianapolis: Indiana University Press, 2000.）中的附錄 "A Bibliographic Survey of Publications on Chinese Literature in Translation from 1949-1999"。

　　金介甫曾經評價此種文學選集現象背後的政治文化因素：「最優秀的臺灣文學，像大陸文學一樣，經常避免直接的政治抨擊，肇始於夏志清的哥倫比亞／臺灣大學學派，支持大陸─臺灣文學共同體的展望，其中，由於英文選集《哥倫比亞當代中國文學文集》、《眾聲喧嘩》、《玉米田之死》的出版，臺灣文學的價值──如果不說臺灣文學作品的話──更具有活力。奚密編的《中國現代詩歌選集》將這種中國文學觀推展到詩歌。」[31] 顯然，由金介甫先生所列舉的幾本著名譯本選集來看，美國漢學界主流的漢學研究著作是把大陸文學和臺灣文學做一體化的考量的。這種將臺灣文學置於整體的中國現當代優秀文學作品中坐標系中予以衡量的選譯原則，避免了狹隘的地方保護主義和井蛙之見，反而更可以向世界展示優秀的臺灣文學作品的審美價值。

（二）學術專著

一、張誦聖的「現代派小說」研究

　　（1）*Modernism and the Nativist Resistance: Contemporary Chinese Fiction from Taiwan*. By Chang, Sung-sheng Yvonne. Durham & London: Duke University Press, 1993.（《現代主義和本土抵抗：臺灣當代中文小說》，德勒姆：杜克大學出版社〔Durham: Duke University Press, 1993〕）。

　　（2）《文學場域的變遷》（臺北市：聯合文學出版社，2001年）

　　（3）*Literary Culture In Taiwan: Martial Law To Market Law,* Columbia University Press, 2004, By Sung-sheng Yvonne Chang（《臺灣的文學文化：從戒嚴法則到市場規律》，張誦聖著，2004年）。

31　（美）金介甫（Jeffrey C.Kinkley），查明建譯：〈中國文學（1949-1999）的英譯本出版情況述評（續）〉，《當代作家評論》2006年第4期，頁146。該文譯自齊邦媛、王德威編的《二十世紀下半期中國文學評述》（*Chinese Literature in the Second Half of a Modern Century: A Critical Survey*, Bloominton and Indianapolis: Indiana University Press, 2000.）中的附錄 "A Bibliographic Survey of Publications on Chinese Literature in Translation from 1949-1999"。

二、Lin, Julia C. 的《臺灣當代詩歌評論集》。林張明暉（Lin, Julia C.）另翻譯有《我愛你——中國當代女詩人詩選》[32]，共選入了三十六個中國當代女詩人的一一一首詩歌。

三、奚密的「現代詩」研究。

四、王德威的臺灣文化研究。

（三）研討會、研究計畫和相關報刊

一、海外第一次臺灣小說學術研討會（美國德州大學奧斯汀校區，1979年）。

二、一九八六年在德國召開，由馬漢茂與劉紹銘等教授合辦的一次大型文學研討會，題為「現代文學的大同世界」（The Commonwealth of Modern Chinese Literature）。

三、第二次當代臺灣小說研討會與臺灣文學專號（科羅拉多大學，1991年）。

四、杜國清創辦的「臺灣文學英譯叢刊」（加州大學聖塔巴巴拉分校，1997年）等。

（四）學位論文

對美國漢學家的「臺灣文學研究」的代際傳承最有意義的，是自上世紀八〇年代以來，以臺灣文學為論述對象的博士論文的日益蓬勃。在美國，直接以「臺灣文學」為論文題目而取得博士學位的歷史，要比臺灣島內早十幾年。

一、美國第一篇臺灣文學博士論文：劉紹銘指導，*The Evolution of the Taiwanese New Literature Movement from 1920 to 1937*（《臺灣新

---

32 徐慎貴、（美）Lin, Julia C.等：《我愛你——中國當代女詩人詩選》（*Women of the Red Plain: An anthology of contemporary Chinese women's poetry*），漢英對照版，北京市：中國文學出版社，1993年。

文學運動之發展：一九二〇～一九三七》），作者白珍（Yang, Jane Parish），威斯康辛大學，一九八一年。白珍（Yang, Jane Parish），現任美國勞倫斯大學東亞語言文化系副教授（Associate Professor, Dept. of Chinese and Japanese, Lawrence University, USA）。

　　二、一九八一至一九八三年，德克薩斯大學奧斯汀校區三篇以「臺灣文學研究」為選題範疇的博士論文：張誦聖的 *A Study of "Chia Pien": A Contemporary Chinese Novel From Taiwan*（《《家變》研究：一篇臺灣當代小說》），對照興起於西方的現代主義文學理論研討王文興的《家變》、簡政珍的 *The Exile Motif in Modern Chinese Literature in Taiwan*（《臺灣現代文學中的流放主題》，討論了余光中、葉維廉、白先勇、張系國、陳若曦等五家作品裡的流放主題）、Lindfors, Sally Ann 的 *An Analysis of the Short Storiess of Ouyang Tze*（《歐陽子短篇小說之分析》，分析女作家歐陽子的短篇小說）。

　　三、林茂松的 *Social Realism in Modern Chinese Fiction in Taiwan*（《臺灣現代文學中的社會寫實主義》，討論臺灣鄉土文學論戰及臺灣鄉土小說），德克薩斯大學奧斯汀校區，一九八六年。

　　四、一九九〇年代博士論文的多元化主題。一九九〇年代在美國發表了將近十部與臺灣文學相關的博士論文。一九九〇年代以後，隨著攻讀人文學科的臺灣留學生的增加，美國的「臺灣文學研究」方向的博士論文內容越來越多元化，如有探討臺灣新電影（如侯孝賢、楊德昌）者；有研究女性主義文學者（如1994年威斯康辛大學范銘如的《愛情觀念的變遷——臺灣女作家小說》、一九九五年羅徹斯特大學江淑珍的《臺灣女性主義文學》）；有論述文學中的政治議題和文化認同者（如1996年普林斯頓大學葉蓁的《殖民主義及其反抗話語》，探討當代文學及電影中的「國家」論述）；有討論「臺灣文學」概念的建構過程者（德州大學奧斯汀校區東亞系麥查理梳理了近十餘年間臺灣文壇的思潮與論爭）。文化認同、女性主義、現代主義成了最熱門

的議題。文化認同方面，一九九一年俄亥俄州立大學（Ohio State University）陳愛麗的《臺灣七十年代鄉土文學── 文化認同的追尋》，把鄉土文學放在較大的第三世界的文化背景中來觀察，視其為受到西方（現代化）衝擊後的產物，是文化傳統與革新的鬥爭。女性文學方面，一九九四年威斯康辛大學（Wisconsin University）范銘如（Fan, Ming-Ju）的博士論文 *The Changing Concepts of Love: Fiction by Taiwan Women Writers*（《愛情概念的變遷：臺灣女作家小說》），論述了上世紀七十年代末至九十年代，臺灣女作家小說的愛情主題。一九九五年，羅徹斯特大學（Rochester University）Chian, Shu-chen（江淑珍）的《臺灣女性主義文學》，則更進一步探討了臺灣後現代時期的女性小說，在論及張愛玲的影響之後，還考察了袁瓊瓊、廖輝英、李昂、朱天文的小說，探索女性書寫背後的文化政治意圖。現代主義文學方面，有論述「洛夫與臺灣現代詩」者，有專論現代小說的敘事結構者，還有一部泛論五十年代以來的臺灣文學發展，旁及張愛玲、白先勇的小說。

第二節　美國「臺灣文學研究」代表學者及其論著、譯著、編著研究：個案分析

「臺灣文學研究」學科在美國產生、發展的過程中，湧現出了許多優秀的文學理論家、文學批評家、文學翻譯家和文學教育家，其中有代表性的重要學者有夏濟安、夏志清兄弟，白之，葛浩文，王德威，張誦聖，奚密，陶忘機等。

一　夏氏兄弟（夏濟安、夏志清）的臺灣文學研究

美國華人漢學家夏濟安、夏志清二兄弟已先後作古，但他們為臺

灣文學乃至中國文學所做出的巨大貢獻，以及他們的文學精神值得人
們敬仰和永遠紀念。

　　夏濟安（1916-1965）與齊邦媛、吳魯芹及稍後些的顏元叔等同
時代老一輩臺灣文學評論家一起，發現和培養了一批年輕一輩的文學
家和評論家，特別是如今已蔚成創作群體與評論家群體的臺灣大學外
文系出身的作家和評論家。夏濟安在臺灣任教期間，編輯出版了《文
學雜誌》，以其在西方文學方面的精深造詣，直接引導和帶動了白先
勇、劉紹銘、李歐梵等臺大外文系學生的文學創作，可以說白先勇等
主辦的《現代文學》雜誌的精神直接源於夏濟安編輯的《文學雜
誌》。夏濟安也積極參與臺灣文學研究與評論，如他曾為陳若曦的小
說集寫過序，專門評論過陳若曦的早期小說《欽之舅舅》，闡述其受
到的西方神秘主義的影響。夏濟安赴美之後，進行了中國左翼文學的
研究，並於一九六八年在美國出版了他的理論專著《黑暗的閘門》
[33]，他曾擔任美國加州大學伯克利分校中國研究中心研究員，當時
「他的小說已在《黨派評論》發表，他也在印第安納大學文學研究所
呆過一陣，他本來是可以在比較文學領域繼續開闢新路的。事實之所
以不是這樣，部分是因為美國學術界的困難，部分是因為夏先生自己
選擇了做一個自由的知識分子流亡者。不過，他所取得的成就，甚至
在當代中國研究方面也是非同小可的。」[34]夏濟安對於文學和學術的熱
愛與堅持同其現實生活中為人處世的情感的純真執著不無關係。

　　夏濟安在臺灣大學任教期間，創辦了《文學雜誌》，培養提攜了
一大批文學青年，使《文學雜誌》的編輯和出版成為一九五〇年代的
一個重要的文學事件。他在東西比較視野下所進行的獨具特色的勤奮

33　（美）夏濟安：《黑暗的閘門》，西雅圖：華盛頓大學出版社，1968年。此書書名為
　　李歐梵所譯，參見（美）李歐梵著，季進、杭粉華譯：〈光明與黑暗之門——我對
　　夏氏兄弟的敬意和感激〉，《當代作家評論》2007年第2期，頁11。

34　（美）李歐梵著，季進、杭粉華譯：〈光明與黑暗之門——我對夏氏兄弟的敬意和
　　感激〉，《當代作家評論》2007年第2期，頁12。

工作，彰顯了學術風骨，弘揚了文學精神，引領了一個學術傳統。他
的學生李歐梵曾說，「如今中國的學者可能並沒注意到，或者更多忘記
了夏濟安先生關於左翼文學運動的研究，實際上已延伸到了當代中國
政治的研究，夏先生在此領域也做出了不小的貢獻。他對『百花齊放』
和『大躍進』運動的術語所進行的語彙學研究，得以揭示中國文化和
人文的另一面。……這些術語都植根於傳統的中國文學和文化。這樣，
他也就把它們放到了一個更為寬廣、更為人性的語境之中。我認為這
也是一種『文化批評』，是一種代價高昂或掩蓋於政治陰影之下的特殊
的『文字學』（philology）。……夏濟安先生去世前幾年，他是在雙重
疏離下進行學術研究的：不僅疏離於自己的祖國，而且疏離於他真正
感興趣的文學和創作……研究中華人民共和國的政治和意識形態……
文字學是一種學術實踐，一種對文化框架內的詞彙術語所做的批評性
探索，它不僅僅是為了找出這些詞語含義的來源，而且要使它們超越
當代政治化用法的狹隘限制。……不管是教英語單詞還是研究中國政
治術語，夏濟安先生都同樣的勤奮，顯示出他淵博的學術修養。」[35]
王德威則評價說，「伴隨著夏氏和普實克的開創性著作，另外兩位學
者的探索也頗為引人注目。夏志清的兄長夏濟安（T. A. Hsia）於一九
六八年（去世後）出版了《黑暗的閘門》（*The Gate of Darkness*），該
書是對二〇年代至五〇年代的中國左翼文學陣營美學和政治的一次評
論概述。儘管受教於西方方法論，夏濟安卻從未趨炎附勢於當時任何
主流學派，他反而致力深化這門研究，使之富有個人洞見和歷史敏感
性。李歐梵（Leo Ou-Fan）於一九七三年出版了專著《現代中國作家
之浪漫一代》（*The Romantic Generation of Chinese Literature*），正如
書名所示，此書探討了文學論述觀念以及一代中國作家兼革命家們所
特有的生活方式。此書表現了李氏對文學、文化和傳記歷史相摻雜的

35　（美）李歐梵著，季進、杭粉華譯：〈光明與黑暗之門——我對夏氏兄弟的敬意和
　　感激〉，《當代作家評論》2007年第2期，頁12-13。

興趣。此外，該書還提供了一種後人無法模仿獲取的學術模式」[36]。
由此可看出「夏濟安──夏志清──李歐梵──王德威」這一條延續
承傳的美國漢學家臺灣文學研究／中國現當代文學研究「臺灣大
學──哥倫比亞大學──哈佛大學」學派的學術流脈。夏志清（1921-
2013）受其胞兄夏濟安影響，同時也得到他的支持，到美國之後開始
從事對於中國文學的研究。從他一九六一年出版他的《近代中國小說
史》的時候將其本人論述臺灣作家姜貴的小說《旋風》以及夏濟安的
〈論臺灣文學〉一文收入該書附錄開始，他便開始了他的臺灣文學研
究。一九六五年之後，夏志清開始持續關注臺灣文學，寫作了相當數
量的評論文章，表達了他對臺灣文學的系統文學觀察。美國漢學家金
介甫曾經指出，「夏志清在其權威的《現代中國小說史》及其對臺灣
作家文學潮流的批評，以及與劉紹銘合編的《二十世紀中文小說》
（*Twentieth-Century Chinese Stories*）中，提出了臺灣高雅文學計
畫。」[37]此外，夏志清第一篇研究臺灣文學的英文論文研究對象是姜
貴、余光中和白先勇等三位臺灣作家[38]。一九七九年二月，夏志清曾
為德克薩斯大學奧斯汀校區舉辦的當代臺灣小說研討會做了閉幕辭，
在閉幕辭中，夏志清提到，他是「頭一個在美國召集學者討論臺灣文

36　（美）王德威著，張清芳譯：〈英語世界的現代文學研究之報告〉，《海南師範大學
　　學報（社會科學版）》，2007年第3期，頁1。

37　（美）金介甫（Jeffrey C. Kinkley），查明建譯：〈中國文學（1949-1999）的英譯本
　　出版情況述評（續）〉，《當代作家評論》2006年第4期，頁143。該文譯自齊邦媛、
　　王德威編的《二十世紀下半期中國文學評述》（*Chinese Literature in the Second Half
　　of a Modern Century: A Critical Survey*, Bloominton and Indianapolis: Indiana University
　　Press, 2000.）中的附錄 "A Bibliographic Survey of Publications on Chinese Literature
　　in Translation from 1949-1999"。

38　此一說法為夏志清教授自己所言，見（美）夏志清：〈閉幕辭〉，Jeannette Faurot
　　（傅靜宜）主編：*Chinese Fiction From Taiwan: Critical Perspectives*（《臺灣的中文
　　小說：批評的視角》），1980年。

學的人」[39]，當時是在一九七四年召開的波士頓亞洲研究學會年會上，他「成立了一個小組，由劉紹銘、白先勇、羅體模和王靖獻主講，接著由茅國權論評」[40]。

夏志清擅長以家常話說文壇臧否，他的《夏志清文學評論集》（1987）中所收入的評價美國漢學家喬志高（臺灣作家白先勇小說的譯者）的文章，以家常話說文壇事的評論風格盡顯其中[41]。以美籍華人漢學家李歐梵先生的觀點，夏志清的研究方法可以用三個詞來概括：「真實」、「理智」和「情感」[42]，例如夏志清在其〈現代中國文學感時憂國的精神〉一文中「提出了一個雙面刃的觀點：雖然現代中國作家對自己的祖國表現了無比熱烈的道德關懷（因此是真誠的），但有時是以失去真實性為代價的。他們沒有能夠做到『不偏不倚的道德探索』和直面人類罪惡的根源」[43]，這種以真實情感評價研究對象作品中的「真實性」的文字，在夏志清的臺灣文學研究文字中同樣處處可感。最明顯的例子，便是夏志清對他個人喜好的姜貴等作家的不保留的推崇和拔高。夏志清對姜貴的小說《旋風》和《重陽》評價極高，他認為「姜貴的《旋風》是現代中國小說中最偉大的作品之一……就寫作技巧而論，他認為姜貴的諷刺手法特別高妙，能夠正視現實的醜

39　（美）應鳳凰（德州大學東亞系博士班）：〈臺灣文學研究在美國〉，臺北《漢學研究通訊》第16卷第4期（總第64期），1997年11月，頁399。另見該閉幕辭中文譯文，收入《夏志清文學評論集》，臺北市：聯合文學雜誌社，1987年。

40　（美）應鳳凰（德州大學東亞系博士班）：〈臺灣文學研究在美國〉，臺北《漢學研究通訊》第16卷第4期（總第64期），1997年11月，頁399。另見該閉幕辭中文譯文，收入《夏志清文學評論集》，臺北市：聯合文學雜誌社，1987年。

41　參見（美）夏志清：《夏志清文學評論集》，臺北市：聯合文學雜誌社，1987年，頁69。

42　參見（美）李歐梵著，季進、杭粉華譯：〈光明與黑暗之門——我對夏氏兄弟的敬意和感激〉，《當代作家評論》2007年第2期，頁16-17。

43　（美）李歐梵著，季進、杭粉華譯：〈光明與黑暗之門——我對夏氏兄弟的敬意和感激〉，《當代作家評論》2007年第2期，頁16。

惡面與悲慘面」[44]，夏志清這種不吝於溢美之詞的風格顯示了科學研究範式之外、寓於性情文字之中的文學批評特徵。

夏志清學術著作包括《夏志清文學評論集》、《中國現代小說史》等，其中，他在美國哥倫比亞大學期間所撰著的名作《中國現代小說史》的意識形態受當時的冷戰思維影響，有著明顯的反對共產主義的傾向。夏志清撰寫《中國現代小說史》的經費支持背景是他獲得了一項洛克菲勒研究基金，這筆基金的資助目標是讓受資助者為美國政府撰寫一部介紹中國現代小說發展概況的指南性書籍。當時囊中羞澀的夏志清拿到基金資助如獲雪中送炭，他全身心投入寫作，並根據基金的資助目標沿用了他在耶魯大學讀書期間參加耶魯大學教授大衛組織的研究課題時的寫作風格，亦即為美軍撰寫介紹中國情況的《手冊》的手法，因此表達方式以介紹解說為主。可以說，夏志清《中國現代小說史》的敘史風格與批評特徵是史事概說與文本細讀，以家常話細說史事風雲，以新批評的方法評說人事褒貶，這種風格同樣體現於他此後的臺灣文學研究。夏志清《中國現代小說史》目前已有多個版本，有英文版，也有中文版，特別是中文版擁有數個不同譯本，如果基於版本學與目錄學加以研究，可看出自《中國現代小說史》最初版本出版以來，夏志清在中美兩國文學研究領域所產生的巨大影響，早年夏志清的影響主要在沈從文和張愛玲等中國現代作家的「發現」和「發掘」，而最近幾年，夏志清及其兄長夏濟安對於臺灣文學研究的貢獻越來越得到重視，其相關著述也越來越顯示出一個學術大家的預見性和厚重的知識含金量。雖然，《中國現代小說史》出版之初，中國大陸的反對聲音之高，也可從陳思和先生的這段記述中一窺：「夏志清先生晚年唯一的一次來中國大陸，是在一九八三年春夏之交，他

---

44 彭碧玉：〈護國寺的「度小月」——夜訪姜貴先生〉，《聯合報副刊》，轉引自超星網 http://club.chaoxing.com/bbs/archiver/?tid-207690.html

應錢鍾書先生的邀請，走訪了中國社會科學院，回頭來到上海，訪問復旦大學。好像那一次並非是復旦大學主動邀請的，而是因為他的一個親戚，是復旦大學中文系的王繼權先生，他看望親戚順道訪問復旦大學。那個時候夏先生的《中國現代小說史》在臺灣出版中文版沒幾年，大陸學術界有許多……人士正在憤怒聲討、竭力抵制，官方很難善意地接待這位……學者。……他來復旦大學似乎沒有被宣傳，只是悄悄來，悄悄離開」[45]。這也是《中國現代小說史》一書成為國際學術爭論焦點的一個表現。

　　上文所述王德威所說的「夏氏和普實克的開創性著作」[46]，指的是夏志清和普實克的中國現代文學研究著作和他們圍繞中國現代文學研究的理論方法所展開的討論。捷克漢學家普實克曾就夏志清的《中國現代小說史》提出過學術批評，發表了題為〈中國現代文學史的根本問題──評夏志清的《中國現代小說史》〉的論文，夏志清發表了論文〈論對中國現代文學的「科學」研究──答普實克教授〉予以回應，這就發生了後來被學界稱為普實克、夏志清「筆戰」的著名比較文學事件：「夏志清與普實克在一九六○年代初就夏志清的《中國現代小說史》展開了尖銳的筆戰。……夏志清反駁普實克的主要原因有兩個：一是出自挑戰權威以確立自身地位的心理；二是方法論和價值評判標準的爭論。討論兩人的這場筆戰對今天的現代文學研究和文學史的書寫有重要的意義」[47]。據普實克《普實克中國現代文學論文集》（長沙市：湖南文藝出版社，1987年版）可查，普實克在和同夏志清的此次筆戰的批評文章中曾提到，夏志清在其《中國現代小說史》

45　陳思和：〈假如中國現代小說也有「大傳統」──紀念夏志清先生〉，《書城》2014年第3期，頁5。

46　（美）王德威著，張清芳譯：〈英語世界的現代文學研究之報告〉，《海南師範大學學報（社會科學版）》，2007年第3期，頁1。

47　李昌雲：〈論夏志清與普實克之筆戰〉，《西華大學學報（哲學社會科學版）》2008年第2期，頁61。

（1961年版）中的附錄中（頁251-252）有一篇他的哥哥夏濟安的一
篇有關臺灣文學的論文。香港教育學院陳國球先生認為，「一九六一
年三月，美國耶魯大學出版夏志清的《中國現代小說史》。這是以英
語寫成的第一本中國現代文學史著作；前此，西方學界對中國文學的
關注點主要在於古代文學，因此，夏志清這部深具前瞻性的著作出版
後很受學界歡迎。一九六二年，著名漢學期刊 *T'oung Pao* 刊出普實
克長篇書評，對夏著做了非常苛刻的批評。夏志清為文反駁，在同一
刊物發表響應。由於意識形態的分野，再加上一些個人意氣，兩人的
爭論非常激烈。雙方互相指控對方充滿『政治偏見』，而力陳己方才
是文學的『藝術價值』的守護者。然而，這次辯論的真正學術意義卻
不在此，而在於雙方對『文學史書寫』的態度和取向……事實上二人
的理論各有淵源……二人的辯論，牽涉文學定位和研究方法的思考；
其不同的意見，對今天的文學研究或者文學史書寫活動，實有其參考
價值。」[48]王德威曾將普實克和夏志清的理論貢獻和各自的理論方法闡
釋為，「二十世紀五〇年代，夏志清（C. T. Hisa）和普實克
（Průšek）分別在美國和歐洲開始對晚清到當代的中國文學和文化動
力論進行廣泛的研究考察，由此中國現代文學研究才作為一門學科出
現。在採取的歷史立場和經受的理論訓練方面，這兩個學者迥然不
同。夏氏的分析是以盎格魯——美國傳統的新批評和理維士的『大傳
統』觀念為基礎，而普實克的方法論則來源於馬克思的人道主義觀點
和歐洲大陸形式主義。」[49]顯然，夏志清和普實克兩人所採用的理論
工具有著明顯的冷戰時期的時代特徵，可以說代表了當時西方和東方
兩大文藝理論陣營各自的鮮明傾向。

---

[48] 陳國球：〈「文學批評」與「文學科學」——夏志清與普實克的「文學史」辯論〉，
《北京大學學報（哲學社會科學版）》2011年第1期，頁48。

[49] （美）王德威著，張清芳譯：〈英語世界的現代文學研究之報告〉，《海南師範大學
學報（社會科學版）》，2007年第3期，頁1。

　　夏志清《中國現代小說史》的敘議策略與著筆輕重表現了夏志清
的歷史評話風格和政治立場及其文藝情愫與文學觀念，這種風格和開
拓意識也使其學生深受感觸和影響。金介甫認為，「夏志清的《中國
現代小說史》（*A History of Modern Chinese Fiction*）是迄今唯一的一
部全面論述現代中國文學的批評著作。在一流批評家用英文撰寫的批
評著述中，此論著風格獨具，作品是好，是壞還是平庸，評騭不留情
面，真正重構了中國文學經典，因而深獲批評界的推重。正是夏志清
在現代文學左翼的正統敘述之外，為我們提供了另一種強有力的敘述
方式，將中國現代文學視為處在一系列變革中的文學現象。……夏氏
門徒王德威更新了中國文學現代性的宏大敘事，他在《世界末的華
麗：晚清小說被壓抑的現代性（一八四九～一九一一）》（*Finde-Sincle
Splendor: Repressed Modernities of Late Qing Fiction, 1849-1911*）中，
將『晚清』的概念從十九世紀末上推至十九世紀中葉。」[50]李歐梵先生
曾高度評價夏志清的著作《中國現代小說史》：「一九六一年，夏志清
開創性的、里程碑式的《中國現代小說史》出版，在西方學術界的影
響不啻晴天驚雷：無論是廣度上，還是原創性上，沒有任何一部書
（無論是哪種語言），包括普實克的書，可以與此書相比。此書不僅
展示了夏志清先生驚人的學識，而且帶有成書時代（即從五〇年代後
期到六〇年代初期）社會文化氛圍的印記。」[51]這其中雖有作為學生
的李歐梵對於其老師夏志清的溢美之詞，但是也可以看出《中國現代
小說史》的創新性、社會性及其學術影響。

　　客觀而言，除了研究者立場方面的眾多爭議，在學術方面，夏志
清的中國現代文學研究也獲得了眾多學者（包括美國學者，也包括中

50　（美）金介甫著，查明建譯：〈中國文學（1949-1999）的英譯本出版情況述評〉，
　　《當代作家評論》2006年第3期，頁68-69。
51　（美）李歐梵著，季進、杭粉華譯：〈光明與黑暗之門——我對夏氏兄弟的敬意和
　　感激〉，《當代作家評論》2007年第2期，頁14。

國大陸和臺灣學者）延續數十年的關注和評論，其中有很多學者對夏
志清及以他為首的「哥倫比亞─哈佛學派」給予崇高的學術讚譽。美
國漢學家金介甫稱夏志清引領了一支「哥倫比亞／臺灣大學學派」
[52]。中國大陸學者胡煥龍教授認為，「二十世紀六〇年代以後，海外華
裔學術界中國現代文學史的研究取得豐碩成果。夏志清的《中國現代
小說史》以『感時憂國』為二十世紀中國文學現代性的核心思想意
涵，同時以西方『新批評』理論為審美標準，使其文學史敘述具有開
創范式意義。李歐梵在『感時憂國』大傳統下，對中國現代文學的個
性主義、浪漫主義展開研究。王德威則以非歷史主義的『假想敘
事』，視晚清小說自發而雜蕪的『求新求變』之『眾聲喧嘩』，為中國
文學現代性的真正起點，從而顛覆『五四』新文學相應的歷史地位。
秉持截然不同的現代性核心意涵，便構建出完全不同歷史景觀的『中
國現代文學史』來。」[53]蘇州大學教授季進曾在《國際漢學》撰文，高
度評價夏志清的漢學成就，「高山仰止 景行行止……泰山其頹，哲人
其萎」[54]。但也有學者持保留態度：「美籍華裔漢學家夏志清、李歐
梵、王德威，都在各自評述中國現代文學的重要作品中談到了其『感
時憂國』精神。他們雖然並未對這一特點持激烈批判態度，但都看到
了其消極的一面。不過，他們三人的側重點各不相同。夏志清側重探
討其缺乏國際化的文學視野和藝術深度；李歐梵側重剖析其因背上現

---

52 （美）金介甫（Jeffrey C. Kinkley），查明建譯：〈中國文學（1949-1999）的英譯本
  出版情況述評（續）〉，《當代作家評論》2006年第4期，頁146。該文譯自齊邦媛、
  王德威編的《二十世紀下半期中國文學評述》（*Chinese Literature in the Second Half
  of a Modern Century: A Critical Survey,* Bloominton and Indianapolis: Indiana University
  Press, 2000.）中的附錄 "A Bibliographic Survey of Publications on Chinese Literature
  in Translation from 1949-1999"。

53 胡煥龍：〈「感時憂國」論與海外中國現代文學史書寫──從夏志清到王德威中國現
  代文學史敘事之比較〉，《學術界》2017年第8期，頁136。

54 季進：〈高山仰止 景行行止──懷念夏志清先生〉，《國際漢學》2014年第1期，頁
  185。

實重負而缺乏『現代性』品質；王德威側重揭示其骨子裡的陳舊不堪和對晚清諸種可能的『現代性』的壓抑。他們三人對中國現代文學這種『感時憂國』精神特質的認識，是與他們所秉持的世界文學視野分不開的。三人對中國現代文學這種精神特質的複雜認識，均出於他們將其與『現代性』、『世界文學』等觀念糾纏在一起，並試圖以後者為標準評判前者，從而使他們的諸多觀點表現出『洞見』與『不察』並存的矛盾景象。」[55]袁良駿先生更是直指夏志清的《中國小說史》是「張愛玲研究的死胡同」[56]。中國社科院主辦的雜誌《中國文學批評》編發組稿〈夏志清文學史觀質疑〉，並於「編者按」中指出，「美籍華裔學者夏志清的《中國現代小說史》發表半個多世紀以來，先是在國外，後來在國內，都產生了較大的反響。特別是在國內，對於改變長期形成的國內文學史書寫模式，起到了重要作用。但是，由於夏志清的意識形態偏見,也由於其文學史觀、審美判斷的另類性質，還由於他與當時的國內社會現實、思想文化界和文學界比較隔膜，致使其文學史產生了頗多爭議。」[57]

　　夏氏二兄弟同聲相應，精神相通，夏濟安曾經翻譯了夏志清的英文著作並將其在臺灣發表或出版，夏志清則曾為其兄長整理出版了《夏濟安日記》。夏濟安、夏志清兄弟都曾為許多臺灣文學家寫作導言、序跋等，樂於通過這種文學批評方式發現與提攜文學新人，像夏志清之於發現與扶助姜貴，在他的《現代中國小說史》中的附錄裡就專門論述了姜貴的小說《旋風》。另如夏志清的《文學的前途》一書中收錄了他評論臺灣作家的幾篇論文，他在一九七六年為劉紹銘編譯

---

55 姚建彬、郭風華：〈「洞見」與「不察」——論夏志清、李歐梵、王德威眼中的「感時憂國」精神〉，《湖南社會科學》2017年第4期，頁155。

56 袁良駿：〈張愛玲研究的死胡同——論夏志清先生對張愛玲的「捧殺」〉，《汕頭大學學報（人文社會科學版）》2009年第2期，頁16。

57 袁良駿、高旭東、張重崗、宋劍華：〈夏志清文學史觀質疑〉，《中國文學批評》2016年第2期，頁4。

的英文《臺灣短篇小說選：一九六〇～一九七〇》所作的導言〈臺灣小說裡的兩個世界〉便收錄其中。夏氏兄弟對著名學者李歐梵也產生了深刻的影響，李歐梵曾撰文評價說，「我對夏志清教授的感激可以歸結為兩個詞（我將克爾凱郭爾的用詞和精神做了小小的改動）：『愛戴和震顫』──因為他對我學術生涯的關切指導和支持而生的愛戴；因為他的學術成就和博學而生的震撼與敬佩。眾所周知，夏志清教授不僅是精通中國歷代各種文類的研究權威，而且也是研究西方小說和好萊塢經典電影的權威。和他所有的學生和朋友一樣，我見到先生時總是心懷敬畏，但又總是被他大度的精神和迸發的智慧所吸引。我現在寫一些讚揚先生的話其實是徒勞的，很有可能讓向來自信的他用幾句玩笑話就消解得一乾二淨。但是，我仍然要寫，只為表達對他的深深感激，正如對他哥哥一樣。」[58]「就像《說唐》中的那個巨人一樣，夏濟安先生扛起了『黑暗的閘門』，讓我們得以看到魯迅內心的痛苦……而夏志清先生則高擎一盞明燈（他曾如此評價西方小說經典），不，實際上是一盞盞的燈，指引我們通過同一個中國文化之門。這樣，夏氏兄弟的著作一起建立起了一個基準，以後所有的中國現代文學研究都必須以此為衡量標準」[59]。如此之高的評價，盡顯李歐梵對夏氏兄弟的崇高敬仰。

夏氏兄弟二人的共同點是對於把西方文學理論引入臺灣文學創作、評論和研究居功厥偉，具有開山闢路之功。如果說兩人仍有個體差異，那就是夏濟安的主要成就主要表現在發現和培養臺灣文學人才，而夏志清的主要成就則在翻譯、評論和研究臺灣文學，為傳播臺灣文學做出了巨大貢獻。王德威把夏氏兄弟稱譽為「美國的中國現代

58　（美）李歐梵著，季進、杭粉華譯：〈光明與黑暗之門──我對夏氏兄弟的敬意和感激〉，《當代作家評論》2007年第2期，頁13-14。

59　（美）李歐梵著，季進、杭粉華譯：〈光明與黑暗之門──我對夏氏兄弟的敬意和感激〉，《當代作家評論》2007年第2期，頁19。

文學研究領域的 founding fathers（父輩創立人）」[60]。夏濟安、夏志清在美國的學術影響足以證明夏氏兄弟所開創的中國現代文學研究，「已然成為北美漢學界的一個重要分支，形成了一個鮮明的薪火相傳的人文傳統脈絡。」[61]「對夏氏兄弟的研究，不僅僅是對漢學家的個案研究，某種意義上也是對這一傳統的反思與透視。」[62]

二　劉紹銘（Lau, Joseph S. M.）、葉維廉（Yip, Wai-lim）

劉紹銘（Lau, Joseph S. M., 1934-2023），對於臺灣文學研究的貢獻，最主要地體現在他所編譯的臺灣文學選集，以及他對美國國內眾多以臺灣文學為論題的碩博士論文的指導。可以說，在一九七〇至一九八〇年代的美國漢學研究界，在臺灣文學翻譯選集的編輯出版以及對於臺灣文學專業人才的培養方面，貢獻最大者當屬威斯康辛大學教授劉紹銘。

一九三四年生於香港的劉紹銘大學畢業於臺灣大學外文系，一九六一年赴美留學，一九六六年獲美國印第安納大學比較文學博士學位，一九六六年到威斯康辛大學比較文學系任教。一九六八年劉紹銘回到香港，到香港中文大學崇基學院英文系任教，一九七一年任新加坡大學高級講師，後曾任美國威斯康辛大學東亞語文系教授兼系主任，一九九〇年代再次回到香港，任嶺南學院教授兼文學院院長。[63]劉紹銘主編的《臺灣本地作家短篇小說選》，一九七六年於臺北大地出版社出版，此書為劉紹銘任教威斯康辛大學時所編，該書封底介紹說：

60　季進：「海外漢學研究」欄目〈主持人的話〉，《當代作家評論》2007年第2期，頁10。
61　季進：「海外漢學研究」欄目〈主持人的話〉，《當代作家評論》2007年第2期，頁10。
62　季進：「海外漢學研究」欄目〈主持人的話〉，《當代作家評論》2007年第2期，頁10。
63　參見黃維樑、曹順慶編：《中國比較文學學科理論的墾拓——臺港學者論文選》（北京市：北京大學出版社，1998年），頁278-279。

「劉紹銘教授，廣東惠陽人，臺大外文系畢業，印第安納大學比較文學博士，現任職威斯康辛大學，近作有《吃馬鈴薯的日子》等。」[64]

一九七六年，劉紹銘與羅體模（Ross, Timothy A.）編譯出版了 *Chinese Stories From Taiwan: 1960-1970*（《六十年代臺灣小說選：一九六○～一九七○》，1976年）[65]，其中收入了劉紹銘在臺灣大學外文系讀書時的同學兼編輯《現代文學》時的同仁白先勇以及陳映真、陳若曦、黃春明、七等生、王文興、王禎和、張系國等人的作品。這些當年的臺灣文壇新秀，目前均已成為享譽中外的著名作家，而選集中收入的《嫁妝一牛車》、《看海的日子》、《我愛黑眼珠》、《冬夜》等也都已成為臺灣小說經典。這無疑反映了選擇翻譯文本時編譯者的科學的審美判斷，體現了劉紹銘「眼光的高明準確」[66]。《六十年代臺灣小說選》選入的作品包括：《最後夜戲》（作者陳若曦）、《欠缺》（作者王文興）、《第一件差事》（作者陳映真）、《我愛黑眼珠》（作者七等生）、《嫁妝一牛車》（作者王禎和）、《柳家莊上》（作者於梨華）、《地》（作者張系國）、《看海的日子》（作者黃春明）、《蟬》（作者林懷民）、《冤家》（作者楊青矗）、《冬夜》（作者白先勇）。

除了臺灣當代文學以外，以外，劉紹銘也比較早地開展了對於日據時期臺灣文學的研究，金介甫曾關注劉紹銘「和臺灣的文學史家如葉石濤等，近年來也探討了一八九五至一九四五年日本殖民統治期間的臺灣文學創作（其中有的是用日文創作的）。」[67]劉紹銘一九八三年

---

64 （美）劉紹銘：《臺灣本地作家短篇小說選》，臺北市：大地出版社，1976年，封底。

65 *Chinese Stories From Taiwan: 1960-1970*. Edited by Lau, Joseph S. M. and Ross, Timothy A. New York: Columbia University Press, 1976. （〔美〕劉紹銘、羅體模主編：《六十年代臺灣小說選：一九六○～一九七○》，紐約市：哥倫比亞大學出版社，1976年）

66 （美）應鳳凰（德州大學東亞系博士班）：〈臺灣文學研究在美國〉，《漢學研究通訊》第16卷第4期（總第64期），1997年11月，頁396。

67 （美）金介甫著，查明建譯：〈中國文學（1949-1999）的英譯本出版情況述評（續）〉，《當代作家評論》2006年第4期，頁143。

在美國編譯出版的另一本臺灣小說選集《不斷的鏈條：一九二六年以來臺灣小說選集》（*The Unbroken Chain: An Anthology of Taiwan Fiction Since 1926*）[68]，其所選擇的臺灣小說作品時間橫跨二戰前與二戰後兩個歷史時期，收入了賴和的《一桿秤仔》、吳濁流的《先生媽》和張大春的《雞翎圖》等作品，內容相較《六十年代臺灣小說選》更加全面，開創性地大膽收入了臺灣日據時期的小說作品，體現了編譯者的學術開拓與探索精神。該小說英譯選集注重文學史脈絡，所選作品反映了不同歷史階段的代表性創作風格，哈佛大學王德威教授評價其為「極富文學意味的選集」[69]。這本由劉紹銘主編的 *The Unbroken Chain: An Anthology of Taiwan Fiction Since 1926*（《香火相傳：一九二六年以後的臺灣小說》），劉紹銘自譯為《香火相傳》[70]，同時兼顧教學參考資料的功用，「是為用英文來教授臺灣小說的人而準備的『教師手冊』」[71]，是「第一本收入臺灣戰前文學作品的英譯選集」[72]，被王德威讚譽為「反映殖民時期臺灣同胞的所行所思，極富史料價值」[73]。金介甫則盛讚「劉紹銘編的臺灣短篇小說集（同中國大陸一樣，短篇小說在臺灣也是主要小說類型）《香火相傳：臺灣小說選集》（*The Unbroken*

---

68 *The Unbroken Chain: An Anthology of Taiwan Fiction since 1926*. Edited by Joseph S. M. Lau. Bloomington: Indiana University Press, 1983.（劉紹銘：《不斷的鏈條：一九二六年以來的臺灣小說選集》，布盧明頓市：印第安納大學出版社，1983年）

69 （美）王德威：《小說中國——晚清到當代的中文小說》（臺北市：麥田出版社，1993年），頁363。

70 有關此書名為劉紹銘自譯的說法，見（美）應鳳凰：〈臺灣文學研究在美國〉，http://www.ruf.rice.edu/~tnchina/commentary/ying0399b5.HTM，1999-04-06 15:01刊登上網。

71 （美）應鳳凰（德州大學東亞系博士班）：〈臺灣文學研究在美國〉，《漢學研究通訊》第16卷第4期（總第64期），1997年11月，頁399。

72 （美）應鳳凰（德州大學東亞系博士班）：〈臺灣文學研究在美國〉，《漢學研究通訊》第16卷第4期（總第64期），1997年11月，頁399。

73 （美）王德威：〈翻譯臺灣〉，《小說中國——晚清到當代的中文小說》，臺北市：麥田出版社，頁363。

Chain: An Anthology of Taiwan Fiction），保持了其此前編選文集的風格，選材精良、翻譯精湛而引人矚目」[74]，而且認為「齊邦媛、王秋桂編的《玉米田之死》（*Death in a Cornfield*），延續了這個傳統，收入臺灣以及移民到北美的臺灣著名作家新近創作的短篇小說，再現了其精微和繁麗」[75]。可以看出，居於臺灣島內的臺灣學者也受到了劉紹銘編譯風格的影響，夏濟安──夏志清──劉紹銘──齊邦媛──王德威一脈相承的臺灣大學外文系臺灣文學研究學者群的風格於焉生成。

劉紹銘與其他美國漢學家也有良好的互動，並經常著文推介其他美國漢學家的臺灣文學研究成果，如他所著的《文字豈是東西》[76]一書中第一七八頁有評價喬志高的文章〈什麼人撒什麼野〉，該書第一八三頁另有評價喬志高的文章〈給文字看相〉。其另一部隨筆文集《渾家・拙荊・夫人》[77]中於第四十九頁收入了文章〈喬志高的articles〉，該書第六十四頁則有評述王德威的文學研究成就的文章〈王德威如此繁華〉。劉紹銘與夏志清學術關係密切，劉紹銘曾經將夏志清的《中國現代小說史》翻譯成中文，如果與原文的對照，可以看出兩人基本相近的文學觀念。

劉紹銘在美期間還培養了大量的從事臺灣文學研究的博碩士研究生，其中比較有代表性的如他指導 Yang, Jane Parish（白珍）女士撰寫了題為 *The Evolution of the Taiwanese New Literature Movement from 1920 to 1937*（《臺灣新文學運動之發展：一九二〇～一九三七》），於一九八一年在威斯康辛大學獲得博士學位。

葉維廉（Yip, Wai-lim, 1937-）在旅美臺灣學者中屬開中國詩學研

---

74 （美）金介甫著，查明建譯：〈中國文學（1949-1999）的英譯本出版情況述評（續）〉，《當代作家評論》2006年第4期，頁143。

75 （美）金介甫著，查明建譯：〈中國文學（1949-1999）的英譯本出版情況述評（續）〉，《當代作家評論》2006年第4期，頁143。

76 （美）劉紹銘：《文字豈是東西》，瀋陽市：遼寧教育出版社，1999年。

77 （美）劉紹銘：《渾家・拙荊・夫人》，上海市：上海書店出版社，2009年。

究和臺灣文學研究風氣之先的一代，尤其是他對於臺灣現代詩的研究更是具有開創性的貢獻，他早在其論文〈論現階段中國現代詩〉[78]（一九五九年寫於臺灣，在香港發表）中便「首先發難，一面介紹臺灣現代詩的兩個前衛方向：感覺至上主義和具象詩的實驗，以瘂弦和白萩為例說明其成功之處，另一方面卻也對盲目追求的危機提出警示」[79]。葉維廉曾經高度評價過聶華苓的小說，聶華苓在〈浪子的悲歌（前言）〉[80]中說：「我模仿詩的手法來捕捉人物內心世界的『真實』；借用詩人葉維廉在《中國現代作家論》裡評論我的小說時所說的話：『由外象的經營為開始而求突入內象』。[81]可見葉維廉援用詩歌理論術語評析小說創作的研究方法及其對作家的評價得到了作家本人的認可。

三　白之（Cyril Birch）、傅靜宜（Faurot, Jeannette L.）等

（一）Cyril Birch（白之）

白之（Cyril Birch, 1925-2018），運用歐美新批評的方法對朱西寧的《破曉時分》的文本細讀，至今已成為美國漢學家運用歐美新批評的方法進行臺灣文學研究的經典理論文本，其研究方法對他的弟子、著名比較文學學者、符號學權威專家趙毅衡教授產生了重大影響和啟發。據著名旅英華人作家虹影女士評述，「早在八〇年代初，趙毅衡

78　（美）葉維廉：〈論現階段中國現代詩〉，《新思潮》第2期（1959年12月1日），頁5-8。

79　鄭蕾：〈葉維廉與香港現代主義文學思潮〉，臺灣東華大學中國語文學系、華文文學系《東華漢學》第19期（2014年6月），頁457。

80　（美）聶華苓：〈浪子的悲歌（前言）〉，聶華苓《桑青與桃紅》（北京市：中國青年出版社，1980年），頁3。

81　（美）聶華苓：〈浪子的悲歌（前言）〉，聶華苓《桑青與桃紅》（北京市：中國青年出版社，1980年），頁3。

在伯克萊大學讀博士時，他的導師白之教授（Cyril Birch），有長篇專文研究朱先生的《破曉時分》。趙讀完白之文，再讀朱先生小說，再回頭讀白文，越讀越高興。朱西寧小說重讀《錯斬崔寧》，卻用的是現代小說方式──白之稱為『壓低故事。抬高敘述』。錯判冤案的舊主題，成為一篇全新的小說。白之文結尾說：墮落的過程，在我們每個人身上，是如何開始的？這是任何文學作品所能承受最沉重的主題。……擊節讚歎之餘，趙把白文譯出，附上朱先生原作，一九八七年由湖南文藝出版社出版。這恐怕是大陸見到有關朱西寧先生作品的最早評介。」[82]

白之（Cyril Birch）編譯有著名的皇皇巨著《中國文學選集》[83]（1965），曾被金介甫認為是與 Bonnie McDougall（杜博妮）一樣「嚴肅對待毛澤東時代的文學」[84]而非將其僅作為社會學文獻來看待的少數的西方學者之一。白之（Cyril Birch）還著有論文《臺灣小說裡的受苦形象》[85]，比較早地在臺灣文學研究領域運用了形象學的理論方法。白之的文學研究邏輯謹嚴，思路巧妙，又不乏文采，如他研究臺灣作家朱西寧的小說《破曉時分》論文，「開場用了一首當代詩人默溫（W. S. Merwin）的詩，題為《挽歌》，只有一行：我拿給誰看

---

82 虹影：〈落葉落影──懷念朱西寧先生〉，http://snapshot.sogoucdn.com/websnapshot?ie=utf8&url=http%3A%2F%2Fwww.douban.com%2Fgroup%2Ftopic%2F10827298%2F&did=4353f151360295fa-19fb356d1006e9a2-d5be5a0ef77cae9ec2e80812c8ce7233&k=600e1aaf4259badb86b617c012034f2e&encodedQuery=%E7%99%BD%E4%B9%8B%E7%A0%B4%E6%99%93%E6%97%B6%E5%88%86&query=%E7%99%BD%E4%B9%8B%E7%A0%B4%E6%99%93%E6%97%B6%E5%88%86&&pid=sogou-wsse-f880d0d6a01ba52f-&duppid=1&cid=&w=01020400&m=0&st=1

83 *Anthology of Chinese Literature*. Edited by Birch, Cyril. New York: Grove Press, 1965.

84 （美）金介甫著，查明建譯：〈中國文學（1949-1999）的英譯本出版情況述評〉，《當代作家評論》2006年第3期，頁69。

85 *Images of Suffering in Taiwan Fiction*. By Cyril Birch. *Chinese Fiction from Taiwan: Critical Perspectives*. Edited by Jeannette L. Faurot. Bloomington: Indiana University Press, 1980. Symposium on Taiwan Fiction, University of Texas at Austin, 1979. pp. 71-85.

呢？」[86]顯示了學貫中西的大家風範，引人入勝。

（二）Jeannette Faurot（傅靜宜）

Jeannette Faurot（傅靜宜，1943-2005），生於一九四三年三月一日，曾任美國德克薩斯大學奧斯汀校區亞洲研究系主任，她作為當時德克薩斯大學奧斯汀校區亞洲研究的學術帶頭人，培養了一批臺灣文學研究方向的研究生，使德克薩斯大學奧斯汀校區亞洲研究系的臺灣文學研究蓬勃發展，蒸蒸日上，時至今日仍盛久不衰，張誦聖、簡政珍等都是她當年培育的英才。二○○五年八月十二日，傅靜宜教授在美國去世。

一九七九年二月，海外第一次臺灣小說研討會「臺灣當代小說研討會」在德克薩斯大學奧斯汀校區召開時，時任德克薩斯大學奧斯汀校區亞洲研究系主任的傅靜宜博士（Dr. Faurot）作為主辦方致開幕辭，她在後來收入該研討會正式付梓出版的論文集《臺灣小說：批評的視角》（*Chinese Fiction from Taiwan: Critical Perspectives*）的該篇開幕辭中，闡述了召開臺灣當代小說研討會的原因，評價臺灣小說 "So full of vitality, so colorful, so rich and varied"（「充滿活力，多采多姿，豐富多元」[87]），她對臺灣文學的推介，為臺灣文學研究在美國學界的立足生根產生了巨大影響，美國漢學家金介甫曾經評價說，「由傅靜宜（Jeannette Faurot）編的《臺灣小說》（*Chinese Fiction from Taiwan*）

---

86 虹影：〈落葉落影——懷念朱西寧先生〉，http://snapshot.sogoucdn.com/websnapshot?ie=utf8&url=http%3A%2F%2Fwww.douban.com%2Fgroup%2Ftopic%2F10827298%2F&did=4353f151360295fa-19fb356d1006e9a2-d5be5a0ef77cae9ec2e80812c8ce7233&k=600e1aaf4259badb86b617c012034f2e&encodedQuery=%E7%99%BD%E4%B9%8B%E7%A0%B4%E6%99%93%E6%97%B6%E5%88%86&query=%E7%99%BD%E4%B9%8B%E7%A0%B4%E6%99%93%E6%97%B6%E5%88%86&&pid=sogou-wsse-f880d0d6a01ba52f-&duppid=1&cid=&w=01020400&m=0&st=1

87 （美）應鳳凰譯，該譯文參見（美）應鳳凰（德州大學東亞系博士班）：〈臺灣文學研究在美國〉，《漢學研究通訊》第16卷第4期（總第64期），1997年11月，頁398。

是一個很有影響的文本。」[88]該書（*Chinese Fiction from Taiwan: Critical Perspectives*，也可譯為《臺灣小說評論集》）中的文章包括：〈序言〉（作者傅靜宜）[89]、〈臺灣文學的「現代主義」與「浪漫主義」〉（作者李歐梵）[90]、〈臺灣小說裡寫實主義的兩個方向〉（作者張系國）[91]、〈從文學運動的角度看臺灣鄉土文學〉（作者王瑾）[92]、〈臺灣小說裡的受苦形象〉[93]（作者白之）、〈鎖鏈的斷裂——論陳映真的短篇小說〉[94]

88　（美）金介甫（Jeffrey C. Kinkley），查明建譯：〈中國文學（1949-1999）的英譯本出版情況述評（續）〉，《當代作家評論》2006年第4期，頁143。該文譯自齊邦媛、王德威編的《二十世紀下半期中國文學評述》（*Chinese Literature in the Second Half of a Modern Century: A Critical Survey*, Bloominton and Indianapolis: Indiana University Press, 2000.）中的附錄 "A Bibliographic Survey of Publications on Chinese Literature in Translation from 1949-1999"。

89　*Introduction*. By Jeannette L. Faurot. *Chinese Fiction from Taiwan: Critical Perspectives*. Edited by Jeannette L. Faurot. Bloomington: Indiana University Press, 1980. Symposium on Taiwan Fiction, University of Texas at Austin, 1979. pp. 1-5.

90　*"Modernism" and "Romanticism" in Taiwan Literature*. By Leo Ou-fan Lee. *Chinese Fiction from Taiwan: Critical Perspectives*. Edited by Jeannette L. Faurot. Bloomington: Indiana University Press, 1980. Symposium on Taiwan Fiction, University of Texas at Austin, 1979. pp. 6-30.

91　*Realism in Taiwan Fiction: Two Directions*. By Shi-kuo Chang. *Chinese Fiction from Taiwan: Critical Perspectives*. Edited by Jeannette L. Faurot. Bloomington: Indiana University Press, 1980. Symposium on Taiwan Fiction, University of Texas at Austin, 1979. pp. 31-42.

92　*Taiwan Hsiang-t'u Literature: Perspectives in The Evolution of a Literary Movement*. By Jing Wang. *Chinese Fiction from Taiwan: Critical Perspectives*. Edited by Jeannette L. Faurot. Bloomington: Indiana University Press, 1980. Symposium on Taiwan Fiction, University of Texas at Austin, 1979. pp. 43-70.

93　*Images of Suffering in Taiwan Fiction*. By Cyril Birch. *Chinese Fiction from Taiwan: Critical Perspectives*. Edited by Jeannette L. Faurot. Bloomington: Indiana University Press, 1980. Symposium on Taiwan Fiction, University of Texas at Austin, 1979. pp. 71-85.

94　*A Break in the Chain: The Short Stories of Ch'en Ying-chen*. By Lucien Miller. *Chinese Fiction from Taiwan: Critical Perspectives*. Edited by Jeannette L. Faurot. Bloomington: Indiana University Press, 1980. Symposium on Taiwan Fiction, University of Texas at Austin, 1979. pp. 86-109.

（作者米樂山，即米勒）、〈論黃春明的鄉土小說〉[95]（作者葛浩文）、
〈王禎和諷刺小說的形式及語調〉[96]（作者水晶）、〈癡迷臺灣：論張
系國的小說〉[97]（作者劉紹銘）、〈白先勇的小說世界〉[98]（作者歐陽
子）、〈王文興《家變》中的叛逆傾向（Iconoclasm）〉[99]（James C. T.
Shu，中文名許經田）、〈七等生小說中的幻境與真實〉[100]（作者楊
牧）、〈陳若曦小說的歷史感〉[101]（作者許芥昱）、〈閉幕辭〉[102]（作者

---

[95] *The Rural Stories of Hwang Chun-ming.* By Howard Goldblatt. *Chinese Fiction from Taiwan: Critical Perspectives.* Edited by Jeannette L. Faurot. Bloomington: Indiana University Press, 1980. Symposium on Taiwan Fiction, University of Texas at Austin, 1979. pp. 110-133.

[96] *Form and Tone in Wang Chen-ho's Satires.* By Robert Yi Yang. *Chinese Fiction from Taiwan: Critical Perspectives.* Edited by Jeannette L. Faurot. Bloomington: Indiana University Press, 1980. Symposium on Taiwan Fiction, University of Texas at Austin, 1979. pp. 134-147.

[97] *Obsession with Taiwan: The Fiction of Chang Hsi-kuo.* By Joseph S. M. Lau.*Chinese Fiction from Taiwan: Critical Perspectives.* Edited by Jeannette L. Faurot. Bloomington: Indiana University Press, 1980. Symposium on Taiwan Fiction, University of Texas at Austin, 1979. pp. 148-165.

[98] *The Fictional World of Pai Hsien-yung.* By Ou-yang Tzu. *Chinese Fiction from Taiwan: Critical Perspectives.* Edited by Jeannette L. Faurot. Bloomington: Indiana University Press, 1980. Symposium on Taiwan Fiction, University of Texas at Austin, 1979. pp. 166-178.

[99] *Iconoclasm in Wang Wen-hsing's Chia-pien.* By James C. T. Shu. *Chinese Fiction from Taiwan: Critical Perspectives.* Edited by Jeannette L. Faurot. Bloomington: Indiana University Press, 1980. Symposium on Taiwan Fiction, University of Texas at Austin, 1979. pp. 179-193.

[100] *Fancy and Reality in Ch'i-teng Sheng's Fition.* By C. H. Wang. *Chinese Fiction from Taiwan: Critical Perspectives.* Edited by Jeannette L. Faurot. Bloomington: Indiana University Press, 1980. Symposium on Taiwan Fiction, University of Texas at Austin, 1979. pp. 194-205.

[101] *A Sense of History: Reading Chen Jo-hsi's Stories.* By Kai-yu Hsu. *Chinese Fiction from Taiwan: Critical Perspectives.* Edited by Jeannette L. Faurot. Bloomington: Indiana University Press, 1980. Symposium on Taiwan Fiction, University of Texas at Austin, 1979. pp. 206-233.

[102] *Closing Remarks.* By C. T. Hsia. *Chinese Fiction from Taiwan: Critical Perspectives.*

夏志清）。作為一名盎格魯-撒克遜美國學者，傅靜宜教授肯於接納並培育數量可觀、成規模的華人青年博士英才，並且勇於選擇當時美國學術界尚鮮有人問津的臺灣文學研究作為德克薩斯大學奧斯汀校區亞洲研究系的重要專業研究方向，可謂虛懷若谷，慧眼獨具，令人感佩。

四 Howard Goldblatt（葛浩文）與英譯單行本臺灣小說及其「市場化原則」和「等效翻譯」

葛浩文（Howard Goldblatt, 1939-），擅長小說翻譯，是在殷張蘭熙（Nancy Ing）創辦的《中華民國筆會季刊》（*The Chinese PEN*，齊邦媛現任主編），以及香港中文大學的《譯叢》（*Rendition*）上發表臺灣文學譯作最多的盎格魯裔美國人漢學家之一，也是目前翻譯出版臺灣小說家單行譯本最多的美國翻譯家，曾任舊金山州立大學教授，退休前任美國聖母大學教授。葛浩文對於中國文學的研究發端於他對蕭紅的研究，而蕭紅小說中所體現的殖民現代性、審美現代性、生活現代性等多元現代性，女性主義和後女性主義，個人選擇與社會時代、國家命運的結合，以及蕭紅自身的性格悲劇等，又與臺灣作家，尤其是日據時期臺灣作家們的境遇極其相似，這或許是臺灣文學吸引葛浩文關注的一個重要原因，由此我們也可以從葛浩文研究、翻譯中國現當代文學的軌跡看出東北淪陷區文學（尤其是偽滿洲國文學）與臺灣日據時期文學的一些可比性和某種關聯。

葛浩文在一九六〇年代曾在臺灣服兵役並在臺灣師範大學學習漢語，回美國後在舊金山州立大學攻讀中國研究專業的碩士學位，後赴印第安納大學師從柳無忌攻讀博士學位，畢業後在科羅拉多大學等校

Edited by Jeannette L. Faurot. Bloomington: Indiana University Press, 1980. Symposium on Taiwan Fiction, University of Texas at Austin, 1979. pp. 234-246.

教授中國現代文學等課程，中文聽說寫能力俱佳。他的成名譯作是一
九七八年出版的臺灣作家陳若曦的文革「傷痕」小說《尹縣長》英譯
本。該譯本成為在美國出版的第一個臺灣小說家個人著作英譯單行
本，該譯本出版後，《紐約時報》、《時代週刊》等美國主流媒體發表
書評予以高度評價，使其在美國文化界引起巨大反響。《尹縣長》英
譯本在文化大革命剛剛結束時即在美國出版，且以英文命名為「中國
文化大革命小說集」，以小說家（臺灣作家陳若曦）「文革」親身經歷
為主要內容，迎合了美國讀者的獵奇心理與閱讀興趣，葛浩文的精彩
英譯很好地把握住了此種市場需求和營銷方向，可謂適當其時。此
後，一九八〇年，葛浩文又推出了另一部臺灣小說家個人著作英譯單
行本《溺死一隻老貓》[103]（黃春明小說集），目光轉向了一九六〇至
一九七〇年代經濟轉型時期的臺灣鄉土社會，而黃春明當時也已是著
名的臺灣鄉土小說家，因此，「若沒有很好的譯筆，以及對臺灣本土
文化及口語的深入瞭解，翻譯黃春明小說是很大的挑戰」。[104]葛浩文
教授「不但一一克服翻譯上的難關，設法讓西方人理解臺灣獨特的環
境與風格，還要通過情節與人物的細微處，傳達鄉村小百姓在進入工
業社會的辛酸無奈，以及從社會最底層努力往上攀爬的艱苦，如《兒
子的大玩偶》裡 Sandwichman，《鑼》裡的 Kam Kim-ah（憨欽仔），
翻譯功力令人嘆服，贏得不少讚譽。」[105]臺灣在一九六〇至一九七〇
年代實現了由農業化向工業化的經濟轉型，實現了經濟騰飛，成為當

---

103 *The Drowning of an Old Cat and Other Stories*. By Hwang Chunming. Translated by
　　Howard Goldblatt. Bloomington: Indiana University Press,1980.（黃春明著，〔美〕葛
　　浩文譯：《溺死一隻老貓及其他故事》，布盧明頓市：美國印第安納大學出版社，
　　1980年）

104 （美）應鳳凰：〈臺灣文學研究在美國〉，臺北《漢學研究通訊》，1997年第4期，
　　頁398。

105 （美）應鳳凰：〈臺灣文學研究在美國〉，臺北《漢學研究通訊》，1997年第4期，
　　頁398。

時世界著名的「亞洲四小龍」[106]之一，黃春明的小說《兒子的大玩偶》、《鑼》等都反映了工業化社會對原有的以農業為主的自然經濟體制的衝擊（與茅盾筆下的《春蠶》異曲同工），以及在此背景下生活其中的人們的異化（臺灣作家王禎和的小說《嫁妝一牛車》有類似的主題），葛浩文選擇黃春明的小說作為翻譯文本，可謂既抓住了市場要素，又選準了可以反映臺灣現實社會狀況的典型主題。

葛浩文十分注重受眾方面的考量。他在選擇翻譯腳本的時候非常注意滿足市場需求，可以說，「市場化原則」是葛浩文選擇翻譯對象的最重要的原則，正如葛浩文自己所說，他的西方讀者多是內行的漢學學者，而即使是美國人自己也無法準確預估市場的走向，美國讀者更願意讀中國人以英文寫的小說，如哈金的作品。葛浩文在選擇英文字句的時候也充分考慮到了中美的文化差異，盡量做到「等值翻譯」與「等效翻譯」[107]的兼容，因此其翻譯文本在西方世界有著較廣的受眾面。而他一九八六年與楊愛倫（Ellen Yeung）合作翻譯的李昂《殺夫》（譯名為 *The Butcher's Wife*）和白先勇《孽子》（譯名 *Crystal Boys*）的書名翻譯，就以「意譯」的翻譯方法巧妙地規避了中美文化差異所可能造成的受眾理解困難，「前者從『夫』變成『婦』（小說本來就以女性為主角），後者能把難譯的『孽子』兩個字，不多不少同樣譯成兩個英文字，而翻譯之後的新詞，就英語世界來說，反更鮮明的緊扣主題。boy 一字既貼近原文的「子」，又造成字面上的玲瓏剔透，尤其傳神」[108]，從而達到了「等效翻譯」的基本目標。

---

106 「亞洲四小龍」指1960年代開始興起的韓國、新加坡、香港和臺灣四個亞洲經濟發達國家和地區。

107 劉宓慶：《新編當代翻譯理論》（北京市：中國對外翻譯出版公司，2005年），頁24-26。

108 （美）應鳳凰：〈臺灣文學研究在美國〉，臺北《漢學研究通訊》，1997年第4期，頁400。

　　葛浩文一九七八年與殷張蘭熙合作翻譯出版的陳若曦的名作《尹縣長》，是「第一本在美國文化圈備受矚目，出自臺灣小說家的作品」[109]。隨後，一九八○年美國印第安納大學出版社出版了葛浩文翻譯的黃春明小說《溺死一隻老貓》，一九八二年印第安納大學出版社又出版了高克毅（喬志高）等翻譯的白先勇小說《臺北人》，這些譯作的出版，加上德克薩斯大學奧斯汀校區的臺灣小說研討會的舉辦（葛浩文曾參加並發表了論文），使臺灣文學研究在美國達到了一個高峰。

　　葛浩文積極與中國大陸的中國現當代文學研究界交流互動，他的文章也經常發表於中國大陸的報刊，如他一九八二年發表於《海峽》雜誌的論文〈臺灣鄉土作家黃春明〉[110]、一九八七年發表於《外國文學欣賞》雜誌的論文〈許芥昱與現代中國文學〉[111]等，即使在時隔三十餘年後的今天仍可以看出論文的前沿性和鮮活的學術生命力。葛浩文對於臺灣文學的研究經常有不同於他人的創見，給讀者以新思路的啟發，如他認為「性小說」不同於「色情文學」，基於此一看法，他曾撰文指出，「臺灣作家李昂的性愛小說經歷了一個漸進式的演變過程，在性的描寫方面，從樸素的好奇，到借助性的話題來揭示男女關係中被人們視而不見的醜陋現象，再到對人性弱點的大張撻伐，越寫越成熟，也越深刻，所以說『性』在李昂那裡，不過是她批判社會與人性弱點的一個話題，才使李昂最終成為臺灣最大膽的、最重要的作家之一。……李昂關注的先是『人性』，然後才是『女性』。」[112]他還

109　見（美）應鳳凰：〈臺灣文學研究在美國〉，http://www.ruf.rice.edu/~tnchina/commentary/ying0399b5.HTM，1999年4月6日15:01刊登上網。

110　（美）葛浩文：〈臺灣鄉土作家黃春明〉，《海峽》1982年第1期，頁178-180。

111　（美）葛浩文：〈許芥昱與現代中國文學〉，《外國文學欣賞》1987年第4期，頁29-31。

112　（美）葛浩文著，史國強譯：〈性愛與社會：李昂的小說〉，《東吳學術》2014年第3期，頁39。

指出，比較兩岸的當代文學創作，大陸作家所寫往往是中國人自己比較關心的問題，藝術想像力不如臺灣作家精彩。

葛浩文認為，「要使一種文學走入異域，翻譯雖非無可挑剔，但又是不二法門。和作者相比，譯者需要完成閱讀、批評和寫作三項任務」[113]。葛浩文曾說，「我得到的關注，比我應該得到的或希望得到的要多，這讓我在工作時如履薄冰。我比較樂意看到從更寬的視角評論我的譯作。對我來說，譯者總是現身的，也總是隱身的。我做翻譯不須借助高深的理論，而是像作家或詩人那樣，一邊寫，一邊摸索最恰當的表達方式。我們選擇作品來翻譯時，不能僅僅以我們自己文化裡通行的文學標準來判斷，而不從中國文化的角度評估他們的作品。唯我為大對譯者是不適用的。中國小說在西方並不特別受歡迎，可能是與不少中國小說人物缺少深度有關，中國當代小說有著太大的同一性。但一些年輕作家已經開始在形式和內容上有所創新，這是可喜的變化。」[114]由此看來，葛浩文是把翻譯與研究結合在一起開展的，對於讀者喜愛度的考量也沒有影響其翻譯過程中嚴肅認真的學術態度。葛浩文目前已成為世界聞名的權威文學翻譯家，除了在中國讀者中和漢學研究界所擁有的口碑之外，他也獲得了很多榮譽，在蔣經國學術基金會與哥倫比亞大學合作的出版計畫中，葛浩文曾因翻譯朱天文《荒人手記》獲得一九九九年紐約時報、洛杉磯時報評選的年度好書獎，以及二〇〇〇年的美國國家翻譯獎（National Translation Award）。二〇〇九年，葛浩文獲得了美國的古根海姆基金會所頒發的古根海姆獎（John Simon Guggenheim Fellowship）。

葛浩文還積極參與各類中國研究學術研討會，參與編輯文學期刊

---

113 （美）葛浩文著：〈作者與譯者：一種不安、互惠又偶爾脆弱的關係〉，《中國社會科學報》2013年11月4日，第2版。

114 （美）葛浩文著，史國強譯：〈我行我素：葛浩文與浩文葛〉，《中國比較文學》2014年第1期，頁37。

等，葛浩文收入一九八八年六月出版的宗廷虎編《名家論學：鄭子瑜先生受聘復旦大學顧問教授紀念文集》的論文〈光明裡的黑暗——評孫陵的長春通訊《邊聲》〉[115]是葛浩文在韓國漢城召開的抗戰文學第一屆國際學術討論會上宣讀的一篇論文，作者時任美國舊金州立大學教授。一九九二年，葛浩文主持《中國現代文學》雜誌時，曾為科羅拉多大學一九九一年所舉辦的臺灣當代小說研討會編輯了一期會議論文專輯，即該半年刊的一九九二年合刊號，名為「當代臺灣小說專號」。

　　葛浩文的夫人林麗君（Sylvia Li-Chun Lin），也曾翻譯了數量不菲的臺灣文學作品，其中有一部分是與葛浩文合譯。林麗君女士在致力於臺灣文學英譯的工作之餘，也進行了臺灣文學研究，如她的論文〈一個故事，兩個文本：再現臺灣白色恐怖〉[116]圍繞以「二二八事件」背景的鍾浩東和蔣碧玉故事為題材的藍博洲小說《幌馬車之歌》，和侯孝賢導演的電影《好男好女》這兩個文本展開論述，臺灣人鍾浩東和蔣碧玉在日據臺灣時期到大陸參加抗日活動，「戰後回臺，他們所見是二二八的亂局，隨之即遭警逮捕，巧立名目一槍決，一留人間，苟延殘喘。」[117]論文〈一個故事，兩個文本：再現臺灣白色恐怖〉將「電影」與「小說」兩種藝術文類做了一個平行比較，「檢視這兩種藝術媒介處理『過去』的策略及其面對的問題」[118]，認為，侯

---

115 （美）葛浩文：〈光明裡的黑暗——評孫陵的長春通訊《邊聲》〉，宗廷虎編《名家論學：鄭子瑜先生受聘復旦大學顧問教授紀念文集》（上海市：復旦大學出版社，1988年），頁245。

116 （美）林麗君著，陳宏淑譯：〈一個故事，兩個文本：再現臺灣白色恐怖〉，李奭學主編：《異地繁花：海外臺灣文論選譯（上）》（臺北市：臺灣大學出版中心，2012年），頁167-198。

117 李奭學：〈導論〉，李奭學主編：《異地繁花：海外臺灣文論選譯（上）》（臺北市：臺灣大學出版中心，2012年），頁14。

118 李奭學：〈導論〉，李奭學主編：《異地繁花：海外臺灣文論選譯（上）》（臺北市：臺灣大學出版中心，2012年），頁14。

孝賢在其導演的電影《好男好女》中「延伸其臺灣三部曲前兩部的拍攝技巧，……刻意把觀眾和銀幕上演出的事件距離拉開。換言之，從第一部到第三部片子，三部曲有愈來愈強調視覺再現之不可信任的傾向。……在《好男好女》這部電影中，侯孝賢把刻意疏離的敘事風格發揮到極致，運用的技巧既是自我指涉，同時也是自我消除」[119]；藍博洲的短篇小說《幌馬車之歌》則努力強化小說故事的真實性，模糊小說與新聞紀實的文類界限，借助「真實呈現與人為加工」[120]之間的齟齬所產生的張力，「採用新聞紀實的敘事策略，製造出多重聲部，而所有聲音又從不同角度論及同一人，因而創造出圓桌座談的氣氛。……從藍博洲書寫的細節（照片與證人的說詞），可知楊小濱對其意圖之見解無誤，但是這個特點或許不必看成是藍博洲無法深化歷史敘事的敗筆，而可看成是『暴行文學』的特質」[121]。林麗君發揮其對於臺灣社會文化的深刻理解和中文母語優勢，又加以後天的對美國文化的熟稔和自身的勤奮，因而「文筆明快，見解甚為精湛」[122]，取得了不凡的臺灣文學翻譯和研究成果。

---

119 （美）林麗君著，陳宏淑譯：〈一個故事，兩個文本：再現臺灣白色恐怖〉，李奭學主編：《異地繁花：海外臺灣文論選譯（上）》（臺北市：臺灣大學出版中心，2012年），頁172-173。

120 （美）林麗君著，陳宏淑譯：〈一個故事，兩個文本：再現臺灣白色恐怖〉，李奭學主編：《異地繁花：海外臺灣文論選譯（上）》（臺北市：臺灣大學出版中心，2012年），頁174。

121 （美）林麗君著，陳宏淑譯：〈一個故事，兩個文本：再現臺灣白色恐怖〉，李奭學主編：《異地繁花：海外臺灣文論選譯（上）》（臺北市：臺灣大學出版中心，2012年），頁175。

122 李奭學：〈導論〉，李奭學主編：《異地繁花：海外臺灣文論選譯（上）》（臺北市：臺灣大學出版中心，2012年），頁14。

五　John Balcom（陶忘機）的隨機隨性翻譯

陶忘機（John Balcom, 1956-），是盎格魯裔美國人，陶忘機是他的中文名，英文名為 John Balcom，美國文學翻譯協會主席，曾於一九七〇年代在臺灣新聞局負責英文新聞稿件的校對工作。John Balcom（陶忘機）一九九三年在美國聖路易斯華盛頓大學（Washington University at St. Louis）獲得博士學位，專業為比較文學（陶忘機：*Lo Fu and Contemporary Poetry*〔《洛夫與臺灣現代詩》〕，華盛頓大學博士論文，1993年[123]），現任美國加州蒙特利國際研究學院教授，講授翻譯課程。陶忘機曾赴臺北、北京、上海等多地工作，中文造詣深厚，普通話流暢，是「一位瞭解臺灣與中國，而又對臺灣抱持好感的外國漢學家」[124]。陶忘機還常來往於中美兩地，積極從事中美文化交流和翻譯專業的教學工作，如二〇一一年中國翻譯協會所舉辦的翻譯專業師資培訓班就曾邀請他前來中國授課，並在其官方網站刊登了對他的簡介：「John Balcom，中文名陶忘機，美國著名漢學家。加州州立大學富爾頓分校歷史文學學士；蒙特雷國際研究學院漢語文學學士；舊金山州立大學漢語文學碩士；華盛頓大學聖路易斯分校漢語與比較文學博士。陶忘機教授現任教於美國蒙特雷國際教育學院高級翻譯學院，曾任美國文學翻譯協會會長和國際譯聯文學翻譯委員會委員。他將大量漢語作品翻譯成英語。主要譯著有：《二十世紀臺灣詩選》、《寒夜三部曲》（合譯）、《「城」三部曲》、《漂木》、《到夜晚想你沒辦法》等等。（2011年全國高等院校翻譯專業師資培訓擬定授課教師名單及簡

---

123 John J. S. Balcom. *Lo Fu and Contemporary Poetry*. Ph. D thesis of Washington University at St. Louis.1993.

124 摘自「向陽詩房」網站2013年7月14日摘，http://hylim.myweb.hinet.net/xiangyang/Balcom_1.htm

介，來源：中國翻譯協會）」[125]。

　　陶忘機多年來致力於中國文學的翻譯和研究，在大陸及臺灣文學向西方世界的譯介上著力頗深，他選擇翻譯腳本的態度就像他的中文名一樣，隨心隨性，以個人喜好為選取翻譯對象的原則，悠然自得。近幾年其翻譯作品散見於《臺灣文學英譯叢刊》、《譯叢》（*Renditions*）等著名翻譯期刊，翻譯數量和選擇的臺灣作家數量已即將趕超葛浩文，但其翻譯的對象往往是臺灣詩歌、散文等短篇文學作品，較少有單行本的臺灣作家個人著作。美國漢學界第一本原住民漢語文學英譯選集專書《*Indigenous Writers of Taiwan: An Anthology of Stories, Essays, and Poems*》（《臺灣原住民作家文選集》），即由陶忘機組織編譯，於二〇〇五年九月由美國哥倫比亞大學出版社出版。該譯著由臺灣蔣經國國際學術交流基金會資助出版，曾獲二〇〇六年北加州圖書獎（The 2006 Northern California Book Award）。

　　陶忘機對臺灣現代詩情有獨鍾，被稱為「臺灣現代詩的傳真機」[126]、「臺灣現代詩的知心人」。其譯作主要發表在臺灣《中華民國筆會季刊》（*The Chinese PEN*）和香港中文大學主辦的《譯叢》（*Rendition*）。陶忘機從一九八一年首次到臺灣時便與臺灣現代詩結下了因緣。他在攻讀博士期間研讀了大量的中國傳統詩文，並發現了許多他認為有向西方讀者譯介價值的中國現當代詩歌，於是他從翻譯洛夫的詩歌著手，譯介了大量的臺灣現代詩作品。一九九三年，陶忘機（John Balcom）翻譯的《石室之死亡》（英譯本）[127]由舊金山道朗出版社（Taoran

---

125　二〇一一年全國高等院校翻譯專業師資培訓擬定授課教師名單及簡介，來源：中國翻譯協會 http://www.tac-online.org.cn/ch/tran/2011-05/13/content_4197968.htm，2013年6月23日引用。

126　杜十三著：《雞鳴・人語・馬嘯：和生命閒談的三種方式》（臺北市：業強出版社，1992年），頁147。

127　*Death of A Stone Cell*. Written by Luo Fu. Translated by John Balcom, Monterey, CA: Taoran Press, Monterey, 1993. （洛夫著，陶忘機譯：《石室之死亡》，加州市蒙特利：陶然出版社，1993年）

Press）出版。陶忘機曾經介紹自己譯介兩岸詩作的感受說：「我在華
盛頓大學教中國現代詩，兩岸兼具，大陸的北島、阿城、舒婷；臺灣
的洛夫、瘂弦、商禽、余光中；都是我上課的題材。一般的反映是，
大陸的作品有氣魄，但表現技巧上卻比較粗，臺灣的作品比較細微，
但感覺上卻不像大陸那般強悍。大陸的詩作從朦朧詩派走向了第三
代……，在形式上仍是有限，臺灣詩歌不同，幾乎鄉土的、政治的、
都市的、返鄉的，甚至後現代的，什麼詩都有，……，我覺得很
好。」[128]他認為，臺灣現代詩的水平「毫不遜色於世界其他各地的詩
作品」[129]。陶忘機（John Balcom）翻譯臺灣現代詩的標準是「忠於
原著」[130]。

陶忘機在從事翻譯工作之餘，也開展了對於臺灣文學的研究，他
對於臺灣文學的研究，主要集中在對於臺灣現代詩的翻譯和研究上，
另外也曾翻譯和研究過臺灣少數民族的文學作品，著有〈翻譯臺灣：
昨日、今日與明日〉（2004）[131]等論文。他的翻譯和研究對象有洛
夫、吳晟、向陽、向明、白萩、商禽、林亨泰、陳克華、田哲益等臺
灣作家的作品。陶忘機（John Balcom）在其論文〈通往離鄉背井之

---

128 杜十三著：《雞鳴・人語・馬嘯：和生命閒談的三種方式》（臺北市：業強出版社，
 1992年），頁147-148。

129 杜十三著：《雞鳴・人語・馬嘯：和生命閒談的三種方式》（臺北市：業強出版社，
 1992年），頁148。

130 杜十三著：《雞鳴・人語・馬嘯：和生命閒談的三種方式》（臺北市：業強出版社，
 1992年），頁149。

131 見 *Translating Taiwan: Yesterday, Today, and Tomorrow*. Written by John Balcom.
 *Proceedings for Taiwan Imagined and Its reality: An Exploration of Literature, History
 and Culture: 2004 UCSB International Conference in Taiwan Studies*. Santa Barbara,
 CA: Center for Taiwan Studies, Department of East Asian Languages and Cultural
 Studies, University of California, Santa Barbara, 2005. p.205.（〔美〕陶忘機：〈翻譯臺
 灣：昨日、今日與明日〉，杜國清等編：《臺灣想像與現實：文學、歷史與文化探
 索：加州大學第一次臺灣研究國際學術研討會論文集（2004年）》，美國加州聖塔
 芭芭拉：加州大學臺灣研究中心，2005年）該論文收藏於臺灣傅斯年圖書館，紙
 本資料，2005年1月。

心：洛夫的詩歌漂泊〉[132]中，「強調中國與人類歷史的整體對洛夫的威脅，強調『歷史』這一『殘暴的展覽』有其令洛夫不得不駐足參觀的力量，也強調洛夫雖身處臺灣卻有其鄉愁，充滿了疏離（alienation）與離散（diaspora），甚至是荒謬之感。陶忘機……對詩人特有的感性相當熟悉，這也強化了他閱讀《石室之死亡》等洛夫名詩的感受力。」[133]

與葛浩文相比，陶忘機在臺灣文學方面的研究領域更為廣泛，葛浩文的興趣主要在於臺灣小說作品，而陶忘機除了曾翻譯、研究過臺灣小說以外，現在已經把目光投射到了臺灣原住民文學上，文體方面則小說、詩歌、散文等基本各體兼備。有意思的是，陶忘機和葛浩文一樣，有一位臺灣翻譯家太太（中文名黃瑛姿，英文名 Yingtsih Balcom）。

六 文學場域、中階文學、意識形態，以及現場親歷 ——張誦聖（Sung-sheng Yvonne Chang）的臺灣文學研究

張誦聖（1951-），現為美國德克薩斯大學奧斯汀校區亞洲研究系教授，「平生以臺灣文學的研究為職志，著作以一九六○年代為基準，上下開攻，涉及了一九七○年代迄今的臺灣文學。在這同時，她也拓展到了日本時代的小說」[134]。張誦聖教授祖籍安徽省六安市壽

---

132 （美）陶忘機著，蔡永琪譯：〈通往離鄉背井之心：洛夫的詩歌漂泊〉，李奭學主編：《異地繁花：海外臺灣文論選譯（下）》（臺北市：臺灣大學出版中心，2012年），頁75-105。

133 李奭學：〈導論〉，李奭學主編：《異地繁花：海外臺灣文論選譯（下）》（臺北市：臺灣大學出版中心，2012年），頁10。

134 李奭學：〈導論〉，李奭學主編：《異地繁花：海外臺灣文論選譯（上）》（臺北市：臺灣大學出版中心，2012年），頁12。

縣，一九五一年五月十日出生於臺灣屏東，一九七三年六月大學畢業於臺灣大學外文系，同年八月赴美留學，後獲美國密歇根大學文學碩士學位，德克薩斯大學奧斯汀分校哲學博士學位、斯坦福大學文學博士學位。張誦聖教授的論文中譯版往往散見於各類報章雜誌、會議論文集和論文編著，如其論文〈臺灣文學裡的「都會想像」、「現代性震撼」與「資產階級異議文化」〉[135]便被收入了張宏生、錢南秀編《中國文學：傳統與現代的對話》一書。張誦聖父親張雯澤先生，在一九七〇年代曾任中國國民黨陸軍中將，一九七四年十二月二十七日，臺軍在臺灣桃園舉行陸海空三軍聯合軍演時，時任「陸軍政戰部主任」的張雯澤中將跟隨時任「陸軍總司令部總司令」于豪章上將乘直升機飛往演習場途中，因飛機失事去世。是時張誦聖女士剛赴美國留學，其留學生活艱難之程度及其學習之勤奮刻苦由此可知。「文學場域」、「中階文學」、「意識形態」，以及「現場親歷」是張誦聖的臺灣文學研究的關鍵詞，張誦聖教授的臺灣文學研究著作在某種意義上，可以說是臺灣社會現代化發展現場親歷者的證詞。

張誦聖的研究專長為臺灣文學與比較文學，據臺南臺灣文學館資料，她「籍貫安徽壽縣，一九五一年五月十日生於臺灣屏東。臺灣大學外文系畢業，美國密歇根大學文學碩士，美國斯坦福大學文學博士。曾任臺灣大學外文系客座講師、美國堪薩斯大學東亞系助理教授、美國中文及比較文學學會會長。現任美國德州大學奧斯汀校區亞洲研究學系、比較文學研究所教授。」[136]「張誦聖研究主題與專長以臺灣文學、比較文學為主。早期學術專攻英美文學，後專研臺灣現當

135 （美）張誦聖：〈臺灣文學裡的「都會想像」、「現代性震撼」與「資產階級異議文化」〉，張宏生、錢南秀編：《中國文學：傳統與現代的對話》（上海市：上海古籍出版社，2007年12月），頁711。

136 見臺灣文學人力論著目錄數據庫（臺灣文學館）《張誦聖・小傳》http://www3.nmtl.gov.tw/researcher/researcher_detail.php?rid=079（2013年7月15日摘引）

代文學，長年關注臺灣文學現象及相關議題，尤於文學場域及相關論述上著力甚多，將注意力從以被絕對值化的思潮，轉移到這些被引介的思潮在本土場域中如何擴散、生根、轉化等的過程，跳脫將政經場域的運作規律或直接或迂迴地投射到文化場域的評論模式，而開創新的評論視野；近期則專注於《臺灣文學史料彙編》英譯計畫（與奚密合作）。著有《文學場域的變遷：當代臺灣小說論》、《現代主義與本土對抗——當代臺灣中文小說》（英文版）、《當代臺灣文學生態》（英文版），編有《雨後春筍——當代臺灣女作家作品選》（與安卡芙教授合編）」[137]。張誦聖有關臺灣文學的論著主要有 A Study of "Chia Pien": A Contemporary Chinese Novel from Taiwan[138]（《《家變》研究：一篇臺灣當代小說》，借助西方現代主義文學理論研究王文興小說《家變》）、Modernism and the Nativist Resistance: Contemporary Chinese Fiction from Taiwan[139]（《現代主義和本土抵抗：臺灣當代中文小說》）、《文學場域的變遷》[140]、Literary Culture In Taiwan: Martial Law To Market Law[141]（《臺灣的文學文化：從戒嚴法則到市場規律》）、The Columbia

---

137 見臺灣文學人力論著目錄數據庫（臺灣文學館）《張誦聖·研究概述》http://www3.nmtl.gov.tw/researcher/researcher_detail.php?rid=079（2013年7月15日摘引）

138 *A Study of "Chia Pien": A Contemporary Chinese Novel from Taiwan*. By Sung-sheng Yvonne Chang, B.A., M.A. Dissertation presented to the faculty of the graduate school of The University of Texas at Austin in Partial fulfillment of the requirements for the degree of Doctor of Philospphy. The University of Texas at Austin. August 1981.（〔美〕張誦聖：《《家變》研究：一篇臺灣當代小說》，德克薩斯大學奧斯汀校區博士論文，1981年）

139 *Modernism and the Nativist Resistance: Contemporary Chinese Fiction from Taiwan*, By Chang, Sung-sheng Yvonne. Durham & London: Duke University Press, 1993.（〔美〕張誦聖：《現代主義和本土抵抗：臺灣當代中文小說》，德勒姆和倫敦：杜克大學出版社，1993年）

140 （美）張誦聖：《文學場域的變遷》，臺北市：聯合文學出版社，2001年。

141 *Literary Culture In Taiwan: Martial Law To Market Law*, By Sung-sheng Yvonne Chang. New York: Columbia University Press, 2004,（張誦聖：《臺灣的文學文化：從戒嚴法則到市場規律》，紐約市：哥倫比亞大學出版社，2004年）

Sourcebook of Literary Taiwan[142]（《哥倫比亞臺灣文學史料彙編》）等，其理論貢獻主要體現於對於臺灣現代派小說的研究、「臺灣文學場域」的研究、「臺灣文學體制」的研究、中國大陸當代文學（尤表現於當代小說）的研究，以及對於臺灣文學史料的英譯彙編整理等。

（一）張誦聖對於臺灣「現代派小說」及臺灣現代主義思潮的翻譯與研究

已任職美國德克薩斯大學奧斯汀校區教授多年的張誦聖，長期致力於臺灣文學研究，成果尤以臺灣「現代派小說」研究著稱，她在一九八一年以研究王文興小說《家變》為論題獲得博士學位的前後，即已開始了對於臺灣現代主義小說的研究，「面對過往臺灣六〇年代和七〇年代有關現代主義的兩個主要的論述傾向，她指出，無論是對現代主義揄揚甚力的新批評還是批評最烈的鄉土論者，兩者都秉承了本質主義的思維方式，視文學作品為封閉的個體成品，而隱含一靜態的、分離式的文學史觀。她轉而強調一種關係主義的研究，即在某個特定的歷史時空中，去考察『現代主義』這一文學符碼與本地主流文學符碼構成的衝撞、衍化等動態的文學演變方式。」[143]她於一九九三年由 Duke University Press（杜克大學出版社）出版的 *Modernism and*

---

142 *The Columbia Sourcebook of Literary Taiwan*. Edited by Sung-sheng Yvonne Chang, Michelle Yeh, Ming-ju Fan. New York: Columbia University Press, 2014.（張誦聖、奚密、范銘如等編：《哥倫比亞臺灣文學史料彙編》，紐約市：哥倫比亞大學出版社，2014年）

143 鄭國慶：〈現代主義、文學場域與張誦聖的臺灣文學研究〉，《廈門大學學報（哲學社會科學版）》，2008年第6期，頁80。

the Nativist Resistance: Contemporary Chinese Fiction《現代主義和本土抵抗：臺灣當代中文小說》[144]，是世界第一本以英語撰著的系統研究臺灣現代派小說的學術專著。該著作「回顧四十年來臺灣小說歷史，並把焦點集中於『現代主義』一派的來龍去脈，是第一本研究臺灣當代小說流派史的英文學術著作。本書的特點，除了追溯此一流派與西方現代主義思潮的關係，包括中國古典與五四自由主義思想的源頭，更分析巔峰期小說作品如《孽子》、《家變》、《臺北人》等，如何從西方理論技巧加以挪用轉化，及其文本、文化批評策略。書中不只突出現代派的高度藝術成就，並認為現代主義在當代作家之間所激發的新動力，所產生的文化效應，正是此一運動最大的意義所在。」[145]

這本一九九三年由杜克大學出版社出版的 *Modernism and the Nativist Resistance: Contemporary Chinese Fiction*（該書題名曾被張誦聖自譯為《現代主義與本土頡抗——當代在臺灣的中國小說》[146]），主要論述了以王文興、白先勇等為代表的臺灣現代派小說家及其作品的藝術表現和美學特點，「在臺灣文學領域的研究者越來越多的今天，從方法論上看，這本書正好提供一個非常好的『影響研究』典範，從思潮的追溯到作品的分析，結構勻稱，是一本頭尾完整的『文學流派史』，足供未來有志臺灣研究或寫文學史者借鏡。」[147]正如清華大學王寧教授所說，《現代主義和本土主義的抵抗：當代中文小說》

144 *Modernism and the Nativist Resistance: Contemporary Chinese Fiction from Taiwan*，By Chang, Sung-sheng Yvonne. Durham & London: Duke University Press, 1993.（〔美〕張誦聖：《現代主義和本土抵抗：臺灣當代中文小說》，德勒姆和倫敦：杜克大學出版社，1993年）

145 應鳳凰（德州大學東亞系博士班）：〈臺灣文學研究在美國〉，《漢學研究通訊》第16卷第4期（總第64期），1997年11月，頁402。

146 關於張誦聖自譯題目一說，參見張殿報導：〈臺灣文學欠她一些掌聲——訪比較文學學者張誦聖〉，《聯合報》「每週讀書人」欄目，1998年7月6日。

147 應鳳凰（德州大學東亞系博士班）：〈臺灣文學研究在美國〉，《漢學研究通訊》第16卷第4期（總第64期），1997年11月，頁402。

（*Modernism and the Nativist Resistance: Contemporary Chinese Fiction*）
「不僅追溯了現代主義在中國文化語境中的傳播以及所受到的本土主
義的抵抗，同時也運用威廉斯、巴赫金和詹姆遜等人的理論對一些文
學文本和社會文本作了深入的理論分析，實際上達到了從中國文學的
立場出發對西方的現代主義理論概念修正和重構的境地。」[148]按照哈
佛大學教授王德威的看法，張誦聖在一九九〇年代對於臺灣現代主義
的研究，是基於英語世界的漢學家們在一九九〇年代「重新對歷史論
述發生興趣」[149]的背景，「普實克和夏志清時代的文學歷史強制性地
認同時代、歷史事件、主流和古典，支持一個連綿不斷發展的時間序
列，相比較而言，這一時代的人們提出了更新穎的問題，否定『主流
敘述』的霸權地位，質疑時間（Temporary）的線性發展並高舉『重
寫歷史』的旗幟。這種重寫歷史的強大勢頭無疑是被兩個因素所激
發，一為元歷史中的後結構主義觀念，一為後馬克思主義對『總要歷
史化』的譴責。」[150]

　　正如廈門大學鄭國慶教授所言，「張誦聖認為，冷戰的政治環境、
『黨國教化詮釋體系』、『在安定中求經濟繁榮』的集體意識，使得臺
灣六〇年代的社會充斥著『類似維多利亞時代的中產社會自足保守和
安定停滯的意識形態以及中國傳統文化在這樣一個社會中的積
澱』。……五六十年代臺灣的主流文學不能以慣常的反共軍中題材與
鄉愁文學泛泛而論，必須注意到一種更為隱蔽的美學框架：糅合古典
抒情與五四浪漫遺緒的軟性寫實文學形式，這一美學框架暗中設定了
作家處理題材的方式，從而使得五〇年代的作家（典型的代表如琦
君、林海音、朱西甯、潘人木等）往往不能超越常情所界定的舒適範

148　王寧：〈中國現當代文學研究在西方〉，《中國文化研究》2001年春之卷，頁132。

149　王德威著，張清芳譯：〈英語世界的現代文學研究之報告〉，《海南師範大學學報
　　（社會科學版）》，2007年第3期，頁2。

150　（美）王德威著，張清芳譯：〈英語世界的現代文學研究之報告〉，《海南師範大學
　　學報（社會科學版）》，2007年第3期，頁2。

圍去挖掘經驗的『真實』。六〇年代以《現代文學》為核心的現代派
作家們則試圖通過現代主義這一新的文學符碼與美學取向，來表達他
們所感受的『真實』與具懷疑精神的文化批判。具體而言，在臺灣的
現代派文學實踐中，有兩種現代主義的美學原則表現得最為突出：第
一，『高度知性化地追求文學形式（表層結構）與「現代」認知精神
（深層結構）之間精緻的對應和結合』；第二，『服膺「唯有通過最深
徹的個人體驗，和最忠實的微觀式細節描寫，才能呈現最具共通性真
理」的弔詭（或悖論）原則。』」[151]。

　　張誦聖不否認現代主義源自西方，她在論文〈現代主義與本土對
抗〉中認為，「西方文學對中國作家產生的影響，以及各式各樣的
『主義』如何在中國文學裡被轉化，一向是二十世紀中國文學研究領
域裡的熱門課題。臺灣的現代派作家在吸納由西方資本主義社會所孕
育的文學理念的同時，也冀望達到轉化意識形態的目的——亦即藉由
個人主義、自由主義及理性主義等資產階級社會價值，來矯正當代承
襲自傳統價值體系、具有壓迫性的社會倫理規範。臺灣的現代文學運
動在本地的中文創作及文化層面，產生了意義深遠的影響，它在當代
作家中激發了新的動力，並且重新鑄造了他們的藝術表達模式。」[152]
針對現代主義在臺灣的發展，張誦聖指出，「對臺灣六〇年代社會現
實與文化氣氛更為深入的研究，將有助於揭示臺灣六〇年代現代派興
起的動能，以及在文化轉譯過程中『在地性』的生成。……只有真正
進入本土內部的問題結構，才能更好地闡釋後發現代國家的現代主
義，並且在結構的轉換中去除後殖民的焦慮，提供出中國版（臺灣
版）現代主義的意義所在。」[153]基於這一觀念，張誦聖「將後發現代

---

151 鄭國慶：〈現代主義、文學場域與張誦聖的臺灣文學研究〉，《廈門大學學報（哲學
　　社會科學版）》，2008年第6期，頁80。

152 （美）張誦聖：〈現代主義與本土對抗〉，《華文文學》2012年第6期，頁29。

153 鄭國慶：〈現代主義、文學場域與張誦聖的臺灣文學研究〉，《廈門大學學報（哲學
　　社會科學版）》，2008年第6期，頁81。

國家的現代主義的觀照焦點，從時間性的贗品、殖民焦慮，轉移到外來文學話語在本土結構中容涵、轉化、生根的過程；她用半自律、網絡狀、具流動性的『文學場域』的觀念來扭轉一般文學史研究以作家、作品、思潮為中心的實性傾向。」[154]

　　正是基於現代主義是由西方漸染至中國大陸及臺灣的實際，張誦聖巧妙地運用西方理論來解讀現代中國的現代主義文學思潮，以布迪厄的場域理論以及雷蒙·威廉斯的文化理論和文化研究的方法研究臺灣現代派小說，她認為，「採用威廉斯『主導文化』、『另類文化』、『反對文化』的理論架構來討論戒嚴時期的整體文化結構……有相當的適切性。以此來看待國民黨主導的『主導文化』和受美式自由主義影響的現代主義之間的關係，比用單一的族群（『戰後移民』）主軸來概念化臺灣文學中的現代派要能夠照顧到這個現象的意識型態層面。」[155]根據這種「主導文化──另類文化──反對文化」的理論模型，她「將受西潮影響、具精英主義特質的現代主義文學運動視為相對於臺灣戒嚴時期主導文化的『另類』文化形構，而將傾向於民族主義、社會主義的鄉土文學運動，視為戒嚴時期的『反對』文化形構」[156]。其論文〈二十世紀中國的現代主義和全球化的現代性：三位臺灣新電影導演〉，更將視野擴展至臺灣新電影，「以臺灣新電影導演侯孝賢、蔡明亮和楊德昌等人為代表，探討臺灣地區藝術現代主義之間的

154　鄭國慶：〈現代主義、文學場域與張誦聖的臺灣文學研究〉，《廈門大學學報（哲學社會科學版）》，2008年第6期，頁79。

155　（美）張誦聖：〈游勝冠〈權力的在場與不在場：張誦聖論戰後移民作家〉一文之回應〉，2001年10月著於美國奧斯汀，2001年11月8日發表於呂興昌主辦之「臺灣文學工作室」網站。http://ws.twl.ncku.edu.tw/hak-chia/t/tiunn-siong-seng/ibin-chokka-hoeeng.htm

156　鄭國慶：〈現代主義、文學場域與張誦聖的臺灣文學研究〉，《廈門大學學報（哲學社會科學版）》2008年第6期，頁81。

相互關係、表現特徵和藝術成就。」[157]

　　張誦聖《文學場域的變遷》一書中討論臺灣現代主義的文章，「大致寫成於一九八四到一九八八年之間。有些論點，要到一九九一年完成的 *Modernism and Nativist Resistance: Contemporary Chinese Fiction from Taiwan* 一書裡才發展得較為完整」[158]。在解釋她的「現代主義小說研究」時，她說，「臺灣的現代主義文學是個多層次、多面向，仍待進一步仔細探討的研究對象。比方說，現代主義藝術觀在臺灣詩、繪畫、小說、戲劇各個文類的影響，於不同的歷史時段裡達到鼎盛。而『戰後移民』在臺灣社會權力場域裡的結構位置在這三十年之中有大幅移動（五○年代現代詩興起之時，和八○年代初現代戲劇盛行時的狀況就有顯著的不同）。」[159]張誦聖的研究對象主要是臺灣現代派小說家。她曾在其論文中「用同一個年齡層的余光中、葉石濤、鍾肇政等作家的經歷，來討論『族群』因素（確切一點說，是受族群背景制約的『文化資本累積』和『文化位置認同』）在四九年後文化場域裡對文化資源分配的決定性影響」[160]，認為，「這種資源（包括文化資本）分配不公的情況在戰後受教育的第一代知識分子，

157　（美）張誦聖著，張清芳譯：〈二十世紀中國的現代主義和全球化的現代性：三位臺灣新電影導演〉，《海南師範大學學報（社會科學版）》2013年第8期，頁1。

158　（美）張誦聖：〈游勝冠〈權力的在場與不在場：張誦聖論戰後移民作家〉一文之回應〉，2001年10月著於美國奧斯汀，2001年11月8日發表於呂興昌主辦之「臺灣文學工作室」網站。http://ws.twl.ncku.edu.tw/hak-chia/t/tiunn-siong-seng/ibin-chokka-hoeeng.htm

159　（美）張誦聖：〈游勝冠〈權力的在場與不在場：張誦聖論戰後移民作家〉一文之回應〉，2001年10月著於美國奧斯汀，2001年11月8日發表於呂興昌主辦之「臺灣文學工作室」網站。http://ws.twl.ncku.edu.tw/hak-chia/t/tiunn-siong-seng/ibin-chokka-hoeeng.htm

160　（美）張誦聖：〈游勝冠〈權力的在場與不在場：張誦聖論戰後移民作家〉一文之回應〉，2001年10月著於美國奧斯汀，2001年11月8日發表於呂興昌主辦之「臺灣文學工作室」網站。http://ws.twl.ncku.edu.tw/hak-chia/t/tiunn-siong-seng/ibin-chokka-hoeeng.htm

如較年輕的現代派作家群裡（像歐陽子、葉珊、王禎和等人），就不
如此明顯。除了年齡層，小說家所屬的社會階層、學系背景、以及個
人對主導文化主觀認同程度也都是要考慮的因素。」[161]有關臺灣文學
的生產與文化資本問題，張誦聖在其論文〈論臺灣文學場域中的政治
和市場因素〉中曾「結合臺灣文學的發展形態，著重探討了延續自中
國現代文學傳統中的政治和市場因素，如何在臺灣文學場域中獲得了
復蘇並發生了新變。」[162]其論文〈臺灣文學新態勢：政治轉型與市場
介入〉指出，「二十世紀八〇年代以來，臺灣文學進入了一個新的歷
史時期，呈現出一種新態勢。由於戒嚴令的解除，反對派的興起，市
場化的形成，臺灣文學發生了深刻的歷史變化。」[163]該文「對臺灣文
學這一新的歷史形態，進行了回顧和審視，並提出了自己的分析視角
和闡述理論。」[164]以上論文中所論述的「文化資本」、「文化位置」等
概念顯然源自法國理論家布迪厄（Pierre Bourdieu）的「社會煉金
術」理論。

（二）布迪厄（Pierre Bourdieu）「場域」理論的巧妙化用

　　早在一九八八、一九九一年，張誦聖就曾在葛浩文教授主編的
Modern Chinese Literature 裡發表了兩篇以布迪厄理論解析袁瓊瓊、朱
天文等臺灣作家的文章，正如她自己所言，「這兩篇論文裡觸及了幾

---

161 （美）張誦聖：〈游勝冠〈權力的在場與不在場：張誦聖論戰後移民作家〉一文之
回應〉，2001年10月著於美國奧斯汀，2001年11月8日發表於呂興昌主辦之「臺灣文
學工作室」網站。http://ws.twl.ncku.edu.tw/hak-chia/t/tiunn-siong-seng/ibin-chokka-
hoeeng.htm

162 （美）張誦聖著，劉俊譯：〈論臺灣文學場域中的政治和市場因素〉，《華文文學》
2014年第4期，頁18。

163 （美）張誦聖著，劉俊譯：〈臺灣文學新態勢：政治轉型與市場介入〉，《中國現代
文學論叢》2014年第1期，頁112。

164 （美）張誦聖著，劉俊譯：〈臺灣文學新態勢：政治轉型與市場介入〉，《中國現代
文學論叢》2014年第1期，頁112。

個文化場域的議題——像『張愛玲熱』與文化懷舊風裡的政治及商業
面向、三三書坊與外省第二代的中國想像、小說裡的都市空間因素
等——除了強調這些現象本身的重要性，更試圖對八十年代女作家的
創作屬性做出一些初步的綜合性描述。以這些描述為起點……後來才
能繼續探討『政治主導下的文化場域』這個學術議題。……目的在於
追溯八十年代由副刊主導的文學現象，和當時發生在『權力場域』裡
的政經環境變遷之間的複雜關聯。中產階級小說的盛行，可以視為臺
灣戒嚴時期『軟性威權主義』政府統治下的主導文化，於解嚴前十年
間迅速蛻變時，呈現在『文化場域』裡的軌跡。（受《聯合文學》邀
請寫《古都》的書評，雖然受代書評寫作成規的制約，背後也不脫離
這個整體關注。）宏觀地來看，這個議題的學術意義，在於可以拿來
和戰後南韓、現今中國大陸在商業主義襲捲下的文化發展現象做比較
性研究。」[165]張誦聖也曾通過討論小說《蓮漪表妹》來援證臺灣地區
的文學商品化現象。她認為，臺灣「戒嚴時代受政府主控的主流媒體
依照商品邏輯來導引文壇，鼓倡『非政治性』的『純文學』創作，其
實是四九年後文化機構左右『物質或象徵利益』分配網絡的一個重要
的基本方針。」[166]這幾篇文章可以說以「文學場域理論」解析臺灣發
文學現象之先聲。

　　自一九九六年、一九九七年起，張誦聖「開始用布迪歐（厄）的

165　（美）張誦聖：〈游勝冠〈權力的在場與不在場：張誦聖論戰後移民作家〉一文之
　　　回應〉，2001年10月著於美國奧斯汀，2001年11月8日發表於呂興昌主辦之「臺灣文
　　　學工作室」網站。http://ws.twl.ncku.edu.tw/hak-chia/t/tiunn-siong-seng/ibin-chokka-
　　　hoeeng.htm

166　（美）張誦聖：〈游勝冠〈權力的在場與不在場：張誦聖論戰後移民作家〉一文之
　　　回應〉，2001年10月著於美國奧斯汀，2001年11月8日發表於呂興昌主辦之「臺灣文
　　　學工作室」網站。http://ws.twl.ncku.edu.tw/hak-chia/t/tiunn-siong-seng/ibin-chokka-
　　　hoeeng.htm

場域觀來重新檢視戒嚴時期的臺灣文學史」[167]，她認為法國社會學家
布迪厄場域理論「和傳統文學史最大的分野，在於他主張將分析對象
從個體的作家、作品轉向『整體文學場域裡的結構關係』──這其實
並非『空泛的社會』」[168]，採用布迪厄理論分析臺灣文學的最大優勢
在於，「把個別作家、文學組織、藝術潮流等在文化場域裡所占的位
置視為結構性的、相互界定、相互產生作用的。從這個角度來看，文
學史的發展，在很大程度上呼應著整個社會權力體系變化之時，個體
在文學場域裡『結構位置』的移動。……採用這個新的理論架構，希
望可以更清楚地觀察由政治主導的文化場域裡『物質或象徵利益』流
動的軌跡。」[169]「布迪歐（厄）理論的優點，在於強調文化生產場域
的自我運作規則與權力場域之間弔詭的互動關係。占有（或取得）資
本、資源雙方面優勢的作者或文化機構，一方面得到傳播管道以及其
他『政治正當性』的象徵利益，另一方面卻必須參與自主性逐漸強的
文化場域內『文化正當性』（cultural legitimacy）的激烈爭逐。而後項
競爭同時受到個別作家（或文化機構的領導著）的才情與企圖心、藝
術流派師承、位置攫取策略等等因素所制約。因此要瞭解這個文學現
象，不是抽象地指出『物質或象徵利益』的流向就可了事，而是需要

167　（美）張誦聖：〈游勝冠〈權力的在場與不在場：張誦聖論戰後移民作家〉一文之
　　　回應〉，2001年10月著於美國奧斯汀，2001年11月8日發表於呂興昌主辦之「臺灣文
　　　學工作室」網站。http://ws.twl.ncku.edu.tw/hak-chia/t/tiunn-siong-seng/ibin-chokka-
　　　hoeeng.htm

168　（美）張誦聖：〈游勝冠〈權力的在場與不在場：張誦聖論戰後移民作家〉一文之
　　　回應〉，2001年10月著於美國奧斯汀，2001年11月8日發表於呂興昌主辦之「臺灣文
　　　學工作室」網站。http://ws.twl.ncku.edu.tw/hak-chia/t/tiunn-siong-seng/ibin-chokka-
　　　hoeeng.htm

169　（美）張誦聖：〈游勝冠〈權力的在場與不在場：張誦聖論戰後移民作家〉一文之
　　　回應〉，2001年10月著於美國奧斯汀，2001年11月8日發表於呂興昌主辦之「臺灣文
　　　學工作室」網站。http://ws.twl.ncku.edu.tw/hak-chia/t/tiunn-siong-seng/ibin-chokka-
　　　hoeeng.htm

耐心探究、以求能夠準確地描述出政治對文化場域的主導如何轉譯為
具體的藝術風格、主題取向、美學原則等等文學表徵。」[170]而此一
「繁複的過程」[171]正是張誦聖所「在緩慢進行中的研究課題。」[172]而
她此後幾年內連續發表的有關臺灣文學的論文和著作，都切實地證明
了張誦聖正在實施她建構一個新的研究範式的計畫的努力。

　　張誦聖指出，「社會學出身的布迪歐（厄）所提出的場域理論，
對當今文學研究者可能做出的最重要貢獻，來自於他對『作用力』在
這兩個場域之間轉換的途徑所作的系統化解釋。對許多圍繞著『美學
形式』與『政治現實』的棘手的議題來說，這是一個很可能有重要突
破的詮釋工具──但也同時極具有挑戰性，因為它牽涉到一整套重新
定義的自足體系，引用者需要很有耐心地逐步檢驗其適用性。」[173]由
此種認識出發，張誦聖自一九九六、一九九七年起，開始用布迪厄的
場域理論討論一些文化象徵資本的議題，以此檢驗布迪厄「場域理
論」對於臺灣文學的「適用性」，如她的 "Beyond Cultural and National

170　（美）張誦聖：〈游勝冠〈權力的在場與不在場：張誦聖論戰後移民作家〉一文之
　　　回應〉，2001年10月著於美國奧斯汀，2001年11月8日發表於呂興昌主辦之「臺灣文
　　　學工作室」網站。http://ws.twl.ncku.edu.tw/hak-chia/t/tiunn-siong-seng/ibin-chokka-
　　　hoeeng.htm

171　（美）張誦聖：〈游勝冠〈權力的在場與不在場：張誦聖論戰後移民作家〉一文之
　　　回應〉，2001年10月著於美國奧斯汀，2001年11月8日發表於呂興昌主辦之「臺灣文
　　　學工作室」網站。http://ws.twl.ncku.edu.tw/hak-chia/t/tiunn-siong-seng/ibin-chokka-
　　　hoeeng.htm

172　（美）張誦聖：〈游勝冠〈權力的在場與不在場：張誦聖論戰後移民作家〉一文之
　　　回應〉，2001年10月著於美國奧斯汀，2001年11月8日發表於呂興昌主辦之「臺灣文
　　　學工作室」網站。http://ws.twl.ncku.edu.tw/hak-chia/t/tiunn-siong-seng/ibin-chokka-
　　　hoeeng.htm

173　（美）張誦聖：〈游勝冠〈權力的在場與不在場：張誦聖論戰後移民作家〉一文之
　　　回應〉，2001年10月著於美國奧斯汀，2001年11月8日發表於呂興昌主辦之「臺灣文
　　　學工作室」網站。http://ws.twl.ncku.edu.tw/hak-chia/t/tiunn-siong-seng/ibin-chokka-
　　　hoeeng.htm

Identities: Current Re-evaluation of the Kominka Literature from Taiwan's Japanese Period"（1997）一文，就論述了「當代學者在『皇民文學』論述裡的道德投射」問題和「戰後國語政策造成的日據時期作家『文化資本』一夕間貶值的問題」[174]，她援用布迪厄的觀點，「不願犯了布氏所說的，直捷地把『權力場域』裡特定位置的屬性連接到『文學場域』裡特定位置的屬性的『短路（short-circuit）詮釋法』的謬誤」，因為布迪厄「主張文學場域內部的位置和權力場域裡（階級、族群等）位置不是直接對應，而是具有『同構性』（homology）的。他認為文學工作者是『統治階級中的被統治階層』。更關鍵的是，他認為『權力場域』裡的作用力對『文化場域』的影響，只能通過引發後者內部結構的變化而產生——而這種結構的改變又必然受到『文化場域』裡（相對性）自主規律的制約。他因此把這種影響比喻為一種『折射關係』。」[175]

正是基於此種「檢驗」心理，張誦聖對於布迪厄的「場域理論」不是簡單地套用和挪用，而是結合臺灣海峽兩岸文學實際的巧妙化用，張誦聖曾針對臺灣的現代主義文學創造性地提出了「中階文學」的概念。張誦聖認為，「注意到壓迫與被壓迫，統治與被統治的問題——基本上，這些都還是單屬『權力場域』的議題——並不保證我們可以確切地描述這種不平等權力關係怎樣作用於『文學場域』，轉

174　（美）張誦聖：〈游勝冠〈權力的在場與不在場：張誦聖論戰後移民作家〉一文之回應〉，2001年10月著於美國奧斯汀，2001年11月8日發表於呂興昌主辦之「臺灣文學工作室」網站。http://ws.twl.ncku.edu.tw/hak-chia/t/tiunn-siong-seng/ibin-chokka-hoeeng.htm

175　（美）張誦聖：〈游勝冠〈權力的在場與不在場：張誦聖論戰後移民作家〉一文之回應〉，2001年10月著於美國奧斯汀，2001年11月8日發表於呂興昌主辦之「臺灣文學工作室」網站。http://ws.twl.ncku.edu.tw/hak-chia/t/tiunn-siong-seng/ibin-chokka-hoeeng.htm

換成文化資源及機會不平等的繁複現像」[176]，而後者恰是張誦聖「所
關注的一系列議題的核心：『中產階級意識』及市場品味與『高層文
化追求』之間相互滲透，造成文學位階混雜的現象；由『政治主導』
轉向『市場主導』的過程中，『文學場域』與『權力場域』之間關係
的變化；『主流位置』和『本土位置』之間對『政治正當性』和『文
化正當性』的界定權爭逐戰等等。」[177]

　　針對張誦聖所提出的臺灣現代派作家們的「中產階級心態」，臺
灣學者游勝冠將其解讀為「張誦聖……這種說法，……將朱天心重新
定位為『中產階級』，然後天真地說：中產階級是厭惡意識形態與政
治立場的，因此中產階級的天心妹妹是中性的、純粹的，她絲毫不沾
染意識形態和政治立場的塵埃。」[178]邱貴芬則解讀為「張誦聖
（2000：356）的詮釋方法，認為五〇年代（女）創作在戒嚴體制下
展現保守妥協性格」[179]，從而兩位臺灣學者針對同一個理論文本產生

---

176 （美）張誦聖：〈游勝冠〈權力的在場與不在場：張誦聖論戰後移民作家〉一文之
　　回應〉，2001年10月著於美國奧斯汀，2001年11月8日發表於呂興昌主辦之「臺灣文
　　學工作室」網站。http://ws.twl.ncku.edu.tw/hak-chia/t/tiunn-siong-seng/ibin-chokka-
　　hoeeng.htm

177 （美）張誦聖：〈游勝冠〈權力的在場與不在場：張誦聖論戰後移民作家〉一文之
　　回應〉，2001年10月著於美國奧斯汀，2001年11月8日發表於呂興昌主辦之「臺灣文
　　學工作室」網站。http://ws.twl.ncku.edu.tw/hak-chia/t/tiunn-siong-seng/ibin-chokka-
　　hoeeng.htm

178 （美）張誦聖：〈游勝冠〈權力的在場與不在場：張誦聖論戰後移民作家〉一文之
　　回應〉，2001年10月著於美國奧斯汀，2001年11月8日發表於呂興昌主辦之「臺灣文
　　學工作室」網站。http://ws.twl.ncku.edu.tw/hak-chia/t/tiunn-siong-seng/ibin-chokka-
　　hoeeng.htm

179 邱貴芬《日據以來臺灣女作家小說選讀·導論》，轉引自張誦聖：〈游勝冠〈權力的
　　在場與不在場：張誦聖論戰後移民作家〉一文之回應〉，2001年10月著於美國奧斯
　　汀，2001年11月8日發表於呂興昌主辦之「臺灣文學工作室」網站。http://ws.twl.
　　ncku.edu.tw/hak-chia/t/tiunn-siong-seng/ibin-chokka-hoeeng.htm

了「相反的解讀」[180]。張誦聖在回應臺灣學者對其提出的「中產階級心態」的批評時，曾說，「對當前從事文學研究的許多學者來說，『中產階級』不但不代表『優越性』，甚至是隱含貶意的。……我在論及八〇年代女作家從五〇年代作家隔代承襲的『中產階級自足心態』（middle-class complacency）時，把它與陳映真從左派意識型態出發的『幸福意識』並論，就是因為『中產階級』一詞在我取用的參考體系裡，根本就是意味著保守妥協，認同主導文化，維護現存秩序……等性格」[181]。這種「保守妥協」恰恰印證了後文所述金介甫對於張誦聖等編輯的文學選集所選作品比較「保守」的論斷[182]。

通過與西方現代主義文學思潮發生的「場域」的對照，以及海峽兩岸當代文學場域的對比，張誦聖認為，「中國大陸目前的現代主義思潮和文革造成的『民族精神文化大斷裂』有著密切的關聯。……開放後，東西價值體系的猛烈撞擊更在中國的知識分子間造成一種強烈的危機意識。這個起因是不同於臺灣六〇年代的現代派文學運動的。李歐梵教授曾經指出過：西方的現代主義是從瀰漫的危機意識中生長出來的，而臺灣在一九六〇年代時卻顯然沒有這種危機意識。……六

180　（美）張誦聖：〈游勝冠〈權力的在場與不在場：張誦聖論戰後移民作家〉一文之回應〉，2001年10月著於美國奧斯汀，2001年11月8日發表於呂興昌主辦的「臺灣文學工作室」網站。http://ws.twl.ncku.edu.tw/hak-chia/t/tiunn-siong-seng/ibin-chokka-hoeeng.htm

181　（美）張誦聖：〈游勝冠〈權力的在場與不在場：張誦聖論戰後移民作家〉一文之回應〉，2001年10月著於美國奧斯汀，2001年11月8日發表於呂興昌主辦的「臺灣文學工作室」網站。http://ws.twl.ncku.edu.tw/hak-chia/t/tiunn-siong-seng/ibin-chokka-hoeeng.htm

182　（美）金介甫（Jeffrey C.Kinkley），查明建譯：〈中國文學（1949-1999）的英譯本出版情況述評（續）〉，《當代作家評論》2006年第4期，頁146。該文譯自齊邦媛、王德威編的《二十世紀下半期中國文學評述》（*Chinese Literature in the Second Half of a Modern Century: A Critical Survey,* Bloominton and Indianapolis: Indiana University Press, 2000.）中的附錄 "A Bibliographic Survey of Publications on Chinese Literature in Translation from 1949-1999"。

○年代的臺灣現代派文學運動可說是一個較為純粹的文化精英分子的前衛藝術運動」[183]。針對臺灣現代派小說，張誦聖指出，「臺灣的現代派作家如歐陽子、王文興、白先勇等人透過對西方現代主義美學手法與認知精神的研習，使得這一系統的西方文學符碼開始在臺灣的文學場域生根並擴散。從模仿、浸淫到轉化、在地化，他們所引進的西方現代主義，不僅為原有的文壇提供了更為豐富的技巧手段，更重要的是，打破了原有通行的美學規範所維持的知性怠惰與保守的意識形態，在主導文化之外開闢出一種另類的文化視野。雖然這一以個體認知追尋為核心精神的現代主義自由派作家在七○年代遭到著重群體意識與階級議題的鄉土派的責難，但無可否認的是，透過對個人深層經驗殫精竭慮的逼視與苦心孤詣的形式探索，個人在特定歷史空間裡的『歷史性與社會性』，同樣透過作品的層層中介，表達出了一種深刻的文化批判。」[184]

張誦聖的論文〈高層文化理想與主流小說的轉變〉[185]將目光投注於一九七○年代以後的臺灣小說，化用布迪厄的文學場域理論對袁瓊瓊、蘇偉貞、蕭颯、蕭麗紅、張大春、朱天文、朱天心等作家的小說創作進行研究，這些作家「共同特色是幾乎都出身副刊，乃文學獎拱出來的時代寫手。」[186]至於一九八○年代的臺灣小說，張誦聖「注意到一九八○年代臺灣不僅發展出了菁英文化，也形成了以張愛玲的小

---

183 參見（美）張誦聖：〈現代主義與臺灣現代派小說〉，張誦聖：《文學場域的變遷》（臺北市：聯合文學出版社，2001年），頁8。

184 鄭國慶：〈現代主義、文學場域與張誦聖的臺灣文學研究〉，《廈門大學學報（哲學社會科學版）》，2008 年第6 期，第80頁。

185 張誦聖著，林俊宏譯：〈高層文化理想與主流小說的轉變〉，李奭學主編：《異地繁花：海外臺灣文論選譯（下）》（臺北市：臺灣大學出版中心，2012年），頁321-355。

186 李奭學：〈導論〉，李奭學主編：《異地繁花：海外臺灣文論選譯（下）》（臺北市：臺灣大學出版中心，2012年），頁13。

說為中心的大眾文學。此刻的文學現象，張誦聖觀察尤精，例如張大春日益大眾化；朱家姊妹反求諸己，往內心尋找寫作的資源；李昂則逐步外露，要從內在拔除中國的鬼魅……」[187]，她在其論文《解嚴後臺灣文學場域的新發展》[188]中認為，「本土主義扮演的反對角色，『獲得新興臺灣國族主義的強力支持，因此公共資源漸增』，其力量足以和傳統主流抗衡，而且『目前正在文化場域裡爭奪主導地位』。而在這同時，『後現代潮流又已經取代了現代主義，成為另類文化視野的主要來源』。這股潮流『激發社會各領域發起運動』，向傳統挑戰，向威權發出檄文。就文學生產模式而言，臺灣已一步步『接近其他先進資本社會的文學』，蓋個別參與者（agent）『對場域變化的運作法則』警覺性變得更高了。」[189]接著，她指出，「後解嚴時代就在當下，『大部分受檢視的現象仍在發展當中，其長期意涵仍不明顯』」[190]，與張誦聖素以理論思辨見長的其他論著相比，其論文《解嚴後臺灣文學場域的新發展》「敘述性的說明多，分析性的結論少」[191]，「首先概述文學行動者（literary agents）對本土論述新猷的貢獻，其次『介紹含括在後現代主義之下的各種激進文化潮流的發展』，然後再『以當代小說為例，觀察比較專門、專業的文學行業』，最後再論一九九九年由《聯合報》和行政院文化建設委員會合辦的『臺灣文學經典』評

187　李奭學：〈導論〉，李奭學主編：《異地繁花：海外臺灣文論選譯（下）》（臺北市：臺灣大學出版中心，2012年），頁14。

188　（美）張誦聖著，林麗裡、陳美靜譯：《解嚴後臺灣文學場域的新發展》，李奭學主編：《異地繁花：海外臺灣文論選譯（下）》（臺北市：臺灣大學出版中心，2012年），頁357-390。

189　李奭學：〈導論〉，李奭學主編：《異地繁花：海外臺灣文論選譯（下）》（臺北市：臺灣大學出版中心，2012年），頁14-15。

190　李奭學：〈導論〉，李奭學主編：《異地繁花：海外臺灣文論選譯（下）》（臺北市：臺灣大學出版中心，2012年），頁15。

191　李奭學：〈導論〉，李奭學主編：《異地繁花：海外臺灣文論選譯（下）》（臺北市：臺灣大學出版中心，2012年），頁15。

選這件如今已時過境遷的媒體爭議，希望『一窺文學場域中不同位置的動態交互作用』。」[192] 一般論者認為，一九八七年的解嚴是國民黨遷臺後臺灣文學發展的重要轉折點，不同於此，張誦聖獨具慧眼地指出，「對於臺灣文學而言，一九五六年是一個重要的轉折點。那一年，國民黨當局終止了由『中華文藝獎金委員會』贊助的年度文藝獎，『中國文藝家協會』辦的官方刊物《文藝創作》也隨之停刊。在一九四九年後的早期歲月裡，年度文藝獎和《文藝創作》是政府直接干預文化領域的兩個重要手段。放鬆政治控制是伴隨著一種小型的、獨立的同仁刊物《文學雜誌》（既發表創作也發表評論）的出現而開始的，《文學雜誌》的主編夏濟安畢業於上海聖約翰大學，當時是臺灣大學外文系的教授」[193]。

張誦聖的「文學場域」理論自其著作《文學場域的變遷》[194] 在臺灣出版以來，已在海峽兩岸產生了廣泛的影響，許多中國學者曾經學習借鑒其使用的「場域」理論解讀包括臺灣文學在內但不限於臺灣文學的文學現象。

（三）關於「文學體制」和文化形構的方法學思考與「東亞現代主義文學」研究新範式

張誦聖由對於臺灣現代主義文學的研究出發，以比較文學的視野觀察相關文學場域，進而發現了臺灣所在的地緣區域板塊中的東亞文化市場對於臺灣文學的衝擊。二〇〇七年，張誦聖在其論文〈現代主義、臺灣文學和全球化趨勢對文學體制的衝擊〉中說道，「『現代主

---

192 李奭學：〈導論〉，李奭學主編：《異地繁花：海外臺灣文論選譯（下）》（臺北市：臺灣大學出版中心，2012年），頁15。

193 （美）張誦聖著，劉俊譯：〈論臺灣文學中的現代主義潮流〉，《揚子江評論》2014年第2期，頁52。

194 （美）張誦聖：《文學場域的變遷》，臺北市：聯合文學出版社，2001年。

義』和『臺灣文學』是我多年關注的課題，兩者都在全球化加速的二十一世紀初受到不小衝擊，產生了一些質變，使得許多舊有的研究典範不再適用，鞭策我們去探尋更具詮釋力的分析框架。比如說，以東亞為範疇的比較文學框架。全球化和區域整合是一體的兩面；近二十年來的全球化趨勢下，東亞地區苗生了一個強勁的、生氣盎然的文化市場，區域內部的文化交易量驟增，學者們也開始用心思索這個地區所呈現的、有別於西方的現代性樣貌。全球化趨勢下新的文化生態逐漸成形，隨之而來的是文類位階的調整和美學意識的轉變。或許回溯一下『文學』當初被型構成一個現代性體制時的歷史狀態，可以提供一些有用的線索，幫助我們透視正在發生的諸多看來頗為陌生的文化現象。」[195]東亞文化市場的形構固與經濟全球化和西方現代社會對東亞的影響相關，但東亞區域板塊內部各具特色的文化市場及其不同於西方的文化現象，則與東亞區域內各地區的文學體制有著密切關聯。

　　張誦聖認為，「文學體制不單包括具體的、影響文學作品生產及接受的文化體制，同時也是指社會上經由各種話語的散布流通而獲得正當性、廣為接受的整套文學觀念。文藝話語不斷地規範定義文學是（或應該）以怎樣的形式存在以及公共文化體制賦予文學顯要的位置。而文學體制在二十世紀中國的廣泛社會效應和高度政治化，其重要性遠超過現代西方社會。」[196]其論文〈「文學體制」與現當代中國文學──一個方法學的初步審思〉「透過對文學體制、文學理解模式以及與之相關的現象及歷史構成因素的分析，探討西化和現代化、國族建構和文化建設，以及現代社會中決定『文學』門檻的標準如何形成

---

195 （美）張誦聖：〈現代主義、臺灣文學和全球化趨勢對文學體制的衝擊〉，《江蘇大學學報（社會科學版）》2007年第4期，頁1。

196 （美）張誦聖：〈「文學體制」與現當代中國文學──一個方法學的初步審思〉，《華文文學》2012年第6期，頁22。

的重要議題」[197]，並在論文〈二十世紀中國現代主義和全球化現代性——以臺灣新電影的三位作者導演為考察中心〉中指出，「在二十世紀中國，文學作為一種現代體制的發展極為曲折反覆。現代主義藝術形構在文化整體中的位置競爭，與中國社會現代化進程所產生的真實世界的政治密切關聯。中國的文化參與者與其說是在追尋文學和藝術自律的正當性原則，不如說是在尋求一種名符其實的文化正當性原則，以便能夠在自身的文化世界中有效地容納和制衡主導性話語，美學現代主義正好回應了這一需求。由於晚近逐步加劇的全球化進程，現代主義的經典主題和美學形式扮演了一個新的角色，大陸第五代導演作品、臺灣新電影、香港類型電影在此過程中扮演了先驅者的角色。侯孝賢、蔡明亮、楊德昌這些臺灣新電影運動的中堅對現代主義修辭和美學的偏好是一個典型的『文化全球化』場景：這些作者導演們從他們的本土語境中被『抽離』出來，『重新植入』跨國文化系統之中，對於資本主義現代性如何在二十世紀末降臨於一個前第三世界地區的種種，做出富有個人意義的美學反思。」[198]她在論文〈「東亞現代主義文學」研究的新範式——以臺灣文學為例〉中指出，「借由布迪歐『文化場域』及柏格『文學體制』等概念，我們可以嘗試探索一個新的理論範式，從而以比較的視野來檢視二十世紀以來在東亞不同地區文學史上占有舉足輕重地位的『美學現代主義』；同時，時空意識差異、文學史發展週期等分析概念的提出，有助於更細緻地描述東亞各文學傳統間參差平行及不對等互動的複雜關係。最後以臺灣戰後現代文學運動中幾項特殊的美學實驗為例，可初步闡明這個研究方向

---

197 （美）張誦聖：〈「文學體制」與現當代中國文學——一個方法學的初步審思〉，《華文文學》2012年第6期，頁22。

198 （美）張誦聖著，金林譯：〈二十世紀中國現代主義和全球化現代性——以臺灣新電影的三位作者導演為考察中心〉，《福建論壇（人文社會科學版）》2013年第8期，頁115。

對系統性探究現代華文文學發展譜系所可能產生的貢獻。」[199]這種「文化系統」和「華文文學發展譜系」的思考，與史書美、王德威等學者近年來提出的「華語語系文學」之說遙相呼應，也提示了張誦聖對於新的學術生發點的突進。

（四）學術新起點與再出發——近期張誦聖對臺灣文學史料的關注和整理

張誦聖一直關注於臺灣文學史的建構，而對於臺灣文學史的研究，張誦聖主要運用了布迪厄的「場域理論」，「發揮運用布爾迪厄『文學場域』的概念來扭轉一般文學史研究以作家、作品、思潮為中心的實性傾向，轉向強調『整體文學場域裡的結構關係』的思考面向」[200]。她的論文〈郭松棻《月印》和二十世紀中葉的文學史斷裂〉曾通過郭松棻小說《月印》探討臺灣當代文學史的「斷裂」問題，認為，「臺灣地區重要作家、上世紀七〇年代『海外釣運』風雲人物郭松棻的中篇小說《月印》，突顯了二十世紀中葉華人社會『斷裂』現象背後的意識形態糾葛。這篇小說以高度藝術化的風格，呈現了冷戰時期一個關鍵性的時代主軸：『介入』和『非介入』兩種公民倫理之間宿命式的對峙。郭松棻本人不尋常的人生軌跡，也與當代臺灣文學場域裡的不同美學位置之間構成了參差性的重疊分合。比如說，《月印》對日本殖民時期的緬懷召喚，預示了臺灣島內本土派的崛起；而作者在左翼與自由主義之間的擺蕩，則延續了現代、鄉土派作家的核心爭議。這篇傑作所標示的臨界點位置為我們提供了重新審視臺灣文

---

199 （美）張誦聖：〈「東亞現代主義文學」研究的新範式——以臺灣文學為例〉，《廈門大學學報（哲學社會科學版）》2008年第6期，頁71。

200 鄭國慶：〈現代主義、文學場域與張誦聖的臺灣文學研究〉，《廈門大學學報（哲學社會科學版）》，2008年第6期，頁81。

學史版圖的寶貴素材。」[201]張誦聖在前期主要集中注意力於當代臺灣文學的基礎上，還把目光投射於日據時期的臺灣文學，她的論文〈文化與國族認同之外：臺灣日治時期皇民文學重估〉[202]「以日本占領臺灣最後一個階段的小說命旨」[203]，但「不直接以『皇民小說』為論述對象，展開的反而是某種後設批評，對研究這類小說的評論再加評論。」[204]闡述了日據時期臺灣文學傳統「在文學習慣、美學假設以及語言使用上均展現出豐富多元的樣貌，帶有政治意圖的挪用終究變得毫無意義。事實上，研究臺灣文學的獨特價值便在其內在的混雜性，以及偏離國家文學典範時的特性……在目的論導向的敘事中，將任何文學傳統複雜的互動特質、文化傳承、個人生命歷程全部囊括必將徒然無功。而我們若能認識到這點，勢必挑戰二元對立的主流道德主義研究方法」[205]的觀點，臺灣「中央研究院」李奭學教授評價其「結論精確至極」[206]。

　　張誦聖的中國傳統文學功力深厚，她曾經根據自身的閱讀經驗評價白先勇的小說《孽子》「源自《紅樓夢》」[207]。張誦聖幼時於一九六

---

201 （美）張誦聖：〈郭松棻《月印》和二十世紀中葉的文學史斷裂〉，《文學評論》2016年第2期，頁169。

202 張誦聖著，鄭惠雯譯：〈文化與國族認同之外：臺灣日治時期皇民文學重估〉，李奭學主編：《異地繁花：海外臺灣文論選譯（上）》（臺北市：臺灣大學出版中心，2012年），頁133-165。

203 李奭學：〈導論〉，李奭學主編：《異地繁花：海外臺灣文論選譯（上）》（臺北市：臺灣大學出版中心，2012年），頁12。

204 李奭學：〈導論〉，李奭學主編：《異地繁花：海外臺灣文論選譯（上）》（臺北市：臺灣大學出版中心，2012年），頁12。

205 張誦聖著，鄭惠雯譯：〈文化與國族認同之外：臺灣日治時期皇民文學重估〉，李奭學主編：《異地繁花：海外臺灣文論選譯（上）》（臺北市：臺灣大學出版中心，2012年），頁163-164。

206 李奭學：〈導論〉，李奭學主編：《異地繁花：海外臺灣文論選譯（上）》（臺北市：臺灣大學出版中心，2012年），頁12。

207 （美）金介甫（Jeffrey C. Kinkley），查明建譯：〈中國文學（1949-1999）的英譯本出版情況述評（續）〉，《當代作家評論》2006年第4期，頁145。該文譯自齊邦媛、

六年畢業於臺灣省立桃園中學初中部三年甲班，在讀期間品學兼優，其優秀表現從其在桃園中學畢業時的畢業紀念冊與其現存於該校圖書館中的書法作品原件可窺一斑，其書法作品「圓闊、娟秀、挺拔、整齊」，「筆劃方潤整齊，結體開朗爽健」[208]，而創作此書法作品時她年僅「十四歲」[209]。深厚的文史功底為張誦聖的臺灣文學史的研究和臺灣文學史料的翻譯與整理提供了強有力的支撐。二〇一四年出版的張誦聖教授與奚密（Yeh, Michelle Mi-Hsi）、范銘如（1964-）合作編譯的 *The Columbia Sourcebook of Literary Taiwan*（《哥倫比亞臺灣文學史料彙編》）[210]，是一部史料性質的臺灣文學研究文獻資料匯輯，書中選入了從古代、近代臺灣，經日據時期臺灣到當代臺灣的各個歷史階段的臺灣文學理論批評和文學論爭的經典文章，是英語世界臺灣文學教學研究的重要參考資料，可以用作臺灣文學專業的學生的課外閱讀材料，也可以用作臺灣文學課程的教學參考資料。尤其是其中對於古代近代臺灣文學的關注和研究，對臺灣古典文獻的整理和英譯，在美國漢學界又是一個開創之舉。

王德威編的《二十世紀下半期中國文學評述》（*Chinese Literature in the Second Half of a Modern Century: A Critical Survey*. Bloominton and Indianapolis: Indiana University Press, 2000.）中的附錄 "A Bibliographic Survey of Publications on Chinese Literature in Translation from 1949-1999"。

208 江翰璿（桃園高中四十七屆畢業生）：〈臺灣文學新生命——製作校友張誦聖的書法作品影像有感〉2001年7月18日，桃園高中圖書館網站，http://210.59.99.28/libweb/t007-web/special/chang/臺灣文學新生命-製作校友張誦聖的書法作品影像有感.htm；張誦聖書法作品亦見桃園高中圖書館網站http://210.59.99.28/libweb/t007-web/special/special.htm

209 江翰璿（桃園高中四十七屆畢業生）：〈臺灣文學新生命——製作校友張誦聖的書法作品影像有感〉2001年7月18日，桃園高中圖書館網站，http://210.59.99.28/libweb/t007-web/special/chang/臺灣文學新生命-製作校友張誦聖的書法作品影像有感.htm；張誦聖書法作品亦可見桃園高中圖書館網站http://210.59.99.28/libweb/t007-web/special/ special.htm

210 *The Columbia Sourcebook of Literary Taiwan*, edited by Sung-sheng Yvonne Chang, Michelle Yeh, Ming-ju Fan. New York: Columbia University Press, 2014.

　　結合當今世界臺灣文學研究的現狀來統觀張誦聖的臺灣文學研究，讀者可以體會到其中的創新思維、宏闊視野和深厚的中西方文學理論素養。早在一九八九年，張誦聖就關注到了科幻小說這種文類，並針對臺灣作家黃凡的科幻小說，寫作了論文〈玩世不恭的謔仿——以通俗風格遊戲式撻伐當世流行弊病〉，並先於其他臺灣學者在大陸的著名學術期刊發表，她在論文中指出，「黃凡具有工學院訓練的背景，對現代新知識領域有豐綽的好奇心與想像力，這使他在剖析實際上是以科技資訊為大動脈、面貌日異的當前社會時，顯出某種特殊的優勢」[211]，顯示了她的預見性和學術研究的前沿性、超前性。她的論文〈現代主義與臺灣現代派小說〉更是以一騎絕塵的姿態，遙遙領先地率先在中國大陸的優秀學術期刊《文藝研究》上發表，開世界上臺灣現代派小說研究之先河，而今再看該篇論文，其中的精彩論述仍深具啟發意義：「現代主義近年來在中國大陸文藝界盛行一時，這個現象恰與臺灣六〇年代的現代派文學運動交相輝映。在中國文壇來講，現代主義於三〇年代從歐美及日本引進，在四〇年代漸漸成長，卻於五〇年代受政治因素的影響而戛然中止——但此後竟然於不同的年代在兩個不同的中國人社會中又賡續了它的生命，使我們這一代中國人得以觀察到『現代主義』這一系統的西方文學符碼，在移植到中國文學傳統後所可能導致的兩個不同的發展方向。」[212]

　　張誦聖「默默耕耘，不求回報，以保存臺灣文學的傳統為己任，發揚臺灣文學為使命，誠可說是文學界的一股清流與活水，而這股清流源自於臺灣，更回饋於臺灣，不但加深臺灣文學的深度，更為臺灣文學注入一股新生命。」[213]張誦聖的臺灣文學研究，最可貴之處在於

211　（美）張誦聖：〈玩世不恭的謔仿——以通俗風格遊戲式撻伐當世流行弊病〉，《當代作家評論》1989年第6期，頁29。

212　（美）張誦聖：〈現代主義與臺灣現代派小說〉，《文藝研究》1988年第4期，頁69。

213　江翰璿（桃園高中四十七屆畢業生）：〈臺灣文學新生命——製作校友張誦聖的書法

她始終堅持學術研究之為學術的純粹性，她曾與臺灣成功大學的游勝冠教授有過一次論爭[214]，在為這場論爭所撰寫的〈游勝冠〈權力的在場與不在場：張誦聖論戰後移民作家〉一文之回應〉一文中，她說，「處理意識型態和美學形式之間關係，尤其是牽扯到當代文學與政治之間的糾葛時，本來就存在著許多『陷阱』。我自己覺得需要把持的原則是：第一，要把探索的目標鎖定在『學術意義上有價值的議題』上。第二，盡量『延擱』正負價值判斷，尤其是道德性的判斷（即便是討論到對個人現實生活層面來說具有重大意義的關注對象時）」[215]。此語也可看作她的研究方法之一種。張誦聖教授多年來致力於臺灣文學研究，默默耕耘，成就非凡，被臺灣學界稱為「臺灣文學欠她一些掌聲」[216]，有學者評價說，「關於一九六〇年代臺灣小說的研究，德州大學張誦聖教授的成就有目共睹」[217]；「在國外的大陸學者日益增加，臺灣出生學者相對減少的情況下，為求不讓臺灣文學有被遺漏的部分而日漸退出國際的舞臺，她不遺餘力，積極從事發展臺灣文學，不時地關懷臺灣文學。縱使身在國外，但卻時時心繫臺灣，不斷地耕

作品影像有感〉，2001年7月18日，桃園高中圖書館網站，http://210.59.99.28/lib
web/t007-web/special/chang/臺灣文學新生命-製作校友張誦聖的書法作品影像有
感.htm

214　參見（美）張誦聖：〈游勝冠〈權力的在場與不在場：張誦聖論戰後移民作家〉一
文之回應〉，2001年10月著於美國奧斯汀，2001年11月8日發表於呂興昌主辦之「臺
灣文學工作室」網站。http://ws.twl.ncku.edu.tw/hak-chia/t/tiunn-siong-seng/ibin-
chokka-hoeeng.htm

215　（美）張誦聖：〈游勝冠〈權力的在場與不在場：張誦聖論戰後移民作家〉一文之
回應〉，2001年10月著於美國奧斯汀，2001年11月8日發表於呂興昌主辦之「臺灣文
學工作室」網站。http://ws.twl.ncku.edu.tw/hak-chia/t/tiunn-siong-seng/ibin-chokka-
hoeeng.htm

216　張殿：〈臺灣文學欠她一些掌聲——訪比較文學學者張誦聖〉，《聯合報》「每週讀書
人」欄目，1998年7月6日。

217　李奭學：〈導論〉，李奭學主編：《異地繁花：海外臺灣文論選譯（下）》，臺北市：
臺灣大學出版中心，2012年。

耘與付出，目的不在於沽名釣譽，只求臺灣文學能保持優良傳統，永續地生存與發展。」[218]

七 奚密（Michelle Yeh）

　　談起奚密（Michelle Yeh），就會聯想到她的「現代漢詩」翻譯與研究，奚密開始中國現代詩的研究始於一九八二年她在美攻讀博士學位期間。至一九八〇年代末，她「舉起『現代漢詩』的研究大旗，積極響應並帶頭參與現代漢詩的研究工作，以此作為一種書寫策略。」[219]此後，「一方面，她從誤解、失望和輕視的噪音世界中突圍而出，洞悉『現代漢詩』的差異性，並提出『四個同心圓』、『邊緣詩學』、『當代中國的詩歌崇拜』、『噪音詩學』、『環形結構』等一系列重要的理論術語，歸納出『現代漢詩』的歷史發展脈絡，她的研究方法、思路和內容都極具借鑒價值；另一方面，她又著眼於中國與西方，古典與現代的宏觀視野，將『現代漢詩』置於歷時與共時的詩歌背景中加以考量，試圖整合大陸與港臺、乃至華語詩歌之間的裂隙，並立足真正意義上的『世界詩歌』以溝通詩王國的共性追求」[220]。奚密現為美國加州大學戴維斯分校教授，她對臺灣現代詩歌有著持續而深入的理論研究，除了上文所述她編譯的臺灣現代詩歌選集（《中國現代詩歌選集》[221]）以外，她還著有 *Modern Chinese Poetry: Theory*

---

218 江翰璿（桃園高中四十七屆畢業生）：〈臺灣文學新生命——製作校友張誦聖的書法作品影像有感〉，2001年7月18日，桃園高中圖書館網站，http://210.59.99.28/libweb/t007-web/special/chang/臺灣文學新生命-製作校友張誦聖的書法作品影像有感.htm

219 （新加坡）張森林：〈抒情美典的追尋者：奚密現代漢詩研究述評〉，《漢語言文學研究》2016年第3期，頁123。

220 翟月琴：〈奚密現代漢詩研究綜論〉，《中國現代文學研究叢刊》2014年第12期，頁183-184。

221 *Anthology of Modern Chinese Poetry*. Edited & Translated by Michelle Yeh. New Haven

and Practice Since 1917（《中國現代詩：一九一七年以來的理論和實踐》，1991年出版）[222]，是美國漢學界第一部以文學史的脈絡，而自成體系地研究中國現代漢詩（內含臺灣現代詩）的創作及其詩歌理論的學術專著，按照應鳳凰教授的說法，*Modern Chinese Poetry: Theory and Practice Since 1917*（《中國現代詩：一九一七年以來的理論和實踐》，1991年）是「第一部有系統的探討現代詩本質的理論著作」[223]。

（一）「現代漢詩」概念的闡發與營構

奚密第一次系統地闡述「現代漢詩」這一詩學概念是在一九九一年，她「在《中國現代詩：一九一七年以來的理論和實踐》（*Mordern Chinese Poetry: Theory and Practice Since 1917*）中首次從詩學理論意義上提出『現代漢詩』概念，其後又在《中國式的後現代？──現代漢詩的文化政治》的注釋中作出解釋，『現代漢詩意指一九一七年文學革命以來的白話詩』。這種提法，既在時間上超越了中國大陸在現當代詩歌上的分野，同時又在地域上超越了中國大陸與其他以漢語進行詩歌創作的地區之間的分野。」[224]由此可看出，奚密所指發端為一九一七年「文學革命」的詩歌概念，也就是中國現代文學學科中傳統意義上的「新文學」範疇內的現代中文詩歌，而其著作中所涵蓋的地域便不僅指中國大陸、臺灣、香港，還包括美國等地運用漢語創作的

---

and London: Yale University Press, 1992.（〔美〕奚密：《中國現代漢詩選》，紐海文市、倫敦市：耶魯大學出版社，1992年）

222　*Modern Chinese Poetry: Theory and Practice Since 1917.* By Michelle Yeh. New Haven: Yale University Press, 1991.（〔美〕奚密：《中國現代詩：一九一七年以來的理論和實踐》，紐海文市：耶魯大學出版社，1991年）

223　（美）應鳳凰（德州大學東亞系博士班）：〈臺灣文學研究在美國〉，《漢學研究通訊》第16卷第4期（總第64期），1997年11月，頁400-401。

224　翟月琴：〈奚密現代漢詩研究綜論〉，《中國現代文學研究叢刊》2014年第12期，頁185。

詩人詩作,因此奚密筆下的 "Chinese Poetry" 除了具有「中國詩歌」的含義以外,更多的是指「漢語詩歌」的語種意涵。

奚密認為,「現代漢詩最大的成就,莫過於對詩作為一個形式與內容之有機體的體認和實踐:沒有新的形式,哪能包容新的內容?沒有新的文字,哪能體現新的精神?所謂現代,所謂先鋒,如此而已」[225]。因此,她所提出的「現代」更強調的是「新」,內容新,形式也要新,揭示了現代白話詩歌的新語言形式和新的時代精神之間的辯證統一的協同作用。她所說的現代乃是指社會的進程,將白話對於文言的取代也視為社會現代化的一個方面。同時,「漢詩」本來是一個富有古典漢學色彩語詞,韓國、日本、越南等國的詩人運用漢語創作的舊體詩歌往往被稱為「漢詩」。「現代漢詩」便成為可與「古典漢詩」或者「舊體漢詩」的並舉的概念。這是一個學術概念的創新。

奚密繼她在《中國現代詩:一九一七年以來的理論和實踐》(*Mordern Chinese Poetry: Theory and Practice Since 1917*)中對於「現代漢詩」理論的建構和闡發之後,又於一九九二年出版了《中國現代漢詩選》[226],以其編選現代漢詩的具體實踐及其選擇標準進一步闡釋了自己的「現代漢詩」理論。

(二)「四個同心圓」視野下的現代漢詩研究

奚密的現代漢詩研究,包括臺灣現代詩的研究,其研究方法主要表現為「四個同心圓」模型,即研究詩歌文本為基礎,並以詩歌文本解讀為中心,開展對於詩歌史的研究,繼而拓展到包括詩歌史在內的

225　(美)奚密著,奚密、宋炳輝譯:《現代漢詩:一九一七年以來的理論與實踐》
　　　(上海市:上海三聯書店,2008年),頁1。

226　*Anthology of Modern Chinese Poetry*. Edited & Translated by Michelle Yeh. New Haven
　　　and London: Yale University Press, 1992. (〔美〕奚密:《中國現代漢詩選》,紐海文
　　　市、倫敦市:耶魯大學出版社,1992年)

全文類整體文學史的研究，然後進行更為宏觀的文化史層面的詩歌解讀，亦即她所說「理想的解讀應涵括四個層面：第一是詩文本，第二是文類史，第三是文學史，第四是文化史……這四個層面就像四個同心圓，處於中心的是詩文本；沒有文本這個基礎，任何理論和批評就如同沙上城堡，是經不起檢驗的。」[227]。奚密對於臺灣現代詩的研究，還聚焦於臺灣現代漢詩的藝術表現手法、美學素質及其本土性[228]。基於此，「奚密致力於中西詩學的比較研究，又從文本細讀發現漢語的獨特魅力。她探討詩人所彰顯的聲音、意象、形式和語義功能，進而擴展至文類、文學史和文化史。總體上而言，她身處理論革命時代又批判性地保持審視的姿態，她努力與理論進行對話又跳脫出其抽象性而回歸到文學內部——集文本、文類、文學史和文化史為一體的系統性的同心圓構造。」[229]

（三）現代漢詩文本解讀形式下的臺灣現代漢詩詩歌史內在機理

　　從「同心圓」理論出發，奚密以英美新批評的方法對臺灣現代詩的結構形式和語言進行了文本細緻分析，她論及的臺灣詩人包括楊蔭昌、林修二、林亨泰、夏宇、楊牧、商禽、張錯、鄭愁予、陳黎、鴻鴻等，所詳盡解讀過的臺灣詩歌文本則有商禽的《電鎖》、《逃亡的天空》，陳黎的《戰爭交響曲》，張錯的《洛城草》，楊牧的《霜葉作》等。她的《臺灣現代詩論》[230]一書「收入奚密自一九九六年至二○○

227　（美）奚密、崔衛平：〈為現代詩一辯〉，《讀書》1999年第5期，頁90。
228　關於奚密重視臺灣現代詩研究的美學素質和本土性的論述，參見（新加坡）張森林〈抒情美典的追尋者：奚密現代漢詩研究述評〉，《漢語言文學研究》2016年第3期，頁125。
229　翟月琴：〈奚密現代漢詩研究綜論〉，《中國現代文學研究叢刊》2014年第12期，頁191。
230　奚密：《臺灣現代詩論》，香港：天地圖書公司，2009年。

五年發表的十二篇論文。在這些論文中，有的以一位或數位詩人的作品為切入點，例如〈燃燒與飛躍：一九三〇年代臺灣的超現實詩〉；有的以一本詩刊為切入點，例如〈在我們貧瘠的餐桌上：一九五〇年代的《現代詩》季刊〉；有的以文學思潮展開論述，例如〈邊緣，前衛，超現實：對臺灣一九五〇～一九六〇年代現代主義的反思〉；有的以詩歌論戰展開論述，例如〈臺灣現代詩論戰〉。但毋庸置疑，全書的壓軸之作當推〈臺灣新疆域：《二十世紀臺灣詩選》導論〉，其不只是《二十世紀臺灣詩選》的導論，也可作為《臺灣現代詩論》這本詩論集的提綱挈領式的導論。從一九一七年現代漢詩的起源一直論述至當代臺灣現代漢詩的狀況，論述全面，引證有力，在臺灣洋洋大觀的現代詩論中獨樹一幟。」[231]

奚密編選的《中國現代漢詩選集》[232]在翻譯解讀詩歌個案文本的基礎上勾勒了一個現代漢詩史的脈絡。金介甫認為，「由奚密（Michelle Yeh）編輯和翻譯的《中國現代詩歌選集》（*Anthology of Modern Chinese Poetry*），是一部精當的文集，編輯、裝幀和翻譯都非常雅致。該詩集將中國朦朧詩人和後朦朧詩時代的詩人與他們二十年代的前輩以及臺灣詩人作了比較。」[233]可見，奚密的詩歌選集也體現了她的有意識的時空觀。奚密還根據「海外漢詩寫作體現出詩人疏離母語環境後孤獨與飄零的心理體驗」[234]，「根據詩人與空間的對應關

231 （新加坡）張森林：〈抒情美典的追尋者：奚密現代漢詩研究述評〉，《漢語言文學研究》2016年第3期，頁122-123。

232 *Anthology of Modern Chinese Poetry*. Edited & Translated by Michelle Yeh. New Haven and London: Yale University Press, 1992. （〔美〕奚密：《中國現代漢詩選》，紐海文市、倫敦市：耶魯大學出版社，1992年）

233 （美）金介甫著，查明建譯：〈中國文學（1949-1999）的英譯本出版情況述評（續）〉，《當代作家評論》2006年第4期，頁143。

234 翟月琴：〈奚密現代漢詩研究綜論〉，《中國現代文學研究叢刊》2014年第12期，頁187。

係，奚密將海外漢詩的寫作分為三類，第一類，以多多為例，表現了『濃重的流放情緒』；第二類，以張錯為例，流露出『深刻的漂泊感』；第三類，以楊牧為例，則體現了『中西文化傳統之間的互動』」[235]。由此，奚密的「現代漢詩」由一九一七年的文學革命出發，擴展至當代中國大陸朦朧詩與後朦朧詩，進而拓展到了海外華文詩歌創作，與近幾年史書美、王德威、石靜遠等提倡的「華語語系文學研究」以及魯曉鵬、張英進等提倡的「華語電影」殊途同歸，所指向的，是言語的疆域，突破了基於地理邊界劃分的國別文學研究的局限，構建了一個以社會現代化的時間進程為經，以漢語載體為緯的臺灣現代漢詩詩歌史的坐標。

（四）中西詩學融混下的理論建構與思考

新加坡南洋理工大學張松建教授將奚密現代漢詩研究的特色概括為：「現代漢詩的學術視野」、「從邊緣出發的研究方向」、「內在狀況的研究範式」、「四個同心圓的方法論」[236]。新加坡學者張森林進一步指出，「奚密獨樹一幟，強調現代漢詩的『內在狀況』（internal conditions）多於強調來自西方詩的影響。她不考察西方詩對中國詩的衝擊和中國詩的回應，而是追問現代詩自我演變的機制和追求變革的內在動力。」[237]

奚密認為，「臺灣除了豐富的原住民文化之外，又融合了漢人、

---

235 翟月琴：〈奚密現代漢詩研究綜論〉，《中國現代文學研究叢刊》2014年第12期，頁187。

236 參見（新加坡）張松建：〈邊緣性、本土性與現代性──奚密的現代漢詩研究〉，《文心的異同：新馬華文文學與中國現代文學論集》（北京市：中國社會科學出版社，2013年），頁283-305。轉引自張森林〈抒情美典的追尋者：奚密現代漢詩研究述評〉，《漢語言文學研究》2016年第3期，頁122。

237 （新加坡）張森林〈抒情美典的追尋者：奚密現代漢詩研究述評〉，《漢語言文學研究》2016年第3期，頁124。

歐洲、日本和美國等多樣元素。最早的臺灣現代詩是用兩種語言（中文和日文）寫的。……在瞭解臺灣時，『混血』提供了一個有用的觀念，有助於我們瞭解臺灣，因為這個島嶼的身分和其近四百年來的多元歷史的確是不可分割的。」[238]「追溯文學影響的根源和接受的來龍去脈，當然有其重要的價值，但我們更應該關注那些使現代中國詩人開放接受某些外來影響的本土因素。……『五四』以來漢語詩歌的現代性應視為詩人在多種選擇中探索不同形式和風格以表現複雜的現代經驗的結果。儘管其中可能有來自外國文學的啟發，甚至是直接對後者的模仿，更重要的是來自內在的要求和在叩應這些要求的過程中所從事的可能類似於外國的本土試驗。」[239]奚密的論文 *A New Orientation to Poetry: The Transition from Traditional to Modern*[240]（《詩的新向度：從傳統到現代的轉向》）是對一九四九年之後臺灣詩歌西方化浪潮的審慎批評。論文《反思現代主義：抒情性與現代性的相互表述》則揭櫫「透過對戰後臺灣詩壇之語境的概述，並選取以抒情風格著稱的兩位詩人鄭愁予和葉珊的詩歌《錯誤》和《屏風》進行文本細讀，來闡釋臺灣現代詩中抒情性和現代性的相互表述。在現代主義啟發下發展出來的現代詩強調情感微妙的象徵，間接的暗示，它反對抒情主義——即貿貿然的滿紙熱情，但並非反抒情。現代詩吸取了中國古典詩傳統的養分，卻是絕對的現代」[241]，將「抒情主義」與「抒情

---

238 （美）奚密：〈臺灣新疆域：《二十世紀臺灣詩選》導論〉，（美）奚密：《臺灣現代詩論》（香港：天地圖書有限公司，2009年），頁211-212。

239 （美）奚密：〈詩的新向度：從傳統到現代的轉化〉，（美）奚密著，奚密、宋炳輝譯：《現代漢詩：一九一七年以來的理論與實踐》（上海市：上海三聯書店，2008年），頁63。

240 Yeh, Michele. *A New Orientation to Poetry: The Transition from Traditional to Modern.* Chinese Literature: Essays, Articles, Reviews (CLEAR), Dec 1, 1990, Vol.12, p.83.

241 （美）奚密：《反思現代主義：抒情性與現代性的相互表述》，《渤海大學學報》2009年第4期，頁5。

性」做了區分，強調了臺灣現代詩的中國古典詩歌傳統與現代主義手法的對立統一。

奚密認為，「一套接一套的流行理論，一個接一個的時髦話語，就彷彿一季接一季的新裝，它們裝點了文學，卻沒有告訴我們文學自身好在哪裡，創意在哪裡，它們表面上捧高了文學，用文學作品來示範道德至上的『認同政治』議題——民族主義、少數族群、後殖民、性別研究、全球化等等，實際上它們往往是現代版的『文以載道』，將文學簡單地歸納為某個課題的載體。」[242]雖然奚密解析詩歌文本，西方詩歌理論和英美文學術語可以做到信手拈來，但她對解讀文學文本是不是一定要借用各種理論持有保留態度，她更樂意看到的是讓文學回到文學自身的文學批評，而不是被理論裝點門面甚至被道德綁架的文學和文學批評。奚密曾對洪範書店的創辦人、著名臺灣現代派詩人、後移民美國的楊牧以專篇論文加以評析，稱其為現代漢詩的"Game-Changer"[243]（「格局改變者」[244]），奚密對楊牧的近乎崇拜的高度評價，不吝於「終極判斷」的批評風格，顯示了奚密詩評家基礎理性以外，相對於其他學院派理論家較為感性的一面。

（五）文學社會學方法的運用

奚密在致力於臺灣現代詩的翻譯與文本細讀的同時，也密切關注著各類社會文化現象，如她認為，導致一九五〇至一九六〇年代的臺灣現代詩邊緣化的原因主要有三個方面，即「官方意識形態所推廣的反共文藝，傳統文化對現代詩的反對與壓抑，以及與五四文學傳統的

242　（美）奚密：〈「理論革命」以來的文學研究〉，《書城》2004年第12期，頁84。

243　（美）奚密：〈楊牧：現代漢詩的Game-Changer〉，《揚子江評論》2013年第1期，頁34。

244　（新加坡）張森林〈抒情美典的追尋者：奚密現代漢詩研究述評〉，《漢語言文學研究》2016年第3期，頁126。

斷裂」[245]。她的論文〈在我們貧瘠的餐桌上：五○年代的臺灣《現代詩》季刊〉[246]「緊扣一九五三年二月一日創刊、一九六四年二月一日停刊的《現代詩》，從文學社會學的角度探討了其出現、流通以及產生影響的各種文學及文化因素」[247]，可以看作對張誦聖「文學場域」理論的呼應與互動，「奚密對期刊、流派和論戰的分析，再次詮釋出文學場域的系統化演變過程，從文學社會學的角度重申文學場域成員挖掘、積累資本並反身贏得利益，甚至自主改變整個時代文學發展路徑的全部過程。」[248]對於文學場域的考察，不可避免地會導向布迪厄所論的文化資本和波德里亞所著力研究的消費社會。「新興媒體、視覺文化、娛樂產業的崛起和印刷業的萎縮，詩歌陷入尷尬的處境已是不爭的事實。但 "Game-Changer" 的意義就在於，他們並不屈服於惡劣的社會現實，而是更堅決地調動起可利用的文化資源服務於原創性文本，較有代表性的是楊牧在詩歌中增加了漢語的聽覺和視覺效果、木炎將長詩改寫為短詩展示在書店外的人行道上，鴻鴻二○○六年出版的《土製炸彈》成為第一本明確表示版權免費的詩集等等，大膽地與變化著的社會、政治和文化進行協商，完成了極具創造力的詩歌作品」[249]，據此，奚密將二十世紀八○至九○年代的現代漢詩指為 "The Best of Times, the Worst of Times" [250]（最好的時代，同時也是最壞的時代）。

245 （美）奚密：〈邊緣，前衛，超現實：對臺灣一九五○～一九六○年代現代主義的反思〉，（美）奚密：《臺灣現代詩論》（香港：天地圖書公司，2009年），頁77。

246 （美）奚密：〈在我們貧瘠的餐桌上：五○年代的臺灣《現代詩》季刊〉，《中國現代文學研究叢刊》2000年第2期。

247 瞿月琴：〈奚密現代漢詩研究綜論〉，《中國現代文學研究叢刊》2014年第12期，頁193。

248 瞿月琴：〈奚密現代漢詩研究綜論〉，《中國現代文學研究叢刊》2014年第12期，頁193。

249 瞿月琴：〈奚密現代漢詩研究綜論〉，《中國現代文學研究叢刊》2014年第12期，頁193。

250 Michelle Yeh: Introduction: "The Best of Times, the Worst of Times," *Poetry and Fiction From Contemporary Taiwan,* January-February, 2010, pp. 23-33.

奚密近幾年所著有關詩與生活、芳香詩學等著作，以及她參與編譯的諾貝爾文學獎美國歌手鮑勃・迪倫的詩歌集《新民說　鮑勃・迪倫詩歌集（1961-2012）：暴雨將至》[251]，都體現了奚密在中國詩壇活躍的身影及其不自外於現實社會與流行文化之外的詩人情懷及其對文學社會學的靈活運用。

八　喬志高（George Kao）、許芥昱（Kai-yu Hsu）、白先勇（Pai Hsien-Yung）、李歐梵（Leo Ou-fan Lee）、王瑾（Jing Wang）、史書美（Shu-mei Shih）

（一）喬志高（George Kao）

喬志高（George Kao, 1912-2008），祖籍江蘇江寧，原名高克毅，筆名喬志高，著名旅美美籍華人作家、漢學家、翻譯家、記者。一九一二年五月二十九日出生於美國密歇根（Michigan）安阿伯市（Ann Arbor），三歲時回到中國，在家庭教師指導下學習中國古典文學，其小學、中學及大學均畢業於中國境內的教會學校。喬志高（高克毅）大學就讀於燕京大學（與著名中國現代作家陳夢家的夫人趙蘿蕤為大學同學），畢業後赴美留學，抗戰期間曾在紐約「中華新聞社」任職。高克毅在美國出生的經歷，使他的一生充滿傳奇色彩，他在中國讀完大學到美國求學時，曾被美國移民局扣押審查其所持美國公民的護照是否真實。而其美國護照則是在大學就讀期間聽取燕京大學校長司徒雷登的建議才去申領的。[252]

喬志高（高克毅）最為人稱道的，是他的標準美式英語，以及他

---

251 （美）鮑勃・迪倫著，（美）奚密、陳黎、張芬齡譯：《新民說　鮑勃・迪倫詩歌集（1961-2012）：暴雨將至》，桂林市：廣西師範大學出版社，2017年。

252 參見傅建中：〈故國情深 喬志高：中國未曾離開我〉，《中國時報》2008年3月16日。

用美式英語發表的眾多隨筆文章及由其翻譯成中文的美國經典小說。
喬志高（高克毅）曾擔任美國廣播媒體的中文廣播主編、舊金山《華
美週報》主筆，長期在紐約、舊金山、華盛頓等地生活和工作，退休
後到香港中文大學翻譯研究中心任職，擔任了該中心資深訪問研究員
（1972-1975），其時香港中文大學翻譯研究中心剛剛成立。目前著名
的翻譯學期刊《譯叢》（*Renditions*）即為喬志高（高克毅）於一九七
三年在香港中文大學翻譯研究中心發起創辦的，一九七三至一九八二
年《譯叢》雜誌的主編均一直由喬志高（高克毅）擔任，一九八八
年，喬志高（高克毅）還與宋淇（Stephen Soong）一起捐款設立了香
港中文大學翻譯研究中心「譯叢研究獎金」，「一九八三年退休。香港
翻譯學會榮譽會士」[253]。一九七六年，喬志高（高克毅）返美，在佛
羅里達州定居。二〇〇八年三月一日，喬志高（高克毅）以九十六歲
高齡於美國佛羅里達州仙逝。

　　喬志高（高克毅）中英文皆擅，出版的中文散文、隨筆單行本作
品有《紐約客談》、《金山夜話》、《吐露集》、《鼠咀集》、《言猶在耳》、
《聽其言也》、《恍如昨日》、《總而言之》、《一言難盡：我的雙語生
涯》，發表於報刊的中文散文、隨筆作品有〈懷念林語堂〉[254]等，散
見於自一九三〇年代的上海至二十一世紀初期的香港臺灣等地報刊。
學術著作有《美語新詮》等「美語錄」系列、《最新通俗美語詞典》
（高克毅、高克永編）等；英文散文、隨筆著作有《你們美國人》
（紐約外國記者協會十五位會員合著[255]）、《灣區華夏》、《中國幽默文
選》等；中文譯作有《大亨小傳》（費茲傑羅著）、《長夜漫漫路迢迢》

---

253 〈作者簡介〉，喬志高：《鼠咀集——世紀末在美國》（臺北市：聯合文學出版社，
　　1991年8月30日初版），扉頁。

254 （美）喬志高：〈懷念林語堂〉，《中國時報》1976年4月20日。

255 參見〈作者簡介〉，（美）喬志高：《鼠咀集——世紀末在美國》（臺北市：聯合文學
　　出版社，1991年8月30日初版），扉頁。

（奧尼爾著）、《天使，望故鄉》（伍爾夫著）。喬志高（高克毅）在臺灣文學研究方面的主要貢獻是他對白先勇、陳若曦作品的譯介。

　　喬志高（高克毅）與許多知名作家、學者有著深厚的友誼，如余英時、老舍、白先勇。特別是老舍，「文革期間投湖自盡的老舍，一九四九年由美返回中國大陸，是高克毅在舊金山送他上船的，從此不通音問，直到老舍死亡。」[256]喬志高（高克毅）曾著有《老舍和陳若曦》（英文書名為 *Two Writers and the Cultural Revolution Lao She and Chen Jo-hsi. Edited by George Kao*）[257]。喬志高（高克毅，George Kao）與白先勇（Hsien-Yung Pai）、葉佩霞（Patia Yasin）等曾經組成一個翻譯白小勇小說集《臺北人》的翻譯團隊。由原創作者親自把個人著作翻譯成外語，這在美國翻譯界是一個創舉。白先勇曾說：「參加《臺北人》英譯，是我平生最受益最值得紀念的經驗之一。」[258]一九八二年，高克毅（喬志高）等編譯的白先勇小說集《臺北人》由印第安納大學出版社出版，題為《遊園驚夢：臺北人的故事》，喬志高（高克毅）在該書的序中指出，"Pai's Taipei characters fill out an earlier and not unrelated chapter in the 'trouble-ridden' history of contemporary China."[259]喬志高（高克毅）還認為，《臺北人》在發表後很快就使白先勇被公認為

---

256 傅建中：〈故國情深　喬志高：中國未曾離開我〉，《中國時報》2008年3月16日。

257 *Two Writers and the Cultural Revolution: Lao She and Chen Jo-hsi.* Edited by George Kao, A RENDITIONS Book, The Chinese University Press, Hong Kong, 1980. Publishded by The Chinese University of Hong Kong, printed by Ngai Cheong Printing Press, Hong Kong.（〔美〕喬志高編：《兩個作家和文化大革命：老舍和陳若曦》，香港：香港中文大學出版社，1980年）

258 （美）白先勇：〈翻譯苦、翻譯樂——《臺北人》中英對照本的來龍去脈〉，見白先勇著《樹猶如此》（臺北市：聯合文學出版社，2002年），頁89。

259 George Kao. *Editor's Preface. Wandering in A Garden, Waking from A Dream: Tales of Taipei Characters.* Hsien-Yung Pai (Author), George Kao (Editor), Patia Yasin (Translator). Bloomington: Indiana University Press, 1982, p.xiv.（〔美〕高克毅：高序，（美）高克毅（喬志高）等編譯，《遊園驚夢：臺北人的故事》，布盧明頓市：美國印第安納大學出版社，1982年，xiv。）

「是一個少見的兼具藝術感性、寫作技巧的作家」[260]。

著名旅美臺灣作家白先勇曾追憶了他與喬志高（高克毅）因《臺北人》英譯本相識、合作的感人故事，他在回顧與喬志高（高克毅）、葉佩霞（Patia Yasin）等三人翻譯小說集《臺北人》的過程時，高度評價喬志高（高克毅）和葉佩霞（Patia Yasin）的翻譯水準：「如果說我們這個『翻譯團隊』還做出一點成績來，首要原因就是由於高先生肯出面擔任主編。大家都知道高先生的英文『呱呱叫』——宋淇先生語，尤其是他的美式英語，是有通天本事的。莫說中國人，就是一般美國人對他們自己語言的來龍去脈，未必能像高先生那般精通。他那兩本有關美式英語的書：《美語新詮》、《聽其言也——美語新詮續集》一直暢銷，廣為華人世界讀者所喜愛，他與高克永先生合編的《最新通俗美語詞典》更是叫人歎為觀止。高先生詮釋美語，深入淺出，每個詞彙後面的故事，他都能說得興趣盎然，讀來引人入勝，不知不覺間，讀者便學到了美語的巧妙，同時對美國社會文化也有了更深一層的瞭解。」[261]喬志高（George Kao，高克毅）在譯本序中也曾對白先勇小說作出了精到的好評："Pai's Taipei characters fill out an earlier and not unrelated chapter in the 'trouble-ridden' history of contemporary China."[262] 白先勇的《臺北人》英譯本一九八二年由美國印第安納大學出版社出版，其翻譯者是由喬志高（高克毅）、俄裔美國女翻譯家

---

260 （美）喬志高：《臺北人》（漢英對照版）編者序，白先勇、葉佩霞（Patia Yasin）譯，喬志高主編：漢英對照本《臺北人 Taipei People》，香港：香港中文大學出版社，2000年。

261 （美）白先勇：〈翻譯苦、翻譯樂——《臺北人》中英對照本的來龍去脈〉，見白先勇著：《樹猶如此》（臺北市：聯合文學出版社，2002年），頁88-99。

262 （美）高克毅（George Kao，喬志高）編《遊園驚夢》（*Wandering in the Garden, Waking from a Dream—Tales of Taipei Characters*），美國印第安納大學出版社，1982年，Editor's Preface, xiv.

葉佩霞（Patia Yasin）以及白先勇本人組成的「翻譯團隊」[263]。該譯本取名「遊園驚夢」（*Wandering in the Garden, Waking from a Dream: Tales of Taipei Characters*），主編為喬志高（高克毅），葉佩霞（Patia Yasin）為合譯者。該英譯本工作從一九七六年開始，一九八一年完成。恰逢當時印第安納出版社有出版中國文學作品英譯系列的計畫，該英譯本便由劉紹銘和李歐梵向該出版社推薦出版。在此之前，《臺北人》中的兩篇小說〈永遠的尹雪豔〉和〈歲除〉的英文譯文已在《譯叢》雜誌一九七五年秋季號發表（該期雜誌由高克毅主編），〈永遠的尹雪豔〉由余國藩（Anthony C. Yu）與 Katherine Carlitz（柯麗德）合譯，〈歲除〉由 Diana Granat 翻譯。喬志高（高克毅）等對其稍加修改，也將其收入了《臺北人》英譯本。《譯叢》（*Renditions*）由喬志高（高克毅）和宋淇創辦於一九七三年，隸屬於香港中文大學翻譯中心，「是一本高水準、以翻譯為主的雜誌，對香港翻譯界以及英美的漢學界有巨大影響。中國文學作品的英譯，由古至今，各種文類無所不包，而其選材之精，編排之活潑，有學術的嚴謹而無學院式的枯燥，這也反映了兩位創始人的學養及品味。」[264]白先勇小說文字精巧，敘事細膩，結構精緻，文本中隱喻、雙關、互文等修辭頻頻出現，用典也較多，要想將其譯成英文且能讓歐美讀者跨越文化隔閡理解內中意蘊，殊非易事，以原作者、有西方文化血脈傳統的美國翻譯家和自小在美國長大的高水平歐裔翻譯家組成翻譯團隊合作翻譯，事實證明是很明智且卓有成效的。白先勇小說英譯本描寫了一群由大陸漂泊至臺北的人物的生活和記憶，有助於美國讀者深入瞭解一九四九年前後的一段中國歷史。

263　（美）白先勇：〈翻譯苦、翻譯樂——《臺北人》中英對照本的來龍去脈〉，見白先勇著：《樹猶如此》（臺北市：聯合文學出版社，2002年），頁88。

264　（美）白先勇：〈翻譯苦、翻譯樂——《臺北人》中英對照本的來龍去脈〉，見白先勇著：《樹猶如此》（臺北市：聯合文學出版社，2002年），頁89。

　　喬志高（高克毅）學術隨筆的風格是風趣幽默，感性十足但又不乏嚴謹的邏輯。出版於二○○○年的《一言難盡：我的雙語生涯》，收入了喬志高（高克毅）的隨筆〈林語堂的翻譯成就：翻譯中有創作、創作中有翻譯〉、〈地址和信函：憶語堂先生〉、〈題內題外：電影、藝文、雜學〉，並收入了亮軒（〈通俗才見真情趣〉）、夏志清（〈高克毅其人其書〉）、黃碧端（〈以語言為大化〉）、張素貞（〈在巴黎與白先勇一席談〉）等作家、學者與臺灣文學相關的文章[265]。《美語錄三：自言自語》一書則收入了一些與臺灣文學相關的文章，如白先勇有關他與喬志高等合譯《臺北人》的記述文章，講述了筆名「喬志高」的由來，評論了他本人和張愛玲的交往，討論了夏志清的翻譯英美散文的風格。[266]

　　喬志高（高克毅）有著極高的英文造詣，對美國社會的瞭解程度不僅超乎一般中國人，甚至也超越了美國的一流學者，有美國學者稱其為「The ultimate intellectual（無法超越的知識分子）」[267]。夏志清教授在其文章〈高克毅其人其書〉中稱高克毅（喬志高）為「多才多藝的美國通」[268]。中國大陸學者孟昭毅、李載道主編的《中國翻譯文學史》的第三十八章〈港臺的翻譯文學〉（頁595-616），其中專門介紹了喬志高（高克毅）的簡歷[269]。著名旅美學者劉紹銘著《渾家‧拙荊‧夫人》中收入了劉紹銘專門論述喬志高（高克毅）的文章，題為

265　參見（美）喬志高：《一言難盡：我的雙語生涯》，臺北市：聯合文學出版社，2000年。

266　（美）喬志高：《美語錄3：自言自語》，臺北市：九歌出版社，2008年。

267　傅建中：〈故國情深 喬志高：中國未曾離開我〉，《中國時報》2008年3月16日。

268　（美）夏志清：〈高克毅其人其書〉，夏志清：《感時憂國》（廣州市：廣東人民出版社，2015年），頁241。〈高克毅其人其書〉一文原載1995年9月12-15日臺灣《中華日報》副刊。

269　孟昭毅、李載道主編：《中國翻譯文學史》（北京市：北京大學出版社，2005年），頁607。

〈喬志高的 articles〉[270]。夏志清著《夏志清文學評論集》中也曾讚譽了喬志高（高克毅）的文學翻譯水平[271]。

　　喬志高（高克毅）雖然生在美國，擁有美國公民身分，也對美國文化有著深入的認知，但他始終對中國抱持著深厚的情感和強烈的文化認同，他在逝世前不久曾說，"You can take me out of China, but you can never take China out of me"（「你能讓我離開中國，卻永遠無法讓中國離開我。」）[272]。著名旅美新儒學大家余英時教授對於這種情感給予了高度評價，他認為，「這個永遠離不開我的中國，就是類似高克毅這種中國人心中的島」[273]，著名旅美媒體人傅建中先生評價喬志高（高克毅）「在美國能夠安身立命，從事他喜愛的工作，對中美兩國都作出有意義的貢獻，靠的就是這個島的支撐，而這個島則是在美華人靈魂深處的精神中國。」[274]

（二）許芥昱（Kai-yu Hsu）

　　許芥昱（Kai-yu Hsu, 1922-1982）是一位勤奮而在中國文學研究方面頗有理論建樹的美國漢學家，早在一九六三年，許芥昱便出版了《二十世紀中國詩歌》（*Twentieth-Century Chinese Poetry: An Anthology*）。可惜許芥昱因天災不幸英年早逝，留下的有關臺灣文學研究的著作不多，但在成名於一九六〇至一九七〇年代、與他同輩美國華裔漢學家中，他屬關注臺灣文學較早的一位。葛浩文曾在〈許芥昱與現代中國文學〉[275]一文中憶述了許芥昱涉足臺灣文學研究的起因：「一九七九年

270　（美）劉紹銘著：《渾家・拙荊・夫人》（上海市：上海書店出版社，2009年），頁49。

271　（美）夏志清：《夏志清文學評論集》（臺北市：聯合文學雜誌社，1987年），頁69。

272　傅建中：〈故國情深 喬志高：中國未曾離開我〉，《中國時報》2008年3月16日。

273　傅建中：〈故國情深 喬志高：中國未曾離開我〉，《中國時報》2008年3月16日。

274　傅建中：〈故國情深 喬志高：中國未曾離開我〉，《中國時報》2008年3月16日。

275　（美）葛浩文：〈許芥昱與現代中國文學〉，《外國文學欣賞》1987年第4期，頁29-31。

二月，塔克薩斯大學奧斯汀分校召開了一個臺灣小說學術研討會。會後大家決定出一部論文集。這是研究臺灣文學英文版的第一部此類著作。但是遺憾的是，還缺少一篇研究陳若曦短篇小說的論文，這位作家的《尹縣長的死刑》的中英文版都受到過很高的評價。芥昱先生對政治問題力求客觀，對文學問題講究分析方法，對規定的合作期限也信守不誤。考慮到這些原因，我就向印第安納大學出版社的有關編輯推薦芥昱，讓他撰寫一篇研究陳的作品的評論文章，以挽救這一局面。芥昱對這請求立即給以熱情的答覆：『她的小說我只讀過一兩篇，但是只要你向我提供她的其他作品，我將盡力而為。』不出幾星期，他完成並交出了一篇到目前為止或許是用英文寫出的研究陳若曦作品最殷實、最客觀的評論文章：〈一種歷史感 —— 讀陳若曦的短篇小說〉。」[276]許芥昱的臺灣文學研究著作雖不多，但大多已成名作，他與臺灣作家名士名媛的交往也成為許多佳話，他寫給臺灣旅美作家、藝術家卓以玉（1934-2021）的詩歌《相思已是不曾閒》由卓以玉譜曲後成為一代流行名曲，至今仍在華人世界與卓以玉寫給許芥昱的歌曲《天天天藍》一起作為姊妹曲被廣為傳唱。

　　一九八二年，許芥昱在美國舊金山家中因一次泥石流災害為搶救書稿未及撤出而遇難去世。

（三）白先勇（Pai Hsien-Yung）的臺灣文學研究、評論與翻譯

　　在北美研究臺灣文學的漢學家群體中，白先勇有著自己鮮明的研究特點。這種特點首先表現為他的雙重身分 —— 他既是海內外聲名卓著的臺灣作家，又是美國加州大學聖塔芭芭拉分校的中文教授，正是

276　（美）葛浩文：〈許芥昱與現代中國文學〉，《外國文學欣賞》1987年第4期，頁30。該文為王友軒所譯，文後有袁可嘉所加的附記，附記中說許芥昱是他在西南聯大的同學。

由此雙重身分出發，白先勇形成了自己別具一格的臺灣文學研究風格，他在課堂上講臺灣小說，為自己的臺灣作家朋友們寫書評，還親自參與將自己創作的《遊園驚夢》等中文小說翻譯成英語的工作。因為自己擁有豐富的創作經驗，同時擁有知名成功作家的聲譽，白先勇針對當代臺灣作家的文學創作所發表的評論文章自有其不同於他人的強大說服力。而其臺灣文學翻譯，因為是自己創作的小說，所以在翻譯的時候，他懂得如何將內裡的一些富含隱喻與象徵的詞句裝換成對應的英語語彙，同時也以自己溫煦而親和的性格和人格魅力實現了與喬志高等翻譯家的友好而富有成效的合作。《遊園驚夢》小說除了在美國出版了與喬志高、葉佩霞合譯的英文版以外，漢英對照本《臺北人 Taipei People》也已由香港中文大學出版社出版（白先勇、葉佩霞譯，喬志高主編）。與白先勇為臺灣大學外文系同學，並同為一九六〇年代著名的《現代文學》雜誌同仁的旅美作家歐陽子，他針對白先勇的小說《遊園驚夢》所撰論文〈《遊園驚夢》的寫作技巧和引申含義〉[277]從現代派的小說創作技巧入手，條分縷析，鞭辟入裡，已成為白先勇小說論述中的理論經典。

　　白先勇於一九六〇年代在臺灣大學外文系就讀期間與葉維廉、劉紹銘、歐陽子、李歐梵、陳若曦、王文興等人一起創辦了著名的《現代文學》雜誌，集聚了一大批以現代派文學為志趣的文學青年，在該雜誌上發表文章的作者，後來大多成為了臺灣文壇的重量級作家。「白先勇嶄露頭角的時間是一九六〇年代。從斯以還，他的影響深遠，迄今猶存。」[278]美國漢學家關於白先勇小說《臺北人》的論述較多。《臺北人》題為「臺北人」，實則「這部自成系列的小說集不寫臺北，人所

---

[277] （美）歐陽子：〈《遊園驚夢》的寫作技巧和引申含義〉，王曉明：《二十世紀中國文學史論》（第三卷），頁102-130，選自歐陽子：《王謝堂前的燕子》，臺北市：爾雅出版公司，1976年。

[278] 李奭學：〈導論〉，李奭學主編：《異地繁花：海外臺灣文論選譯（上）》（臺北市：臺灣大學出版中心，2012年），頁16。

共知。白先勇所述，其實大唱反共文學的反調，兵敗中國的東渡諸公
不但無力反攻，也無心反共，個個幾乎只能存活於記憶之中。這個記
憶變成瞭解嚴前中華民國真正的國家記憶」[279]。李歐梵因此「以『同
情式的反諷』形容之，而且認為是臺灣現代性的組成要素之一。」[280]

（四）李歐梵（Leo Ou-fan Lee）

李歐梵（Leo Ou-fan Lee, 1939-），臺北「中央研究院」院士，曾
任哈佛大學教授，退休後被聘為香港中文大學教授，祖籍河南太康。
著有《西潮的彼岸》、《中國現代作家浪漫的一代》、《浪漫之餘》、《上
海摩登》、《范柳原懺情錄》、《徘徊在現代和後現代之間》、《蒼涼與世
故：張愛玲的啟示》、《東方獵手》等。普實克《普實克中國現代文學
論文集》（長沙市：湖南文藝出版社，1987年版）一書中有李歐梵作
的序。李歐梵的研究重點在於中國大陸的現代文學，有零星的臺灣文
學研究的文章散見於他的各類著作，除了他對夏志清、夏濟安、白先
勇著作的評論以外，他還曾寫作了〈從《原鄉人》想鍾理和——一些
片段的雜感〉[281]一文，由李行導演根據臺灣作家鍾理和的生活經歷拍
攝的電影《原鄉人》談起，闡述了他對於鍾理和與平妹的愛情的欽
佩，表達了對於鍾理和孜孜不倦於文學創作的文學精神的崇高敬意。

---

279 李奭學：〈導論〉，李奭學主編：《異地繁花：海外臺灣文論選譯（上）》（臺北市：
　　臺灣大學出版中心，2012年），頁16。

280 （美）李歐梵：〈回望文學少年——白先勇與現代文學創作〉，《中外文學》第30卷
　　第2期（2001年7月），頁175。轉引自李奭學：〈導論〉，李奭學主編：《異地繁花：
　　海外臺灣文論選譯（上）》（臺北市：臺灣大學出版中心，2012年），頁16。

281 （美）李歐梵：〈從《原鄉人》想鍾理和——一些片段的雜感〉，李歐梵：《浪漫之
　　餘》（臺北市：時報文化出版事業有限公司，1981年），頁111-116。

（五）王瑾（Jing Wang）

王瑾（Jing Wang, 1950-2021），去世前任美國麻省理工學院（MIT）教授，畢業於臺灣大學外文系，後赴美留學，獲麻省大學比較文學博士學位。王瑾在美國較早地進入臺灣文學研究領域，一九七九年曾參加了在德克薩斯大學奧斯汀校區舉辦的臺灣小說研討會，並發表了題為 Taiwan Hsiang-t'u Literature: Perspectives in The Evolution of a Literary Movement（《從文學運動的角度看臺灣鄉土文學》）[282]的論文。此後，王瑾的研究視野愈漸宏闊，她曾經編選中國當代小說選集[283]，「為新潮小說翻譯樹立了很好的學院派標準。……將七個先鋒派作家作為重點，揭示了格非、蘇童、余華、馬原的不同側面，對他們的發展過程作了深刻的揭示」[284]，並在發表於一九九〇年代的論著中「探討了後毛現代主義者的實驗中新文化政治的形成」[285]。王瑾擅長以文化研究和媒體研究的方法研究中國當代文學（含臺灣當代文學）的動態發展，著有《高雅文化熱：鄧時代中國的政治、美學與意識形態》[286]（1996）等學術專著。

---

[282] *Taiwan Hsiang-t'u Literature: Perspectives in The Evolution of a Literary Movement.* By Jing Wang. *Chinese Fiction from Taiwan: Critical Perspectives.* Edited by Jeannette L. Faurot. Bloomington: Indiana University Press, 1980. Symposium on Taiwan Fiction, University of Texas at Austin, 1979. pp. 43-70.

[283] *China's Avant-Garde Fiction.* Edited by Jing Wang. Durham: Duke University Press, 1998.（〔美〕王瑾編選：《中國先鋒小說》，德勒姆：杜克大學出版社，1998年）

[284] （美）金介甫著，查明建譯：〈中國文學（1949-1999）的英譯本出版情況述評（續）〉，《當代作家評論》2006年第4期，頁140。

[285] （美）王德威著，張清芳譯：〈英語世界的現代文學研究之報告〉，《海南師範大學學報（社會科學版）》2007年第3期，頁2。

[286] Jing Wang. The High Culture Fever: Politics, Aesthetics, and Ideology in Deng's China, Berkeley: University of California Press, 1996.（〔美〕王瑾：《高雅文化熱：鄧時代中國的政治、美學與意識形態》，伯克利市：加州大學出版社，1996年）

（六）史書美（Shu-mei Shih）

史書美（Shu-mei Shih）現任美國加州大學洛杉磯分校（UCLA）比較文學系、亞洲語言文化系及亞美研究系合聘教授，亞洲語言文化系主任，她曾提出了 Sinophone Literature（華語語系文學）的概念，並與王德威等其他美國漢學家展開相關討論，使其成為二十一世紀以來美國華文文學研究領域的一個熱點。史書美、蔡建鑫、貝納德合編的 *Sinophone Studies: A Critical Reader*（《華語語系研究：批判讀本》）二〇一三年由美國哥倫比亞大學出版社出版，這本書按地域劃分，Sinophone Taiwan（華語臺灣）一章中刊有臺灣中山大學文學院院長兼學務處副學務長黃心雅（Hsinya Huang）教授等有關臺灣文學的論文。

九　王德威（David Der-wei Wang）的臺灣文學研究[287]

提到美國哈佛大學教授王德威（David Der-wei Wang），就會想到這樣幾個關鍵詞：中國現代文學、臺灣文學、後遺民論述、抒情傳統，以及現代性想像，劉紹銘著《渾家・拙荊・夫人》中有文章評價王德威的文學評論「王德威如此繁華」[288]，對於王德威文學研究的面向之廣、著述之豐，給予了高度評價。在這「如此繁華」的學術成果之中，作為一名出身臺灣的旅美華人漢學家，臺灣文學研究是王德威學術研究的重要一環。王德威於一九五四年十一月六日出生於臺灣，祖籍遼寧，其父為一九四九年由中國東北地區遷臺的重要文化人士。王德威大學畢業於臺灣大學外文系，後赴美留學，於一九八二年以 *Verisimilitude in Realist Narrative: Mao Tun's and Lao She's Early*

---

287 有關王德威的臺灣文學研究，筆者曾發表專文論述，可參見《王德威的臺灣文學研究》（《福建論壇（人文社會科學版）》（2013年第9期）。

288 （美）劉紹銘著：《渾家・拙荊・夫人》（上海市：上海書店，2009年），頁64。

Novels[289]（《現實主義者敘事中的逼真——茅盾和老舍的早期小說》）
為博士論文選題獲得了博士學位。

王德威對於臺灣文學在美國的推廣居功厥偉，尤其近幾年他和齊
邦媛等主持的臺灣文學作品英譯系列作品不斷出版，影響巨大，而且
他一直是把臺灣文學放置於中國現當代文學這個整體板塊中予以研
究，進而也把中國現當代文學視為「華語語系文學」的一部分。因
此，他除了編輯出版（與人合編）了中國現代小說選[290]（Columbia
University Press, 1994，除莫言等大陸作家和香港作品外，內含朱天
文、楊照等臺灣作家的作品）等文學譯本選集以外，還是當前美國漢
學界研究華語語系文學（含臺灣文學）最為活躍、評論臺灣作家數量
最多的漢學家。

王德威發表於一九九五年的論文〈翻譯臺灣〉，收錄於《小說中
國——晚清到當代的中文小說》一書，該書由臺灣麥田出版社出版。
該文的英文原作題為 *Translating Taiwan: A Study of Four English
Anthologies of Taiwan Fiction*，收錄於 *Translating Chinese Literature* 一
書，該書由美國印第安納大學出版社一九九五年出版，文中曾簡要介
紹了美國漢學家的臺灣文學研究的概況，曾介紹了截至一九九○年代
在美國出版的八個臺灣小說英譯選集，此文和他的另一篇論文〈現代

---

289 *Verisimilitude in Realist Narrative: Mao Tun's and Lao She's Early Novels*. David Der-
wei Wang's doctral degree thesis, The University of Wisconsin-Madison. A thesis
submitted in partial fulfillment of the requirements for the degree of Doctor of
Philosophy (Comparative Literature) at the University of Wisconsin-Madison.1982.
Major Professor and advisor: Joseph Lau.（王德威：《現實主義者敘事中的逼真——
茅盾和老舍的早期小說》，威斯康辛大學麥迪遜校區博士論文，1982年，導師：劉
紹銘）

290 *Running Wild: New Chinese Writers*. Edited by David Der-wei Wang with Jeanne Tai,
New York: Columbia University Press, 1994.（〔美〕王德威、戴靜選編，余華、莫
言、朱天文、阿城、蘇童等著：《眾聲喧嘩：中國新銳作家》，紐約市：哥倫比亞
大學出版社，1994年）

中國小說研究在西方〉[291]，可作為瞭解美國「臺灣文學翻譯」情況的重要參考。王德威關注的是臺灣文學與大陸文學之間的對話而非對立，他將臺灣文學置於華語語系文學（Sinophone Literature）的整體觀坐標系中，以此「想像」臺灣文學的獨特風貌。

王德威的文學批評蘊含著具有無限可能性的探索精神、不做本質主義和終極判斷式的結論，以及不固定表達方式和不確定研究對象的隨筆精神，提出了「想像的鄉愁」和「後遺民」的概念，並由此生發出「後遺民」的現代性想像和「抒情傳統」的現代性想像。對於王德威基於隨筆精神的臺灣文學「想像」及其非連續性史觀，應該基於福柯式的後現代歷史觀，做出深入的辨析與對話。有關王德威的臺灣文學研究，筆者曾有專文論述，可詳見《王德威的臺灣文學研究》（《福建論壇（人文社會科學版）》2013年第9期），此不贅述。

十 Jeffrey C. Kinkley（金介甫）、Lucien Miller（米樂山）、Edward Gunn（耿德華）、Kirk Denton（鄧騰克）

（一）Jeffrey C. Kinkley（金介甫）

在中國現當代文學研究的學術史上，美國紐約聖若望大學歷史系教授金介甫（Jeffrey C. Kinkley, 1948- ）有其獨特的創新貢獻，他是第一個給沈從文以明確的崇高地位的人，被譽為國外沈從文研究第一人，其《沈從文傳》[292]（博士論文《沈從文筆下的中國》[293]的補充

---

291 〈翻譯臺灣〉與〈現代中國小說研究在西方〉均收入於（美）王德威著：《小說中國──晚清到當代的中文小說》（臺北市：麥田出版社，1995年出版）一書。

292 *The Odyssey of Shen Congwen.* Written by Jeffrey Kinkley. Redwood City: Stanford University Press, 1987. （〔美〕金介甫：《沈從文傳》，加利福尼亞州雷德伍德城：斯坦福大學出版社，1987年）

版）被認為是國外對沈從文研究的開創性著作和最詳實的沈從文傳記，其有關沈從文的著作另有《沈從文筆下的中國社會與文化》[294]等。金介甫（Jeffrey C. Kinkley）自其出版了著名的沈從文研究著作以來，一直致力於中國文學的研究，其中也包括臺灣文學研究。

金介甫以其對沈從文研究進入中國現當代文學研究領域，此後他的目光又擴散到了港臺及海外的中文文學，以及中國海外以中國文學為研究對象的海外漢學研究，其橫跨時空的史料駕馭能力及對理論文本的參悟和歸納能力令人敬佩。金介甫關注臺灣文學的目光沒有局限於臺灣島的一時一地，而是既「入乎其內」，又「出乎其外」，既看一九七五年之後的臺灣文學，也看其與此前上一代文學的差異；既看大陸和臺灣的文學現象，也考察其世界反響，以其「左圖右史」的空間把握能力和時間敏感度體現了一位歷史學者的治學風格。

金介甫對於美國漢學中臺灣文學的研究的關注是有意識的，而不是偶爾為之，他在閱讀有關中國現代文學的整體觀一類著作時，經常注意其中臺灣文學因素的有無和多寡，他注意到杜博妮（Bonnie McDougall）和雷金慶（Kam Louie）的中國現代文學著作[295]「涵括了從晚清到一九八九年的各個時代的文學類型，並且將四分之一的篇幅用於敘述毛澤東時代的文學（幾乎沒有涉及臺灣文學）」[296]，而「耿

---

293 （美）金介甫：《沈從文筆下的中國》，哈佛大學博士論文，1977年。

294 虞建華、邵華強譯，華東師範大學出版社，1992年。（美）金介甫：《沈從文筆下的中國社會與文化》，虞建華、邵華強譯，上海市：華東師範大學出版社，1994年。

295 *The literature of China in The Twentieth Century.* By Bonnie S. McDougall and Kam Louie. New York: Columbia University Press, 1997.

296 （美）金介甫著，查明建譯：〈中國文學（1949-1999）的英譯本出版情況述評（續）〉，《當代作家評論》2006年第4期，頁147。本文譯自齊邦媛、王德威編的《二十世紀下半期中國文學評述》（*Chinese Literature in the Second Half of a Modern Century: A Critical Survey.* Bloominton and Indianapolis: Indiana University Press, 2000.）中的附錄 "A Bibliographic Survey of Publications on Chinese Literature in Translation from 1949-1999"。譯文有刪節。

德華的《改寫中文》（*Rewriting Chinese*）以淵博的學識考察了整個二十世紀語言的變化，對當代大陸和臺灣尤為關注；……劉易斯.S.魯賓遜（Lewis Stewart Robinson）的專著《雙刃劍：基督教於二十世紀中國小說》（*Double Edged Sword: Christianity and 20th Century Chinese Fiction*）論述了五四基督教主題和臺灣文學」[297]。他也指出，雖然美國學界對於二十世紀中國現代文學語言的社會現象的研究成就突出，「但是對新近的大陸小說──以及臺灣小說（方言方面）──語言的文本研究，則寥寥無幾。」[298]其他「最接近夏氏文學史與批評相結合方法的，是李歐梵為《劍橋中國文學史》（*Cambridge History of China*）撰寫的精彩章節（晚清和民國時期）以及其後佛克馬（Douwe Fokkema）和白之（Cyril Birch）撰寫的令人印象深刻的章節。但這部著作三卷中，畢竟只有諸多學者撰寫的四章，並且只敘述到一九八一年，儘管戰後臺灣文學也包括進來了。」[299]他欣喜地發現，

---

297 （美）金介甫著，查明建譯：〈中國文學（1949-1999）的英譯本出版情況述評（續）〉，《當代作家評論》2006年第4期，頁148。本文譯自齊邦媛、王德威編的《二十世紀下半期中國文學評述》（*Chinese Literature in the Second Half of a Modern Century: A Critical Survey.* Bloominton and Indianapolis: Indiana University Press, 2000.）中的附錄 "A Bibliographic Survey of Publications on Chinese Literature in Translation from 1949-1999"。譯文有刪節。

298 （美）金介甫著，查明建譯：〈中國文學（1949-1999）的英譯本出版情況述評（續）〉，《當代作家評論》2006年第4期，頁150。本文譯自齊邦媛、王德威編的《二十世紀下半期中國文學評述》（*Chinese Literature in the Second Half of a Modern Century: A Critical Survey.* Bloominton and Indianapolis: Indiana University Press, 2000.）中的附錄 "A Bibliographic Survey of Publications on Chinese Literature in Translation from 1949-1999"。譯文有刪節。

299 （美）金介甫著，查明建譯：〈中國文學（1949-1999）的英譯本出版情況述評（續）〉，《當代作家評論》2006年第4期，頁147-148。本文譯自齊邦媛、王德威編的《二十世紀下半期中國文學評述》（*Chinese Literature in the Second Half of a Modern Century: A Critical Survey.* Bloominton and Indianapolis: Indiana University Press, 2000.）中的附錄 "A Bibliographic Survey of Publications on Chinese Literature in Translation from 1949-1999"。譯文有刪節。

「由中國流亡者帶來在美國學術界中激發出的競爭能量，產生了豐碩的關於臺灣文學方面的作品。劉紹銘編的臺灣短篇小說集（同中國大陸一樣，短篇小說在臺灣也是主要小說類型）《香火相傳：臺灣小說選集》（*The Unbroken Chain: An Anthology of Taiwan Fiction*），保持了其此前編選文集的風格，選材精良、翻譯精湛而引人矚目。」[300]他對旅美華人學者的臺灣文學研究成績可謂讚譽有加，更為可貴的是，他肯定了華人學者的臺灣文學研究在整個美國學術體制內的地位。

金介甫的視野開闊，不局限於就文學而談文學，在分析文學文本的文學性的同時，他也觀察到了臺灣旅美漢學家和旅美臺灣作家對於臺灣海峽兩岸文化現象的研究與描寫，他認為王瑾「以更為開闊的視野，考察了一九八〇年代的中國整個思想風貌，包括文學流派。她的著作是對林培瑞、夏竹麗、梁恆、蕭鳳霞等人在八〇年代初的同類研究的傑出突破。……和作家兼電影製作人查建英（在她的《中國流行音樂》（*China Pop*）中）也講述了九〇年代中國文學的商業化現象。這類小說有幾種出了英譯本」[301]，他評論張系國小說，「臺灣通俗文學的魅力從張系國的《棋王》（*Chess King*）可以看出。這部小說講的是一個擁有透視力的男孩被媒體和暴得大名的藝術家瘋狂剝削的故

300　（美）金介甫著，查明建譯：〈中國文學（1949-1999）的英譯本出版情況述評（續）〉，《當代作家評論》2006年第4期，頁143。本文譯自齊邦媛、王德威編的《二十世紀下半期中國文學評述》（*Chinese Literature in the Second Half of a Modern Century: A Critical Survey*. Bloominton and Indianapolis: Indiana University Press, 2000.）中的附錄 "A Bibliographic Survey of Publications on Chinese Literature in Translation from 1949-1999"。譯文有刪節。

301　（美）金介甫著，查明建譯：〈中國文學（1949-1999）的英譯本出版情況述評（續）〉，《當代作家評論》2006年第4期，第149頁。本文譯自齊邦媛、王德威編的《二十世紀下半期中國文學評述》（*Chinese Literature in the Second Half of a Modern Century: A Critical Survey*. Bloominton and Indianapolis: Indiana University Press, 2000.）中的附錄 "A Bibliographic Survey of Publications on Chinese Literature in Translation from 1949-1999"。譯文有刪節。

事。故事中有關於可能性理論及自由意志的演講，因為科幻小說是黃
的專長」[302]，由文化而論文學，又由文學而揭示了通俗文化和跨文化
現象的本質。

　　金介甫始終將海峽兩岸的文學進行整體性的研究，同時也會考慮
兩者之間因戰爭等因素而產生的差別與張力，他認為，「冷戰導致漢
學家和美籍華人很長時間將中國大陸和臺灣的文學看成是似乎相互競
爭的文學，儘管雙方在社會、自由和文學趣味都有很大不同——事實
上，大陸和臺灣直到八〇年代才可以讀到對方作家的作品。」[303]金介
甫曾這樣評價白先勇及其小說創作：「白先勇生在大陸，在臺灣受教
育，並對臺灣抱有認同感，但長期在美國自我流亡。他是用中文創作
的最好的小說家之一。他的小說集《臺北人》（英文書名為 Wandering
in the Garden, Waking from a Dream）以高超的技巧，深入刻畫了來臺
大陸人的不適應心理，而贏得了文學聲譽。」[304]金介甫對於海峽兩岸

302　（美）金介甫著，查明建譯：〈中國文學（1949-1999）的英譯本出版情況述評
　　（續）〉，《當代作家評論》2006年第4期，頁144。本文譯自齊邦媛、王德威編的
　　《二十世紀下半期中國文學評述》（Chinese Literature in the Second Half of a
　　Modern Century: A Critical Survey. Bloominton and Indianapolis: Indiana University
　　Press, 2000.）中的附錄 "A Bibliographic Survey of Publications on Chinese Literature
　　in Translation from 1949-1999"。譯文有刪節。

303　（美）金介甫著，查明建譯：〈中國文學（1949-1999）的英譯本出版情況述評
　　（續）〉，《當代作家評論》2006年第4期，頁143。本文譯自齊邦媛、王德威編的
　　《二十世紀下半期中國文學評述》（Chinese Literature in the Second Half of a
　　Modern Century: A Critical Survey. Bloominton and Indianapolis: Indiana University
　　Press, 2000.）中的附錄 "A Bibliographic Survey of Publications on Chinese Literature
　　in Translation from 1949-1999"。譯文有刪節。

304　（美）金介甫著，查明建譯：〈中國文學（1949-1999）的英譯本出版情況述評
　　（續）〉，《當代作家評論》2006年第4期，頁143。本文譯自齊邦媛、王德威編的
　　《二十世紀下半期中國文學評述》（Chinese Literature in the Second Half of a
　　Modern Century: A Critical Survey. Bloominton and Indianapolis: Indiana University
　　Press, 2000.）中的附錄 "A Bibliographic Survey of Publications on Chinese Literature
　　in Translation from 1949-1999"。譯文有刪節。

的整體社會歷史背景和由此造成的來臺大陸作家作品的放逐心理把握得十分準確到位，尤為可貴的是，他的這種把握不只是歷史的，還是適時跟進的，金介甫曾極有預見性地對臺灣的「選舉政治」對於臺灣文學的惡劣影響提出了尖銳批評，他指出，「隨著新千年的臨近，文學成就日益增多，但文學氣候發生了變化……在臺灣，很多老作家十年前就放棄了文學轉而熱衷於選舉政治。那些原以為臺灣在這種文學共同體創建中能起到對等甚或領頭作用的批評家看到，臺灣作家實際是在領頭破壞這個工程」[305]。他將臺灣和大陸的女性主義文學聯結在一起進行討論，「女性主義批評又怎樣呢？……一些人認為，臺灣的女作家比男作家重要。翻譯家沒有忽視女作家，這本身就是對女性主義經典目標的一種修正。除了以上已經提及的翻譯文集外，還有《半邊天》（*Half of the Sky*），《玫瑰色的晚餐》（*The Rose-Colored Dinner*），陳若曦的《老人》（*The Old Man*）（這部短篇小說集講述一位土生土長的臺灣人回憶在毛主義時代的中國和美國的個人經歷），朱虹選編的大陸作家文集《中國當代女作家之女性小說》（*The Serenity of Whiteness: Stories by and about Women in Contemporary China*），熊貓叢書出版的《當代中國女作家》第二、三卷，徐凌志韞（Vivian Hsu）編的《本是同根生：中國現代女性小說》（*Born of the Same Roots: Stories of Modern Chinese Women*）（這部小說集中有關於女人的故事，都寫得不錯，但並不全是女作家所寫的）。儘管它的主要題材是關於戰前時代，但收入了陳若曦和於梨華的短篇小說。」[306]「塔尼·巴羅（Tani

---

305　（美）金介甫著，查明建譯：〈中國文學（1949-1999）的英譯本出版情況述評〉，《當代作家評論》2006年第3期，頁68。

306　（美）金介甫著，查明建譯：〈中國文學（1949-1999）的英譯本出版情況述評（續）〉，《當代作家評論》2006年第4期，頁149。本文譯自齊邦媛、王德威編的《二十世紀下半期中國文學評述》（*Chinese Literature in the Second Half of a Modern Century: A Critical Survey*. Bloominton and Indianapolis: Indiana University Press, 2000.）中的附錄 "A Bibliographic Survey of Publications on Chinese Literature in Translation from 1949-1999"。譯文有刪節。

Barlow）編輯的《現代中國的性別政治：寫作與女性主義》（*Gender Politics in Modern China: Writing and Feminism*），展示了女性主義批評家的廣泛研究範圍，並從五四運動角度指出了中國大陸和臺灣作品中的婦女問題。」[307]金介甫還曾搜集編輯了中國現代作家個人肖像式隨筆[308]，即「關於題材選擇和創作手法方面的創作談。這類創作談在中國自成一種文學題材，從文學『使命』的文化假定，到公開地與評論家和文學官僚唱反調，無所不有。……厚厚一卷，收錄了大陸、臺灣作家的此類文章，以及香港的通俗小說。」[309]

他還發揮自身跨語實踐的經驗優勢，對比海峽兩岸對於理論術語的翻譯、解讀與誤讀和其間的差異，目光在語言、思想、社會之間穿梭，透過語言現象的表層揭示其中情感的奧妙，實則是一種社會語言學的方法實踐。金介甫也十分關注臺灣的文學批評界的理論動態，並由此調整自身的研究角度和研究方法，他曾談到臺灣批評家的「後殖民理論」對他的影響：「隨著海外後殖民理論的盛行，空間視角顯然並沒有完全讓位於歷史視角。因為臺灣在一八九五至一九四五年間是真正的殖民地，並且可以說在冷戰期間——如果其後不是的話——依賴美國，臺灣的批評家很熱衷運用後殖民理論，儘管他們的影響在英語批評界還比較微弱。中國大陸也聲稱先前是『半殖民地』。筆者以

---

307 （美）金介甫著，查明建譯：〈中國文學（1949-1999）的英譯本出版情況述評（續）〉，《當代作家評論》2006年第4期，頁150。本文譯自齊邦媛、王德威編的《二十世紀下半期中國文學評述》（*Chinese Literature in the Second Half of a Modern Century: A Critical Survey*. Bloominton and Indianapolis: Indiana University Press, 2000.）中的附錄 "A Bibliographic Survey of Publications on Chinese Literature in Translation from 1949-1999"。譯文有刪節。

308 *Modern Chinese Writers: Self-Portrayals*. By Helmut Mar-tin; Kinkley, Jeffrey C. London; New York: Routledge, 1992.（馬漢茂、金介甫編《當代中國作家自畫像》，倫敦市、紐約市：勞特利奇出版社，1992年）

309 （美）金介甫著，查明建譯：〈中國文學（1949-1999）的英譯本出版情況述評（續）〉，《當代作家評論》2006年第4期，頁138。

及其他學者因此也開始小心翼翼地從後殖民症狀角度來審視它的文化
或思想狀態。先前提及的格里高利・李和周蕾的英文著作都論述了這
些主題。」[310]

（二）Lucien Miller（米樂山）

在一九八六年出版的《在家流放：陳映真短篇小說選》（Lucien
Miller edited and translated. *Exiles at Home: Short Stories by Chen Ying-
chen*, University of Michigan, Michigan Center for Chinese Studies,
1986）[311]一書的序中，米樂山（Lucien Miller）提出，"Given burgeon-
ing American interest in mainland China, perhaps it is not surprising that
Taiwan has been overlooked in recent years." [312]由此他認為，「八〇年代
美國學者的研究興趣已大半轉向中國大陸文學。尤其中美正式建交之
後，大陸留美主修文史的學生日漸增加，留下來研究謀職的也不少，
整個看來，美國漢學界的活動包括著作出版，以中國現當代文學為主
流。」[313]金介甫評價米樂山（Lucien Miller）編譯的《在家流放：陳
映真短篇小說選》（*Exiles at Home: Short Stories by Chen Ying-chen*）一

310　（美）金介甫著，查明建譯：〈中國文學（1949-1999）的英譯本出版情況述評
　　　（續）〉，《當代作家評論》2006年第4期，第148頁。本文譯自齊邦媛、王德威編的
　　　《二十世紀下半期中國文學評述》（*Chinese Literature in the Second Half of a
　　　Modern Century: A Critical Survey*. Bloominton and Indianapolis: Indiana University
　　　Press, 2000.）中的附錄 "A Bibliographic Survey of Publications on Chinese Literature
　　　in Translation from 1949-1999"。譯文有刪節。

311　*Exiles at Home: Short Stories by Chen Ying-chen*. Lucien Miller edited and translated.
　　　Ann Arbor: Michigan Center for Chinese Studies, University of Michigan, 1986.（〔美〕
　　　米樂山編譯：《在家流放──陳映真短篇小說選》，安阿伯市：密歇根大學密歇根中
　　　國研究中心，1986年）

312　（美）應鳳凰（德州大學東亞系博士班）：〈臺灣文學研究在美國〉，《漢學研究通
　　　訊》第16卷第4期（總第64期），1997年11月，頁400。

313　（美）應鳳凰（德州大學東亞系博士班）：〈臺灣文學研究在美國〉，《漢學研究通
　　　訊》第16卷第4期（總第64期），1997年11月，頁399-400。

書說，「陳映真是現代主義和現實主義大師，有的人把他比喻成臺灣的魯迅。盧西安·米勒（Lucien Miller）翻譯的小說集《在家流亡》（*Exiles at Home*）很好地再現了陳映真的文學成就。」[314]

（三）Edward Mansfied Gunn（耿德華）、Kirk Denton（鄧騰克）

耿德華（Edward Mansfied Gunn）以對於中國現代文學史上的淪陷區文學的研究著稱[315]，他關於淪陷區文學的著作已被譯成中文在中國出版[316]，是美國漢學家關於淪陷區文學的論述中的傑出代表，以漢學研究方法掀開被遮蔽的歷史的一角，具有宏闊的視野。Edward Gunn（耿德華）翻譯的臺灣作家王文興的小說《背海的人》於一九九三年在康奈爾大學出版社出版，金介甫曾評價「該譯本由耿德華翻譯，譯文備受稱讚。」[317]

鄧騰克（Kirk Denton）曾參編了《中國：改變過去，直面未來》[318]，在書中他負責了第五部分「文化」方面內容的編選[319]，其中

---

314 （美）金介甫（Jeffrey C. Kinkley），查明建譯：〈中國文學（1949-1999）的英譯本出版情況述評（續）〉，《當代作家評論》2006年第4期，頁144。

315 *Unwelcome Muse：Chinese Literature in Shanghai and Peking 1937-1945*. Written by Edward M. Gunn. New York: Columbia University Press, 1980.

316 （美）耿德華（Edward M. Gunn）著，張泉譯：《被冷落的繆斯：中國淪陷區文學史（1937-1945）》，北京市：新星出版社，2006年。

317 （美）金介甫（Jeffrey C. Kinkley），查明建譯：〈中國文學（1949-1999）的英譯本出版情況述評（續）〉，《當代作家評論》2006年第4期，頁145。

318 *China: Adapting the Past, Confronting the Future*. Edited by Thomas Buoye, Kirk Denton, Bruce Dickson, Barry Naughton, Martin K. Whyte. Ann Arbor, Michigan: Center for Chinese Studies, The University of Michigan, 2002.（〔美〕步德茂、鄧騰克、布魯斯迪克森、巴里·諾頓、懷默霆編：《中國：改變過去，直面未來》，安阿伯市：密歇根大學出版社，2002年）

319 *China: Adapting the Past, Confronting the Future*. Edited by Thomas Buoye, Kirk Denton, Bruce Dickson, Barry Naughton, Martin K. Whyte. Ann Arbor, Michigan: Center for Chinese Studies, The University of Michigan, 2002. pp. 393-544.

他編入了臺灣作家朱天文的〈世紀末的華麗〉[320]和余光中的〈鄉愁四韻〉[321]兩篇文章，文後還附有「拓展閱讀建議」（Suggestions For Further Reading），其中推薦了張誦聖、陳小眉、王瑾、戴錦華、鄧騰克、夏志清、李歐梵、林培瑞、麥克法夸爾、王德威、奚密、查建英、張英進等學者的著作。

十一　應鳳凰、葉蓁（Yip, June Chun）、金凱筠（Karen S. Kingsbury）、阮斐娜（Faye Yuan Kleeman）

（一）應鳳凰

現在臺北教育大學任教的應鳳凰教授，早年在美國德克薩斯大學奧斯汀校區師從張誦聖教授攻讀博士學位，在美期間對美國漢學家的臺灣文學研究狀況進行了系統地考察和梳理，她在美期間所著〈臺灣文學研究在美國〉[322]一文開了美國的臺灣文學研究學術史研究的先河。應鳳凰將美國漢學家的臺灣文學研究按照年代進行了分期，第一期為「七十年代」[323]，第二期則為「八十年代初」[324]，她認為，一九

---

[320] *Fin de Siècle Splendor*. By Zhu Tianwen. Translated by Eva Hung. *China: Adapting the Past, Confronting the Future*. Edited by Thomas Buoye, Kirk Denton, Bruce Dickson, Barry Naughton, Martin K. Whyte. Ann Arbor, Michigan: Center for Chinese Studies, The University of Michigan, 2002, pp. 523-539.

[321] *Four Stanzas on Homesickness*. By Yu Guangzhong. Translated by Michelle Yeh. *China: Adapting the Past, Confronting the Future*. Edited by Thomas Buoye, Kirk Denton, Bruce Dickson, Barry Naughton, Martin K. Whyte. Ann Arbor, Michigan: Center for Chinese Studies, The University of Michigan, 2002, p. 540.

[322] （美）應鳳凰（德州大學東亞系博士班）：〈臺灣文學研究在美國〉，《漢學研究通訊》第16卷第4期（總第64期），1997年11月，頁396-403。

[323] （美）應鳳凰（德州大學東亞系博士班）：〈臺灣文學研究在美國〉，《漢學研究通訊》第16卷第4期（總第64期），1997年11月，頁396。

[324] （美）應鳳凰（德州大學東亞系博士班）：〈臺灣文學研究在美國〉，《漢學研究通訊》第16卷第4期（總第64期），1997年11月，頁397。

七〇年代初到一九八〇年代初是「臺灣文學研究在美國的第一個階
段，屬開拓期」[325]，該階段的美國漢學家們大多選取一九六〇至一九
七〇年代的臺灣現代派作家作品作為研究對象，「如此『集中』的情
況，在作為一個地區的整個文學研究來看，也顯得過於狹隘。這同時
顯現美國的臺灣文學研究與臺灣本土一樣，也是到了七〇年代末，才
普遍意識到：原來臺灣文學還有『日據時代』。另外，臺灣的現代主
義直接傳承自西方，既然與西方文化的關係那麼密切，自然而然成為
比較熱門的研究對象。這就好像日本近年的臺灣文學研究，大半學者
在使用語文工具上，比之戰後方成長，這兩年才展開本土文學研究的
臺灣學者來，自然要熟練得多，也容易取得更好的成績。」[326]一九八
〇年代中後期的美國漢學家的臺灣文學研究被應鳳凰界定為「第三
期」[327]，一九八〇年代中後期的美國漢學家的英譯小說主要「集中於
性別議題」[328]。應鳳凰界定的美國漢學家的臺灣文學研究的第四期為
「九〇年代」[329]，這一階段在美國的臺灣文學研究形式（含研討會、
出版物、學術專著、學位論文等）趨於多元化，比較突出的表現是以
臺灣文學為研究對象的博士論文日益增多，其論文選題也越來越豐富
多樣。應鳳凰的研究專長在於史料的挖掘、整理與考訂，她雖然留學
美國並獲得美國的文學博士學位，但她對於臺灣文學研究中對於西方
理論的過度使用持保留態度：「九〇年代海外的臺灣文學研究，比較

---

325 （美）應鳳凰（德州大學東亞系博士班）：〈臺灣文學研究在美國〉，《漢學研究通
　　訊》第16卷第4期（總第64期），1997年11月，頁399。

326 （美）應鳳凰（德州大學東亞系博士班）：〈臺灣文學研究在美國〉，《漢學研究通
　　訊》第16卷第4期（總第64期），1997年11月，頁399。

327 （美）應鳳凰（德州大學東亞系博士班）：〈臺灣文學研究在美國〉，《漢學研究通
　　訊》第16卷第4期（總第64期），1997年11月，頁399。

328 （美）應鳳凰（德州大學東亞系博士班）：〈臺灣文學研究在美國〉，《漢學研究通
　　訊》第16卷第4期（總第64期），1997年11月，頁400。

329 （美）應鳳凰（德州大學東亞系博士班）：〈臺灣文學研究在美國〉，《漢學研究通
　　訊》第16卷第4期（總第64期），1997年11月，頁401。

臺灣本地正在起步的相同的領域，如果說有什麼缺點，應該是研究者
對西方理論的隨手套用，不管理論與實際是否搭配，合不合身。西方
新理論一波接一波，研究者就像趕流行似的，深怕自己落伍。但常常
是西方理論吞進太多，相關的臺灣資料或文本又消化得太少，因此生
產的論文總是東引西引，看起來不免『頭重腳輕』。近兩年，現代文
學研究的論文趨勢是，越來越不見『文學』的主體性，不是進入『後
現代』『後殖民』，就是先論述『國家認同』『文化政治意圖』，一切文
學作品，似乎只是拿來支持這些理論用的『配菜』，只是為證明這些
理論『很有道理』而存在的。果真如此，作為『文學』的主體性豈不
逐漸喪失了。」[330]應鳳凰對文學研究中理論運用的看法與本書前文所
述奚密的觀點不謀而合。

（二）葉蓁（Yip, June Chun）

Yip, June Chun 的博士論文 *Colonialism and Its Counter-Discourses: On the Uses of "Nations" in Modern Taiwanese Literature and Film* [331]
（《殖民主義及其反抗話語——論現代臺灣文學與電影中「國家」概
念的使用》，普林斯頓大學博士論文，1996年）經修訂補充後於二
〇〇四年正式出版，題為《想望臺灣：文化想像中的小說、電影和國
家》[332]。Yip, June Chun，即葉蓁（June Yip），生於一九六二年，是

330　（美）應鳳凰（德州大學東亞系博士班）：〈臺灣文學研究在美國〉，《漢學研究通
　　訊》第16卷第4期（總第64期），1997年11月，頁403。

331　*Colonialism and Its Counter-Discourses: On the Uses of "Nations" in Modern
　　Taiwanese Literature and Film*. By Yip, June Chun. Dissertation for the degree of Ph. D.
　　Princeton University, 1996. （〔美〕葉蓁：《殖民主義及其反抗話語——論現代臺灣文
　　學與電影中「國家」概念的使用》，普林斯頓大學博士論文，1996年）

332　（美）葉蓁（June Yip）著，黃宛瑜譯：《想望臺灣：文化想像中的小說、電影和國
　　家》，臺北市：書林出版公司，2011年。原著為*Envisioning Taiwan: Fiction, Cinema,
　　and The Nation in The Cultural Imaginary*. By Yip, June Chun. Durham: Duke
　　University Press, 2004.

一位獨立學者，曾經在加州大學洛杉磯分校任中文教師並曾獲該校碩士學位。其博士論文「探討當代文學及電影中的『國家』論述。特別是舉鄉土文學中黃春明的小說及新電影浪潮侯孝賢的作品為例，分析他們如何運用 Nation 的概念，如方言的採用，對過去歷史的詮釋，來建構臺灣獨特的文化認同。這部厚達四百餘頁的論文，詳論西方後殖民主義、國族主義及第三世界文化論述，融會貫通，很值得臺灣的研究生，特別是對西方文化批評有興趣的讀者借鏡。」[333]葉蓁另著有論文 Constructing a Nation: Taiwanese History and the Films of Hou Hsiao-hsien（《建構國家：臺灣歷史與侯孝賢電影》），探討了侯孝賢電影《悲情城市》《戲夢人生》、《好男好女》中的「民族」「國家」身分問題[334]。

（三）Karen S. Kingsbury（金凱筠）

Karen S. Kingsbury（金凱筠）曾師從夏志清，在哥倫比亞大學攻讀博士學位，「為哥倫比亞大學比較文學博士，師事中國文學評論大師夏志清，曾任教東海大學外文系十四年，並擔任系主任一職，於二〇〇六年返美，現為查塔姆大學國際研究教授。查塔姆大學位於賓州匹茲堡市，是一所具有悠久歷史的私立大學，注重環境永續發展，培養婦女領導力，及全球化國際意識。」[335]二〇一三年五月，她曾帶領 Chatham University（查塔姆大學）從事亞洲研究的海外學程的學生到

---

333 可參見（美）應鳳凰：〈美國近年臺灣文學相關博士論文簡介〉，《臺灣文學研究通訊——水筆仔》第3期，1997年9月，轉引自http://www.ruf.rice.edu/~tnchina/commentary/ying0399b5.HTM

334 石嵩：〈海外中國電影研究的理論範式建構與流變（上）〉，《電影評介》2016年第21期。

335 《美國查塔姆大學海外學程在東海大學 雙方交流獲師生讚賞與肯定》（中央社訊息服務2013年5月31日17:17:50）訊息來源：東海大學http://www.cna.com.tw/postwrite/Detail/127273.aspx

臺灣東海大學訪問交流，深入瞭解臺灣民俗文化。金凱筠「是英美漢學界知名的中國現當代文學翻譯家，張愛玲研究專家。她……『鋼琴師之喻』和『電影之喻』以及『翻譯世界觀』的思想，對深入探究翻譯本質和操作過程，進行漢語文學翻譯實踐有著重要啟示作用。」[336]

（四）阮斐娜（Faye Yuan Kleeman）

現任教於科羅拉多大學亞洲文明系的阮斐娜（Faye Yuan Klee-man），「女，東吳大學日文系畢業，日本御茶水女子大學碩士，美國加州大學博克萊分校博士。曾獲 Fulbright-Hays 論文獎、日本國際交流基金會研究獎學金與 NEH 研究資助等，曾任紐約大學、加州大學教師，現任科羅拉多大學亞洲語言文化系教授」[337]，「曾開設『日本近代文學』、『當代日本文化』、『日本近代文學翻譯』等課程。」[338]阮斐娜（Faye Yuan Kleeman）的關注焦點和研究方向主要是「臺灣文學、電影研究、女性文學、東亞殖民地文學、後殖民理論」[339]，特別是日本近現代文學、中日比較文學和日據時期臺灣文學和文化。出版有 *Under an Imperial Sun: Japanese Colonial Literature of Taiwan and the South*（《帝國的太陽下：日本殖民地（臺灣和南方）文學》）等著作。

與夏志清當年寫作《現代中國小說史》時接受美國冷戰體制下的基金資助類似，阮斐娜的著作《帝國的太陽下》也有接受政府資助後所受到的意識形態影響，與夏志清不同的是，阮斐娜接受的日本政府

---

336 覃江華：〈語言鋼琴師——美國漢學家金凱筠的翻譯觀〉，《重慶交通大學學報（社會科學版）》2011年第2期，頁121。

337 見臺灣文學人力論著目錄數據庫（臺灣文學館）〈阮斐娜‧小傳〉http://www3.nmtl.gov.tw/researcher/researcher_detail.php?rid=079（2013年7月15日摘引）

338 見臺灣文學人力論著目錄數據庫（臺灣文學館）〈阮斐娜‧研究概述〉http://www3.nmtl.gov.tw/researcher/researcher_detail.php?rid=079（2013年7月15日摘引）

339 見臺灣文學人力論著目錄數據庫（臺灣文學館）〈阮斐娜‧研究專長〉http://www3.nmtl.gov.tw/researcher/researcher_detail.php?rid=079（2013年7月15日摘引）

的基金資助。日本政府以基金的形式資助學者開展中國研究（含臺灣文學研究）的事例已屢見不鮮，此種現象可稱之為「円文化」。「円文化」一詞乃化用自香港的「綠背文化」（張愛玲的《秧歌》、《赤地之戀》兩部小說的創作即與「綠背文化」，即「美元文化」相關）。円，音 en，日語發音えん，即日元。從阮斐娜研究臺灣日據時期臺灣文學的著作《帝國的太陽下》中的語言政治與文學權力結構可以看出，其円文化背景下歷史-政治闡釋學的研究方法，及其語言錯位與權力運作之間的張力。

　　《帝國的太陽下》一書的中文版序中說：「本書草案初出時為二○○二年前後，日本的國際交流基金提供研究資金到日本東京大學作為期一年的日本殖民地文學的研究。英文版 *Under an Imperial Sun*: *Japanese Colonial Literature of Taiwan and the South* 於二○○三年在美國出版以來，承獲諸多先學指教勉勵，甚感欣慰。日本慶應大學出版會在二○○七年將本書日譯出版以來亦受到日本學界、文化界各方的注目。除了專業學術雜誌《殖民地研究》、《東方》、《言語》之外，一般大眾媒體如《朝日新聞》、《東京新聞》、《日本經濟新聞》、《週刊讀書人》，紀伊國屋書評網站都請專人講評。《讀賣新聞》書評欄甚至由不同學者前後發表了兩篇書評。並有幸被著名日本近代史學者成田龍一選為他個人二○○七年必讀的五本書之一，繼而榮獲日本圖書館協會指定為當年的選定圖書。然而我最希冀的讀者是臺灣的讀者，由於臺灣特殊的歷史政治環境，他們不只能真正的瞭解多語言多文化生活狀況所帶來的豐饒與衝突，這也是他們每日所經驗的日常。自英文版問世之後，臺灣殖民文學的研究起飛，許多年輕新進學者對這議題有更深入更精闢的研究，本書的概略簡介已過時，但如果能為我父母一輩的『日本語』世代所經歷的歷史作一注腳，也算是長年流浪海外的

臺灣兒女對日本殖民時代臺灣文學史的一個微薄貢獻。」[340]由上述文字可知，《帝國的太陽下》一書的寫作成書，及其英文版與日文版的出版均與日本方的基金有關，除此之外，日本媒體的關注也可看出「円文化」與權力運作的影子。而阮斐娜所言「『日本語』世代」，實際上是臺灣日據時期日語的語言暴力下的集體失語症候群體，集中表現為日語文學在臺灣日據當局權力運作下的工具化。由此也可以看出一些曾生活在日據時期臺灣的一代人的失語症候群、失語症候情，及其對子女們的失語症候感染和影響，值得警惕。《帝國的太陽下》一書中最突出的風格就是對於語言、性別、殖民、身分等概念的聯結與突出，是由語言而生發的政治詮釋學。該著作本身及其作者自身語言的錯位與齟齬，表現為對同時並存的兩種事實的不同態度，或者遮蔽，或者突顯。表現在記憶方面，則為故意遺忘與選擇性記憶；表現在語言方面，則為英語、日語的張揚與漢語的缺席，顯示的是作者的中文失語症候。這實際上是有意遺忘的表現，有其極大的危害性，如其在第二十九頁中對於皇民文學的論述就體現了一種非邏輯和過度闡釋。《帝國的太陽下》從解讀日本歷史文化出發，進入臺灣文學，具有東亞區域一體化視野，世界的宏觀視角。但同時也表現了一種「西方主義」，一種「他者的凝視」，是來自「他者」中心的聲音。

在對於臺灣日據時期的來臺日本人的研究方面，阮斐娜在美國漢學界有著開拓性的貢獻。除了《帝國的太陽下》以外，她的一些論文逐漸被臺灣的本土學者所重視，並被翻譯成中文在臺灣出版或發表。她的論文《性別與現代性：日本臺灣文學中的殖民身體》[341]「在後現

340 （美）阮斐娜（Faye Yuan Kleeman）著，吳佩珍譯：《帝國的太陽下：日本的臺灣及南方殖民地文學》（臺北市：麥田城邦文化出版；家庭傳媒城邦分公司發行，2010年），頁14-15。

341 （美）阮斐娜著，陳美靜譯：《性別與現代性：日本臺灣文學中的殖民身體》，李奭學：〈導論〉，李奭學主編：《異地繁花：海外臺灣文論選譯（上）》（臺北市：臺灣大學出版中心，2012年），頁87-132。

代的意識中觀察，不僅有新意，抑且是開山之作，自有篳路藍縷之功。」[342]作者在論文中選取「林芙美子（1903-1951）、真杉靜枝（1901-1955）與阪口襷子（1914-2007）等三位日本女作家，討論她們描述臺灣及日本其他南方殖民地的小說。『這三位女作家固然背景不同，但她們在追求自我想盼的實現與現代性時，都橫渡了阻隔臺灣與日本的大海。』換句話說，她們跨接了兩個文化區，在戰後甚至銜接了兩個國家或兩個民族的歷史經驗。」[343]其另一篇論文〈性別‧民族志‧殖民文化生產：西川滿的臺灣論述〉[344]選取臺灣日據時期的代表性來臺日本人作家西川滿作為論述對象，顯示了她基於中日比較文學的學術視野，但其中對於帝國主義語境的忽視、似是而非的來臺日本人的後殖民鄉愁，以及「漢語缺席」的失語症侯值得讀者警惕。

對於阮斐娜的研究方法和研究風格，可以結合「円文化」的背景進行意識形態的症候分析，尋找其研究著作主體間性的美學魅力，考察其文化中間人的獨特位置與張力，以及歷史-政治闡釋學的運用之下，語言暴力、語言帝國主義的權力運作，同時也要注意對於語言錯位的尷尬的彌補與糾偏。

---

342 李奭學：〈導論〉，李奭學主編：《異地繁花：海外臺灣文論選譯（上）》（臺北市：臺灣大學出版中心，2012年），頁11。

343 李奭學：〈導論〉，李奭學主編：《異地繁花：海外臺灣文論選譯（上）》（臺北市：臺灣大學出版中心，2012年），頁11。

344 （美）阮斐娜著，陳宏淑譯：〈性別‧民族志‧殖民文化生產：西川滿的臺灣論述〉，李奭學主編：《異地繁花：海外臺灣文論選譯（下）》（臺北市：臺灣大學出版中心，2012年），頁159-184。

十二　Timothy A. Ross（羅體模）、Douglas Lane Fix（費德廉）、Christopher Lupke（陸敬思）、Carlos Rojas（羅鵬）、Michael Berry（白睿文）、John A. Crespi（江克平）

（一）Timothy A. Ross（羅體模）

　　羅體模（Timothy A. Ross）最重要的著作是他的《姜貴評傳》[345]。羅體模（Timothy A. Ross）的研究方向是中國近代史。一九六〇年，羅體模選擇臺灣作家姜貴及其作品，作為他的博士學位論文論述的對象，這可以說是美國最早的以臺灣作家為題的博士學位論文選題，雖然姜貴是由大陸來臺的「外省人」作家，其作品《旋風》中敘事的背景和小說人物也屬中國北方，但就姜貴已經身在臺灣，並終老於臺灣這一點來說，姜貴的文學作品無疑屬臺灣文學的範疇，因此，羅體模的博士論文所論述的對象也是臺灣文學，從這個角度來說，羅體模的博士論文是目前可見的美國第一篇臺灣文學研究博士論文。羅體模為研究姜貴小說，曾專程赴臺灣搜集資料並拜訪姜貴，「姜貴的作品經羅體模引述研究過的，有《突圍》、《旋風》、《重陽》、《春城》、《碧海青天夜夜心》、《朱門風雨》、《焚情記》和《喜宴》，這當中被引述最多的是《旋風》。」[346]羅體模的《姜貴》（*Chiang Kuei*）[347]正式出版於一九七四年。

　　羅體模在高中畢業後，於一九六〇年代初在愛荷華大學跟隨梅貽

345　參見王晉民著：《臺灣當代文學》（南寧市：廣西人民出版社，1986年），頁37。

346　彭碧玉：〈護國寺的「度小月」──夜訪姜貴先生〉，《聯合報副刊》，轉引自超星網 http://club.chaoxing.com/bbs/archiver/?tid-207690.html

347　*Chiang Kuei*. By Timothy A. Ross (Arkansas State University). New York: Twayane Publishers, Inc. (Twayane's world authors series, TWAS320), 1974. （羅體模：《姜貴》，紐約市：圖恩出版社，1974年，圖恩世界作家系列叢書，編號TWAS320）

寶（Mei Yi-pao〔1900-1996〕，梅貽琦之弟，時任愛荷華大學中國和
東方學研究教授兼系主任）學習中文，後於一九六三年師從張馨保
（Hsin-pao Chang〔1922-1965〕，愛荷華大學歷史系副教授，一九六
四年獲得哈佛大學博士學位，為哈佛學派中人，以研究中國近代史和
清代外交史聞名）獲得遠東歷史學碩士學位。羅體模於一九七二年在
愛荷華大學遠東歷史系獲得博士學位。他寫作《姜貴》一書的時候，
也是瓊斯伯勒市的阿肯色州立大學（Arkansas State University at
Jonesboro）副教授。

（二）Douglas Lane Fix（費德廉）

Fix, Douglas L.（Douglas Lane Fix）中文名為費德廉。Fix, Douglas
Lane（費德廉）於一九九三年以臺灣日據時期文學為博士論文選題，
在伯克利大學獲得博士學位。Fix, Douglas Lane（費德廉）著有《看
見十九世紀臺灣：十四位西方旅行者的福爾摩沙故事》（*Curious
investigations: 19th-century American and European impressions of
Taiwan*）（2006）[348]，以及《臺灣的民族主義及其晚期殖民語境》
（*Taiwanese nationalism and its late colonial context, Notes of Travel in
Formosa*）等[349]。

（三）Christopher Lupke（陸敬思）

陸敬思（Christopher Lupke）現在美國華盛頓州立大學任教，其
論文〈白先勇《遊園驚夢》的國族形成與性別定位〉[350]「慧眼獨具，

---

[348] （美）費德廉，羅效德編譯：《看見十九世紀臺灣：十四位西方旅行者的福爾摩沙
故事》，臺北市：如果出版：大雁文化發行，2006年。

[349] *Taiwanses nationlism and its late colonial, Notes of Travel in Formosa,* Chas. W. le
Gendre. edited by Douglas L. Fix and John Shufelt, Tainan: National Museum of Taiwan
History, 2012.

[350] （美）陸敬思著，梁文華譯：〈白先勇《遊園驚夢》的國族形成與性別定位〉，

看出《臺北人》中真正的上品乃係《遊園驚夢》，從而為其中國系譜剖析闡釋。」[351]該論文「批評詹明信（Fredric Jameson）的名文《多國資本主義時代的第三世界文學》（*Third-World Literature in the Era of Multinational Capitalism*），對其中提出的『國族寓言』（national allegory）一詞不是稱之標舉過浮，就是指出學界將詞用得過泛。」[352]進而認為《臺北人》中的「意識流」應稱為「『無意識流』（stream of unconsciousness）」[353]。

一九九三年，陸敬思以 *Modern Chinese Literature in The Postcolonial Diaspora*（《後殖民流散寫作中的現代中國文學》為博士論文選題，以臺灣的一九四○至一九五○年代文學為論述對象，在康奈爾大學獲得博士學位。

二○○八年，陸敬思（Christopher Lupke）主編出版的《現代中文詩新論》（*New Perspectives on Contemporary Chinese Poetry*）一書[354]中，除論述了大陸詩人翟永明、顧城等以外，還論述了臺灣詩人鄭愁予、瘂弦、洛夫、劉克襄、夏宇，有關臺灣詩歌研究的論文共有五篇，其中涉及臺灣詩人的各篇文章題目如下：Christopher Lupke: *Zheng Chouyu and the Search for Voice in Contemporary Chinese Lyric Poetry*; Steven L. Riep: *The View from the Buckwheat Field: Capturing War in the Poetry of Ya Xian*; John Balcom: *To the Heart of Exile: The*

李奭學主編：《異地繁花：海外臺灣文論選譯（上）》（臺北市：臺灣大學出版中心，2012年），頁259-288。

[351] 李奭學：〈導論〉，李奭學主編：《異地繁花：海外臺灣文論選譯（上）》（臺北市：臺灣大學出版中心，2012年），頁16-17。

[352] 李奭學：〈導論〉，李奭學主編：《異地繁花：海外臺灣文論選譯（上）》（臺北市：臺灣大學出版中心，2012年），頁17。

[353] 李奭學：〈導論〉，李奭學主編：《異地繁花：海外臺灣文論選譯（上）》（臺北市：臺灣大學出版中心，2012年），頁17。

[354] *New Perspectives on contemporary Chinese Poetry*, edited by Christopher Lupke. New York: Palgrave Macmillan, 2008.

Poetic Odyssey of Luo Fu; Nick Kaldis: *Steward of the Ineffable: "Anxiety-Reflex" in/as the Nature Writing of Liu Kexiang* (Or: *Nature Writing against Academic Colonization*); Andrea Lingenfelter: *Opposition and Adaptation in the Poetry of Zhai Yongming and Xia Yu*)。陸敬思「自康奈爾大學學成，在美國上庠工作了一段時間後，本有機會層樓更上，至芝加哥大學接任芮效衛（David T. Roy）教授的職缺，不過後來長駐華盛頓州立大學作育英才。」[355]陸敬思的論文《尋找當代中國抒情詩的聲音：鄭愁予詩論》[356]，「除了指出鄭詩清亮的音樂特質外，也因詹明信（Fredric Jameson）重詮波特萊爾（Charles Baudelaire）而得到啟發，認定『他的詩象徵資本主義邁入了新紀元，因而可作為雄渾（sublime）概念的新定義看』。從詹明信揭櫫的新美學下手重讀鄭愁予的詩，使鄭愁予由美學及隱遁的抒情者和歷史連結在一起，詩中透露出一股論者罕察的時局與歷史的動盪之感。」[357]

陸敬思收入李奭學主編《異地繁花：海外臺灣文論選譯（下）》的論文〈王文興及中國的「失去」〉[358]，探討了王文興一九六〇年代的小說《家變》中的「國家寓言」（national allegory），指出《家變》小說文本「意義多重（multivocalities）」，「從《家變》的字裡行間讀到了『冷戰時代的最後一役』。」[359]二〇〇〇年十月十二日，陸敬思在為河南大學所做的題為〈鄉土文學與環保意識的探討〉的學術報告中，以臺

355 李奭學：〈導論〉，李奭學主編：《異地繁花：海外臺灣文論選譯（上）》，臺北市：臺灣大學出版中心，2012年。

356 （美）陸敬思著，梁文華譯，李奭學主編：《異地繁花：海外臺灣文論選譯（上）》，臺北市：臺灣大學出版中心，2012年。

357 李奭學：〈導論〉，李奭學主編：《異地繁花：海外臺灣文論選譯（上）》，臺北市：臺灣大學出版中心，2012年。

358 （美）陸敬思著，李延輝譯，〈王文興及中國的「失去」〉，李奭學主編：《異地繁花：海外臺灣文論選譯（下）》（臺北市：臺灣大學出版中心，2012年），頁185-228。

359 李奭學：〈導論〉，李奭學主編：《異地繁花：海外臺灣文論選譯（下）》（臺北市：臺灣大學出版中心，2012年），頁12-13。

灣作家黃春明小說《溺死一隻貓》和大陸作家賈平凹小說《土門》等
兩岸文學作品為例，對兩岸的鄉土文學作品及其環保意識進行瞭解
讀。他認為，臺灣鄉土文學傳達了一種獨特的中華文化氣質，也表達
了「人與自然融合」的理念和環保意識，臺灣鄉土文學倡導的是都市
發展與自然環境保護，以及鄉土文化的和諧共存發展。

（四）Carlos Rojas（羅鵬）

　　羅鵬（Carlos Rojas）是近幾年活躍於美國漢學界的青年學者，他
對臺灣文學研究著力甚深，而且研究視野已由臺灣文學擴展到了臺灣
文化，翻譯作品和研究著作均新作迭出。羅鵬受其老師王德威教授的
影響甚大，在此需要提及的是一本有關臺灣「原住民文學」研究論文
的取捨的論文集，即王德威教授和他的學生羅鵬主編的 *Writing
Taiwan: A New Literary History*（《文學臺灣：新文學史》），二〇〇六
年由杜克大學出版。這本散論性質的「新文學史」，由十六篇論文構
成，論文來源於一九九八年四月在哥倫比亞大學舉辦的 "Writing
Taiwan: Strategies of Representation"（「書寫臺灣：表述的策略」）學
術研討會。而這之前的二〇〇〇年，臺灣學者周英雄、劉紀蕙也將這
次國際研討會的論文編輯成冊，以《書寫臺灣：文學史、後殖民與後
現代》在臺灣出版，可以發現王德威和羅鵬（Rojas）在「新的文學
史」框架下刪去了包括研究臺灣「原住民」作家瓦利斯‧諾幹在內的
三篇作品（另兩篇研究的是向陽和周英雄），「顯示出編者對臺灣文學
及其史觀的一定看法。」[360]

（五）Michael Berry（白睿文）

　　Michael Berry（白睿文，1974-），曾獲哥倫比大學博士學位，指

360　《2006年臺灣文學年鑒》，臺南市：臺灣文學館，頁166。

導教授為王德威。白睿文研究興趣廣泛，涉及包括臺灣文學在內的中國現當代文學和電影等，曾將王安憶、余華、張大春、舞鶴等作家的作品翻譯為英文，並著有《鄉關何處 賈樟柯的故鄉三部曲》[361]等。

朱天文在其散文集《有所思，乃在大海南 散文集 1980-2003》[362]中曾在附錄中收錄了〈文字與影像——白睿文訪談朱天文與侯孝賢〉一文，體現了臺灣作家與研究臺灣文學的美國漢學家之間的友好互動。

（六）John A. Crespi（江克平）

Crespi, John A.（江克平，John A. Crespi），現任紐約州漢密爾頓科爾蓋特大學中文副教授（Henry R. Luce Associate Professor of Chinese, Colgate University, Hamilton, NY），一九八六年獲美國布朗大學（Brown University）學士學位，一九九三年獲芝加哥大學（University of Chicago）碩士學位；二〇〇一年獲芝加哥大學（University of Chicago）博士學位，主要從事中國現當代詩歌研究、中國文學與電影、文學翻譯等，著有《革命中的聲音》[363]等。曾經參與了張誦聖、奚密等編譯的《哥倫比亞臺灣文學文獻史料》的翻譯工作，承擔了其中的 "Grassroots Manifesto"、"The Evolution of Taiwan's Modernist Poetry"、"A Digres-sion on the 'High-brow' "、"Message from the Editors" 等條目的翻譯工作[364]。其與臺灣文學相關的著作還有譯作 "The Afternoon Call" (Wuhou dianhua), Hao Yu-hsiang. *Taiwan Literature in Translation*,

---

361 （美）白睿文著：《鄉關何處 賈樟柯的故鄉三部曲》，桂林市：廣西師範大學出版社，2010年。

362 朱天文：《有所思，乃在大海南 散文集 1980-2003》，上海市：上海譯文出版社，2010年。

363 *Voices in Revolution: Poetry and the Auditory Imagination in Modern China*. By Crespi, John A. Honolulu: University of Hawai'i Press, 2009.

364 *The Columbia sourcebook of literary Taiwan*. Edited by Sung-sheng Yvonne Chang, Michelle Yeh, Ming-ju Fan. New York: Columbia University Press, 2014.

12 (December 2002), 109-114；"The Miraculous Antler Tree" (Lujiao shenmu), Cheng Ch'ing-wen. *Taiwan Literature: English Translation Series 10* (December 2001), 25-28；"Seven Strange Brothers" (Guai xiongdi), Chiang Hsiao-mei. *Taiwan Literature: English Translation Series 9,* (June 2001), 15-19；"Mount Morrison Journeys" (Yushan laiqu), Chen Lie. *Taiwan Literature: English Translation Series 7* (June 2000), 91-101；"Sea Sleeve, Mustard Grass, Butterfly Orchid" (Huazhi, mocao, hudielan), Zheng Qingwen (Cheng Ch'ing-wen). *Taiwan Literature: English Translation Series 6* (December 2000), 13-27" [365]等，包括郝譽翔、鄭清文、江肖梅、陳列等多位臺灣作家的文學作品。

第三節　美國漢學家的臺灣文學研究中的幾個問題：進一步思考

　　由於美國在學術體制上與中國大陸和臺灣的不同，美國沒有專門的中國古代文學、中國現當代文學等專業設置，因此其有關中國文學的研究一般放置在東亞研究的範疇之內，這也正是美國研究中國的學者們往往偏於「文化研究」的原因。這種研究有其視野開闊、方法新穎、跨學科研究的優勢，但是也有著一些弊端。如有些學者借助於文學文本做歷史研究，將一些文學作品中的情節當作可信的歷史事件來加以研究，這就造成了「偽史學」的現象。試想，虛構的文學情節怎麼可以作為歷史事實來進行歷史研究呢？美國漢學家有著敏銳的學術洞察力，敢為人先，往往能發人所未發，其學術研究往往是世界前沿的，像費德廉，在八〇年代便進行了臺灣日據時期文學的研究，這在

---

365 Colgate Directory-FACULTY DETAIL-John Crespi，http://www.colgate.edu/facultyse arch/FacultyDirectory/jcrespi，2018年8月3日引用。

中國大陸也明顯是超前的。中國大陸也是在一九八〇年代陸續出版了
一些有關臺灣日據時期文學的著作（如1982年武治純《汪洋中一條
船》（臺灣文學作品選析）、一九八五年武治純《壓不扁的玫瑰花——
臺灣鄉土文學初探》、一九八七年白少帆等（現代臺灣文學史）），此
後臺灣日據時期文學才逐漸進入了學者們深入論述的視野並形成研究
熱潮。當然，在美國，熱心於臺灣日據時期臺灣文學研究的學者不
多，沒有形成如中國大陸、臺灣的研究日據時期臺灣文學的熱潮，但
其發展的趨向則與後兩者相仿，都是先從臺灣當代文學入手，後來開
始關注近現代臺灣文學，轉向多元化的面向。如素以研究臺灣現代主
義小說聞名的張誦聖近年來便開始編譯古代、近代的臺灣文學文獻。
當然，美國漢學家的臺灣日據時期文學研究也存在著一些問題，如有
些學者和著作的後現代的非線性論述，以點帶面的論述往往遮蔽了蔚
成風潮的時代風氣與抗日情緒的集體無意識。須知一些極有個性的作
家並沒有普遍的代表性，他往往不能代表那個時代的大多數作家與群
眾。此外，有些漢學家對於日本統治的殘酷性認識不足，其原因是這
些從事臺灣日據時期文學研究的漢學家大多注意的是日據晚期的臺灣
文學著作，而此時期的抗日表現主要是隱晦的表述、隱喻的表達、
「韌性的抗爭」[366]，較少有丘逢甲、霧社起義等的壯烈情懷，而日據
初期日據當局對臺灣武力抵抗民眾的血腥鎮壓很遺憾地尚未進入他們
的視野。此外，對臺灣的舊體文學、文言文學的研究尚十分薄弱，目
前僅有張誦聖、奚密做過明清時期臺灣作家的詩文的翻譯工作[367]。至
於臺灣現代文言詩文，雖然有葉芸芸（葉榮鐘的女兒）整理其父親遺

---

366 李詮林：《臺灣現代文學史稿》（福州市：海峽文藝出版社，2007年），頁502。

367 參見 *The Columbia Sourcebook of Literary Taiwan.* Edited by Sung-sheng Yvonne
Chang, Michelle Yeh, Ming-ju Fan. New York: Columbia University Press, 2014.
（〔美〕張誦聖、奚密、范銘如編：《哥倫比亞臺灣文學史料彙編》，紐約市：哥倫
比亞大學出版社，2014年）

著時的研究，但與其他白話文著作研究，以及日語文學的研究相比較而言，仍顯薄弱。

　　此外，美國漢學家們的臺灣文學研究追求出新，但有些措辭文采有餘，嚴謹不足，不夠客觀準確，文學立場的研究較多，反而較少有歷史學、人類學、政治學領域的專家研究，因而感性居多，風雲氣少，理性分析多用於敘事技巧和結構形式的研究上，對於作品內容的哲性思考偏少。尤其是二十世紀九○年代之後的盎格魯-撒克遜裔美國漢學家的臺灣文學研究著作缺少理性、科學性的思辨，反倒是傾向於注重東方式的史料爬梳與整理，這是一個很有意思的新現象，也是客觀存在的一個小瑕疵。

　　毋庸諱言的是，以母語為英語的美國漢學家，畢竟有著與臺灣文學（以及其他地區的中文文學）之間的或多或少的語言隔閡，以及文化語境與社會歷史背景等方面的誤解，因此就不可避免地會出現一些翻譯和研究中的誤讀與誤解。美國漢學家葛浩文（Howard Goldblatt）便曾指出了另一位美國漢學家羅體模（Timothy A. Ross）的著作中的一些錯訛，如因為不知落華生為許地山的筆名，將許地山和落華生誤當做兩個不同作家等。[368]

368　（美）葛浩文：《羅體模「旋風」吹壞了「姜貴」》，葛浩文《漫談中國新文學》，
　　　香港：香港文學研究社，1980年，第125-132頁。

第四章
臺灣文學在美國的傳播機制

　　有著美國血緣關係或姻親關係，或者曾由美國來臺學習、研究，以及由臺灣赴美國留學，後服務於臺灣地區的教學科研機構及美國各大學亞洲研究系或比較文學系的漢學家殷張蘭熙、葛浩文、葉維廉、劉紹銘、榮之穎等學者，在美國翻譯界和文化教育界獨闢蹊徑，翻譯出版了大量臺灣文學作品選，撰著了大量臺灣文學研究著作，培養了大批瞭解臺灣文學、研究臺灣文學的人才，使臺灣文學在美國獲致有效傳播、被讀者廣泛接受和認可，在此基礎上，美國漢學家的臺灣文學研究得以展開和蓬勃發展，並最終成為一門成熟的專業學科。

第一節　文學體制下的臺灣文學在美傳播場域

一　文學體制

　　美國德克薩斯大學奧斯汀校區教授張誦聖，曾借用德國學者彼德‧何恆達的「文學體制」理論，研究臺灣文學中的「文學體制」和文學傳播問題[1]，「借助德國學者彼德‧何恆達關於『文學體制』的定義，重申此概念對於傳統文學史研究所忽略的面向可能的補足。」[2]

1　參見（美）張誦聖：〈「文學體制」與現、當代中國／臺灣文學──一個方法學的初步審思〉，張誦聖：《文學場域的變遷》（臺北市：聯合文學出版社，2001年），頁135-155。

2　鄭國慶：〈現代主義、文學場域與張誦聖的臺灣文學研究〉，《廈門大學學報（哲學社會科學版）》，2008年第6期，頁82。

張誦聖教授這裡所闡述的「文學體制」概念,「既包括了影響文學生產和接受的文化體制(比如出版、媒體、教育體制等),也是經由各種體制性力量的傳播,獲得正當性的有關『何為文學』的種種論述與觀念。『文學』作為一種現代社會體制,不僅是個人創作想像力的結晶,更是社會上多股力量交叉、集體經營的產物。張誦聖強調說,之所以用『文學體制』這個新詞,『主要是希望能看清一些傳統研究裡不常正視的力量結構性的運作』」[3]。因此,這裡的「文學體制」實際上是社會體制的一部分,文學的傳播離不開社會體制的運作,臺灣文學在美國的傳播同樣離不開美國的媒體機構、教育機構、學術機構等社會體制的運作。臺灣文學在美傳播與文學體制的關係,由詩人楊牧在美的創作、教學與研究的人生軌跡為例可窺一斑。王靖獻(Wang, Ching-hsien,筆名楊牧、葉珊),加州大學伯克利分校文學碩士、加州大學伯克利分校比較文學博士;曾在美國多所大學任教,他除了發表文學作品外,還進行文學研究、評論、翻譯等。奚密曾在其一篇題為〈楊牧:現代漢詩的 Game-Changer〉[4]的論文中「從四個大的方面——文學(詩文)創作、文論撰寫、叢書編纂、教學影響,以實例全面論述了楊牧六十年來的文學實踐,並由此驗證楊牧改變現代漢詩格局的事實」[5]。奚密文中所論楊牧的文學實踐,其中的「叢書編纂」和「教學影響」都屬文學傳播的範疇。

---

3 鄭國慶:〈現代主義、文學場域與張誦聖的臺灣文學研究〉,《廈門大學學報(哲學社會科學版)》,2008年第6期,頁82。

4 (美)奚密:〈楊牧:現代漢詩的Game-Changer〉,《揚子江評論》2013年第1期。

5 〔新加坡〕張森林〈抒情美典的追尋者:奚密現代漢詩研究述評〉,《漢語言文學研究》2016年第3期,頁126-127。

二 學術機構

美國漢學家的臺灣文學研究，與美國亞洲研究，尤其是東亞研究的興起息息相關。值得一提的是，居於美國崇高學術地位的主流學者，如費正清、詹姆遜、喬姆斯基等，在其著作及在不同場合的演講中，均自覺的，有時又是不由自主地提到中國問題，將中國作為其研究的內容之一。如王德威在他評介英語世界的中國現代文學研究的論文中曾指出，「期刊《中國現代文學》（*Modern Chinese Literature*）（Howard Goldblatt 主編）和卷帙浩繁的會議參考文獻——包括《五四時期的中國文學》（*Chinese Literature in the May Fourth Era*）（Merle Golden 主編）、《魯迅遺產》（*Lu Xun and His Legacy*）（李歐梵主編）和《中國臺灣小說》（*Chinese Fiction from Taiwan*）（Jeannette Faurot 主編）——以及數量相當的文集和翻譯作品等等，均對此領域的活力做出了貢獻。截止九〇年代初期，我們已經可斷言，中國現代文學和文化已經成為中國研究中最興盛的領域之一。」[6]這裡所提到的很多學者，如葛浩文（Howard Goldblatt）、李歐梵、傅靜宜（Jeannette Faurot）都是臺灣文學研究的專家或與臺灣文學有著密切關聯。美國的亞洲研究的興起，最明顯的表現就是在美國各高校中中國問題教學、研究機構的設立，如哈佛大學費正清研究中心、哈佛大學東亞語言文明系、德克薩斯大學奧斯汀分校亞洲研究系等，特別是幾乎每一所知名大學都普遍設立的亞洲研究系（Asian Studies Department）。居於美國的旅美臺灣學人，其中有許多在留美之前學習的是外國語言文學專業，到美國之後，乘美國亞洲研究之勢，又借自身語言、文化、學緣、地利等得天獨厚的優勢，大多將研究重心從對於英美文學的研

---

6 （美）王德威著，張清芳譯：〈英語世界的現代文學研究之報告〉，《海南師範大學學報（社會科學版）》，2007年第3期，頁1。

究轉向了中國文學研究，特別是臺灣文學研究。當然，其中也不排除因在英語母語國家從事英語語言文學的教學研究，會面臨諸多英美出身的以英語為母語的眾多同行的競爭壓力，與這些同行相比，華人或華裔學者自身無論從英語語言能力的掌握，還是對於歐美文化的結合程度，大都有著與生俱來的先天劣勢，這當然和血緣、種族等存在著不可分割的因果關聯。因此，毋庸諱言，華人學者從事中國文學研究，包括臺灣文學研究，就在美國學界的學術競爭而言，有著趨利避害之用。

三　「屏隔」之下的中西交流、碰撞與吸引

　　「屏隔美學」是一種基於距離美感基礎上的審美觀。所謂「屏隔」即有限的隔斷，而非全然的斷絕兩個主體之間的關聯與交流。恰當的距離可以避免審美疲勞，增加審美主體與審美對象之間神秘感，以主體間性的角度來看，這種神秘感可以是雙方的，而這種互相的神秘感覺可以增進審美主體彼此之間的好奇和探究的欲望，反過來促進雙方的互相瞭解。一九八〇年代以前，特別是在文革期間，中國大陸與西方國家的信息溝通較少，美國漢學界是把臺灣文學作為中國文學的代表予以高度關注的。而到了一九九〇年代中期，尤其是進入新世紀以後，美國讀者和漢學家們的關注點逐漸轉移到了中國大陸的當代文學。一九七八年，陳若曦小說集《尹縣長》由 Howard Goldblatt（葛浩文）翻譯成英文後於印第安納大學出版，英文書名為：*The Execution of Mayor Yin and Other Stories from the Great Proletarian Cultural Revolution*[7]，「引起當時美國讀者界相當的注意，不管評好評壞，總是書評如潮，一些大有影響力的刊物如《紐約時報》，《時代雜

7　該書名的字面意思可直譯為「尹縣長的死刑和其他發生在文化大革命的故事」。

誌》刊登了書評。不過，只要看書名就知道，與其說陳若曦是以一位
臺灣作家備受矚目，不如說，是這本書的內容，特別是中國大陸文革
的內幕，引起美國人的好奇。在中國門戶尚未對外開放，內部狀況諱
莫如深的時候，陳若曦的小說，適時以親身經歷中國文革的第一手資
料，很快在美國翻譯出版，難怪轟動一時。……陳若曦不折不扣出身
臺灣，透過的形式又是短篇小說，既能吸引讀者大眾的眼光，當然有
助於增進美國人對臺灣文學研究的興趣。」[8] 在冷戰時期，中美之間
的往來不便，反而使得美國讀者對於中國文學充滿了好奇心和獵奇心
理，從而提升了他們對於中文作品的閱讀興趣，在無法第一時間獲取
即時性的中國大陸當代文學作品的情況下，由中國大陸經香港返美的
臺灣作家陳若曦所寫作的反映中國大陸現實社會問題的小說，成了美
國讀者瞭解中國當代社會的一個媒介。這種「屏隔」之下的中西交
流、碰撞與吸引是相互的，一九七八年之後中國大陸興起的學習英語
熱潮和赴美留學及新移民熱潮，同樣反映了中國知識分子們對於美國
及其文化的好奇與探究心理，也是「屏隔」效應作用之下的一種文化
現象。

四　期刊雜誌與出版發表

　　文學的傳播離不開媒體，在尚無計算機互聯網媒體的時代，印刷
出版是文學傳播的重要渠道，臺灣文學在美國的傳播同樣離不開期刊
報紙、圖書出版的助力。印第安大學出版社、耶魯大學出版社、哥倫
比亞大學出版社等著名的學術出版社為臺灣文學研究在美國的蓬勃發
展貢獻良多。期刊雜誌方面，則有殷張蘭熙於一九六〇年代創辦的
New Voices《新聲》、一九七〇年代創辦的 *The Chinese PEN*（《中華民

8　（美）應鳳凰（德州大學東亞系博士班）：〈臺灣文學研究在美國〉，《漢學研究通
　　訊》第16卷第4期（總第64期），1997年11月，頁397。

國筆會季刊》），喬志高在香港創辦的《譯叢》，美國加州大學聖塔芭芭拉分校的《臺灣文學英譯叢刊》（*Taiwan Literature: English Translation Series*），以及《紐約時報》書評欄、《時代週刊》書評欄等發表了大量的臺灣文學翻譯作品及臺灣文學研究論文、書評等。

The Chinese PEN（《中華民國筆會季刊》）由殷張蘭熙女士創辦於一九七二年，現由齊邦媛教授主編，「源源提供美國漢學界，各大學東亞系較新的英譯臺灣當代文學作品，給教學或作這門研究的師生提供很大的方便。」[9]

香港中文大學的《譯叢》（*Rendition*）編輯和譯者隊伍名家輩出，喬志高、宋淇均曾擔任過該刊的主編。《譯叢》（*Rendition*）一九九一年曾經專門編輯出版過一期「臺灣文學專號合刊」[10]，「計收入吳晟、陳冠學的六家散文，翻譯了陳映真（趙南棟）、張大春（四喜憂國）、黃櫻（賣家）及鄭清文、朱天心、朱天文、袁瓊瓊、苦苓、蕭颯、楊照等十二家的小說。這期除了一口氣譯出夏宇、劉克襄等十五家詩人的詩作之外，也刊了三篇介紹臺灣文壇現況與思潮，如《近五年現代詩發展》這類總覽式的文章」[11]。金介甫認為，「《譯叢》和《中國現代文學》（*Modern Chinese Literature*）分工不同，前者專事翻譯臺灣、香港、中國大陸以及早期中國文學作品，後者專事批

9　（美）應鳳凰（德州大學東亞系博士班）：〈臺灣文學研究在美國〉，《漢學研究通訊》第16卷第4期（總第64期），1997年11月，頁400-401。

10　（美）金介甫（Jeffrey C. Kinkley），查明建譯：〈中國文學（1949-1999）的英譯本出版情況述評（續）〉，《當代作家評論》2006年第4期，頁145。該文譯自齊邦媛、王德威編的《二十世紀下半紀中國文學評述》（*Chinese Literature in the Second Half of a Modern Century: A Critical Survey*, Bloominton and Indianapolis: Indiana University Press, 2000.）中的附錄 "A Bibliographic Survey of Publications on Chinese Literature in Translation from 1949-1999"。

11　應鳳凰（德州大學東亞系博士班）：〈臺灣文學研究在美國〉，《漢學研究通訊》第16卷第4期（總第64期），1997年11月，頁401。

評。」[12]正如王德威所說，「傳統文學研究理應歡迎這些多元的角度方法以及對其進行的革新。畢竟，『文學』和『文學研究』的觀念和實踐由歷史所激發並為不同歷史現象所支配。另一方面，『文化研究熱』反映出普實克與夏氏兄弟『介入』理念的復活，因為學院機構和批評家再次尋求重新界定文本內部研究（現今或用結構主義術語，或用後結構主義術語來進行界定）與文本外部觀點（同樣包括性別、種族倫理、視覺文化、日常生活、漂泊離散、國家地位、國家政策等等）二者之間的關係。因此，俄亥俄州立大學的東亞語言文學系於一九九八年接管期刊《中國現代文學》並且將其更名為《中國現代文學與文化》，似乎是此領域改型換貌的明顯表徵。（抑或，它大概僅僅表徵二十世紀文學已經退至過去而作為一個時期加入中國古代文明，由此，從外觀上看，文學僅僅變成了文化的一個層面而已。）」[13]。

美國加州大學聖塔芭芭拉分校的《臺灣文學英譯叢刊》（*Taiwan Literature: English Translation Series*）創刊於一九九六年八月，主持者為杜國清教授，最初為年刊，一九九八年開始成為半年刊並持續至今，所發表的內容包括評論、小說、散文、詩歌和研究論文各種文體，且每期內容都會歸納出一個總體的主題。《臺灣文學英譯叢刊》問世的初衷，「是將最近在臺灣出版的有關臺灣文學的聲音，亦即臺灣本地的作家和研究者對臺灣文學本身的看法，介紹給英語的讀者，以期促進國際間對臺灣文學的發展和動向能有比較切實的認識，進而

---

12 （美）金介甫（Jeffrey C. Kinkley），查明建譯：〈中國文學（1949-1999）的英譯本出版情況述評（續）〉，《當代作家評論》2006年第4期，頁146。該文譯自齊邦媛、王德威編的《二十世紀下半期中國文學評述》（*Chinese Literature in the Second Half of a Modern Century: A Critical Survey*, Bloominton and Indianapolis: Indiana University Press, 2000.）中的附錄 "A Bibliographic Survey of Publications on Chinese Literature in Translation from 1949-1999"。

13 （美）王德威著，張清芳譯：〈英語世界的現代文學研究之報告〉，《海南師範大學學報（社會科學版）》，2007年第3期，頁2。

加強從國際的視野對臺灣文學的研究。」[14]《臺灣文學英譯叢刊》獲得
了臺灣文學研究學界的普遍認可，正如杜國清教授所說，「長期出版
這份唯一致力於臺灣文學的學術刊物，具備了進一步推動臺灣文學英
譯計畫不可或缺的翻譯人才和學術資源，也使聖塔芭芭拉分校奠立了
在美國學術界推動臺灣文學英譯這一專業的基礎」[15]。《臺灣文學英譯
叢刊》創刊以來，除了發表了眾多臺灣文學英文譯作以外，還刊登了
大量的臺灣文學研究論文，且極具學術前沿性和前瞻性，往往是填補
空白之作，以下僅舉有關臺灣原住民文學的相關文章即可一窺端倪：
第三期，卷首語〈臺灣原住民文學〉（杜國清），評論〈臺灣文學的多
種族課題〉（葉石濤），以及研究論文〈守獵者拓拔斯〉（彭瑞金）、
〈臺灣原住民口傳文學試探〉（浦忠成）；第九期，論文〈從民間文學
觀點看臺灣布農族神話故事〉（李福清）；第十四期，評論文章〈臺灣
原住民的神靈和祭儀〉（田哲益）；第十七期，評論〈與海相戀的雅美
人〉（陳其南），研究論文〈浪漫的返鄉人——夏曼・藍波安〉（董恕
明）；第十八期，論文〈從「最後的獵人」到傳統生態知識：臺灣原
住民山林文學與生態論述〉（紀駿傑）；第二十四期，〈前言：臺灣原
住民的神話與傳說〉（杜國清），評論〈臺灣史與原住民〉（孫大川），
論文〈神話與社會變遷的關聯：以太魯閣族為例〉（浦忠成）。

　　美國漢學家與出版社的互動比較多，尤其是在意欲出版臺灣文學
譯作的時候。如葛浩文在翻譯謝豐丞詩集《少年維特的身後》的時
候，就與出版社展開過相關的探討，雙方來往書信原文如下：

14　（美）杜國清：〈臺灣文學研究在美國〉，靜宜大學中文系編：《二〇〇四年臺灣文學
　　年鑑》（臺南市：臺灣文學館，2005年），頁155。

15　（美）杜國清：〈臺灣文學研究在美國〉，靜宜大學中文系編：《二〇〇四年臺灣文學
　　年鑑》（臺南市：臺灣文學館，2005年），頁156。

July 7.1989

Howard Goldblatt

Professor of Chinese

Department of Oriental Languages and Literature

Mckenna16

Campus Box 279

Boulder・CO 80309-0279

Dear Professor Goldblatt.

Thank you for sending your translation of Xie Fengcheng's poetry collection after the Death of Young Werther. I enjoyed the manuscript for what it is worth. I didn't read these poems as Chinese poems particularly. They seem sensitive and articulate, whatever the origin of the poet. Anyway I'd be happy to add the collection to the Fithian Press 1st.

Best wishes,

John Daniel, Editor[16]

---

16 李直編：《靈犀集——評《少年維特的身後》》（天津市：百花文藝出版社，1992
年），頁245。

譯文如下：

FITHIAN 出版社致譯者

葛浩文教授

一九八九年七月七日

東方語文學系中國文學教授

葛浩文博士

敬愛的葛教授：

感謝您送來您所翻譯的謝豐丞所著作的詩集《少年維特的身後》，我相當欣賞此份稿本，本書極具價值，我並未特別地以《中國詩作》的觀點閱讀本書，它們看來極具感性且清晰，不管詩人來自何種語系，總之，我極樂於將本詩集列入本出版社之發行行列。

謹致最佳祝福

約翰・丹尼爾[17]

雖然「與前一階段相比，九〇年代美國出版的臺灣文學選集相對減少」[18]，但一九九〇年代以後至今，在美國出版的與臺灣文學相關的單行本著作明顯增多，此外，在美國發表的有關臺灣文學的學位論文「除了主題的多樣，博士論文的數量也明顯增加，顯示臺灣留學生，或對臺灣文學有興趣的研究生日益增多──這批人不論以後在國內國外，都是臺灣文學的生力軍，也預示這個領域將有更好的遠景。」[19]「一九九〇年代，夏威夷大學開始出版裝幀精美的『現代中國小說』叢書。這套叢書，由美國最優秀也是最多產的中國現代文學

---

17 李直編：《靈犀集──評《少年維特的身後》》（天津市：百花文藝出版社，1992年），頁246。

18 （美）應鳳凰（德州大學東亞系博士班）：〈臺灣文學研究在美國〉，《漢學研究通訊》第16卷第4期（總第64期），1997年11月，頁403。

19 （美）應鳳凰（德州大學東亞系博士班）：〈臺灣文學研究在美國〉，《漢學研究通訊》第16卷第4期（總第64期），1997年11月，頁403。

翻譯家葛浩文（Howard Goldblatt）編輯，再現了大陸、臺灣以及一九四九年前作家創作的豐富和繁麗。香港中文大學翻譯研究中心從事翻譯中國文學時間更長，編輯了聲譽卓越的翻譯季刊《譯叢》（*Renditions*），以及由孔慧怡（Eva Hung）、T. L. Tsim 編輯的簡裝本翻譯系列叢書（在美國是由波士頓的 Cheng & Tsui 公司經銷）。哥倫比亞大學出版社一九九七年開始出版臺灣小說的翻譯與研究叢書」[20]。這裡所說的 Cheng & Tsui 公司[21]，主辦者恰恰是來自臺灣的文化人和漢學家。此外，哥倫比亞大學出版社和臺灣「蔣經國學術基金會」還曾實施了一個合作出版計畫，如葛浩文翻譯的朱天文的《荒人手記》便包括在內。

臺灣文學在美國的單行本譯作，除了作品正文以外，出版社對於作者的商業推廣、封面封底的簡要介紹、邀請書評家或相關學者為譯本寫內容介紹（Introduction）等，都在為臺灣文學在美國的傳播助力。如旅臺馬華作家張貴興小說《我長眠的南國公主》的英譯本 *My South Seas Sleeping Beauty*（Translated by Valerie Jaffee）[22]一書封底介紹了作者張貴興和譯者 Valerie Jaffee: "Zhang Guixing is a Malaysian-Chinese author best known for a series of epic novels set in Borneo: Siren Song, The Clown Dynasty, Herds of Elephants, and The Primate Cup. His work has been the subject of extensive academic and popular discussion in Taiwan, where he continues to live and work as a high school English

---

20 （美）金介甫著，查明建譯：〈中國文學（1949-1999）的英譯本出版情況述評〉，《當代作家評論》2006年第3期，頁72。

21 Cheng & Tsui 公司，由麻省理工學院（MIT）教授鄭洪妻子崔志潔女士開辦，公司以夫妻兩人的姓氏命名，崔志潔女士擔任董事長兼總裁，該公司主要從事出版業務，據崔女士個人名片介紹及Cheng & Tsui company官方網站，Cheng & Tsui company中文名為劍橋出版社。

22 *My South Seas Sleeping Beauty: A Tale of Memory and Longing.* By Guixing Zhang. Translated by Valerie Jaffee, New York: Columbia University Press, 2007.

teacher. Valerie Jaffee is a translator with degrees from Harvard and Columbia University" [23]。

五　研究機構與研究計畫

　　由旅居海外的臺灣學人與作家組成的「臺灣文學研究會」是美國最早的有關臺灣文學的專門學術團體。「北美臺灣文學研究會」於一九八二年十月三十日，由十八位旅美臺灣作家及學者在美國加州洛杉磯發起成立，楊逵、陳若曦、許達然、杜國清、陳芳明等臺灣作家曾參加創會大會，創會會員有「張良澤（旅居日本）、東方白、林鎮山（旅居加拿大）、陳若曦、張富美、杜國清、黃昭陽、陳芳明、江百顯、鄭平、黃明川、林衡哲、林克明、許達然、王淑英、葉芸芸、洪銘水（旅居美國），共十八位。榮譽會員有楊逵」[24]。該會後改名為「北美臺灣文學研究會」，吸收了旅美臺灣作家黃娟等參加，該研究會曾每年舉辦「臺灣文學研究會」年會及「臺灣文學研討會」，並曾於一九八九年在臺北前衛出版社出版過《先人之血，土地之花》[25]臺灣文學論文集。此一在美國組織的「臺灣文學研究會」現已於一九九三年「宣布解散」[26]，其主要研究成果為上述一九八九年在臺北前衛

23　*My South Seas Sleeping Beauty: A Tale of Memory and Longing.* By Guixing Zhang. Translated by Valerie Jaffee, New York: Columbia University Press, 2007. The back cover.

24　（美）許達然：《臺灣文學研究會成立及章程》，（美）臺灣文學研究會主編：《先人之血，土地之花──臺灣文學研究會論文集》（美國「臺灣文學研究會」論文選集）（臺北市：前衛出版社，1989年），頁315。

25　（美）臺灣文學研究會主編：《先人之血，土地之花──臺灣文學研究會論文精選集》（美國「臺灣文學研究會」論文選集），臺北市：前衛出版社，1989年。

26　（美）應鳳凰（德州大學東亞系博士班）：〈臺灣文學研究在美國〉，《漢學研究通訊》第16卷第4期（總第64期），1997年11月，頁396。

出版社出版的論文集《先人之血，土地之花》[27]及每次年會所發表的演講和論文。《先人之血‧土地之花——臺灣文學研究論文精選集》附錄一即為上述臺灣詩人許達然撰寫的《臺灣文學研究會成立及章程》。

　　由旅美臺灣作家聶華苓創辦，美國愛荷華大學每年舉辦的「國際寫作計畫」（International Writing Program，又經常被譯為「國際寫作坊」），經常邀請臺灣作家參加，如楊逵、余光中、白先勇、陳映真、向陽、楊青矗、王文興、羅門、蓉子、林懷民、楊牧都曾參加過此項目，大陸作家艾青、莫言、王安憶等也曾參加，因此，這個愛荷華大學國際寫作計畫為海峽兩岸作家在冷戰時期以至當今提供了一個互相交流的平臺，同時也為中國文學，包括臺灣文學在美國的傳播和接受，以及美國漢學家與海峽兩岸作家的溝通設置了一個有效、便捷的渠道。一九八二年，楊逵（1905-1985）在美國愛荷華城曾經接受記者採訪，談自己的文學和魯迅文學的關係。[28]美國總統卡特曾於一九八〇年在白宮會見聶華苓及其丈夫安格爾，當時攝有照片可見《中國當代文學研究資料　聶華苓研究專集》，照片下另配有說明文字「卡特總統設宴招待美國作家」[29]。葉維廉、白先勇、陳世驤等美國漢學家均曾撰文評論過聶華苓小說及其文學活動和文學貢獻[30]。愛荷華國際寫作計畫（又稱「愛荷華國際寫作坊」），為臺灣海峽兩岸的作家之間的交流及其與其他國家的作家之間的交流打開了一扇窗戶，即使是

27　（美）臺灣文學研究會主編：《先人之血，土地之花——臺灣文學研究會論文精選集》（美國「臺灣文學研究會」論文選集），臺北市：前衛出版社，1989年。

28　〈訪臺灣老作家楊逵〉，原載《七十年代》總第154期，1982年11月；收入《楊逵全集》第14卷（資料卷），臺南文化資產保存研究中心籌備處2001年12月版，頁232。

29　李愷玲、諶宗恕編：《中國當代文學研究資料　聶華苓研究專集》，武漢市：湖北教育出版社，1990年，頁587。

30　文見李愷玲、諶宗恕編：《中國當代文學研究資料　聶華苓研究專集》，武漢市：湖北教育出版社，1990年。

在臺灣戒嚴時期,「如果是去參加聶華苓及其丈夫保羅‧安格爾(Paul Angel)舉辦的位於愛荷華的國際寫作計畫一學期,很多作家都可以獲得出境護照(參見《一個中國女人在愛荷華:張香華詩集》(*A Chinese Woman in Iowa: Poems by Chang Shiang-hua*)——一部比較關注社會的詩集,以及楊牧的《禁忌的遊戲與錄影詩》中的詩組詩〈從臺灣到愛荷華〉)。」[31]

由哈佛大學燕京圖書館張鳳女士主持的哈佛中國文化工作坊定期舉辦訪美華人的講座,其中不乏著名臺灣作家以及研究臺灣文學的著名學者。另外,張鳳自己也是著名的旅美華人作家,曾著有《哈佛問學錄》等著作,其中記述或者研究了鄭洪、夏志清、李歐梵、王德威等臺灣作家在美的事蹟。麻省理工學院物理學教授、旅美臺灣作家鄭洪也是哈佛中國文化工作坊的主要參與者之一,三十幾歲即成為臺灣「中央研究院」院士的鄭洪先生曾為夏志清教授鳴不平,力薦夏志清先生當選臺灣「中央研究院」院士。

位於美國德克薩斯州休斯頓的美國萊斯大學,也是臺灣文學研究的重鎮,任教於萊斯大學的 Tani E. Barlow(湯尼‧白露),「現任美國萊斯大學(德克薩斯州,休斯頓)趙廷箴與懷芳亞洲學研究中心主任,歷史系教授,擔任現代中國史課程。一九九三年,她創刊學術雜誌《位置:東亞文化批評》,該雜誌在她任主編期內曾三次榮獲現代語言協會學術期刊編輯理事會的國家獎。她還首創了源於洛克菲勒基金會的亞洲研究批評項目基金,長達十年之久,她和她的團隊以此基金資助和推動中國文化研究,使之成為以英語為母語的中國和亞洲研

---

31 (美)金介甫(Jeffrey C. Kinkley)著,查明建譯:〈中國文學(1949-1999)的英譯本出版情況述評(續)〉,《當代作家評論》2006年第4期,頁144。該文譯自齊邦媛、王德威編的《二十世紀下半期中國文學評述》(*Chinese Literature in the Second Half of a Modern Century: A Critical Survey*, Bloominton and Indianapolis: Indiana University Press, 2000.)中的附錄 "A Bibliographic Survey of Publications on Chinese Literature in Translation from 1949-1999"。

究領域中的一個重要分支。其諸多學術著述先後被譯成中文、日文、西班牙文和匈牙利文，並被收入美國、歐洲、中國和印度的各類學術出版物中。」[32]該校的錢南秀教授也從事臺灣文學的研究。

　　美國威斯康辛大學麥迪遜校區東亞研究中心（Center for East Asian Studies, University of Wisconsin-Madison）近年來「推動臺灣研究合作計畫不遺餘力，目前可謂成果斐然，威斯康辛大學麥迪遜分校為北美的海外臺灣文學研究與推廣開啟了一扇窗口，更藉由數位典藏、藝文活動、講座、臺美雙方學者的交流與出訪等多元精彩的相關活動，讓北美臺灣研究更具活性與延展力。」[33]而據威斯康辛大學麥迪遜校區東亞研究中心網站「東亞研究中心臺灣合作計畫成果」一文介紹，二〇一〇至二〇一一年期間，威斯康辛大學麥迪遜校區東亞研究中心在臺灣研究合作方面取得了較多成果，「臺北經濟文化辦事處（以下簡稱臺經辦）決定在未來四年裡，每年給予本中心一定的資助來發展臺灣研究。總資助金額達七萬美元，主要用於以下三個方面：課程發展，圖書館館藏建設，以及資助來自臺灣的訪問學者。」[34]二〇一一年，有兩位該中心的教授在開發課程方面獲得了資助，「Thomas Popkewitz 教授開設了臺灣教育案例研究課程，Richard Miller 教授將全球流行文化與臺灣研究結合於同一課程中。」[35]此外，在威斯康辛大學麥迪遜校區東亞研究中心主任黃心村教授、臺灣「中央大學」文學院副院長林文淇教授、臺灣「行政院」新聞局、威斯康辛大學麥迪遜

32　《中國女性主義思想史中的婦女問題》，http://www.bookschina.com/5498169.htm
33　撰稿：馬翊航（臺灣大學臺灣文學研究所博士生）；數據提供：溫若含（威斯康辛大學麥迪遜校區博士生）：〈海外臺灣研究動態：威斯康辛大學麥迪遜校區東亞研究中心臺灣合作計劃成果簡介〉，《臺灣大學文學院臺灣研究中心電子報》第2期，2012年10月4日。http://ts.ntu.edu.tw/e_paper/e_paper_c.php?SID=22
34　《東亞研究中心臺灣合作計劃成果》，威斯康辛大學麥迪遜校區東亞研究中心網站。2013年7月21日摘引。http://eastasia.wisc.edu/chsmp/Taiwan.htm
35　《東亞研究中心臺灣合作計劃成果》，威斯康辛大學麥迪遜校區東亞研究中心網站。2013年7月21日摘引。http://eastasia.wisc.edu/chsmp/Taiwan.htm

分校電影和戲曲研究中心、威斯康辛大學電影資料館和威斯康辛電影節的共同合作下，二〇一〇年十一月，在威斯康辛大學麥迪遜校區校長 Chancellor Biddy Martin 訪問臺灣的招待會上，臺灣方面宣布向威斯康辛大學麥迪遜校區「捐贈三十部經典和最新臺灣電影珍藏，以 35mm 的膠捲複本形式保存。這些電影在其所屬的電影工作室完成膠捲複製及製作新字幕的工作後，被運往美國進行短期巡展，最後送往本校的電影與戲曲研究收藏中心歸檔珍存。」[36]此後，二〇一一年春，威斯康辛大學麥迪遜校區東亞研究中心運用這些電影，開展了「光之島」系列影展及文化講座活動，以推廣臺灣電影和臺灣文化。臺灣電影學者林文淇教授，在影展開幕式上發表了以臺灣電影為內容的主題演講。[37]此後，該中心的黃心村教授和該中心助理主任杜戴維還主持開設了一門有關臺灣電影與文化的短期課程。威斯康辛大學麥迪遜校區東亞研究中心還將「光之島」系列活動擴展至臺灣文學與音樂方面，為來自臺灣大學和臺灣政治大學等與該校有合作關係的高校的學者提供來訪經費資助，如二〇一〇至二〇一一年學度，來自臺灣政治大學的范銘如教授主講了「臺灣婦女文學的兩個黃金時期」講座和一個有關當代臺灣後鄉土小說的課程；臺灣大學國際長沈冬教授，主講了一場二十世紀前期上海和臺北流行音樂的講座；來自臺灣大學臺灣文學研究所的梅家玲教授和張文熏教授，分別進行了關於一九五〇年代臺灣詩歌語言和題為「從張愛玲到村上春樹：當代臺灣文學主體性」的演講。[38]威斯康辛大學麥迪遜校區東亞研究中心「一直致力於

36　《東亞研究中心臺灣合作計劃成果》，威斯康辛大學麥迪遜校區東亞研究中心網站。2013年7月21日摘引。http://eastasia.wisc.edu/chsmp/Taiwan.htm

37　《東亞研究中心臺灣合作計劃成果》，威斯康辛大學麥迪遜校區東亞研究中心網站。2013年7月21日摘引。http://eastasia.wisc.edu/chsmp/Taiwan.htm

38　有關相關課程和演講的詳情，可見《東亞研究中心臺灣合作計劃成果》，威斯康辛大學麥迪遜校區東亞研究中心網站。http://eastasia.wisc.edu/chsmp/Taiwan.htm

與臺灣相關機構建立更為密切的聯繫」[39]，除了資助臺灣學者來訪以外，該中心還組織威斯康辛大學麥迪遜校區本校的學者赴臺開展學術交流，「二〇一〇年九月，當時本校的 Biddy Martin 校長，作為國際研究部主任以及 Globalization Gilles Bousquet 的代理負責人，與駐芝加哥臺經辦文化部主任 Huei-Wen Hsu，以及本中心主任黃心村教授簽署了合作備忘錄（MOU），更進一步深化了彼此的聯繫。」[40]在二〇一一至二〇一二學年，威斯康辛大學麥迪遜校區東亞研究中心的臺灣文學研究活動也多有成果。二〇一一年九月十日至十八日，威斯康辛大學麥迪遜校區東亞研究中心、臺灣「文建會」、紐約臺經辦、丹郡麥迪遜文化部、麥迪遜 Overture 文藝中心和麥迪遜小區等機構共同舉辦了「臺灣藝文週」系列活動以推介臺灣傳統文化，該活動由威斯康辛大學麥迪遜校區舞蹈系主任余金文教授具體主持策畫。[41]臺灣大學外文系張小虹教授「亦於該周蒞臨本校主持了兩場講座：其一為當代女性小說家作品中的城市時尚景觀，其二關於侯孝賢的電影分析（演講於《戀戀風塵》播映之前）。」[42]威斯康辛大學麥迪遜校區東亞圖書館負責人 Dianna Xu 為麥迪遜的學者與研究生購入了《臺灣日日新報》在線數據庫，「時間跨越一八九八至一九四四年，為日治時期臺灣的研究提供了重要且珍貴的中日文文獻資料。」[43]二〇一二年三月，威斯康辛大學麥迪遜校區東亞研究中心還主辦了加州大學洛杉磯

---

39 《東亞研究中心臺灣合作計劃成果》，威斯康辛大學麥迪遜校區東亞研究中心網站。2013 年 7 月 21 日摘引。http://eastasia.wisc.edu/chsmp/Taiwan.htm

40 《東亞研究中心臺灣合作計劃成果》，威斯康辛大學麥迪遜校區東亞研究中心網站。2013 年 7 月 21 日摘引。http://eastasia.wisc.edu/chsmp/Taiwan.htm

41 《東亞研究中心臺灣合作計劃成果》，威斯康辛大學麥迪遜校區東亞研究中心網站。2013 年 7 月 21 日摘引。http://eastasia.wisc.edu/chsmp/Taiwan.htm

42 《東亞研究中心臺灣合作計劃成果》，威斯康辛大學麥迪遜校區東亞研究中心網站。2013 年 7 月 21 日摘引。http://eastasia.wisc.edu/chsmp/Taiwan.htm

43 《東亞研究中心臺灣合作計劃成果》，威斯康辛大學麥迪遜校區東亞研究中心網站。2013 年 7 月 21 日摘引。http://eastasia.wisc.edu/chsmp/Taiwan.htm

分校史書美教授的講座，講座題為《女性主義能翻譯嗎？臺灣，史碧娃克，阿媽》，「東亞系和女性及性別研究學群的學者與研究生共同參與研討論述。」[44]二〇一二年春，威斯康辛大學麥迪遜校區東亞研究中心還贊助了由威斯康辛大學麥迪遜校區電影中心和威斯康辛電影節合作舉辦的「由四部臺灣電影組成的播映系列活動」[45]，其中播映的電影包括蔡明亮導演《不散》，莊益增、顏蘭權導演《牽阮的手》、王柏傑導演《朱麗葉》，以及鍾孟宏導演的《第四張畫》，「後三部影片皆於播映後設有由東亞研究中心之學者及研究生主持的映後座談。」[46]臺灣政府部門執行的在美推廣臺灣文學的計畫還有上文所述「中書外譯計畫」等，以及「海外臺灣文論中譯計畫」等。二〇一二年由臺灣大學出版中心出版的《異地繁花：海外臺灣文論選譯》即為臺灣教育行政部門「『海外臺灣文論中譯計畫』的成果，分為上下兩冊出版」[47]，該計畫自二〇〇八年開始。

此外，有關臺灣文學研究的學術團體或者學術機構還有「北美亞洲研究協會」、「北美臺灣研究學會（NATSA）」、「美國在臺協會」等。北美亞洲研究協會也是研究臺灣文學的重鎮，該研究協會在美國亞洲研究領域和漢學界有著崇高的權威學術地位，每年舉辦年會，年會上經常有關於臺灣文學的論文發表。「北美臺灣研究學會（NATSA）成立於一九九四年，主要係由海外臺灣研究生和眾多致力研究臺灣問題的國際學生共同合作經營的學術組織，透過每年舉行的北美臺灣研究

---

44 《東亞研究中心臺灣合作計劃成果》，威斯康辛大學麥迪遜校區東亞研究中心網站。2013年7月21日摘引。http://eastasia.wisc.edu/chsmp/Taiwan.htm

45 《東亞研究中心臺灣合作計劃成果》，威斯康辛大學麥迪遜校區東亞研究中心網站。2013年7月21日摘引。http://eastasia.wisc.edu/chsmp/Taiwan.htm

46 《東亞研究中心臺灣合作計劃成果》，威斯康辛大學麥迪遜校區東亞研究中心網站。2013年7月21日摘引。http://eastasia.wisc.edu/chsmp/Taiwan.htm

47 李奭學：〈導論〉，李奭學主編：《異地繁花：海外臺灣文論選譯（下）》，臺北市：臺灣大學出版中心，2012年，頁7。

年會，從各個研究領域探討當代臺灣社會所面對的重要議題。北美臺灣研究年會是目前北美最大的臺灣研究學術活動，本會議不僅是北美從事臺灣研究的學者和學生知識交流的定期論壇，也是全球對臺灣、東亞、全球問題有興趣的研究人員，彼此交流，分享研究視野的重要場合。」[48]美國在臺灣設立的「美國在臺協會」，也對於臺灣文學在美國的傳播起到了一定的推動作用。

六　教學培養：教學相長

對美國的「臺灣文學研究」的後續發展最有意義的，是自上世紀八〇年代以來，以臺灣文學為論述對象的博士論文的日益增多，有志於從事臺灣文學研究的青年學子的日漸增多，老一輩的漢學家老當益壯，新一代的漢學家茁壯成長。

王德威曾在評論夏志清和普實克的治學方法及他們之間的論爭的時候說，「在採取的歷史立場和經受的理論訓練方面，這兩個學者迥然不同。夏氏的分析是以盎格魯—美國傳統的新批評和理維士的『大傳統』觀念為基礎，而普實克的方法論則來源於馬克思的人道主義觀點和歐洲大陸形式主義。兩人在一九六三年就中國文學現代性和批評功能的本質展開交鋒，分別寫出了辯論文章，形象地表現了他們在理論和意識形態上的差異。儘管夏氏和普實克觀點各不相同，但是他們均以嚴謹認真的態度研究當時尚未被從事中國研究的學者所探索的作家、作品、觀點和現象。兩位學者在研究和教學上均具有大師風格，各自扶持培育了一批優秀的追隨者（學生）。兩人的主要論點，如夏氏的『感時憂國』和普實克的『抒情／史詩』，直到近年仍被當作中

---

48 馬翊航（臺灣大學臺灣文學研究所博士生）：《臺灣——關口，節點，閾境空間：2012年北美臺灣研究學會簡介》，《臺灣大學文學院臺灣研究中心電子報》第1期，2012年9月4日。http://ts.ntu.edu.tw/e_paper/e_paper_c.php?SID=13

國現代文學研究的典範來看待。」[49]

　　老一輩美國漢學家對於臺灣文學的關注，帶動了美國學界對於臺灣文學的翻譯、教學和研究，在對臺灣文學的從點到面的翻譯基礎上，美國的「臺灣文學研究」得以持續發展，開始出現了以「臺灣文學研究」為主題的學術研討會、學術專著，以「臺灣文學」為研究對象的博士論文也開始出現，並且數量不斷增加。如夏志清，本來主要從事西方文學、中國現代小說史及中國古代文學的教學研究，從一九六○年代後期開始，他也開始逐漸重視臺灣文學的研究與教學。如《夏志清文學評論集》（臺北市：聯合文學雜誌社，1987年出版），其中就收錄了他的幾篇有關臺灣文學研究的文章。而劉紹銘在其一九八三年編譯的臺灣小說選集《不斷的鏈條：一九二六年以來臺灣小說選集》（*The Unbroken Chain: An Anthology of Taiwan Fiction Since 1926*）中自言此選集的功能乃是教材。其他如 Julia C. Lin（林張明暉）所著 *Essays on Contemporary Chinese Poetry*，一九八五年由 Ohio University Press 出版[50]；一九八七年，Dominic Cheung（張錯）曾經為其本人所編譯的《臺灣現代詩選》（*The Isle Full of Noises: Modern Chinese Poetry from Taiwan*）[51]做了一篇長達三十頁的長序，論述了臺灣詩歌的四十年發展史，並評析了其間發生的幾次詩歌論爭；Michelle Yeh（奚密）的 *Modern Chinese Poetry: Theory and Practice Since 1917*, New York: Yale University Press，一九九一年出版；Chen, Ai-li（陳愛

49　（美）王德威著，張清芳譯：〈英語世界的現代文學研究之報告〉，《海南師範大學學報（社會科學版）》，2007年第3期，頁1。

50　Julia C. Lin. *Essays on Contemporary Chinese Poetry*. Athens, Ohio: Ohio University Press, 1985.（〔美〕林張明暉編：《中國現代詩論評集》），俄亥俄州雅典市：俄亥俄大學出版社，1985年）

51　*The Isle Full of Noises: Modern Chinese Poetry from Taiwan,* trans. & ed. by Dominic Cheung. New York: Columbia University Press, 1987.（〔美〕張錯編譯：《千曲之島：臺灣現代詩選》，紐約市：哥倫比亞大學出版社，1987年）

麗），*The Search for Cultural Identity: Taiwan "Hsiang-Tu" Literature in the Seventies*《臺灣七十年代鄉土文學──文化認同的追尋》，Ohio State University（博士論文），一九九一年出版；范銘如（Fan, Ming-Ju）的美國威斯康辛大學博士論文《愛情概念的變遷──臺灣女作家小說》（*The Changing Concepts of Love: Fiction by Taiwan Women Writers*）於一九九四年發表。

　　在前輩漢學家的引領下，在美國求學的青年學子也開始關注臺灣文學在美國的傳播，以及臺灣文學研究在美國的發展。在美國德克薩斯大學奧斯汀分校攻讀博士學位的應鳳凰於一九九七年九月發表了〈美國近年臺灣文學相關博士論文簡介〉（《臺灣文學研究通訊──水筆仔》第三期）；一九九七年十一月，她在臺北的《漢學研究通訊》（總第64期）雜誌發表了論文〈臺灣文學研究在美國〉；此後，應鳳凰又於二〇〇四年發表了論題為「臺灣文學研究在美國」的優秀論文（臺灣「第一屆臺灣文學與語言國際學術研討會」論文，2004年12月26日），幾篇論文中不乏對於我們大陸、臺灣文學研究者頗有啟發的創見，應鳳凰後回到臺灣，成為以治文學史料著稱的臺灣文學專家。此外，由哈佛大學教授王德威的〈英語世界的現代文學研究之報告〉（《海南師範大學學報（社會科學版）》2007年第3期）、〈國家不幸書家幸──臺靜農的書法與文學〉（《中國現代文學研究叢刊》，2011年第4期）等著作的字裡行間也可看出美國漢學界臺灣文學研究領域的學脈傳承以及師生之間的相互影響和相互促進。

　　約略統計，一九七〇至一九九〇年代美國漢學家指導的以與臺灣文學相關的議題獲得學位的代表性博士論文有：楊君實（Young, Conrad）於一九七一年以 *The Morphology of Chinese Folk Stories Drived from Shadow Plays of Taiwan*（《從臺灣皮影戲看中國民間故事的

形態》）⁵²為題，在加州大學洛杉磯分校獲得博士學位；白珍（Yang, Jane Parish）於一九八一年，以 *The Evolution of the Taiwanese New Literature Movement from 1920 to 1937*（《臺灣新文學運動之發展：一九二○～一九三七》）為博士論文選題，在威斯康辛大學獲得博士學位（劉紹銘教授指導）；張誦聖於一九八一年以 *A Study of "Chia Pien": A Contemporary Chinese Novel From Taiwan*（《《家變》研究：一篇臺灣當代小說》）⁵³為題，在德克薩斯大學奧斯汀校區獲得博士學位（傅靜宜教授指導）；王德威於一九八二年以 *Verisimilitude in Realist Narrative: Mao Tun's and Lao She's Early Novels*（《現實主義者敘事中的逼真——茅盾和老舍的早期小說》）⁵⁴為題，在威斯康辛大學麥迪遜校區獲得博士學位（劉紹銘教授指導）；簡政珍於一九八二年以 *The Exile Motif in Modern Chinese Literature in Taiwan*（《臺灣現代文學中的流放主題》）⁵⁵為題，在德克薩斯大學奧斯汀校區獲得博士學位（傅靜宜教授

---

52 *The Morphology of Chinese Folk Stories Drived from Shadow Plays of Taiwan.* By Young, Conrad. Thesis (Ph. D.). UCLA, 1971.（〔美〕楊君實：《從臺灣皮影戲看中國民間故事的形態》，加州大學洛杉磯分校博士學位論文，1971年）

53 *A Study of "Chia Pien", A Contemporary Chinese Novel from Taiwan.* By Sung-sheng, Chang, B.A.. M.A. Dissertation presented to the faculty of the graduate school of The University of Texas at Austin in Partial fulfillment of the requirements for the degree of Doctor of Philospphy. The University of Texas at Austin. August 1981.（〔美〕張誦聖：《《家變》研究：一篇臺灣當代小說》，德克薩斯大學奧斯汀校區博士論文，1981年）

54 *Verisimilitude in Realist Narrative: Mao Tun's and Lao She's Early Novels.* David Derwei Wang's doctral degree thesis, The University of Wisconsin-Madison. A thesis submitted in partial fulfillment of the requirements for the degree of Doctor of Philosophy (Comparative Literature) at the University of Wisconsin-Madison, 1982. Major Professor and advisor: Joseph Lau.（〔美〕王德威：《現實主義者敘事中的逼真——茅盾和老舍的早期小說》，威斯康辛大學麥迪遜校區博士論文，1982年，導師：劉紹銘）

55 *The Exile Motif in Modern Chinese Literature in Taiwan.* By Jiang Jeng-jen. Dissertation for the degree of Ph. D., The University of Texas at Austin. 1982.（〔美〕簡政珍，《臺灣現代文學中的流放主題》，余光中、葉維廉、白先勇、張系國、陳若曦等五家作品裡的流放主題，德克薩斯大學奧斯汀校區博士論文，1982年）

指導）；Lindfors, Sally Ann 於一九八二年以 *An Analysis of the Short Stories of Ouyang Tze*（《歐陽子短篇小說之分析》）[56]為題，在德克薩斯大學奧斯汀校區獲得博士學位（傅靜宜教授指導）；林茂松於一九八六年以 *Social Realism in Modern Chinese Fiction in Taiwan*（《臺灣現代小說中的社會現實主義》）[57]為題，在德克薩斯大學奧斯汀校區獲得博士學位（傅靜宜教授、張誦聖教授等指導）；陳愛麗於一九九一年以 *The Search for Cultural Identity: Taiwan "Hsiang-Tu" Literature in the Seventies*（《臺灣七十年代鄉土文學──文化認同的追尋》）[58]為題，在俄亥俄州立大學獲得博士學位（李田意教授指導，鄧騰克教授為其博士論文答辯委員會成員）；陸敬思於一九九三年以（《後殖民流散寫作中的現代中國文學》）[59]為題，在康奈爾大學獲得博士學位（耿德華教授指導，劉紹銘教授、梅祖麟教授、史華慈教授為其博士論文答辯委會員成員）；范銘如於一九九四年以 *The Changing Concepts of Love: Fiction by Taiwan Women Writers*（《愛情概念的變遷：臺灣女作家小

---

[56] *An Analysis of the Short Stories of Ouyang Tze.* By Lindfors, Sally Ann. Dissertation for the degree of Ph. D. The University of Texas at Austin, 1982. （〔美〕Lindfors, Sally Ann：《歐陽子短篇小說之分析》，美國德克薩斯大學奧斯汀校區博士論文，1982年）

[57] *Social Realism in Modern Chinese Fiction in Taiwan.* By Mao-sung Lin, B.A., M.A.. Dissertation presented to the faculty of the graduate school of The University of Texas at Austin in Partial fulfillment of the requirements for the degree of Doctor of Philospphy. The University of Texas at Austin. December 1986. （〔美〕林茂松：《臺灣現代小說中的社會現實主義》，德克薩斯大學奧斯汀校區博士論文，1986年）

[58] *The Search for Cultural Identity: Taiwan "Hsiang-Tu" Literature in the Seventies.* By Chen, Ai-li. Ohio State University，Ph. D., 1991. Advisor: Dr. Tien-yi Li. （〔美〕陳愛麗：《臺灣七十年代鄉土文學──文化認同的追尋》，俄亥俄州立大學博士論文，1991年。導師：李田意。鄧騰克為其答辯委員會成員）

[59] *Modern Chinese Literature in The Postcolonial Diaspora.* By Lupke, Christopher M. (Christopher Lupke). Cornell University, A Disertation presented to the faculty of the graduate school of Cornell University for the degree of Doctor of Philosophy, 1993. 〔美〕陸敬思：《後殖民流散寫作中的現代中國文學》，康奈爾大學博士論文，1993年）

說》）[60]為題，在威斯康辛大學麥迪遜校區獲得博士學位（劉紹銘教授指導）；沈曉茵於一九九五年以《他鄉地／客的流轉置換：楊德昌、張毅、侯孝賢電影之研究》[61]為題，在康奈爾大學獲得博士學位（耿德華教授指導）；葉蓁（Yip, June Chun）於一九九六年以 *Colonialism and Its Counter-Discourses: On the Uses of "Nations" in Modern Taiwanese Literature and Film*（《殖民主義及其反抗話語——論現代臺灣文學與電影中「國家」概念的使用》）[62]為題，在普林斯頓大學獲得博士學位（李歐梵教授指導）；鄧津華於一九九七年以 *Travel Writing and Colonial Collecting: Chinese Travel Accounts of Taiwan from the Seventeenth through Nineteenth Centuries*（《旅遊書寫和殖民地踏查：十七世紀至十九世紀的臺灣遊記》）[63]為題，在哈佛大學獲得博士學位（宇文所安教授、韓

60 *The Changing Concepts of Love: Fiction by Taiwan Women Writers*. Fan, Ming-Ju, Ph. D.. The University of Wisconsin-Madison. A thesis submitted in partial fulfillment of the requirements for the degree of Doctor of Philosophy (Chinese) at the University of Wisconsin-Madison, 1994. （范銘如：《愛情概念的變遷：臺灣女作家小說》，威斯康辛大學博士論文，1994年）

61 *Permutations of the foreign/er: A Study of the Works of Edward Yang, Stan Lai, Chang Yi, and Hou Hsiao-Hsein*. By Shiao-Ying Shen. A dissertation presented to the faculty of the graduate school of Cornell University in partial fulfillment of the requirements for the degree of Doctor of Philosophy. August 1995. （沈曉茵：《他鄉地／客的流轉置換：楊德昌、張毅、侯孝賢電影之研究》，康奈爾大學博士論文，1995年。耿德華指導）

62 *Colonialism and Its Counter-Discourses: On the Uses of "Nations" in Modern Taiwanese Literature and Film*. By June Chun Yip. A dissertation presented to the faculty of Princeton Universty in candidacy for the degree of doctor of Philosophy. Recommended for acceptance by the department of comparative literature. June 1996. Doctor of Philosophy in comparative literature. Princeton University. 1996. Adviser: Professor Leo Ou-fan Lee (Harvard Universty). （〔美〕葉蓁：《殖民主義及其反抗話語——論現代臺灣文學與電影中「國家」概念的使用》，普林斯頓大學博士論文，1996年。導師：哈佛大學李歐梵教授）

63 *Travel Writing and Colonial Collecting: Chinese Travel Accounts of Taiwan from the Seventeenth through Nineteenth Centuries*. By Emma Jinhua Teng. Thesis presented by Emma Jinhua Teng for the degree of Doctor of Philosophy in the subject of Chinese

南教授等指導）。

　　在美國直接以「臺灣當代文學」為論文題目而取得博士學位的歷史，要比臺灣島內早十幾年。美國第一本專門以臺灣文學為題的博士論文，是由劉紹銘指導，用英文完成的 *The Evolution of the Taiwanese New Literature Movement from 1920 to 1937*（《臺灣新文學運動之發展：一九二〇～一九三七》），作者白珍（Yang, Jane Parish）於一九八一年，以此論文在威斯康辛大學獲得博士學位。而臺灣島內最早的以「臺灣文學」為論題而獲得博士學位的博士，是一九九三年以《日據時期臺灣小說研究》為博士論文獲得學位的臺灣師範大學許俊雅博士。美國第一本直接以臺灣文學為題的博士論文比臺灣島內的早了十二年之久，由此可以看出美國的「臺灣文學研究」的前瞻性和前沿性。此後，在一九八二年，德克薩斯大學奧斯汀校區有三篇博士論文以「臺灣文學研究」為選題範疇。依時間先後，分別是：張誦聖的 *A Study of "Chia Pien": A Contemporary Chinese Novel from Taiwan*（《《家變》研究：一篇臺灣當代小說》對照興起於西方的現代主義文學理論研討王文興的《家變》）、簡政珍的 *The Exile Motif in Modern Chinese Literature in Taiwan*（《臺灣現代文學中的流放主題》，講述余光中、葉維廉、白先勇、張系國、陳若曦等五位臺灣作家作品裡的流放主題）、Lindfors, Sally Ann 的 *An Analysis of the Short Storiess of Ouyang Tze*（《歐陽子短篇小說之分析》，分析旅美臺灣女作家歐陽子的短篇小說）。以上三篇博士論文研究的對象均為臺灣現代主義風格的文學作品。此外還有一篇討論臺灣鄉土文學論戰及臺灣鄉土小說作家的論文 *Social Realism in Modern Chinese Fiction in Taiwan*《臺灣現代小說中的社會寫實主義》由林茂松（德克薩斯大學奧斯汀校區）在

Literature. Harvard University.1997.Advisers: Stephen Owen, Patrick Hanan, and Peter Perdue.（〔美〕鄧津華：《旅遊書寫和殖民地踏查：十七世紀至十九世紀的臺灣遊記》，哈佛大學博士論文，1997年。宇文所安、韓南等指導。）

一九八六年寫成。可以看出，一九八〇年代，美國的「臺灣文學研究」博士論文大部分聚焦於現代主義作家。一九八〇年代及其以前在美國獲得文學博士學位而後進入學界開展臺灣文學研究者，至今已有很多已成為成果卓著的知名學者。

　　一九九〇年代在美國發表了十餘篇與臺灣文學相關的博士論文。其中包括陳麗芬（Chen, Li-fen）的 *Ficitionality and Reality in Narrative Discourse: A reading of Four Contemporary Taiwanese Writers*（《敘事話語中的寫實與虛構：解讀四位當代臺灣作家》，華盛頓大學博士學位論文，1990年）[64]、陳愛麗（Chen Ai-li）的 *The Search for Cultural Identity: Taiwan "Hsiang-Tu" Literature in the Seventies*（《臺灣七十年代鄉土文學——文化認同的追尋》，俄亥俄州立大學博士論文，1991年）、Christopher Lupke（陸敬思）的 *Modern Chinese Literature in The Postcolonial Diaspora*（《後殖民離散下的現代中國文學》，康奈爾大學博士論文，1993年）、John Balcom（陶忘機）的 *Lo Fu and Contemporary Poetry*（《洛夫與臺灣現代詩》，華盛頓大學博士論文，1993年）[65]、Douglas Lane Fix（費德廉）的 *Taiwanese Nationalism and Its late Colonial Context*（《臺灣的民族主義及其晚期殖民語境》，加州大學伯克利分校博士論文，1993年）[66]、范銘如（Fan, Ming-Ju）的 *The*

64　*Ficitionality and Reality in Narrative Discourse: A reading of Four Contemporary Taiwanese Writers*. By Chen, Li-fen. Ph. D dissertation of the University of Washington, 1990.（〔美〕陳麗芬：《敘事話語中的寫實與虛構：解讀四位當代臺灣作家》，華盛頓大學博士學位論文，1990年）

65　*Lo Fu and Contemporary Poetry*. By Balcom John Jay Stewart. Ph.D thesis of Washington University at St. Louis, 1993.（〔美〕陶忘機：《洛夫與臺灣現代詩》，華盛頓大學博士論文，1993年）

66　*Taiwanese Nationalism and Its late Colonial Context*. By Fix, Douglas Lane. Ph.D dissertation of The University of California, Berkeley, 1993.（以「日據時期臺灣文學」為論題）（〔美〕費德廉：《臺灣的民族主義及其晚期殖民語境》，加州大學伯克利分校博士論文，1993年）

Changing Concepts of Love: Fiction by Taiwan Women Writers（《愛情概念的變遷：臺灣女作家小說》，威斯康辛大學博士論文，1994年）、簡淑珍（Chian, Shu-chen）有關臺灣女性文學的博士論文（《臺灣女性主義文學》，羅徹斯特大學博士論文，1995年）[67]、沈曉茵（Shen, Shiao-Ying）的《他鄉地／客的流轉置換：楊德昌、張毅、侯孝賢電影之研究》[68]（康奈爾大學博士論文，1995年）、葉蓁（Yip, June Chun）的 *Colonialism and Its Counter-Discourses: On the Uses of "Nations" in Modern Taiwanese Literature and Film*（《殖民主義及其反抗話語──論現代臺灣文學與電影中「國家」概念的使用》）、鄧津華（Emma Jinhua Teng）的 *Travel Writing and Colonial Collecting: Chinese Travel Accounts of Taiwan from the Seventeenth through Nineteenth Centuries*（《旅遊書寫和殖民地踏查：十七世紀至十九世紀的臺灣遊記》，哈佛大學博士論文，1997年）等。一九九〇年代以後，赴美攻讀人文學科專業的臺灣留學生數量增加，而自上世紀七〇年代末以來，中國大陸赴美留學的留學生也持續增多，來自臺灣海峽兩岸的中國留學生都有選擇臺灣文學作為博士論文的選題者，而有關「臺灣文學研究」的博士論文的研究數量跟著持續增加，研究內容也持續深入和多元，而在一九八〇年代之前獲得博士學位的學者已然成為指導新一代臺灣文學研究博士生的主力。

　　一九九〇年代以來，在此前臺灣文學選集英語譯本出版的基礎

67　Chian, Shu-chen（譯音簡淑珍）的《臺灣女性主義文學》，Ph. D. thesis of the University of Rochester. 1995.（〔美〕江淑珍，《臺灣女性主義文學》，羅徹斯特大學博士論文，1995年）

68　*Permutations of the foreign/er: A Study of the Works of Edward Yang, Stan Lai, Chang Yi, and Hou Hsiao-Hsein*. By Shiao-Ying Shen. A dissertation presented to the faculty of the graduate school of Cornell University in partial fulfillment of the requirements for the degree of Doctor of Philosophy. August 1995.（沈曉茵：《他鄉地／客的流轉置換：楊德昌、張毅、侯孝賢電影之研究》，康奈爾大學博士論文，1995年。耿德華指導）

上，在美國以臺灣文學研究為主攻方向的博士日漸增多，其中包括
Fix, Douglas Lane（費德廉）、Lupke, Christapher（陸敬思）、Andrea
Lingenfelter（淩靜怡）等白人學者和石靜遠（Jing Tsu）、阮斐娜
（Faye Yuan Kleeman）等華人青年女學者，預示了美國漢學界臺灣文
學研究學科全面、健康發展的良好願景，進入二十一世紀後，除了以
臺灣文學為論題的博士論文以外，以臺灣文學研究為方向的碩士論文
也與日俱增，一九七〇至一九九〇年代在美國獲得博士學位的漢學家
已成為擔負指導研究生重任的中堅力量，而且所培養的學生也不限於
華人或華裔，如 Ronald Edward Smith（史然諾）於二〇〇六年以
Theatre of the Oppressed and Magical Realism in Taiwanese and Hakka
Theatre: Rectifying Unbalanced Realities with Assignment Theatre（《臺灣
福佬和客家劇場中的受壓迫者與魔幻現實主義：差事劇場對不平衡現
實的矯正》）[69]為題，在加州大學聖塔芭芭拉分校獲得博士學位（杜國
清教授為其指導教授之一），另有王德威教授指導的 Michael Berry
（白睿文）、Carlos Rojas（羅鵬）、蔡建鑫（Chien-Hsin Tsai）等青年
學者。與此相應，在一九六〇至一九七〇年代「半路出家」或「兩副
筆墨」的臺灣文學研究漢學家的基礎上，為適應教學和指導研究的需
要，一九九〇年代以來，在美國以主要精力從事臺灣文學翻譯和研究
的大學教授也逐日增多。[70]此外，一些美國大學還舉辦與亞洲研究相

---

69 *Theatre of the Oppressed and Magical Realism in Taiwanese and Hakka Theatre:*
Rectifying Unbalanced Realities with Assignment Theatre. Written by Ronald Edward
Smith. A dissertation submitted in partial satisfaction of the requirements for the degree
Doctor of Philosophy in Dramatic Art. Ph. D thesis of University of California, Santa
Barbara. September 2006. Committee member: Professor Leo Cabranes-Grant, Chair;
Professor Simon Williams; Professor Tu Kuo-ch'ing.（〔美〕史然諾：《臺灣福佬和客家
劇場中的受壓迫者與魔幻現實主義：差事劇場對不平衡現實的矯正》，加州大學聖
塔芭芭拉分校博士論文，2006年9月。杜國清教授為其博士論文答辯委員會成員）

70 參見（美）應鳳凰（德州大學東亞系博士班）：〈臺灣文學研究在美國〉，臺北《漢
學研究通訊》第16卷第4期（總第64期），1997年11月，頁403。

關的夏令營，其中也有一些與臺灣文學相關的活動，如康奈爾大學曾於一九九〇年七月舉辦過「美東夏令營」，期間曾邀請臺灣旅美作家黃娟主持過「臺灣文學研討會」及「鍾理和逝世三十周年文學研討會」。

第二節　文化傳播與文化轉譯的途徑：翻譯、研究與推介

　　文學翻譯對於文學作品在非母語國家和地區的傳播與接受的重要作用已成為學界的共識，莫言能夠獲得諾貝爾文學獎，其中一個重要原因是莫言的文學作品有著很好的歐美語譯本，而在此之前，長期不能獲得諾貝爾文學獎的中國文學界，曾深深苦惱於浩如煙海的中國文學優質外語譯本的匱乏，海外漢學家有著同樣的看法，甚至「當年身為皇家學院院士、諾貝爾文學獎評獎委員的馬悅然教授曾斷言，中國作家之所以至今未獲得諾貝爾文學獎，在很大程度上是因為他們的作品沒有好的西文譯本。」[71]美國漢學家在選擇自己論著的研究方法的時候，也會考慮文化傳播與文化轉譯的因素，從而採用一些更能夠被美國學術體制所接納、美國讀者更容易理解的研究方法。如夏志清《近代中國小說史》所採取的中西比較的方法「實在是不得已而為之，因為那個時候中國研究在美國學術界一直是相當邊緣化的。所有非西方文學──即使不是公然地，總是要被置於『歐洲中心』的背景下加以衡量。所以，為了讓美國公眾得以理解，需要用『比較』的方法把中國文學置於一種『可理解的』背景之中，除非有人刻意將之視為『外來物』而進一步使其遠離知識主流。但是，同時，夏先生的比較視角也令他展示了關於現代中國文學的獨到觀點，這些觀點如今已

71　王寧：〈中國現當代文學研究在西方〉，《中國文化研究》2001年春之卷，頁129。

成為我們的標準。」[72]同時，文學翻譯具有教與學的雙重功能，美國漢學家的臺灣文學翻譯也表現了翻譯與教學研究的互相促進。

一　美國漢學家臺灣文學翻譯的深度與廣度

　　早在一九五九年，旅居美國的著名中國現代作家張愛玲就曾把臺灣作家陳紀瀅的小說《荻村傳》[73]翻譯成英文，在香港出版。這是目前可知美國最早的英譯臺灣文學作品的單行本。基於張愛玲後來加入美國國籍的現實，在這個意義上說，張愛玲譯作 *Fool in The Reeds*（《荻村傳》）也是美國漢學家最早的臺灣文學英文翻譯作品。此後，美籍臺灣學者殷張蘭熙於一九六一年主編了《新聲》（*New Voices*），開始有系統地有計畫地翻譯臺灣文學作品，並曾於一九六二年將白先勇的《玉卿嫂》翻譯成英文[74]，後曾與齊邦媛合作於一九九二年將林海音的《城南舊事》等著作譯成英文[75]。殷張蘭熙一九七二年還創辦了《中華民國筆會季刊》（*The Chinese PEN*），並任首任主編直至一九九二年，編輯發表了大量的臺灣文學譯作，發現、扶持了大批的青年翻譯家和作家。一九七二年，時在臺灣編譯館工作的齊邦媛也開展了一個英譯王禎和、陳映真、黃春明小說的研究計畫。一九九○年代以

72　〔美〕李歐梵著，季進、杭粉華譯：〈光明與黑暗之門——我對夏氏兄弟的敬意和感激〉，《當代作家評論》2007年第2期，頁14。

73　*Fool in The Reeds*. By Chen Chi-ying. Translated and adapted from the Chinese by Eileen Chang. Hong Kong: Rainbow Press, 1959.（陳紀瀅著，〔美〕張愛玲譯：《荻村傳》，香港：彩虹出版社，1959年）

74　"*Jade Love*." By Pai Hsien-yung. Translated by Nancy Chang Ing. In *New Chinese Writing*. Taipei: The Heritage Press, 1962. pp. 1-63.（白先勇著，殷張蘭熙譯：《玉卿嫂》，收入吳魯芹主編《新中國作家》，臺北市：文物出版社，1962年）

75　*Memories of Peking: South Side Stories*. By Lin Hai-yin. Translated by Nancy C. Ing and Chi Pang-yuan. Hong Kong: The Chinese University Press, Hong Kong. 1992.（林海音著，殷張蘭熙、齊邦媛譯：《城南舊事》，香港：香港中文大學出版社，1992年）

來，隨著臺北《中華民國筆會季刊》、香港《譯叢》、加州大學聖塔芭芭拉分校「臺灣文學英譯叢刊」臺灣文學翻譯計畫、臺灣「文建會」的「中書外譯計畫」等翻譯類期刊和相關研究計畫的推進，美國漢學家的臺灣文學翻譯越來越深入，無論是所選取的翻譯對象的文體形式還是題材內容都越來越多元化，面向也越來越廣。

　　美國漢學家對於臺灣文學的譯介活動，可以分為四個部分：（一）美國漢學家的臺灣文學作品翻譯選集與文學作品翻譯單行本，如：葉維廉選譯的《中國現代詩歌二十家（1955-1965）》[76]、喬志高（George Kao）選譯的白先勇小說集《遊園驚夢》（*Wandering in the Garden, Waking from a Dream*）[77]、葛浩文與楊愛倫（Ellen Yueng）合譯的臺灣女作家李昂的小說《殺夫》（*The Butcher's Wife*）[78]等，美國哈佛大學王德威教授曾在其發表於一九九五年的〈翻譯臺灣〉一文中，介紹了在美國發行的八種英譯臺灣小說選集，其中包含了對英譯臺灣文學選集的個案分析，論述了美國的「臺灣文學翻譯」的概況，是研究美國漢學家的「臺灣文學翻譯」的重要參考資料；（二）美國漢學家的學術專著，如：張誦聖的臺灣現代派小說研究、奚密的「現代詩」研究、王德威的當代臺灣文學評論等；（三）研討會、研究計畫和相關報刊，如：海外第一次臺灣小說學術研討會（美國德克薩斯

76　*Modern Chinese Poetry: Twenty Poets from The Republic of China, 1955-1965.* Selected and translated by Wai-lim Yip. Iowa City: University of Iowa Press, 1970.（〔美〕葉維廉選譯：《中國現代詩歌二十家（1955-1965）》，愛荷華城：愛荷華大學出版社，1970年）

77　*Wandering in A Garden, Waking from A Dream: Tales of Taipei Characters.* Hsien-Yung Pai (Author), George Kao (Editor), Patia Yasin (Translator). Bloomington: Indiana University Press, 1982.（〔美〕高克毅（喬志高）等編譯，《遊園驚夢：臺北人的故事》，布盧明頓：美國印第安納大學出版社，1982年）

78　*The Butcher's Wife.* Written by Li Ang. Translated from Chinese into English by Howard Goldblatt and Ellen Yeung. Berkeley, San Francisco: North Point Press, 1986.（李昂著，（美）葛浩文與楊愛倫合譯：《殺夫》，加州舊金山柏克萊市：北點出版社，1986年）

大學奧斯汀分校，1979年）、杜國清創辦的「臺灣文學英譯叢刊」（加
州大學聖塔巴巴拉分校，1997年）等有組織有計畫地開展臺灣文學作
品的譯介活動，如杜國清等加州大學聖塔芭芭拉分校臺灣研究中心的
學者們曾在二〇〇五年編譯出版了臺灣日據時期的民俗研究著作，江
肖梅的《臺灣民間故事集》（Jiang, Xiaomei. *Folk stories from Taiwan*）
[79]；（四）學位論文，如羅體模（Ross, Timothy A）、白珍（Yang, Jane
Parish）、張誦聖、簡政珍、應鳳凰等均以臺灣文學為論題在美國大學
撰寫了博士論文。在美國以「臺灣文學」為研究對象而取得博士學位
的歷史，要比臺灣島內早三十年。如上文所述，一九九〇年代以來，
此類博士論文在美國更是形成了多元化的議題，其深度與廣度令人歎
為觀止，與海峽兩岸的臺灣文學研究相比，毫不遜色，有過之而無不
及。這些博士論文之所以選擇臺灣文學作為論題，一方面體現了論文
作者對於臺灣文學研究的喜愛，另一方面，也要歸功於他們的指導教
授向臺灣文學方向的引導，而這種引導本身就是一種對於臺灣文學的
推介和傳播。

　　文學翻譯除了要追求語言文字上的「信、達、雅」以外，更困難
也更重要的是不同文化之間的轉譯，在某種意義上說，把原著翻譯成
另一種語言並讓目標讀者理解原著中的另一種文化比原創更困難，這
需要翻譯家首先要認真研究原著，真正理解原著的文化內涵。正如美
國漢學家、翻譯家陶忘機（John Balcom）所言，「詩的翻譯成敗，翻
的人有時候是比作的人更重要」[80]。美國的翻譯家有著對原著作的獨

---

79 *Folk stories from Taiwan*. By Jiang, Xiaomei. Crespi, John A.;　Du, Guoqing; Backus,
　　Robert L. edited and translated. Santa Barbara, California: Center for Taiwan Studies,
　　University of California, 2005.（江肖梅著：（美）江克平、杜國清、拔苦子編譯：
　　《臺灣民間故事集》，加州聖塔芭芭拉：加州大學聖塔芭芭拉分校臺灣研究中心，
　　2005年）
80 杜十三著：《雞鳴・人語・馬嘯：和生命閒談的三種方式》（臺北市：業強出版社，
　　1992年），頁148。

到理解和以英語為母語的先天優勢，有著實時實地考證的嚴謹態度，取得了比較顯著的譯介成果。

二　美國的臺灣少數民族文學譯介

　　從美國漢學家對於一直處於學科邊緣的臺灣少數民族文學的譯介，也可以看出美國漢學家在臺灣文學翻譯和推介，以及在文化傳播與文化轉譯方面的著力之深和面向之廣。臺灣少數民族文學最早是通過民間文學、口傳文學的形式進入西方視野的，早期在美國翻譯出版的涉及臺灣少數民族口傳文學的書籍，都由非專業作家輯錄而成。如早在一九九五年，美國休斯頓臺灣語文學校（The Houston Taiwanese School of Languages and Culture）即編輯了一本非正式出版物 *Folk Stories of Taiwan*，書中的 *The Legend of Sun-Moon Lake*（《日月潭的傳說》）和 *The Aboriginal Hero*（《原住民英雄》）分別講述鄒族先民大尖和水社夫婦為挽救族人，拯救太陽和月亮，即日月潭由來的神話故事以及泰雅族部落在日據時期為爭取自由而發動著名的「霧社起義」的故事。這本書中的故事的是大多數文章的翻譯或編輯工作都由第二代臺灣美國人完成。這些第二代臺灣人在美國接受教育，書籍編輯的初衷也在於讓在美臺灣新移民理解美國和臺灣的文化之間的差異，瞭解臺灣的歷史。

　　二〇〇四年，美國 Libraries Unlimited 出版社出版了 *Tales from the Taiwanese*，書的封面即選用大幅的臺灣高山族少女照片作為背景，這本書是該出版社世界民俗系列叢書之一，書中多個內容涉及臺灣少數民族口傳文學。作者 Gary Marvin Davison 是一個獨立的研究者和作家，據作者介紹，書中的二十個故事是其於一九八八至一九九〇年間在臺灣做「臺灣農民的生活和經濟調查」時，從其看到的一本題為《臺灣民間故事》的教科書中選譯而來，因為在翻譯時保持了原

著的體式結構，所以每篇故事後都附有「討論話題」（Questions for Discussion）和「課堂活動建議」（Suggestions for Class Activities）等教學環節。

第一本臺灣高山族漢語文學英譯選集專書的出現，是 John Balcom 組織編譯的 *Indigenous Writers of Taiwan: An Anthology of Stories, Essays, and Poems*（《臺灣原住民作家詩文選集》），該書於二〇〇五年九月由美國哥倫比亞大學出版社出版。這本書中翻譯收錄了〈最後的獵人〉、〈雛鳥淚〉等小說、散文、詩歌作品，涉及九個臺灣少數民族。作者 John Balcom 即著名美國漢學家和翻譯家陶忘機，美國文學翻譯協會主席，其夫人為臺灣漢人。陶忘機曾在上世紀七〇年代於臺灣新聞局工作，負責修改英文新聞稿件，多年來在向西方世界譯介中國大陸和臺灣文學方面著力頗深。這本書是哥倫比亞大學出版社的「臺灣現代華語文學」（Modern Chinese Literature from Taiwan）英譯計畫系列叢書中的一本，該計畫由臺灣「蔣經國國際學術交流基金會」資助出版，陶忘機（John Balcom）在書籍簡介中談到，他希望藉這些有代表性的文學作品，向西方讀者介紹臺灣原住民族獨特的民族經驗及在當下社會面臨的文化困境。該書曾獲得二〇〇六年美國北加州圖書獎（The 2006 Northern California Book Award）。

在臺灣少數民族文學進入美國學界視野的進程中，美國加州大學聖塔芭芭拉分校的《臺灣文學英譯叢刊》（*Taiwan Literature: English Translation Series*）做出了持續不斷的努力。該刊物創刊於一九九六年八月，主持者為杜國清教授，初期由該校跨學科人文科學研究中心屬下世界華文文學研究中（Taiwan Literature Studies Database）負責選稿、翻譯和出版，臺灣「行政院文化建設委員會」贊助出版，現隸屬於該校東亞語言與文化研究中心屬下的臺灣研究中心（The Center for Taiwan Studies），由非營利法人單位「美國臺灣文學基金會」（US-Taiwan Literature Foundation）予以支持。創刊初期該刊為年刊，一九

九八年開始每年出版兩集，持續至今，每期雜誌都圍繞一個共同主題選稿，文體方面則包括評論、小說、散文、詩歌和研究論文等五種類別。《臺灣文學英譯叢刊》問世的初衷，「是將最近在臺灣出版的有關臺灣文學的聲音，亦即臺灣本地的作家和研究者對臺灣文學本身的看法，介紹給英語的讀者，以期促進國際間對臺灣文學的發展和動向能有比較切實的認識，進而加強從國際的視野對臺灣文學的研究。」[81]「長期出版這份唯一致力於臺灣文學的學術刊物，具備了進一步推動臺灣文學英譯計畫不可或缺的翻譯人才和學術資源，也使聖塔芭芭拉分校奠立了在美國學術界推動臺灣文學英譯這一專業的基礎」[82]。

　　自一九九六年創刊號開始，在臺灣少數民族作家漢語文學作品的翻譯方面，便有利格拉樂·阿𡠈的散文《誰來穿我織的美麗衣裳》刊登在《臺灣文學英譯叢刊》。迄今出版的三十七期《臺灣文學英譯叢刊》中，就有兩期「原住民文學專號」，分別涉及作家文學和口傳文學（1998年的第3期，以「臺灣原住民文學」為主題，刊登了臺灣少數民族作家小說〈最後的獵人〉（田雅各布）、〈飛魚的呼喚〉（夏曼·藍波安），散文〈請聽聽我們的聲音〉（波爾尼特）、〈月桃〉（利格拉樂·阿𡠈），以及瓦歷斯·諾幹、莫那能、巴蘇亞·博伊哲努的詩歌作品；二〇〇九年的第二十四期，以「臺灣原住民的神話與傳說」為主題，刊登了曾建次的〈洪水滅世，人類祖先〉、〈壞人與獵人〉、〈荷蘭人到屯落〉、〈知本部落的宗教〉，亞榮隆·撒可努的〈猴子大王〉，霍斯陸曼·伐伐的〈多話的烈犬〉，夏本奇伯愛雅〈凡人與魔鬼的決鬥〉等小說作品；奧威尼·卡露斯的散文〈哩咕烙！禰在那裡？〉；翻譯發表了田哲益的〈介紹一首泰雅母親謠〉、〈祭獵槍之歌〉、〈邵族

81　《臺灣文學英譯叢刊》出版前言，http://www.eastasian.ucsb.edu/projects/fswlc/tlsd/research/journalindex.html

82　杜國清：〈臺灣文學研究在美國〉，鄭邦鎮總策畫，彭瑞金總編輯，靜宜大學中文系編印：《二〇〇四臺灣文學年鑒》（臺南市：臺灣文學館出版，2005年），頁156。

耕種對唱歌謠〉、〈邵族杵歌〉、〈湖中喜悅〉、〈豐收樂〉、〈愛情歌謠三首〉，游霸士・撓給赫的〈大霸尖山的招手〉等詩歌作品。

除「原住民文學專號」以外的其他文學主題的專刊裡，臺灣少數民族作家作品在《臺灣文學英譯叢刊》中的分量也不可小覷。第八期（主題為「臺灣文學與自然環境」）刊有夏曼・藍波安的散文〈浪人鯵〉；第九期（主題為「臺灣民間文學」）刊有夏曼・藍波安的散文〈兩個太陽的故事〉、夏本奇伯愛雅的散文〈貪吃的魔鬼〉；第十七期（主題為「臺灣文學與海洋」）刊登了孫大川的〈山海世界——《山海世界》雙月刊創刊號序文〉，夏曼・藍波安的〈冷海情深〉〈海洋朝聖者〉、〈黑潮の親子舟〉，廖鴻基的〈鐵魚〉、〈丁挽〉；第十八期（主題為「臺灣文學與山林」）刊登了孫大川的〈捕捉風中的低語——（印第安之歌）序〉、田雅各的小說〈夕陽蟬〉、根阿盛的小說〈朝山〉、亞榮隆・撒可努的散文〈山與父親〉、霍斯陸曼・伐伐的散文〈Hu！Bunun〉及瓦歷斯・諾幹的散文〈戴墨鏡的飛鼠〉、〈沒入群山的背影——「陪你一段」之二〉，瓦歷斯・諾幹的詩歌〈山與原住民〉、〈馬赫坡之歌〉、〈山是一座學校〉，沙力浪的詩歌〈笛娜的話〉、〈走風的人〉，董恕明的詩歌〈魚等待，飄出一朵微笑的雲〉、〈我是一棵樹，蜷在溫柔的山裡〉；第二十二期（主題為「臺灣文學與童年」）刊登了奧威尼・卡露斯的小說〈芋葉上的露珠〉，白茲・牟固那那的散文〈山地小孩的泡泡糖〉及黑立子・達立夫（Rahic Talif，今通譯拉黑子・達立夫）的散文〈心裡的夾縫〉、〈坐在溫暖的煙裡〉。第二十三期（主題為「臺灣文學與二二八事件」）則翻譯發表了瓦歷斯・諾幹的詩歌〈白骨的歎息〉。

此外，《臺灣文學英譯叢刊》還有部分非臺灣少數民族作家描述臺灣少數民族的作品的譯刊，如第三期刊登了吳錦發的小說《燕鳴的街道》和陳其南的散文《飛魚和汽車》；第九期刊登了選自一九三五年臺灣大學語言學研究室小川尚義、淺井惠倫二位教授編譯的〈原語

による臺灣高砂族傳說集〉[83]的〈征伐太陽──布農族傳說〉、〈達矮人──賽夏族傳說〉、〈蛇妻──排灣族傳說〉；第十四期刊登了胡台麗的散文〈賽夏族矮人祭〉；第十八期刊登了漢族詩人喬林根據其當年在臺灣北部高山族山林區工作經歷創作的描寫泰雅族人生活的〈狩獵〉，「笠詩社」詩人吳俊賢反映臺灣少數民族的苦難及其情感世界的〈原住民〉；第二十四期則翻譯發表了金榮華的學術隨筆〈女人國〉、〈少女和狗〉、〈阿拉嘎蓋的故事三則〉、〈為甚麼我們不打烏鴉〉、〈變成豹和熊的兄弟〉、〈漢人拾骨葬的由來〉，鈴木作太郎的學術隨筆〈創世神話〉、〈獵人頭〉、〈蕃社間的鬥爭異聞〉，李福清的學術隨筆〈「人」的父親──哈路斯〉、〈巡獵吊中道三鬼〉，小川尚義的采風隨筆〈猿〉、〈サイパハラハラン〉、〈處女と鹿〉，臺灣「中央研究院」語言學研究所李壬癸院士和日籍學者土田滋署名的〈巴宰族歌謠三首〉等。

　　從上文對於美國漢學家們的臺灣原住民文學翻譯的介紹，可以看出，美國漢學家對臺灣文學的翻譯，不只在廣度上涵蓋了各族群、各種文體的文學作品，而且在深度上也突破了上世紀七〇年代美國臺灣文學翻譯關注主流作家、關注經典作品的拘囿，開始從民間文學、庶民寫作中尋找資源，對於社會問題的思考和對於受眾閱讀的導向均有獨到的眼光和前瞻的意識，值得海峽兩岸的臺灣文學研究者和翻譯家借鑒和研究、學習。

---

[83] 第一次用各種臺灣高山族語言拼音附日文翻譯發表許多神話與傳說，是目前為止有關臺灣高山族神話材料最豐富的書籍。

三 美國漢學家的翻譯風格

在數量眾多的美國翻譯家中，大多數從事臺灣文學翻譯的美國漢學家都有著自己極具特色的翻譯風格，而這各自不同的翻譯風格也折射出了這些漢學家們的翻譯思想和選譯原則。如劉紹銘等為了編寫教材的全面性選擇標準、葛浩文的市場原則、高克毅的字斟句酌、陶忘機的隨性隨機與自娛自樂、張誦聖等的歸類選集翻譯原則等，都有其值得他人學習和借鑒的成功經驗。馬悅然曾在上世紀八○年代說，「目前現代中國文學實在缺乏優秀的翻譯者。好手太少了，只有那麼幾位，像香港的閔福德、美國的葛浩文、英國的詹納爾、原籍澳大利亞的杜博妮等，是極少數的好手。」[84]時至今日，美國漢學家們的翻譯成果已今非昔比，而且已形成了各自不同的鮮明特色，以下舉數個典型代表翻譯家說明之。

（一）劉紹銘（Joseph S. M. Lau）與臺灣文學選集

一九七○至一九八○年代，在臺灣文學翻譯選集的編輯出版方面，貢獻最大者當屬美國威斯康辛大學教授劉紹銘。生於香港的劉紹銘（1934-2023），畢業於臺灣大學外文系，一九六一年赴美留學，一九六六年獲美國印第安納大學比較文學博士學位，一九六六年到威斯康辛大學比較文學系任教。一九六八年回到香港，到香港中文大學崇基學院英文系任教，一九七一年任新加坡大學高級講師，後曾任美國威斯康辛大學東亞語文系教授兼系主任，一九九○年代再次回到香港，任嶺南學院教授兼文學院院長。[85]一九七六年，劉紹銘編譯出版

---

84 參見鄭樹森一九八六年十月對馬悅然的訪問〈謀殺中國文學的翻譯——訪馬悅然院士〉，鄭樹森：《文學地球村》，上海市：上海三聯書店，1999年，頁491。

85 參見黃維樑、曹順慶編：《中國比較文學學科理論的墾拓——臺港學者論文選》（北京市：北京大學出版社，1998年），頁278-279。

了《六十年代臺灣小說選：一九六○～一九七○》（*Chinese Story from Taiwan: 1960-1970*），其中收入了他在臺灣大學外文系讀書時的同學兼編輯《現代文學》時的同仁白先勇以及陳映真、陳若曦、黃春明、七等生、王文興、王禎和、張系國等人的作品。這些作家及其小說，目前均已名聞遐邇、享譽中外，而選集中收入的《嫁妝一牛車》、《看海的日子》、《我愛黑眼珠》、《冬夜》等也都已成為臺灣小說經典。這無疑反映了編譯者的選擇翻譯文本標準的準確。劉紹銘一九八三年在美國編譯出版的另一本臺灣小說選集《不斷的鏈條：一九二六年以來的臺灣小說選集》（*The Unbroken Chain: An Anthology of Taiwan Fiction Since 1926*）所選擇的臺灣小說作品時間橫跨第二次世界大戰前與第二次世界大戰後兩個歷史時期，收入了賴和的《一桿秤仔》、吳濁流的《先生媽》和張大春的《雞翎圖》等作品，內容相較《六十年代臺灣小說選》更加全面，是第一本收入臺灣日據時代文學作品的英譯選集，體現了編譯者的學術開拓與探索精神，哈佛大學王德威教授評價其為「極富文學意味的選集」，「反映殖民時期臺灣同胞的所行所思，極富史料價值」[86]。

（二）葛浩文（Howard Goldblatt）與英譯單行本臺灣小說及其「市場化原則」和「等效翻譯」

葛浩文（Howard Goldblatt, 1939- ）擅長小說翻譯，是在殷張蘭熙創辦的《中華民國筆會季刊》（*The Chinese PEN*，齊邦媛現任主編），以及香港中文大學的《譯叢》（*Rendition*）上發表臺灣文學譯作最多的盎格魯裔美國人漢學家，也是目前出版臺灣小說家單行譯本最多的美國翻譯家，退休前任美國聖母大學教授。

葛浩文曾赴臺灣留學，畢業後曾在臺灣的大學教授中國現代文學

86　（美）王德威：《小說中國——晚清到當代的中文小說》（臺北市：麥田出版社，1993年），頁363。

課程，練就了很好的中文聽說讀寫能力。他的成名譯作是一九七八年出版的臺灣作家陳若曦的文革「傷痕」小說《尹縣長》英譯本。該譯本出版後，《紐約時報》、《時代週刊》都發表書評給予高度評價，成為在美國出版的第一個臺灣小說家個人著作英譯單行本，在美國文化界引起巨大反響。它在文化大革命剛剛結束時即在美國出版，且以英文命名為「中國文化大革命小說集」，以小說家（臺灣作家陳若曦）「文革」親身經歷為主要內容，迎合了美國讀者的獵奇心理與閱讀興趣，葛浩文的精彩英譯很好地把握住了市場方向，可謂適當其時。此後，一九八〇年，葛浩文又推出了另一部臺灣小說家個人著作英譯單行本《溺死一隻老貓》[87]（黃春明小說集），目光轉向了一九六〇至一九七〇年代經濟轉型時期的臺灣鄉土社會，而黃春明當時也已是著名的臺灣鄉土小說家，因此，「若沒有很好的譯筆，以及對臺灣本土文化及口語的深入瞭解，翻譯黃春明小說是很大的挑戰」。[88]葛浩文教授「不但一一克服翻譯上的難關，設法讓西方人理解臺灣獨特的環境與風格，還要透過情節與人物的細微處，傳達鄉村小百姓在進入工業社會的辛酸無奈，以及從社會最底層努力往上攀爬的艱苦，如《兒子的大玩偶》裡 Sandwichman，《鑼》裡的 Kam Kim-ah《憨欽仔》，翻譯功力令人嘆服，贏得不少讚譽。」[89]

　　葛浩文十分注重受眾方面的考量，在選擇翻譯腳本的時候適當注意滿足市場需求，可以說，「市場化原則」是葛浩文選擇翻譯對象的

---

87 *The Drowning of an Old Cat and Ot*her Stories. Written by Hwang Chun-ming. translated by Howard Goldblatt. Bloomington: Indiana University Press, 1980.（黃春明著，（美）葛浩文譯：《淹死了一隻老貓及其它故事》，布盧明頓：印第安納大學出版社，1980年）

88 （美）應鳳凰：〈臺灣文學研究在美國〉，臺北《漢學研究通訊》1997年第4期，頁398。

89 （美）應鳳凰：〈臺灣文學研究在美國〉，臺北《漢學研究通訊》1997年第4期，頁398。

最重要的原則，而他在選擇英文字句的時候則充分考慮到中美的文化差異，盡量做到「等值翻譯」與「等效翻譯」[90]的兼容，因此其翻譯文本在西方世界有著較廣的受眾面。以他的觀點，「中國小說為何走不出去？當代作家太過於關注中國的一切，因而忽略掉文學創作一個要點——小說要好看！造成這個現象的原因很多，可能是跟教育有關，或是作家一般無法不透過翻譯來閱讀其他國家文學。」[91]而他一九八六年與楊愛倫（Ellen Yeung）合作翻譯的李昂小說《殺夫》（譯名為 *The Butcher's Wife*）[92]及其本人所譯白先勇小說《孽子》（譯名 *Crystal Boys*）[93]的書名翻譯，就以「意譯」的翻譯方法巧妙地規避了中美文化差異所可能造成的受眾理解困難，「前者從『夫』變成『婦』（小說本來就以女性為主角），後者能把難譯的『孽子』兩個字，不多不少同樣譯成兩個英文字，而翻譯之後的新詞，就英語世界來說，反更鮮明的緊扣主題。boy 一字既貼近原文的「子」，又造成字面上的玲瓏剔透，尤其傳神」[94]，從而達到了「等效翻譯」的基本目標。

（三）高克毅（George Kao）與白先勇的翻譯團隊

　　白先勇、葉佩霞（Patia Yasin）、高克毅（又名喬志高）等曾經組

90　劉宓慶：《新編當代翻譯理論》（北京市：中國對外翻譯出版公司，2005年），頁24-26。

91　（美）葛浩文、林麗君：〈中國文學如何走出去？〉，《文學報》2014年7月3日，第18版。

92　*The Butcher's Wife*. Written by Li Ang. Translated from Chinese into English by Howard Goldblatt and Ellen Yeung. Berkeley, San Francisco: North Point Press, 1986.（李昂著，（美）葛浩文與楊愛倫合譯：《殺夫》，加州舊金山柏克萊市：北點出版社，1986年）

93　*Crystal Boys*. Written by Pai Hsien-Yung. Translated by Howard Goldblatt. San Francisco: Gay Sunshine Press, 1989.（〔美〕白先勇著，（美）葛浩文英譯：《孽子》，舊金山：男同陽光出版社，1989年）

94　（美）應鳳凰：〈臺灣文學研究在美國〉，臺北《漢學研究通訊》1997年第4期，頁400。

成一個翻譯白小勇小說集《臺北人》的翻譯團隊。白先勇的《臺北人》英譯本一九八二年由美國印第安納大學出版社出版，其翻譯者是由高克毅、葉佩霞以及白先勇本人組成的「翻譯團隊」[95]。該譯本取名「遊園驚夢」（*Wandering in the Garden, Waking from a Dream: Tales of Taipei Characters*），主編為高克毅，俄裔美國女翻譯家葉佩霞為合譯者。該英譯本的翻譯工作從一九七六年開始，一九八一年完成。恰逢當時印第安納大學出版社有出版中國文學作品英譯系列的計畫，該英譯本便由劉紹銘和李歐梵向該出版社推薦出版。在此之前，該譯本（《臺北人》）中的兩篇小說〈永遠的尹雪豔〉和〈歲除〉的英文譯文已在《譯叢》雜誌一九七五年秋季號發表（該期雜誌由高克毅主編），〈永遠的尹雪豔〉由余國藩（Anthony C. Yu）與 Katherine Carlitz（柯麗德）合譯，〈歲除〉由 Diana Granat 翻譯。高克毅等對其稍加修改，也將其收入了此部《臺北人》英譯本。《譯叢》（*Renditions*）由高克毅和宋淇創辦於一九七三年，隸屬於香港中文大學翻譯中心，「是一本高水準、以翻譯為主的雜誌，對香港翻譯界以及英美的漢學界有巨大影響。中國文學作品的英譯，由古至今，各種文類無所不包，而其選材之精，編排之活潑，有學術的嚴謹而無學院式的枯燥，這也反映了兩位創始人的學養及品味。」[96]

　　由原創作者親自把個人著作翻譯成外語，這在美國翻譯界是一個創舉。白先勇曾說：「參加《臺北人》英譯，是我平生最受益最值得紀念的經驗之一」[97]。白先勇在回顧他與高克毅（喬志高）等三人翻譯小說集《臺北人》的過程時曾高度評價高克毅和葉佩霞（Patia Yasin）的

95　（美）白先勇：〈翻譯苦、翻譯樂——《臺北人》中英對照本的來龍去脈〉，見白先勇著《樹猶如此》（臺北市：聯合文學出版社，2002年），頁88。

96　（美）白先勇：〈翻譯苦、翻譯樂——《臺北人》中英對照本的來龍去脈〉，見白先勇著：《樹猶如此》（臺北市：聯合文學出版社，2002年），頁89。

97　（美）白先勇：〈翻譯苦、翻譯樂——《臺北人》中英對照本的來龍去脈〉，見白先勇著：《樹猶如此》（臺北市：聯合文學出版社，2002年），頁89。

翻譯水準：「如果說我們這個『翻譯團隊』還做出一點成績來，首要原因就是由於高先生肯出面擔任主編。大家都知道高先生的英文『聒聒叫』——宋淇先生語，尤其是他的美式英語，是有通天本事的。莫說中國人，就是一般美國人對他們自己語言的來龍去脈，未必能像高先生那般精通。他那兩本有關美式英語的書：《美語新詮》、《聽其言也——美語新詮續集》一直暢銷，廣為華人世界讀者所喜愛，他與高克永先生合編的《最新通俗美語詞典》更是叫人歎為觀止。高先生詮釋美語，深入淺出，每個詞彙後面的故事，他都能說得興趣盎然，讀來引人入勝，不知不覺間，讀者便學到了美語的巧妙，同時對美國社會文化也有了更深一層的瞭解。」[98]高克毅（George Kao，喬志高）在譯本序中也曾對白先勇小說作出了精到的好評："Pai's Taipei characters fill out an earlier and not unrelated chapter in the 'trouble-ridden' history of contemporary China"[99]（「白先勇筆下的臺北人為中國當代史上的多事之秋填補上了更早且又不無關係的一章」）。白先勇小說文字精巧，敘事細膩，結構精緻，文本中隱喻、雙關、互文等修辭頻頻出現，用典也較多，要想將其譯成英文且能讓歐美讀者跨越文化隔閡理解內中意蘊，殊非易事，以原作者、有西方文化血脈傳統的美國翻譯家和自小在美國長大的高水平歐裔翻譯家組成翻譯團隊合作翻譯，事實證明是很明智且卓有成效的。白先勇小說英譯本描寫了一群由大陸漂泊至臺北的人物的生活，反映了他們的大陸記憶，使美國讀者從日常生活的視角瞭解了一九四九年前後的一段中國歷史。

---

98 （美）白先勇：〈翻譯苦、翻譯樂——《臺北人》中英對照本的來龍去脈〉，見白先勇著：《樹猶如此》（臺北市：聯合文學出版社，2002年），頁88-99。

99 *Editor's Preface*. By George Kao. *Wandering in A Garden, Waking from A Dream: Tales of Taipei Characters*. Hsien-Yung Pai (Author), George Kao (Editor), Patia Yasin (Translator). Bloomington: Indiana University Press, 1982. p.xiv. （〔美〕喬志高：《編者序》，（美）高克毅（喬志高）等編譯：《遊園驚夢：臺北人的故事》，布盧明頓：美國印第安納大學出版社，1982年，頁xiv）

（四）陶忘機（John Balcom）的隨機隨性翻譯

　　陶忘機是盎格魯撒克遜裔美國人，陶忘機是他的中文名，英文名為 John Balcom，曾獲美國聖路易斯華盛頓大學（Washington University at St. Louis）中文和比較文學博士學位，現為美國加州蒙特利國際研究學院（Monterey Institute of International Studies）教授。他曾於一九七〇年代赴臺灣工作，返美後多年來致力於臺灣現代詩歌的翻譯與研究。陶忘機選擇翻譯腳本的態度就像他的中文名一樣，隨心隨性，喜歡就譯，較少功利心理。近幾年其翻譯作品散見於《臺灣文學英譯叢刊》、*Renditions* 等著名翻譯期刊，翻譯數量和選擇的臺灣作家數量已即將趕超葛浩文，但其翻譯的對象往往是臺灣詩歌、散文等短篇文學作品，較少有單行本的臺灣作家個人著作。美國漢學界第一本原住民漢語文學英譯選集專書 *Indigenous Writers of Taiwan: An Anthology of Stories, Essays, And Poems*（《臺灣原住民作家詩文選集》）即由陶忘機組織編譯，於二〇〇五年九月由哥倫比亞大學出版社出版。該譯著由臺灣蔣經國國際學術交流基金會資助出版，曾獲二〇〇六年北加州圖書獎（The 2006 Northern California Book Award）。

（五）張誦聖（Chang, Sung-sheng Yvonne）的「現代派小說」翻譯與研究

　　德克薩斯大學奧斯汀校區教授張誦聖，長期致力於臺灣文學翻譯與研究近四十年，成果尤以臺灣「現代派小說」研究著稱，她與 Ann Carver 合作編譯的 *Bamboo Shoots After the Rain: Contemporary Stories by Women Writers of Taiwan*[100]（《雨後春筍：當代臺灣女作家小說集》）

---

100 *Bamboo Shoots After the Rain: Contemporary Stories by Women Writers of Taiwan*. Ann C. Carver, and Chang Sung-sheng. eds., NY: Feminist Press at The City University of New York, 1993.（〔美〕安卡芙、（美）張誦聖編：《雨後春筍：當代臺灣女作家小說集》，紐約市：紐約城市大學女性主義出版社，1993年）

選取了時間跨度達四十年的老、中、青三代臺灣優秀女作家的小說，收入作家有林海音、琦君、潘人木、陳若曦、歐陽子、施叔青、袁瓊瓊、蕭颯、蔣曉雲等。該小說集除翻譯了小說文本以外，還別出心裁地配寫了一篇評析書中作品的英文臺灣小說史論。張誦聖有關臺灣文學的專著主要有 *Modernism and the Nativist Resistance: Contemporary Chinese Fiction from Taiwan* [101]（《現代主義和本土抵抗：臺灣當代中文小說》）、《文學場域的變遷》[102]、*Literary Culture In Taiwan: Martial Law To Market Law* [103]（《臺灣的文學文化：從戒嚴法則到市場規律》）等，其中 *Modernism and the Nativist Resistance: Contemporary Chinese Fiction from Taiwan*（《現代主義和本土抵抗：臺灣當代中文小說》）是世界第一本以英語撰著的研究臺灣現代派小說、研究臺灣當代小說流派史的學術專著。張誦聖的臺灣文學翻譯主要出於教學研究的目的，學術性較強。

（六）王德威置於華語語系文學體系之內的臺灣文學翻譯與研究

　　美國哈佛大學教授王德威除了出版了與他人合著的中國現代小說翻譯選集（*Running Wild: New Chinese Writers*）[104]（除莫言等大陸作

---

101 *Modernism and the Nativist Resistance: Contemporary Chinese Fiction from Taiwan*, By Chang, Sung-sheng Yvonne. Durham & London: Duke University Press, 1993.（〔美〕張誦聖：《現代主義和本土抵抗：臺灣當代中文小說》，德勒姆市和倫敦市：杜克大學出版社，1993年）

102 （美）張誦聖：《文學場域的變遷》，臺北市：聯合文學出版社，2001年。

103 *Literary Culture In Taiwan: Martial Law To Market Law*. By Sung-sheng Yvonne Chang. New York: Columbia University Press, 2004,（〔美〕張誦聖：《臺灣的文學文化：從戒嚴法則到市場規律》，紐約市：哥倫比亞大學出版社，2004年）

104 *Running Wild: New Chinese Writers*. Edited by David Der-wei Wang with Jeanne Tai, New York: Columbia University Press, 1994.（〔美〕王德威、戴靜選編，余華、莫言、朱天文、阿城、蘇童等著：《眾聲喧嘩：中國新銳作家》，紐約市：哥倫比亞大學出版社，1994年）

家和香港作品外，內含朱天文、楊照等臺灣作家的作品）以外，還是
當前美國漢學界研究華語語系文學（含臺灣文學）最為活躍、評論臺
灣作家數量最多的漢學家，他發表於一九九五年的〈翻譯臺灣〉一
文，曾介紹了截至一九九〇年代在美國出版的八個臺灣小說英譯選
集，此文和其另一篇論文〈現代中國小說研究在西方〉[105]，可作為瞭
解美國「臺灣文學翻譯」情況的重要參考。王德威一直以來是將中國
大陸當代文學與臺灣文學合併在一起進行整體化的翻譯與研究的，他
的學術軌跡是由研究中國大陸的近現代文學起步，進而拓展到臺灣文
學的翻譯與研究（他的博士論文以茅盾和老舍的早期小說為研究對
象，後來研究方向延伸至晚清的劉鶚和當代的王禎和[106]），近年來更
將目光投向了更廣領域的華語文學。

（七）杜國清的臺灣文學英譯系列刊物

　　任教於美國加州大學聖塔芭芭拉分校的杜國清教授在一九九七年
創辦了「臺灣文學英譯叢刊」，該翻譯計畫由臺灣「文建會」（現改名
臺灣「文化部」）贊助經費，每年出版兩期臺灣文學翻譯集刊，該叢
書目前已出版了三十七期，無論從點與面上看都足以體現臺灣文學發
展及其研究的基本面貌，可謂中書外譯的典範。

（八）奚密（Michelle Yeh）的「現代詩」翻譯與研究

　　奚密現為加州大學戴維斯分校教授，她對臺灣現代詩歌有著持續
而深入的理論研究，除了上文所述她編譯的臺灣現代詩歌選集以外，

---

105 〈翻譯臺灣〉與〈現代中國小說研究在西方〉均收入於（美）王德威著《小說中
　　國——晚清到當代的中文小說》（臺北市：麥田出版社，1995年出版）一書。

106 王德威於一九八二年獲得威斯康辛大學比較文學博士學位後曾回臺灣大學外文系
　　短期任教，在此期間他撰寫了《從劉鶚到王禎和：中國現代寫實小說散論》。有關
　　此一時期他關於劉鶚和王禎和的研究，參見王德威：《從劉鶚到王禎和：中國現代
　　寫實小說散論》，臺北市：時報文化出版公司，1986年。

她還著有 *Modern Chinese Poetry: Theory and Practice Since 1917*（《中國現代詩：一九一七年以來的理論和實踐》，紐海文市：耶魯大學出版社，1991年出版）[107]，是美國漢學界第一部有系統的探討中國現代詩本質（內含臺灣現代詩）的理論著作。

（九）王克難（Claire Wang-Lee）和白珍（Jane Parish Yang）的兒童文學翻譯

王克難對兒童文學情有獨鍾，她曾翻譯出版了臺灣作家、九歌出版社創辦人蔡文甫的大量兒童文學作品，如 *The Ferryman and The Monkey*（《船夫和猴子》）[108]中的小說作品。她也翻譯出版了蔡文甫的一些其他題材的小說作品，如 *Rainy Night Moon*（《雨夜的月亮》）[109]等。王克難畢業於臺灣大學外交系，赴美後獲得紐約州立大學社會學碩士學位，後任哥倫比亞大學研究助理，其散文《蒙娜麗莎之約》曾被中國人民教育出版社版（人教版）小學六年級（上）語文教材收入。

劉紹銘教授的高足白珍女士曾把臺灣旅美作家楊茂秀以英文寫作的、描寫父女心靈對話的故事《高個子與矮個子》（*Tall One and Short One: Children's Stories*）[110]譯成中文，該譯本除曾於二○○五年在臺

---

107 *Modern Chinese Poetry: Theory and Practice Since 1917*. By Michelle Yeh. New Haven: Yale University Press, 1991.（〔美〕奚密：《中國現代詩：一九一七年以來的理論和實踐》，紐海文市：耶魯大學出版社，1991年）

108 *The Ferryman and The Monkey*. By Tsai Wen-Fu. Translated by Claire Lee. Irvine, CA: James Publishing company. 1994.（蔡文甫著，〔美〕王克難譯：《船夫和猴子》，加州爾灣市：詹姆斯出版公司，1994年）

109 *Rainy Night Moon*. By Tsai Wen-Fu. Translated by Claire Wang-Lee. Irvine, CA: James Publishing company. 1999.（蔡文甫著，王克難譯：《雨夜的月亮》，加州爾灣市：詹姆斯出版公司，1999年）

110 （美）楊茂秀英文原著，（美）白珍中譯：《高個子與矮個子》（*Tall One and Short One: Children's Stories*），臺北市：遠流出版社，2005年。

灣出版[111]外，二〇一二年還曾在北京出版[112]，有趣的是，書中的「高個子」便是作者楊茂秀先生，而矮個子是他和妻子白珍女士的女兒。

綜上，美國漢學家翻譯臺灣文學取得了令人矚目的成就，但不可否認的是，近幾年，隨著中國大陸當代文學創作水平的提高，美國讀者已開始逐漸開始喜歡閱讀中國大陸作家的英譯作品，這樣影響到了一些美國翻譯家的選擇作品的傾向，據葛浩文提供的數據，臺灣「蔣經國基金會」與哥倫比亞大學出版社的出版計畫，是每一本書提供五千美金，而哥倫比亞大學出版社的製作費則需每本上萬元，願意翻譯臺灣作品的美國出版公司數量較少，近幾年來，中國大陸文學作品在美國的銷售狀況越來越好於臺灣文學作品。

第三節　美國與臺灣文學研究相關的報刊、研討會和研究計畫

美國漢學家主辦和承擔的與臺灣文學研究相關的報刊、研討會和研究計畫也是他們研究臺灣文學的一種方法，或者說是一種研究策略。美國漢學家發表臺灣文學譯作的有代表性且具權威性的出版物主要有 The Chinese PEN（《中華民國筆會季刊》）、Renditions（《譯叢》）、《臺灣文學英譯叢刊》等。The Chinese PEN（《中華民國筆會季刊》），為殷張蘭熙女士創辦，由齊邦媛教授主編。Renditions（《譯叢》），由香港中文大學主辦，喬志高曾任主編。加州大學聖塔芭芭拉分校杜國清教授於一九七九年在加州大學聖塔芭芭拉分校創辦的《臺灣文學英譯叢刊》旨在「促進國際間對臺灣文學發展……的認識，進而加強臺

---

111 （美）楊茂秀著，（美）白珍中譯：《高個子與矮個子》（原著英文名為Tall One and Short One: Children's Stories），臺北市：遠流出版社，2005年。

112 （美）楊茂秀著，（美）白珍譯：《高個子與矮個子：父親與女兒的心靈對話》，北京市：首都師範大學出版社，2012年。

灣文學研究」[113]，該雜誌為半年刊，經費由原臺灣文建會（現臺灣「文化部」）支持。

　　一九七九年二月二十三日至二十四日，德州大學奧斯汀校區舉辦了當代臺灣小說研討會，此次研討會，是「海外第一次臺灣小說學術研討會」[114]，是「那個年代漢學界的盛事之一」[115]。時任加州大學伯克利分校教授的白之（Cyril Birtch）認為，「這次會議的成功，是推動中國文學研究向前很重要的一步」[116]。該研討會的論文集於一九八〇年正式出版，題為 Chinese Fiction from Taiwan: Critical Perspectives（《臺灣小說：批評的視角》, 1980, Conference Proceeding Symposium on Taiwan Fiction, University of Texas at Austin, 1979, Studies in Chinese literature and society），該論文集由德克薩斯大學奧斯汀校區亞洲研究系主任 Jeannette Faurot（傅靜宜，Faurot, Jeannette L）主編，論文集中收入了在該研討會上發表的十二篇論文，並收錄了傅靜宜教授所做的序言和夏志清在研討會上所做的閉幕辭。

　　一九八六年，「現代文學的大同世界」（The Commonwealth of Modern Chinese Literature）研討會由馬漢茂與劉紹銘等在德國共同舉辦，該研討會論文集 Worlds Apart: Recent Chinese Writing and Its Audiences（《分裂的世界：近期的中國文學及其觀眾》[117]）由葛浩文

---

113 （美）應鳳凰（德州大學東亞系博士班）：〈臺灣文學研究在美國〉，《漢學研究通訊》第16卷第4期（總第64期），1997年11月，頁397。

114 （美）應鳳凰（德州大學東亞系博士班）：〈臺灣文學研究在美國〉，《漢學研究通訊》第16卷第4期（總第64期），1997年11月，頁397。

115 （美）應鳳凰（德州大學東亞系博士班）：〈臺灣文學研究在美國〉，《漢學研究通訊》第16卷第4期（總第64期），1997年11月，頁397。

116 語見焦雄屏報導此次研討會的新聞稿，臺北《聯合報・副刊》1979年3月18日，轉引自（美）應鳳凰（德州大學東亞系博士班）：〈臺灣文學研究在美國〉，《漢學研究通訊》第16卷第4期（總第64期），1997年11月，頁398。

117 該譯文見（美）應鳳凰（德州大學東亞系博士班）：〈臺灣文學研究在美國〉，《漢學研究通訊》第16卷第4期（總第64期），1997年11月，頁401。

主編，於一九九〇年在 M. E. Sharpe 出版。正如金介甫所說，「葛浩文編的《分崩的中國現代文學及其內外》（*Worlds Apart and Inside Out*），是一次以文學共同體為主題的研討會的論文集，其意圖，正如書名所示，突出了臺灣和大陸文學的差異。」[118]一九九一年十一月，科羅拉多大學舉辦了以朱天文等臺灣作家為研究對象的臺灣當代文學研討會，會議論文發表於葛浩文主持的《中國現代文學》半年刊一九九二年合刊號，該期刊物被命名為「當代臺灣小說專號」。「相對於七十年代末期中德州奧斯汀的那次臺灣文學會議，匆匆十餘年已過，而臺灣文學環境面貌也有了驚人的改變。彼時的陳映真、黃春明、王禎和等不再橫領風騷，新秀如朱天文、張大春等人，成了檯面上的人物。臺灣客觀的文學生態也有改變，使得女性主義小說、歷史小說、政治小說等文類受到重視」[119]，此次會議的研討對象「已由黃春明、陳映真等換成另一批如朱天文、張大春等新世代的臺灣小說作家」[120]。二〇〇七年春，臺灣教育行政機構推動了「臺灣文藝中譯計畫」，二〇一二年邱子修主編的《跨文化的想像主體性：臺灣後殖民／女性研究論述》[121]是該計畫的研究成果，該書「慎選杜維明、張誦聖、余珍珠、古苃、伍湘畹、哈玫麗、何依霖等具有代表性的歐美作者或海外

---

118 （美）金介甫（Jeffrey C. Kinkley），查明建譯：〈中國文學（1949-1999）的英譯本出版情況述評（續）〉，《當代作家評論》2006年第4期，頁146。該文譯自齊邦媛、王德威編的《二十世紀下半期中國文學評述》（*Chinese Literature in the Second Half of a Modern Century: A Critical Survey*, Bloominton and Indianapolis: Indiana University Press, 2000.）中的附錄 "A Bibliographic Survey of Publications on Chinese Literature in Translation from 1949-1999"。

119 （美）王德威：〈現代中國小說在西方〉，《小說中國》，臺北市：麥田出版社，頁402。又見應鳳凰（德州大學東亞系博士班）：〈臺灣文學研究在美國〉，《漢學研究通訊》第16卷第4期（總第64期），1997年11月，頁401。

120 （美）應鳳凰：〈臺灣文學研究在美國〉，http://www.ruf.rice.edu/~tnchina/commentary/ying0399b5.HTM，1999年4月6日 15:01刊登上網。

121 邱子修主編：《跨文化的想像主體性：臺灣後殖民／女性研究論述》，臺北市：臺灣大學出版中心，2012年。

華裔學者，從後殖民／女性研究的角度透析臺灣後殖民或女性主體性
的相關論文，中譯集結而成。」[122]「為了不落入主流霸權論述中意識
形態的壟斷，所選乃以『他／她者的聲音，另類的思考』作為突破創
新的切入點，從跨文化、跨國度的視野，由爬梳臺灣歷史文化脈絡、
議題的來龍去脈開始，到對作家與作品的分析，最後闡述島內特有的
社會文化現象。」[123]該書的出版的目標在於「期望藉由本書的出版，
對內引介域外漢學專家解讀臺灣文學所關心的後殖民／女性研究論述
議題，對外則使臺灣文藝批評能夠進入與國際學術論壇接軌的嶄新階
段。」[124]此外，二○○九年，臺灣「文建會」還啟動了「中書外譯計
畫」，包括朱天文、劉克襄在內的臺灣作家曾被有計畫地邀請至美國
各地巡迴演講，他們的著作也被翻譯成英文在美國出版。

　　二○○九年二月十九日至二十一日在加拿大卡爾加里大學
（University of Calgary）召開的「中文敘事語言的藝術：王文興國際
研討會」（Art of Chinese Narrative Language: International Workshop on
Wang Wen-hsing's Life and Works February 19-21, 2009），計有 Sung-
sheng Yvonne Chang（張誦聖）、I-chih Chen（陳義芝）、Fred Edwards
（艾斐德）、Ihor Pidhainy（裴海寧）、Darryl Sterk（石岱崙）、Jane
Parish Yang（白珍）、Peng Yi（易鵬）、Wei Cai（蔡薇）等來自美
國、加拿大、法國的漢學家和臺灣學者及王文興（Wang Wen-hsing）
本人等二十餘位臺灣文學研究學者出席並發表演講，該研討會由卡爾
加里大學（University of Calgary）日耳曼語、斯拉夫語和東亞研究系
中文副教授（associate professor of Chinese in the Department of

---

122 見臺南神學院網站，2013 年 7 月 15 日摘引，http://www.ttcs.org.tw/~lib/Inquiry/new
　　books/newbooks_c201303/newbooks_c201303.htm
123 見臺南神學院網站，2013 年 7 月 15 日摘引，http://www.ttcs.org.tw/~lib/Inquiry/new
　　books/newbooks_c201303/newbooks_c201303.htm
124 見臺南神學院網站，2013 年 7 月 15 日摘引，http://www.ttcs.org.tw/~lib/Inquiry/new
　　books/newbooks_c201303/newbooks_c201303.htm

Germanic, Slavic and East Asian Studies）黃恕寧組織舉辦。研討會期間，還於二〇〇九年二月二十一日下午七點在卡爾加里大學的瑞福劇場編導演出了王文興的劇作《M ＆ W》（directed by Barry Yzereef, Saturday, Feb. 21 at 7 p.m. at the Reeve Theatre）。

加州大學聖塔芭芭拉分校臺灣研究中心（杜國清教授主持）自二〇〇四年舉辦第一屆臺灣研究國際學術討論會以來，分別於二〇〇五年、二〇〇六年、二〇〇七年、二〇一〇年、二〇一三年舉辦了第二屆、第三屆、第四屆、第五屆、第六屆臺灣研究國際學術討論會，至二〇一三年已成功舉辦了六屆年會性質的研討會，並由加州大學聖塔芭芭拉分校臺灣研究中心出版了每屆一本的研討會論文集，而且其中發表的論文大多與臺灣文學相關。

其他有關臺灣文學的研討會還有美國亞洲學會的年會、北美臺灣研究會的年會等，本書後文有專章闡述臺灣文學在美傳播機制，學術研討會是其中之一環，故此不贅述。

第四節　文學生產模式及意義解說的多元化實踐

文學創作雖然與市場和產業沒有直接的關係，但是發展良好的文化市場和暢銷前景可以對文學作品的傳播起到刺激和推動作用。文學創作是一種藝術行為，但是無論是文學作品或是其他藝術作品都需要意義解說者的解讀，而圍繞文學創作而展開的書籍印刷出版、期刊發表、書籍銷售、文學作品的影視劇改編等活動都可以看作是意義解說者的解說活動，連接起了文學與市場之間的通途，也可以說是一種產業活動，屬文學藝術產業的產業鏈環節。由此看來，美國漢學家們在臺灣文學創作周邊的多種形式的意義解說與傳播可以看作文學生產模式的多元化實踐。

一　意義解說一：會議及其綜述與書評、影評、劇評等藝術評論

　　一九七九年二月二十三日至二十四日，美國德克薩斯大學奧斯汀校區召開了「臺灣當代小說」學術研討會。這是美國學界第一次將分散於美國各州的約二十位漢學家邀聚在一起專題研討臺灣文學，出席會議並發表論文者有白之（Cyril Birch, 1925-）、葛浩文、夏志清、李歐梵、張系國、水晶、劉紹銘、楊牧等教授，以及已定居美國德克薩斯州奧斯汀的臺灣作家歐陽子等。主辦人、美國德州大學奧斯汀校區東亞系主任 Dr. Faurot（傅靜宜）致開幕辭，高度評價此會議成果，認為召開研討會的原因之一是：臺灣小說 So full of vitality, so colorful, so rich and varied（「充滿活力，多采多姿，豐富多元」）[125]。會議消息由焦雄屏在臺北的《聯合報副刊》從一九七九年三月十八日開始作了連續幾天大篇幅的越洋報導。當時，焦雄屏還是在美國德克薩斯大學奧斯汀校區就讀的一名臺灣留學生。

　　一九七九年德州大學奧斯汀校區當代臺灣小說研討會召開之後，一九八〇年，由傅靜宜（Faurot, Jeannette L）教授主編的該研討會論文集（*Conference Proceeding Symposium on Taiwan Fiction, University of Texas at Austin*）於印第安納大學出版社出版[126]，會議舉辦和論文集出版後，許多漢學家為其寫作發表了會議評述及書評。如 Mao, Nathan K（茅國權）在 *The Journal of Asian Studies* 上發表書評[127]，

---

125 參見（美）應鳳凰：〈臺灣文學研究在美國〉，臺北《漢學研究通訊》1997年第4期，頁398。

126 *Chinese Fiction from Taiwan: Critical Perspectives*. Edited by Jeannette L. Faurot. Bloomington: Indiana University Press, 1980.

127 Mao, Nathan K: FAUROT (ed.), "Chinese Fiction from Taiwan: Critical Perspectives" (Book Review), *The Journal of Asian Studies*, ISSN 0021-9118, 05/1982, Volume 41, Issue 3, pp. 575 - 576.

Sen, Ma（馬森）在 Bulletin of the School of Oriental and African Studies[128]上發表書評。聖路易華盛頓大學東亞語言文化系主任 Robert Hegel（何谷理，Washington University）則曾在 *World Literature Today*[129]上著文評述。

　　一九八七年在臺灣召開的「文學與宗教──第一屆國際文學與宗教會議」會後所編的《文學與宗教──第一屆國際文學與宗教會議論文集》一書收入了美國漢學家路易士‧羅賓遜（Lewis S. Robinson）論述許地山、陳映真、朱西寧等與臺灣有關的作家的基督教敘事的論文〈二十世紀中國小說家眼中的基督教〉[130]。該論文集中還收有張誦聖、張漢良、王文興等人的有關臺灣文學的文章或講演稿，並對張誦聖等臺灣學者做了介紹：「張漢良　臺灣大學教授，擔任比較文學課程，張先生於一九七八年得到臺灣大學比較文學博士學位，於一九七九到一九八〇年間，在約翰‧霍普金斯大學英文系進行博士後研究工作。一九八五到八六年間，亦曾在馬圭特大學任佛爾布萊特客座副教授（Fulbright Visiting Associate Professor at Marquette University）。他一方面在臺灣大學教授比較文學及中國文學課程，一方面又擔任中外文學編輯（1980-1983）。」[131]「張誦聖　生於中華民國、臺灣。一九七三年畢業於臺灣大學後，赴美在密西根大學攻讀比較文學。一九七五年得碩士學位。之後，又前往德州大學攻讀比較文學博士學位。博

---

128 Bulletin of the School of Oriental and African Studies, University of London, ISSN 0041-977X, 01/1982, Volume 45, Issue 2, pp. 383 - 384.

129 World Literature Today, ISSN 0196-3570, 01/1982, Volume 56, Issue 1, p.186.

130 （美）路易士‧羅賓遜（Lewis S. Robinson）著，黃瀞萱譯：〈二十世紀中國小說家眼中的基督教〉，《文學與宗教──第一屆國際文學與宗教會議論文集》，輔仁大學外語學院編（臺北市：時報文化出版公司，1987年9月30日初版一刷），頁345。該文起始頁碼為頁343-390。

131 《文學與宗教──第一屆國際文學與宗教會議論文集》，輔仁大學外語學院編（臺北市：時報文化出版公司，1987年9月30日初版一刷），頁517-518。

士論文寫的是王文興的小說《家變》研究。同時，她又在史丹佛大學研讀中國古典詩詞，並於一九八五年完成論文一篇，發表她對中國古詩的研究。一九八一年得到第一個博士學位後，返國執教於母校，然後又執教於肯薩斯大學。一九八四年，她回到德州大學奧斯汀分校，目前擔任中國文學及比較文學課程。」[132]

　　自二十世紀末以來，美國漢學家們所參與的學術研討有越加全球化和跨國化的趨勢，如二〇〇一年五月，瑞典斯德哥爾摩大學漢學系主任羅德弼「在斯德哥爾摩主辦了『文化闡釋』國際研討會，使得北美、歐洲的漢學家得以和中國國內的學者聚在一起，共同探討全球化語境下的文化研究和中國文學研究諸問題，在國際學術界產生了較大的反響」[133]。二〇〇四年十一月，加州大學聖塔芭芭拉分校舉辦的第一次臺灣研究國際學術研討會 Taiwan imagined and its reality: an exploration of literature, history and culture: 2004 UCSB International Conference in Taiwan Studies 於在加州大學聖塔芭芭拉分校召開，會後於二〇〇五年出版了《臺灣想像與現實：文學、歷史與文化探索：加州大學臺灣研究國際學術研討會論文集》（*Proceedings for Taiwan imagined and its reality: an exploration of literature, history and culture: 2004 UCSB International Conference in Taiwan Studies*）[134]。會議上發表

---

132 《文學與宗教——第一屆國際文學與宗教會議論文集》，輔仁大學外語學院編（臺北市：時報文化出版公司，1987年9月30日初版一刷），頁518。

133 參見〈跨學科的對話：關於瑞典「文化詮釋」國際會議〉，《南方文壇》2000年第5期，頁62-64。轉引自王寧：〈中國現當代文學研究在西方〉，《中國文化研究》2001年春之卷，頁130。

134 International Conference in Taiwan Studies, University of California, Santa Barbara: *Proceedings for Taiwan Imagined and Its Reality: An Exploration of Literature, History and Culture: 2004 UCSB International Conference in Taiwan Studies*（《臺灣想像與現實：文學、歷史與文化探索：加州大學臺灣研究國際學術研討會論文集》）, Santa Barbara, CA: Center for Taiwan Studies, Department of East Asian Languages and Cultural Studies, University of California, Santa Barbara, 2005.

的有關臺灣文學的論文包括：Fix, Douglas L.（費德廉）：*Intelligence, Artistry, and Illustration: Frontier Collaboration, Charles Le Gendre and His Associates in Formosa, 1867-1875*（費德廉論文《情報、藝術，與圖像：邊緣合作，美國駐廈門領事李仙得和他在臺灣的助手，一八六七～一八七五》，主要論述了美國駐廈門領事李仙得與其未刊稿《臺灣紀行》）；Faye, Yuan Kleeman（阮斐娜）：*Postcards from Taiwan: Colonial Representations and Boundaries of The Imagination*（阮斐娜論文《從寶島來的明信片：殖民主義表象與帝國想像的邊界》）；Berry, Michael（白睿文）：*Screening 2/28: from A City of Sadness to A March of Happiness*（加州大學聖塔芭芭拉分校助理教授白瑞克論文《影像二二八：從《悲情城市》到《天馬茶房》》）；Smith, Ron（Ronald Edward Smith，史然諾）：*Magical Realism and Theatre of The Oppressed in Taiwanese and Hakka Theatre: Rectifying Unbalanced Realities with Chung Chiao's Assignment Theatre*（加州大學聖塔芭芭拉分校博士史然諾論文《魔幻現實主義與受壓迫的臺灣、客家劇場：鍾喬差事劇場對不平衡現實的矯正》）；Lin, Jenn-shann Jack（林鎮山）：*Driftwood and Tumbleweeds: Diasporic Writings by Pai Hsien-yung and Pao Chen*（林鎮山論文《飄「萍」與「斷蓬」：白先勇和保真的「離散」書寫》，論述了白先勇和祖籍北京、生於臺灣嘉義的臺灣小說家姜保真的離散書寫）；Miki, Maotake: *Lee Chiao's 'Wintry Night Trilogy' and Imagination of Taiwan*（日本廣島大學教授三木直大，金穎補譯，論文《李喬《寒夜三部曲》和臺灣想像》）；Park, Jae-woo（朴宰雨）：*Current Issues and Research Trends in Taiwan Studies in Korea: Focusing on Modern Literature*（韓國外國語大學中文系教授朴宰雨論文《當下韓國臺灣研究中的研究活動和趨勢：以現代文學為中心》[135]）；Yim, Choon-sung

---

135 此中文譯文為本書作者自譯。

（林春城）：*An Analysis of Modernity in The New Wuxia Fiction in Hong Kong and Taiwan*（韓國國立木浦大學人文學院中國語言文化學科教授林春城論文《臺港新武俠小說的現代性分析》[136]）等。加州大學聖塔芭芭拉分校至今已舉辦了六屆臺灣研究國際學術研討會（分別於二〇〇四年十一月、二〇〇五年九月、二〇〇六年十月、二〇〇七年十月、二〇一〇年六月、二〇一三年十二月由加州大學聖塔芭芭拉分校臺灣研究中心舉辦），並分別出版了每屆一本的六本論文集，杜國清教授為每屆研討會撰寫了會議綜述予以評論。

　　二〇〇五年十月二十八日至二十九日，哥倫比亞大學主辦了回顧、總結著名漢學家夏濟安、夏志清兄弟學術成就的學術研討會[137]，「此次會議由王德威籌辦與主持，韓南、林培瑞、孫康宜、奚密、陳平原、陳國球、耿德華等來自中國大陸、港臺和歐美的七十多位學者出席了這一盛會，探討夏濟安、夏志清昆仲對中國文學研究的貢獻，探討發展夏氏兄弟所開拓的學術傳統的可能性。夏志清先生親臨會場，並多次致詞。」[138]此類紀念性的學術研討會對於凝聚美國漢學界的臺灣文學研究力量，傳承中華學術傳統不無裨益。

　　以書評的方式推介、推廣作家作品幾乎是美國文學界和學術界的慣例，美國漢學家的著作也同樣如此，如美國漢學家史景遷，也是葛浩文翻譯的莫言英文版作品的讀者，史景遷二〇〇八年曾在紐約書評發表莫言小說《生死疲勞》的書評：「有時候莫言似乎急於重建他一直在燒毀的橋，然而，在這樣一部宏大、殘酷而又複雜的故事的語境中，表忠心顯得脆弱不堪。」《紐約時報》書評人也曾經評論朱天文的

136　同上，本書作者自譯。

137　「夏氏兄弟與中國文學」國際學術研討會，原英文題為The Hsia Brothers and Chinese Literature: An International Symposium。

138　季進：《主持人的話》，「海外漢學研究」欄目，《當代作家評論》2007年第2期，頁10。

《荒人手記》:「殊不知小韶自己也總是陷於無盡的孤獨與寂寞,《紐約時報》書評人 Peter Kurth 因此把小韶比喻為『一個孤島』」[139]。《紐約時報》書評中的臺灣文學研究,或者說是《紐約時報》書評人的臺灣文學研究也是促進臺灣文學在美國傳播的重要助力。

　　Dominic Cheung(張錯)的 *The Isle Full of Noises: Modern Chinese Poetry from Taiwan*[140](《千曲之島:臺灣現代詩選》)出版後,各類書評紛沓而至,如 Palandri, Angela Jung(榮之穎)在一九八七年七月一日出版的 *Chinese Literature: Essays, Articles, Reviews*(*CLEAR*)上發表書評[141];Leung, K. C 在一九八七年出版的 *World Literature Today* 第六十一卷第四期發表書評[142];Haft, Lloyd(漢樂逸)在一九八八年出版的 *The China Quarterly* 第一一四期發表書評[143];Yu, Clara(于漪)在一九八八年出版的由美國亞洲研究學會主辦的亞洲研究權威雜誌 *The Journal of Asian Studies* 第四十七卷第一期發表書評[144];Lupke, Christopher(陸敬思)在一九八九年四月一日出版的 *Modern Chinese*

---

139 呂敏宏:《葛浩文小說翻譯敘事研究》(北京市:中國社會科學出版社,2011年11月),頁167。「一個孤島」的比喻見*"This Man is an Island: Review on Notes of a Desolate Man."* By Kurth, Peter. *New York Times*. August 22, 1999.

140 *The Isle Full of Noises: Modern Chinese Poetry from Taiwan*. Trans. & ed. by Dominic Cheung. New York: Columbia University Press, 1987. (〔美〕張錯編譯:《千曲之島:臺灣現代詩選》,紐約市:哥倫比亞大學出版社,1987年)

141 Palandri, Angela Jung. *"The Isle Full of Noises: Modern Chinese Poetry from Taiwan"*, edited and translated by Dominic Cheung (Book Review). *Chinese Literature: Essays, Articles, Reviews (CLEAR)*, Vol.9(1/2), 1 July 1987, pp.156-160.

142 Leung, K. C. *The Isle Full of Noises: Modern Chinese Poetry from Taiwan (Book Review)*. World Literature Today, Vol.61(4), 1 October 1987, pp.675-675.

143 Haft, Lloyd. *The Isle Full of Noises: Modern Chinese Poetry from Taiwan*. *The China Quarterly*, Issue.114, 1 June 1988, p.309.

144 Yu, Clara. *The Isle Full of Noises: Modern Chinese Poetry from Taiwan (Book Review)*. *The Journal of Asian Studies*, Vol.47(1), 1 February 1988, pp.113-114.

Literature 第五卷第一期發表書評[145]；Kubin, Wolfgang（顧彬）則曾在 Encyclopedia of China 上發表書評予以評介。其中，*The China Quarterly* 雜誌還在一九八七年第一一〇卷刊登了 "Dominic (ed. and trans.): *The Isle Full of Noises: Modern Chinese Poetry from Taiwan.* (New York: Columbia University Press, 1987. 265)" 的 "Books Received" [146]的消息；*The China Quarterly* 雜誌在一九八八年第一一六卷 "Index for 1988"[147] 欄目中又刊登了消息 "Modern Chinese Poetry from Taiwan (Lloyd Haft)"，該消息與 "Deng Youmei, Snuff Bottles and Other Stories (Beth McKillop)"（鄧友梅《鼻煙壺》，Beth McKillop 英譯）、"Lu Wenfu, A World of Dreams (Beth McKillop)"[148]（陸文夫《夢中的天地》，Beth McKillop 英譯）並列。

　　米樂山翻譯的陳映真小說集出版後，Yu, Clara（于漪）也曾在一九八八年出版的由美國亞洲研究學會主辦的亞洲研究權威雜誌 *The Journal of Asian Studies* 第四十七卷第一期發表書評[149]予以評述。

　　張誦聖曾說，她「在一九八八、一九九一年葛浩文教授主編的 *Modern Chinese Literature* 裡寫了兩篇關於袁瓊瓊、朱天文的文章，目的當然是想盡力推介一下這兩位當時在美國中文學界初露頭角的臺灣女作家的創作成就（記得一九八八年那本女作家專輯裡，除了袁瓊瓊，好像全都是大陸或四九年以前的作家）」[150]。

145　Lupke, Christopher. *The Isle Full of Noises: Modern Chinese Poetry from Taiwan* (Book Review). *Modern Chinese Literature*, Vol.5(1), 1 April 1989, pp.149-156.

146　Books Received. *The China Quarterly*, 1987, Vol.110, pp.329-332.

147　Index for 1988. *The China Quarterly*, 1988, Vol.116, pp.i-xviii.

148　Index for 1988. *The China Quarterly*, 1988, Vol.116, pp.i-xviii.

149　Yu, Clara. *MILLER (trans.), "Exiles at Home: Stories by Ch'en Ying-chen" (Book Review). The Journal of Asian Studies*, Vol.47(1), 1 February 1988, p.113.

150　（美）張誦聖：〈游勝冠〈權力的在場與不在場：張誦聖論戰後移民作家〉一文之回應〉，2001 年 10 月著於美國奧斯汀，2001 年 11 月 8 日發表於呂興昌主辦之「臺灣文學工作室」網站。

　　臺灣作家謝豐丞詩集《少年維特的身後》英譯版於 Fithian Press
出版（由葛浩文英譯）後，美國北加州《老人時報》曾發文評價，
「《少年維特的身後──謝豐丞詩集》本書令人充滿著驚歎暨針砭不
良風俗。由一位中國人所作。它側重西方的理想以及歷史文化的觀點
來詮釋當代中國人社會（注：本書背景為臺灣）的諸多問題。謝豐丞
所著詩集在探討人類之意義，社會良知以及憐憫。──美國、北加州
《老人時報》一九九〇年」[151]。

　　Duke, Michael S.（杜邁可）主編的《現代中國小說世界》[152]）於
一九九一年出版後，美國女漢學家、文學批評家 Frances LaFleur（弗
朗西斯・拉弗勒）曾在俄克拉荷馬大學（University of Oklahoma）主
辦、出版的《今日世界文學》雜誌上發表書評予以評述[153]。

　　美國德州大學奧斯汀分校亞洲研究系張誦聖教授的學術專著
*Modernism and the Nativist Resistance: Contemporary Chinese Fiction
from Taiwan* 於一九九三年出版[154]後，Gunn, Edward（耿德華）和 Liu,
Tao Tao（劉陶陶）均曾撰寫書評予以評介，前者的論文發表於 *Chinese
Literature: Essays, Articles, Reviews*（*CLEAR*）[155]雜誌，後者的論文發

---

151 該譯文轉引自李直編：《靈犀集──評《少年維特的身後》》（天津市：百花文藝出
　　版社，1992年），頁244。

152 *Worlds of modern Chinese fiction: Short Stories & Novellas from The People's Republic,
　　Taiwan & Hong Kong*（《現代中國小說世界》）. Edited by Duke, Michael S.（杜邁
　　可）. New York: Routledge, 1991.

153 LaFleur, Frances. *Worlds of Modern Chinese Fiction: Short Stories and Novellas from the
　　People's Republic*, Taiwan, and Hong Kong (Book Review), *World Literature Today*,
　　University of Oklahoma, 01/1993, Issue 1, Volume 67, pp. 233 - 234.

154 *Modernism and the Nativist Resistance: Contemporary Chinese Fiction from Taiwan*，
　　By Chang, Sung-sheng Yvonne. Durham & London: Duke University Press, 1993.
　　（〔美〕張誦聖：《現代主義和本土抵抗：臺灣當代中文小說》，德勒姆和倫敦市：
　　杜克大學出版社，1993年）。

155 Gunn, Edward. *Modernism and the Nativist Resistance: Contemporary Chinese Fiction
　　from Taiwan*. In *Chinese Literature: Essays, Articles, Reviews*, ISSN 0161-9705, 12/1994,
　　Volume 16, pp. 178-180.

表於 *The China Quarterly*[156]雜誌。

　　除書評以外，美國媒體所發表的影評、劇評、舞評等藝術評論中也有與臺灣文學相關的臺灣藝術家（如林懷民）的舞蹈、美術等藝術作品方面的評論。「雲門舞集」創辦人林懷民一九六〇年代即成為臺灣的著名作家，其文學創作及其所編導的舞蹈均曾成為美國漢學家們的研究對象。白先勇曾評論其林懷民「小說中的那些年輕人對於社會國家的問題，還徘徊在彷徨少年時，『感時憂國』恐怕他們承受不了。」[157]一九六九年林懷民赴美國愛荷華大學進修文學專業，並到紐約學習歐美現代舞蹈，並曾在美國擔任駐校藝術家。一九七二年學成回國後，他開始轉向舞蹈領域發展。一九七三年，在戲曲學家俞大綱等人支持下，他創辦了起名自中國最早古典舞蹈「雲門」的「雲門舞集」，「由此走上了從歐美現代舞蹈文化和中國傳統文化中汲取雙重營養並使其與臺灣的地區性文化兼容，營造具有特異藝術品格的藝術「飛地」的探險之旅。」[158]「雲門舞集」在臺灣各地定期演出，深獲好評。隨著知名度的提高，「雲門舞集」逐漸開始接受邀請到歐美等地的歌劇院和藝術節演出，二〇一三年，「雲門舞集」獲得了美國芝加哥阿法伍德基金會捐款五百萬美元，創下了臺灣表演團體獲得海外贊助的最高紀錄[159]。二〇一三年，林懷民被美國舞蹈節主辦方授予「撒姆爾‧史克利普／美國舞蹈節終身成就獎」，成為該獎項歷史上

156　Liu, Tao Tao. *Modernism and the Nativist Resistance: Contemporary Chinese Fiction from Taiwan.* In *The China Quarterly.* ISSN 0305-7410, 03/1995, Issue 141, pp. 229 - 231.

157　（美）白先勇：〈我看高全之的《當代中國小說論評》〉，白先勇《驀然回首》（臺北市：爾雅出版社，1998年），頁62-63。此文一九七六年寫於美國加州，原載於臺灣《中國時報》。

158　李詮林：〈寫在舞步裡的詩意和文化夢想——論臺灣作家林懷民及其「雲門舞集」的藝術表達形式〉，《華文文學》2016年第4期，頁94。

159　何定照：〈雲門淡水園區獲國外一點五億捐款〉，《聯合報‧即時報導》2014年1月8日。

的第一位亞裔獲獎者。美國《紐約時報》首席舞評家在二○○三年將
林懷民及其編導的舞蹈作品《水月》評為「年度舞蹈和舞蹈家第一
名」，指出：「一、《水月》林懷民，臺灣『雲門舞集』的導演和編
舞，在其舞蹈作品中喚起了一個迥異於其他舞蹈的走向純粹藝術之
旅。其十一月在布魯克林音樂學院演出的舞蹈片段，不是與冥想有
關，而是沉思冥想本身。借助於林先生由太極拳術招式轉換而來的極
富表現力的舞蹈詞彙，舞者們緩慢流暢地起舞。」[160]並曾另外刊發專
文予以高度評價：「銀白色的鏡面，還有那貫穿舞臺的涓涓細流，『水
月』驚豔的劇場風格已不容置疑……林先生今天實現了其他創意藝術
家們鮮能達到的成功——以其非同凡響的藝術作品成功地挑戰了觀
眾。」[161]著名美籍華人學者張誦聖教授在論述臺灣上世紀七十年代的
現代派與鄉土派小說之爭時說，「從廣泛的文化層面來說，經過鄉土
派對西化的挑戰，臺灣文化界有了相當程度的秩序重整。以林懷民雲
門舞集為先驅和楷模，中國歷史與民間文化大量進入臺灣文化藝術的

---

160 （美）安娜·吉辛柯芙：〈年度舞蹈和舞蹈家〉，「最佳／舞蹈」，《紐約時報》2003
   年12月28日（Anna Kisselgoff, *The Dances and Dancers of The Year*, THE Highs/
   DANCE, *The New York Times*, December 28, 2003），原文如下：「1. 'MOON WATER'
   Lin Hwai-min, the director and choreographer of Cloud Gate Dance Theater of Taiwan,
   evoked a journey toward purification in a work unlike any other. The piece, performed at
   the Brooklyn Academy of Music in November, was not about meditation; it was a
   meditation in itself. The dancers moved with slow fluidity through tai chi exercises that
   Mr. Lin transformed into an expressive dance vocabulary.」此處中文譯文及其出處為本
   書作者所譯。
161 （美）安娜·吉辛柯芙：〈太極和巴赫音樂的融攝〉，「舞蹈評論」，《紐約時報》
   2003年11月20日（Anna Kisselgoff, *The Syncretism of Tai Chi and Bach*, DANCE
   REVIEW, *The New York Times*, November 20, 2003）。原文如下：「With its silvery
   mirrored surfaces and trickle of water across the stage, there is no doubt about the
   stunning theatricality of 'Moon Water',…Mr. Lin has accomplished what creative artists
   rarely succeed in doing today: challenging the audience with a work unlike any other.」
   此處中文譯文及其出處為本書作者所譯。

符號系統。」[162]林懷民曾說：「作為一個寫作的人，跳舞於我是演劇，編舞則是寫小說。我對舞蹈與寫作的興趣都根植於對人的興趣。……人與人的交往常常改變了命運的途轍。舞蹈中的人性成分，以及我所遇到的舞者，使我從一個『寫小說的人』變成『跳舞的人』」[163]。林懷民作為一位來自臺灣的作家，他在美期間的文學活動（包括文學評論）也屬美國漢學家臺灣文學研究的範疇。

二　意義解說二：展演、評獎與營銷

　　類似林懷民的舞蹈演出的藝術展演、圖書展銷也對臺灣文學在美傳播起到了促進作用。楊德昌、李安、賴聲川等臺灣籍導演在美國的崛起，使得由中國文學作品（包括臺港文學作品）改編的電影、戲劇名聞國際，也刺激了一部分美國讀者進一步瞭解臺灣文學原著的興趣。北美亞洲學會在年會期間經常舉辦與會學者及相關作家的著作展銷活動，其中不乏與臺灣文學相關的著作，這也推進了臺灣文學在美傳播。

　　當然，有時美國漢學家也不得不「為稻粱謀」，葛浩文曾說，在美國出版的外國文學譯作，僅占全國年出版量的百分之一，所以美國的文學翻譯家無法單純依賴翻譯外國文學作品生存，大多數的文學翻譯家選擇在大學工作，業餘從事自己喜愛的文學翻譯，他翻譯的臺灣小說中，白先勇的《孽子》、李昂《殺夫》銷量最好，但是不是在學術性較強的大學出版社出版，像《孽子》這樣不能單以同性戀小說視之的優秀作品，版權卻被一家同性戀出版社買走，該出版社為了刺激銷售，在該書封面上配上了一幅上身赤裸的壯男照片，而且確實效果

162　（美）張誦聖：〈現代主義與臺灣現代派小說〉，《文藝研究》1988年第4期，頁73。

163　林懷民：《雲門舞集與我》（上海市：文匯出版社，2002年），頁1-6。

極佳，《孽子》英譯本因此獲得了很好的銷售量；葛浩文的另一本譯
作《殺夫》則因女性主義議題而獲得美國讀者青睞，銷量也不錯；葛
浩文翻譯的中國大陸小說中銷量最好的是莫言的《紅高粱》英譯本，
銷售量達到了一萬餘本，但對於美國的商業出版社來說，銷量一萬本
仍屬非盈利狀態。文學翻譯作品在美國的出版市場銷售之艱難由此可
窺一斑，文學翻譯家實現審美水準的堅持和收穫良好市場效益的平衡
實屬兩難。二〇〇三年二月，葛浩文（Howard Goldblatt）在應邀參
加臺北國際書展，出席專題討論兩岸文學譯介出版座談會時曾經指
出，他在選擇大陸或臺灣何者作品作為自己的翻譯對象的問題上，會
感到矛盾掙扎，因為兩者比較，他更喜歡臺灣文學作品，但當下的普
通美國讀者更喜歡讀中國大陸的文學作品，而且大陸的文學作品在美
國的市場銷售情況也好於臺灣文學作品。雖然有著諸多困境，葛浩文
仍堅持努力不懈地投身自己喜愛的中國文學（含臺灣文學）的翻譯工
作，並取得了世界矚目的成就，除了他翻譯的莫言小說在一定程度上
幫助莫言獲得諾貝爾文學獎以外，一九九九年，葛浩文也曾因為翻譯
臺灣作家朱天文的小說《荒人手記》獲得《紐約時報》、《洛杉磯時
報》評選的年度好書獎。朱天文的小說《荒人手記》英譯本出版後，
一九九九年四月三十日，朱天文小說《荒人手記》英譯本出版的新書
發布會在美國紐約中華文化中心舉行，發布會由夏志清主持介紹，王
德威即席英文口譯。朱天文也於一九九九年四月在美國哥倫比亞大學
東亞系發表題為「來自遠方的眼光」的演講，該演講會由《荒人手
記》英譯本譯者葛浩文（Howard Goldblatt）主持介紹，後該演講稿
以「來自遠方的眼光」為題以附錄形式收入位於中國山東省濟南市的
山東畫報出版社二〇〇九年五月出版的《荒人手記》一書。[164] 評獎也
是對美國漢學家和翻譯家的一種鼓勵和支持。除葛浩文曾獲得美國相

---

164 朱天文：《荒人手記》（濟南市：山東畫報出版社，2009年），頁216-228。

關機構的翻譯獎之外，陶忘機等翻譯家也曾獲得相關獎項，其中陶忘機翻譯的 *Taiwan's Indigenous Writers: An Anthology of Stories, Essays, and Poems* 和 *There's Nothing I Can Do When I Think of You Late at Night*（by Cao Naiqian）兩本書曾獲得北加州書獎（Northern California Book Award）。

三　意義解說三：電影、戲劇等臺灣文學周邊文類

　　正如王德威教授所說，在一九九○年代，「中國研究出現了一股擴大其研究範圍的新潮流，它從古代文學延伸至其他領域，如電影（張英進）、音樂（Andrew Jonhs）、思想史（丹敦）、美學（王斑）、跨語際實踐（劉禾）、文化生產（賀麥曉）、流行文化（王瑾）、性別研究（鍾雪萍）、城市研究（李歐梵）、殖民研究（周蕾）、政治研究（林培瑞）和人類學研究（Gang Yue）。伴隨這股潮流而至的是『文化研究』，這門學科鄭重宣告會用更全面的方式來研究中國現代文化。其中電影在諸多新興學科中脫穎而出，成為最受歡迎的學科。而一九九○年的電影本應該在重大的國際會議中只扮演一個附屬角色而已，如由魏愛蓮（Ellen Widmer）和王德威（David Wang）在哈佛大學聯合舉辦的一個會議中，但是現在該學科類型則在各種會議、研究計畫和課堂中吸引了人們極大的熱情，大大超過了文本研究。個人的電影研究、文集、批評訪談，以及百科全書式的資料（如由張英進主編的資料）如雨後春筍般出現，均證明了它強大的生命力」[165]。由中國研究拓展而來、針對臺灣文學周邊文化和周邊文類而開展的臺灣電影研究、臺灣戲劇研究等的蓬勃發展驗證了此種文化研究潮流的現實存在。如著名西方馬克思主義理論家詹明信曾經圍繞臺灣電影寫作並

165　（美）王德威著，張清芳譯：〈英語世界的現代文學研究之報告〉，《海南師範大學學報（社會科學版）》，2007年第3期，頁2。

發表了論文《重繪臺北新圖像》；來自臺灣的旅美學者鄭樹森開展了
戲劇研究和比較文學研究；來自中國大陸的旅美學者張英進展開了對
於包括臺灣電影在內的中國電影的研究；美國德克薩斯大學電影系的
電影史課堂將關於臺灣電影的課程吸納在內，該校的亞洲研究系也開
設有關於臺灣電影方面的課程，如張誦聖教授開設的《臺灣文學與電
影》課程；加州大學戴維斯分校東亞系主任陳小眉主編了包括臺灣戲
劇在內的中國戲劇研究和戲劇選集；加州大學戴維斯分校的華裔美國
學者魯曉鵬教授進行了包括臺灣電影在內的華語電影的研究等。

結論

　　漢學是一門充滿了神秘的異域吸引力的學問，在美國漢學家無法
直接進入中國大陸社會文化現場的特殊歷史階段，臺灣成為了美國漢
學家直接接觸中國文化、學習中國語言文化的窗口和渠道。作為「臺
灣文學」的代名詞，「來自臺灣的中國文學」（Chinese Literature from
Taiwan）成了上世紀六〇至七〇年代的美國中國學研究的流行語彙。
美國漢學家通過研究臺灣文學瞭解中國文化，從這個意義來說，美國
漢學家的臺灣文學研究為中外文化的交流做出了特殊的貢獻。

一　價值

　　毫無疑問，漢學研究有著不可替代的獨特價值，針對某一學術領
域或者地域板塊的漢學研究的獨特性組合生成了此種不可替代性，美
國漢學家的臺灣文學研究恰是這些獨特組合中之一環。而價值又是一
個有著豐富內涵和多重含義的語詞，除了表達事物的重要性以外，它
還可以表達行為者的意識形態和世界觀。美國漢學家編譯臺灣文學選
集時的文本取捨、選擇的標準，便是其返觀自身與內省自我的體現。
這種反觀、自省尋找的恰恰正是研究對象和研究活動本身的價值所
在，這其中既有漢學家自身研究成果的價值，也蘊含著漢學家的價值
觀。要麼是能夠吸引更多的讀者的市場價值，要麼是純粹的文學價值
和藝術價值，要麼是有基金資助的支持，要麼是與作家之間的親密友
情，要麼是翻譯家借翻譯某種作品抒發自身的情感以澆自己心中的塊
壘，美國漢學家選擇翻譯腳本時都有自己衡量的價值標準。

　　翻譯家所進行的文學翻譯一定是基於自身對於翻譯源文本的理解，從這個角度來說，翻譯也是一種研究，或者說翻譯即研究，也可以說，譯作本身就是對於原著的一種注解和解讀，具有重要的學術價值。而且，正如翻譯界人士所知，在世界範圍內，一九八〇年代以來，翻譯產生了由單純的語言翻譯到文化翻譯的轉向，許多翻譯家為了便於讀者的閱讀與接受，不吝惜於原著字面意思的直譯，而是選擇適合翻譯目的地文化習慣的意譯甚至改寫原著，此種轉向如何評判雖然素有爭議，但是由不同的學術價值觀出發而形成的不同翻譯風格，卻也使得翻譯活動更具迷人的魅力。就美國漢學家的臺灣文學翻譯而言，美國漢學家的不同翻譯風格，以及同一本原著的不同譯本給翻譯研究者提供了鮮活而豐富的研究素材，不同版本的譯本也給讀者提供了參照閱讀的方便和瞭解相關社會歷史與文化背景的線索。實際上，選擇注重語言本身還是注重文化習慣，這種選擇行為本身就意味著翻譯家的價值選擇，體現的也是一種研究策略，關乎語言政治，也關乎文化資本，從中也可以看出臺灣文學與世界文化的關係。由臺灣文學作品翻譯和臺灣文學研究得到美國漢學家（包括翻譯家）厚愛，可以看出臺灣文學研究的國際影響，也可以看出全球化視野下的區域性研究的獨特魅力，其中的跨國寫作、聯袂翻譯所顯示的中西文學因緣尤令人欣慰。須知文學向美向善的功用正體現於這種基於互相尊重的文化多樣性保護的情感共鳴與交流溝通，而臺灣文學研究的兩岸願景也是共創良好互動的文學交流。美國的「臺灣文學翻譯」以及在此基礎上的美國的「臺灣文學研究」給中國大陸和臺灣的「臺灣文學研究」學者帶來了諸多啟示，可以藉此考察民族文化軟實力的培養、民族文化價值觀的輸出對兩岸文藝政策走向及其相關創作的重要影響，考察中美文學交流和合作對於促進臺灣海峽兩岸和平發展的重要意義，同時展望今後臺灣文學研究的發展前景，提出海峽兩岸應對此種前景的對策。

　　「東亞研究」、「亞洲研究」早已成為美國學術體制下的區域研究中的重要板塊，與此對應，在美國各大學中設立「東亞語言文明系」、「亞洲研究系」等學術機構建制也已成為學術慣例。近幾年霍米・巴巴提出的「文化定位理論」下的地緣政治美學，又為美國漢學界的區域研究做了一個有力的注腳。從「東亞研究」、「亞洲研究」的整體研究板塊反觀美國漢學家的臺灣文學研究，可以對照其研究臺灣文學時所運用的新批評理論、後殖民理論、「文化場域理論」等理論方法，考察其對於中國「半殖民地」、「殖民地」、「現代性」等問題的看法，進一步思考西方現代性與東方殖民現代性的異同，以及「西方中心主義」、「東方主義」與中華民族文藝復興問題，也可以借助於此一區域性的文學批評史，來體會西方傳統的新批評理論解讀文本的方法與最近時興的文化研究理論方法的衝撞、更替及其如何實現兼容。

　　值得美國漢學家進一步探索的是，中國現當代文學研究（包括臺灣文學研究）如何由美國學術體制的邊緣進抵美國學術主流的中心地帶。美國哥倫比亞大學教授魯斯・本尼迪克特（Ruth Benedict, 1887-1948）的日本學著作《菊與刀》以其人類學方法對於日本政治文化的研究及其最終結論為美國政府在二戰末期的對日戰略決策起到了重要的參考作用，成為文化人類學著作為國家戰略的制定提供決策依據的典範，也為美國漢學家的臺灣文學研究的學術定位提供了參照系。與此相類似的還有與她同為哥倫比亞大學博士的德裔美國學者愛德華・薩丕爾（Edward Sapir, 1884-1939），他對於美國原住民（印第安人）的語言文化的研究使其完成了《語言：言語研究導論》和《語言論》等語言學和文化人類學經典著作，並使其當選為美國藝術和科學院院士。生於美國費城的猶太裔美國學者、麻省理工學院（MIT）教授喬姆斯基（Avram Noam Chomsky, 1928-）也有著相近的學術軌跡，他素以語言學研究聞名世界，其《生成語法》為其奠定了二十世紀中葉至今世界語言學界權威學者的地位，但其「生成語法」理論的影響絕

不止於語言學一個領域，計算機科學、心理學、邏輯學、生理醫學和哲學等領域均接受了他的「生成語法」理論的影響，甚至喬姆斯基的語言學理論已經延伸到了政治領域，自一九六〇年代以來，喬姆斯基便以其勇於批評美國政府的左翼政治評論家的身分聞名世界。由此反觀美國漢學家的臺灣文學研究，特別是華裔美國漢學家的臺灣文學研究（乃至擴展至華文文學研究），他（她）們也應有此類膽識和氣魄，並因此規劃美好的學術前景。從族群的角度講，華裔美國文學（Chinese American literature）在美國是一種少數民族文學，而按照美國圖書館編目的分類法，有關華裔美國文學的書籍的書目編目即編在「美國少數民族文學」之下，因此，華裔美國漢學家所從事的文學活動（包括文學研究活動）也應位列「美國少數民族文學」學科之中。但臺灣文學研究作為美國亞洲研究（含東亞研究、中國研究等）的一部分，是美國的「國外文學研究」，當然也是美國比較文學研究的一部分。就目前美國各大學的學術體制而言，有關臺灣文學的教學和研究大多設置在「東亞研究」或「亞洲研究」系、所、中心。這也反映了美國漢學家的臺灣文學研究與生俱來的政治美學烙印及其對於美國地緣政治的價值。夏志清對於包含臺灣文學研究在內的《近代中國小說史》的寫作和張愛玲《荻村傳》的翻譯背後的「綠背文化」雖為人詬病，但也反映了美國國家戰略體制對於中國文學翻譯研究（含臺灣文學翻譯與研究）的需求。即使此種研究因每位漢學家各自不同的個人意圖而有差異，其中居間（In-betweens）調適與互文互釋的混生狀態卻都顯而易見，這也恰恰成為張力之所在。劉紹銘由臺灣而美國而香港而新加坡再美國而香港，體現了超前的「世界公民」生存狀態與「跨國寫作」態度，也給他的臺灣文學研究增添了「屏隔」美學的魅力與張力。張誦聖基於布迪厄的社會學理論，又不失於美學分析的臺灣文學研究，在一九八〇年代中後期的歷史語境下，「試圖用批判理論的一些觀點，和當時盛行的持『簡單反映論』的盧卡契派詮釋

者對話。……堅持相信政治力量透過各種價值、道德、語言表意系統影響人們活動的途徑是十分迂迴的——儘管仍是有跡可尋」[1]，也體現了「價值」之於臺灣文學研究乃至亞洲研究的顯在關聯。同時，考察美國漢學家研究臺灣文學的學術史，也可以進而看出華裔漢學家與歐美裔漢學家臺灣文學研究的風格差異與從中反映出的研究方法的變遷，而考察作為中美文學交流的一部分的美國漢學家的臺灣文學研究如何介入東亞板塊的地緣政治的現場及其地緣詩學的構建的歷程，本身便具有不可忽視的學術價值。

二　方法

　　正如上文所述，跨國主義（Transnationalism）作為一種方法被渾然天成地運用在美國漢學家們的臺灣文學研究之中。但美國漢學家研究臺灣文學的方法絕不僅限於此。美國漢學家的臺灣文學研究方法是一個多元化的組合，遠非本質主義的歸納可以一言而概之。方法之形成可以追溯至每一位漢學家的方法論（Methodology），美國漢學家臺灣文學研究的方法論屬形而上的範疇，而其研究臺灣文學的方法則以形而下的形態出現但卻閃耀著中西文藝理論融混的形上哲思，由此，美國漢學家的臺灣文學研究是一種講求方法學的研究（Methodological study），而本書論者針對美國漢學家的臺灣文學研究展開的元批評則是一種方法研究（Method study），或曰方法學（Methodology）。以方法學（Method study，或曰 Methodology）的視角觀察美國漢學家的臺灣文學研究，可以看出漢學家們形式多樣而絢麗多彩的個性風格。

1　（美）張誦聖：〈游勝冠〈權力的在場與不在場：張誦聖論戰後移民作家〉一文之回應〉，2001年10月著於美國奧斯汀，2001年11月8日發表於呂興昌主辦之「臺灣文學工作室」網站。http://ws.twl.ncku.edu.tw/hak-chia/t/tiunn-siong-seng/ibin-chokka-hoeeng.htm

　　美國漢學家的臺灣文學研究，起始於對臺灣文學文本的翻譯。翻譯要建立在對翻譯對象的研究和瞭解的基礎之上，也可以說，翻譯就是一種研究，是翻譯過程中的研究，是從翻譯體現出來的研究。優秀的文學翻譯作品都是在深入研究基礎上的翻譯。翻譯是基於對於原著的理解的基礎之上的，唯有進行深入的研究，才談得上深刻理解與深入瞭解，因此，對於臺灣文學作品的翻譯，在某種意義上說，也是一種臺灣文學研究，至少應該算是臺灣文學研究工作的一部分。在臺灣文學翻譯的基礎上，美國漢學家的臺灣文學研究開始起步並蓬勃發展。當然，不同的漢學家存在著由翻譯而研究或者為研究而翻譯的差異，也有著不同的翻譯方法和策略，由此也形成了美國漢學家臺灣文學翻譯的個人風格及其翻譯文本不同的傳播路徑。通過觀察美國學者的臺灣文學翻譯成果，可以看出，美國學者對臺灣當代文學的關注比中國大陸和臺灣都要早，且對戰後的臺灣現代派作家作品有更多的興趣。值得一提的是，中美聯姻可以說是通向臺灣文學翻譯之路的一個有趣引子。如最早從事臺灣文學英譯的殷張蘭熙，其父親為中國人張承櫬，其母親為來自美國弗吉尼亞州的盎格魯-薩克遜裔美國人；翻譯王德威著作《書寫臺灣》的羅鵬（Carlos Rojas）和上文所提到的葛浩文、陶忘機，其夫人也都是來自臺灣的華人。在對於臺灣文學的翻譯和譯介方面，葛浩文、陶忘機、杜國清等學者都有著持續幾十年而不懈的努力，從而為美國漢學家的臺灣文學研究提供了源源不斷的文本素材。另外，民間的非專業翻譯家們的加入，以及對於臺灣民間文學的關注和譯介也是臺灣文學研究在美發展的一種形式。在臺灣原住民文學作品的翻譯出版方面，臺灣原住民文學最早是通過民間文學、口傳文學的形式進入西方視野的，尤其鮮明的是，早期出版的涉及臺灣原住民口傳文學的書籍，都由非專業作家和翻譯者輯錄而成。如早在一九九五年，美國休斯頓臺灣語文學校（The Houston Taiwanese School of Languages and Culture）即編輯了一本非正式出版物《Folk

Stories of Taiwan》，書中收入了《The Legend of Sun-Moon Lake》（《日月潭的傳說》）和《The Aboriginal Hero》（《原住民英雄》）等臺灣原住民故事。美國漢學家翻譯臺灣文學的傳播路徑及其意義給海峽兩岸的文學研究以啟發。通過觀察美國漢學家的臺灣文學翻譯，可以在中美文化交流碰撞的視野中呈現臺灣文學與美國文化界互動情況的一些重要特徵，瞭解美國漢學家的翻譯技巧，以及美國的「臺灣文學翻譯和研究」反饋臺灣後造成的影響，以作為臺灣文學研究乃至臺灣問題研究方面的一個借鏡。

除了語言層面的譯介以外，美國漢學家們針對臺灣文學文本和各種文學現象的理論解讀也顯示了方法的多樣性。「文學和文化研究角度的多樣化可表現出跨學科的旺盛活力，從而鼓動學者們勇於開疆闢壤，另創研究範疇，以及促進與其他學科的對話」[2]。李歐梵的都市文化研究，蔡建鑫的「飲食美學」，詹姆遜的「臺灣電影地圖」，張英進、白睿文、魯曉鵬等人的包含臺灣電影在內的華語電影研究，均運用了文化研究的方法，張誦聖運用雷蒙·威廉斯的文化理論以及布迪厄的「場域理論」對於臺灣現代派小說乃至海峽兩岸當代文學的研究也有著文化研究的濃厚色彩。夏志清的感時憂國，劉禾的跨語際實踐，周蕾的「寫在家國以外」，以及耿德華的淪陷區研究則基本屬社會歷史批評的方法。在美國戲劇評論雜誌《戲劇評論》（*The Drama Review*）第三十八卷第二期中賴聲川談到：「政治事件永遠影響我們工作的方式，也影響我們工作的素材。在許多方面，我覺得任何一個社會中，政治事件通常是人民在個人層面內化的一些議題的一種大量放大的外在呈現。」可以看出，近年來被中國學界視為「老套」理論方法的社會歷史批評，在美國漢學家和旅美臺灣作家眼中卻是可資開發利用的

2　（美）王德威著，張清芳譯：〈英語世界的現代文學研究之報告〉，《海南師範大學學報（社會科學版）》2007年第3期，頁2。

「老樹新芽」。歐美傳統的新批評的方法，更是被美國漢學家們運用得爐火純青。白之（Birch）運用歐美新批評的方法對朱西寧的《破曉時分》的文本細讀，以及對臺灣小說中「苦難形象」的詳盡分析和歸納，邏輯清晰，視角獨特，給人啟迪；夏志清史事概說與文本細讀相結合的文學批評風格盡顯中西貫通的大家風範。王德威的福柯式批評、隨筆式批評有著後現代批評的風采，阮斐娜的日據時期臺灣文學研究則採用了後殖民理論的視角。基於語言的研究仍是美國漢學家臺灣文學研究的基本盤，自二十世紀六〇至七〇年代以來美國漢學界常見的「在臺灣的中國（中文）文學」（Chinese literature in Taiwan）術語以外，「華語語系文學」（Sinophone literature）之說又在二十一世紀的第一個十年後半葉興起，而華裔美國漢學家似乎對將自己的中國文學研究（包括臺灣文學研究）融入華裔美國文學（Chinese American literature）的學術體系並無太大的主動願望，而他們卻對以語言為基準的跨國的語系文學更感興趣，並且對華裔美國人（Chinese American），如同對 Chinese Phillippine、Chinese Canada、Chinese Latin America 等說辭一樣，並不持強烈的反對態度，顯示了他們包容開放的學術態度。此外，美國漢學家研究臺灣文學的方法也受到了社會思潮、理論思潮與藝術風潮的影響，美國漢學家們對臺灣女性文學研究，與臺灣島內的女性文學研究、美國國內的女性文學研究、中國大陸的女性文學研究等與世界上的女性主義思潮、女權主義運動、酷兒運動等基本同步。二十世紀五〇年代以來在美國成長起來的漢學家們還承繼了老一輩海外漢學家研究中國古代文學的著作的學術精神，有的還直接運用中國古典文論從事中國現當代文學（含臺灣文學）研究。

美國漢學家研究臺灣文學的方法還體現於傳播方式的革新。可以從教育學、譯介學、消費社會學、新聞傳播學、文化產業學等角度論述臺灣文學選集和臺灣文學研究課程在美國能夠擁有立足之地、吸引較多數量學者的內在動因和外部動力，考察美國的文學體制與美國漢

學家們的臺灣文學研究的關係。美國文學體制對於臺灣文學在美國傳播的作用主要體現於以下幾個方面：審美藝術與美國國際戰略需求的結合；書評、譯介對臺灣文學在美國的傳播的促進；大學教育課程、專業對於美國的「臺灣文學研究」水平的提升；臺灣留學生、移民與美國的「臺灣文學研究」之間的密切關聯。在戰後「中美建交」以前，美國與中國大陸關係緊張，與臺灣的關係卻相形比較融洽，美國大學生學習中文要到臺灣，許多臺灣學者則留學美國並在美國工作。循此以往，良性循環，臺灣文學界與美國文化界的交流互動不斷增加，這種情況一直延續至今，如臺灣「文建會」就於二〇〇九年推動了「中書外譯計畫」，成批量地將臺灣作家的著作翻譯為英文在美國出版發行；臺灣「教育部」與美國文化界人士和哈佛大學、德克薩斯大學等著名美國大學和相關研究機構合作，於二〇〇九年在美國設立了「臺灣文學與電影」資助計畫，向美國推介臺灣文學與影視劇作品，並成批次地組成臺灣作家代表團訪美演講和開展研究。美國漢學家培養臺灣文學研究方向的博士研究生、碩士研究生（如 Faurot，傅靜宜），在大學開設、講授臺灣文學課程，也是一種極為有效的傳播方式。在此種「教育傳播」之中，又有一種「述而不作」式的研究，如劉紹銘培養了一大批以臺灣文學為研究題目的博士、碩士研究生，但他個人卻鮮有專門的臺灣文學方面的論著。聶華苓、保羅‧安格爾創辦的愛荷華國際寫作計畫（愛荷華國際寫作坊）曾延攬了眾多的臺灣作家赴美學習、寫作，這也是一種述而不作式的研究，因為基於對作家的瞭解研究基礎上的遴選與邀請和接納，本身就是一種態度。書評式研究是歐美學界極有特色的一種研究方法，也是有著「不出版，即死亡」的評價體系的美國學術體制內重要的學術水平認定環節，在一定意義上可以說，書評是知名學者或同行學者對其他學者的推薦與提攜，能夠在《紐約時報》、《時代週刊》等主流媒體上獲評乃是美國學者們的普遍嚮往。由此也可看出，陳若曦《尹縣長》一書由殷張蘭

熙、葛浩文譯出後能夠獲得《紐約時報》書評人的高度認可,殊非易事,這是譯者的榮耀,也是原作者的榮耀,此類書評對臺灣文學在美國讀者心目中的地位的提升、對於臺灣文學在美國的傳播的重要性不言而喻。

三　關係——影響

　　臺灣文學研究在美國的起源與發展,首先應該歸功於留學生對臺灣文學創作及其研究的關注與參與,而留學生的互相派遣又反映著國家與地區之間文化教育方面的交流。美國的臺灣文學研究與留學美國的臺灣留學生,以及留學臺灣的美國留學生有著天然不可分割的關聯,正是他們將臺灣文學研究的種子帶到美國並促進它生根發芽,後來由中國大陸赴美的留學生也參與了這項工作,這一與日俱增的中國留美學生群體,促使美國漢學家在前期臺灣文學譯介的基礎上認真深入地考察探究包含臺灣文學在內的中國當代文學,也使中西文化之間的交流得到更進一步的深入。

　　有關中西文化交流在臺灣文學研究上的體現,首先是西方理論的介入。首先是眾所周知的二十世紀五〇年代以來西方文學理論在臺灣現代派文學創作及其理論中的「移植」,美國漢學家的臺灣文學研究著作中所運用的西方理論則很自然而熨帖地順勢解讀這種在西方理論思維影響下產生的文學文本。德克薩斯大學奧斯汀校區的張誦聖教授借用布迪厄「場域理論」對於臺灣文學的研究,為中國臺灣文學研究學者「提供了一個從線性時間敘述轉向共時問題結構,進行關係主義探討的富於啟示的研究模式」[3]。聖路易華盛頓大學教授陳綾琪的論

3　鄭國慶:〈現代主義、文學場域與張誦聖的臺灣文學研究〉,《廈門大學學報(哲學社會科學版)》2008年第6期,頁79。

文《全球化自我：交混的美學》援用霍米巴巴的後殖民理論論述朱天文的小說《荒人手記》，體現了「巴巴的理論對臺灣小說美學的影響」[4]。受上世紀八〇年代以來大批量漢譯的西方理論著作的浸染，並經由海外漢學家援用西方理論解讀中國文學現象的啟迪，很多中國大陸和臺灣學者對後殖民理論饒有興趣，其他如霍米‧巴巴的「後殖民理論」、愛德華‧薩義德的「東方主義」、布迪厄的「場域理論」、福柯理論、伯明翰學派的文化研究理論、法蘭克福學派的文化工業批判理論、詹姆遜的後現代理論等也在海峽兩岸盛行一時。當然，這種介入並非單向的西方對東方的影響，西方的後殖民理論對臺灣批評界產生了很重要的影響，而臺灣批評家對於後殖民理論的運用也引起了如金介甫（Jeffrey C. Kinkley）、利大英（Gregory B. Lee）等美歐漢學家的注意並從後殖民的角度思考中國大陸和臺灣的文學和文化狀況。

　　漢學家在美國國內的學術地位和影響之形成得益於中美文化的交流，這種交流最初是官方與準官方的交流（如基金會基金和官方研究計畫經費的支持），後來擴展為以民間交流為主。臺灣文學與美國本來看起來毫無干係，但是卻產生了密切的關聯，這種關聯產生自中西文化的交流，臺灣文學透過中美文化交流而在美國產生了影響。當然，這種影響並不都是「牆外開花牆內香」，也有的臺灣文學作品是由臺灣島內的學者在島內翻譯出版後再流播到美國的，一九七五年，臺灣編譯館曾經「推出齊邦媛等編的英譯《現代文學選集》（*An Anthology of Contemporary Chinese Literature*），上下二冊，外銷供美國人閱讀」[5]。正如美國漢學家金介甫所說，「頗受好評的臺灣文學英譯文集也有臺灣本身出版的，如多卷本的《當代中國文學：臺灣（一九四九～一九

4　李奭學：〈導論〉，李奭學主編：《異地繁花：海外臺灣文論選譯（下）》（臺北市：臺灣大學出版中心，2012年），頁15。

5　（美）應鳳凰（德州大學東亞系博士班）：〈臺灣文學研究在美國〉，《漢學研究通訊》第16卷第4期（總第64期），1997年11月，頁397。

七四）》（ *An Anthology of Contemporary Chinese Literature: Taiwan:*
1949-1974），其中收入的大部分是一九四九年前遷徙到臺灣的大陸作
家的作品。《雛聲》、《青梅》和《中華民國筆會季刊》也刊登了令人
感興趣的譯作。《淡江評論》刊登比較文學文章」[6]。因此，中美臺灣
文學研究之間可以說是相互的影響。華裔美國漢學家所編譯的臺灣文
學選集「選材精良、翻譯精湛」[7]，而「齊邦媛、王秋桂編的《玉米
田之死》（ *Death in a Cornfield*），延續了這個傳統，收入臺灣以及移
民到北美的臺灣著名作家新近創作的短篇小說，再現了其精微和繁
麗」[8]。在中美學者和作家的互動方面，美國漢學家鄧騰克（Kirk
Alexander Denton），一九八〇年九月至一九八一年七月期間曾在中國
上海的復旦大學進修學習中國現代文學。一九八二年，楊逵曾到愛荷
華大學學習，他在美國愛荷華城接受記者採訪時，談了他的創作所受
魯迅的影響，認為兩人的創作風格「比較接近，如果對社會的不合理
毫不關心的，我就沒興趣」[9]。楊逵以臺灣作家的身分參加愛荷華國際

6　（美）金介甫著，查明建譯：〈中國文學（1949-1999）的英譯本出版情況述評
　　（續）〉，《當代作家評論》2006年第4期，頁143。

7　（美）金介甫（Jeffrey C. Kinkley），查明建譯：〈中國文學（1949-1999）的英譯本
　　出版情況述評（續）〉，《當代作家評論》2006年第4期，頁143。該文譯自齊邦媛、
　　王德威編的《二十世紀下半期中國文學評述》（ *Chinese Literature in the Second Half
　　of a Modern Century: A Critical Survey*. Bloominton and Indianapolis: Indiana University
　　Press, 2000.）中的附錄 "A Bibliographic Survey of Publications on Chinese Literature
　　in Translation from 1949-1999 "。

8　（美）金介甫（Jeffrey C. Kinkley），查明建譯：〈中國文學（1949-1999）的英譯本
　　出版情況述評（續）〉，《當代作家評論》2006年第4期，頁143。該文譯自齊邦媛、
　　王德威編的《二十世紀下半期中國文學評述》（ *Chinese Literature in the Second Half
　　of a Modern Century: A Critical Survey*. Bloominton and Indianapolis: Indiana University
　　Press, 2000.）中的附錄 "A Bibliographic Survey of Publications on Chinese Literature
　　in Translation from 1949-1999 "。

9　〈訪臺灣老作家楊逵〉，原載《七十年代》總第154期，1982年11月；收入《楊逵全
　　集》第14卷（資料卷），臺南文化資產保存研究中心籌備處2001年12月版，頁232。

寫作坊，這種活動本身即為中美文化交流互鑒的一個縮影。

　　漢學家的研究成果對臺灣海峽兩岸的臺灣文學研究有著持續的影響。需要提出的是，美國漢學家對於臺灣文學的研究用力甚勤，建樹豐碩，後來對於臺灣海峽兩岸的臺灣文學研究和臺灣文學創作的本體皆產生了重要的影響。尤其是在當前全球化和媒體現代化的今天，華裔美國漢學家往往與海峽兩岸的學者及媒體保持著密切的聯繫，如夏志清「一九九五年九月八日在電話上聽到張愛玲去世的消息後，不出兩三天即為中國時報《人間副刊》趕寫了一篇文章〈超人才華，絕世淒涼：悼張愛玲〉」[10]，身在美國，文章發表在臺灣，這種現象對於臺灣旅美學者們來說可謂司空見慣。

　　費正清、傅高義、勞幹、白之（Birch）、梅維恆（H. Mair）等老一輩漢學家對於中國問題的關注帶動了後起的博士們對於包含臺灣文學在內的中國文學的研究。漢學家自身的師承與學統也對他們進入臺灣文學研究領域起到了重要的引導作用，如葛浩文的老師是柳無忌，而柳無忌則是著名南社詩人柳亞子。張錯也曾教過葛浩文。白睿文的老師是王德威。李歐梵、王德威都曾受到夏志清的提攜。劉紹銘的老師是夏濟安，夏濟安則是夏志清的哥哥。陸敬思的導師是耿德華，他在博士論文（Cornell University, 1993）中也曾向他的老師劉紹銘致敬。鄧騰克（Denton）也指導了一些博士生從事臺灣文學的研究。

　　有一些盎格魯・撒克遜人美國漢學家，他們的妻子或者丈夫是來自大陸或者臺灣的中國人，這樣，來自配偶的影響也是很有意思的研究課題。小說翻譯家葛浩文的太太林麗君、詩歌翻譯家陶忘機的太太黃瑛姿（Yingtsih Balcom）均來自臺灣。而華人漢學家更是有可能有著深厚的家學淵源，著名的南社社長柳亞子先生的公子柳無忌自不必說，華人漢學家林張明暉是著名中國現代詩人林徽因的弟媳，其先生

10　（美）夏志清：〈張愛玲給我的信件〉，《華文文學》2013年第4期，頁20。

名林桓，是林徽因同父異母的二弟，其女兒是著名的華裔建築設計師林瓔，也是有著令人肅然起敬的家學關係。這些漢學家能夠對中國文學（含臺灣文學）產生研究興趣，不能不說有著家室的關聯與影響。

新時期以來，美國漢學家來往中國大陸與臺灣更加方便，取得資料也更為快捷，這對於他們的臺灣文學研究是一個促進。海峽兩岸英語教育的普及對於中美關係的飛速發展居功厥偉，一九七〇年代以後出生的赴美留學生的外語水平明顯超越此前數代中國人的平均外語水平，作為研究工具的語言，他們運用得越來越自如，掌握得也更加豐富多樣，如美國加州大學聖塔芭芭拉分校的杜國清教授和德克薩斯大學奧斯汀分校的蔡建鑫教授，除了漢語母語以外，還精通英語、日語，這些對於他們查找、翻譯和研究臺灣日據時期的日語文獻提供了最大的語言方面的便利條件。這些都對臺灣文學在美國漢學界地位的提升起到了重要的推動作用。

四　文類──風格

對於不同文類的喜好，在某種程度上反映了中西方思維的差異。相對於東方之對感性抒情的詩歌的喜愛，西方更喜愛的是長於敘事和心理刻畫、邏輯推理的小說。為了吸引美國讀者的目光，美國漢學家和翻譯家的臺灣小說譯作，大多以小說原作的題名另加「其他故事」來冠名（如陳若曦的《尹縣長》，一九七八年，葛浩文將其譯為《尹縣長的死刑和其他發生在文化大革命的故事》[11]，無獨有偶，直至二

---

11 *The Execution of Mayor Yin and Other Stories from the Great Proletarian Cultural Revolution.* By Chen, Johsi. Translated from the Chinese by Nancy Ing, and Howard Goldblatt. Bloomington and London: Indiana University Press, 1978. （陳若曦著，（美）殷張蘭熙、葛浩文英譯：陳若曦小說集《尹縣長的死刑和其他發生在文化大革命的故事》），布盧明頓市、倫敦市：印第安納大學出版社，1978年）

○一六年出版的黃錦樹小說《慢船到中國》仍被美國譯壇新秀羅鵬譯為題為《「慢船到中國」及其他故事》[12]）的故事書。這種情況也正在發生著悄悄的變化，近幾年美國漢學家出版的臺灣詩歌譯作逐漸增多，其中所隱含的文化焦點的遊移，可視為中西文化交流力度加大的世界趨勢下東方詩性思維對於西方邏輯思維主流的漸染。

對於文類的關注也反映著世界的時尚潮流。美國漢學界對於包括臺灣電影在內的華語電影的研究熱情逐漸提高，就不僅僅是電影的表情語言和肢體語言可以突破語言隔閡那麼簡單，除了世界已進入讀圖時代和視頻數據傳輸互聯網化的時勢使然以外，應該還有華語電影自身的藝術水平的提高，及其背後所反映的電影製作者和生產者的美學素養的提升及國際化程度的加強。換句話說，歐美觀眾已經逐漸開始喜愛觀看臺灣電影，漢學家也是這些觀眾中的成員，只是他們在作為普通觀眾的身分之上，另外承擔了美學分析與意義解說者的職責。同時，眾多由臺港及海外華文文學作品改編而來的電影獲得巨大票房收入的成功案例，也是以文學翻譯和研究為本業的漢學家轉視電影藝術的自然引線。

漢學家研究臺灣文學的文類也反映了他們的治學風格，如 Review、Anthology、Introduction to the Works 等文類等，雖從小處著眼，目標集中，但大都深入挖掘，小中見大。考察書評、翻譯選集、學術專著、期刊論文等這些漢學家研究臺灣文學的文類（Genrer），可以據此預測未來的學術方法的創新與轉變，以及廣義上的學術趨勢（Intellectual trends）等。漢學家對於研究文類的選擇大都是有意為之的，白之曾著有專門論述中國文學中的文類的著作，顯示了他對於文類的自覺。

---

12 *Slow Boat to China and Other Stories*. By Ng Kim Chew (Huang, Jinshu). Translated and edited by Carlos Rojas. New York: Columbia University Press, 2016.（黃錦樹著，〔美〕羅鵬譯：《「慢船到中國」及其他故事》，紐約市：哥倫比亞大學出版社，2016年）

　　美國漢學家對臺灣文學的翻譯，涵蓋了各族群、各種文體，對於社會問題的思考和對於受眾閱讀的導向也有著獨到的眼光和前瞻的意識。美國漢學家的臺灣文學翻譯思想和風格可謂各具特色。比較美國「臺灣文學翻譯」學者、翻譯文本及其傳播機制，考察美國漢學家的臺灣文學翻譯，觀察其翻譯思想與風格及其傳播路徑，探尋其翻譯思想與方法及其社會接受等方面的生成結構，對於梳理中美翻譯史脈絡、促進中外文學交流、建構中國翻譯理論，都有著重要的理論價值和史學借鑒意義。

　　美國漢學家的研究風格也具體體現於其針對某一文體的深入研究，如奚密的臺灣現代詩歌研究、張錯的臺灣詩歌研究，加州大學戴維斯分校東亞系主任陳小眉的戲劇研究；另如以文學研究與文學周邊的電影電視等新媒體新文類的結合，白先勇、賴聲川等作家的文學作品被改編成電影電視作品，李安、楊德昌等著名導演也參與其中，詹姆遜、張英進、魯曉鵬、陳綾琪、白睿文等學者也開始研究臺灣電影。受西方傳統思維和中西文化交流的需要的影響，美國漢學家研究臺灣文學的最終成果，其自身所採用的文體以學術專著和文學作品翻譯選集的形式居多，而更傾向於東方思維的中國傳統的筆記體、隨筆式的批評文章較少，特別是學術隨筆，在盎格魯撒克遜美國漢學家中，只有葛浩文等少數學者運用，在美籍華人學者中也大多是老一輩的漢學家喜歡使用，如喬志高、夏志清、葉維廉、劉紹銘、李歐梵。

五　文學以外──文化、政治、經濟、媒介及其他
（Culture, Politics, Economics, Media and Beyond）

　　影響某一領域的學術研究發展的往往不只是研究者的興趣高低或者志趣方向，文化差異、學科體制的差異、專業設置的差異、留學生求學的需求（容易學習的專業、容易畢業、容易回國就業）都是影響

從事某一領域的學術研究的研究者人數多寡的因素，文學研究亦然。
美國德克薩斯大學奧斯汀校區張誦聖教授曾指出，「文學體制不單包
括具體的、影響文學作品生產及接受的文化體制，同時也是指社會上
經由各種話語的散布流通而獲得正當性、廣為接受的整套文學觀念。
文藝話語不斷地規範定義文學是（或應該）以怎樣的形式存在以及公
共文化體制賦予文學顯要的位置。而文學體制在二十世紀中國的廣泛
社會效應和高度政治化，其重要性遠超過現代西方社會。透過對文學
體制、文學理解模式以及與之相關的現象及歷史構成因素的分析，探
討西化和現代化、國族建構和文化建設，以及現代社會中決定『文
學』門檻的標準如何形成的重要議題。」[13]媒體（Media）關注度、讀
者的接受（Reception）程度、跨國性與全球化（globalization）的強
度也都是衡量臺灣文學研究在美國生存、發展與傳播的狀況的不可忽
視的重要指標。

　　目前，美國漢學家對於臺灣文學的研究工作已在美國的亞洲研究
學術體制中步入美國學界的學術主流。研究者正試圖突破臺灣文學一
地之限，以東亞板塊的文學場域，對中國大陸和臺灣文學做整體觀。
然而，美國漢學家的臺灣文學研究在生成與傳播的過程中，也難以避
免受到非文學因素的影響，有其自身內在的機緣與規律。其研究結論
與社會文化的變遷的關係，與相關國家與地區的官方與民間的意識形
態之關聯，這些都是看似處於文學以外，實則直接影響文學研究的學
術指向的文學周邊的文化要素。當然，忘卻民族國家的界限，是世界
大同的標誌，也是許多知識者對於世界格局的終極理想，但是在當今
社會，這一目標還沒有實現的可能。真正能夠實現這一目標，讓民族
仇恨消亡，讓種族歧視灰飛煙滅，讓國家敵對情緒不再出現，當然是

13　（美）張誦聖：〈「文學體制」與現當代中國文學——一個方法學的初步審思〉，《華
　　文文學》2012年第6期，頁22。

人類最佳的生存狀態，也應該是人文知識分子們所努力去促使實現的
理想國和烏托邦。但可怕的是，在當前的社會發展階段，這一烏托邦
也只是知識分子的一廂情願的幻想與想像。文化往往與民族國家如影
隨形般緊密關聯，消滅了民族國家，會不會連同該民族國家的一些文
化因素也會隨之消亡，也是值得擔憂和思考的事情。如果是這樣，此
種觀念的最終結果就與文化多元主義背道而馳。讓一個民族國家自發
內生地繳械投降，可是別個民族國家卻借機發展自身，世界不僅不會
「大同」，反而會滋生種族滅絕、弱肉強食的社會人生悲劇。這恐怕
是「超民族國家」論者與「跨國主義」者所不願意看到的悲慘結局。

　　歐美漢學家比較講究學派、學統（熊式一語），雖然有其建構完
整的學術體系、傳承優秀的學術傳統、便於持續深入開展一定領域的
學術研究，保持研究的延續性等優點，但從容易產生門戶之見的角度
來看，也有其缺點。目前美國國內的中國研究側重於對中國「亂世」
歷史的描述，但少有介紹中國「重義輕利」等傳統美德者。中國
"Kung Fu" 並不重在宣揚武功和技藝，而在於弘揚隱藏在刀光劍影中
的仁義道德和對愛恨情仇的看法。在美國的中國現當代文學研究者主
要是運用西方文學理論進行研究，充分發揮其外語方面的優勢，但研
究內容不見得比中國國內研究得深入。另外，在美國的中國現當代文
學研究者大多是外語系出身，其本身的中國古典文學功底和中國傳統
文藝理論也比中國國內的研究者相形欠缺。另外，有一批旅美臺灣學
者因自身歷史上的各種原因，往往為政治意識形態所左右，而產生仇
視共產黨或仇視中國大陸的心理，在研究方面往往有一種先入為主的
偏見，將中國大陸十七年文學、文革文學極端地妖魔化，全盤否定。
在研究方面缺乏客觀評判的科學標準，有的甚至為了鞏固臺灣學者在
美國學界長久以來的話語霸權，有意地人為貶低中國大陸文學，低估
應該獲得較高評價的中國大陸現當代文學的價值。有的則無視社會接
受，一味地沉溺於耽美、唯心、精緻化、小眾化的「現代派」花瓶中

自斟自吟、故步自封、劃地為牢，有著以往國民黨右派文藝批評家的一貫弊病，缺乏大眾化與社會歷史批評的視野與胸襟。「應當打破傳統漢學研究中的『西方中心主義』偏見和建構出來的『東方主義』之虛偽性，因此重建或革新後的漢學應當具有一種全球的視野和開闊的胸襟，從事漢學研究的學者不僅應有本學科的全面深入的知識，而且還應當廣泛地涉獵其它相關的人文社會科學各學科，它應當克服根深蒂固的『歐洲中心主義』或『西方中心主義』的思維模式，與中國的國學研究者建立平等的交流關係，而不是僅僅將中國文化當作一個遠離文明中心的『他者』來考察研究，它應當及時時把國學家的最新研究成果拿來以充實自身的教學和研究。如果能做到上述幾點的話，我們的文化送出和漢學家的拿來將共同為中國文化在世界的傳播做出貢獻。」[14] 由吸納西方理論的合理因素出發，進而反觀自身，提煉生發出切實符合中國文化實際的文學理論與研究方法，摒棄偏見，融會貫通，將是現代漢學的生命力所在。

此外，必須正視的是，文化的隔膜有時也會造成誤譯與誤讀，如葛浩文的翻譯「花生花生花花生」（語出蕭紅作品，實際意義是借用花生的諧音雙關，有著希望新娘子多多生育孩子的寓意）被翻譯成 "Peanut peanut peanut"，很顯然便是一種誤譯。美國漢學家有時也有過度強調語言的作用的現象。運用西方理論解讀中國文學文化，有時候也不適合。而政治意識形態也會使得有的漢學家的學術研究產生一些偏斜，後殖民理論有時候不適合東方。「在全球化的語境下重建漢學首先要克服狹隘的民族主義觀念，認識到作為一門長期以來一直在西方高等院校的課程中占有一席地位的漢學並非中國文化本身的產物，而是西方出於不同的需要而進行的一種建構，因此它本身是十分複雜的。而與之相反的是，代表中國的傳統文化研究的國學，則是中

14　王寧：〈中國現當代文學研究在西方〉，《中國文化研究》2001年春之卷，頁126。

國國內和港臺地區的學者致力於在全世界弘揚中華文化而建立的一門
學問,它與漢學的出發點是不同的,理論視角也迥然有別。」[15]當然,
當前的狀態並不阻斷對於未來的展望,漢學與國學有著廣闊的對話空
間。基於地域、區域板塊的區隔而產生的心理空間、情感距離與空間
距離的「屏隔」狀態,使得美國漢學家的臺灣文學研究與臺灣本土的
文學研究之間保持著一種「若即若離」的附魅形態。

臺灣文學在美國的傳播路徑值得中國國內的文學者研究借鑒。總
結論述美國漢學家的臺灣文學的研究方法,可以給中國大陸和臺灣的
「臺灣文學研究」學者帶來諸多啟示,從現代全球所共同面對的「文
明的衝突」與文化多樣性保護及文化的互鑒之間的矛盾出發,體會民
族文化軟實力、民族文化價值的體現與挖掘對兩岸文學創作和文學理
論總結的影響,理解掌握意義解說的話語權的重要意義,同時展望今
後臺灣文學研究的發展前景,提升臺灣文學研究的理論水平。當然,
臺灣文學的根脈仍然是中國文學,正如美國芝加哥大學博士、臺北
「中央研究院」研究員李奭學所強調的,「探本求源,⋯⋯臺灣文學
也不能自外於為之開頭引源的中國文學;中國的古典遺澤尤其是臺灣
先賢的文學資本,唯有從此下手,有志於臺灣文學者才能整理出一條
臺灣獨特的文學大道。縱使非屬古典,中國近代對臺灣『新』文學的
形塑也有推波助瀾之力,不可輕忽。」[16]也正因如此,幾乎所有的從事
臺灣文學研究的美國漢學家都是同時兼攻中國大陸的現當代文學,其
中有一部分還從事中國大陸的古代、近代文學的翻譯與研究。

15 王寧:〈中國現當代文學研究在西方〉,《中國文化研究》2001年春之卷,頁126。
16 李奭學:〈導論〉,李奭學主編:《異地繁花:海外臺灣文論選譯(上)》,臺北市:
臺灣大學出版中心,2012年,頁8。

參考文獻

1　*Dream of The Red Chamber*. By Tsao Hsueh-Chin and Kao Ngoh.
Translated by Chi-Chen Wang. Garden City, New York: Doubleday,
Doran & Company, 1929. 曹雪芹、高鶚著　（美）王際真譯
《紅樓夢》　紐約花園城　雙日、道朗出版社　1929年

2　*My Country and My People*. By Lin Yutang. New York: The John
Day Company, Inc. in association with Reynal & Hitchcock, 1935.
林語堂　《吾國吾民》英文原著　紐約市　莊臺公司與雷諾・希
區柯克出版公司合作出版　1935年

3　*Rickshaw Boy*. By Lau Shaw. Translated from the Chinese by Evan
King. New York: Reynal & Hitchcock, 1945. 老舍著　（美）伊
凡・金譯　《駱駝祥子》　紐約市　雷諾・希區柯克出版公司
1945年

4　*Literature As Light Against Darkness: Being a Study of Lu Chi's
"Essay on Literature."* By Chen Shih-Hsiang. Peiping: Natioal Peking
University Press, 1948. 陳世驤　《燭幽洞微的文學：陸機〈文
賦〉研究》　北平　北京大學出版社　1948年

5　*Chinese Thought and Institutions*. Edited by John King Fairbank.
Chicago: The University of Chicago Press, 1957. （美）費正清編
《中國的思想和體制》　芝加哥　芝加哥大學出版社　1957年

6　*Intellectual Trends in the Ch'ing Dynasty*. By Liang Ch'i-ch'ao.
Translated and with Introduction and Notes by Immanuel C. Y. Hsü.
Foreword by Benjamin I. Schawartz. Cambridge, MA: Harvard

University Press, 1959.　梁啟超著　（美）徐中約譯　《清代學術概論》　麻省劍橋市　哈佛大學出版社　1959年

7　*Fool in The Reeds*. By Chen Chi-ying. Translated and adapted from the Chinese by Eileen Chang. Hong Kong: Rainbow Press, 1959. 陳紀瀅著　（美）張愛玲譯　《荻村傳》　香港　彩虹出版社 1959年

8　葉維廉　〈論現階段中國現代詩〉一九五九年寫於臺灣　在香港發表　《新思潮》第2期　1959年12月1日　頁5-8

9　*A History of Modern Chinese Fiction 1917-1957*. By C. T. Hsia, with an appendix on Taiwan by Tsi-an Hsia. New Haven and London: Yale University Press, 1961.　（美）夏志清　《近代中國小說史》　附錄夏濟安〈臺灣文學論〉　紐海文市和倫敦市　耶魯大學出版社 1961年

10　*New Voices*. Edited by Nancy Ing. Taipei: The Heritage Press, 1961. 殷張蘭熙主編　《新聲》　臺北市　文物出版社　1961年

11　*The Art of Chinese Poetry*. By James J Y Liu. Chicago: The University of Chicago Press, 1962.　（美）劉若愚　《中國詩學的藝術》　芝加哥　芝加哥大學出版社　1962年

12　*New Chinese Writing*. Edited by Lucian Wu. Taipei: The Heritage Press, 1962.　吳魯芹主編　《新中國作家》　臺北市　文物出版社　1962年

13　*Eight Stories By Chinese Women*. Edited and translated by Nieh Hua-ling. Taipei: The Heritage Press, 1962.　聶華苓編譯　《中國女作家小說八篇》　臺北市　文物出版社　1962年

14　*Chinese Communist Literature*. Edited by Cyril Birch. New York and London: Frederick A. Praeger, Inc., Publisher. 1963.

15　*Twentieth-Century Chinese Poetry: An Anthology*. Translated and edited by Kai-yu Hsu. New York: Doubleday & Company, Inc, 1963. （美）許芥昱編譯 《二十世紀中國詩歌》 紐約市 Doubleday & Company 出版社 1963年

16 *Green Seaweed and Salted Eggs*. By Lin Hai-yin. Translated by Nancy C. Ing. Taipei: The Heritage Press, 1963. 林海音著 殷張蘭熙譯 《綠藻與鹹蛋》 臺北市 文物出版社 1963年

17 *Anthology of Chinese Literature*. Edited and with an introduction by Cyril Birch, New York: Grove Press, 1965.

18 *An Introduction to Chinese Literature*. By Liu Wu-chi. Bloomington and London: Indiana University Press, 1966.

19 夏濟安先生紀念集編印委員會編 《永久的懷念──夏濟安先生紀念集》 臺北市 夏濟安先生紀念集編印委員會編印 1967年4月出版

20 *The Chinese Theory of Art*. By Lin Yutang. New York: G. P. Putnam's Sons. 1967. 林語堂 《中國藝術理論》 紐約市 G. P. Putnam's Sons 出版社 1967年

21 *Mao Tun and Modern Chinese Literary Criticism*. By Jozef Marián Gálik. Wiesbaden: Franz Striner Verlag, 1969.（斯洛伐克）高利克 《茅盾和中國現代文學批評》 威斯巴登市 弗蘭茨‧斯泰納出版社 1969年

22 *Modern Chinese Poetry: Twenty Poets from The Republic of China, 1955-1965*. Selected and translated by Wai-lim Yip. Iowa City: University of Iowa Press, 1970. （美）葉維廉選譯 《中國現代詩歌二十家（1955-1965）》 愛荷華城 愛荷華大學出版社 1970年

23 *Twentieth Century Chinese Poetry: An Anthology*. Translated and edited by Kai-yu Hsu. Ithaca, N.Y., Cornell University Press, 1970.

（美）許芥昱編譯　《二十世紀中國詩歌》　紐約伊薩卡市　康奈爾大學出版社　1970年

24　*Twentieth-Century Chinese Stories.* Edited by C. T. Hsia, with the assistance of Joseph S. M. Lau. New York: Columbia University Press, 1971. （美）夏志清、劉紹銘編　《二十世紀中國小說選》　紐約市　哥倫比亞大學出版社　1971年

25　*A History of Modern Chinese Fiction.* By Hsia, Chih-tsing. New Haven; London: Yale University Press, 1971. （美）夏志清　《中國現代小說史》　紐海文市、倫敦市　耶魯大學出版社　1971年

26　*The Morphology of Chinese Folk Stories Drived from Shadow Plays of Taiwan.* By Young, Conrad. Thesis (Ph. D.). UCLA, 1971.　Young, Conrad Chün Shih　（美）楊君實《從臺灣皮影戲看中國民間故事的形態》　加州大學洛杉磯分校博士學位論文　1971年

27　*Syntax, Diction, and Imagery in T'ang Poetry.* By Kao Yu-kung & Mei Tsu-lin. *Harvard Journal of Asiatic Studies 31.2.* Sept, 1971. （美）高友工、梅祖麟　〈唐詩中的語法、用語和意象〉　《哈佛亞洲研究學報》第31卷第2期　1971年9月

28　*Modern Verse from Taiwan.* Edited and translated by Angela C. Y. Jung, Palandri, with Robert J. Bertholf. Berkeley, Los Angeles, California and London: University of California Press, 1972. （美）榮之穎編譯　《臺灣現代詩選》　伯克利、洛杉磯和倫敦市　加州大學出版社　1972年

29　*The Chinese PEN.* (*The Taipei Chinese PEN—A Quarterly Journal of Contemporary Chinese Literature from Taiwan*), Spring, Summer, Autumn, Winter. Edited and translated by Nancy C. Ing and Chi Pang-yuan, etc. Taipei: Taipei Chinese Center, International P.E.N.　殷張蘭熙、齊邦媛等編譯　《中華民國筆會季刊》　《台灣文譯》1972年至今

30   *Shen Ts'ung-wen*. By Hua-ling Nieh (University of Iowa). New York: Twayne Publishers, Inc., 1972.

31   *The Romantic Generation of Chinese Literature*. By Leo Ou-fan Lee. Cambridge, MA.: Harvard University Press, 1973. （美）李歐梵 《現代中國作家之浪漫一代》 麻省劍橋市 哈佛大學出版社 1973年

32   *Renditions*（《譯叢》） 香港 香港中文大學 1973年至今 其中包括1991年 *Rendition*（《譯叢》）臺灣文學專號合刊

33   （美）艾伯華 《臺灣唱本提要》（*Taiwanese Ballads A Catalogue*. By Wolfram Eberhard. University of California, Berkeley） 見婁子匡編 《亞洲民俗・社會生活專刊》第22輯 臺北市 東方文化書局 1974年

34   （美）韓南（Patrick Hanan）. The Technique of Lu Xun's fiction, Harvard Journal of Asiatic Studies, 1974: 34: 53 - 96.

35   *Chiang Kuei*. By Timothy A. Ross (Arkansas State University). New York: Twayane Publishers, Inc. (Twayane's world authors series, TWAS320), 1974. （美）羅體模 《姜貴》 紐約市 圖恩出版社 1974年 圖恩世界作家系列叢書 編號 TWAS320

36   齊邦媛、余光中等編譯 《中國現代文學選集》上下二冊 *An Anthology of Contemporary Chinese Literature Taiwan 1949-1974* 臺北市 臺灣編譯館 1975年

37   *The Chinese literary scene: A writer's visit to the People's Republic*. By Kai-yu Hsu. New York: Vintage Books / ADiviosion of Random House, Inc., 1975. （美）許芥昱 《中國文學風景：一個作家的人民共和國之旅》（英文） 紐約市 古典書局 蘭登書屋 1975年

38   *Chinese Stories From Taiwan: 1960-1970*. Joseph S M Lau, editor. Timothy A. Ross, assistant editor. Foreword by C. T. Hsia. New York:

Columbia University Press, 1976. （美）劉紹銘主編　羅體模副主編　夏志清前言　《六十年代臺灣小說選：一九六〇～一九七〇》　紐約市　哥倫比亞大學出版社　1976年

39　*Archetype and Allegory in the Dream of the Red Chamber*. By Andrew H. Plaks. Princeton, New Jersey: Princeton University Press, 1976. （美）浦安迪　《《紅樓夢》中的原型與寓意》　新澤西州普林斯頓市　普林斯頓大學出版社　1976年

40　（美）夏志清　《人的文學》　臺北市　純文學出版社　1977年

41　（美）劉紹銘　《小說與戲劇》　臺北市　洪範書店　1977年

42　*Hisao Hong*. By Goldblatt Howard. Boston: Twayne, 1978. （美）葛浩文　《蕭紅》　波士頓市　特維恩出版社　1978年

43　*The Execution of Mayor Yin and Other Stories from the Great Proletarian Cultural Revolution*. By Chen, Johsi. Translated from the Chinese by Nancy Ing and Howard Goldblatt. Bloomington and London: Indiana University Press, 1978. 陳若曦著　（美）殷張蘭熙、葛浩文英譯　陳若曦小說集　《尹縣長的死刑和其他發生在文化大革命的故事》　布盧明頓市、倫敦市　印第安納大學出版社　1978年

44　（美）焦雄屏　美國德州大學奧斯汀分校臺灣小說國際研討會報導　臺北市　《聯合報副刊》　1979年3月18日

45　（日本）竹內實翻譯，陳若曦　《北京のひとり》　《北京的獨行者》　原名《尹縣長》　日本朝日新聞社出版　1979年

46　（美）劉紹銘　《涕淚交零的現代中國文學》　臺北市　遠景出版社　1979年

47　（美）喬志高、余光中等口述　胡子丹等記錄　《翻譯因緣》　臺北市　翻譯天地雜誌社出版　1979年

48　*The Drowning of an Old Cat and Other Stories*. Written by Hwang

Chun-ming. translated by Howard Goldblatt. Bloomington: Indiana University Press, 1980. 黃春明著　（美）葛浩文譯　《溺死一隻老貓及其它故事》　布盧明頓市　印第安納大學出版社　1980年

49　（美）聶華苓　《桑青與桃紅》　北京市　中國青年出版社 1980年

50　*Unwelcome Muse: Chinese Literature in Shanghai and Peking 1937-1945*. Written by Edward M. Gunn. New York: Columbia University Press, 1980.　（美）耿德華　《不受歡迎的繆斯：中國文學在上海、北京（1937-1945）》　紐約市　哥倫比亞大學出版社　1980年

51　*The Two Writers and the Cultural Revolution: Lao Shê and Ch'en Jo-hsi*. Edited by George Kao, Seattle and London: The University of Washington Press, 1980.　（美）喬志高（高克毅）編　《兩位作家和文化大革命：老舍和陳若曦》　西雅圖市和倫敦市　華盛頓大學出版社　1980年

52　*Two Writers and the Cultural Revolution: Lao Shê and Ch'en Jo-hsi*. Edited by George Kao, A *RENDITIONS* Book by Research Centre for Translation, The Chinese University of Hong Kong. The Chinese University Press, Hong Kong, 1980.　（美）喬志高（高克毅）編 《兩個作家和文化大革命：老舍和陳若曦》　香港　香港中文大學出版社　1980年　香港中文大學翻譯研究中心《譯叢》叢書之一

53　*The Lyrical and The Epic: Studies of Modern Chinese Literature*. By Jaroslav Průšek. Edited by Leo Ou-fan Lee. Bloomington: Indiana University Press, 1980.（捷克斯洛伐克）普實克著　（美）李歐梵主編　《抒情的與史詩的──中國現代文學研究》　布盧明頓市　印第安納大學出版社　1980年

54　*Chinese Fiction from Taiwan: Critical Perspectives*. Edited by

Jeannette L. Faurot. Bloomington: Indiana University Press, 1980. （美）傅靜宜編 《臺灣小說：批評的視角》 也可譯為《臺灣小說評論集》 布盧明頓市 印第安納大學出版社 1980年

55 （美）葛浩文著 劉以鬯主編 《漫談中國新文學》 香港 香港文學研究社出版 1980年

56 *Mandarin Ducks and Butterflies: Popular Fiction in Early Twentieth Century Chinese Cities*. By E. Perry Link, Jr. Berkeley: University of California Press, 1981.

57 （美）李歐梵 《浪漫之餘》 臺北市 時報文化出版公司 1981年

58 *The Evolution of the Taiwanese New Literature Movement from 1920 to 1937*. By Yang, Jane Parish. Ph.D. thesis of Wisconsin University, 1981. （美）白珍 《臺灣新文學運動之發展：一九二〇～一九三七》 威斯康辛大學博士論文 1981年

59 *Born of the Same Roots: Stories of Modern Chinese Women*. Edited by Vivian Ling Hsu. Bloomington: Indiana University Press, 1981. （美）徐淩志韞 《本是同根生：中國現代女性小說》 布盧明頓市 印第安納大學出版社 1981年

60 *A Study of "Chia Pien," A Contemporary Chinese Novel from Taiwan*. By Sung-sheng, Chang, B.A., M. A. Dissertation presented to the faculty of the graduate school of The University of Texas at Austin in Partial fulfillment of the requirements for the degree of Doctor of Philospphy. The University of Texas at Austin, August 1981. （美）張誦聖 《《家變》研究：一篇臺灣當代小說》 德克薩斯大學奧斯汀校區博士論文 1981年

61 *Leyden Studies in Sinology: Paper Presented at the Conference held in Celebration of the Fiftieth Anniversary of the Sinological Institute*

of Leyden University, December 8-12, 1980. Edited by W. L. Idema. Sinica Leidensia Edidit. Institutum Sinologicum Lugduno Batavum. Vol. XV. Leiden, The Netherlands: E. J. Brill, 1981.（荷蘭）伊維德編 《萊頓漢學研究：一九八〇年十二月八～十二日紀念萊頓大學漢學研究院成立五十周年學術研討會論文集》 荷蘭萊頓市布里爾出版社 1981年

62 （美）劉若愚著 杜國清譯 《中國文學理論》 臺北市 聯經出版事業公司 1981年

63 （美）葛浩文、（美）張錯編選 《永不消隱的餘韻——許芥昱印象集》 香港 廣角鏡出版社 1982年

64 （美）葛浩文 〈臺灣鄉土作家黃春明〉 《海峽》1982年第1期 頁178-180

65 *Winter Plum: Contemporary Chinese Fiction.* Edited by Nancy Ing. Taipei: Chinese Materials Center, 1982. 殷張蘭熙譯 《寒梅：當代中國小說選》 臺北市 中國文獻中心 1982年

66 *Summer Glory: A Collection of Contemporary Chinese Poetry.* Edited and translated by Nancy Ing. Taipei: Chinese Materials Center, 1982. 殷張蘭熙編輯並翻譯 《夏照：當代中國詩歌選》 臺北市 中國文獻中心 1982年

67 *The Translation of Things Past: Chinese History and Historiography.* Edited by George Kao. A RENDITIONS Book. Research Centre for Translation, The Chinese University of Hong Kong, 1982. （美）喬志高編 《中國歷史和歷史編纂學》 《譯叢》叢書之一 香港中文大學翻譯研究中心 1982年

68 *Verisimilitude in Realist Narrative: Mao Tun's and Lao She's Early Novels.* David Der-wei Wang's doctral degree thesis, The University of Wisconsin-Madison. A thesis submitted in partial fulfillment of the

requirements for the degree of Doctor of Philosophy(Comparative Literature) at the University of Wisconsin-Madison, 1982. Major Professor and advisor: Joseph Lau. （美）王德威 《現實主義者敘事中的逼真——茅盾和老舍的早期小說》 威斯康辛大學麥迪遜校區博士論文 1982年 導師：劉紹銘

69 *Wandering in A Garden, Waking from A Dream: Tales of Taipei Characters*. Hsien-Yung Pai (Author), George Kao (Editor), Patia Yasin (Translator). Bloomington: Indiana University Press, 1982. （美）高克毅（喬志高）等編譯 《遊園驚夢：臺北人的故事》 布盧明頓市 美國印第安納大學出版社 1982年

70 *The Exile Motif in Modern Chinese Literature in Taiwan*. By Jiang Jeng-jen. Dissertation for the degree of Ph. D. The University of Texas at Austin, 1982. （美）簡政珍 《臺灣現代文學中的流放主題》 德克薩斯大學奧斯汀校區博士論文 1982年

71 *An Analysis of the Short Stories of Ouyang Tze*. By Lindfors, Sally Ann. Dissertation for the degree of Ph. D. The University of Texas at Austin, 1982. （美）Lindfors, Sally Ann 《歐陽子短篇小說之分析》 美國德克薩斯大學奧斯汀校區博士論文 1982年

72 *The Unbroken Chain: An Anthology of Taiwan Fiction Since 1926*. Edited by Joseph S. M. Lau. Bloomington: Indiana University Press, 1983. 劉紹銘 《不斷的鏈條：一九二六年以來的臺灣小說選集》 布盧明頓市 印第安納大學出版社 1983年

73 胡錫敏 《中國傑出音樂家江文也》 香港 上海書局 1983年

74 *Trees on the Mountain: An Anthology of New Chinese Writing*. Edited by Stephen C. Soong and John Minford. A RENDITIONS Book. Research Centre for Translation, The Chinese University of Hong Kong, 1984. 宋淇、閔福德編 英漢對照本《山上的樹》 香港 香港中文大學出版社、香港中文大學翻譯研究中心 1984年

75   *Light and Shadow along a Great Road: an Anthology of Modern Chinese Poetry*. Compiled and Translated by Rewi Alley. Beijing: New World Press, 1984.　路易・艾黎編譯　《大路上的光和影：中國現代詩選》　北京市　新世界出版社　1984年

76   *Translations of Two Modern Chinese Poets: Taiwan -Chi Hsien (Chi Hsien); Mainland -Tsai Chi-chiao (Ts'ai Ch'i-chiao)*. By Sandy Rueyshan Chen. Thesis (M.A.) of University of Iowa, 1985.　（美）陳瑞山　《兩個中國現代詩人作品的翻譯：臺灣——紀弦；大陸——蔡其矯》　愛荷華大學藝術碩士畢業論文　1985年

77   *My Cares*. By Hsiang Yang. Translated by John J. S. Balcom; Dominic Cheung; Patricia Pin-ching Hu; Hsu Ta-Jan. Taipei: Independence Evening Post, August 1985.　（美）陶忘機、（美）張錯、胡品清、（美）許達然等譯　向陽詩歌《心事》　臺北市　自立晚報社　1985年

78   *The Symbolic Construction of Community*. By Anthony P. Cohen. New York: Tavistock Publications, 1985.

79   *Essays on Contemporary Chinese Poetry*. Edited by Julia C. Lin. Athens, Ohio and London: Ohio University Press, 1985.　（美）林張明暉編　《中國現代詩論評集》　俄亥俄州雅典市、英國倫敦市　俄亥俄大學出版社　1985年

80   鄭樹森　《中美文學因緣》　臺北市　東大圖書公司　1985年

81   *Blooming and Contending: Chinese Literature in the Post-Mao Era*. By Michael Duke. Bloominton and Indianapolis: Indiana University Press, 1985.　（美）杜邁可　《百花齊放與爭鳴：後毛澤東時代的中國文學》　布盧明頓市　印第安納大學出版社　1985年

82   *Exiles at Home: Short Stories by Chen Ying-chen*. Lucien Miller edited and translated. Ann Arbor: Michigan Center for Chinese

Studies, University of Michigan, 1986. （美）米樂山編譯 《在家流放——陳映真短篇小說選》 安阿伯市 密歇根大學密歇根中國研究中心 1986年

83　*Lu Xun's Vision of Reality.* By William A. Lyell. Berkeley: University of California Press, 1986. （美）威廉・萊爾 《魯迅的現實觀》 伯克利市 加州大學出版社 1986年

84　*The Butcher's Wife.* Written by Li Ang. Translated from Chinese into English by Howard Goldblatt and Ellen Yeung. Berkeley, San Francisco: North Point Press, 1986. 李昂著 （美）葛浩文與楊愛倫合譯 《殺夫》 加州舊金山伯克利市 北點出版社 1986年

85　Creativity and Politics. By Fokkema Douwe. Edited by Roderich MacFarquhar and John King Fairbank. *Cambridge History of China.* Cambridge: Cambridge University Press, 1986. 佛克馬著 〈創造和政治〉 麥克法夸爾、費正清等編 收入於《劍橋中華人民共和國史》 劍橋市 劍橋大學出版社 1986年

86　*Social Realism in Modern Chinese Fiction in Taiwan.* By Mao-sung Lin, B.A., M.A. Dissertation presented to the faculty of the graduate school of The University of Texas at Austin in Partial fulfillment of the requirements for the degree of Doctor of Philospphy. The University of Texas at Austin, December 1986. （美）林茂松 《臺灣現代小說中的社會現實主義》 德克薩斯大學奧斯汀校區博士論文 1986年

87　（美）王德威 《從劉鶚到王禎和：中國現代寫實小說散論》 臺北市 時報文化出版公司 1986年

88　*Chess King.* By Chang Shikuo. Translated by Ivan David Zimmerman. Singapore: Asiapac Books Ltd., 1986. 張系國著 Ivan David Zimmerman 譯 《棋王》 新加坡 Asiapac 出版社 1986年

89 王晉民　《臺灣當代文學》　南寧市　廣西人民出版社　1986年

90 *Mulberry and Peach: Two Women of China.* By Hualing Nieh. London, England: The Momen's Press Limited, 1986. （美）聶華苓　《桑青與桃紅》　倫敦市　女性出版社　1986年

91 *Market Street: A Chinese Woman in Harbin.* By Hsiao Hung. Translated with an introduction by Howard Goldblatt. Seattle and London: The University of Washington Press, 1986. 蕭紅著　（美）葛浩文譯　《商市街》　西雅圖市和倫敦市　華盛頓大學出版社　1986年

92 （美）葛浩文　〈許芥昱與現代中國文學〉　《外國文學欣賞》　1987年第4期　頁29-31

93 （美）西利爾・白之著　微周譯　《白之比較文學論文集》　長沙市　湖南文藝出版社　1987年

94 （美）夏志清　《夏志清文學評論集》　臺北市　聯合文學雜誌社　1987年

95 （捷克斯洛伐克）普實克　《普實克中國現代文學論文集》　長沙市　湖南文藝出版社　1987年

96 *The Isle Full of Noises: Modern Chinese Poetry from Taiwan.* Edited & translated by Dominic Cheung. New York: Columbia University Press, 1987. （美）張錯編譯　《千曲之島：臺灣現代詩選》　紐約市　哥倫比亞大學出版社　1987年

97 *The Odyssey of Shen Congwen.* Written by Jeffrey Kinkley. Redwood City: Stanford University Press, 1987. （美）金介甫　《沈從文傳》　加利福尼亞州雷德伍德城　斯坦福大學出版社　1987年

98 *Voice from the Iron House: A Study of Lu Xun.* By Leo Ou-fan Lee. Bloominton and Indianapolis: Indiana University Press, 1987. （美）李歐梵　《鐵屋中的吶喊——魯迅研究》　布盧明頓市、印第安納波利斯市　印第安納大學出版社　1987年

99　*The Blue and The Black*. Written by Wang Lan. Translated by David L.Steelman. Taipei: Chinese Materials Center Publications. 1987. 王藍著　（美）施鐵民譯　《藍與黑》　臺北市　中國文獻中心出版　1987年

100　（美）張誦聖　〈現代主義與臺灣現代派小說〉　《文藝研究》1988年第4期

101　*Mulberry and Peach: Two Women of China*. By Hualing Nie. Translated by Jane Parish Yang; Linda Lappin. New York: Feminist Press at CUNY. 1988.　（美）聶華苓著　（美）白珍、（美）Linda Lappin 英譯　《桑青與桃紅》　紐約市　紐約城市大學女性主義出版社　1988年

102　（美）王德威　《眾聲喧嘩──三〇與八〇年代的中國小說》臺北市　遠流出版事業公司　1988年

103　（美）臺灣文學研究會主編　《先人之血・土地之花──臺灣文學研究會論文集》　臺北市　前衛出版社　1989年

104　（美）張誦聖　〈開近年文學尋根之風──汪曾祺與當代歐美小說結構觀相頡頏〉　《當代作家評論》1989年第5期

105　（美）張誦聖　〈玩世不恭的謔仿──以通俗風格遊戲式撻伐當世流行弊病〉　《當代作家評論》1989年第6期

106　*Modern Chinese Women Writers: Critical Appraisals*. Edited by Michael S. Duke. Armonk, New York: M. E.Sharpe Inc., 1989.　（美）杜邁可主編　《現代中國女作家評論集》（研討會論文集）　紐約阿蒙克市　夏普出版公司　1989年

107　*Crystal Boys*. Written by Pai Hsien-Yung. Translated by Howard Goldblatt. San Francisco: Gay Sunshine Press, 1989.　（美）白先勇著　（美）葛浩文英譯　《孽子》　舊金山市　男同陽光出版社　1989年

108 李愷玲、諶宗恕編　《中國當代文學研究資料　聶華苓研究專集》　武漢市　湖北教育出版社　1990年

109 *Ficitionality and Reality in Narrative Discourse: A reading of Four Contemporary Taiwanese Writers*. By Chen, Li-fen. Ph. D dissertation of the University of Washington, 1990.　（美）陳麗芬　《敘事話語中的寫實與虛構：解讀四位當代臺灣作家》　華盛頓大學博士學位論文　1990年

110 *Worlds Apart: Recent Chinese Writing and Its Audiences*. Edited by Goldblatt Howard. New York: M E Sharpe, 1990.　（美）葛浩文主編　《分裂的世界：近期的中國文學及其觀眾》　M. E. Sharpe 出版　1990年

111 *Woman and Chinese Modernity: The Politics of Reading between West and East*. By Rey Chow. Minneapolis: University of Minnesota Press, 1991.　（美）周蕾　《女性和中國現代性：東西方之間的閱讀政治》　明尼阿波利斯市　明尼蘇達大學出版社　1991年

112 樂黛雲、王寧主編　《西方文藝思潮與二十世紀中國文學》　北京市　中國社會科學出版社　1990年

113 *The Butcher's Wife (Sha Fu)*: A Novel by Li Ang. Written by Li Ang. Translated from the Chinese by Howard Goldblatt and Ellen Yeung. Boston: Beacon Press, 1990. 1983 by Li Ang. English translation and translator's note 1986 by Howard Goldblatt and Ellen Yeung. First published as a Beacon Paperback in 1990.　李昂著　（美）葛浩文與楊愛倫合譯　《殺夫》　波士頓市　Beacon 出版社　1990年

114 *Rewriting Chinese: Style and Innovation In The Twentieth-century Chinese Prose*. By Edward Gunn. Redwood City: Stanford University Press, 1991.　（美）耿德華　《重寫中國：二十世紀中國散文的風格與創新》　加利福尼亞州雷德伍德城　斯坦福大學出版社　1991年

115 *Modern Chinese Poetry: Theory and Practice Since 1917*. By Michelle
　　Yeh. New Haven: Yale University Press, 1991. （美）奚密 《中
　　國現代詩：一九一七年以來的理論和實踐》 紐海文市 耶魯大
　　學出版社 1991年

116 *The Search for Cultural Identity: Taiwan "Hsiang-Tu" Literature in*
　　the Seventies. By Chen, Ai-li. Ohio State University, Ph. D., 1991.
　　Advisor: Dr. Tien-yi Li. 陳愛麗 《臺灣七十年代鄉土文學——
　　文化認同的追尋》 俄亥俄州立大學博士論文 1991年 導師：
　　李田意、鄧騰克為其答辯委員會成員

117 *Worlds of Modern Chinese Fiction: Short Stories & Novellas from*
　　The People's Republic, Taiwan & Hong Kong. Edited by Duke,
　　Michael S. London; New York: Routledge, 1991. （美）杜邁可編
　　《現代中國小說世界》 倫敦市、紐約市 勞特利奇出版社
　　1991年

118 *Anthology of Modern Chinese Poetry*. Edited & translated by
　　Michelle Yeh. New Haven and London: Yale University Press, 1992.
　　（美）奚密 《中國現代漢詩選》 紐海文市、倫敦市 耶魯大
　　學出版社 1992年

119 （美）劉紹銘著 《臺灣本地作家短篇小說選》 臺北市 三民
　　書局 1992年

120 *Nativist Fiction in China and Taiwan: A Thematic Survey*. Written by
　　Rosemary M. Haddon. Ph. D. disstertation of the University of British
　　Columbia, 1992. （加拿大）哈玫麗 《中國大陸和臺灣的本土
　　主義小說：一個專題考察》 加拿大英屬哥倫比亞大學博士論文
　　1992年

121 杜十三著 《雞鳴・人語・馬嘯：和生命閒談的三種方式》 臺
　　北市 業強出版社 1992年

122 謝豐丞 《少年維特的身後》 天津市 天津人民出版社 1992年

123 李直編 《靈犀集──評《少年維特的身後》》 天津市 百花文藝出版社 1992年

124 *Memories of Peking: South Side Stories*. By Lin Hai-yin. Translated by Nancy C. Ing and Chi Pang-yuan. Hong Kong: The Chinese University Press, Hong Kong, 1992. 林海音著 殷張蘭熙、齊邦媛英譯 《城南舊事》 香港 香港中文大學出版社 1992年

125 張己任總編 吳玲宜等編 《江文也紀念研討會論文集》 臺北縣 臺北縣立文化中心 1992年

126 *Modern Chinese Writers: Self- Portrayals*. Edited by Helmut Martin; Kinkley, Jeffrey C. London; New York: Routledge, 1992. （德）馬漢茂、（美）金介甫編譯 《當代中國作家自畫像》 倫敦市、紐約市 勞特利奇出版社 1992年

127 Fredric R. Jameson. *Remapping Taipei*. Fredric R. Jameson. *The Geopolitical Aesthetic: Cinema and Space in the World System*. Bloomington: Indiana University Press, 1992. （美）弗雷德里克·詹姆遜 《重繪臺北地圖》 見（美）弗雷德里克·詹姆遜《地緣政治美學：世界體系中的電影與空間》 布盧明頓市 印第安納大學出版社 1992年

128 *A Chinese Woman in Iowa: Poems by Chang Shiang-hua*. Written by Chang Shiang-hua. Translated by Valerie C. Doran. Boston: Cheng and Tsui Co., Inc., 1992. （美）張香華著 （美）任卓華英譯 《一個中國女人在愛荷華：張香華詩集》 波士頓市 鄭和崔出版社 1992年

129 *Fictional Realism in Twentieth Century China Mao Dun Lao She Shen Congwen*. By David Der-wei Wang. New York: Columbia University Press, 1992.

130 *Backed Against The Sea*. By Wang Wen-Hsing. Translated by Edward Gunn. Cornell University East Asia Program, 1993. 王文興著 （美）耿德華譯 《背海的人》 康奈爾大學出版社 1993年

131 *The Frozen Torch: Selected Prose Poems*. Written by Shang Ch'in. Translated by N. G. D. Malmqvist. London: Wellsweep Press. March 1993. (Text: English, Chinese) 商禽著 （瑞典）馬悅然英譯 《冷藏的火把：商禽散文詩選》（中英對照版） 倫敦市 威爾斯維普出版社 1993年3月

132 *Modern Chinese Literature in The Postcolonial Diaspora*. By Lupke, Christopher M. (Christopher Lupke). Cornell University, A Disertation presented to the faculty of the graduate school of Cornell University for the degree of Doctor of Philosophy. 1993. 陸敬思 《後殖民流散寫作中的現代中國文學》 康奈爾大學博士論文 1993年

133 *Bamboo Shoots After the Rain: Contemporary Stories by Women Writers of Taiwan*. Ann C. Carver,and Sung-sheng Y. Chang edited. New York: The Feminist Press, 1993. （美）安卡芙、張誦聖編 《雨後春筍：當代臺灣女作家小說集》 紐約市 女性主義出版社 1993年

134 *Modernism and the Nativist Resistance: Contemporary Chinese Fiction from Taiwan*. By Chang, Sung-sheng Yvonne. Durham & London: Duke University Press, 1993. （美）張誦聖 《現代主義和本土抵抗：臺灣當代中文小說》 德勒姆市和倫敦市 杜克大學出版社 1993年

135 Balcom John Jay Stewart. *Lo Fu and Contemporary Poetry*. Ph. D. thesis of Washington University at St. Louis, 1993. （美）陶忘機 《洛夫與臺灣現代詩》 華盛頓大學博士論文 1993年

136 *Taiwanese Nationalism and Its late Colonial Context*. By Fix, Douglas

Lane. Ph.D. dissertation of The University of California, Berkeley. 1993.（美）費德廉 《臺灣的民族主義及其晚期殖民語境》 加州大學柏克萊分校博士論文 1993年

137 *The Four Seasons, Written by Xiang Yang*. Translated by John Balcom （陶忘機）. Monterey, CA: Taoran Press, 1993. 向陽著 （美）陶忘機譯 《四季》 加州蒙特利市 陶然出版社 1993年

138 *Death of A Stone Cell*. Written by Luo Fu. Translated by John Balcom, Monterey, CA: Taoran Press, Monterey, 1993. 洛夫著 （美）陶忘機譯 《石室之死亡》 加州蒙特利市 道朗出版社 1993年

139 （法）米歇爾·福柯著 （美）王德威譯 《知識的考掘》 臺北市 麥田出版社 1993年

140 徐慎貴 （美）Lin, Julia C. 等 《我愛你──中國當代女詩人詩選》（*Women of the Red Plain: An anthology of contemporary Chinese women's poetry*） 漢英對照版 北京市 中國文學出版社 1993年

141 劉康（Liu Kang） 唐小兵 *Politics, Ideology, and Chinese Literature: Theoretical Interventions and Cultural Critique*, 達勒姆：Duke University Press, 1993.

142 （美）王德威 〈現代中國小說研究在西方〉 收入《小說中國：晚清到當代的中文小說》 臺北市 麥田出版社 1993年

143 *Forbidden Games & Video Poems*. By Yang Mu and Lo Ch'ing. Translated by Joseph R. Allen. Seattle: University of Washington Press, 1993. （美）楊牧、羅青著 （美）約瑟夫·艾倫譯 《禁忌的遊戲與錄影詩（楊牧與羅青詩選）》 西雅圖市 華盛頓大學出版社 1993年

144 *Chinese Writing and Exile*. Edited by LEE Gregory B. Chicago: Center for East Asian Studies, University of Chicago, 1993.（法）

利大英編　《漢語寫作與流亡》　芝加哥大學東亞研究中心
1993年

145 *Nativism Overseas: Contemporary Chinese Women Writers*. Edited
by Hsin-Sheng C. Kao. Albany, New York: State University of New
York Press (SUNY Press), 1993.　高信生編　《中國海外作品的
本土性：當代女作家作品及其評論》　紐約阿爾巴尼市　紐約城
市大學出版社　1993年

146 *Gender Politics In Modern China: Writing and Feminism*. Edited by
Tani E Barlow. Durham and London: Duke University Press.1993.

147 （美）陳衡（鄭洪）　《紅塵裡的黑尊》　臺北市　聯合文學出
版社　1993年

148 陳萬益編　（美）黃娟著　《黃娟集》　臺北市　前衛出版社
1993年

149 *The Changing Concepts of Love: Fiction by Taiwan Women Writers*.
Fan, Ming-Ju, Ph. D. The University of Wisconsin-Madison. A thesis
submitted in partial fulfillment of the requirements for the degree of
Doctor of Philosophy (Chinese) at the University of Wisconsin-
Madison, 1994.　范銘如　《愛情概念的變遷：臺灣女作家小
說》　威斯康辛大學博士論文　1994年

150 （美）金介甫　《沈從文筆下的中國社會與文化》　虞建華、邵
華強譯　上海市　華東師範大學出版社　1994年

151 （美）奚密　〈死亡：大陸與臺灣地區近期詩作的共同主題〉
《詩探索》　1994年第3期

152 中國社會科學院文獻信息中心、外事局編　《世界中國學家名
錄》　北京市　社會科學文獻出版社　1994年

153 葉維廉　《山水的約定》　臺北市　東大圖書公司　1994年

154 （美）陶忘機（John Balcom）譯　《石室之死亡》（英譯本）
舊金山市　道朗出版社出版（Taoran Press）　1994年

155 *Running Wild: New Chinese Writers*. Edited by David Der-wei Wang with Jeanne Tai, New York: Columbia University Press, 1994. （美）王德威、（美）戴靜選編，余華、莫言、朱天文、阿城、蘇童等著 《眾聲喧嘩：中國新銳作家》 紐約市 哥倫比亞大學出版社 1994年

156 *The Ferryman and The Monkey*. By Tsai Wen-Fu. Translated by Claire Lee, Irvine, CA: James Publishing Company, 1994. 蔡文甫著 （美）王克難譯 《船夫和猴子》 加州爾灣市 詹姆斯出版公司 1994年

157 *Death in a Cornfield and Other Stories from Contemporary Taiwan*. Edited by Ching-Hsi Perng and Chiu-Kuei Wang, Hong Kong. New York: Oxford University Press, 1994. 彭鏡禧、王秋桂編 《玉米田之死及其他臺灣當代小說》 香港、倫敦市 牛津大學出版社 1994年

158 *Family Catastrophe: A Modernist Novel*. By Wang Wen-hsing. Translated by Susan Wan Dolling. University of Hawai'i Press, 1995. 王文興著 杜玲譯 《家變》 夏威夷大學出版社出版 1995年

159 *Modern Chinese Literary Thought: Writings on literature, 1893-1945*. edited by Kirk A. Denton. Stanford, Calif.: Stanford University Press, 1995. （美）鄧騰克編 《中國現代文學思想：文學書寫，一八九三～一九四五》 加利福尼亞州斯坦福市 斯坦福大學出版社 1995年

160 *Writing the Colonial Self: Yang Kui's Texts of Resistance and National Identity*. By Angelina Yee. *CLEAR*, 1995 (17). 余珍珠 〈書寫殖民自我：楊逵的抗爭文本和國家認同〉 《中國文學》 1995年第11期

161 *The Search for Identity in Fiction from Taiwan, Expressions of Self in Chinese Literature*. By Robert E Hegel. New York: Columbia

University Press, 1995. （美）何谷理 《中國文學中的自我表達》 紐約市 哥倫比亞大學出版社 1995年

162 David Der-wei Wang. Translating Taiwan: A Study of Four English Anthologies of Taiwan Fiction. *Translating Chinese Literature*. Edited by David Der-wei Wang. Bloomington: Indiana University Press, 1995. （美）王德威 〈翻譯臺灣〉 王德威 《翻譯中國文學》 布盧明頓市 印第安納大學出版社，1995年

163 *Misogyny, Cultural Nihilism, and Oppositional Politics: Contemporary Chinese Experimental Fiction*. By Lu, Tongling. Redwood City: Stanford University Press, 1995. （加拿大）呂彤鄰 《厭女症，文化虛無主義與對抗性政治：中國當代實驗小說研究》 雷德伍德城 斯坦福大學出版社 1995年

164 Fredric R. Jameson. "Remapping Taipei." In *The Geopolitical Aesthetic: Cinema and Space in the World System*. Written by Fredric R. Jameson. Bloomington: Indiana University Press, 1995-8-22.

165 （美）詹明信（Fredric R. Jameson） 《重繪臺北新圖像》 鄭樹森編 《文化批評與華語電影》 臺北市 麥田出版社 1995年

166 *The Columbia Anthology of Modern Chinese Literature*, edited by Joseph S. M. Lau and Howard Goldblatt. New York: Columbia University Press, 1995. 劉紹銘、葛浩文主編 《哥倫比亞中國現代文學文集》》 紐約市 哥倫比亞大學出版社 1995年

167 *Scenes for Mandarins: The Elite Theater of the Ming*. By Cyril Birch. New York: Columbia University Press, 1995.

168 *Taiwan Literature: English Translation Series*（《臺灣文學英譯叢刊》）(No. 1, August 1996), eds. Kuo-ch'ing Tu（杜國清）and Robert Backus. Santa Barbara: Forum for the Study of World Literature in Chinese, the Interdisciplinary Humanities Center, 1996.

169　Taiwan Literature: English Translation Series (No.1-37), Edited and translated by Kuo-ch'ing Tu and Robert Backus,etc. Santa Barbara: Forum for the Study of World Literature in Chinese, the Inter-disciplinary Humanities Center, 1996-2016.　（美）美國加州大學聖塔芭芭拉分校杜國清等編譯　《臺灣文學英譯叢刊》第1-37期　聖塔芭芭拉　加州大學聖塔芭芭拉分校　1996年8月至2016年 No.37.

170　*Colonialism and Its Counter-Discourses: On the Uses of "Nations" in Modern Taiwanese Literature and Film.* By Yip, June Chun. Dissertation for the degree of Ph. D. Princeton University, 1996.　（美）葉蓁　《殖民主義及其反抗話語——論現代臺灣文學與電影中「國家」概念的使用》　普林斯頓大學博士論文　1996年

171　《臺灣文學年鑒》　臺北市　「行政院」文化建設委員會　臺南市　臺灣文學館　1996-2017年

172　（美）劉禾（Liu Lydia）. *Translingual Pratice: Literature, National Culture and Translated Modernity, China, 1900-1937*, Redwood City: Stanford University, 1996.

173　*The High Culture Fever: Politics, Aesthetics, and Ideology in Deng's China.* By Jing Wang. Berkeley: University of California Press, 1996.　（美）王瑾　《高階文化熱：鄧時代中國的政治、美學與意識形態》　伯克利市　加州大學出版社　1996年

174　*The City in Modern Chinese Literature and Film: Configurations of Space, Time, and Gender.* By Zhang Yingjin. Redwood City: Stanford University Press, 1996.　（美）張英進　《中國現代文學和電影中的城市：空間、時間和性別的結構形態》　雷德伍德城　斯坦福大學出版社　1996年

175　*My Village.* By Wu Sheng. Translated by John Balcom. New York:

Taoran Press, 1996. 吳晟著 （美）陶忘機譯 《吾鄉印象》
紐約市 道朗出版社 1996年

176 *A Passage to The City: Selected Poems of Jiao Tong*（《城市過渡：
焦桐詩選》）, by Jiao Tong, Translated by Shuwei Ho, Raphael John
Schulte (蕭笛雷), Taipei: Bookman Books, LTD., 1996.

177 *Oxcart: Nativist Stories from Taiwan, 1934-1977*. Translated, edited,
and introduced by Rosemary M. Haddon. Dortmund: Projekt Verlag,
1996. （德）哈玫麗編譯介紹 《牛車：臺灣本土主義小說
（1934-1977）》 德國北萊茵—威斯特伐利亞州多特蒙德市 項
目出版社 1996年

178 *Modern Chinese Literary Thought: Writings on Literature(1893-*
1945). Edited by Kirk A. Denton. Staford, California: Stanford
University Press, 1996.

179 *Travel Writing and Colonial Collecting: Chinese Travel Accounts of*
Taiwan from the Seventeenth through Nineteenth Centuries. By Emma
Jinhua Teng. Thesis presented by Emma Jinhua Teng for the degree
of Doctor of Philosophy in the subject of Chinese Literature. Harvard
University, 1997. （美）鄧津華 《旅遊書寫和殖民地踏查：十
七世紀至十九世紀的臺灣遊記》 哈佛大學博士論文 1997年

180 （美）奚密 〈差異的憂慮——對宇文所安的一個迴響〉 《中
外文化與文論》 1997年第2期

181 （美）應鳳凰 〈美國近年臺灣文學相關博士論文簡介〉 《臺
灣文學研究通訊——水筆仔》第3期 1997年9月

182 *Transnational Chinese Cinemas: Identity, Nationhood, Gender*. Edited
by Sheldon Hsiao-peng Lu. Honolulu: University of Hawai'i Press,
1997. （美）魯曉鵬編 《跨國的中國電影：身分，民族性，
性別》 檀香山市 夏威夷大學出版社 1997年

183 王曉明 《二十世紀中國文學史論》（全三卷） 上海市 東方出版中心 1997年

184 （美）應鳳凰（德州大學東亞系博士班） 〈臺灣文學研究在美國〉 臺北《漢學研究通訊》第16卷第4期（總第64期） 1997年11月

185 *The Sublime Figure of History: Aesthetics and Politics in 20th Century China.* By Ban, Wang. Redwood City: Stanford University Press, 1997.

186 包亞明 《文化資本與社會煉金術——布爾迪厄訪談錄》 上海市 上海人民出版社 1997年

187 *An Oxford Anthology of Contemporary Chinese Drama.* Edited by Martha P. Y. Cheung and Jane C. C. Lai. Hong Kong and New York: Oxford University Press, 1997. 張佩瑤、黎翠珍 《當代中國戲劇（牛津選本）》 香港、紐約市 牛津大學出版社 1997年

188 （美）奚密 〈多元文化主義的悖論〉 《讀書》 1998年第2期

189 （美）王德威 《如何現代，怎樣文學？——十九二十世紀中文小說新論》，臺北市：麥田出版社 1998年

190 （美）奚密 〈臺灣現代詩論戰：再論「一場未完成的革命」〉 《國文天地》 1998年3月 第13卷第10期

191 *Rose, Rose, I Love You.* By Wang Chen-Ho. Translated by Howard Goldblatt. New York: Columbia University Press, 1998. 王禎和著 （美）葛浩文譯 《玫瑰玫瑰我愛你》 紐約市 哥倫比亞大學出版社 1998年

192 *No Trace of the Gardener: Poems of Yang Mu.* Translated by Lawrence R Smith, Michelle Yeh, Yale University Press, 1998. （美）奚密、勞倫斯‧R‧史密斯譯 《園丁無蹤：楊牧詩選》 耶魯大學出版社 1998年

193　*Setting Out: The Education of Li-Li*（初旅）, by Tung Nien（東年）. Translated by Mike O'connor, Pleasure Boat Studio, 1998.

194　（美）王德威　《想像中國的方法──歷史‧小說‧敘事》　北京市：生活‧讀書‧新知三聯書店　1998年

195　*Three-Legged Horse*. By Cheng Ch'ing-Wen. Translated by Carlos G. Tee…etc., New York: Columbia University Press, 1998.　鄭清文著　鄭永康等譯　《三腳馬》　紐約市　哥倫比亞大學出版社　1998年

196　*China's Avant-Garde Fiction*. Edited by Jing Wang. Durham: Duke University Press, 1998.　（美）王瑾編選　《中國先鋒小說》　德勒姆市　杜克大學出版社　1998年

197　齊邦媛　《霧漸漸散的時候──臺灣文學五十年》　臺北市　九歌出版社　1998年

198　*Culture and Customs of Taiwan*. By Gary Marvin Davison, Barbara E. Reed. Santa Barbara, California: Greenwood Press, 1998-09-30.

199　*Encyclopedia of Chinese Film*. By Yingjin Zhang and Zhiwei Xiao; with additional contributions from Ru-shou Robert Chen, Shuqin Cui, Paul Fonoroff, Ken Hall, Julian Stringer, Jean J.Su, Paola Voci, Tony Williams, Yueh-yu Yeh. Edited by Yingjin Zhang. London; New York: Routledge, 1998.　（美）張英進編　張英進、蕭知緯等著　《中國電影百科全書》　倫敦市、紐約市　勞特利奇出版社　1998年

200　（美）王德威　〈世紀末的華麗〉　成都市　四川文藝出版社　1999年

201　（美）劉紹銘著　《文字豈是東西》　瀋陽市　遼寧教育出版社　1999年

202　（英）Michel Hockx（賀麥曉）. *The Literary Field of Twentieth-Century China*, London: Routledge, 1999.

203 *Shanghai Modern*. By Leo Ou-fan Lee. Cambridge, MA: Harvard University Press, 1999. （美）李歐梵 《上海摩登》 麻省劍橋市 哈佛大學出版社 1999年

204 *Notes of a Desolate Man*. By Chu T'ien-Wen. Translated by Howard Goldblatt and Sylvia Li-Chun Lin. New York: Columbia University Press, 1999. 朱天文著 （美）葛浩文、（美）林麗君譯 《荒人手記》 紐約市 哥倫比亞大學出版社 1999年

205 *Children's Stories from Taiwan*. By Gao Tian-sheng, Huang Wei-lin, Tonfang Po, Tzeng Ching-wen, Wu Chin-fa. Translated by Robert Backus, John Crespi, Howard Goldblatt, Sylvia Li-Chun Lin, William Lyell, Terence C. Russel, and Sue Wiles, Taiwan Literature series at the University of California, 1999. 高天生、黃瑋琳、東方白、鄭清文、吳錦發著 （美）拔苦子、（美）江克平、（美）葛浩文、（美）林麗君、（美）威廉・萊爾、（加拿大）羅德仁、（澳大利亞）蘇・威爾斯譯 《臺灣兒童小說集》 加州大學臺灣文學系列 1999年

206 （美）奚密，崔衛平 〈為現代詩一辯〉 《讀書》1999年第5期

207 （美）張誦聖 〈臺灣女作家與當代主導文化〉 《中外文學》第28卷第4期 1999年9月

208 *A Translation of the Chinese Novel Chung-yang (Rival Suns) by Chiang Kuei (1908-1980)*. Translated from the Chinese by Timothy A. Ross. Lewiston, New York: The Edwin Mellen Press, 1999.

209 *Taiwan: A New History*. Edited by Murray A. Rubinstein. Armonk, New York and London, England: M. E. Sharpe, Inc., 1999.

210 *Three-legged Horses*. By Cheng Ch'ing-wen. Translated by Carlos G. Tee....et al., edited by Pang-yuan Chi. New York: Columbia University Press, 1999. 鄭清文著 （美）羅鵬等譯 齊邦媛編 《三腳馬》 紐約市 哥倫比亞大學出版社 1999年

211 *Rainy Night Moon*. By Tsai Wen-Fu. Translated by Claire Wang-Lee. Irvine, CA: James Publishing Company, 1999. 蔡文甫著 （美）王克難譯 《雨夜的月亮》 加州爾灣市 詹姆斯出版公司 1999年

212 （美）奚密：〈在我們貧瘠的餐桌上：五〇年代的臺灣《現代詩》季刊〉 《中國現代文學研究叢刊》2000年第2期

213 *Wild Kids: Two Novels About Growing Up*. By Chang Ta-chun. Translated by Michael Berry. New York: Columbia University Press, 2000. 張大春著 （美）白睿文譯 《野孩子：兩篇關於成長的小說》（〈我妹妹〉、〈野孩子〉） 紐約市 哥倫比亞大學出版社 2000年

214 鍾明德 《臺灣小劇場運動史──尋找另類美學與政治》 臺北市 揚智文化事業公司 2000年

215 *The Lure of the Modern: Writing Modernism Semicolonial China*. By Shu-meiShih. Berkeley: University of California Press, 2000. （美）史書美 《現代的誘惑：書寫半殖民地中國的現代主義》 伯克利市 加州大學出版社 2000年

216 （美）鍾雪萍（Zhong Xueping）. Masculinity Besieged? Issues of Modernity and Male Subjectivity in Chinese Literature of the Late 20th Century, 達勒姆市: Duke University Press, 2000.

217 *A Thousand Moons on A Thousnd Rivers*. By Hsiao Li-Hung. Translated by Michelle Wu. New York: Columbia University Press, 2000. 蕭麗紅著 （美）吳慧芝譯 《千江有水千江月》 紐約市 哥倫比亞大學出版社 2000年

218 *Erotic Recipes*（《完全壯陽食譜》）. By Jiao Tong. Translated by Shao-Yi Sun. Los Angeles: Sun & Moon Press, 2000.

219 *Drifting*（《漂泊者》）. By Chang Ts'o（張錯）. Translated by Dominic Cheung, Los Angeles: Sun & Moon Press, 2000.

220　劉紀蕙　《孤兒・女神・負面書寫：文化符號的徵狀式閱讀》
　　　臺北市　立緒文化事業公司　2000年

221　*Chinese Literature in the Second Half of a Modern Century: A Critical
　　　Survey*. Edited by Pang-yuan Chi and David Derwei Wang. Bloomi-
　　　nton and Indianapolis: Indiana University Press, 2000.　齊邦媛、
　　　（美）王德威編　《二十世紀下半期中國文學評述》　布盧明頓
　　　市、印第安納波利斯市　印第安納大學出版社　2000年9月22日

222　（美）白先勇、葉佩霞（Patia Yasin）譯　喬志高主編　漢英對
　　　照本《臺北人 Taipei People》　香港　香港中文大學出版社
　　　2000年

223　*The Chinese Essay. Translated, edited and with an introduction by
　　　David Pollard*. New York: Columbia University Press, 2000.　（英）
　　　卜立德編譯　《古今散文英譯集》　紐約市　哥倫比亞大學出版
　　　社　2000年

224　（美）奚密　《從邊緣出發：現代漢詩的另類傳統》　廣州市
　　　廣東人民出版社　2000年

225　（美）夏志清原著　劉紹銘、李歐梵、林耀福、思果、國雄、譚
　　　松壽、莊信正、藍風、水晶、董保中、夏濟安、舒明、陳真愛、
　　　潘銘燊、丁福祥合譯　《中國現代小說史》　香港　香港中文大
　　　學出版社　2001年

226　王寧　〈中國現當代文學研究在西方〉　《中國文化研究》2001
　　　年春之卷　頁125-135

227　*Wintry Night*. By Li Qiao. Translated by Taotao Liu and John Balcom.
　　　New York: Columbia University Press, 2001.　李喬著　（英）劉
　　　陶陶、（美）陶忘機譯　《寒夜》　紐約市　哥倫比亞大學出版
　　　社　2001年

228　*The Mysterious Hualian*. By Chen I-Chih. Translated by Hongchu Fu.

Dominic Cheung, Los Angeles: Sun & Moon Press, 2001. 陳義芝《神秘的花蓮》 （美）傅鴻礎、（美）張錯譯 洛杉磯市 日月出版社 2001年

229 *Across the Darkness of the River*. By Hsi Muren. Translated by Chang Shu-li, Los Angeles: Sun & Moon Press, 2001. 席慕蓉著 《在黑暗的河流上》 張淑麗譯 洛杉磯市 日月出版社 2001年

230 *The Taste of Apples*. Written by Huang Chun-ming. Translated by Howard Goldblatt. New York: Columbia University Press, 2001. 黃春明著 （美）葛浩文譯 《蘋果的滋味》 紐約市 哥倫比亞大學出版社 2001年

231 （美）張誦聖 《文學場域的變遷》 臺北市 聯合文學出版社 2001年

232 *Frontier Taiwan: An Anthology of Modern Chinese Poetry*. By Zhou Mengdie（周夢蝶）、Chang Ts'o（張錯）, Wu Sheng（吳晟）, etc. Edited by Michelle Yeh and N. G. D. Malmqvist. Translated by Michelle Yeh（奚密）, John Balcom（陶忘機）, etc. New York: Columbia University Press, 2001. （美）奚密、（瑞典）馬悅然編，奚密、陶忘機等譯 《臺灣現代漢詩選》 紐約市 哥倫比亞大學出版社 2001年

233 （瑞典）馬悅然、（美）奚密、向陽主編 《二十世紀臺灣詩選》 臺北市 麥田出版社 2001年

234 *The Columbia History of Chinese Literature*. Edited by Victor H. Mair. New York: Columbia University Press, 2001.

235 *A Woman Soldier's Own Story: Autobiogrophy of Xie Bingying*. By Bingying Xie. Translated by Lily Chia Brissman and Barry Brissman. New York: Columbia University Press, 2001.

236 （美）王德威 《眾聲喧嘩以後——點評當代中文小說》（*After*

Heteroglossia: Critical Reviews of Contemporary Chinese Fiction, 2001 by David D. W. Wang, Edited by David D. W. Wang, Professor of Chinese Literature, Columbia University. Published by Rye Field Publications, a division of Cite Publishing Ltd. 6F, No. 251, Sec. 2, Hsin-Yi Rd., Taipei, Taiwan.） 臺北市　麥田出版社　2001年

237 安平秋、（美）安樂哲　《北美漢學家辭典》　北京市　人民文學出版社　2001年

238 （英）吉爾伯特著　陳忠丹譯　《後殖民理論：語境實踐政治》南京市　南京大學出版社　2001年

239 （美）紀弦　《紀弦回憶錄──二分明月下》　臺北市　聯合文學出版社　2001年

240 （法）布爾迪厄著　劉暉譯　《藝術的法則》　北京市　中央編譯出版社　2001年

241 *Becoming "Japanese": Colonial Taiwan and the Politics of Identity Formation*. By Leo T. S. Ching. Berkeley, Los Angeles and London: University of California Press, 2001. （美）荊子馨　《變成日本人：殖民地臺灣和身分認同形成的政治》　加州大學出版社 2001年

242 *Chinese Reportage*. By Charles Laughlin. Durham: Duke University Press, 2002.

243 *Book of Reincarnation*. By Hsu Hui-chih. Translated by Sheng-Tai Chang. Los Angeles: Sun & Moon Press, 2002. 許悔之著　《轉世之書》　（美）張盛泰譯　洛杉磯市　日月出版社　2002年

244 廖玉蕙　《走訪捕蝶人──赴美與文學耕耘者對話》　臺北市九歌出版社　2002年

245 江文也著，葉笛譯　《北京銘──江文也詩集》　臺北縣　北縣文化局　2002年

246　（美）葉維廉　《葉維廉全集》（全9卷）　合肥市　安徽教育出版社　2002-2004年

247　（美）李歐梵　《音樂的往事追憶》　臺北市　一方出版有限公司　2002年

248　（美）白先勇　《樹猶如此》　臺北市　聯合文學出版社　2002年

249　*China: Adapting the Past, Confronting the Future.* Edited by Thomas Buoye, Kirk Denton, Bruce Dickson, Barry Naughton, Martin K. Whyte. Ann Arbor, Michigan: Center for Chinese Studies, The University of Michigan, 2002.　（美）步德茂、鄧騰克、布魯斯‧迪克森、巴里‧諾頓、懷默霆編　《中國：改變過去，直面未來》　安阿伯市　密歇根大學出版社　2002年

250　*Screening China: Critical Interventions, Cinematic Reconfigurations, and the Transnational Imaginary in Contemporary Chinese Cinema.* By Yingjin Zhang. Ann Arbor: University of Michigan Press, 2002.

251　隱地著　（美）唐文俊譯　《七種隱藏：中英對照隱地詩五十七首（*Seven Kinds of Hiding: 57 Chinese Poems by Yin Dih Translated into English*）》　臺北市　爾雅出版社　2002年

252　*Angelwings: Contemporary Queer Fiction from Taiwan.* Edited and Translated by Martin, Fran. Honolulu: University of Hawai'i Press, 2003.　（澳大利亞）馬嘉蘭　《天使之翼：臺灣當代酷兒小說選》　檀香山市　夏威夷大學出版社　2003年

253　*Mobile Cultures: New Media in Queer Asia.* Edited by Chris Berry, Fran Martin, and Audrey Yue. Durham and London: Duke University Press, 2003.

254　*Situating Sexualities: Queer Representation in Taiwanese Fiction, Film and Public Culture.* By Martin, Fran. Hong Kong: Hong kong University Press, 2003.

255 *The City Trilogy: Five Jade Disks, Defenders of the Dragon City, and Tale of a Feather*. By Chang Hsi-kuo. Translated by John Balcom. Columbia University Press, 2003. （美）張系國著 （美）陶忘機譯 《「城」三部曲：〈五玉碟〉,〈龍城飛將〉,〈一羽毛〉》 紐約市 哥倫比亞大學出版社 2003年

256 （美）王德威. *The Monster That Is History: History, Violence, and fictional Writing in 20th Century China*. Berkely: University of California Press, 2003.

257 簡政珍 《放逐詩學：臺灣放逐文學初探（*Poetics of Exile: Preliminary Reading of Contemporary Exile Literature in Taiwan*）》 臺北市 聯合文學出版社 2003年11月初版

258 （美）王德威 《現代中國小說十講》 上海市 復旦大學出版社 2003年

259 *The Last of the Whampoa Breed: Stories of the Chinese Diaspora*. Edited by Pang-Yuan Chi and David Der-wei Wang. New York: Columbia University Press, 2003. 齊邦媛、（美）王德威編 《最後的黃埔》 紐約市 哥倫比亞大學出版社 2003年

260 *The Butcher's Wife*. Written by Li Ang. Translated by Howard Goldblatt. Peter Owen Ltd., 2003.

261 *Out Of China Or Yu Yonghe's Tales of Formosa: A History of 17th Century Taiwan*. By Macebe Kelither. Taipei: Southern Materials Center, 2003.

262 *Retribution: The Jiling Chronicles*. By Li Yung-ping. Translated from the Chinese by Howard Goldblatt and Sylvia Li-Chun Lin. New York: Columbia University Press, 2003. 李永平著 （美）葛浩文、林麗君譯 《吉陵春秋》 紐約市 哥倫比亞大學出版社 2003年

263 黎湘萍 《文學臺灣：臺灣知識者的文學敘事與理論想像》 北京市 人民文學出版社 2003年

264 （美）詹明信（Fredric R. Jameson）　《重繪臺北新圖像》　鄭樹森主編　《文化批評與華語電影》　桂林市　廣西師範大學出版社　2003年

265 （澳大利亞）譚達先　《論港澳臺民間文學》　哈爾濱市　黑龍江人民出版社　2003年

266 （美）少君　《漂泊的奧義：洛夫論》　北京市　中國戲劇出版社　2003年

267 （美）王德威　〈魂兮歸來〉　《當代作家評論》2004年第1期

268 鄭闖琦　〈從夏志清到李歐梵和王德威──一條八〇年代以來影響深遠的文學史敘事線索〉　《文藝理論與批評》2004年第1期

269 *Literary Culture In Taiwan: Martial Law To Market Law*. By Sung-sheng Yvonne Chang. New York: Columbia University Press, 2004.（美）張誦聖　《臺灣的文學文化：從戒嚴法則到市場規律》　紐約市　哥倫比亞大學出版社　2004年

270 齊邦媛　《一生中的一天──齊邦媛散文集》　臺北市　爾雅出版社　2004年

271 *Tales from the Taiwanese*. Retold by Gary Marvin Davison. Westport, Connecticut and London: Libraries Unlimited (A member of the Greenwood Publishing Group), August 2004.　（美）Gary Marvin Davison　《臺灣傳奇故事》　韋斯特波特市（康涅狄格州）倫敦市　美國加州聖塔芭芭拉格林伍德出版集團成員之一　無限圖書館出版社　2004年

272 （美）王德威　《歷史與怪獸：歷史，暴力，敘事》　臺北市　麥田出版社　2004年

273 （美）奚密　《詩生活》　桂林市　廣西師範大學出版社　2004年

274 *Taiwan's Imagined Geography: Chinese Colonial Travel Writing and*

Pictures, 1683-1895. By Emma Jinhua Teng. Cambridge (Massa-chusetts) and London: published by the Harvard University Asia Center, distributed by Harvard University Press, 2004.

275 （美）奚密　〈「理論革命」以來的文學研究〉　《書城》2004年第12期

276 *Proceedings for Taiwan imagined and its reality: an exploration of literature, history and culture: 2004 UCSB International Conference in Taiwan Studies.* University of California, Santa Barbara: Santa Barbara, CA: Center for Taiwan Studies, Department of East Asian Languages and Cultural Studies, University of California, Santa Barbara, 2005.　《臺灣想像與現實：文學、歷史與文化探索──二○○四年加州大學臺灣研究國際學術研討會論文集》　加州大學聖塔芭芭拉分校東亞語言和文化系臺灣研究中心　2005年

277 *Indigenous Writers of Taiwan: An Anthology of Stories, Essays, and Poems.* Edited by John Balcom and Yingtish Balcom. Translated with an introduction by John Balcom. New York: Columbia University Press, 2005.　（美）陶忘機、黃瑛姿編　陶忘機譯　《臺灣原住民作家詩文選集》　紐約市　哥倫比亞大學出版社　2005年

278 *Folk stories from Taiwan.* By Jiang, Xiaomei. Edited and translated by Crespi, John A., Du, Guoqing, Backus, Robert L. Santa Barbara, California: Center for Taiwan Studies, University of California, 2005. 江肖梅著　（美）江克平、杜國清、拔苦子編譯　《臺灣民間故事集》　加州聖塔芭芭拉　加州大學聖塔芭芭拉分校臺灣研究中心　2005年

279 （美）夏志清、劉紹銘著　〈中國小說、美國評論家──有關結構、傳統和諷刺小說的聯想〉　《當代作家評論》2005年第4期

280 （美）王德威　〈重讀夏志清教授《中國現代小說史》〉　《當代作家評論》2005年第4期

281　季進　〈對優美作品的發現與批評，永遠是我的首要工作──夏志清先生訪談錄〉　《當代作家評論》2005年第4期

282　（美）李歐梵　〈在哈佛作訪問教授〉　《粵海風》2005年第5期

283　（美）楊茂秀著　（美）白珍譯　《高個子與矮個子》（原著英文名為 *Tall One and Short One: Children's Stories*）　臺北市　遠流出版社　2005年

284　劉志榮　〈現代文學的起源、世界視野與中國主體──比較文學已經和可以對中國現當代文學研究產生的意義〉　《中國比較文學》2005年第3期

285　（美）王德威，黃錦樹編　《想像的本邦：現代文學十五論》　臺北市　麥田出版社　2005年

286　*Folk Stories from Taiwan*. By Wang Shi Lang, Huang Wuzhong. Translated by Howard Goldblatt et al., Taiwan Research Center at the University of California, St. Barbara, 2005.　王詩琅、黃武忠著　《臺灣民間故事》　（美）葛浩文等譯　加州大學聖塔芭芭拉分校臺灣研究中心　2005年

287　*Sailing to Formosa: A Poetic Companion to Taiwan*（航向福爾摩沙──詩想臺灣）, by Michelle Yeh（奚密）, N. G. D. Malmqvist（馬躍然）, Hsu Hui-chih（許悔之）. Translated by John Balcom（陶忘機）, University of Washington Press, 2005.

288　劉宓慶　《新編當代翻譯理論》　北京市　中國對外翻譯出版公司　2005年

289　*City of the Queen: A Novel of Colonial Hong Kong*. By Shih Shu-Ching. Translated by Sylvia Li-chun Lin and Howard Goldblatt. New York: Columbia University Press, 2005.　施叔青著　（美）林麗君、（美）葛浩文譯　《香港三部曲》　紐約市　哥倫比亞大學出版社　2005年

290 *Dynastic Crisis and Cultural Innovation From the Ming to the Late Qing and Beyond*. Edited by Der-wei Wang and Shang Wei. Cambridge, MA.: Harvard University Asia Center. 2005. （美）王德威、（美）商偉編　《從明朝至晚清的王朝危機和文化創新及其他》麻省劍橋市　哈佛大學亞洲中心　2005年

291 *Foreign Adventurers and the Aborigines of Southern Taiwan,1867-1874: Western sources related to Japan's 1874 expedition to Taiwan.* Edited and with an introduction by Robert Eskildsen. Taipei: Institute of Taiwan History, Academia Sinica, 2005.　Robert Eskildsen 編　《外國冒險家與南臺灣的土著　一八六七～一八七四：一八七四年日本出征臺灣前後的西方文獻》　臺北市　中央研究院臺灣史研究所　二〇〇五年正文文本為英語　前言為英語和中文合用作者任教於美國

292 *Peking Opera and Politics in Taiwan*. By Guy Nancy. Champaign: University of Illinois Press, 2005.　（美）Guy Nancy 著　《臺灣的京劇和政治》　香檳市　伊利諾斯大學出版社　2005年

293 （美）王德威（David Der-wei Wang）編選、導讀　《臺灣：從文學看歷史》（*Taiwan: A History through Literature*）　臺北市　麥田出版、城邦文化事業公司　2005年

294 （美）奚密　《誰與我詩奔》　臺北市　麥田出版社　2005年

295 孟昭毅、李載道主編　《中國翻譯文學史》　北京市　北京大學出版社　2005年

296 *Magnolia: Stories of Taiwanese Women by Tzeng Ching-wen*. By Tzeng Ching-wen. Translated by Jenn-shann Lin and Lois Stanford. Edited by Kuo-ch'ing Tu and Robert Backus. Santa Barara, CA.: Center for Taiwan Studies, East Asian Languages and Cultural Studies, University of California, Santa Barara, 2005.　鄭清文著　（加拿大）林鎮山

等譯　（美）杜國清等編　《玉蘭花》　加州大學聖塔芭芭拉分校東亞語言文化研究系臺灣研究中心　2005年

297 *Orphan of Asia*. By Zhuoliu Wu. Translated by Ioannis Mentzas. New York: Columbia University Press, 2006. 吳濁流著　（美）Ioannis Mentzas 譯　《亞細亞的孤兒》　紐約市　哥倫比亞大學出版社　2006年

298 （法）Pino, Angel（安必諾）著　戎容譯　〈臺灣文學在德、美、法三國：歷史及現狀一瞥〉　《中外文學》第34卷第10期　2006年3月

299 （美）奚密　〈文學研究與理論革命〉　《社會科學論壇》2006年第2期

300 （美）耿德華（Edward M. Gunn）著　張泉譯　《被冷落的繆斯：中國淪陷區文學史（1937-1945）》　北京市　新星出版社　2006年

301 *Taiwan's Imagined Geography: Chinese Colonial Travel Writing and Pictures, 1683-1895*. By Emma Jinhua Teng. Cambridge: Harvard University Press, 2006.　（美）鄧津華譯：《臺灣的想像地理：中國殖民旅遊書寫與圖像》　劍橋市　哈佛大學出版社　2006年

302 （美）王德威　《如此繁華》　上海市　上海書店　2006年

303 （美）金介甫（Jeffrey C. Kinkley）著　查明建譯　〈中國文學（1949-1999）的英譯本出版情況述評〉　《當代作家評論》2006年第3期

304 （美）金介甫（Jeffrey C. Kinkley）著　查明建譯　〈中國文學（1949-1999）的英譯本出版情況述評（續）〉　《當代作家評論》2006年第4期

305 *Taiwan Under Japanese Colonial Rule, 1895-1945: History, Culture, Memory*. By Liao Ping-Hui, David Der-Wei Wang. Translated by

Faye Yuan Kleeman et al., New York: Columbia University Press, 2006. （美）廖炳惠、（美）王德威著 （美）阮斐娜等譯 《日據時期臺灣（1895-1945）：歷史、文化、記憶》 紐約市 哥倫比亞大學出版社 2006年

306 *Journey Through The White Terror: A Daughters Memoir*. By Kang-i Sun Chang. Translated from Chinese by the author and C. Matthew Towns. Taipei: National Taiwan University Press, 2006. 孫康宜 《白色恐怖之旅——一個女兒的回憶錄》英文版 臺北市 臺灣大學出版社 2006年

307 （美）張誦聖 〈現代主義、臺灣文學、和全球化趨勢對文學體制的衝擊〉 《中外文學》第35卷第4期 2006年9月

308 *Theatre of the Oppressed and Magical Realism in Taiwanese and Hakka theatre: Rectifying Unbalanced Realities with Assignment Theatre*, Written by Ronald Edward Smith. Ph. D. thesis of University of California, Santa Barbara, September 2006. （美）史然諾 《臺灣福佬和客家劇場中的受壓迫者與魔幻現實主義：差事劇場對不平衡現實的矯正》 加州大學聖塔芭芭拉分校博士論文 2006年9月

309 *Love and Revolution: A Novel About Song Qingling and Sun Yat-sen*. By Ping Lu. Translated by Nancy Du. New York: Columbia University Press, 2006. 平路著 杜南馨譯 《行道天涯：宋慶齡和孫中山的故事》 紐約市 哥倫比亞大學出版社 2006年

310 （美）費德廉，羅效德編譯 《看見十九世紀臺灣：十四位西方旅行者的福爾摩沙故事》 臺北市 如果出版社 大雁文化發行 2006年

311 （美）夏志清 《歲除的哀傷》 南京市 江蘇文藝出版社 2006年

312 *Writing Chinese: Reshaping Chinese Cultural Identity*. Written by Lingchei Letty Chen. New York: Palgrave Macmillan, 2006. （美）陳綾琪 《書寫華文：重塑中華文化的身分認同》 紐約市 帕爾格雷夫麥克米倫出版社 2006年

313 （美）李歐梵 〈光明與黑暗之門——我對夏氏兄弟的敬意和感激〉 《當代作家評論》2007年第2期

314 （美）白睿文（Michael Berry）著 羅祖珍，劉俊希，趙曼如翻譯整理 《光影言語 當代華語片導演訪談錄》 臺北市 麥田出版社 城邦文化事業公司 英屬蓋曼群島商家庭傳媒公司城邦分公司 2007年

315 張宏生 （美）錢南秀編 《中國文學：傳統與現代的對話》 上海市 上海古籍出版社 2007年

316 （美）李歐梵著 季進、杭粉華譯 〈光明與黑暗之門——我對夏氏兄弟的敬意和感激〉 《當代作家評論》2007年第2期

317 （美）張誦聖 〈現代主義、臺灣文學和全球化趨勢對文學體制的衝擊〉 《江蘇大學學報（社會科學版）》 2007年第4期

318 *Writing Taiwan*（《書寫臺灣》）, by David Der-Wei Wang（王德威）, Yang Chi-chang（楊熾昌）, Li Yong-ping（李永平）, Translated by Carlos Rojas et al., Duke University Press, 2007.

319 （美）王德威 《後遺民寫作》 臺北市 麥田出版社 2007年

320 *My South Seas Sleeping Beauty: A Tale of Memory and Longing*. By Guixing Zhang. Translated by Valerie Jaffee. New York: Columbia University Press, 2007. 張貴興著 （美）瓦萊麗‧賈非譯 《我思念的長眠中的南國公主》 紐約市 哥倫比亞大學出版社 2007年

321 *The Old Capital: A Novel of Taipei*. By Chu T'ien-hsin. Translated by Howard Goldblatt. New York: Columbia University Press, 2007. 朱

天心著 （美）葛浩文譯 《古都》 紐約市 哥倫比亞大學出版社 2007年

322 （美）奚密 〈燃燒與飛躍：一九三〇年代臺灣的超現實詩〉《臺灣文學學報》2007年第11期

323 *Literature, Modernity, and Practice of Resistance:Japanese and Taiwanese Fiction, 1960-1990.* Written by Margret Hillenbrand. Leiden (Netherlands): Brill, 2007.（英）何依霖 《文學、現代性、與對抗政治：二十世紀六〇年代到九〇年代的日本和臺灣小說》 萊頓（荷蘭） 博睿學術出版社 2007年

324 *The Taipei Chinese PEN一A Quarterly Journal of Contemporary Chinese Literature From Taiwan*（《台灣文譯》）. By Sharman. Rapongan et al.（夏曼・藍波安等人）, Translated by John J. S. Balcom et al., Taipei, Taiwan: Taipei Chinese Center, International P.E.N（中華民國筆會）, 2007.

325 *Driftwood: A Poem by Lo Fu.* Tranlated by John Balcom. Brookline MA.: Zephyr Press, 2007.（加拿大）洛夫著 （美）陶忘機譯《漂木：洛夫的詩》 麻省布魯克林 微風出版社 2007年

326 （美）李歐梵 〈身處中國話語的邊緣：邊緣文化意義的個人思考〉 《當代作家評論》2008年第1期

327 李昌雲 〈論夏志清與普實克之筆戰〉 《西華大學學報（哲學社會科學版）》2008年第2期

328 *The Song of Everlasting Sorrow: A Novel of Shanghai.* By Wang Anyi. Translated by Michael Berry and Susan Chan Egan. New York: Columbia University Press, 2008. 王安憶著 （美）白睿文、（美）陳毓賢譯 《長恨歌》 紐約市 哥倫比亞大學出版社 2008年

329 （美）奚密 〈論現代漢詩的環形結構〉 《當代作家評論》2008年第3期

330　鄭國慶　〈現代主義、文學場域與張誦聖的臺灣文學研究〉
　　　《廈門大學學報（哲學社會科學版）》　2008年第6期

331　*A History of Pain: Trauma in Modern Chinese Literature and Film.*
　　　Written by Michael Berry. New York: Columbia University Press,
　　　2008. 　（美）白睿文（Michael Berry）　《痛史：現代中國文學
　　　與電影的歷史創傷》　紐約市　哥倫比亞大學出版社　2008年

332　（美）奚密著　奚密、宋炳輝譯　《現代漢詩：一九一七年以來
　　　的理論與實踐》　上海市　上海三聯書店　2008年

333　*New Perspectives on Contemporary Chinese Poetry.* Edited by
　　　Christopher Lupke. New York: Palgrave Macmillan, 2008. 　（美）
　　　陸敬思　《現代中文詩新論》　紐約市　帕爾格雷夫麥克米倫出
　　　版社　2008年

334　（美）張誦聖　〈「東亞現代主義文學」研究的新範式──以臺灣
　　　文學為例〉　《廈門大學學報（哲學社會科學版）》2008年第6期

335　*Brand New China: Advertising, Media, and Commercial Culture.* By
　　　Jing Wang. Cambridge, Massachusetts and London, England: Harvard
　　　University Press, 2008. 　（美）王瑾　《品牌新中國：廣告，媒
　　　體，和商業文化》　麻省劍橋市、英國倫敦市　哈佛大學出版社
　　　2008年

336　*Twentieth-century Chinese Women's Poetry: An Anthology.* Edited
　　　and Translated by Julia C. Lin. Introduction by Julia C. Lin and
　　　Nicholas Kaldis. Armonk, New York and London, England: M. E.
　　　Sharpe, 2009. 　（美）林張明暉編譯　《二十世紀中國女性詩歌
　　　選》　紐約市　夏普出版社　2009年

337　朱天文　《荒人手記》　濟南市　山東畫報出版社　2009年

338　*There's Nothing I Can Do When I Think of You Late at Night.* Written
　　　by Cao Naiqian. Translated by John Balcom. New York: Columbia

University Press, 2009. 曹乃謙著 （美）陶忘機譯 《到黑夜想你沒辦法》 紐約市 哥倫比亞大學出版社 2009年

339 *The Spanish Experience in Taiwan, 1626-1642: The Baroque Ending of a Renaissance Endeavor*.Written by José Eugenio Borao Mateo (Bao Xiaoou). Hong Kong: Hong Kong University Press, 2009.

340 *Voices in Revolution: Poetry and the Auditory Imagination in Modern China*. By Crespi, John A. Honolulu: University of Hawai'i Press, 2009.

341 趙稀方 《後殖民理論》 北京市 北京大學出版社 2009年

342 *Running Mother And Other Stories*, Written by Guo Songfen. Edited and with an introduction by John Balcom. New York: Columbia University Press, 2009. （美）郭松棻著 （美）陶忘機編譯 《奔跑的母親及其他故事》 紐約市 哥倫比亞大學出版社 2009年

343 彭松 〈邊緣的探求者——奚密的詩學研究和詩學建構〉 《鹽城師範學院學報（人文社會科學版）》2009年第3期

344 （美）奚密 《臺灣現代詩論》 香港 天地圖書公司 2009年

345 陳橙 〈英譯文選與經典重構：從白之到劉紹銘〉 《譯苑新譚》 2009年（年刊）

346 劉紹銘 〈渾家‧拙荊‧夫人〉 上海市 上海書店出版社 2009年

347 （美）奚密、董炎 〈我有我的詩——奚密訪談錄〉 《渤海大學學報（哲學社會科學版）》2009年第4期

348 *The Naked Gaze: Reflections on Chinese Modernity*. By Carlos Rojas. Cambridge (Massachusett) and London: Harvard University Asia Center. 2008. （美）羅鵬 《裸觀：中國現代性的反思》 麻省劍橋市、英國倫敦市 哈佛大學亞洲中心 2008年

349 （美）葛浩文著　〈從翻譯視角看中國文學在美國的傳播〉
《中國文化報》2010年1月25日　第3版

350 （美）葛浩文著　王文華譯　〈中國文學在美國的傳播〉　《中
國社會科學報》2010年2月23日　第7版

351 （美）張鳳　〈探望夏志清教授〉　《華文文學》2010年第3期

352 閆月珍　《葉維廉與中國詩學》　北京市　中國社會科學出版
社　2010年

353 （美）白睿文著　《鄉關何處　賈樟柯的故鄉三部曲》　桂林市
廣西師範大學出版社　2010年

354 朱天文著　《有所思，乃在大海南　散文集一九八〇～二〇〇
三》　上海市　上海譯文出版社　2010年

355 （美）阮斐娜（Faye Yuan Kleeman）著　吳佩珍譯　《帝國的
太陽下：日本的臺灣及南方殖民地文學》　臺北市　麥田出版社
2010年9月

356 陳橙　〈論中國古典文學的英譯選集與經典重構：從白之到劉紹
銘〉　《外語與外語教學》2010年第4期

357 齊邦媛　《巨流河》　北京市　生活・讀書・新知三聯書店
2010年

358 （美）王德威　〈中國現代小說的史與學──向夏志清先生致
敬〉　《華文文學》2011年第1期

359 （美）宋明煒　〈夏志清著作要目〉　《華文文學》2011年第1期

360 （美）奚密　〈《可蘭經》裡沒有駱駝──論現代漢詩的「現代
性」〉　《揚子江評論》2011年第2期

361 齊邦媛　《巨流河》　北京市　生活・讀書・新知三聯書店
2011年

362 *Zero and Other Fictions*. Written by Huang Fan. Edited and translated
by John Balcom. New York: Columbia University Press, 2011.　黃

凡著　（美）陶忘機編譯　《〈零〉及其他小說》　紐約市　哥倫比亞大學出版社　2011年

363 *Endless War: Fiction & Essays*. By Wang Wen-Hsing. Edited by Shu-ning Sciban and Fred Edwards. Ithaca, New York: East Asia Program, Cornell University. 2011.　王文興著　（加拿大）黃恕寧、（加拿大）艾斐德譯　《無休止的戰爭》　紐約伊薩卡市　康奈爾大學東亞研究計畫　2011年

364 （美）葉蓁（June Yip）著　黃宛瑜譯　《想望臺灣：文化想像中的小說、電影和國家》　臺北市　書林出版公司　2011年

365 蔡雅薰　《從留學生到移民——臺灣旅美作家之小說析論（1960-1999）》　臺北市　萬卷樓圖書公司　2011年

366 但凝潔、奚密　〈現代漢詩的海外傳播與閱讀——「中國文學海外傳播」國際學術研討會奚密教授訪談錄〉　《楚雄師範學院學報》2011年第11期

367 （俄）李福清（B. Riftin）　《神話與鬼話——臺灣原住民神話故事比較研究》　北京市　社會科學文獻出版社　2011年

368 李鳳亮　《彼岸的現代性：美國華人批評家訪談錄》　桂林市廣西師範大學出版社　2011年

369 *A History of Pain: Trauma in Modern Chinese Literature and Film*. Written by Michael Berry. New York: Columbia University Press (Reprint edition). May 17, 2011.　（美）白睿文　《痛史：現代中國文學與電影的歷史創傷》　紐約市　哥倫比亞大學出版社2011年　第二版

370 （加拿大）林鎮山　〈翻譯臺灣：楓葉篇〉　《臺灣文學館通訊》2011年9月　頁14-17

371 （美）王德威　《寫實主義小說的虛構：茅盾，老舍，沈從文》上海市　復旦大學出版社　2011年

372 季進、王堯編 《下江南——蘇州大學海外漢學演講錄》 上海市 復旦大學出版社 2011年

373 林姵吟 〈歐美澳對臺灣文學研究概述〉 《2010臺灣文學年鑒》 臺南市 臺灣文學館 2011年 頁115-122

374 （美）楊茂秀著 （美）白珍譯 《高個子與矮個子：父親與女兒的心靈對話》 北京市 首都師範大學出版社 2012年

375 柯慶明主編 《臺灣文學在臺大》 臺北市 臺灣大學出版中心 2012年

376 邱子修主編 《跨文化的想像主體性：臺灣後殖民／女性研究論述》 臺北市 臺灣大學出版中心 2012年

377 李奭學主編 《異地繁花：海外臺灣文論選譯（上）》 臺北市 臺灣大學出版中心 2012年

378 李奭學主編 《異地繁花：海外臺灣文論選譯（下）》 臺北市 臺灣大學出版中心 2012年

379 （美）廖炳惠、（美）孫康宜、（美）王德威主編 朱敬一、於若蓉、（美）Joseph Wong、鍾玲、（美）馬嘉蘭、柯慶明等著 《臺灣及其脈絡》 臺北市 臺灣大學出版中心 2012年

380 吳佩珍主編 （日）下村作次郎、吳叡人、（日）垂水千惠等著 《中心到邊陲的重軌與分軌——日本帝國與臺灣文學、文化研究》（上中下三冊） 臺北市 臺灣大學出版中心 2012年

381 （美）湯尼・白露著 沈齊齊譯 《中國女性主義思想史中的婦女問題》 上海市 上海人民出版社 2012年

382 *Stone Cell*. By Lo Fu. Translated by John Balcom. Chicago: Zephyr Press, August 14, 2012.

383 *Aboriginal Autonomy and Its Place in Taiwan's National Trauma Narrative*. Written by Craig A Smith. *Modern Chinese Literature and Culture*. vol. 24, no. 2. Fall 2012. （加拿大）史峻 《原住民自

治及其在臺灣民族創傷敘事中的位置》　《中國現代文學與文化》（美國）第24卷第2期　2012年秋

384　（美）奚密　〈紀念商禽〉　《創世紀》2012年第165期

385　張曉文、金前文　〈試論奚密「現代漢詩」提出的意義和背景〉　《湖北工業大學學報》2012年第6期

386　（美）張誦聖　〈現代主義與本土對抗〉　《華文文學》2012年第6期

387　（美）張誦聖　〈「文學體制」與現當代中國文學——一個方法學的初步審思〉　《華文文學》2012年第6期

388　（美）托馬斯・莫蘭，劉佳　〈評張誦聖〈現代主義與本土對抗〉〉　《華文文學》2012年第6期

389　*Notes of Travel in Formosa*. Chas. W. le Gendre. Edited by Douglas L. Fix and John Shufelt. Tainan: National Museum of Taiwan History, 2012.　（美）李仙得著　費德廉，蕭笛雷編輯　《臺灣紀行》臺南市　臺南歷史博物館　2012年

390　邱子修主編　《跨文化的想像主體性》　臺北市　臺灣大學出版中心　2012年

391　（美）奚密　〈楊牧：現代漢詩的 Game-Changer〉　《揚子江評論》　2013年第1期

392　（新加坡）張松建　《文心的異同：新馬華文文學與中國現代文學論集》　北京市　中國社會科學出版社　2013年

393　晉彪　〈文學性與文化性的詩意建構——評奚密〈從邊緣出發——現代漢詩另類傳統〉〉　《瀋陽工程學院學報（社會科學版）》2013年第2期

394　（美）葛浩文著　王敬慧譯　〈一種不安、互惠互利，且偶爾脆弱的關係〉　《社會科學報》2013年6月27日　第5版

395　（美）夏志清著　〈我與張愛玲的通信〉　《讀書》2013年第7期

396 （美）奚密 《香：文學、歷史、生活》 北京市 北京大學出版社 2013年

397 （加拿大）黃恕寧、康來新主編 《無休止的戰爭：王文興作品綜論（上冊）》 臺北市 臺灣大學出版中心 2013年

398 *Journey Through The White Terror: A Daughter's Memoir*. By Kang-i Sun Chang. Translated from Chinese by the author and C. Matthew Towns. Taipei: National Taiwan University Press, 2013. （美）孫康宜 《白色恐怖之旅——一個女兒的回憶錄》 臺北市 臺灣大學出版社 第2版 2013年

399 （美）夏志清著 〈張愛玲給我的信件〉 《華文文學》2013年第4期

400 （美）張誦聖著 張清芳譯 〈二十世紀中國的現代主義和全球化的現代性：三位臺灣新電影導演〉 《海南師範大學學報（社會科學版）》2013年第8期

401 （美）張誦聖著，金林譯 〈二十世紀中國現代主義和全球化現代性——以臺灣新電影的三位作者導演為考察中心〉 《福建論壇（人文社會科學版）》2013年第8期

402 （美）葛浩文著 〈作者與譯者：一種不安、互惠又偶爾脆弱的關係〉 《中國社會科學報》 2013年11月4日 第2版

403 （美）葛浩文著，王敬慧譯 〈作者與譯者：一種不安、互惠互利，且偶爾脆弱的關係〉 《中國夢：道路‧精神‧力量——上海市社會科學界第十一屆學術年會文集（2013年度）》 2013年11月6日

404 何晶 〈奚密：詩歌最終只對自己負責〉 《文學報》 2013年12月5日 第3版

405 *Modernity with a Cold War Face: Reimagining the Nation in Chinese Literature across the 1949 Divide*. Xiaojue Wang. Cambridge

(Massachusett) and London: Harvard University Asia Center, 2013.
（美）王曉珏　《帶著冷戰面孔的現代性：重新想像一九四九年分裂後中國文學中的國家》　麻省劍橋市、倫敦市　哈佛大學亞洲中心　2013年

406　（美）張誦聖著，劉俊譯　〈臺灣文學新態勢：政治轉型與市場介入〉　《中國現代文學論叢》2014年第1期

407　（美）葛浩文著，史國強譯　〈我行我素：葛浩文與浩文葛〉《中國比較文學》　2014年第1期

408　閆怡恂、（美）葛浩文　〈文學翻譯：過程與標準──葛浩文訪談錄〉　《當代作家評論》　2014年第1期

409　季進　〈高山仰止 景行行止──懷念夏志清先生〉　《國際漢學》2014年第1期

410　陳思和　〈假如中國現代小說也有「大傳統」──紀念夏志清先生〉　《書城》2014年第3期

411　（美）張誦聖著　劉俊譯　〈論臺灣文學中的現代主義潮流〉《揚子江評論》2014年第2期

412　（美）葛浩文著　潘佳寧譯　〈關於中國現當代文學在美國的幾點看法〉　《當代作家評論》2014年第3期

413　The Columbia Sourcebook of Literary Taiwan. Edited by Sung-sheng Yvonne Chang, Michelle Yeh, Ming-ju Fan. New York: Columbia University Press, 2014.　（美）張誦聖、奚密、范銘如編　《哥倫比亞臺灣文學史料彙編》　紐約市　哥倫比亞大學出版社2014年

414　陳偉智、（日）橋本恭子、吳豪人、吳永華　《臺灣研究先行者叢書》共四冊　臺北市　臺灣大學出版中心　2014-2016年

415　（美）葛浩文著　史國強譯　〈性愛與社會：李昂的小說〉《東吳學術》　2014年第3期

416 （美）葛浩文著　孟祥春、洪慶福譯　〈作者與譯者：交相發明又不無脆弱的關係——在常熟理工學院「東吳講堂」上的講演〉《東吳學術》2014年第3期

417 鄭蕾　〈葉維廉與香港現代主義文學思潮〉　臺灣東華大學中國語文學系、華文文學系《東華漢學》第19期　2014年6月

418 （美）葛浩文、林麗君　〈中國文學如何走出去？〉　《文學報》2014年7月3日　第18版

419 （美）張誦聖著　劉俊譯　〈論臺灣文學場域中的政治和市場因素〉　《華文文學》　2014年第4期

420 趙小琪　〈普實克與夏志清中國現代詩學權力關係論〉　《廣東社會科學》　2014年第5期

421 *From the Old Country: Stories and Sketches of China and Taiwan.* By Zhong Lihe. Edited and translated by T. M. McClellan. Foreword by Zhong Tiejun. New York: Columbia University Press, 2014.　鍾理和著　（英）T. M. McClellan 譯　鍾鐵民序　《原鄉、故鄉：鍾理和文選》　紐約市　哥倫比亞大學出版社　2014年

422 *Memories of Mount Qilai: The Education of a Young Poet.* By Yang Mu. Translated by John Balcom and Yingtsih Balcom. New York: Columbia University Press, 2015.　（美）楊牧著　（美）陶忘機、（美）黃瑛姿譯　《奇萊前書》　紐約市　哥倫比亞大學出版社　2015年

423 （美）王洞、季進　〈夏志清夏濟安書信十六封〉　《華文文學》2015年第2期

424 （美）張誦聖　《當代臺灣文學場域》　鎮江市　江蘇大學出版社　2015年

425 *Reading Wang Wenxing: Critical Essays.* Edited by Shu-ning Sciban and Ihor Pidhainy. Tthaca, New York: The Cornell University East Asia Program, 2015.

426 （美）夏志清、（美）夏濟安、（美）王洞，季進　〈夏志清夏濟安書信集（一九四七～一九五○）第一卷（一）〉　《東吳學術》2015年第3期

427 （美）夏志清　〈夏志清書信二通〉　《南方文壇》2015年第3期

428 夏曉虹　〈「本家」夏志清先生〉　《書城》2015年第7期

429 （美）王洞、季進　〈夏志清夏濟安書信集（一九四七～一九五○）第一卷（二）〉　《東吳學術》2015年第5期

430 （美）夏志清　《感時憂國》　廣州市　廣東人民出版社　2015年

431 （美）張鳳　《哈佛問學錄——與哈佛大學教授對話三十年》重慶市　重慶出版社　2015年

432 *Translingual Narration: Colonial and Postcolonial Taiwanese Fiction and Film*. By Bert Mittchell Scruggs. Honolulu: University of Hawai'i Press, 2015.　（美）古芃　《跨語敘事：殖民和後殖民的臺灣小說與電影》　檀香山市　夏威夷大學出版社　2015年

433 *The Lost Garden: A Novel*. By Li Ang. Translated by Sylvia Li-chun Lin with Howard Goldblatt. New York: Columbia University Press, 2015.　李昂著　（美）林麗君、（美）葛浩文譯　《迷園》　紐約市　哥倫比亞大學出版社　2015年

434 （美）王洞、季進　〈夏志清夏濟安通信選（1950年11月-1951年2月）〉　《現代中文學刊》2016年第1期

435 （美）張誦聖　〈郭松棻《月印》和二十世紀中葉的文學史斷裂〉　《文學評論》2016年第2期

436 （美）王洞、季進　《夏志清夏濟安通信選（1951年5月-7月）》　《現代中文學刊》2016年第2期

437 古遠清　〈夏志清研究的幾個前沿話題——從王洞的「爆料」談起〉　《南方文壇》2016年第3期

438 （美）王洞、季進 〈夏志清夏濟安通信選（1956年8月-11月）〉 《現代中文學刊》2016年第3期

439 袁良駿、高旭東、張重崗、宋劍華 〈夏志清文學史觀質疑〉 《中國文學批評》2016年第2期

440 （美）奚密 〈現代漢詩中的自然景觀：書寫模式初探〉 《揚子江評論》2016年第3期

441 （美）王洞、季進 〈夏志清夏濟安通信選（1956年11月-1957年4月）〉 《現代中文學刊》2016年第4期

442 （新加坡）張森林 〈抒情美典的追尋者：奚密現代漢詩研究述評〉 《漢語言文學研究》2016年第3期

443 董橋 〈永遠的夏志清先生〉 《江淮文史》2016年第4期

444 （美）王洞、季進 〈夏志清夏濟安通信選（1957年5-7月）〉 《現代中文學刊》2016年第5期

445 *Slow Boat to China and Other Stories*. By Ng Kim Chew(Huang, Jinshu). Translated and edited by Carlos Rojas. New York: Columbia University Press, 2016. 黃錦樹著 （美）羅鵬譯 《「慢船到中國」及其他小說》 紐約市 哥倫比亞大學出版社 2016年

446 *Abyss*. Written by Ya Hsien. Translated from the Chinese into English by John Balcom. Chicago: Zephyr Press, 10 Jan. 2017. 瘂弦著 （美）陶忘機英譯 《深淵》 芝加哥市 微風出版社 2017年

447 *Crystal Boys*. By Pai Hsien-yung. Translated by Howard Goldblatt. A RENDITIONS Book. Research Centre for Translation, The Chinese University of Hong Kong, 2017. （美）白先勇著 （美）葛浩文譯 《孽子》 《譯叢》叢書之一 香港 香港中文大學翻譯研究中心 香港中文大學出版社 2017年

448 （美）王洞、季進 〈夏志清夏濟安通信選（1959年2-7月）〉 《現代中文學刊》2017年第2期

449 （美）王洞、季進　〈夏志清夏濟安書信選刊（一）〉　《東吳學術》　2017年第2期
450 （美）王洞、季進　〈夏志清夏濟安書信選刊（二）〉　《東吳學術》2017年第3期
451 姚建彬、郭風華　〈「洞見」與「不察」——論夏志清、李歐梵、王德威眼中的「感時憂國」精神〉　《湖南社會科學》2017年第4期
452 *Remains of Life: A Novel*. By Wu He. Translated by Michael Berry. New York: Columbia University Press, 2017.　舞鶴著　（美）白睿文譯　《餘生》　紐約市　哥倫比亞大學出版社　2017年
453 胡煥龍　〈「感時憂國」論與海外中國現代文學史書寫——從夏志清到王德威中國現代文學史敘事之比較〉　《學術界》2017年第8期
454 （美）王洞、季進　〈夏志清夏濟安書信選刊（三）〉　《東吳學術》2017年第6期
455 （美）王洞、季進　〈夏志清夏濟安書信選（1959年7-8月）〉　《長沙理工大學學報（社會科學版）》2017年第6期
456 （新加坡）張松建　〈「尤利西斯」的歸來：張錯的離散書寫〉　《中國現代文學研究叢刊》2017年第12期
457 （美）王洞、季進　〈夏志清夏濟安通信選刊〉　《新文學史料》2018年第1期
458 （美）王洞、季進　〈夏志清夏濟安書信選刊（四）〉　《東吳學術》2018年第1期
459 張清芳、李灩蔚　〈論中國當代文學研究中的「文學場域」理論——以海外漢學家張誦聖的臺灣當代文學研究為中心〉　《魯東大學學報（哲學社會科學版）》2018年第1期
460 （美）鄧津華著　楊雅婷譯　《臺灣的想像地理：中國殖民旅遊

書寫與圖像（1683-1895）》 臺北市 臺灣大學出版中心 2018
年

461 *Hawk of the Mind: Collected Poems by Yang Mu.* Edited by Michelle
Yeh. New York: Columbia University Press, 2018. （美）奚密編
《心之鷹──楊牧詩選》 紐約市 哥倫比亞大學出版社 2018年

462 （美）浦安迪（Andrew H. Plaks）著 夏薇譯 《紅樓夢的原型
與寓意》 北京市 生活‧讀書‧新知三聯書店 2018年

附錄
相關漢學家名錄及其中英文名對照

A

Allen III, Joseph Roe（Joseph R. Allen，約瑟夫・艾倫），美國漢學家，華盛頓大學教授，曾有論著《另一種聲音：中國樂府詩》。

Rewi Alley（路易・艾黎，1897-1987），紐西蘭漢學家。

Roger T. Ames（安樂哲，1947-），美國夏威夷大學教授。

B

Backus, Robert L.（Robert Backus，拔苦子），美國加州大學聖塔芭芭拉分校東亞語文系教授。

Andrea Bachner，哈佛大學博士，現任康奈爾大學東亞系副教授。

John Balcom（陶忘機），美國聖路易斯華盛頓大學（Washington University at St. Louis）比較文學博士，現為美國加州蒙特利國際研究學院教授。

黃瑛姿（Yingtsih Balcom），華裔美國翻譯家，陶忘機的太太。

Bajpai, Shiva Gopal，美國諾斯里奇（Northridge）加利福尼亞州立大學歷史教授。

Tani E. Barlow（湯尼・白露），美國萊斯大學（Rice University）教授。

Barnett, Arthur Doak（巴尼特，漢名鮑大可），美國哥倫比亞大學政治學教授。

Daniel J. Bauer（鮑端磊），現任臺灣輔仁大學英語系副教授。

Robert J.Bertholf（羅伯特・柏索夫，1940-2016），美國肯特州立大學
　　　（Kent State University）、紐約州立大學水牛城分校（the University
　　　at Buffalo）教授。

Michael Berry（白睿文），美國漢學家。

Cyril Birch（白之，又譯作柏琪，或白芝，1925-），英裔美籍漢學家，
　　　加州大學伯克利分校教授。

C

蔡薇（Wei Cai）。

Katherine Carlitz（柯麗德）。

Ann Carver（安卡芙，曾被譯為安・卡芙）。

張馨保（Hsin-pao Chang, 1922-1965，愛荷華大學歷史系副教授，1964
　　　年獲得哈佛大學博士學位，為哈佛學派中人，以研究中國近代史
　　　和清代外交史聞名）。

張光直（Chang, Kwang-chih），美國人類學家，張我軍之子。

張鳳（Chang Phong），美國華人作家，哈佛燕京圖書館館員。

張盛泰（Sheng-Tai Chang, 1951- ），美國明尼蘇達大學德盧斯分校
　　　（University of Minnesota Duluth, Duluth, Minnesota, United States）
　　　教授。

張淑麗（Chang Shu-li），曾在美國南加州大學獲得比較文學專業博士，
　　　現任臺灣成功大學外文系教授。

張誦聖（Sung-sheng Yvonne Chang），美國德州大學奧斯汀分校亞洲研
　　　究系教授。

陳綾琪（Lingchei Letty Chen），美國聖路易華盛頓大學副教授。

陳愛麗（Chen, Ai-li），俄亥俄州立大學博士。

陳麗芬（Chen, Li-fen），一九九〇年獲華盛頓大學博士學位，現任教於
　　　香港科技大學（HKUST）。

陳瑞山（Sandy Ruey-shan Chen），美國德克薩斯大學奧斯汀校區
　　（University of Texas at Austin）比較文學博士（1996年），美國愛
　　荷華大學（University of Iowa）作家工作坊藝術碩士（1985年），
　　現為臺灣高雄第一科技大學應用英語系主任。

陳世驤（Chen Shih-Hsiang, 1912-1971），美籍華人漢學家，曾任加州
　　大學伯克利分校教授、加州大學伯克利分校中國研究中心主任。

陳小眉（Xiaomei Chen），美國加州大學戴維斯分校東亞語文系主任、
　　教授。

張佩瑤（Martha P. Y. Cheung, Martha Pui-yiu Cheung），香港浸會大學
　　翻譯學教授。

齊邦媛（Chi Pang-yuan, 1924-），臺灣大學教授，曾赴美國印第安納大
　　學留學，曾在美國舊金山加州州立大學任教。

荊子馨（Leo T. S. Ching），美國杜克大學東亞系教授、日本慶應義塾
　　大學總合政策學部教授。

周質平（Chou, Chih-p'ing, 1947-），大學畢業於臺灣東吳大學，後獲美
　　國印第安納大學博士學位，現任美國普林斯頓大學教授。

周成蔭（Eileen Cheng-yin Chow），曾任哈佛大學副教授，Carlos Rojas
　　（羅鵬）的太太。

周蕾（Rey Chow），美國杜克大學（Duke University）教授，曾任美國
　　布朗大學（Brown Univrsity）教授。

周策縱（Chow, Tse-tsung），著名旅美華人學者。

成中英（Chung-Ying Cheng, 1935-），美國夏威夷大學哲學教授、新儒
　　家代表人物。

張錯（Dominic Cheung, 1943-），臺灣著名現代詩人，原名張振翱，生
　　於澳門，後考入臺灣政治大學西洋語文系讀大學，一九六七年赴
　　美國楊百翰大學留學，後任美國南加州大學東亞系及比較文學系
　　教授。

Thomas J. Christensen（柯慶生），原麻省理工學院教授，現普林斯頓大學教授，美國前亞太事務副助理國務卿。

Mike O' Connor（1946-2013），德裔美國翻譯家，記者。

Crespi, John A.（John Crespi；John A. Crespi；江克平），Henry R. Luce Associate Professor of Chinese, Director of Asian Studies, Colgate University, Hamilton, NY（紐約州漢密爾頓科爾蓋特大學副教授），一九八六年獲布朗大學學士學位（BA, Brown University），一九九三年獲芝加哥大學碩士學位（MA, University of Chicago），二〇〇一年獲芝加哥大學哲學博士學位（PhD, University of Chicago）。

D

Gary Marvin Davison（1951-），美國漢學家，曾在臺灣長期擔任外教，曾在美國監獄、高中和兩所大學任教。

Kirk Alexander Denton（鄧騰克），美國漢學家，現為俄亥俄州立大學東亞語言和文學系教授。

阿里夫・德里克（Arif Dirlik, 1940-2017），土耳其裔美國學者，曾任美國杜克大學教授，著名西方馬克思主義理論家。

杜玲（Susan Dolling，或 Susan Wan Dolling），翻譯家。

Valerie C. Doran（任卓華），美國漢學家、香港藝術家，現居香港。

杜國清（Tu Kuo-ch'ing，或 Du Guoqing, 1941-），美國加州大學聖塔芭芭拉校區教授。

杜維明（Tu Wei-ming，或 Du Weiming），哈佛大學教授、哈佛大學東亞語言與文明系主任、哈佛燕京學社社長、北京大學高等人文研究院院長、新儒家代表人物。

Duke, Michael S（Michael S. Duke，杜邁可）。

E

Wolfram Eberhard（艾伯華，1909-1989），德裔美籍漢學家，德國柏林大學博士，曾任美國加州大學伯克利分校漢學教授。

Fred Edwards（艾斐德），加拿大漢學家。

Ronald Egan（艾朗諾），美國漢學家，大學畢業於美國加州大學聖塔芭芭拉分校，曾師從白先勇習中文，後於一九七六年獲哈佛大學博士學位，現任加州大學聖塔芭芭拉分校教授。

陳毓賢（Susan Chan Egan），華裔美國漢學家，出生於菲律賓，美國漢學家艾朗諾的太太。

Robert Eskildsen，任教於美國。

F

John King Fairbank（費正清）。

范銘如（Ming-ju Fan）。

方志彤（Achilles Fang），哈佛大學教授。

Faurot, Jeannette L（傅靜宜，1943年3月1日～2005年8月12日），一九七二年獲加州大學伯克利分校博士學位，後曾任美國德克薩斯大學奧斯汀校區亞洲研究系教授。

Fix, Douglas Lane（Douglas Lane Fix，費德廉）。

Douwe Fokkema（佛克馬）。

傅鴻礎（Hongchu Fu），華盛頓與李大學（Washington and Lee University）教授。

G

Jozef Marián Gálik（高利克，1933-）、斯洛伐克漢學家，布拉格學派代表學者，現任斯洛伐克科學院研究員。

Charles William le Gendre（Chas. W. le Gendre，李仙得，另名李漢禮，1829-1889），法裔美國人，曾任美駐廈門領事兼負責臺灣事務。

Howard Goldblatt（葛浩文）。

Alison Groppe（古艾玲），美國俄勒岡大學（University of Oregon）助理教授。

Edward Mansfied Gunn（耿德華），美國哥倫比亞大學博士，康奈爾大學東亞中心主任。

H

哈玫麗（Rosemary M. Haddon），紐西蘭（New Zealand）梅西大學（Massey University）東亞系副教授。

Haft, Lloyd（漢樂逸，1946-），生於美國威斯康星州，一九六八年移居荷蘭，後任荷蘭萊頓大學教授。

Emily Hahn（項美麗，1905-1997），德裔美國漢學家，著有《宋氏三姊妹》。

Patrick Hanan（韓南，1927-2014），曾任哈佛大學教授。

Robert E Hegel（Robert Hegel，何谷理，Washington University，1943-），美國聖路易華盛頓大學教授、東亞語言文化系主任。

許世旭（HeoSeuk, 1934-2010），韓國外國語大學教授，一九六〇年赴臺灣留學，一九六八年獲臺灣師範大學文學博士學位。

James Robert Hightower（海陶瑋，1915-2006），哈佛大學教授。

何依霖（Margaret Hillenbrand，曾被音譯為瑪格麗特・希倫布蘭），曾任英國牛津大學東方研究所講師、現任英國倫敦大學教授。

夏志清（C. T. Hsia; Hsia, Chih-tsing; 1921-2013），美國哥倫比亞大學教授、哈佛大學教授。

夏濟安（Hsia T. A, 1916-1965），臺灣大學外文系教授、後曾任美國加州大學伯克利分校中國研究中心研究員、美國印第安納大學文學研究所研究員。

許倬雲（Cho-yun Hsu, 1930-），美國芝加哥大學博士，匹茲堡大學教
　　授。

徐中約（Immanuel C. Y. Hsü, 1923-2005），畢業於燕京大學，後赴美留
　　學，一九五四年獲哈佛大學博士學位，加州大學聖塔芭芭拉分校
　　教授。

許芥昱（Hsu, Kai-yu, 1922-1982），曾任舊金山州立大學中文系主任、
　　教授。

許達然（Hsu Ta-jan，原名許文雄，Wen-hsiung Hsu），臺灣詩人，後移
　　民美國。

徐淩志韞（Vivian Hsu，或 Vivian Ling Hsu）。

黃心村（Nicole Huang），北京大學畢業後赴美留學，一九九八年獲美
　　國加州大學洛杉磯分校東亞語言文化系博士學位，現任美國威斯
　　康辛大學麥迪遜校區東亞研究中心教授，曾任該中心主任。

黃娟（Juan Huang, 1934-），原名黃瑞娟，旅美臺灣作家。

黃宗智（Huang Zongzhi, 1940-），美國加州大學洛杉磯分校歷史系教
　　授。

孔慧怡（Eva Hung），香港學者，曾獲倫敦大學博士學位，《譯叢》
　　（*Rendition*）主編。

I

W L Idema（Wilt L. Idema，伊維德，1944-）、荷蘭籍美國漢學家，美
　　國哈佛大學教授，曾任荷蘭萊頓大學中國語言與文化系主任。

殷張蘭熙（Nancy Ing）。

J

Valerie Jaffee（瓦萊麗・賈非），美國翻譯家，畢業於哈佛大學與哥倫
　　比亞大學。

榮之穎（Angela C. Y. Jung, Palandri; Angela Jung Palandri; 1926-），華
　　裔美國漢學家。

Fredric R. Jameson（中文名詹明信，又被譯為詹姆遜），美國著名文
　　藝理論家。

K

Nick Kaldis（Nicholas A. Kaldis，柯德席），美國紐約州立大學賓漢姆
　　頓分校（Binghamton University）副教授，中文科主任。

喬志高（George Kao, 1912-2008），原名高克毅，美籍華人翻譯家。

高信生（Hsin-Sheng C. Kao），加州州立大學（California State Univer-
　　sity）亞洲和亞美研究系副教授。

高友工（Yu-kung Kao, 1929-2016），曾任哈佛燕京學社研究員、普林
　　斯頓大學中國文學教授，曾在斯坦福大學任教。

Klas Bernhard Johannes Karlgren（高本漢，1889-1978），瑞典漢學
　　家，斯德哥爾摩大學漢學系主任、中國文學教授。

Macebe Kelither（馬塞貝・凱利瑟）。

Karen. S. Kingsbury（金凱筠），哥倫比亞大學博士，現為 Chatham
　　University（查塔姆大學）國際研究教授。

Jeffrey C. Kinkley（金介甫，1948-），美國紐約聖若望大學歷史系教授。

Nicholas Koss（康士林），臺灣輔仁大學教授。

Kubin, Wolfgang（顧彬），德國漢學家，德國波恩大學教授。

L

Frances LaFleur（弗朗西斯・拉弗勒），美國文學批評家，中國現代文
　　學研究方向博士。

黎翠珍（Jane C. C. Lai, Jane Lai），香港浸會大學翻譯學教授。

Linda Lappin（1953-），美國詩人，翻譯家，曾參加愛荷華大學國際寫
　　作坊。

劉紹銘（Joseph S. M. Lau），著名旅美臺灣學者，曾任加州大學教授，現任教於香港。

Charles Laughlin（羅福林），美國耶魯大學中國現代文學助理教授（assistant professor）。

Gregory B. Lee（利大英，曾被直譯為格里高利‧李），曾在芝加哥大學任教，現任法國里昂第三大學（Jean Moulin University Lyon 3）教授。

李歐梵（Leo Ou-fan Lee），原美國哈佛大學教授，臺北「中央研究院」院士。

Lévy, André（雷威安），法國漢學家。

李懷印（Huaiyin Li），美國德克薩斯大學奧斯汀分校歷史系教授。

李田意（Tien-yi Li），曾任耶魯大學教授。

廖炳惠（Liao, Ping-hui），一九八七年在美國獲得博士學位，現為加州大學聖地亞哥分校教授。

林鎮山（Lin, Jenn-shann Jack），加拿大阿爾伯塔大學（University of Alberta）東亞研究系所教授。畢業於臺灣東吳大學，後赴美國及加拿大留學，獲美國堪薩斯大學（University of Kansas）語言學碩士、加拿大阿爾伯塔大學語言學博士。

林張明暉（Julia C. Lin），美國漢學家，著名美國華裔建築學家林瓔之母。

林茂松（Lin Mao-sung），一九八六年畢業於美國德克薩斯大學奧斯汀分校，獲哲學博士學位，後回到臺灣，曾在臺灣科技大學應用外語系、淡江大學任教，現任臺灣東吳大學英文學系教授。

林麗君（Sylvia Li-Chun Lin），美國聖母大學副教授。

林毓生（Yu-sheng Lin, 1934-），華裔美國漢學家，美國威斯康辛大學教授。

凌靜怡（Andrea Lingenfelter），居於美國西雅圖，舊金山大學教授。

E. Perry Link, Jr（Perry Link，林培瑞，1944-），哈佛大學博士，美國
　　普林斯頓大學東亞研究系教授，曾在哈佛大學師從趙如蘭教授和
　　費正清教授。

Ralph Litzinger（李瑞福），現任美國杜克大學文化人類學副教授。

劉若愚（James J Y Liu），著名旅美文學理論家。

劉康（Liu Kang），旅美華人學者，現任教於上海交通大學。

劉禾（Liu Lydia, 1957-），著名旅美華人學者，一九九〇年獲哈佛大
　　學博士學位，現任美國哥倫比亞大學教授。

劉陶陶（Liu, Tao Tao）。

柳存仁（Liu Tsun-Yan, 1917-2009），原名柳雨生，澳洲國立大學東亞
　　文化系教授。

柳無忌（Liu Wu-chi, 1907-2002），著名旅美華人學者，南社社長柳亞
　　子之子。

羅郁正（Irving Yucheng Lo, 1922-），一九四五年畢業於上海聖約翰大
　　學，後赴美國留學，一九四九年獲哈佛大學碩士學位，一九五三
　　年獲威斯康辛大學博士學位，後任美國印第安納大學教授及東亞
　　系主任。

Torbjörn Lodén（羅德弼），斯德哥爾摩大學漢學系主任、中國文學教
　　授。

Pier van der Loon（龍彼得，1920-2002），荷蘭籍英國漢學家，牛津大
　　學漢學教授。

魯曉鵬（Sheldon Hsiao-peng Lu），美國加州大學戴維斯分校教授。

陸敬思（Christopher Lupke），美國華盛頓州立大學副教授。

William Lyell（William A. Lyell，威廉・萊爾，1930-2005），美國漢學
　　家，魯迅研究專家，美國斯坦福大學教授，著有《魯迅的現實觀》
　　等中國現代文學研究著作。

M

Victor H. Mair（H Mair，梅維恆），美國賓夕法尼亞大學教授。

N. G. D. Malmqvist（Göran Malmqvist，馬悅然，1924-），瑞典漢學家，原斯德哥爾摩大學漢學系主任、中國文學教授、歐洲漢學協會主席、瑞典皇家學院院士、諾貝爾文學獎評委。

茅國權（Mao, Nathan K），茅國權是美籍華人學者，曾在香港中文大學、耶魯大學和威斯康辛大學就讀，在威斯康辛大學任教，曾和美國漢學家珍妮・凱利（Jeanne Kelly）合作，在一九七九年將錢鍾書《圍城》譯成英文在印第安納大學出版社出版。

CT Hj Mahmod，文萊《婆羅洲公報》記者。

Martin, Fran（馬嘉蘭，1971-），澳大利亞墨爾本大學教授，曾任拉籌伯大學（La Trobe University, Australia）講師。

Helmut Martin（馬漢茂），德國漢學家。

José Eugenio Borao Mateo（Borao Mateo, José Eugenio，鮑曉鷗），現為臺灣大學外文系西班牙語系教授，生於西班牙，定居臺灣。一九八九年獲西班牙巴塞隆納自治大學歷史學博士學位，主要研究十七世紀來臺西班牙人史。

T. M. McClellan（麥克萊倫），英國漢學家，出生於愛丁堡，愛丁堡大學博士，現任愛丁堡大學亞洲研究學院中文部主任。

Bonnie McDougall（Bonnie S. McDougall，杜博妮），澳大利亞悉尼大學博士，現任英國愛丁堡大學教授。

梅祖麟（Paris Mei Tsu-lin, 1933-），康奈爾大學教授。

梅儀慈（Feuerwerker Yi-tsi Mei），美國密歇根大學教授，著名中國現代作家梅光迪之女。

梅貽寶（Mei Yi-pao，梅貽寶，1900-1996），梅貽琦之弟，時任愛荷華大學中國和東方學研究教授兼系主任。

Ioannis Mentzas，哥倫比亞大學英語碩士，普林斯頓大學比較文學博
　　士，現任 Vertical 出版社編輯。

Goldman Merle（莫勒・戈德曼）。

賀麥曉（Hockx Michel），英國漢學家。

Miki, Maotake（三木直大）。

Richard Miller，美國威斯康辛大學麥迪遜校區東亞研究中心教授。

Lucien Miller（米樂山），美國麻省大學（University of Massachusetts）
　　教授。

John Minford（閔福德），英國漢學家，香港中文大學教授。

Moran, Thomas（Thomas Moran，托馬斯・莫蘭），曾獲美國康奈爾大
　　學中國現代文學博士學位，現任美國明德學院（ Middlebury
　　College）中文教授。

N

那瓜（Nakao Eki Pacidal），阿美族人，臺灣大學法律系本科畢業，後
　　獲美國哈佛大學科學史研究所碩士學位，現為荷蘭萊頓大學博士
　　候選人。

伍湘畹（Sheung-Yuen Daisy Ng），一九九三年時為哈佛大學東亞語言
　　文明系研究生，現在香港城市大學任教。

聶華苓（Hualing Nie）。

O

歐陽子（Ou-yang Tzu，原名洪智惠，1939- ），臺灣現代派小說家，現
　　已移民美國，定居於德克薩斯州首府奧斯汀市。

Stephen Owen（宇文所安，1946- ），哈佛大學教授，主要從事唐代詩歌
　　研究。

P

白先勇（Pai Hsien-Yung, 1937- ），著名臺灣作家，臺灣大學外文系畢業
　　後赴美留學，一九六五年畢業於愛荷華大學並獲碩士學位，後曾
　　任美國加州大學聖塔芭芭拉分校教授至退休。

朴宰雨（Park, JaeWoo, 1954- ），韓國首爾大學中文系畢業，現任韓國
　　外國語大學副校長、教授。

Ihor Pidhainy（裴海寧）。

Pino, Angel（安必諾），法國漢學家，現任法國波多爾第三大學教授。

David E. Pollard（卜立德），英國漢學家，倫敦亞非研究學院教授。

畢範宇（Frank Wilson Price, 1895-1974），美國漢學家，曾在抗戰期間
　　做蔣介石政府的顧問，《三民主義》的翻譯者。

普實克（Jaroslav Průšek, 1906-1980），前捷克斯洛伐克漢學家。

Q

錢南秀（Qian, Nanxiu），美國萊斯大學趙氏亞洲研究中心（Chao Center
　　for Asian Studies, Rice University）教授。

R

Barbara E. Reed，美國漢學家，在位於美國明尼蘇達州諾斯菲爾德鎮的
　　聖奧拉夫學院宗教系和亞洲研究項目任教（Religion Department and
　　Asian Studies Program at St. Olaf College in Northfield, Minnesota）。

Steven Riep（饒博榮）。

B. Riftin（李福清，1932-2012），俄羅斯漢學家。

Lewis S. Robinson（路易士‧羅賓遜），美國菲利普斯安多佛學院
　　（Phillips Academy Andover）駐校作家，曾參加愛荷華國際寫作
　　計畫。

Carlos Rojas（Rojas, Carlos，羅鵬，1970- ），美國哥倫比亞大學博士，
　　現任杜克大學副教授。

Ross, Timothy A（Timothy A. Ross，羅體模）。

David T. Roy（芮效衛），美國芝加哥大學教授。

Steven L. Riep（饒博榮），美國猶他州楊百翰大學（Brigham Young
　　University）中文助理教授。

Murray A. Rubinstein（魯賓斯坦）。

Terry Russell（Terence Russell，羅泰瑞），加拿大翻譯家，加拿大緬
　　尼圖巴大學亞洲中心教授，曾獲加拿大不列顛哥倫比亞大學碩士
　　學位，指導教師為葉嘉瑩教授。後獲澳大利亞國立大學博士學
　　位，曾留學北京和臺灣，學習漢語。

Ryden（雷丹），德國漢學家。

S

桑梓蘭（Tze-lan Deborah Sang），美國俄勒岡大學東亞語文系副教
　　授。

Haun Saussy（蘇源熙），美國斯坦福大學中國文學副教授（associate
　　professor）、系主任。

Benjamin I. Schawartz（本傑明‧I. 史華慈）。

Kristofer Schipper（施舟人，又名施博爾，1934- ），瑞典籍荷蘭裔法
　　國漢學家，荷蘭萊頓大學漢學教授、荷蘭皇家科學院院士、法國
　　高等研究院教授。

Raphael John Schulte（John Shufelt，蕭笛雷，曾被譯成蘇約翰），盎
　　格魯-撒克遜裔美國人，密歇根州立大學博士，現任臺灣東海大
　　學外文系副教授。

黃恕寧（Shu-ning Sciban, 1958- ），加拿大卡爾加里大學（University of
　　Calgary）教授，畢業於臺灣師範大學，曾獲加拿大阿爾伯塔大
　　學比較文學碩士、加拿大多倫多大學東亞系博士學位。

Bert M Scruggs（古芃），美國加利福尼亞大學爾灣分校東亞語言與文學系助理教授。

商偉（Shang Wei, 1962-），一九九五年獲哈佛大學東亞語言文化系博士，現為哥倫比亞大學東亞語言文化系教授。

沈曉茵（Shiao-Ying Shen），美國康奈爾大學博士。

史書美（Shu-mei Shih），美國加州大學洛杉磯分校教授。

許經田（Shu, James C. T.）。

G. William Skinner（施堅雅，1925-2008），曾任美國亞洲學會會長。

Craig A Smith（史峻），澳大利亞國立大學中華全球研究中心博士後，二〇〇四年獲加拿大阿爾伯塔大學本科學士學位，二〇〇七年獲加拿大阿爾伯塔大學中國文學碩士學位，二〇一〇年獲臺灣中正大學臺灣文學碩士學位，二〇一四年獲加拿大英屬哥倫比亞大學歷史學博士學位。

Smith, Ron（Ronald Edward Smith，史然諾），美國加州大學聖塔芭芭拉分校（University of California, Santa Barbara）博士。

Lawrence R Smith（勞倫斯・R・史密斯）。

宋淇（Soong, Stephen C., 1919-1996），筆名林以亮，曾任香港中文大學翻譯研究中心主任。

宋偉傑（Weijie Song），美國哥倫比亞大學博士，現任美國羅格斯大學（Rutgers University）助理教授。

Jonathan D. Spence（史景遷，1936-），耶魯大學教授，耶魯大學東亞研究中心主任。

Lois Stanford（羅斯・斯坦福），加拿大阿爾伯塔大學（University of Alberta）語言系教授。

David L. Steelman（施鐵民），美國漢學家，《紅樓夢》專家，一九七〇年獲美國蒙特利國際學院藝術碩士學位，後到臺灣留學，一九八八年獲臺灣大學中文碩士學位，一九九八年獲東吳大學中文博士學位、曾任臺灣「中央大學」、東吳大學英語副教授。

Darryl Sterk（石岱崙），現任臺灣大學翻譯學程助理教授。

Sue Wiles（蘇‧威爾斯），澳大利亞翻譯家，現任教於澳大利亞西悉尼大學（University of Western Sydey）。

孫康宜（Chang, Kang-i Sun），耶魯大學東亞語言文學系教授。

T

唐小兵（Xiaobing Tang, 1964- ），美國杜克大學博士，密歇根大學（University of Michigan）教授。

戴靜（Jeanne Tai），翻譯家，現居美國。

鄭樹森（Tay, William, 1948- ），曾任美國加州大學聖地亞哥分校文學研究所所長，香港中文大學比較文學中心主任。

鄭永康（Carlos G. Tee，或 YK Zheng），畢業於輔仁大學翻譯研究所，指導教授康士林，現任臺灣師範大學助理教授。

鄧津華（Teng, Emma Jinhua），哈佛大學博士，麻省理工學院（MIT）教授。

Huters Theodore（胡志德），美國加州大學洛杉磯分校東亞語言與文化系退休教授。

C. Matthew Towns（唐文俊），盎格魯-撒克遜裔美國人，美國翻譯家，大學畢業於耶魯大學，耶魯大學東亞系碩士，曾赴臺灣大學學習中文。

蔡建鑫（Chien-Hsin Tsai），美國德克薩斯大學奧斯汀校區亞洲研究系助理教授、哈佛大學東亞語言與文明系博士。

蔡秀妝（Hsiu-Chuang Deppman），美國歐伯林學院（Oberlin College）東亞研究系副教授。

石靜遠（Jing Tsu）、耶魯大學東亞語言與文學系教授、耶魯大學東亞研究理事會主席。

V

Edward Vargo（歐陽瑋），曾任臺灣輔仁大學外語學院院長。

Ezra Feivel Vogel（傅高義，1930-），哈佛大學教授，原哈佛大學費正清東亞研究中心主任。

W

王斑（Ban Wang），美國斯坦福大學教授。

王際真（Chi-Chen Wang, 1899-2001），畢業於留美預備學堂，一九二二年赴美留學，畢業於威斯康辛大學和哥倫比亞大學，後曾任哥倫比亞大學教授、中文系主任。

王靖獻（Wang, Ching-hsien，筆名楊牧、葉珊，1940-2020），曾在美國麻薩諸塞大學任教，後擔任西雅圖華盛頓大學中國文學和比較文學教授。

王德威（David Der-wei Wang），美國哈佛大學講座教授。

王克難（Claire Wang-Lee），大學畢業於臺灣大學外交系，後赴美留學，獲紐約州立大學社會學碩士學位，曾任美國哥倫比亞大學研究助理。

王瑾（Jing Wang, 1950-2021），美國麻省理工學院（MIT）教授。

王曉珏（Xiaojue Wang），哈佛大學博士。

Robert S. Ward（羅伯特・S. 沃德），筆名 Evan King（伊凡・金），老舍《駱駝祥子》的首位英譯者，一九四五年以前曾在美國駐華領事館工作。

Burton Watson（華茲生），美國哥倫比亞大學教授。

Ellen Widmer（魏愛蓮，曾被譯為魏德瑪），美國哈佛大學教授，曾任美國衛斯理學院教授。

Lyell William（威廉・萊爾）。

黃一莊（Joseph Wong），加拿大多倫多大學教授、多倫多大學亞洲研
　　究中心主任、多倫多大學協理副校長兼副教務長。

吳魯芹（Lucian Wu, 1918-1983），武漢大學外文系畢業，曾任淡江英
　　專、臺灣大學教授，後赴美，曾在密蘇里大學任教。

吳慧芝（Michelle Wu），美籍華裔學者，現居波士頓。

X

Dianna Xu，美國威斯康辛大學麥迪遜校區東亞圖書館負責人。

Y

Jane Parish Yang（白珍），一九八一年獲威斯康辛大學博士學位，現
　　任美國威斯康辛州阿普爾頓勞倫斯大學（Lawrence University）
　　中國語言文學副教授。

水晶（原名楊沂，Robert Yi Yang），一九七〇年代師從陳世驤教授獲
　　加州大學伯克利分校比較文學博士學位，臺灣大學外文系學士，
　　美國愛荷華大學碩士，曾於新加坡、臺灣等地大學和美國洛杉磯
　　州立大學任教。

葉芸芸（Ye, Yunyun, 1945-），臺灣作家，一九七三年旅居美國。

Angelina Chun-chu Yee（Angelina Yee，余珍珠），一九八六年獲美國哈
　　佛大學比較文學博士學位，曾在康奈爾大學、賓夕法尼亞大學、
　　馬里蘭大學任教，現為香港科技大學人文學部退休副教授。

奚密（Yeh, Michelle Mi-Hsi），美國加州大學戴維斯分校教授。

易鵬（Peng Yi）。

Yim, Choon-sung（林春城）。

葉蓁（Yip, June Chun, 1962-），普林斯頓大學博士，曾任教於加州大學
　　洛杉磯分校。

葉維廉（Yip, Wai-lim），美國加州大學聖地亞哥分校教授。

楊君實（Young, Conrad Chün Shih, 1929-），一九七一年在美國獲加州
　　大學洛杉磯分校博士學位，曾任加州大學洛杉磯分校講師、俄亥
　　俄州立大學人類學系助理教授，後於一九七四年移民澳大利亞，
　　在澳大利亞昆士蘭大學任教並退休。

余國藩（Anthony C. Yu）。

于漪（Yu, Clara）。

余英時（Yu, Ying-shih, 1930-2021），哈佛大學博士，曾任哈佛大學、
　　密歇根大學、耶魯大學、普林斯頓大學教授。

阮斐娜（Faye Yuan Kleeman），美國科羅拉多大學亞洲語言與文明學系
　　教授。

楊愛倫（Ellen Yueng）。

Z

張英進（Zhang Yingjin），美國加州大學聖地亞哥分校教授。

陳衡（鄭洪，Hong Zheng），美國麻省理工學院（MIT）華裔教授，臺
　　灣「中央研究院」院士。

鍾雪萍（Zhong Xueping）。

Ivan David Zimmerman，曾在美國普林斯頓大學本科就讀，並曾於1981
　　年獲得普林斯頓大學東亞研究系年度論文獎 "annual EAS Depart-
　　ment Thesis Prize" 中的 "Marjorie Chadwick Buchanan Prize" 獎。

致謝

──代跋並美國漢學研究劄記

「海外漢學」對我來說，是一門充滿了魅力的學問。此種誘惑，今日回想，或許其種子乃撒播於中學時代的英語學習。因緣際會，我曾先後到菲律賓中呂宋大學、美國德克薩斯奧斯汀校區、美國麻省理工學院訪問、學習與工作，也都是在英語國家。自我接觸外國語言文化以來，我感受到的滿是友好、真誠與善良，每當回想至此，總是溫暖盈懷。所以，我想我應該把我的感謝首先獻給我的中學英語老師們，我的英語啟蒙老師──一位我已想不起名字的初中民辦老師，還有我的高中英語老師，她對那位怯懦、柔弱、害羞的高中小男生的關懷和幫助，讓他此後終生充滿了前進的動力。

學術方面最貴重的感謝應該奉獻給我的博士導師汪毅夫先生。真正懂得「漢學」的含義，是在跟隨先生攻讀博士學位以後，先生對基督教來華傳教士、基督教大學、海外漢學家對歌仔冊等民間文獻的研究等漢學家活動的關注讓我茅塞頓開。同樣的感謝也要獻給我的碩士導師。我的碩士導師倪金華先生曾任日本名古屋大學客座研究員，他帶領我開展對日本的「臺灣文學研究」的課題研究，觸發了我對於海外臺灣文學研究狀況的思考，我在此也要感謝他的指導與引領。

當前，美國漢學家從事臺灣文學者日益增多，正如金介甫先生所說，「無論中國文學強調元歷史模式或偽歷史模式，還是僅僅只讓我們留下混亂模糊的印象，很清楚，歷史本身依然在中國文化世界中保持著競爭。我們看到，在我們的前面，按王德威的話說，是一種世紀

末頹廢與華麗的過渡性文學，它受制於文化政治、自由和身分政治。
無論它會是怎樣，已有很多優秀的中國文學作品譯本可供英語讀者鑒
賞了，而更多的譯作則即將面世。」[1]面對卷帙浩繁的漢學著作，拙著
僅選取了其中有代表性的重要學者及其文本進行了個案分析與解讀，
因時間空間所限沒有論及的漢學家及其大作，盼今後能有機會彌補。

　　各種數據與資料的搜尋與確證是本課題研究最主要的困難，針對
研究難點，課題負責人借助赴美國麻省理工學院擔任客座教授的機
會，積極查找資料，訪談相關學者、作家，有效地獲得了相關信息，
最終課題組努力克服困難，完成了研究計畫。在完成《美國漢學家的
臺灣文學研究》課題任務以後，我感覺，可以借用發散思維，把思路
放得更開闊一些，將視野進行立體化的開拓。這樣，我們就可以由
《美國漢學家的臺灣文學研究》這一課題衍生出若干與之相關，或者
交叉，甚至平行的課題來。如：臺灣學者對美國的「臺灣文學研究」
的看法；美國學者對中國海峽兩岸文學交流的看法；臺灣島內的美籍
作家之研究；臺灣英語作家作品之研究；旅美臺灣作家及其作品之研
究，如於梨華、聶華苓、歐陽子、劉墉、曹又方、白先勇、陳若曦
等；旅美臺灣影視導演及藝人之研究，如李安、劉家昌、賴聲川
等……由此，我們可以深深感到，以美國漢學界與臺灣文學的關係為
核心的文學研究課題仍舊是一個既有著廣闊的研究領域，又有著豐富
而價值不菲的資源的研究場域。

　　自課題立項以來，課題組認真努力地開展研究工作，其最終研究
成果（系列論文）在國內外產生了很好的學術影響，對海峽兩岸的臺

1　金介甫〈中國文學（1949-1999）的英譯本出版情況述評〉，該文譯自齊邦媛、王德
　　威編的《二十世紀下半期中國文學評述》(*Chinese Literature in the Second Half of a
　　Modern Century: A Critical Survey*, Bloominton and Indianapolis: Indiana University
　　Press, 2000.) 中的附錄 "A Bibliographic Survey of Publications on Chinese Literature
　　in Translation from 1949-1999". 譯文有刪節。

灣文學研究起到了很好的促進作用，對兩岸關係和平發展做出了自己的貢獻。其中的代表性研究成果或發表於 CSSCI 期刊，或被《高等學校文科學術文摘》轉載。研究成果得到了同行專家的高度評價。

感謝我的妻子和孩子，他們為我付出了很多，從我踏上攻讀碩士學位的火車的那天起，他們就在默默地支持我，沒有他們的堅定支持，我的事業就沒有今天。也感謝臺灣地區排名第一的臺灣大學和世界排名第一的美國麻省理工學院（MIT），他們曾於二〇一三年和二〇一六年分別邀請我擔任客座教授，讓我有機會查閱到很多稀見的臺灣文學和漢學資料，同時也有機會聆聽眾多世界頂尖級的學者的教誨，認識了許多優秀的師友。

人民出版社詹素娟老師、萬卷樓圖書公司的張晏瑞總編輯為我的書稿提出了很多頗具建設性的修改建議，使書稿增色不少，我對他們表達最真誠的謝意。

書稿中也有涉及國家社科基金項目《臺灣內渡作家的文脈傳承系譜研究》（立項編號：21BZW035）的諸多內容，特此致謝。

福建臺港澳暨海外華文文學研究叢書 1708001

美國漢學家的臺灣文學研究

作　　者　李詮林
責任編輯　張晏瑞、林婉菁
特約校稿　林秋芬

發 行 人　林慶彰
總 經 理　梁錦興
總 編 輯　張晏瑞
編 輯 所　萬卷樓圖書股份有限公司
　　　　　臺北市羅斯福路二段 41 號 6 樓之 3
　　　　　電話 (02)23216565
　　　　　傳真 (02)23218698

發　　行　萬卷樓圖書股份有限公司
　　　　　臺北市羅斯福路二段 41 號 6 樓之 3
　　　　　電話 (02)23216565
　　　　　傳真 (02)23218698
　　　　　電郵 SERVICE@WANJUAN.COM.TW
香港經銷　香港聯合書刊物流有限公司
　　　　　電話 (852)21502100
　　　　　傳真 (852)23560735

ISBN 978-986-478-830-9
2023 年 4 月初版
定價：新臺幣 560 元

如何購買本書：

1. 劃撥購書，請透過以下郵政劃撥帳號：
　帳號：15624015
　戶名：萬卷樓圖書股份有限公司
2. 轉帳購書，請透過以下帳戶
　合作金庫銀行 古亭分行
　戶名：萬卷樓圖書股份有限公司
　帳號：0877717092596
3. 網路購書，請透過萬卷樓網站
　網址 WWW.WANJUAN.COM.TW

大量購書，請直接聯繫我們，將有專人為您
服務。客服：(02)23216565 分機 610

如有缺頁、破損或裝訂錯誤，請寄回更換
版權所有・翻印必究
Copyright©2023 by WanJuanLou Books CO., Ltd.
All Rights Reserved　　　　　Printed in Taiwan

國家圖書館出版品預行編目資料

美國漢學家的臺灣文學研究/李詮林著. -- 初
版. -- 臺北市 ：萬卷樓圖書股份有限公司,
2023.04
　面；　公分
ISBN 978-986-478-830-9(平裝)

1.CST: 臺灣文學 2.CST: 文學評論 3.CST: 文集

863.207　　　　　　　　　　　112005380